MIRA®

Der Preis dieses Bandes versteht sich einschließlich der gesetzlichen Mehrwertsteuer.

Umwelthinweis:
Dieses Buch wurde auf chlor- und säurefreiem Papier gedruckt.

Das Geheimnis des Priesters

„Whiskey Island" ist die traditionsreichste irische Kneipe in Cleveland. Wirtin Megan Donaghue versucht nach dem Tod der Mutter, die Familie zusammenzuhalten, doch eines Tages verschwindet ihr trunksüchtiger Vater Rowan. Kurz darauf werden Megans Schwestern von bewaffneten Gangstern überfallen. Gibt es einen Zusammenhang zwischen den Ereignissen? Ausgerechnet mit dem ehemaligen Priester Nick macht Megan sich auf eine Spurensuche, die sie weit in die Vergangenheit zurückführt. Doch je mehr sie erfährt, desto bedrohter scheint ihr Leben und das ihrer Schwestern. Wird es Megan zusammen mit Nick gelingen, das alte Familiengeheimnis zu lüften und den Bann von ihnen zu nehmen?

Die Handlung und Figuren dieses Romans sind frei erfunden.
Ähnlichkeiten mit lebenden oder verstorbenen Personen
sind nicht beabsichtigt und wären rein zufällig.

Emilie Richards

Das Geheimnis des Priesters

Roman

Aus dem Amerikanischen von
Martin Hillebrand

MIRA®

MIRA® TASCHENBUCH
Band 25141
1. Auflage: Juli 2005

MIRA® TASCHENBÜCHER
erscheinen in der Cora Verlag GmbH & Co. KG,
Axel-Springer-Platz 1, 20350 Hamburg
Deutsche Erstveröffentlichung

Titel der nordamerikanischen Originalausgabe:
Whiskey Island

erschienen bei: MIRA Books, Toronto
Published by arrangement with
Harlequin Enterprises II B.V., Amsterdam

Konzeption/Reihengestaltung: fredeboldpartner.network, Köln
Umschlaggestaltung: pecher und soiron, Köln
Titelabbildung: by GettyImages, München
Autorenfoto: © by Harlequin Enterprise S.A., Schweiz
Satz: D.I.E. Grafikpartner, Köln
Druck und Bindearbeiten: Ebner & Spiegel, Ulm
Printed in Germany
ISBN 3-89941-180-3

www.mira-taschenbuch.de

Januar 1880

Sonderbar fürwahr, wenn man als Priester das Armutsgelübde abgelegt hat und gleichwohl tagtäglich unter den Schäfchen seiner Herde mehr an Armut und Drangsal mit ansehen muss, als einem selbst jemals widerfahren wird! Dennoch kommen die Familien, deren Seelsorger ich bin, mit heiterem Lächeln zu mir, mit Geschenken und schüchternen Beweisen ihrer Achtung. Die Frauen bringen frisches Brot, in einfachen Öfen gebacken, oder auf schlackenverseuchtem Boden gepflückte Wildblumen, die Männer dagegen Geschichten sowie mitunter auch ein winziges Tröpfchen des „Teufelszeugs", das die scharfe Klinge der Verzweiflung, die sie bis auf den Grund ihrer Seele durchbohrt, ein klein wenig stumpfer werden lässt.

So mancher mag wettern wider die Schänken von Whiskey Island, derer es wahrlich zu viele gibt. Ich selbst habe Tränen vergossen ob dieser Stätten – doch wie gut verstehe ich die Freuden, welche sie für kurze Zeit verheißen! Wenn der Himmel die Belohnung ist für das Elend, das so viele der Männer und Frauen meiner Gemeinde heimgesucht hat, dann, so fürchte ich zuweilen, ist der Branntwein das Elixier, welches ihnen die himmlische Reise erst ermöglicht.

Ich selbst suchte sie auf, die Wirtshäuser von Whiskey Island, um Männer zur Rückkehr zu ihren Familien zu bewegen, um Streit zu schlichten zwischen Brüdern, die tags darauf bereits ihren Zwist vergessen hatten. Dort durfte ich Wärme und Freundschaft erfahren, Sagen und Liedern aus unserer fernen Vergangenheit lauschen und von einer Zukunft träumen, in der wir Iren endlich am Ziel unserer Wünsche und Sehnsüchte angelangt sind.

So denn St. Brigid's der Ort ist, wo unsere Seelen Zuflucht finden, dann sind die Tavernen von Whiskey Island die Heimstatt unserer Herzen. Und mag auch das Herz ein launischer Meister sein – es würde uns doch, uns allen, so manches Mal wohl anstehen, seinem Rufe zu folgen.

Aus dem Tagebuch von Father Patrick McSweeney, St. Brigid's Church, Cleveland, Ohio.

1. KAPITEL

Cleveland, Ohio
Januar 2000

Normalerweise kehrte Niccolo Andreani nie in Kneipen ein. Was Alkohol anging, neigte er eher zu einem Chianti Classico beim Essen im Freundeskreis oder zu einem trockenen Marsala an einsamen Abenden. In Kneipen aber zog es ihn nie, auch wenn er auf seinen ruhelosen nächtlichen Streifzügen immer wieder an dieser einen vorbeikam, dem Whiskey Island Saloon in der Lookout Avenue. Der Irish Pub – eine windschiefe, feucht-fröhliche Spelunke – bildete das Kernstück der Straße. Ein ständiger Strom von Gästen ging dort ein und aus, dem man aber dank des breiten Trottoirs leicht ausweichen konnte.

Niccolos Idee, an diesem Abend wieder einmal in die Lookout Avenue einzubiegen und nichts ahnend am Saloon vorbeizumarschieren, sollte sein Leben dieses Mal jedoch für immer verändern.

Das wurde ihm bewusst, als er auf dem Asphaltweg zum Parkplatz des Saloons abrupt stehen bleiben musste. Urplötzlich sah er sich mit der Frage konfrontiert, ob er angesichts der Lage, der er sich wie aus heiterem Himmel gegenübersah, nicht besser den Rückzug antreten solle, um Hilfe zu organisieren, ehe die Situation außer Kontrolle geriet.

Wie zur Antwort hörte er vom hinteren Parkplatzbereich einen lauten Ruf, dazu den schrillen Entsetzensschrei einer Frau. Die Straße war menschenleer. Türen und Fenster des Saloons waren gegen die winterliche Kälte dicht geschlossen. Da vorn spielte sich ein Autodiebstahl ab, und außer ihm – Niccolo Andreani – war weit und breit niemand zu sehen, der hätte eingreifen können.

Entschlossen betrat Niccolo den Parkplatz und hob beide Hände in Schulterhöhe, um zu zeigen, dass er unbewaffnet war. Einer der zwei Männer, die im hinteren Parkplatzbereich neben einem geparkten Wagen standen, wirbelte herum und richtete eine Schusswaffe auf ihn. „Wo kommst du denn her, verdammter Mist?"

Niccolo blieb regungslos stehen, die Hände noch einen Deut höher gestreckt. „Ich wollte bloß die Abkürzung nehmen", log er.

„Dumm gelaufen!" Der Mann mit der Waffe war dunkelhäutig und hatte ein Gesicht wie ein falsch zusammengesetztes Puzzle. Als hätte das Duo sorgfältig auf rassische Ausgewogenheit geachtet und den Partner entsprechend ausgesucht, war der zweite Gangster ein blutleerer Blonder.

„Hören Sie ..." Niccolo rang nach Worten. „Wollen Sie nicht lieber schleunigst verschwinden? Ich zähle langsam bis hundert und sorge auch dafür, dass die da solange hier bleiben." Er deutete mit dem Kopf auf die verängstigten Insassen, die hilflos in dem weinroten Mazda gefangen waren. „Womöglich hört sonst drüben in der Kneipe jemand den Radau und alarmiert die Bullen."

„Dann hoffe ich für dich, dass die schwerhörig sind." Gehässig grinsend winkte der Mann Niccolo mit einer Handbewegung näher zum Wagen. „Der Schlitten hier gehört jetzt mir, und ich rausche damit ab."

Wie um den Worten seines Partners Nachdruck zu verleihen, schlug der Blonde den Revolverlauf gegen die Scheibe an der Fahrerseite. Wieder kam ein erschreckter Aufschrei aus dem Wageninneren.

Als Niccolo ein wenig näher an das Auto herantrat, konnte er im Licht der Straßenlaterne erkennen, dass auf den Vordersitzen zwei junge Frauen saßen, hinten ein Kind. Die Fahrerin hatte eine kupferrote, gewellte Mähne, die Beifahrerin dunkles, glatt auf die Schulter fallendes Haar. Um das Kind genauer sehen zu können, hätte Niccolo noch näher an den Mazda herangehen müssen. Dass alle drei Todesängste ausstanden, sah er allerdings auch so.

„Ich knall dich ab!" brüllte der Blonde die Fahrerin an.

Niccolo spürte, wie ihm unter seiner Thermobekleidung aus Wolle und Kunstfaser der Schweiß ausbrach. Es kam ihm selber so vor, als halle seine Stimme wie ein Echo durch die schneidend frostige Luft. „Wahrscheinlich kann sich die Fahrerin vor Angst nicht rühren. Treten Sie doch ein Stückchen zurück, lassen Sie etwas Platz, damit die Beifahrerin das Kind rausnehmen kann."

„Gibst du hier etwa jetzt die Kommandos?" Die Ellenbogen auf das Autodach gestützt, nahm der Blonde mit der Waffe Niccolo ins Visier. „Hast du hier vielleicht auch was zu sagen?"

„Ich habe hier eigentlich gar nichts verloren." Niccolos Hände fuhren noch höher. „Ich möchte nur nicht, dass jemandem was passiert. Soll ich nicht versuchen, sie zum Aussteigen zu bewegen?"

„Mach schon! Geh einen Schritt zurück!" rief der Dunkelhäutige seinem Komplizen zu. „Er hat Recht. Lass sie raus!"

Der blonde Auto-Kidnapper, der von Anfang an ein unpassendes Grinsen auf dem Gesicht gehabt hatte, feixte nun noch breiter und fuchtelte mit der Waffe herum, als müsse er sich das Ganze erst überlegen.

Schließlich wich er einige Zentimeter zurück. Niccolo spürte, wie sich sein Puls nach einigen Aussetzern wieder normalisierte, und sprach nun so laut, dass die Frauen im Wagen ihn hören konnten. „Ich glaube, Sie steigen jetzt besser auf der Stelle aus. Er lässt Ihnen zwar genügend Platz, aber wohl nicht viel Zeit!"

„Ach, Blödsinn, Mensch!" Der Blonde trat noch einen Schritt zurück und prallte dabei gegen einen in die Parklücke neben den Mazda gezwängten Chevrolet. „Raus!" schrie er die Frau hinter dem Steuer an. „Und zwar ein bisschen plötzlich!"

Der Parkplatz war klein und schmal. Ein Müllcontainer versperrte die Sicht auf eine Tür, die vermutlich der Hintereingang des Wiskey Island Saloons war.

Niccolo schickte ein stummes Gebet zum Himmel. *Mach, dass die Frauen tun, was die Ganoven verlangen! Gib, dass jetzt bloß niemand vorbeikommt und die ganze Sache zum Kippen bringt! Lass die Gangster abhauen, damit keinem Unschuldigen etwas passiert!* Schon glaubte er, sein Flehen werde wohl nicht erhört, da wurde die Tür an der Fahrerseite geöffnet und die Fahrerin, eine hoch gewachsene Frau mit Haaren, die im Schein der Straßenlampe kupferrot schimmerten, stieg aus.

„Ihr kriegt es nicht!“ sagte sie mit trotzig gerecktem Kinn. „Dazu müsstet ihr mich schon umbringen.“

„Willst du mir etwa drohen?“ Der Blonde war fassungslos. „Meinst du, du kommst aus der Nummer raus? Ich hab eine Kanone!“

„Ihr kriegt es nicht!“

Der Dunkelhäutige wandte den Kopf. „Lady, es ist nur ein Auto! Wollen Sie etwa Ihr Leben für einen Haufen Blech riskieren? Der legt Sie glatt um, wenn Sie ihm den Schlüssel nicht geben!“

Sie zögerte. „Nur das Auto? Ihr wollt bloß den Wagen?“

„Lady ...“

„Bitte ... !“ Sie flüsterte gerade laut genug, dass Niccolo es noch hören konnte. „Tut uns nichts!“

„Her mit den Schlüsseln!“

„Erst wenn alle draußen sind. Peggy, nimm du Ashley!“ Die Fahrerin hielt den Schlüssel fest in der Hand und verschränkte trotzig die Arme vor der Brust.

Der Blonde schnellte vor, presste sie gegen das Auto und drückte ihr die Mündung der Waffe in die Halsbeuge.

Die Tür auf der Beifahrerseite schwang auf, und die dunkelhaarige Frau – offenbar Peggy – sprang aus dem Fahrzeug. Sie war jünger, als Niccolo ursprünglich vermutet hatte, zierlich, mit kastanienbraunem Haar und ovalem, berückend schönem Gesicht, das nun aber verständlicherweise angstverzerrt war. „Lassen Sie mich nur schnell das Kind aus dem Kindersitz nehmen!“ flehte sie.

„Dann halt die Klappe und mach zu!“ herrschte der Autodieb sie an, der Niccolo mit der Waffe in Schach hielt.

Einen ganzen Kopf kleiner als die Fahrerin, beugte Peggy sich hastig zur Seite, ließ den Beifahrersitz nach vorn kippen und streckte die Arme nach dem im Fond sitzenden kleinen Mädchen aus. „Los, Ashley, komm schnell!“

„Nicht ...“ quengelte die Kleine, als sie von der jungen Frau aus dem Wagen gehoben wurde. „Ich will zu meiner Mommy!“

„Bitte! Lassen Sie die drei jetzt hier zu mir herkommen!“

drängte Niccolo die Gangster. „Die machen bestimmt keine Dummheiten!“

Der dunkelhäutige Autodieb, offensichtlich der vernünftigere des Duos, machte eine Handbewegung in Niccolos Richtung. „Los, rüber da!“

Das Kind fest an sich gepresst, stolperte Peggy los und stellte sich neben Niccolo, der sie allerdings nicht beachtete. Sein Blick galt allein dem blonden Ganoven, der nach wie vor der Fahrerin die Waffe an die Kehle hielt. Die Frau löste die Arme aus der Verschränkung und hielt dem Gangster die Hand mit dem Schlüsselbund hin.

„Lassen Sie sie los, bitte!“ bat Niccolo gezwungen ruhig. „Hier bei mir ist sie Ihnen nicht mehr im Weg. Wir bleiben hier stehen, bis Sie weggefahren sind! Wie Ihr Partner bereits sagte – es geht doch bloß um ein Auto! Tun Sie bitte niemandem etwas!“

„Ja, lass sie“, stimmte der Dunkelhäutige zu. „Nichts wie weg hier!“

Nach kurzem Zögern trat der Blonde einen Schritt zurück und ließ die Fahrerin los. Für einen Moment hatte Niccolo das Gefühl, das Schlimmste sei vorbei und das Verbrechen könne glimpflich über die Bühne gehen – mit nicht mehr als einem geklauten Wagen. Doch bevor die Fahrerin auch nur zwei Schritte gehen konnte, stieß ihr der Blonde so heftig mit der flachen Hand vor die Schulter, dass sie gegen die Wagentür prallte. „Wenn ich dir was sage, dann tust du es gefälligst, klar?“ brüllte er sie an. „Kapiert?“

„Ja …“ Ihre Stimme bebte.

„Wenn ich dir das nächste Mal sage, du sollst aus dem Auto steigen, dann steigst du aus dem Auto. Klar?“

„Klar.“

„Und wenn ich dir beim nächsten Mal sage, du sollst mir die Schlüssel geben, dann gibst du mir die Schlüssel. Kapiert?“

„Wie Sie wollen.“

„Vielleicht sage ich dann auch, du sollst mitkommen, nur um zu sehen, ob du auch gehorchst.“

„Hör auf mit dem Blödsinn, Mann!“ rief sein Kumpan. „Sollen die Bullen uns erst schnappen? Es gibt kein nächstes Mal. Lass uns abhauen!“ Langsam wich er zum Mazda zurück, die Waffe nach wie vor drohend auf Niccolo und die beiden Frauen gerichtet.

Niccolo knirschte zwar mit den Zähnen, beherrschte sich aber und hielt den Mund. Der Blonde kostete gerade seine Machtposition aus und schien durchaus imstande, als Nächstes jemanden zu töten, nur um zu beweisen, was für ein Kerl er war. Auch das Kind spürte die Spannung und wurde ganz still.

„Nun geh schon!“ Der Blonde packte die Fahrerin am Arm und stieß sie grob gegen die Motorhaube. „Da rüber!“

Niccolo schien es, als ob sich in den Gesichtszügen des dunkelhäutigen Gangsters so etwas wie Erleichterung breit machte, während die Fahrerin des Mazda quer über den Parkplatz auf Niccolo, Peggy und das Kind zustolperte. Niccolos eigene Erleichterung hielt allerdings nicht lange an. Jäh wurde die Stille der Straße vom gespenstischen Jaulen einer Polizeisirene zerrissen. Blaulichter schickten wirbelnde Blitze durch die Nacht.

„… und erlöse uns von dem Bösen …“ wisperte Niccolo.

„Mann, Scheiße! Abflug! Schnapp dir die Kleine!“ schrie der Blonde und gab seinem Komplizen mit der Waffe ein Zeichen.

„Hast du sie noch alle?“ Der zweite Autodieb bekam es sichtlich mit der Angst zu tun.

„Nun greif dir endlich das Kind! Die lassen uns sonst hier nicht weg!“

Niccolo warf sich schützend vor Peggy und das Kind auf ihrem Arm. „Nein! Haut ab! Ich sage der Polizei, ihr hättet keinem was getan! Ich halte die Bullen hier auf, und ihr könnt …“

Zum zweiten Mal an diesem Abend wirbelte der Dunkelhäutige herum und kam – die Waffe auf Niccolo gerichtet – mit langen, raumgreifenden Schritten auf ihn zu. „Aus dem Weg!“

Eins war Niccolo klar: Aus nächster Nähe abgefeuert, würde das Geschoss seinen Körper glatt durchschlagen und möglicherweise noch das Mädchen oder die Frau hinter ihm treffen. Und Niccolo hatte nicht den geringsten Zweifel, dass der Kerl schießen würde. Je näher er kam, desto deutlicher konnte Niccolo das hektische Zucken in seinem Gesicht sehen. Der Mann wusste weder aus noch ein; der würde mit Sicherheit jeden niederschießen, der sich ihm in den Weg stellte.

Der Kerl war zum Äußersten entschlossen. Für einen Moment musste Niccolo klein beigeben und zur Seite treten. Der Blonde hatte sich bereits hinter das Steuer des Mazda geklemmt. Nicht mehr lange, und der andere Gangster würde Peggy das Kind entreißen, während im selben Moment der Mazda auf gleicher Höhe zum Stehen käme. Niccolo konnte nicht zulassen, dass die Männer das Kind entführten.

„Ich fahre an Stelle des Kindes mit …" Peggy begann zu schluchzen. „Nehmt mich doch mit …"

Doch der Dunkelhäutige griff bereits nach dem Mädchen. Eigentlich hätte in dem Moment der Motor des Mazda aufheulen müssen, stattdessen durchschnitt das ohrenbetäubende Sirenengetöse eines weiteren Einsatzwagens die Nacht, gefolgt vom Gequäke eines Polizeifunkgerätes.

Niccolo wartete ab, bis der Gangster sich zu dem Kind vorbeugte und somit auf dem falschen Fuß stand. „Runter!" brüllte er den Frauen zu und drosch dem Entführer mit aller Kraft die geballte Faust aufs Handgelenk.

Durch die Wucht des Hiebs geriet der Gangster zunächst ins Taumeln, fing sich aber schnell wieder. Während sich die Fahrerin des Mazda schützend auf Peggy und das Kind stürzte und beide zu Boden stieß, wirbelte der Entführer zu Niccolo herum und schoss.

Niccolo blieb für einen besseren Plan keine Zeit mehr. Vornüber gebeugt, den Kopf zwischen die Schultern gezogen, ging er wie ein Rammbock frontal auf den Gangster los, der durch den Stoß der Länge nach hinschlug. Im selben Moment bog auch schon ein Streifenwagen auf den Parkplatz.

Türen schlugen zu. Irgendjemand griff Niccolo am Ellbogen und half ihm auf. Noch schwankend kam er auf die Beine. „Da vorn im Auto, da muss noch einer sein." Verblüfft fiel ihm auf, wie kraftlos seine eigene Stimme klang. „Noch so ein Autodieb. Bewaffnet …"

Er wies auf den Mazda, der sich zu seinem Erstaunen nicht aus der Parkbucht bewegt hatte. Niccolo bemühte sich, den Blick auf den Wagen zu fixieren, und nahm unscharf die Umrisse einer Gestalt wahr, die hinter dem Müllcontainer verschwand. Für einen flüchtigen Moment glaubte er zu erkennen, dass die kuriose Erscheinung mehrere Kleidungsstücke übereinander trug.

Die nächtliche Aufregung musste wohl sein Denkvermögen vernebelt haben. Einen Augenblick lang rätselte er darüber nach, wo der blonde Autokidnapper wohl die Kleidungsstücke gefunden haben mochte, mit denen er sich verkleidet hatte, und wie er jetzt so unbemerkt entkommen konnte.

Ein Polizeibeamter legte dem vor Niccolo liegenden Mann Handschellen an. Ein zweiter Polizist näherte sich dem Mazda, die Dienstwaffe im Anschlag.

„Der ist schon weg …“ Grauer Nebel wallte vor Niccolos Augen auf. „Geflüchtet!“

„Sie sind ja getroffen!“

Niccolo erkannte die Stimme der Fahrerin und spürte ihre Hand an seiner Schulter. Er bemerkte, dass sein Arm brannte, und dass all das, genau wie das Brummen seines Schädels, nicht mit rechten Dingen zuging.

Erneut vernahm er die Stimme der Frau mit dem kupferroten Haar. Diesmal war sie sehr laut. „Megan … Oh Gott, Megan, schnell, ins Haus mit dem Mann! Er ist angeschossen!“

Der Polizist zerrte den Festgenommenen ohne viel Federlesens hoch. „Passen Sie auf, Miss“, sagte er zu der Fahrerin, „dass Sie den Verletzten nicht allzu viel bewegen.“ Und an Niccolo gewandt fuhr er fort: „Setzen Sie sich lieber hin, Sir! Wir rufen Hilfe.“

Was als Nächstes an Niccolos Ohren drang, war zwar wieder eine Frauenstimme, diesmal allerdings eine vollkommen andere. Nicht die der Fahrerin mit dem rötlich-hellen Haar, auch nicht die der dunkelhaarigen Peggy, die irgendwo hinter ihm saß und schluchzte, erst recht nicht die des Kindes. Diese Stimme war unbekannt und rau, eine melodische, klangvolle Altstimme. Als er den Kopf hob, hätte er schwören können, er sähe Johanna von

Orléans mit donnerndem Hufschlag in die Schlacht galoppieren, die Hände zu Fäusten geballt, in den Augen das lodernde Feuer des Zorns der Gerechten.

Die heilige Johanna übernahm sofort das Kommando. „Rufen Sie meinetwegen, wen Sie wollen, aber um diesen Mann hier kümmere ich mich selbst! Und die anderen – ihr macht mir diese verdammte Sauerei auf meinem Parkplatz weg!“

Auf einmal kam es Niccolo so vor, als hebe sich der Boden und käme auf ihn zu. Im Fallen spürte er, wie Arme ihn aufzufangen versuchten. Als seine Augen sich schlossen, grübelte er noch darüber nach, warum die Johanna von Orléans in dem Buch mit den Heiligenbildern, das er zu seiner Erstkommunion geschenkt bekommen hatte, mit blonden Haaren dargestellt worden war.

Diese Johanna war klein und kompakt, und ihr Haar hatte die Farbe des Feuers, von dem sie verzehrt worden war.

2. KAPITEL

„Hier ist keine Zuschauertribüne, Sam Trumbull! Entweder fasst du mit an und hilfst, die Leute hier unterzubringen, oder du verziehst dich! Los, Tempo!“

Megan Donaghue scheuchte den treuesten Stammgast des Whiskey Island Saloon beiseite, um dem Polizisten einen Weg zu bahnen, der den bärtigen Fremden zu einem Ecktisch der Kneipe brachte.

Der Tag hatte sich ziemlich hingeschleppt – grau in grau, gefolgt von einem düsteren Abend, ohne Fußballübertragung im Fernsehen, ohne Livemusik im Lokal. Als Mittagsmenü hatte es wie so oft Megans allseits beliebten Kartoffeleintopf gegeben, bei dessen Bemessung sie sich allerdings böse verrechnet hatte. An die zwanzig Liter waren übrig geblieben; dazu reichlich Kartoffeln, die sich in der Tiefkühltruhe wahrscheinlich in Sand verwandelten. Wohl oder übel musste sie nun die Suppe einfrieren und den kommenden Monat über der Verwandtschaft servieren. In der Regel hütete die sich, darüber zu nörgeln.

Nein, ein Glückstag war dieser Dienstag weiß Gott nicht gewesen. Megans Barkeeper für die Tagesschicht hatte gekündigt, die Musikbox den Geist aufgegeben und ein Gast sich, als Megan gerade in der Küche war, eine Zigarre angezündet und mit dem Qualm die Luft noch stickiger gemacht. Aber trotz all dieser Missgeschicke war sie auf so etwas wie das Getöse von Polizeisirenen auf ihrem Parkplatz doch nicht gefasst gewesen, erst recht nicht auf das, was der Abend ihr dann noch bescherte.

Das Ende eines Autoklaus.

Ein angeschossener Unbekannter.

Ein zu Tode verängstigtes kleines Mädchen.

Und obendrein – fast noch außergewöhnlicher – der Besuch ihrer zwei Schwestern, von denen eine sich seit über zehn Jahren nicht mehr daheim hatte blicken lassen. In dieser Situation verfuhr Megan nun so wie immer, wenn um sie herum das Chaos ausbrach: Sie übernahm sofort das Kommando.

„Casey, hock dich dort hin und bleib die nächste Viertelstunde bloß da sitzen! Ich warne dich!“ Megan wies ihrer Schwester den Tisch gleich neben dem Platz zu, der für den verletzten Fremden vorgesehen war. Dass Casey seit ihrem siebzehnten Lebensjahr keinen Fuß mehr in den Pub gesetzt hatte, spielte dabei offenbar kaum eine Rolle. Ihr musste lediglich wieder mal gesagt werden, wo es langging.

Danach nahm Megan sich ihre jüngste Schwester Peggy vor, die das unbekannte Kind auf dem Arm hielt. Eigentlich hatte Megan sie in Athens vermutet, wo sie an der Ohio University studierte. „Und du setzt dich ebenfalls hin! Keine Widerrede! Ich weiß zwar nicht, was Casey und du hier sucht, aber es kann sein, was es will – im Augenblick seit ihr sowieso von der Rolle!“

Peggy Donaghue ließ sich mit dem Kind auf dem Arm auf den nächstbesten Stuhl fallen. „Wir wollten dich überraschen. Casey ist mit dem Auto aus Chicago gekommen und hat mich am Busbahnhof aufgegabelt.“

„Na, diese abendliche Überraschung ist euch wahrlich gelungen.“ Megan ging vor ihrer Schwester in die Hocke, den Blick allerdings auf das Kind gerichtet, das auf Peggys Schoß saß.

„Huh, war das unheimlich vorhin, was?“ sagte sie mit gesenkter Stimme. „Möchtest du eine Cola? Oder Popcorn?“

Die Kleine, ein braunhaariges Mädchen mit ernstem Gesicht, starrte Megan nur aus großen Augen an. Schließlich schüttelte sie ein einziges Mal den Kopf, ließ sich jedoch keinen Laut entlocken.

„Du hast doch bestimmt einen hübschen Namen“, sagte Megan. „Und dass du hier bist, dafür gibt es sicher auch einen hübschen Grund, oder?“

Die Antwort auf die Frage kam von Casey. „Sie heißt Ashley und ist vorübergehend in meiner Obhut. Und was *mein* Befinden angeht, Megan, brauchst du dir keine Sorgen mehr zu machen, mir geht es bestens.“ Noch eher sie ganz zuende gesprochen hatte, ließ sie sich auf den nächstbesten Stuhl fallen.

Liebend gern hätte Megan Casey in die Arme geschlossen. Bei Peggy und Casey spürte sie deutlich: Blut war doch dicker als Wasser. Die Bande zwischen ihr und ihren Schwestern hielten einiges aus, waren mit den Jahren jedoch schmerzhaften Prüfungen ausgesetzt gewesen. Megan hütete sich wohlweislich, die Familienbindung gleich wieder auf den Prüfstand zu stellen.

Statt weiter auf ihre Schwestern und die kleine Ashley zu achten, richtete sie ihre Aufmerksamkeit nun voll auf den Fremden. Und der Mann war wirklich fremd hier! Bei ihrem für Gastwirtinnen typischerweise guten Gesichtergedächtnis konnte sie mit Sicherheit sagen, dass sie ihn noch nie zuvor in ihrem Lokal bedient hatte. Groß und breitschultrig, doch keineswegs übergewichtig, hatte er ein schmales, sehr markantes Gesicht. Augen, Haar und der akkurat gestutzte Bart wiesen einen Stich ins Schwarze auf.

Der Polizist, ein etwas wichtigtuerisch wirkender Polizeianwärter mit Bürstenfrisur, zog skeptisch die Stirn in Falten, als der Unbekannte die Ellbogen auf den Tisch stützte und das Gesicht in beide Hände barg. „Mir wäre wohler, wenn er ins Krankenhaus käme! Hat Glück gehabt, war bloß ein Streifschuss!“

Megan winkte ab und ließ sich neben dem Verletzten nieder. „Na, geht es wieder? Wie heißen Sie eigentlich?“

„Niccolo Andreani. Nick.“ Er hob fragend eine Augenbraue, um seinerseits ihren Namen zu erfahren.

„Megan Donaghue. Das Auto, auf das es die Saubande abgesehen hatte, gehört meiner Schwester Casey. Die saß hinterm Steuer. Die andere da drüben, der das Kind nicht von der Pelle rückt, das ist mein kleines Schwesterchen Peggy.“

„‚*Nett, Sie kennen zu lernen*‘ passt unter diesen Umständen wohl kaum.“

Megan gefiel seine Stimme – tief, aber nicht dröhnend, insgesamt wohltuend sanft. „Sind Sie zufällig da hineingeraten? Muss eine böse Überraschung gewesen sein.“

„Von wegen zufällig!“ sagte Casey vom Nebentisch dazwischen. „Ich habe gesehen, wie er mit erhobenen Händen auf den Parkplatz kam. Sie haben bemerkt, dass wir Hilfe brauchten, stimmt’s?“

Megan stand auf. „Na, da können wir ja von Glück sagen, dass Sie das Risiko auf sich genommen haben.“

„Ich muss wieder raus", meldete sich der Polizist. „Entweder rufen Sie uns an, oder Sie kommen später bei der Wache vorbei, wenn Sie weitere Aussagen machen wollen." Offenbar waren damit alle außer Megan und der kleinen Ashley gemeint.

Niccolo nickte.

„Erst will ich wissen, was mit dem zweiten Gangster ist", sagte Casey, ehe der junge Polizist abrücken konnte. „Und zwar haarklein!"

Megan war überrascht vom Ton ihrer Schwester.

„Na ja, ein bisschen mysteriös ist das schon, Ma'am", erklärte der Polizist. „Als ich zu dem Mazda kam, da lag der Kerl zusammengebrochen über dem Lenkrad, eine Mordsbeule an der Schläfe, die Waffe neben sich auf dem Sitz. Dem wird gewaltig der Schädel dröhnen, da können Sie Gift drauf nehmen. Sind Sie ganz sicher, dass Sie ihm nicht eins verpasst haben, als er Sie aus dem Wagen zerrte? Vielleicht eine Art verspätete Reaktion?"

Niccolo mischte sich ein. „Sie hat ihn nicht niedergeschlagen. Er hielt ihr doch die Waffe an die Kehle."

„Aber gemacht hätte ich es, wenn ich die Chance gekriegt hätte." Eine Schönheit war Casey nicht, doch was ihr an perfekten Gesichtszügen fehlte, das ersetzte sie durch Lebhaftigkeit. Jetzt wirkte sie auf Megan aber erschöpft und älter als ihre achtundzwanzig Jahre.

„Mir war, als hätte ich jemanden gesehen ..." Niccolo verstummte.

„Wen denn?" wollte der Polizeibeamte wissen.

„Keine Ahnung. War vielleicht auch nur Einbildung. Erst dachte ich, einer der Entführer wollte sich absetzen ..."

„Na, irgendjemand muss ihn ja niedergeschlagen haben. Das ist sonnenklar", meinte der Polizist. „Könnten Sie die Person beschreiben?"

„Da war niemand!" Casey sprach nun bewusst energisch. „Einen Flüchtenden hätte ich doch gesehen!"

„Wie erklären Sie sich dann die Tatsache, dass der Gangster bewusstlos über dem Lenkrad zusammengesackt war?" fragte Niccolo.

„Vielleicht hatte er schon vor der Entscheidung, mein Auto zu klauen, Zoff mit seinem Kumpel. Vielleicht hat er vorher schon eins auf die Nuss gekriegt, und die Wirkung trat erst mit Verzögerung ein, Spätwirkung halt, wie er dort vorhin schon sagte." Sie drehte den Kopf in Richtung des Polizisten. „Was weiß ich!"

„Denken Sie noch mal drüber nach, Sie alle! Und lassen Sie es uns wissen, wenn Ihnen was Neues einfällt." Damit zog der Beamte ab.

„Ich habe auch niemanden gesehen." Peggys Blick senkte sich zu dem nun leise wimmernden Kind auf ihrem Schoß, als merke sie erst jetzt überrascht, dass es immer noch dort saß.

„Weil keiner da war", versicherte Casey und stand auf.

„Sag mal, wo willst du denn hin?" fragte Megan wütend.

„Na, einen ordentlichen Schluck holen", rief Casey im Weggehen, wobei die Worte ihr gleichsam nachwehten. „Ein, zwei Flaschen wirst du ja wohl wie gewöhnlich in petto haben, nehme ich an. Stimmt's?"

Megan wandte sich wieder Niccolo zu. „Sie haben sicher nichts dagegen, wenn ich jetzt Ihren Arm verarzte, oder? Ich hole schnell den Verbandskasten, und sollten Sie bei meiner Rückkehr verschwunden sein, dann setze ich Sie auf meine Fahndungsliste."

„Ich kann mir was Besseres vorstellen als ein Leben auf der Flucht."

Verblüfft registrierte Megan, dass sein Grinsen sie traf wie ein Schlag in den Magen. Es war nicht wirklich elektrisierend, dieses Grinsen. Dazu war der Blutdruck des Angeschossenen wohl noch zu niedrig. Aber es war strahlend und kam so unerwartet, dass sie förmlich erstarrte.

Peggy stand auf. „Die Wohnung oben – steht die noch leer?"

Megan schwirrte der Kopf. „Die Mieter haben sie vor ein paar Wochen geräumt, die Bude aber ziemlich verwohnt hinterlassen. Zum Renovieren hatte ich noch keine Zeit. Wenn ihr wollt, könnt ihr da wohnen, Casey und du. Jedenfalls könnt ihr euch da besser ausbreiten als bei mir zu Hause."

„Dann verzichte ich auf den Drink, wenn es recht ist. Ich gehe rauf und richte mich häuslich ein. Sag Casey, ich hätte Ashley mit nach oben genommen. Wir brauchen beide wohl etwas Ruhe."

Die Augen des Mädchens waren angstvoll geweitet, doch liefen ihm keine Tränen über die Wangen. Nach eigenem Dafürhalten war Megan zwar alles andere als eine Kinderexpertin, sie fand aber, dass die Kleine mit dem seidigen braunen Haar und dem herzförmigen Gesicht ein hübsches Kind war. Wie mochte sie nur in Caseys Obhut geraten sein?

Noch interessanter erschien ihr eine zweite Frage: Wieso war ihre Schwester ausgerechnet wieder im Whiskey Island Saloon gelandet? Sie hatte sich doch jahrelang hartnäckig geweigert, jemals ihren Fuß über die Schwelle zu setzen. Megan hatte sie in dieser Zeit zwar ab und an getroffen, allerdings immer woanders, etwa in Caseys Chicagoer Wohnung. Aber hier im Lokal? Das hatte es eine Ewigkeit nicht gegeben.

Nochmals wandte sie sich an Niccolo. „Ich habe Sie hier noch nie gesehen. Sind Sie aus der Gegend?"

Er schüttelte den Kopf, verzog dabei aber schmerzlich das Gesicht. „Naja, könnte man so sagen. Ich wohne drüben bei St. Brigid's."

In diesem Augenblick kam Casey zurück, in der einen Hand eine Flasche, zwischen den Fingern der anderen ein paar Gläser. „Wo ist Ashley?"

„Oben mit Peggy. Für euch alle ist Platz in unserer ehemaligen Wohnung."

Casey nickte. „Zuerst eine Runde aufs Haus. Die zwei sollen sich ruhig erst einrichten, ehe ich nach ihnen sehe."

Megan schwante schon, dass wenig Aussicht auf sofortige Antworten auf ihre zahllosen Fragen bestand. Sie zuckte die Achseln. „Wie heißt es so schön: Mach beim Trinken keine halben Sachen, halte es wie die Iren!" Damit nahm sie ihrer Schwester die Flasche aus der Hand und schenkte jedem säuberlich einen Daumenbreit ein. „*Slainté!*"

Megan war zwar Inhaberin eines Saloons – nicht nur Tochter

eines Kneipiers, sondern zugleich Enkelin und Urenkelin von Wirten –, sie trank selbst allerdings selten Alkohol, erst recht nicht, wenn ihre Welt ins Wanken geriet. An diesem Abend allerdings ließ sie fünf gerade sein und leerte ihr Glas in einem Zug.

Der Whiskey wärmte ihr Herz und Seele und rann bis in die entlegensten Winkel ihres Magens. Sie hatte Verständnis für das herzergreifende Verlangen, das ihre Gäste oft genug befiel, für den Wunsch nach Vergessen. Wie viel Farbe brachte der Whiskey in deren genügsames Leben, wie viele Geschichten an die Oberfläche, wie viele in Furcht erstarrte Herzen zum Schmelzen!

Doch gleichzeitig wusste sie nur zu gut um die zerstörerische Macht des Branntweins, um seine ungeheure, unwiderstehliche Kraft.

Denn diese Macht hatte um ein Haar ihre Familie zerstört.

„Bin gleich wieder da!“ sagte sie und knallte ihr Glas geräuschvoll auf den Tisch. „Und dass ihr zwei brav hier auf mich wartet!“

Niccolo merkte allmählich, dass er nur deshalb noch hier hockte, weil ihm nichts Besseres einfiel. Sein Haus war leer und wenig einladend, mehr eine Baustelle als ein Zuhause, und Ignatius Brady, Pfarrer von St. Brigid’s sowie Niccolos bislang einziger Bekannter in ganz Cleveland, war irgendwohin in Klausur gefahren. Nebenan in Niccolos Straße wohnten junge, offenbar ausgefüllte Freiberufler, die mit ihrem Leben genug zu tun hatten, und die üppige Nachbarin ihm gegenüber bekam verdächtig oft Herrenbesuch, wobei die Besucher stets kurz darauf wieder gingen, anscheinend in besserer Stimmung als bei der Ankunft.

Niccolo nutzte die Wartezeit, um die Umgebung genauer in Augenschein zu nehmen. Gemessen an den üblichen Kneipen war der Whiskey Island Saloon geradezu ein Juwel, auch wenn das alte Fachwerkgebäude von außen glanzlos wirkte – dunkel gebeizte Balken, keine Zierstreifen, dazu das Schild, dezent zwar, doch mit wunderschönen alten gälischen Buchstaben beschriftet. Der einzige Hinweis auf die irischen Wurzeln bestand in einem in den Ziergiebel über dem Eingang geschnitzten dreiblättrigen Kleeblatt.

Ganz anders sah es dagegen im Inneren des Lokals aus. Ein Großteil des Saloons war mit dunklem Holz vertäfelt, Walnuss vermutlich, das angesichts der Patina wohl mindestens ein halbes Jahrhundert auf dem Buckel hatte. An zwei Seiten war die Wand über der Vertäfelung in einem dunklen Waldgrün gestrichen und mit allerlei Postern dekoriert: windgepeitschte Küstenstreifen, idyllische Cottages.

Portraits hingen ebenfalls da: humorlos dreinschauende Herren und Damen aus einem anderen Jahrhundert, Familienfotos, Kinder auf Ponys, Priester in schwarzem Ornat. Auf einem handbemalten Schild über der Mahagonitheke war zu lesen:

Trí bhuna an ólacháin:
maidi n bhrónach,
cóta salach,
pócat folamha.

Darunter, in kleineren Buchstaben:

Die drei Übel des Zechens:
Katzenjammer am Morgen,
ein verdreckter Mantel
und ein leeres Portemonnaie.

Die gepolsterten Stühle wirkten ausreichend bequem, um darauf eine ganze lange Nacht durchzuzechen. Hoch in einer Ecke prangte einsam ein Fernseher, ein topmodernes Gerät mit teurem Flachbildschirm. Der gemütliche Schankraum an sich erwies sich als geräumiger, als auf den ersten Blick vermutet werden konnte. Wahrscheinlich gingen am St. Patrick's Day einige hundert Gäste hinein.

„Noch nie hier gewesen?"

Niccolos Blick wanderte zu Casey Donaghue. Er schüttelte den Kopf.

„Da haben Sie sich ja einen tollen Abend für die Premiere ausgesucht."

Sein Lächeln kam etwas gequält. „Ich wollte bloß einen Spaziergang machen.“

„Bei dem Wetter? Die Temperatur sinkt doch von Minute zu Minute. Bis morgen früh werden wir fünfzehn Zentimeter Schnee haben.“

„Ich weiß. Ich war auch schon auf dem Heimweg.“

„Danke, Niccolo! Ich kenne nicht viele, die wie Sie gehandelt hätten.“

Er musterte sie einen Moment. Ihr schmales, längliches Gesicht wurde umrahmt von wunderbar welligem Haar, das ihr wie Kaskaden auf die Schultern fiel. Falls sie, Megan und Peggy Geschwister waren, hatte jemand weiter oben beim Austeilen der Gene wohl viel Wert auf Vielfalt gelegt.

Dieser Gedanke brachte ihn schnurstracks zu Megan Donaghue zurück. Im Gegensatz zur hoch gewachsenen, gertenschlanken Casey war Megan eher klein und kompakt, fraulicher eben und mit fast eckigen Zügen. Das rote Haar, das Niccolos Fantasie auf der Reise ins süße Vergessen noch derart beflügelt hatte, war in Wirklichkeit eher ein wuscheliges Gewirr aus jungenhaften Locken, die offenbar ein Eigenleben führten.

„Der Saloon gehört also Ihnen?“ fragte er. „Ihnen und Ihren Schwestern?“

„Klar, gehört alles uns!“ Casey verzog das Gesicht. „Die Schnapsdrosseln und die Poeten, die alten Kumpel und die versoffenen Sänger. Unser Erbe! Ich war schon Jahre nicht mehr hier.“

Das erstaunte ihn denn doch. „Aber es ist doch gemütlich hier.“

„Klar, und alle Welt kennt einen.“

„So schlimm ist das doch nicht, oder?“

Sie lächelte zwar, doch den sarkastischen Ausdruck auf ihrem Gesicht machte das nicht weicher. „Dieser Laden hier kann einen dermaßen in Anspruch nehmen – da vergisst man glatt, dass es noch eine Welt außerhalb dieser Mauern gibt. Fragen Sie nur Megan!“

Niccolo hörte Megan zurückkommen, bevor er sie sah. Ihr

Gang wirkte so, wie sie offenbar auch sonst alles erledigte: energisch. Wo sie auftrat, knisterte förmlich die Luft.

Sie schmetterte einen zerbeulten Anglerkasten vor Niccolo auf den Tisch. „So, jetzt säubern wir die Wunde ein wenig, danach nehmen Sie noch einen zur Brust, und dann fährt unser Barkeeper Barry Sie zum Stadtkrankenhaus rüber, wo man Sie nochmals verarzten wird. Barry wird derweil warten und Sie hinterher nach Hause chauffieren." Sie wies mit dem Kopf auf den glatzköpfigen Mann mit dem grünem Polohemd, der hinter der Theke stand.

Niccolo brauchte den Ärmel seines Arbeitshemdes gar nicht aufzurollen. Er baumelte ihm ohnehin in Fetzen um den Oberarm. Daher stützte er bloß den Ellbogen auf den Tisch und überließ Megan den Rest.

„Ich wollte ursprünglich mal Krankenschwester werden", erzählte sie lächelnd, während sie sacht die Textilfetzen von der Haut abblätterte. „Weiß auch nicht, wieso ich geglaubt habe, das würde mir Spaß machen. Schließlich habe ich im Leben mit reichlich Idioten zu tun gehabt. Sie glauben gar nicht, wie viele Kerle ich an diesem Tisch schon zusammengeflickt habe. Die kommen schon mit der Absicht hier rein, sich zu prügeln. Natürlich fördern wir das nicht, und sobald wir sehen, was sie vorhaben, werden sie nicht mehr bedient. Manchmal passiert es aber trotzdem."

„Seit ihrem siebzehnten Lebensjahr flickt sie die Radaubrüder zusammen und liest ihnen die Leviten", fügte Casey hinzu. „Mal Schwester Oberin, mal Märchentante."

„Vorsicht, das brennt jetzt vielleicht!" Megan hielt Niccolo etwas Kaltes und Feuchtes gegen den Arm. Sie hatte Recht, wie er feststellen musste, es brannte tatsächlich. Merkwürdigerweise genoss er das Gefühl dennoch, was vielleicht daran lag, dass er froh war, überhaupt noch am Leben zu sein. Dass der Abend auch anders hätte ausgehen können, das kam ihm erst jetzt allmählich zu Bewusstsein.

Im Nu fielen ihm die Augen zu. Eine klagende, unverkennbar keltisch klingende Melodie flutete schmeichelnd aus einem auf der Bar stehenden Kassettenrekorder. Zigarettenqualm verschmolz mit dem Hefeduft von gerade im Backofen aufgehendem Brot zu einer wenig aromatischen Mischung. Niccolo spürte Megans Hände sanft auf der Haut, und das Pochen im Arm verriet ihm, dass er noch lebte.

Als er die Augen aufschlug, war Casey verschwunden. Jemand hatte ihm noch einen Schuss Whiskey eingeschenkt. Megan stand vor ihm, die Arme vor der Brust verschränkt. Ihre braunen Augen glänzten – auch wenn sie nicht lächelte.

Sie sprach mit einer kehligen, bluesgefärbten Altstimme, die für Niccolo allmählich vertraut klang. „Dieser Tisch hier, Niccolo Andreani, der wird für immer und ewig der Ihre sein, egal, wann Sie ihn möchten. Und dies hier ist Ihre Whiskeyflasche. Ist sie leer, steht eine neue an Ihrem Platz. Sie werden hier niemals ein Fremder sein und nie auch nur einen Cent bezahlen – was immer Sie wollen."

Es gab so manches, das Niccolo wollte. Aber ausgerechnet in einer Kneipe?

Falls ja, dann war es an Ironie nicht zu überbieten.

3. KAPITEL

Von den nächtlichen Ereignissen nach wie vor aufgewühlt, spürte Casey, wie ihr die Hände zitterten. Auch wenn es ihr nie an Courage gemangelt hatte, wusste sie doch, dass beim Aufwachen am kommenden Morgen das Zittern wohl immer noch anhalten würde.

Als ihr der Autoräuber die Waffe an die Kehle hielt, da war das gesamte vergangene Jahr plötzlich vor ihren Augen aufgeblitzt. Sie hatte die Fehler gesehen, die quälenden Fragen. Insbesondere jedoch war sie sich plötzlich der ungeheuren Verantwortung für das kleine Mädchen in ihrer Obhut bewusst geworden. Es war nun ihr Kind – nur vorübergehend zwar, doch ihrem Schutz anvertraut, selbst wenn sie ihre Zukunft dafür opfern musste.

„Mommy?"

Im Badezimmer der Wohnung benetzte Casey sich das Gesicht mit Wasser und trocknete sich mit einem Handtuch ab, nach Kräften bemüht, ihrer Stimme einen beruhigenden Ton zu verleihen. „Nicht Mommy, mein Schatz! Sag Casey, ja? Ich wasche mich nur eben."

„Mommy..."

Casey drehte sich das Herz im Leibe herum.

Hastig riss sie die Tür auf und eilte in das winzige Wohnzimmer, in dem Ashley in einer Sofaecke kauerte. Sie war gerade erst aufgewacht, nachdem sie für ein Weilchen eingeschlummert war. Ehe Casey heran war, hatte Peggy die Kleine bereits in die Arme geschlossen und an sich gedrückt.

Casey ging vor den beiden in die Hocke. „Ach, Ashley, Mäuschen, niemand tut dir etwas. Die Polizei hat die bösen Männer mitgenommen."

Steif und widerstrebend verharrte die Kleine in Peggys Umarmung und steckte schniefend den Daumen in den Mund.

Das winzige Wohnzimmer war nicht viel größer als sein rechteckiger Teppich. Vor den Wänden standen ein bräunliches Wildledersofa sowie zwei karierte Sessel, mitten im Zimmer ein

Couchtisch. Den restlichen Platz nahmen die zwei Frauen mit dem Kind ein.

„Ach, Ashley packt das schon!“ versicherte Peggy. „Sie muss erst einmal ordentlich ausschlafen. Morgen geht es dann schon besser.“

„Tut mir Leid, dass das alles passiert ist. Da waren wir wohl zur falschen Zeit am falschen Ort. Meinst du, ihr zwei könntet jetzt schlafen gehen?“

„Wäre einen Versuch wert, nicht wahr, Ashley?“ Peggy sah die Kleine fragend an.

„Ich hole den Koffer später aus dem Auto“, sagte Casey. „Ich helfe dir noch, Ashley zu Bett zu bringen. Dann muss ich aber wieder runter, ehe Megan kommt und nach dem Rechten sieht. Meg, den Wirbelsturm, will ich uns lieber ersparen.“ Sie öffnete die Arme, und als die Kleine sich bereitwillig hineinschmiegte, drückte Casey sie an sich und küsste ihr Haar. „Vertragt ihr zwei euch auch, bis ich wiederkomme und wir uns dann endgültig aufs Ohr legen?“

Peggy antwortete für sich und das Kind. „Das machen wir schon!“

Casey huschte schnell die Treppe hinunter, schlüpfte in den zwischen den beiden Toiletten gelegenen winzigen Vorratsraum und setzte sich, nachdem sie sorgfältig die Tür hinter sich geschlossen hatte, auf einen Kistenstapel. Das Handy in der Hand, zog sie einen Zettel aus der Tiefe der Hosentasche, wählte hastig eine Nummer und wartete.

Das Freizeichen ertönte acht Mal, ehe sich eine Frauenstimme meldete.

„Grace? Casey hier!“

Einige Zeit verging, bevor die Frau am anderen Ende antwortete. „Da hast du mich gerade noch erwischt. Morgen wird die Rufnummer geändert.“

„Ich weiß. Hör zu: Heute Abend ist etwas vorgefallen, das ich dir unbedingt erzählen muss“, sagte Casey und gab einen Kurzbericht von dem vereitelten Autodiebstahl, den sie mit dem

Hinweis abschloss, das niemandem etwas passiert sei, insbesondere Ashley nicht.

Die Frau blieb eine ganze Weile stumm. „Wie geht es ihr jetzt?"

„Ganz gut, glaube ich."

„Hast du schon vertraulich mit ihr sprechen können?"

„Nur kurz. Es ist nicht leicht, überhaupt an sie heranzukommen. Sie sagt nichts, aber sie weint auch nicht."

„Und was hältst du von der Sache?"

„Mir scheint, die beiden Gangster waren bloß zwei hiesige Kriminelle, die es auf meinen Wagen abgesehen hatten. Die sind zum Schluss auf den Gedanken gekommen, die Kleine könnte eine willkommene Geisel abgeben, mehr nicht."

„Hierher kann sie nicht kommen. Doch vielleicht sollten wir sie anderswohin bringen!"

„Allmählich gewöhnt sie sich an mich! Nach allem, was sie durchgemacht hat, würde ich ihr nur äußerst ungern schon wieder einen Wechsel zumuten – es sei denn, es lässt sich nicht umgehen. Ich halte die Augen offen. Sollte sich etwas ergeben, rufe ich umgehend an."

„Die neue Rufnummer darf ich dir nicht sagen, aber du weißt ja, an wen du dich wenden musst. Gib Ashley einen Kuss, und pass auf sie auf!"

Ein Klicken in der Leitung machte Casey klar, dass das Gespräch beendet war. Erst jetzt fiel ihr der aus dem Schankraum dringende Geräuschpegel auf. Als Kind hatte sie zusammen mit Megan aus den im Raum gestapelten Kisten und Stühlen Burgen gebaut und dabei dem Lachen und Singen gelauscht, das aus dem Lokal herübertönte. Da war der Whiskey Island Saloon noch ein Ort des Frohsinns gewesen, erfüllt von der herzerwärmenden Heiterkeit ihrer Mutter und dem lyrisch gefühlvollen Tenor ihres Vaters. Niemand hatte die irischen Volkslieder wie „Gypsy Rover" oder „The Rising of the Moon" so schön oder so häufig gesungen wie Caseys Vater.

Ein Lächeln zog sich über Caseys Gesicht, verschwand aber schnell wieder. Sie musste mit Megan reden. Der Abend hatte aus einer langen Serie überraschender Ereignisse bestanden. Es galt, ihre Schwester in eine weitere Überraschung einzuweihen.

Megan hätte nie erwartet, von Casey hinter dem Tresen unterstützt zu werden. Sie belud gerade ein Tablett mit Gläsern voll Porter, Ale und Guinness – so eine Bestellung schaffte sie normalerweise auch allein, weshalb sie ihre Schwester sachte beiseite schob. „Der Trubel hat sich gelegt. Geh du getrost nach oben! Bis Barry zurückkommt, schaffe ich das hier schon!"

Casey war jedoch schon dabei, ein Bier zu zapfen – ziemlich geübt, obwohl es bereits Jahre her war, dass ihr Vater sie in die Feinheiten dieser Kunst eingeführt hatte. Wie Megan wohl wusste, hatte ihre Schwester – neben anderen Jobs – schon des Öfteren hinter Kneipentheken gestanden, um sich das Geld für die Anfangssemester zu verdienen, und dabei offensichtlich einiges gelernt.

Nach dem Füllen des ersten Glases schaute Casey auf. „Von oben komme ich gerade erst. Ich muss mit dir reden, Meg!"

„Dann aber dalli! Sobald Barry wieder da ist, muss ich zurück in die Küche. Ich war gerade beim Töpfeschrubben, als das Sirenengeheul losging. Außerdem hab ich das Brot für morgen im Backofen."

„Okay, dann gehe ich jetzt in die Küche und schrubbe für dich weiter, und du kommst, wenn du Zeit hast. So können wir immer noch reden!"

Megan nahm das gefüllte Tablett. „Kommt nicht in die Tüte. Du gehst jetzt rauf. Ich komme nach, wenn ich fertig bin. Von mir aus können wir die ganze Nacht durchquatschen, falls dir der Sinn danach steht. Als Erstes erzählst du mir, was ihr hier sucht und warum du ein fremdes Kind bemutterst." Sie verstummte für einen Moment. „Weißt du, wenn ihr euch angemeldet hättet, dann hätte ich das gemästete Kalb geschlachtet. Stattdessen gibt es nur Kartoffeleintopf."

Casey fand das wenig komisch. „Ich muss aber mit dir sprechen! Sofort!"

Megan legte die Stirn in Falten. Casey musste immer das letzte Wort haben – eine Unart, die wohl in der Familie lag. „Dann mach die Popcorn-Körbe voll! Ich bringe das hier eben zum Tisch. Vielleicht haben wir ja in einer Minute etwas Zeit!"

Es dauerte zwar keine zehn Minuten, aber doch etwas länger als eine, bis ein wenig Ruhe einkehrte und die beiden Schwestern es sich an einem Ende der Theke bequem machten, wo Megan die Kundschaft im Auge behalten konnte.

„So, womit fangen wir an?" fragte Megan. „Wie lange habt ihr denn vor zu bleiben?"

„Das hängt davon ab, wie lange du mich bleiben lässt."

Megan war derart verblüfft, dass es ihr die Sprache verschlug.

„Schlimm, was?" sagte Casey. „Willst mich wohl nicht haben, wie?"

„Aber ja! Das weißt du doch! Der Laden hier gehört dir genauso wie mir! Nur ..." Megan verschränkte die Arme und sah ihre Schwester an. „Du hast groß herumgetönt, du kämst nie wieder! Und plötzlich schneist du hier rein und willst bis in alle Ewigkeit bleiben?"

„Von *wollen* kann keine Rede sein! Ich brauche ein Dach über dem Kopf und einen Job obendrein! So einfach ist das!"

„Du hast doch deine Wohnung und deine Stelle in Chicago!"

„Das war einmal. Den Job habe ich an den Nagel gehängt und die Wohnung untervermietet."

„Aber du hast deine Arbeit doch so gern gemacht!"

„Du weißt eben nicht, was es heißt, als Sozialarbeiterin in der Kinderfürsorge tätig zu sein. Ich war ausgebrannt."

Statt das Thema zu vertiefen, tastete Megan sich weiter vor. „Und was läuft da mit diesem Kind, Casey? Braucht die Kleine etwa auch eine Bleibe?"

„Ashley ist die Tochter einer Bekannten, die momentan nicht besonders gut drauf ist. Jetzt hat sie endlich einen ordentlichen Job in Milwaukee ergattert, aber immer noch keine anständige Wohnung oder genug Geld für eine richtige Kinderbetreuung. Ich halte es für besser, dass sie sich erstmal akklimatisiert, ehe sie die Kleine zu sich holt. Also habe ich mich bereit erklärt, das Kind für einige Zeit unter meine Fittiche zu nehmen."

Megan verkniff sich den Hinweis, dass Casey ihrerseits ebenso wenig Unterkunft oder Arbeit vorweisen konnte. Für Spitzfindigkeiten war dies nicht der richtige Zeitpunkt. „Mein Barkeeper für die Tagesschicht hat heute gekündigt, und die Wohnung oben steht leer. Meinst du, du packst beides?"

„Wenn ich alles so schaffe wie in der Vergangenheit …" Casey schüttelte den Kopf, als sei sie immer noch mit etwas anderem beschäftigt. „Meg, dieser Vorfall heute Abend – schrecklich!"

Megans Kehle war wie zugeschnürt. „Na, und ob! Furchtbar!" Sie schluckte. „Kann mir nicht annähernd vorstellen, wie schlimm das für euch gewesen sein muss!"

„Tolle Heimkehr, was? Wir wollten dich eigentlich überraschen, Peggy und ich, weil wir dachten, es wäre an der Zeit für eine Versöhnung. Ich meinte, es sei wichtig, dass sie hier stattfindet – nach allem, was geschehen ist …", fügte sie nach kurzer Pause hinzu.

„Machst du dir etwa Vorwürfe, weil du es nicht verhindert hast? Sag mal, Casey, spinnst du?"

„Deswegen nicht, sondern weil es perfekt in meinen Lebenslauf passt: der nächste Reinfall! Schon wieder was vermasselt!"

„Dabei hast du dich ausgesprochen mutig verhalten! Ich habe gehört, dass du dich dich schützend über Ashley und Peggy geworfen hättest, als Niccolo auf den Gangster losging."

„Niccolo tauchte geradezu aus dem Nichts auf. Als hätte der liebe Gott einen Schutzengel geschickt!"

Megan schnaubte nur abfällig. „War reiner Zufall, dass der gerade vorbeispazierte! Zuweilen kommen halt Leute hier vorbei, auch wenn sie das später vielleicht bereuen. Lieber Gott? Schutzengel? Dich hat wohl der göttliche Strahl getroffen, was? Wie den heiligen Paulus auf der Straße nach Damaskus!"

„Meg! Niccolo war nicht der Einzige, der da aus dem Nichts auftauchte."

Megan wollte ihre Schwester schon für deren Hang zum Hokuspokus tadeln, hielt sich jedoch schnell zurück und musterte sie erwartungsvoll.

„Da war tatsächlich noch jemand“, versicherte Casey schließlich.

„Ich verstehe nur Bahnhof.“

„Der Blonde, der mir die Waffe an die Kehle hielt, der hatte mich am Arm gepackt und schleuderte mich gegen die Motorhaube von meinem Auto.“ Casey holte tief Luft, als erlebe sie alles zum zweiten Mal. „Ich konnte mich nur mit Mühe aufrecht halten und stolperte auf die Stelle zu, wo Niccolo mit Ashley und Peggy stand. Der Blonde hatte meine Autoschlüssel und hätte den Motor im Nu anlassen können. Hat er aber nicht.“

„Weil er irgendwie außer Gefecht war.“

Casey nickte. „Erinnerst du dich an Niccolos Aussage, er hätte jemanden fortlaufen sehen?“

„Klar, aber da stand er kurz davor, aus den Latschen zu kippen. Als Zeuge taugt er unter diesen Umständen nicht viel. Und du hast ausgesagt, es wäre keiner da gewesen!“

„Es war aber *doch* jemand da! Und ich hab ihn sogar gesehen!“

Megan wartete einen Moment, doch Casey schwieg. „Wie soll ich das verstehen? Dass du es dir anders überlegt hast? Dafür wird die Polizei Verständnis haben. Die nehmen bestimmt Rücksicht auf die nervliche Anspannung, unter der du standest.“

„Ich hab es mir nicht anders überlegt! Ich hab der Polizei bloß nicht erzählt, was ich gesehen habe.“

„Warum denn nicht?“

„Weil ich glaube, dass es Rooney war, Meg. Mir scheint, der Mann, den Niccolo hat weglaufen sehen, war Rooney. Und ich wollte nicht, dass es jemand erfährt.“

4. KAPITEL

Nachdem man seine Wunde in der Notaufnahme des Krankenhauses mit drei Stichen genäht und ihm eine Tetanusspritze verpasst hatte, ließ Niccolo sich von Barry, dem Barkeeper, geradewegs nach Hause chauffieren. Dort stand er dann verlassen auf den frisch renovierten Ahorndielen im Foyer seines Hauses, ohne recht zu wissen, was er tun sollte.

Er konnte ins Bett gehen – wahrscheinlich die vernünftigste Lösung. Er konnte oben im einzigen Zimmer mit noch vier intakten Wänden die Heizung anstellen und versuchen zu lesen. Oder er konnte sich, bevor der Schneefall einsetzte und alle Spuren der abendlichen Ereignisse verdeckte, in seinen Wagen setzen und zu dem Parkplatz zurückfahren.

In den vergangenen zwei Jahren hatte er sich angewöhnt, sich stets auf die Variante festzulegen, die für sein Leben am wenigsten logisch erschien. Also suchte er sich eine Taschenlampe.

Die Fahrt dauerte nicht lange. Genau genommen lagen sowohl sein Haus als auch der Whiskey Island Saloon in Ohio City, einem Viertel voller Gegensätzen. Die vor Jahrzehnten begonnene Besiedelung der Bezirks durch die Oberschicht hatte ihre Spuren hinterlassen, war aber irgendwann im Sande verlaufen. Unbeeinflusst davon galt die Gegend rund um die Lookout Avenue, in der sich der Whiskey Island Saloon befand, seit eh und je als Arbeiterviertel.

Niccolo stellte den Wagen nicht auf dem mittlerweile volleren Kneipenparkplatz ab, sondern rollte am Eingang vorbei und parkte ein paar Meter weiter am Straßenrand. Wie zuvor marschierte er dann zu Fuß über den Bürgersteig Richtung Saloon und stoppte an derselben Stelle, mitten in der Einfahrt, wo er einige Zeit verharrte, den geteerten Platz im Blick.

Da er selbst nicht genau wusste, wonach er eigentlich suchte, hütete er sich vor überstürztem Aktionismus und blieb zunächst auf dem Bürgersteig stehen. Vor dem geistigen Auge ließ er die zuvor erlebte Szene nochmals Revue passieren, mitsamt den handelnden Personen, die er in seiner Vorstellung wie bei dem echten

Überfall Positionen einnehmen und Dialoge sprechen ließ. Sobald er einigermaßen sicher war, dass sein Gedächtnis lückenlos funktionierte, rückte er langsam zwischen den zwei Autoreihen vor, den Strahl seiner Taschenlampe forschend auf den Asphalt gerichtet, bis er zu dem nach wie vor an Ort und Stelle parkenden Wagen von Casey Donaghue gelangte. Da auch dort nichts Ungewöhnliches zu finden war, ließ Niccolo sich auf Hände und Knie nieder und spähte unter das Fahrzeug.

Er hörte Türenknallen und Stimmengewirr auf der Straße, doch die Sprechenden gingen vorbei, und die Stimmen verhallten. Niccolo blieb auf allen vieren und nahm das erste merkwürdige Objekt, auf das er im Schein seiner Lampe gestoßen war, näher ins Visier. Mit der Brust fast gänzlich am Boden, griff er in Höhe des Vorderrads, dicht am Reifen vorbei, mit gestrecktem Arm nach dem Gegenstand, der sich als eine Schuhsohle erwies. Er war gerade dabei, sich zu erheben, als er hinter sich eine vertraute Stimme vernahm.

„Nur gut, dass ich Ihr Hinterteil erkannt habe! Wissen Sie, ich war nämlich drauf und dran, Ihnen gewaltig in dasselbe zu treten!“

Die Sohle in der Hand, drehte Niccolo sich um. „Wusste gar nicht, dass ich so einen unverkennbaren Allerwertesten habe!“

Megan musterte ihn eingehend, fragte aber nicht nach einer Erklärung, sondern wartete ab.

„Ich weiß“, räumte er ein, „eigentlich müsste ich daheim im Bett liegen!“

Als sei sie genau dieser Meinung, legte sie den Kopf schräg, sagte aber kein Wort.

„Ich löse halt so gerne Rätsel! In mir steckt dieser krankhafte Zwang, auf alle Fragen des Lebens eine Antwort finden zu müssen.“

„Welche Antworten erwarten Sie denn unter dem Wagen meiner Schwester?“

„Ich versuche zu ergründen, ob man durch die geballte Wirkung von Angst und der Verletzung durch eine Schusswunde Halluzinationen kriegt.“

„Und zu welchem Fazit sind Sie gelangt?"

Sie trug keinen Mantel, wie er jetzt bemerkte. Megan hatte bloß ein kurzärmeliges weißes Polohemd an, Kakihosen und einen am Hals verknoteten grünen Schal – eine eher für Juni oder für das Bedienen in der Kneipe geeignete Kluft. „Für ein ausführlicheres Gespräch sind Sie falsch angezogen."

„Ich wollte gerade die Mülleimer leeren." Sie wies mit dem Kopf zu dem Müllcontainer.

„Ich kann warten", sagte Niccolo, der bereits mit dem Hinweis rechnete, derartige Lappalien seien ihr keine weiteren Erörterungen wert. Sie entfernte sich jedoch wortlos, und als sie in eine dicke, safrangelbe Skijacke gehüllt wieder auftauchte, untersuchte er gerade die Schuhsohle.

„Und? Was haben Sie gefunden?" wollte sie wissen.

„Vielleicht nichts", bemerkte er und reichte ihr die Sohle, die sie mit spitzen Fingern entgegennahm und begutachtete. „Von einem gewöhnlichen Schuh stammt die allerdings nicht. Sehen Sie, wie abgetreten die ist? Drei Löcher, eins davon noch mit Papier zugestopft."

Sie gab ihm die Sohle zurück, als wolle sie diese möglichst schnell loswerden. „Und?"

„Im Lokal heute Abend ist mir niemand aufgefallen, der mit so einem Treter herumlief. Ihnen etwa? Gehören muss er aber jemandem, einem Mann, wie man unschwer sieht, ein armer Schlucker, der nicht mal das nötige Kleingeld für ein Guinness hat."

„Ich verstehe nicht, worauf Sie hinauswollen."

„Der Mann, den ich meiner Meinung nach an diesem Abend gesehen habe, war regelrecht eingemummelt in Kleidungsstücke. Aus der Entfernung glich er fast einer Mumie. Mal angenommen, es war wirklich jemand da, und weiterhin angenommen, er ist tatsächlich so ein armer Teufel. Gegen die Kälte trug er vielleicht seine gesamte Garderobe, Hemden und Pullover für eine ganze Woche, alles übereinander. Kann ja sein, dass er gar keinen richtigen Mantel besitzt oder dass er seinen kompletten Kleiderschrank am Körper trägt, weil das leichter ist, als alles in einer Plastiktüte mit sich herumzuschleppen!"

„Casey hat Ihnen doch gesagt, dass niemand da war!"

„Casey war vollauf mit dem Beschützen Ihrer Schwester und des Mädchens beschäftigt. Da konnte sie ihren Wagen unmöglich jede Sekunde im Auge haben."

„Sie selbst waren aber auch nicht gerade untätig, wie mir scheint!"

„Ich habe ihn ja auch nur ganz flüchtig zu sehen bekommen."

„Bevor, während oder nachdem Sie zusammengeklappt sind?"

Nicht zum ersten Mal hatte er den Eindruck, dass sie mit großem Aufwand versuchte, seine Beobachtung zu widerlegen.

Er versuchte es mit einer neuen Taktik. „Da vorne steht ein Müllcontainer. Man kann also bei Ihnen im Lokal auch essen, nicht wahr?"

„Die besten irischen Pub-Spezialitäten in der ganzen Stadt."

„Kommt es vor, dass Leute schon mal den Container durchwühlen? Nach Essensresten?"

„Wenn wir schließen, können Bedürftige zum Hintereingang kommen und sich die Reste abholen. Das ist hier so Brauch und auch allgemein bekannt. Wenn sich heute Abend jemand gemeldet hätte – er wäre mit Kartoffelsuppe bedient worden."

Er war überrascht und kleinlaut zugleich. „Und wie lange besteht diese Tradition schon?"

Sie lächelte und wirkte schon weniger zugeknöpft. „Bisschen Nachhilfe in Geschichte gefällig?"

„Solange es nicht noch kälter wird ..."

Er folgte ihr über den rückwärtigen Teil des Parkplatzes am Container vorbei, bis sie auf einer vereisten Grasböschung ankamen, über der einige vereinzelt stehende dürre Pappeln und Weiden aufragten. Die Stelle war eine Art Anhöhe, an sich eine eher seltene Erscheinung in der flachen West Side von Cleveland, andererseits bei dem Straßennamen „Lookout Avenue" so abwegig auch wieder nicht.

„Also, aufgepasst! Wissen Sie, was das ist?" Den beiden bot sich das typische nächtliche Stadtpanorama, wie es heute so charakteristisch für die Metropolen an den Großen Seen ist.

„Wissen Sie, wie das heißt, was Sie da vor sich sehen?“ Sie wies auf das Areal, das sich jenseits der Autobahn bis hin zum Eriesee erstreckte, ein von Eisenbahngleisen durchzogenes Terrain voller riesiger Erzhalden. „Whiskey Island.“

Jetzt war ihm klar, woher der Saloon seinen Namen hatte. „Wieso?“

„Nun, hier stand die erste Brennerei im nordöstlichen Ohio, damals, Anfang des 19. Jahrhunderts, als Cleveland nichts zu bieten hatte außer Sümpfen und mörderisch kalten Wintern. Im Verlauf des Jahrhunderts ließen sich dann die Iren hier nieder, weil niemand sonst das Land haben wollte. Und plötzlich war jedermann in Cleveland der Ansicht, der Name passe wie die Faust aufs Auge.“

Allmählich fand er Gefallen an der Geschichtsstunde. „Ist das nicht ein ziemlich abgedroschenes Klischee?“

Sie sah ihn an. „In den Glanzzeiten von Whiskey Island gab es hier vierzehn Wirtshäuser, ob Sie es glauben oder nicht.“

Niccolo stieß einen leisen Pfiff aus.

„Obwohl früher tatsächlich eine echte Insel, ist Whiskey Island heute streng genommen nur eine Halbinsel. Aber das nur nebenbei. Eigentlich wollten Sie ja wissen, wie lange ich schon in meiner Kneipe kostenloses Essen ausgebe. In den 30er Jahren, während der großen Wirtschaftskrise, befand sich auf dem Areal eine Ansammlung von Baracken und Hütten – Elendsquartiere für Hunderte von Verarmten und Obdachlosen. Da machten meine Vorfahren aus der Not eine Tugend. Eigentlich war das mit den kostenlosen Resten schon seit Jahren so gelaufen – inoffiziell natürlich. Wer nachweisen konnte, dass ihn ein trauriges Schicksal getroffen hatte, der kriegte einen Schlag Suppe. Da wurde nicht lange gefragt. Während der Notzeiten dieser Wirtschaftskrise allerdings war dann ganz offiziell Essensausgabe hier auf dem jetzigen Kneipenparkplatz, und zwar Abend für Abend. Kurz vor Toresschluss kamen die Männer den Hügel raufgekrabbelt, um sich das übrig gebliebene Essen abzuholen. Dem Vernehmen nach sollen meine Ahnen stets dafür gesorgt haben, dass immer etwas übrig blieb.“

„Wenn ich Sie richtig verstehe, gehört es also zu Ihrer Familiengeschichte, in Not geratenen Menschen zu helfen. Und einer von denen hat vielleicht seine Schuhsohle unter dem Wagen Ihrer Schwester liegen gelassen."

„Viel wahrscheinlicher ist, dass die schon dort lag, als Casey einparkte. Womöglich schon seit Wochen. Wer weiß?"

Er betrachtete die unten auf der Schnellstraße vorbeirasenden Autos. Der Hügel fiel zwar recht steil zur Uferstraße hin ab, war aber durchaus zu bewältigen und der Highway zu dieser späten Stunde nur wenig befahren. Ein Mann konnte also den Hang hinunter flüchten und die Fahrbahn einigermaßen gefahrlos überqueren, ehe jemand überhaupt auf den Gedanken kam, nach ihm zu suchen, was ja in diesem Fall mehrere Stunden gedauert hatte.

Niccolo nahm sich vor, die Uferschnellstraße am folgenden Morgen selbst zu überschreiten und sich auf Whiskey Island genauer umzusehen. „Vielleicht war der Mann, den ich gesehen habe, auf eine kostenlose Mahlzeit aus."

„Die hätte er auch gekriegt, wenn er geblieben wäre. Da hätte er nicht weglaufen müssen."

„Kann doch sein, dass er meinte, sein Eingreifen brächte ihm bloß Scherereien ein."

„Scherereien für die Verhinderung einer Autoentführung?"

„Anscheinend wollen Sie unbedingt nachweisen, dass ich mir den Mann nur eingebildet habe."

Eine Weile blieb sie stumm. „Wir werden es nie erfahren", erwiderte sie schließlich leichthin.

„Eins noch, wenn Sie gestatten", bat er. „Als einer der Gangster Ihrer Schwester Casey befahl auszusteigen, da kam es mir so vor, als fürchte sie, die Männer hätten es auf die Kleine abgesehen."

„Na, hatten sie ja auch! Sie wollten sie doch als Geisel mitnehmen."

„Nein, vorher schon, meine ich. Als Casey noch gar nicht wissen konnte, dass die Diebe nur das Auto wollten. Und das Mädchen schien mir die gleiche Befürchtung zu haben."

„Das Dingelchen war zu Tode erschreckt. Kleine Kinder nehmen schließlich alles persönlich, oder?“ Mittlerweile wirkte Megan ehrlich verblüfft.

„Mir kam es zu dem Zeitpunkt eben sonderbar vor. Deshalb fiel es mir so auf.“

Wortlos machte sie kehrt und wandte sich wieder Richtung Parkplatz. „Ich weiß nicht, was es damit auf sich haben soll, Nick. Bisher hatte ich selbst keine Zeit, um irgendwas über Ashley in Erfahrung zu bringen. Aber wieso interessiert Sie das überhaupt? Ist das nicht eher eine Bagatelle?“

„Wenn einem ein Verrückter mit der Pistole vorm Gesicht herumfuchtelt, kommt einem nichts mehr wie eine Bagatelle vor“, konterte Niccolo mit einem schuldbewussten Lachen, das ihn selbst überraschte. „Vielleicht nehme ich die Sache zu wichtig und messe ihr eine Bedeutung bei, die ihr nicht zukommt.“

Insgeheim aber machte er sich nichts vor. Er wusste, woher sein Interesse an dem ‚eingebildeten‘ Fremden stammte. Aus Gründen, in die er niemanden einzuweihen gedachte, konnte und wollte er es nicht aus dem Gedächtnis streichen: das Bild eines in Schichten von Kleidungsstücken gehüllten Mannes.

Kurz vor dem Hintereingang zur Kneipe blieb Megan stehen. „Sind Sie für so etwas nicht inzwischen zu alt? Wissen Sie nicht, dass alles, was mit uns passiert, willkürlich und ohne Sinn geschieht?“ Ihr Haar war weiß bestäubt, denn der von Casey vorhergesehene Schneefall hatte mittlerweile tatsächlich eingesetzt. Flocken rieselten auf Megans kurze Locken und verfingen sich in ihren Wimpern. Niccolo war fast versucht, ihr eine Schneeflocke von der Nasenspitze zu fischen.

„Dass Sie hier vorbeikamen, war reiner Zufall“, fuhr sie fort. „Genauso gut hätten sie ein, zwei Straßen weiter abbiegen können. Ich bin natürlich froh, dass sie das nicht getan haben, ich bezweifle aber, dass Ihre Route und Ihre Hilfeleistung Teil eines göttlichen Gesamtplans waren.“

Bei dem kaum verhüllten Unmut, der aus ihren Worten sprach, konnte er sich ein Grinsen nicht verkneifen. „Ich höre regelrecht, wie sich Ihre irischen Ahnen von Whiskey Island bei diesen Gotteslästereien im Grabe umdrehen, Megan Donaghue!

Und Sie machen wahrscheinlich drei Kreuze, sobald ich Ihnen den Rücken kehre!"

„Das wäre das erste Mal seit zehn Jahren!"

„Auch eine abtrünnige Katholikin ..."

„... bleibt eine Katholikin? Von wegen! Höchstens dann, wenn der Heilige Stuhl eine Pfarrgemeinde für Atheisten einrichtet."

Länger durfte er ihre Zeit nicht in Anspruch nehmen. Niccolo merkte, dass er sie mit seinen Bemerkungen nur provoziert hatte, um das Ende des Gesprächs noch hinauszuzögern – ein ungewohntes Verlangen, wie er erst jetzt feststellte. Einen Augenblick lang stand er unschlüssig da, bis ihn die Wirklichkeit wieder hatte. „Vielleicht kann ich nun besser schlafen. Kommt auf einen Versuch an."

„Tut mir Leid, dass Sie sich da verrannt haben. Aber vermutlich ist an der Sache wirklich nichts dran."

Zwei Dinge machten ihn stutzig. Erstens: Offenbar wollte Megan ihn mit aller Macht davon überzeugen, er habe an diesem Abend Gespenster gesehen. Und zweitens hatte eine gescheite Frau wie sie mit Sicherheit längst eines erkannt: Je mehr sie in dieser Sache mauerte, desto stärker wuchs sein Interesse. Hieß das, dass Megan Donaghue ihn damit insgeheim zu weiteren Nachforschungen auffordern wollte? Auch wenn sie es sich selbst nicht eingestand?

Sie öffnete den Hintereingang, nickte Niccolo ein letztes Mal kurz zu und schloss die Tür hinter sich.

Der Parkplatz lag wieder still und verlassen vor ihm. Als Niccolo sich in Bewegung setzte, schmolzen bereits die ersten Schneeflocken unter seinen Stiefeln. Während er Richtung Einfahrt stapfte, ließ er den Strahl seiner Taschenlampe planlos hin und her wandern und stoppte für einen allerletzten Kontrollblick abermals neben Caseys Wagen.

Fast hätte er den Manschettenknopf übersehen. Er lag direkt hinter dem linken Vorderrad. Hätte der Schein der Taschenlampe ihn nicht plötzlich aufblitzen lassen, wäre er Niccolo wohl nicht aufgefallen. So aber trat er näher heran, hob ihn, in die Hocke gehend, vom Boden auf und legte ihn sich auf die flache Hand, um ihn genauer betrachten zu können.

Er war aus Gold, großflächig und erstaunlich reich verziert. Das Blitzen, das Niccolo aufgefallen war, stammte von linienförmig angeordneten und miteinander verflochtenen Brillanten, die in Großbuchstaben ein doppeltes, ineinander verschlungenes „S" bildeten.

Obwohl Niccolo alles andere als ein Experte in solchen Angelegenheiten war, wusste er auf Anhieb, dass es sich bei dem Manschettenknopf um ein altes und wahrscheinlich wertvolles Stück handelte.

Die Gangster, so grübelte er, während er den Knopf mit den Fingern umschloss, waren auf frischer Tat ertappt worden. Insofern war der Manschettenknopf kein weiterer Beweis für ihr Verbrechen. Der war nicht mehr erforderlich. Es durfte sogar bezweifelt werden, dass er überhaupt mit den Autodieben in Verbindung stand, zumindest direkt.

Der Obdachlose allerdings – und Niccolo war sich immer sicherer, dass er ihn tatsächlich gesehen hatte –, der konnte den Knopf durchaus verloren haben. Vielleicht war der Mann einer von denen, die den Abfall der ganzen Stadt nach verwertbaren Resten durchwühlen – entweder um sie zu Geld zu machen oder sie zu horten, quasi als persönlichen Schatz.

So seltsam es auch erscheinen mochte: es war durchaus möglich, dass dieses kostbares Kleinod einem solchen „Schatzsucher" gehörte.

Zwar war sich Niccolo über sein weiteres Vorgehen immer noch unsicher, doch als er den Manschettenknopf in die Tasche gleiten ließ, hatte er seinen Entschluss längst gefasst.

5. KAPITEL

Auch wenn die Angehörigen des Donaghue-Clans in vielerlei Hinsicht auf getrennten Wegen durchs Leben gingen – eins war allen gemeinsam: sie feierten gern. Verlor Bobby Donaghues Erstklässler einen Milchzahn, wurde das festlich begangen. Als Kyle Donaghue Flanagan zum Revisor beim Rechnungsprüfungsamt von Cuyahoga County ernannt wurde, begoss man das gleichfalls. Wäre Kyle wegen krummer Sachen – nicht von ungefähr sagte man ihm nach, an seinen Fingern bleibe zuweilen etwas kleben – umgehend wieder geschasst worden, hätte man auch das gebührend gefeiert.

Mittlerweile war es drei beziehungsweise vier Generationen her, seit die große Hungerkatastrophe, die nach der Kartoffelfäule über Irland hereingebrochen war, die völlig verarmten Vorfahren der Donaghues in so genannten schwimmenden Särgen über den Großen Teich nach Amerika getrieben hatte. Der Horror des Elends hatte sich zwar mit jeder neuen Generation mehr verflüchtigt, doch der Hang zum Feiern, und sei der Anlass auch noch so gering, der war geblieben.

Derartige Donaghue-Festivitäten fanden in der Regel im Whiskey Island Saloon statt. Zuletzt hatte man anlässlich des Millenniumswechsels gewaltig die Puppen tanzen lassen, und zwar auf solch denkwürdige Weise, dass es in den Tagen danach in der Kneipe relativ ruhig zugegangen war, weil sämtliche Anverwandten zunächst ihren Kater auskurieren mussten. Doch schon am Abend nach Caseys unerwarteter Heimkehr und der missglückten Autoentführung wurde das nächste Fass aufgemacht. In weiser Voraussicht hatte Megan für den entsprechenden Vorrat an Speisen und Getränken gesorgt. Auch die restliche Kartoffelsuppe vom Vortag fand reißenden Absatz und brauchte am Ende doch nicht eingefroren zu werden – wenigstens etwas, das man den Gangstern zugute halten konnte, selbst wenn dem Überfall ansonsten herzlich wenig abzugewinnen war.

„Wie geht's meiner Lieblingsnichte?"

„Bestens, Onkel Dennis!" Wohl oder übel ergab Megan sich

der bierseligen Umarmung ihres Onkels Dennis, des ältesten Bruders ihrer Mutter. Nachdem sie ihn ihrerseits kräftig an sich gedrückt hatte, entwand sie sich seinen Armen und zupfte schelmisch an dem bis zum Kinn reichenden Schnauzbart. „Hol dir auch einen Teller Kartoffelsuppe!“ forderte sie ihn dabei auf. „Damit dir der Durst vergeht!“

„Rosaleens Suppe?“ In Onkel Dennis’ Augen trat ein erwartungsfroher Glanz.

Megan nickte. Rosaleen war ihre Ur-Urgroßmutter, deren legendäre Kochrezepte bereits seit Bestehen des Lokals das gastronomische Rückgrat des Whiskey Island Saloon bildeten.

„Peggy?“ rief Megan und winkte gleichzeitig ihrer Schwester, die sich, ein Tablett mit leeren Gläsern auf der Hand balancierend, beim Hören ihres Namens umgedreht hatte. „Eine Kartoffelsuppe für Onkel Dennis!“

Peggy warf ihrem Onkel eine Kusshand zu und verschwand mitsamt ihrem Tablett in der Küche.

Nun gesellte sich Casey zu Dennis und Megan. Als Ehrengast trug sie hautenge Samtleggings sowie eine goldfarbene Tunika, so kunstvoll und reich bestickt, dass sie im Harem eines Paschas für Furore gesorgt hätte. Aber zu Casey passte das Kleidungsstück sehr gut.

„Ich hab mich erst einmal ausgeklinkt“, stöhnte sie, das Gesicht zu einer Grimasse verzogen. „Was ich mir alles anhören muss: niedliche Geschichtchen aus meiner Kindheit, reizende Anekdötchen, ach so bezaubernde Erinnerungen an Streicheltiere, Freundinnen und Krabbelbuden aus Pappkartons!“

„Dann liegst du bei mir genau richtig“, stellte Dennis fest. „Ich erzähl dir nämlich, was du wirklich warst: ein Satansbraten sondergleichen! Deine Frau Mama – Gott hab sie selig! – musste alle Hebel in Bewegung setzen, damit die Nonnen dich nicht achtkantig aus der Klosterschule feuerten! Die hat mehr Zeit bei den frommen Schwestern von St. Brigid’s zugebracht als hinter der Theke!“

Casey gab ihm einen Kuss auf die Wange. „Tut gut, mal die ungeschminkte Wahrheit zu hören! Meine jahrelange Abwesenheit von daheim führt offenbar dazu, dass alle Welt meine Vergangenheit schönfärben will! Ich erkenne mich selbst nicht wieder!"

„Du warst halt zu lange weg", erklärte Dennis. „Kannst du da erwarten, dass jeder noch weiß, was du für ein Früchtchen warst?" Er küsste sie ebenfalls auf die Wange und wandte sich dann dem nächsten Plaudergrüppchen zu.

„Na, Casey? Amüsierst du dich gut?" fragte Megan ironisch, als er fort war.

„Wie ist denn dein Eindruck?"

Megan legte den Kopf schräg. „Mir scheint, du bist über die Maßen beeindruckt. So etwas hast du ja lange nicht mehr erlebt."

„Ursprünglich waren es aber genau diese Familienfeste, die mich zu der Überzeugung brachten, wir sollten die Kneipe verkaufen."

Megan merkte, dass sie gefährlich dicht an das Thema gerieten, dem sie jahrelang ausgewichen waren – das Problem, das im Grunde ihren Bruch verursacht hatte. „Und mich überzeugten diese Familienfeiern vom genauen Gegenteil."

„Nun, du hast ja auch deinen Kopf durchgesetzt, nicht wahr? Deshalb heißt es jetzt ja auch weiter: Hoch die Tassen!"

„Ist es denn wirklich so unangenehm, die Verwandtschaft um sich zu scharen?"

„Was soll ich dazu sagen? Erst kündige ich pompös an, ich würde nie wieder meinen Fuß durch die Eingangstür setzen. Jetzt bin ich aber trotzdem da, auf dem schnellsten Wege nach Hause, zurück zu dir und Whiskey Island. Und weshalb? Weil ich in der Klemme sitze!"

Da Casey nun von einem weiteren Cousin abgefangen wurde, zog Megan sich vorübergehend aus dem Getümmel zurück, um zu verschnaufen. Als sie in die Küche trat, war Peggy gerade dabei, mit einer Suppenkelle Eintopf in einen Teller zu füllen. Zum wiederholten Mal stellte Megan beeindruckt fest, wie hübsch ihre jüngste Schwester war mit ihrem kastanienbraunen Haar und einer etwas dunkleren Version jener bernsteinfarbenen Augen, wie auch Megan selbst sie besaß. Peggys Gesicht war weicher gezeichnet als das ihrer Schwestern, ihre Figur biegsam und schlank, wenn auch nicht ohne Rundungen. Am auffälligsten an ihr war jedoch ihr erkennbares Vertrauen in die Menschheit, das sich in jedem Ausdruck und jeder Geste offenbarte. Schon als kleines Mädchen hatte Casey zu Megans Entsetzen immer geglaubt, sie könne sich ohne weiteres mit einem blutrünstigen Killer einlassen – in der Überzeugung, das sei im Grunde ein guter Mensch, der lediglich auf die schiefe Bahn geraten war.

„Also, alles, was recht ist – ohne mich hättest du heute Abend auf dem Schlauch gestanden!" rief Peggy ihr über die Schulter zu. „Hier geht es ja zu wie im Taubenschlag!"

Die missglückte Autoentführung hatte für Schlagzeilen in den Morgenausgaben der lokalen Presse gesorgt, weswegen bei Megan die Telefondrähte heiß gelaufen waren. Fürsorgliche Verwandte hatten sich spontan die Klinke in die Hand gegeben, um sich mit eigenen Augen davon zu überzeugen, dass den Schwestern auch wirklich kein Haar gekrümmt worden war.

„Super, dass du wieder zu Hause bist", erwiderte Megan, „aber es hätte wahrscheinlich auch jemand eine Sonderschicht eingelegt, wenn Not am Mann gewesen wäre. Du müsstest doch eigentlich mit Wichtigerem beschäftigt sein!"

„Was gibt es denn Wichtigeres als eine Wiedersehensfeier im Familienkreis?"

Megan hütete sich zwar wohlweislich, ihre Schwester auf der Stelle in die Mangel zu nehmen, beschloss aber, ihr zumindest auf den Zahn zu fühlen. „Ich bin ja hellauf begeistert über euer Kommen. Trotzdem: Ist nicht diese Woche wieder Vorlesungsbeginn?"

„Doch."

„Und? Nicht schlimm, wenn du ein paar Seminare versäumst?"

„Ich habe in den Weihnachtsferien bloß zwei Tage in meiner Wohnung in Chicago verbracht. Als Casey mir von ihrem Plan berichtete, hab ich im Krankenhaus Sonderurlaub beantragt und den auch genehmigt bekommen."

Peggy hatte die Absicht, im kommenden Jahr auf die medizinische Fakultät der Universität zu wechseln. Während des laufenden Semesters arbeitete sie bereits stundenweise in einem Krankenhaus, und zwar in der Anmeldung der Notaufnahme, ein Job, der nicht sonderlich viel einbrachte, in dem sie jedoch wertvolle Erfahrungen sammeln konnte. Als sie auch über die Ferien auf den Dienstplan gesetzt wurde, hatte sie wohl oder übel in den sauren Apfel beißen und arbeiten müssen. Andernfalls wäre sie die Stelle los gewesen.

„Ach, ich bin ja heilfroh, dass du da bist. Du hast mir nämlich regelrecht gefehlt. Tut mir Leid, dass ihr in den Schlamassel da auf dem Parkplatz geraten seid!“

„Halb so wild. In ein, zwei Tagen betrachte ich das wahrscheinlich bloß noch als erstklassige Fallstudie, bei der man aus erster Hand erfahren konnte, wie Psychopathen ticken. Hautnahes Training, völlig kostenlos.“

Megan fasste ihre Schwester bei den Schultern und drehte sie zu sich herum, um ihr besser ins Gesicht sehen zu können. Wie immer forschte sie nach Anzeichen, die ihr verrieten, ob Peggy womöglich unglücklich oder seelisch angeknackst war. „Erzähl mir bloß nicht, du trägst dich mit dem Gedanken, dich auf Psychiatrie zu spezialisieren!“

„Warum nicht?“ Peggy lächelte. „In dieser Sippschaft tut eine Psychiaterin dringend Not!“

„Sag mal, spinnst du? Onkel Ben auf der Couch?“ Megan tat so, als schüttle es sie bei der Vorstellung. „Verleg dich lieber auf Sportmedizin. Besonders athletisch ist nämlich keiner aus der ganzen Bagage! Aber Spaß beiseite – richte dich darauf ein, dass wir uns mal eingehend unterhalten, ja? Ich möchte gern wissen, was es Neues gibt.“

Peggys Lächeln erlosch. „Willst mich wohl ausquetschen, was?“ fragte sie, wobei sie den Teller mit Eintopf auf ein Tablett stellte. „Dann sei vorsorglich gewarnt: Ich lasse mich nicht aushorchen. Ich möchte einfach in Ruhe das Zusammensein mit meinen Schwestern genießen und abschalten. Okay?“

Auf den scharfen Unterton in Peggys ansonsten so sanfter Stimme war Megan nicht gefasst. „Abschalten? Wie lange denn?“

„Solange ich es für nötig erachte. Kannst du das eventuell akzeptieren?“

„Logisch.“ Megan nickte, auch wenn ihr inneres Frühwarnsystem bereits Alarm schlug.

Zurück im Schankraum, plauderte sie mit weiteren Anverwandten und Gästen, zapfte zwischendurch Bier und begab sich schließlich zum Ecktisch unweit des Eingangs, wo Peggy inzwischen in einen Plausch mit Onkel Frank und Tante Deirdre vertieft war. Als Megan an den Tisch trat, stand Frank Grogan auf und breitete die Arme aus. Wieder einmal kam Megan um eine Umarmung und ein Küsschen nicht herum.

Auch Tante Deirdre ließ sich von ihrer Nichte umarmen – eine zierliche, feminin wirkende Frau, die immer den Eindruck erweckte, als sei ihr gerade eine Erleuchtung gekommen. Obwohl unscheinbarer als ein Gutteil der Familie, waren Frank und Deirdre Grogan doch herzensgute und anständige Leute. Da ihnen Kinder versagt geblieben waren, hatten sie die drei Donaghue-Schwestern stets wie ihr eigen Fleisch und Blut betrachtet, bei jeder sich bietenden Gelegenheit als Ersatzeltern der kleinen Peggy fungiert und dafür gesorgt, dass es ihr an nichts fehlte. Bei Casey und Megan hingegen waren derartige Bestrebungen am unbändigen Stolz der beiden Schwestern gescheitert.

„Peggy berichtet uns gerade von ihrer Arbeit“, bemerkte Deirdre.

Megan wusste sehr wohl, dass Peggys Nebenjob einen wunden Punkt darstellte. Betucht, wie sie waren, hätten die Grogans ihrer Nichte mit Leichtigkeit das gesamte Studium finanzieren können, und des Öfteren hatten sie auch schon entsprechende Vorschläge gemacht. Peggy hatte diese generösen Offerten zwar meistens abgelehnt, dabei aber genügend Fingerspitzengefühl bewiesen, sich immerhin noch die Fachliteratur bezahlen zu lassen – mehr allerdings nicht. Für sonstige Kosten, die sie mit ihrem Studentenjob nicht abdeckte, kam ein großzügig bemessenes Stipendium auf.

„Du verfügst über erstklassige Referenzen für die Aufnahme an der medizinischen Fakultät!“ versicherte Frank. „Bei deinem

Notenschnitt kannst du dir die Uni sogar aussuchen! Und wir möchten dich gern unterstützen, das weißt du ja!“

„Das Studium wird aus Peggys Anteil am Gewinn des Saloons finanziert“, stellte Megan energisch klar. „Geht schon eine ganze Weile so!“

Offenbar langte es Peggy allmählich. „Falls ihr alle unbedingt das Geld unter die Leute bringen wollt: Warum schmeißt ihr nicht zusammen und schickt mich für ein paar Monate nach Aspen? Bisschen Skilaufen, bisschen die Sonne von Colorado genießen – vielleicht kann ich mir da das Medizinstudium gleich schenken!“

„Dann lieber zum bestandenen Examen ein Paar Ski!“ schlug Deirdre vor, was allgemeine Heiterkeit hervorrief und die gereizte Atmosphäre lockerte.

Megan machte sich wieder auf zur Küche, stellte auf halbem Wege aber verwundert fest, dass Onkel Frank ihr folgte.

„Megan!“ Er legte ihr die Hand auf die Schulter und ließ sie auch dann noch dort, als Megan längst stehen geblieben war. „Ich muss mit dir reden“, sagte er, wobei er sie in eine relativ ruhige Ecke dirigierte und sich durch das schüttere Haar fuhr – ein sicheres Zeichen, dass er sich nicht wohl in seiner Haut fühlte. Als er sich räusperte, wippte sein übergroßer Adamsapfel auf und ab. „Du, heute Morgen hatte ich Besuch. Ich dachte, das interessiert dich vielleicht ...“

„Von wem?“ fragte Megan. Einer musste zur Sache kommen – ihr Onkel oder sie.

„Von einem Niccolo Andreani.“

Wie vom Donner gerührt, brachte sie zunächst keinen Ton hervor. „Nick? Der hat dich aufgesucht? Zu Hause?“

„Nein, nein, nicht zu Hause! Im Büro, das hätte ich gleich sagen sollen. Er ...“ Er stockte, als wären ihm gerade seine eigenen Worte bewusst geworden. „Dann kennst du den also?“

„Onkel Frank! Nick ist derjenige, der die Autoentführung vereitelt hat! Ich hatte eigentlich gehofft, er würde sich heute Abend hier sehen lassen und mitfeiern. Vermutlich hätte ich jemanden mit einer Einladung zu seiner Wohnung schicken sollen." Als ihr Onkel weiter schwieg, fügte sie hinzu: „Hör mal, was hat er denn bei dir im Büro gesucht? Und warum erzählst du mir das alles?"

„Er ist nicht direkt zur Firma gekommen. Einer meiner Mitarbeiter hat ihn aufgegabelt, als er auf dem Firmengelände herumschlich."

Mit dem Firmengelände war *Grogan Gravel* gemeint, Franks Betrieb für Schüttgüter wie Kies. Als Frank, noch jung an Jahren und gerade erst aus der Schule entlassen, auf den Verschiebebahnhöfen von Whiskey Island arbeitete, war er einmal nach Feierabend in den Saloon gestiefelt, um seinen Durst zu löschen. Dabei begegnete er der jungen Deirdre Donaghue, der strohblonden Gastwirtstochter. Der Rest verlief im D-Zug-Tempo: Er heiratete die hübsche Deirdre vom Fleck weg, zog in den Vietnamkrieg und kehrte unversehrt heim, nicht nur mit ordensgeschmückter Brust, sondern zugleich mit Pokergewinnen in Höhe von mehreren Tausend Dollar sowie mit dem unbestimmten Gefühl, dass die Welt sich verändert hatte und dass man sich dieser Entwicklung tunlichst anpassen sollte.

Also hatte er seine Ersparnisse in ein marodes Schotter- und Kieswerk unweit des Verschiebebahnhofs gesteckt und den Betrieb mit Fleiß und Geschick zu einem Erfolgsunternehmen mit Millionenumsätzen gewandelt. Mittlerweile mischte er in einem guten Dutzend verschiedener Firmen mit, sowohl persönlich als auch finanziell. Dennoch beließ er seinen Hauptsitz nach wie vor im Industriegebiet von Whiskey Island, wo er sich offenbar am wohlsten fühlte.

„Was wollte Nick denn da?"

„Wie er mir sagte, hatte er am Abend zuvor einen alten Mann in Richtung unseres Firmengeländes laufen sehen, und nun vermutete er, der hause auf Whiskey Island. Der Kerl soll mehrere Kleidungsstücke übereinander getragen haben, wie ein Obdachloser etwa."

Megan spürte ein flaues Gefühl im Magen. „Und wo er den gesehen haben will, das hat Nick nicht gesagt?"

„Nee, er wollte nicht recht raus mit der Sprache. Ich hätte es mir eigentlich gleich denken können und ihn weiter löchern müssen. Er behauptete nur, er habe Grund zu der Annahme, der Mann habe am Vorabend die Schnellstraße überquert, um auf die Insel zu gelangen. Ob dort Obdachlose untergekrochen wären, wollte er wissen."

„Ich kapiere nicht ganz, wozu du mir das alles erzählst ..." Megan hielt sich bedeckt, obwohl ihr bereits vieles klarer war, als es ihr recht sein konnte.

„Bei uns sind Anzeigen eingegangen, Megan. Über verdächtige Beobachtungen."

„Was denn für Beobachtungen?" Sie musste sich regelrecht zu der Frage zwingen.

„Über einen Mann. Geschnappt wurde er bisher nicht, aber flüchtig gesehen. Immer dieselbe Beschreibung: mittelgroß, mehrere Schichten Kleidungsstücke übereinander." Frank hielt inne und zuckte die Achseln. „Rötliches Haar. Und hinken tut er."

Obwohl Megan die Augen schloss, ließ sich das Bild, das ihr Onkel gerade entworfen hatte, nicht verdrängen.

Frank senkte die Stimme. „Dieser vermeintliche Obdachlose – war der in den Überfall verwickelt? Hat dieser Andreani deshalb heute Morgen unten auf der Insel rumgeschnüffelt und Fragen gestellt?"

Seufzend schlug Megan die Augen auf. „Nach Nicks Behauptung soll ein Mann bei Eintreffen der Polizei geflüchtet sein. Nein, mit den Autodieben hatte der nichts zu tun. Wenn überhaupt, dann hat er einen der Ganoven außer Gefecht gesetzt und es der Polizei dadurch überhaupt erst ermöglicht, beide Gangster einzukassieren. Casey will ihn ebenfalls gesehen haben."

„Und?" raunte Frank nach kurzem Schweigen. „Hat sie ihn erkannt."

Megan redete nicht lange um den heißen Brei herum. „Onkel Frank, falls du auf Rooney anspielen solltest: Der kann es nicht gewesen sein. Der ist seit über zehn Jahren spurlos verschwunden und längst im Säuferhimmel, wenn du mich fragst!"

„Pass bloß auf, dass deine Tante dich nicht so reden hört!"

„Keine Bange, ich habe wirklich nicht vor, das Thema Rooney aufs Tapet zu bringen." Sie wandte sich zum Gehen, doch Frank hielt sie fest.

„Dein Freund Andreani könnte da einen Gesinnungswandel herbeiführen."

Sie drehte sich um. „Was willst du damit andeuten?"

„Dass er offenbar fest entschlossen ist, diesen Kerl, den er gesehen haben will, aufzuspüren, egal, wo der steckt. Dieser Andreani, scheint mir, macht das nicht aus Neugier, sondern aus einer Art Zwang. Hast du zufällig eine Ahnung, warum?"

„Ich kenne ihn doch selber nicht! Bis gestern Abend hat der unsere Kneipe noch nie von innen gesehen. Wahrscheinlich möchte er sich bei dem Typen nur für seinen Einsatz bedanken. Wenn der überhaupt stattgefunden hat!"

„Ich habe ja selbst versucht, ihm die Sache auszureden. Ich will doch auch vermeiden, dass der unnötig in alten Geschichten herumrührt. Aber vielleicht muss er das aus deinem Munde hören, nicht von mir!"

„Ich denke drüber nach. Und kein Wort zu Casey und Peggy!"

„Abgemacht."

Was das Feiern betraf, ließ Casey sich gewöhnlich von niemandem übertreffen. Normalerweise hatte sie den Bogen raus, wenn es ums Amüsement und um die Auswahl der dazu notwendigen Partner ging. Auch bei der jetzigen Wiedersehensparty war ihr einer über den Weg gelaufen, ein Lkw-Fahrer namens Earl, der aussah wie der Doppelgänger von Elvis.

Vermutlich, so ihr Verdacht, hatte sie ihn anfangs ein wenig ermuntert, quasi als Gegenpol zur Verwandtschaft. Von allen im Schankraum Anwesenden zählte Earl zu den wenigen, die sich nicht mit ihrer kompletten Biografie auskannten und sich nicht veranlasst sahen, ihren Senf dazuzugeben. Im Verlaufe des Abends hatte sie daher zwar mit ihm geflirtet, ihn jedoch gleichzeitig auf Distanz gehalten. Mittlerweile deuteten alle Anzeichen darauf hin, dass er sich ihre Abwehrhaltung nicht länger gefallen lassen wollte.

„Meinst du nicht, wir sollten uns aus dem Schuppen hier abseilen, Baby?“ Von seinem Barhocker am Ende der Theke aus schnappte Earl nach Caseys Hand und presste sie sich fest gegen die Magengrube.

Allmählich reichte es Casey, denn die Frage stellte er mittlerweile alle fünf Minuten, wenn auch in mehreren Varianten. „Ich kann hier nicht weg! Das ist schließlich eine Fete extra für mich, anlässlich meiner Heimkehr!“

Auf seinem käsig wirkenden Gesicht machte sich ein gereizter Ausdruck breit. „Also, mich hält hier jedenfalls nix! Entweder kommst du jetzt mit, oder ich such mir ein Lokal, wo mehr los ist!“

Sie reckte das Kinn. „Alles klar. Dann zieh Leine!“

„Sag mal, für wen hältst du dich eigentlich?“ Er schoss regelrecht von seinem Barhocker hoch. „Für was Besseres? Wer bist du denn schon? Du wohnst doch über einer Kneipe!“

„Und du hältst dich wahrscheinlich für einen tollen Hecht, was? Weil du Bananen von New Orleans nach Chicago kutschierst und dir dabei solche Massen von Amphetaminen einwirfst, dass du glatt am 500-Meilen-Rennen von Indianapolis teilnehmen könntest – und zwar als Läufer!“

„Jetzt hab ich aber die Faxen dicke!“ Sein verständnisloser Blick verriet, dass er tief gekränkt war, allerdings nicht recht wusste, worin die Beleidigung denn eigentlich bestanden hatte. „So was brauche ich mir nicht sagen zu lassen! Da finde ich aber was Besseres, und zwar jederzeit!“

„Dann lass dich nicht aufhalten!“

Er stand auf, schubste Casey beiseite und stürzte Richtung Ausgang. Weit war er nicht gekommen, als ihm jemand den Weg verstellte.

„Du hast die Dame eben geschubst. Gar nicht gemerkt, was?“ Der Mann, der sich vor dem Elvis-Verschnitt aufgebaut hatte, war zwar nicht so groß wie er, hatte aber dennoch eine drohende Haltung eingenommen – merkwürdigerweise, denn er trug einen Anzug in konservativem Grau und hatte die Daumen lässig in die Hosentaschen gehakt.

„Aus dem Weg!"

„Pustekuchen", sagte der Mann leise. „Erst entschuldigst du dich bei der Lady!"

„Ach, schon gut, darauf lege ich keinen gesteigerten Wert. Lassen Sie ihn ruhig laufen!" sagte Casey. Seine Stimme kam ihr bekannt vor, doch woher, das wollte ihr einfach nicht einfallen, so sehr sie sich auch das Gehirn zermarterte. Der Mann selbst hatte kurzes, dunkles Haar – ein merklicher Kontrast zu Earls Elvistolle und den langen Koteletten. Sein attraktives, aber unauffälliges Gesicht wäre für jeden, der untertauchen wollte, geradezu perfekt gewesen. „Kennen wir uns?" fragte sie.

Bevor der Unbekannte antworten konnte, ging Earl schon auf ihn los. Der Mann im Anzug machte einen Schritt zurück und fing den Schwung mit blitzschnellem Griff zum Handgelenk des Angreifers ab. Gleichzeitig verlagerte er sein Körpergewicht nach vorn, wodurch Earl ins Taumeln geriet und um die eigene Achse gewirbelt wurde, so dass der Fremde ihm den Arm auf den Rücken drehen und ihn so im schmerzhaften Beugegriff halten konnte.

„Ver-zei-hung!" Ungerührt sprach der Mann im Anzug das Wort, Silbe für Silbe – für Earl bestimmt, der es sich zum Beispiel nehmen sollte, nicht als eigene Entschuldigung.

Dabei sah Earl direkt Casey an, die selbst nicht recht wusste, wie ihr geschah. „Nun sag es schon!" raunte sie unterdrückt, denn bei dem Gewimmel im Saal hatte der kleine Vorfall bislang erst wenig Aufsehen erregt, was sich aber rasch ändern konnte. „Um des lieben Friedens willen – raus damit, und dann ab durch die Mitte!"

Nachdem der Elvis-Doppelgänger etwas in seinen Bart gebrummelt hatte, das einigermaßen nach einer Entschuldigung klang und offenbar auch den fremden Gast zufrieden stellte, schob er sich – bemüht, ihm bloß nicht zu nahe zu kommen – im Bogen an dem Unbekannten vorbei und trollte sich auf dem kürzesten Weg in Richtung Ausgang. Casey sah ihm nach, bis sich die Tür hinter ihm schloss, um dann den Blick dem Fremden zuzuwenden und ihre Frage zu wiederholen. „Kennen wir uns?"

„Hängst wohl immer noch mit den Luschen rum, was, Casey? Mit den Gammeltypen und Kiffern?"

„Kiffer?" Sie geriet sichtlich in Wut. „Damit hatte und habe ich nichts am Hut! Und meine Bekannten suche ich mir auch dementsprechend aus!"

„Ja, das mag wohl stimmen, die Bengel in deiner Umgebung wirkten nach außen immer forscher, als sie wirklich waren. Und besondere Geistesgrößen waren die auch nicht."

„Was soll das werden? Ein Rundumschlag gegen alle, die nicht im Anzug rumspazieren?"

„Keineswegs. Ich kennen jede Menge Anzugträger, die noch weniger in der Birne haben als deine Bekanntschaft von vorhin. Einige sitzen sogar in der Regierung. Nein, das sollte eigentlich so eine Art Vorstellung werden. Eine Denksportaufgabe. Ich hab nämlich auch zu den erwähnten Luschen gehört." Er setzte ein gewichtiges Grinsen auf.

Endlich fiel bei Casey der Groschen. „Jon Kovats!" Sie legte den Kopf schräg, als könne sie neue Einsichten dadurch gewinnen, dass sie ihn aus einem anderen Winkel betrachtete. „Menschenskind! Darüber haben wir uns doch schon mal unterhalten, oder?"

„Lang ist's her!"

Die fragliche Unterhaltung war in Wirklichkeit nicht ein einziger explosiver Ausbruch gewesen, sondern eher ein immer währender Disput zwischen ihnen. Casey und Jon hatten beide dieselbe Highschool besucht und waren mit den Jahren enge Freunde geworden, gleichzeitig aber auch immer Konkurrenten im Kampf um die besten Schulnoten gewesen.

„Hoffnungslose Fälle haben dich immer schon fasziniert", stellte Jon fest, während er sich auf dem Barhocker niederließ, der durch Earls Abgang frei geworden war.

„Na, immerhin war ich nicht so versnobt wie du!" Casey fielen nun Einzelheiten an ihm auf, die ihr früher eher unwichtig erschienen waren: Die tief liegenden, nussbraunen Augen, das markante, vorspringende Kinn. Der schmächtige halbwüchsige Revoluzzer hatte sich zu einem breitschultrigen Mann im Anzug gemausert.

„Ich und versnobt? Na, hör mal! Als Abkömmling einer langen Ahnenreihe ungarischer Landarbeiter bin ich schon mit Dreck unter den Fingernägeln zur Welt gekommen!"

Sie nahm seine rechte Hand und begutachtete sie. „Dann hast du sie aber geschrubbt!"

„Hallo, Casey!" sagte er, wobei er seine Finger mit den ihren verflocht und sie drückte.

„Mensch! Ewig nicht gesehen!" Mehr als diese abgedroschene Floskel wollte ihr nicht einfallen.

„Kann man wohl sagen. Nach der Highschool warst du plötzlich wie vom Erdboden verschluckt. Kein Mensch wusste, wohin es dich verschlagen hat."

Sie hatte nicht im Geringsten die Absicht, darauf einzugehen. „Ich habe läuten hören, du wärest ebenfalls verschwunden."

Er lehnte sich mit dem Rücken gegen den Tresen. „Daraus mache ich gar kein Geheimnis. Meine Eltern haben bloß abgewartet, bis ich mit der Schule fertig war, dann ihre Siebensachen gepackt und sind in eine kleine Stadt etwas südlich von Columbus gezogen. Meine Vater hatte da eine kleine Autovertretung gekauft."

„Und du bist mitgegangen?"

„Nein. Mich zog es von daheim fort, so weit es eben ging. Erst habe ich mich an der San Francisco State University eingeschrieben und danach in Stanford. Für Jura."

„Jura? Dann bist du wohl Advokat geworden, wie?"

„Ich bin bei der Staatsanwaltschaft tätig."

„Hat man dir da etwa deine Selbstverteidigungskünste beigebracht?"

„Da nicht. Bei der Polizei in Los Angeles."

Sie zog fragend eine Augenbraue hoch.

„In der Phase zwischen College und Jurastudium war ich bei der Polizei", erklärte er. „Zu der Zeit wusste ich noch nicht genau, was ich lieber wollte: die bösen Buben fangen oder sie hinter Schloss und Riegel bringen."

„Na ja, du hattest immer schon einen hoch entwickelten Sinn für Recht und Unrecht." Irgendwie führte beide das schnurstracks zum Beginn ihrer Unterhaltung zurück. „Und wo wir schon dabei sind: für mich gilt das gleichermaßen. Mag sein, dass meine Bekannten deinen strengen moralischen Ansprüchen nicht genügen, aber Vorsicht lasse ich trotzdem walten. Keine Schlucker, keine Kiffer, keine Sittenstrolche! Und du? Was hat dich hierher nach Cleveland verschlagen? Du hast doch im Paradies gewohnt, und jetzt tauschst du die Sonne Kaliforniens gegen das Wetter in Ohio ein?"

„So ist es." Genaueres sagte er nicht.

Plötzlich spürte Casey eine Hand auf der Schulter und fuhr überrascht herum. Hinter ihr stand Peggy und machte ein schuldbewusstes Gesicht.

„Die Babysitterin musste los", sagte sie. „Ich habe sie bezahlt und gehen lassen. Ashley schlafe tief und fest, meint sie, aber wenn du willst, schaue ich mal eben nach dem Rechten." Sie streifte Jon mit einem kurzen Blick.

Casey stellte ihn ihr vor, worauf die beiden ein paar Nettigkeiten austauschten, ehe Casey ihre Schwester zur Seite zog. „Macht es dir etwas aus, mal eben nach ihr zu sehen?"

„Natürlich nicht, aber der Laden ist rammelvoll! Die beiden Tische da drüben", sagte Peggy und wies in die Richtung, „und die beiden in der Ecke, die wollen noch bestellen. Außerdem möchten ein paar andere Gäste noch Suppe!"

„Okay, schau du schnell mal nach Ashley! Und wo du schon dabei bist: mach mal Pause! Die Tische übernehme ich. Danach stellen wir das Babyphon in die Küche. Dann hören wir sie, falls sie aufwachen sollte."

Nachdem Peggy gegangen war, wandte Casey sich wieder der Theke zu, um ihre Unterhaltung mit Jon fortzusetzen. Doch der Abend hielt schon die nächste Überraschung bereit. Jon Kovats war verschwunden.

6. KAPITEL

Megans Wohnung befand sich im ersten Stock eines gepflegten Klinkerbaus in bevorzugter Wohnlage abseits des Edgewater Drive. In die eine Richtung lag – einen kurzen Spaziergang entfernt – das Seeufer, in die andere die Einkaufszeile. Auf den extrabreiten Fensterbänken standen Zimmerpflanzen, draußen vor dem Haus ein altehrwürdiger Ahornriese. In der Frühstücksnische standen Einbausitzbänke, und das Schlafzimmer war geräumig genug für Megans antike Kirschbaummöbel: Kommode, Frisierkommode mit Spiegel und ein Bett mit Kufengestell.

Schätze vom Sperrmüll und Schnäppchen vom Trödelmarkt zierten sämtliche Zimmer. Auf einem Küchenregal standen ausgefallene Teekannen Spalier. Auf dem Frisiertisch im Schlafzimmer thronte ein Porzellankrug, in dem auch im Winter frische Schnittblumen prangten, und als Bettüberwurf diente eine aus 962 farbenprächtigen Sechsecken bestehende Patchwork-Decke, genäht aus Futtersäcken, die noch aus der Gründerzeit des Gebäudes stammten.

In ihren vier Wänden fühlte Megan sich pudelwohl. Am allermeisten schätzte sie die Ungestörtheit und Ruhe. Während ihrer Kindheit und Jugend hatte sie nie ein eigenes Zimmer gehabt. Ganze fünf Minuten im Badezimmer für sich zu haben, das war damals bezüglich Privatsphäre das höchste der Gefühle gewesen. Das Bett hatte sie mit Casey oder Peggy teilen müssen, mitunter, während eines Gewitters etwa, gar mit beiden. Deshalb kam ihr selbst heute noch ihr eigenes Bett abends meist irgendwie leer vor, insbesondere bei Regen.

Am Donnerstagmorgen wurde sie von prasselnden Graupelschauern geweckt, die sich anhörten, als wollten sie von einem Moment auf den anderen in Eisregen umschlagen. Die Arme hinter dem Kopf verschränkt, lag Megan im Bett und starrte gegen die Decke. Am Abend zuvor hatte sie Rosaleens Irish Stew vorbereitet und die Nacht über in einem elektrischen Röstapparat leicht ziehen lassen. Von Casey unterstützt, sollte Peggy den Eintopf und weitere Speisen als Mittagsgericht servieren. Es war quasi als erste Amtshandlung in ihrer Funktion als Neuzugang des Lokals gedacht, in erster Linie für die aus den benachbarten Fabriken strömenden Arbeiter, die in der Mittagspause auf einen schnellen Imbiss und ein Guinness oder ein Glas heimisches Bier angeeilt kamen – ein Anblick, der die Urahnin im Jenseits vermutlich vor Stolz erröten ließ.

Statt sich auf den Weg zu Niccolo Andreani zu machen, hätte Megan viel lieber ihren Schwestern unter die Arme gegriffen. In der Nacht hatte sie sich lange schlaflos und voller Sorgen im Bett gewälzt. Nicht so sehr wegen der Graupelschauer, sondern eher wegen Peggy und Casey und deren plötzlicher und in Caseys Fall unerwarteter Heimkehr. Außerdem hatte sie über Niccolo nachgegrübelt und sich ausgemalt, wie er Whiskey Island durchstreifte. In grauer Vorzeit hatte ihre Ur-Urgroßmutter dort nach wilden Zwiebeln gesucht, zwischen den Eisenbahngleisen wachsende Spargelstangen gepflückt und den Fischmangel im Cuyahoga River beklagt, der ölverseucht und faulig riechend vor ihrer Behelfshütte in der Tyler Street vorbeifloss. Allerdings war es nicht der Geist der Rosaleen Donaghue, der Megan Kummer bereitete.

Wunschdenken allein führte allerdings zu keiner Lösung, und deshalb quälte Megan sich schließlich doch aus den Federn. Eine Stunde später gondelte sie bereits durch die Straßen von Ohio City.

Es dauerte nicht lange, bis sie Niccolos Haus gefunden hatte. Zunächst nahm sie die Nachbarschaft unter die Lupe. Die Bauten, an denen sie vorbeifuhr, befanden sich in den unterschiedlichsten Renovierungsphasen. Bei einigen waren ganz offensichtlich wahre Künstler am Werk.

Sie hielt direkt vor Niccolos Haus, stieg aber noch nicht gleich aus. Ihre Routenbeschreibung stammte von Barry, der den Weg kannte, seit er Niccolo von der Klinik heimwärts chauffiert hatte. Über das Haus an sich hatte Barry allerdings kein Wort verloren, und nun saß Megan hinterm Lenkrad, den Blick auf das Gebäude gerichtet: zwei weitläufige Geschosse, dazu eine Veranda, die Platz bot für einen ganzen Stall voll Kinder.

Ein Familiendomizil!

Auf den Gedanken, Niccolo könne verheiratet sein, war sie bislang nicht gekommen. Nach seiner Schussverletzung hatte er keine Angehörigen verständigt und Barrys Taxidienste zum Krankenhaus und zurück hingenommen, als habe er keine Wahl. Am Abend des Überfalls war er allein unterwegs gewesen und später auch ohne Ehepartnerin im Schlepptau zum Saloon zurückgekehrt.

Bemüht, ihre Gedanken zu ordnen, sah Megan nun, dass sich die Haustür öffnete. Zuerst erschien ein dunkler Haarschopf, danach ein bloßer Arm, der nach einer gefaltet auf der Fußmatte liegenden Zeitung langte. Erst als der Kopf hochgenommen wurde, erkannte sie, dass es Niccolo war, bekleidet mit T-Shirt und abgeschnittenen Jeans – bei Temperaturen um den Gefrierpunkt! Zu dieser noch relativ frühen Stunde wirkte er wie jemand, der sich gut ausgeschlafen auf den Tag einstellte und möglicherweise vor der ersten Tasse Kaffee wenig Lust auf Besuch verspürte.

Und was war mit der Ehefrau, die doch gewiss zu einem solch großen Haus gehörte? Was war mit den Kindern?

In der Hoffnung, dass Niccolo sie nicht bemerkt hatte, blieb Megan regungslos sitzen und nahm sich vor, gleich wieder abzufahren, sobald er die Haustür geschlossen hatte. Den Besuch konnte man auf einen späteren Zeitpunkt verschieben, wenn keine Gefahr mehr bestand, auf die womöglich im Morgenmantel herumsitzende Dame des Hauses zu treffen oder auf eine Schar Knirpse, die noch in ungewechselten Pampers herumtollten.

Doch zu spät! Die Zeitung vor der Brust, blinzelte Niccolo zu dem am Straßenrand stehenden Chevy herüber. Da der Wagen am Abend der versuchten Autoentführung direkt neben Caseys Mazda gestanden hatte, gab Megan sich keinen Illusionen hin. Den Chevrolet mit den Roststellen an den Türen und den vier unterschiedlichen Blautönen im Lack konnte Niccolo unmöglich übersehen.

Offenbar war er barfuß, sonst wäre er wohl, so Megans Befürchtung, geradewegs bis hinunter zum Straßenrand gekommen. Seufzend öffnete sie die Wagentür, um zu verhindern, dass er sich doch noch zu diesem Schritt bemüßigt fühlte. Allerdings blieb sie dann zögernd hinter der langen Motorhaube stehen, als wage sie sich nicht recht aus der Deckung.

„Ich kann gern ein andermal wiederkommen“, sagte sie, wobei sie nicht einmal sonderlich laut sprechen musste, denn bei den handtuchschmalen Vorgärten reichten die Häuserfronten bis dicht an die Straße heran.

„Warum?“ Er verzog das Gesicht, vermutlich deshalb, weil ihm mit seinen nackten Armen und Beinen allmählich kalt wurde. „Ich meine, warum ein andermal? Wo Sie schon mal da sind, können Sie auch hereinkommen!“

„Wirklich? Komme ich auch nicht ungelegen?“

Er legte die Stirn in Falten. Anscheinend konnte er mit dieser Frage nicht gleich etwas anfangen, zumindest vor dem Frühstück nicht. „Ach so – Sie meinen, wegen Ehefrau oder Lebensgefährtin oder so?“

„Etwa in der Art, ja“, räumte Megan ein.

„Ich lebe allein – abgesehen von ein paar Mäusen. Und denen habe ich den Räumungsbescheid zukommen lassen.“

Megans Bild von der Gattin in bodenlangem Morgenmantel löste sich in Luft auf. „Ich kann aber warten, bis Sie gefrühstückt haben“, schlug sie vor.

„Trinken Sie lieber eine Tasse Kaffee mit!“

Das hörte sich nach Pluspunkt an. Also verließ sie die Deckung und ging über den Plattenweg zur Haustür. „Ich nehme an, Sie haben das Auto erkannt“, sagte sie, als sie Niccolo gegenüberstand.

Er hielt ihr die Tür auf, und Megan trat an ihm vorbei ins Haus. Sein Blick war freundlich und prüfend zugleich, verriet allerdings nicht jene taxierende, kaum verhüllte Lüsternheit, mit der Männer gemeinhin Frauen mustern, sondern ein gespanntes, aufmerksames Interesse. „Wenn Sie zu Küche gehen – bitte nicht vom Weg abweichen! Sonst verschwinden Sie womöglich auf Nimmerwiedersehen!“

„Ein wunderschönes Haus!“

„Verstehen Sie etwas davon?“

„Durchaus. Neugotisch, stimmt's? Giebelige Vorderfront. Die überstehenden Traufen sind wahrscheinlich original; ich hoffe, Sie können die reparieren und im ursprünglichen Farbton lasieren! Veranda getragen von abgeflachten gotischen Bögen." Plötzlich merkte sie, wie angeberisch sich das anhörte. „Entschuldigen Sie, ich bin halt kunsthistorisch interessiert und finde alte Häuser ganz toll!"

„Da gibt es aber nichts zu entschuldigen!"

„Na ja, Wissen ist gut und schön, nur, sich damit dicke zu tun, das ist was anderes!"

„Und woher stammen Ihre Fachkenntnisse?"

„Ich suche mir jedes Semester einen Fortbildungskurs am College aus. Als Gasthörerin."

„Unter anderem auch Architektur?"

Megan war vielseitig interessiert, beispielsweise an Literatur, Philosophie oder Physik. Einen formalen Studienabschluss hatte sie dabei nicht unbedingt im Visier, schloss ihn aber auch nicht aus.

„Ein paar Kurse, ja. Ich würde mir furchtbar gerne das ganze Haus ansehen. Allerdings, wenn Sie gerade ..."

„Ich wollte, es gäbe überhaupt etwas, womit ich Sie beeindrucken könnte! Als ich den Kasten hier kaufte, da war er innen ein Trümmerhaufen, und ich fürchte, das hat sich nicht besonders geändert."

Da hatte er leider Recht, wie Megan feststellte. Letzte Reste von Putz hafteten noch in Klumpen an den Wänden, und die aufgestemmten Elektroleitungen wirkten geradezu lebensgefährlich. Andererseits bewies eine neue Deckenverkleidung, dass die Arbeiten voranschritten. Über Megans Kopf glänzte ein sehr schöner antiker Lüster, früher wahrscheinlich einmal gasbetrieben. Rechterhand führte eine lackierte Holztreppe nach oben, bei der man nicht genau sagen konnte, ob der Anstrich so stark abblätterte oder aber von Niccolo gerade erneuert wurde.

„Das Treppenhaus ist momentan Baustelle", erklärte Niccolo, als bestünde Gedankenübertragung zu Megan. „Vier Lackschichten entfernt, und noch immer weiß ich nicht genau, was mich darunter erwartet. Vom Fußboden habe ich mittlerweile zwei Lagen Vinyl und drei Lagen Linoleum abgeschliffen. Ursprünglich bestand er aus breiten Eichendielen, aber die waren nicht mehr zu retten. Jetzt bin ich beim Unterboden angelangt, solides Ahornholz. Mit ein bisschen Mühe kann ich den vielleicht wieder aufpolieren."

„Ist das nicht gefährlich mit den freiliegenden Kabeln?" fragte sie, wobei sie schnell weiterging.

„Überhaupt nicht. Auf den Leitungen, die sie da sehen, ist kein Saft. Die beschädigten tausche ich Stück für Stück aus. In den wichtigen Räumen bin ich fertig. Die anderen kommen auch noch an die Reihe." Er wand sich an Megan vorbei und ging ihr voraus durch den schmalen Korridor. „Ich zeige Ihnen mal, wie weit ich im Erdgeschoss bislang gekommen bin."

Als die Besichtigungstour schließlich in der Küche endete, war Megan mehr als beeindruckt. Unter Niccolos geschickten Händen erwachte das Haus gleichsam zu neuem Leben, als verwandle sich eine schon etwas gebeugte, runzlige Matrone in ein reizendes, blühendes Mädchen. Das Knochengerüst blieb ein und dasselbe, doch die Bürde der Jahre wurde ihm systematisch und Schicht für Schicht abgenommen.

„Ich weiß, es ist schwer, es sich im fertigen Zustand vorzustellen." Niccolo wies einladend zu einem runden Tisch in der Küchenecke, worauf Megan sich folgsam auf einem Stuhl mit Sprossenlehne niederließ.

„Gar nicht mal, wenn man ein wenig Fantasie hat", widersprach sie mit einem Blick zu Niccolo. „Man sieht praktisch um die herausgerissenen Wände und hochgenommenen Böden herum, ganz einfach. Ich jedenfalls kann mir gut ausmalen, wie es ausgesehen hat und wie es mal aussehen wird, wenn Sie fertig sind."

Während sie sprach, begutachtete sie die Küche. Obwohl handwerklich zweifellos ein wahres Ass, verstand Niccolo von Raumausstattung herzlich wenig. In keinem einzigen der besichtigten Zimmer fanden sich mehr als zwei Möbelstücke, und auch die Küche strahlte so gut wie keine persönliche Note aus, was allerdings an den allgemeinen Renovierungsarbeiten liegen mochte. Kühlschrank, zwei Hängeschränke über einer provisorischen Spüle, als Anrichte Spanplatten mit Gummimatten darauf sowie der alte, geflieste Fußboden, bei dem sich bereits die Kacheln lösten.

„Die Küche habe ich in Angriff genommen, aber fertig bin ich noch lange nicht, wie Sie sehen." Er trat an die Arbeitsplatte neben der Spüle und nahm die Glaskanne von der Espressomaschine. „Espresso?"

Sie zog die Nase kraus. „Auf das starke Zeug stehe ich nicht besonders ...!"

Er füllte Wasser auf und griff nach einem Beutel Kaffeebohnen. „Meine Philosophie ist die: Halb Renovierung, halb Restaurierung", erläuterte er dabei. „Ein Haus wirkt umso wohnlicher, je mehr man seine Einzigartigkeit und Schönheit erhält. So lautet mein Credo."

„Dann ist das wohl nicht der erste Altbau, den Sie sich vornehmen?"

„Doch, schon. Zumindest auf eigene Faust."

„Ach, das heißt also, dass Sie früher mit jemand zusammengearbeitet haben und jetzt solo weiterwerkeln?"

Darauf sagte er nichts, sondern schaltete die elektrische Kaffeemühle ein. Megan hatte allerdings das Gefühl, als wisse er auf ihre Frage keine rechte Antwort. „Als junger Spund bin ich meinem Vater zur Hand gegangen", erklärte er schließlich, als die Bohnen gemahlen waren. „Der stellte immer hohe handwerklichen Anforderungen. Andererseits ist er ein armer Tropf, weil er sich modernen und schnelleren Arbeitstechniken verweigert. Ich neige zu einem Mix aus traditionell und neu."

„Es wird bestimmt klasse."

„Hoffentlich sehen das andere auch so wie Sie!" bemerkte er, und als sie fragend den Kopf schräg hielt, fügte er hinzu: „Ich will es nach der Fertigstellung verkaufen. Das Haus ist ein geschäftliches Projekt. Billig erwerben, in Eigenleistung renovieren, teuer verkaufen. In dieser Wohngegend allerdings wird man keine so hohen Preise erzielen, vermute ich." Er schaute kurz nach dem Espresso.

Es kam ihr zwar selbst absurd vor, doch ganz kurz empfand Megan so etwas wie Enttäuschung.

Niccolo nahm Milch aus seinem 50er-Jahre-Kühlschrank und goss sie in ein Edelstahlkännchen, das er neben die Espressomaschine stellte. Danach drehte er sich um. Rücklings gegen die Arbeitsplatte gelehnt, die Arme über der Brust verschränkt, fixierte er Megan, ohne seinen Espresso zu beachten. „Wegen einer Hausbesichtigung sind Sie aber nicht hier, oder?"

Sie tippte nervös mit den Fingerspitzen auf die Tischplatte, als wolle sie ihm mit Klopfzeichen antworten. „Nein", sagte sie schließlich und stellte das Geklopfe ein. „Wegen des Kaffees ebenfalls nicht, auch wenn der sicher prima schmecken wird. Nein, es ist weder das eine noch das andere."

„Weswegen dann?"

Obwohl sie die Antwort parat hatte, fand sie nicht gleich die richtigen Worte. „Sie hatten gestern Morgen eine Unterredung mit meinem Onkel Frank. Frank Grogan."

Niccolos Miene verdüsterte sich zwar nicht gleich, nahm aber einen anderen Ausdruck an. „Sie sind wohl mit ganz Cleveland verwandt, was?"

„Mit ziemlich vielen Leuten in der West Side schon, ja."

„Muss ich mir merken."

„Laut Onkel Frank sollen Sie auf Whiskey Island nach einem Obdachlosen geforscht haben. Ich möchte Sie bitten, damit aufzuhören."

„Ich finde es gut, wenn jemand etwas direkt auf den Punkt bringt."

„Dann kommen wir sicher prima miteinander aus. Um diesen Punkt geht es mir nämlich. Um nichts anderes."

„In Ordnung, nur lassen Sie einiges aus, beispielsweise die Frage, warum ich aufhören soll. Nach Ihrer eigenen Aussage war ja gar kein Mann da. Was kümmert es Sie da, wenn ich meinen Hirngespinsten nachjage?"

„Weil vielleicht doch jemand auf dem Parkplatz gewesen sein könnte."

Während sie kritisch beobachtete, wie er das Gehörte aufnahm, fragte sie sich, wieso sie allen Ernstes geglaubt hatte, sie könne diesen Mann umstimmen.

„Und was hat den plötzlichen Gesinnungswandel herbeigeführt?" wollte er wissen.

„Die Zeit, würde ich sagen. Ich hatte einfach Zeit zum Nachdenken."

„Und was hat sie in diesen paar Stunden zu der Überzeugung gebracht, ich könnte unter Umständen doch jemanden gesehen haben?"

Leicht würde er es ihr nicht machen, das hatte sie von Anfang an erwartet. „Wir waren an dem Abend alle ein wenig durcheinander und konnten nicht klar denken."

„Wenn Sie mich fragen: auf mich haben Sie im Gegenteil den Eindruck gemacht, als könnten Sie ausgesprochen klar überlegen. Jedenfalls klar genug, um mir einzureden, ich hätte Gespenster gesehen."

Sie probierte es mit einer anderen Taktik. „Onkel Frank hat mich umgestimmt."

Wieder der Espressomaschine zugewandt, schob er das Milchkännchen unter eine Edelstahldüse und schaltete das Gerät ein.

Megan wartete, bis die Milch geschäumt war und der Duft frischen Kaffees die Küche erfüllte. „Offen gesagt", fuhr sie dann fort, „wollte ich es zu der Zeit lieber nicht glauben, denn möglicherweise handelt es sich bei der fraglichen Person um jemanden, den wir von früher kennen. Um einen alten Mann aus der Nachbarschaft nämlich. Die Wahrscheinlichkeit ist zwar gering, aber es könnte durchaus sein. Man hat ihn schon lange nicht mehr gesehen."

„Wie lange denn?" fragte er, Megan noch immer den Rücken zugewandt.

„Jahre schon. Wir hielten ihn für tot – ein Gedanke, an den wir uns eigentlich schon gewöhnt hatten."

Er nahm den duftenden Espresso und verteilte ihn auf eine kleine Porzellantasse sowie einen Kaffeebecher, in den er noch die geschäumte Milch gab, bevor er beides zum Tisch brachte. „Und nun?"

„Tja, dass jemand von den Toten aufersteht, will einem nicht so ohne weiteres in den Kopf."

„Würde ich nicht sagen. Ein recht ansehnlicher Teil der Weltbevölkerung glaubt zumindest an eine Auferstehung."

Er holte noch Zuckerdose und Kaffeelöffel, dann rührte Megan sich ihre übliche Zuckerdosis in den Kaffee. „Ich meine damit Folgendes", erklärte sie dabei. „Falls es sich um den betreffenden Mann handelt, dann ist er ein ziemlich hoffnungsloser Fall. Jahrelang hat man versucht, ihm zu helfen, aber er ließ niemanden an sich heran und wollte in Ruhe gelassen werden. Der legt bestimmt keinen Wert darauf, dass jemand ihn jetzt aufspürt und der ganze Zirkus von vorn beginnt."

„Der Mann, den ich sah, Megan, der hat durch selbstlosen Einsatz ein Verbrechen verhindert, trotz Gefahr für Leib und Leben. Verdient so jemand nicht ein wenig Anerkennung und Hilfe? Vielleicht sucht er ja jetzt nach Unterstützung! Kann doch sein, dass er genau deswegen an dem Abend auf dem Parkplatz war!"

Der Tisch war so winzig und Niccolo so nah vor ihr, dass sie beinahe seine Körperwärme spürte. Fast hautnah mit ihm beim Kaffee zu sitzen kam ihr sonderbar vor, fast unnatürlich intim.

Dennoch beugte sie sich vor. „Nick, Sie kennen weder den Mann noch dessen Lage. Wieso setzen Sie sich trotzdem dermaßen für ihn ein? Was haben Sie davon? Sie sind doch für uns alle ein Außenstehender, und für ihn erst recht!"

Er nippte bedächtig an seinem Espresso und stellte die Tasse ab. „Ich erzähle gerne Geschichten. Soll ich mal eine zum Besten geben?"

„Ich dachte immer, wir Iren seien die großen Geschichtenerzähler!"

Einen Arm quer über den Tisch gestreckt, lehnte er sich zurück. „Früher wohnte ich in Pittsburgh. Da ich aus einem kleinen Ort in Pennsylvania stamme, bot es sich an, dass ich mich in der Nähe meiner Heimat niederließ. Ich hatte einen Job in einer der betuchteren Wohngegenden der Stadt, in einem riesigen, alten

Gebäude. Zu meinen Aufgaben gehörte es auch, mich um diesen Bau zu kümmern."

„Dann waren Sie eine Art Hausmeister?"

Er lächelte dünn. „Eher so etwas wie der Hausverwalter. Ich wohnte gleich nebenan, sah nach dem Rechten, hatte Veranstaltungen zu koordinieren. Eines Morgens, als ich früh die Treppe zum Portal des Gebäudes hochging, fand ich einen Obdachlosen, der in einer Nische schlief. Das Portal war natürlich verschlossen, doch links und rechts von der Tür gab es diese Nischen. Vor dem schlimmsten Wetter war man da zwar etwas geschützt, Wind und Regen aber trotzdem ausgeliefert. Nun, in unseren Innenstädten muss man mit solchen Begegnungen immer rechnen, nur draußen in den Vororten, da ist man auf eine derartige Konfrontation mit den sozialen Problemen dieser Welt nicht gefasst, jedenfalls nicht vor der eigenen Tür. Deshalb wohnte man ja schließlich am Stadtrand!"

Ihr war zwar unerfindlich, worauf er mit dieser Geschichte hinauswollte, aber gespannt war sie trotzdem, wie sie merkte. „Erzählen Sie weiter!"

„Er war ein alter Mann, abgerissen und zahnlos, nicht viel anders als Tausende anderer Obdachloser. Ich rüttelte ihn wach und schickte ihn fort. Am nächsten Morgen war er wieder da, am folgenden erneut und so weiter. Es war Spätsommer und die Nische wohl ein recht angenehmer Schlafplatz. Mit der Zeit machte ich es mir zur Gewohnheit, ihm Kaffe und Brötchen mitzubringen, zuweilen auch ein Stück Obst. Ich drückte ihm auch gelegentlich ein paar Dollar in die Hand – nie so viel, dass es für Schnaps gelangt hätte, wohl aber für ein Sandwich im Laufe des Tages. Wie ich erfuhr, bekam er sein Mittagessen in einem Obdachlosenheim oder einer Suppenküche in der City. Übernachten wollte er da aber nie. Einmal sagte er mir, in so einer Unterkunft fühle er sich nicht sicher. Das war überhaupt eins der wenigen Male, wo er sich mit mir über ein bestimmtes Thema unterhielt."

„Hatten Sie denn irgendetwas über ihn in Erfahrung bringen können? Seinen Namen beispielsweise?"

„Ich forderte ihn auf, mir von sich zu erzählen, doch viel ließ er sich nicht entlocken. Ich erfuhr, dass er Billy hieß und aus New York nach Pittsburgh gekommen war, mehr aber auch nicht. Mit der Zeit gab ich es auf, nicht nur, weil er sowieso nicht mit der Sprache herausrückte, sondern weil wir ganz andere Probleme hatten, beispielsweise die Tatsache, dass er dauernd in der Nische neben dem Portal übernachtete."

Wieder nippte Niccolo an dem Espresso. Megan hätte gern gewusst, ob er sich wohl die Auseinandersetzungen mit diesem Billy gerade vorstellte.

Ihre Blicke trafen sich, und er fuhr fort. „Mittlerweile war es Herbst geworden, es wurde kälter. Einige Besucher des Gebäudes hatten inzwischen bemerkt, dass Billy seinen Schlafplatz in der Nische eingerichtet hatte, und machten mir Vorwürfe, weil ich es ihm nicht verboten hatte. Also wurde besprochen, wie mit ihm zu verfahren sei. Mit jedem anbrechenden Morgen hielt er sich länger dort auf, bis die Leute eines Tages sogar über ihn hinwegsteigen mussten, um ins Gebäude zu gelangen. Zuweilen pinkelte er auch auf die Treppenstufen. Einen anderen Platz zu finden war vermutlich unmöglich. Saubermachen und Aufräumen war auch nicht seine Sache. Jeden Morgen ließ er zerknitterte Zeitungen oder durchwühlten Müll zurück, den ich nicht schnell genug verschwinden lassen konnte, bevor andere ihn sahen. Irgendwann war Billy nicht mehr unsichtbar, und dagegen hatten die Leute etwas.

Zu guter Letzt teilte ich ihm mit, er müsse verschwinden, und zwar endgültig. Das ignorierte er aber einfach. Als eines Nachts die Temperatur stark zurückging, verständigte ich die Polizei und forderte sie auf, ihn wegen Vagabundierens einzulochen, damit er zumindest in einer warmen Zelle unterkam. Das schreckte ihn allerdings auch nicht ab. Am folgenden Abend war er wieder da, und danach erneut. Daraufhin fuhr ich ihn eigenhändig mit dem Auto zu einem Männerasyl, ganz ans andere Ende der Stadt, weit genug weg, dass ich sicher sein konnte, er würde von nun an anderen auf den Geist gehen, und wir könnten uns wieder unserem bequemen Leben widmen."

Megans Gesicht blieb ernst. „Ungefähr wie man einen herrenloser Hund in fremder Umgebung aussetzt. Wird er überfahren, erfährt man nichts davon."

Sie sah, dass sie mit dem Vergleich einen Nerv getroffen hatte, auch wenn Niccolo sich äußerlich nichts anmerken ließ. „Am Abend des zweiten Tags tauchte Billy wieder auf. Ich drohte ihm wiederholt mit der Polizei, und als ihn das nicht sonderlich beeindruckte, forderte ich die Ordnungshüter tatsächlich an. Die holten ihn ab und versprachen mir, nun endlich etwas zu unternehmen."

Als er auf seine Tasse hinunterschaute, hatte sich ein erschöpfter Ausdruck auf sein Gesicht gelegt. „Es war mir überhaupt nicht recht, dass es ein solches Ende nehmen musste, aber ich sah auch keinen anderen Ausweg. Bleiben konnte er nicht. Der Winter hatte in jenem Jahr früh eingesetzt, und es war bitter kalt geworden. Die anderen Besucher des Gebäudes gaben nicht nach und erwarteten von mir, dass ich mich durchsetzte und ihn wegschaffte."

Megan lehnte sich zurück. Niccolo konnte nicht wissen, wie sehr ihr mittlerweile das Herz klopfte.

„Das Gericht wies ein Verfahren gegen ihn ab und setzte ihn wieder auf die Straße. Für solche wie Billy gab es zwar spezielle Therapien, aber die hatten ellenlange Wartelisten. Sozialwohnungen oder andere staatlich geförderte Häuser mit Privatzimmern gab es ebenfalls, doch waren die ausnahmslos belegt. Auch die zuständige Justizvollzugsanstalt hatte reichlich Insassen zu versorgen, und zwar erheblich schwerere Jungs als unseren Billy. Kurz und gut: man konnte nichts für ihn tun. Gesagt hat mir das allerdings niemand. Zu wenig Polizeibeamte, zu viele Fälle. Man versicherte mir, die Sache sei geregelt." Er schaute auf. „Und davon ging ich auch aus, bis ich eines Morgens die Treppe hinaufkam und Billy erfroren vorfand."

Megan musste schlucken. „Erfroren?"

„Ich hoffe, dass mir ein solcher Anblick in Zukunft erspart bleibt."

Sie war völlig durcheinander. „Ich … ich begreife nicht ganz … was hat das zu tun mit …"

„Danach“, erzählte er ungerührt weiter, als habe sie gar nichts gesagt, „habe ich mir schreckliche Vorwürfe gemacht. Ich wusste, ich musste etwas unternehmen, damit so etwas sich nicht wiederholen konnte. Hinter unserem Gebäude befand sich eine ehemalige Dienstvilla mit einer leer stehenden Dienstwohnung, die schon die ganze Zeit nicht benutzt worden war, auch während des gesamten Ärgers mit Billy. Also marschierte ich zu unserem Vorstand und stellte den Antrag, das Haus in ein Asyl für Obdachlose umzubauen, menschenwürdig und sicher, mit Beratung und beruflicher Bildung sowie Drogen- und Alkoholaufklärung.“

„Der Antrag wurde abgelehnt“, sagte sie aufs Geratewohl.

„Dabei waren das nicht mal gefühllose Leute! Alle hatten ein schlechtes Gewissen wegen Billy, selbst die, die am nachdrücklichsten darauf bestanden hatten, er müsse von der Treppe weg. Aber hier waren sie ausnahmslos einer Meinung. Die Eröffnung eines solchen Heims nach meiner Vorstellung, so ihr Argument, würde nur noch weitere Billys in die Gegend locken, und das wollte niemand. Also veranstaltete man im Gegenzug eine Benefizveranstaltung für das Obdachlosenasyl am anderen Ende der Stadt, ein Gala-Diner inklusive Musikbegleitung, eine hochoffizielle Sache, bei der jeder seinen Spaß haben sollte. Und nach Abzug aller Kosten sollte der Reinerlös zu Billys Andenken gespendet werden. Das reichte nach allgemeiner Überzeugung vollkommen. Mehr dürfe man nicht erwarten, meinte jeder.“

„Außer Ihnen.“ Megan merkte erst jetzt, dass ihre Kaffeetasse noch unberührt vor ihr stand. Sie führte sie an die Lippen. Der Kaffee schmeckte herrlich, doch ihr war, als gerinne ihr die Flüssigkeit in der Kehle. Als sie den Becher absetzte, fiel ihr auf, dass er mit den Türmen einer Kathedrale verziert war.

„Außer mir.“ Niccolos wie gemeißelt wirkendes Gesicht verzog sich zu einer Grimasse.

Ihr Blick senkte sich nochmals zu dem Kaffeebecher vor ihr, und ihr Finger folgte der eingravierten Linie der Kathedrale, eine Bewegung, die ihm nicht entging.

„Haben Sie es erkannt, Megan?“ fragte er leise und ohne jede Ironie.

Sie nickte. „Das Gebäude war eine Kirche …“

„So ist es.“

„Und für Sie als Hausverwalter war es besonders schwierig, weil sie von den Mitgliedern einer Kirchengemeinde mehr Güte erwartet hatten als von anderen.“

„Nein, keineswegs. Ich wusste, sie waren auch nur Menschen.“

Ihr Finger verharrte, und beider Blicke trafen sich. „Warum ist Ihnen dann das alles so nahe gegangen? Wenn Ihnen doch klar war, dass sie auch bloß Menschen waren, ganz gleich, wie sie den Sonntagmorgen verbringen? Sie, Niccolo, hatten doch versucht, Billy zu helfen! Was hätten Sie sonst noch tun können?“

„Alles.“ Er lächelte melancholisch. „Sehen Sie, ich war der Pfarrer jener Gemeinde, und außerdem auch der von Billy. Gott hatte sein Schicksal in meine Hände gelegt. Vor beiden habe ich versagt – vor Billy und vor Gott. Und jetzt bin ich bloß noch ein halluzinierender Zimmermann, der Obdachlose an Orten sieht, wo sie eigentlich gar nicht hingehören.“

7. KAPITEL

Father Ignatius Brady, Pfarrer zu St. Brigid's, war den angenehmen Seiten des Lebens durchaus nicht abgeneigt. Ständig auf der Suche nach der frischesten Ware und dabei wie besessen auf Qualität fixiert, durchstreifte er mit missionarischem Eifer den Wochenmarkt in der West Side von Ohio City. Die Metzger des Marktes grüßten ihn mit Namen und waren dermaßen von ihm angetan, dass sie stets ihre ausgesuchteste Ware für ihn reservierten. Als er früh am Donnerstagmorgen an Niccolos Haustür klingelte, brachte er ein Stück Rinderfilet mit, so überaus appetitlich zugeschnitten, dass man es durchaus mit der Ehrenplakette der Fleischerinnung hätte würdigen können. Niccolo nahm dieses jüngste Glanzstück Brady'scher Einkaufskunst in aller Bescheidenheit entgegen und lud „Iggy", wohl wissend, was sich gehörte, für den Abend zum gemeinsamen Verzehr des Prachtbratens ein.

Prompt erschien Iggy punkt sechs Uhr abends zum vereinbarten Schmaus. Nach kurzer Umarmung folgte er seinem Freund in die Küche, wo Niccolo morgens Megan den Espresso nebst trauriger Geschichten serviert hatte.

Nachdem Iggy sich aus den beiden Sitzgelegenheiten seinen Lieblingsstuhl ausgesucht und Platz genommen hatte, wies Niccolo auf eine Flasche, die auf seiner Küchenablage stand. „Der da wird dir gefallen. Ein besonders ausgesuchter Barolo. Hat mir ein Cousin von einer Italienreise mitgebracht."

Iggys asketische Züge wandelten sich zu stillem Entzücken. Er war dreißig Jahre älter als Niccolo, ein Strich in der Landschaft, den schon die laueste Sommerbrise hinwegfegen konnte, mehr Geist denn Körper, ein derart vergeistigter Heiliger, dass der Übergang vom Diesseits ins Jenseits, wenn er denn einmal kommen sollte, wahrscheinlich für ihn keine große Umstellung darstellte.

„Du verwöhnst mich!" Von mitmenschlicher Güte stets hingerissen und immer wieder überrascht, war Iggy der demütigste Mensch, dem Niccolo je begegnet war.

„Das ist erst der Anfang!“ Mit der vollendeten Eleganz eines Weinkellners hielt Niccolo seinem Freund die kostbare Flasche unter die Nase, ehe er einen Korkenzieher aus der Schublade wühlte. „Den Braten habe ich nach dem Lieblingsrezept meiner Mutter zubereitet. Er wird dich nicht enttäuschen.“

„Und was ist es?“

„Filet in roter Spezialsoße, dazu gedünsteter Spinat.“

„Und Pasta?“

„Selbstverständlich.“

Iggy nahm zwar nie mehr als ein paar Bissen zu sich, die allerdings mit umso größerem Genuss. Er verrenkte sich um ein Haar den Hals, als er voller Vorfreude zum Herd spähte. „Dauert es noch lange?“

Niccolo musste lachen. „Geduld! Zuerst ein Schluck Wein?“

„Mit dem allergrößten Vergnügen!“ Iggy wartete, bis eingeschenkt war und die beiden sich zugeprostet hatten. „Das Haus macht sich allmählich, Niccolo!“

Niccolo setzte sich zu ihm an den Tisch. „Findest du? Momentan fällt mir bloß das Unvollendete auf.“

„Symptomatisch für deine Weltsicht.“

Das gab Niccolo zu denken. „Komisch, dass du das noch nie vorher gesagt hast!“

„Auf unterschwellige Weise schon! Jemand zu sein, der nur sieht, was noch nicht fertig ist, kann sowohl Segen als auch Fluch bedeuten. Wer nicht erkennt, was noch vollendet werden muss, hat Schwierigkeiten, das Nächste in Angriff zu nehmen. So jemand scheitert an den Klippen der Unentschlossenheit.“

Niccolo lächelte. „Das Wort zum Samstag? Dann lass aber nicht die Kehrseite außer Acht! Ein Mann, der beim Anblick seines Werkes nicht aus tiefstem Herzen sagen kann: ‚Es ist vollbracht‘, der wird nie zufrieden sein.“

„Wohl wahr!“

Niccolo lehnte sich zurück und ließ bedächtig den Wein im Glase kreisen. „Mach dir um mich keine Gedanken. Ich bin durchaus stolz auf das, was ich erreicht habe, Iggy.“

„Wer eine solche Wendung durchgemacht hat wie du, der

wird stets Zweifel haben über sein persönliches Woher und Wohin sowie über das, was beides wert ist."

Während sie andächtig an ihren Gläsern nippten und den Wein kosteten, dachte Niccolo über die Bemerkung nach. Das Verhältnis zwischen ihm und Iggy war derart unverkrampft, dass Schweigen nie als unangenehm, sondern geradezu als erholsam empfunden wurde. Seit den Jahren im Priesterseminar sowohl Niccolos Lehrer als auch Vertrauter, war Ignatius Brady nicht nur bei Niccolos Priesterweihe dabei gewesen, sondern auch bei jenem entscheidenden Gespräch, das für Niccolo das endgültige Aus als Seelsorger bedeutet hatte. Bei allem, was geschehen war, hatte Iggy sich nie eingemischt.

„Ich möchte nichts von allem missen", bemerkte Niccolo nach einer Weile. „Ich bereue weder die Jahre als Gemeindepfarrer noch meinen Rückzug aus dem Amt. Nach wie vor habe ich das Gefühl, als wirke Gott in meinem Leben weiter – nur dass mir augenblicklich niemand seine Worte übersetzt. Den Code muss ich selbst entziffern."

„Und gelingt dir das?"

Niccolo lachte. „Während du in Klausur warst, ist hier eine ganze Menge passiert."

„Ach, tatsächlich? Ich war eine Woche fort! Länger nicht!"

Niccolo erhob sich, nahm die eigens aufbewahrte Packung Tagliatelle mit schwarzem Pfeffer aus dem Schrank und gab den Inhalt in den auf der hinteren Gasflamme stehenden Topf mit Wasser, das gerade zu sieden begonnen hatte. „Ich habe Billy gesehen, Iggy. Nachdem ich ihn damals nicht habe retten können, sieht es nun fast so aus, als habe diesmal er mir das Leben gerettet!"

„Möchtest du mir davon erzählen?" Iggy klang völlig unbeeindruckt.

„Kennst du eine Frau namens Megan Donaghue? Sie ist die Wirtin im Whiskey Island Saloon, der Kneipe in der Lookout Avenue."

„In dem Lokal wird ein großer Teil der Geschäfte im Raum Cleveland abgewickelt. Mittags trifft sich dort alles, was in der

Politik Rang und Namen hat. Und die Donaghues sind samt und sonders Mitglieder meiner Gemeinde. Sie sind mir also bekannt, und zwar alle." Wie die abschließende Bemerkung gemeint war, ließ er offen. Niccolo hatte es nicht anders erwartet.

Niccolo stellte die Flamme höher, um den Spinat zu dünsten. „Ich habe ebenfalls die Bekanntschaft der Donaghues gemacht", erzählte er. „Allerdings unter unerfreulichen Begleitumständen." Während er letzte Hand an die Vorbereitung des Essens legte, berichtete er seinem Freund zunächst von der versuchten Autoentführung, danach von Megans morgendlichem Besuch.

„Nach ihrer Ansicht", sagte er abschließend, „stammt der alte Mann aus der Nachbarschaft und legt ihr zufolge auf meine Hilfe gar keinen Wert." Er stellte sämtliche Gasflammen ab, füllte Spinat und Bratenscheiben in zwei unterschiedliche Schalen und beträufelte beides mit der sämigen, aromatischen Tomatensoße.

„Glaubst du ihr?" fragte Iggy.

„Die halbe Wahrheit ist nicht viel ehrlicher als die Lüge."

„Du meinst also, sie verschweigt dir etwas?"

Niccolo wartete auf eine weitere Äußerung seines Freundes. Der aber schwieg sich aus, und so blieben beide stumm, während Niccolo die Portionen auffüllte und einzeln nacheinander auftrug. Iggy lief offenbar das Wasser im Munde zusammen.

„Erzähl mir lieber, was du denkst!" sagte Niccolo.

„Ich denke, du hast Recht damit, dass Gott in dir wirkt. Eine Lappalie wie ein fehlender Priesterkragen schreckt ihn nicht ab. Recht hattest du übrigens auch damit, dass es nun an dir liegt, seinen Code zu dechiffrieren."

„Woraus ich entnehme, dass ich auf deinen Beistand nicht rechnen darf, oder? Du willst mir nicht zufällig ein wenig auf die Sprünge helfen?"

„Ich darf dazu nichts sagen."

Niccolo hütete sich, seinen Freund zu drängen. Das Beichtgeheimnis und dessen Bedeutung brauchte ihm niemand zu erklären. Ihm am allerwenigsten. „Ich hab da noch etwas." Er holte den Manschettenknopf aus der Hosentasche und präsentierte ihn auf der Handfläche. „Nach dem Vorfall auf dem Parkplatz bin ich noch einmal hingegangen, und dabei habe ich den hier hinter dem Auto gefunden. Meiner Ansicht nach könnte der Mann den fallen gelassen haben."

„Schönes Stück. Alt, scheint mir. Wahrscheinlich ein hübsches Sümmchen wert."

„Ich halte es durchaus für möglich, dass er dem Mann wirklich gehörte, also nicht bloß Fundobjekt eines Landstreichers ist. Bei den Buchstaben könnte es sich um seine Initialen handeln. Ein Doppel-S."

„Also, ich muss sagen, er kommt mir irgendwie bekannt vor", äußerte Iggy stirnrunzelnd. „Die beiden Buchstaben sind auf so merkwürdige Weise verschlungen, irgendwie anders als bei einem simplen Monogramm."

Niccolo begriff, was sein Freund meinte. „Möglich."

„Ich werde es mir durch den Kopf gehen lassen", versprach Iggy. „Falls mir etwas einfällt, lasse ich es dich unverzüglich wissen. Doch eins sollte ich dir noch sagen." Über den Teller gebeugt, die Augen verzückt geschlossen, inhalierte er den Duft des in Scheiben geschnittenen Rinderfilets.

„Was denn?" fragte Niccolo und ließ den Manschettenknopf wieder verschwinden.

„Ich glaube, Billy hatte dir mehr mitzuteilen, als du bislang ahnst. Es wundert mich nicht, dass er wieder aufgetaucht ist."

Der Sonntag war für Niccolo der schwierigste Tag der Woche. Während des monatelangen inneren Ringens und der Unentschlossenheit nach Billys Tod hatte er sich oft gefragt, wie es wohl sein würde, wenn er nie wieder eine heilige Messe zelebrierte, insbesondere das Hochamt am Sonntag. Sicher, auch andere Messen, auch andere liturgische Handlungen und Aufgaben hatten ihn ausgefüllt, doch nie so wie der sonntägliche Gottesdienst, wenn während der Wandlung die Hostie und der Messwein zu Christi Fleisch und Blut wurden und er selbst als Instrument dieses heiligen Geistes agierte. Ja, sonntags war er mit sich und seiner Welt im Reinen gewesen.

All das hatte sich mit einer steif gefrorenen Leiche auf der Treppe zu St. Rose of Lima für immer verändert.

Am Sonntagmorgen nach Iggys und Megans Besuch versuchte Niccolo, sich mit der *New York Times* und einer Aufnahme von *La Bohème* abzulenken. Tags zuvor hatte er pflichtgemäß die samstägliche Vorabendmesse besucht, bemüht, Iggys neuem Vikar, einem frisch gebackenen Seminarabsolventen, nicht allzu viele Fehler anzukreiden.

Zum Frühstück aß er ein Zimtbrötchen aus einer benachbarten Bäckerei und trank dazu zwei Tassen seines speziellen Espresso. Als ihm schließlich klar wurde, dass weder Puccini noch das Kreuzworträtsel sein Interesse wirklich zu wecken vermochten, legte er seine wärmste Winterbekleidung an und schloss die Haustür hinter sich.

Beim Betreten der Hofeinfahrt stellte er fest, dass sein Auto, ein unscheinbarer grauer Honda, Besuch hatte. Auf dem Kofferraum hockten zwei etwa fünfzehnjährige Bengel, die ungerührt sitzen blieben, als Niccolo sich näherte.

„Morgen, die Herren!" Kurz vor der hinteren Stoßstange blieb Niccolo stehen und musterte das Duo. „Was gibt's?"

Niccolo fühlte sich bei ihrem Anblick an die Autoentführer erinnert, denn einer der Jungen war weiß und der andere schwarz. Der junge Schwarze hatte ebenholzschwarze Haut und kunstvoll geflochtene Rasta-Locken, der weiße Junge hingegen dünnes, schulterlanges braunes Haar und den ersten flaumigen Ansatz eines Kinnbarts.

„Och, nix!" Der Farbige lächelte zwar, doch die Augen lächelten nicht mit. Der weiße Junge leckte sich kopfnickend die Lippen, wobei er sich etwas unbehaglich wand.

„Ich kenne die Nachbarn noch nicht alle." Niccolo bot den beiden die behandschuhte Rechte. „Niccolo Andreani."

Keiner der beiden machte Anstalten, auf Niccolos Begrüßung einzugehen. Schließlich ergriff der Träger der Rastafrisur seine Hand und schüttelte sie – kräftig, übertrieben kräftig sogar. „Krass, dass Sie einen Namen haben. Braucht man auch echt, einen Namen!"

Danach versuchte er, seine Hand zurückzuziehen, doch Niccolo ließ sie nicht los. „Ich warte noch auf deinen!"

„Was juckt der Sie denn?"

„Ganz einfach: Wenn einer auf meinem Schlitten hockt, wüsste ich gern, wer das ist."

Der Junge tat ganz erschrocken. „Ach, das ist Ihre Karre?"

Niccolo hielt die Hand weiter fest, obwohl er nur zu gut wusste, dass die Bengel sich einen Jux mit ihm erlaubten. „Und was ist mit dir?" wandte er sich an den zweiten. „Hast du denn einen Namen?"

Offenbar fürchtete der Junge, als Nächster in den Schraubstockgriff zu geraten. „Josh. Er heißt Winston."

Niccolo ließ Winstons Hand los. „Freut mich, euch kennen zu lernen. Wohnt ihr hier in der Nachbarschaft?"

„Und wenn – was dann?" fragte Winston für beide.

Niccolo hakte die Daumen hinter den Hosengürtel. „Jetzt mal Klartext, Winston. Ich quatsche hier nur ganz höflich und freundlich mit euch. Ich will euch weder reinlegen noch ausfragen, wer ihr seid und wo ihr wohnt, damit ich euch eventuell an die Bullen verpfeifen könnte. Ihr sitzt hier auf meinem Wagen, und jetzt schlagen wir die Zeit tot, bis ihr euch herunterbequemt. Schluss, aus."

„Ich will gar nicht runter." Winston zeigte sich stur. „Von hier kann man prima gucken. Ich sehe so gerne zu, wenn die Leute vorbeigehen."

„Da kenne ich eine bessere Aussichtsplattform", konterte Niccolo. „Meine Haustürtreppe. Da könnt ihr euch auf die oberste Stufe hocken. Da vorn. Kaputt machen könnt ihr da nicht viel." Er zeigte in die Richtung.

„Warum hausen Sie denn in so einer Bruchbude?" Winston ließ sich nun elegant vom Kofferraumdeckel gleiten.

Niccolo übersah geflissentlich, dass der Junge zuvor noch damit gedroht hatte, er bleibe in alle Ewigkeit da sitzen. „Ich renoviere den Kasten gerade in Eigenarbeit. Habt ihr schon mal ein bisschen geschreinert, ihr zwei?"

„Wie bitte?" Josh lachte nervös. „Mein Alter springt ja schon im Karree, wenn ich bloß in die Nähe seiner Werkzeugkiste komme!“

Niccolo hätte gern etwas darauf erwidert, hielt aber wohlweislich den Mund. „Und wie steht es mit dir?“ fragte er, an Winston gewandt.

Der Junge zuckte die Schultern. Er trug nur eine dünne Jeansjacke. Niccolo enthielt sich auch dazu eines Kommentars und ging zur Fahrertür. „Sobald ich zurück bin, zeige ich euch, was ich gerade im Haus mache. Falls ihr dann noch hier seid.“

Bei Winston war anscheinend sofort das Misstrauen geweckt. „Was soll das denn? Sie wollen uns wohl da reinlocken und irgendwelche Sachen mit uns anstellen, was?“

Beim Gedanken an all die möglichen Gefahren, denen diese Jungen ausgesetzt waren, krampfte sich Niccolo der Magen zusammen. „So ist es! Erst zeige ich euch die Arbeiten am Haus, und dann kriegt ihr heiße Schokolade, zum Aufwärmen. Ist nämlich kalt hier draußen. Das ist schon alles. Aber alle Achtung, ihr seid kluge Kerlchen – erst einmal argwöhnisch sein und lieber Fragen stellen. Das macht ihr richtig!“

Sogleich floh Winston wieder in seine gewohnt raubeinige Attitüde. „So sind wir eben, wir zwei beiden! Zwei Schlaumeier!“

„Astrein! Es gibt viel zu wenig gewitzte Burschen wie euch in der Welt.“ Nach einem raschen Wink öffnete Niccolo die Wagentür und setzte sich hinter das Lenkrad. Als er den Motor anließ und im Rückwärtsgang aus der Einfahrt fuhr, sah er, dass die zwei Jungen zur Seite getreten waren – ein gutes Zeichen. Dann machte er sich auf in Richtung Whiskey Island.

Nur wenige Städte können es sich leisten, Grundstücke in bester Lage mitten im belebten Geschäftszentrum der City ungenutzt zu lassen. Über Liegenschaften mit See- oder Flusslage, obendrein noch mit einem unbezahlbaren Panorama, verfügten wohl noch weniger. Was nun Cleveland betraf, so bestanden zwar Pläne für das brach liegenden Bauland auf Whiskey Island, doch waren diese vorerst noch Gegenstand hitziger Debatten, so dass ein

Teil der Halbinsel inzwischen zu regelrechtem Ödland verwildert war.

Obwohl Niccolo noch nicht lange in der Stadt lebte, hatte er schon mitbekommen, dass sich Cleveland im letzten Jahrzehnt vom „Bankrotteur am Eriesee“ zur „Come-back-City“ des Mittleren Westens gemausert hatte. Cleveland erfreute sich zahlreicher namhafter Sportclubs, unterhielt eines der nach Ansicht von Musikexperten besten Symphonieorchester der Welt und verfügte genauso über eine Anzahl renommierter Museen wie medizinischer Institute von Weltruf.

Doch allem Ehrgeiz der Kommunalpolitiker zum Trotz konnte nicht alles auf einen Schlag erreicht werden. Die Lagerhäuser und Fabriken am Ufer des Cuyahoga River waren zwar in eine etwas zahmere und weniger anrüchige Version von New Orleans berüchtigter Bourbon Street umgewandelt worden, in deren Restaurants und Kneipen es an den Wochenenden hoch herging.

Whiskey Island aber, nur einen Steinwurf entfernt, wartete bislang vergebens auf diesen Wandel. Der neue Yachthafen von Whiskey Island, der zu einem rührigen Wassersportkomplex ausgebaut werden sollte und dazu quasi in den Startlöchern hockte, wartete immer noch auf die nötigen finanziellen Mittel sowie grünes Licht von den Behörden.

Genau diesen Yachthafen hatte Niccolo sich an diesem Morgen zum Ziel genommen, nachdem er während seiner vorherigen Entdeckungsfahrt die übrige Halbinsel abgesucht hatte, so weit dies ging, denn zu einem großen Teil war das Gelände eingezäuntes Privateigentum. Er hatte jeden ausgefragt, der ihm über den Weg gelaufen war, von Sicherheitsleuten bis hin zu zufällig vorbeikommenden Arbeitern, dabei allerdings so gut wie keine verwertbaren Informationen erhalten.

Wahrscheinlich hätte er seine Recherchen eingestellt, wäre Megans Besuch nicht gewesen.

Der zum Yachthafen führende Weg war holprig. Seit seinem ersten Besuch auf Whiskey Island wusste Niccolo, dass sich in diesem Bereich der Halbinsel vor kurzem noch eine ganze Schar von Stadtstreichern in behelfsmäßigen Baggerschuppen niedergelassen hatte, die von einer Tiefbaufirma geräumt worden waren. Diese Schuppen waren allerdings inzwischen fort, und die Obdachlosen vermutlich ebenfalls.

Er fuhr eine sanfte Steigung hinauf und stellte dann den Wagen ab. Den Rest des Weges marschierte er hoch zum Flussufer, von wo er eine bessere Sicht auf den nächsten Leuchtturm hatte, der bei der ehemaligen Küstenwachstation aufragte.

Der Untergrund bestand aus Aufschüttungen – Füllboden, buchstäblich übersät von Eisenerzbrocken und bunten Tonscherben. Was mochte ein Archäologe alles entdecken, falls er sich durch diese Bodenschichten buddelte? Was deutete wohl auf frühere Bewohner hin, auf Leben, das nunmehr unter Tonnen von Zivilisationsmüll aus dem 20. Jahrhundert begraben lag?

Vom Wellenbrecher am Flussufer aus blickte Niccolo zu den in der Wintersonne blitzenden Restaurants und Bars hinüber. Aufgrund des für die Jahreszeit milden Wetters war der See nicht zugefroren. Es herrschte sogar noch ein minimaler Schiffsverkehr auf dem Fluß. In einiger Entfernung öffnete sich majestätisch eine schwarz-braune Hebebrücke, um einen Frachter passieren zu lassen. Westlich ragten silbrige Kiesberge auf, dicht an dicht bevölkert von Hunderten von Möwen, die von ferne aussahen wie schimmernde Perlenschnüre.

Wenig später wandte Niccolo sich gen Süden und folgte dem gewundenen Pfad, der sich durch ein Waldstück schlängelte. Von Ferne drang noch gedämpft das Jaulen von Erzförderbändern an sein Ohr. Auch wenn das großstädtische Cleveland nur einen Katzensprung entfernt lag, glich dieser Abschnitt von Whiskey Island einem abgeschiedenen, idyllischen Refugium, das gleichsam mit angehaltenem Atem verharrte, gefangen irgendwo zwischen Vergangenheit und Zukunft, wenn auch nicht ganz in der Gegenwart.

Nick wusste, er würde vermutlich, falls er einfach geradeaus weitermarschierte, vor einer der aufgeschütteten Dünen aus Erz, Sand oder Salz enden, die der Halbinsel das Aussehen einer Mondlandschaft verliehen. Die höchsten Bäume erhoben sich aus

Vertiefungen etwa einen guten Meter unterhalb der Aufschüttung, und als er zwischen ihnen hindurchging, senkte sich der Boden, bis Niccolo eine Fläche mit dunklem Erdreich erreichte. Allmählich kam er dem näher, was er suchte! Er stieß auf das Wrack eines Hausboots, in dem er eine Zeit lang herumstocherte, ohne jedoch Hinweise zu finden, dass jemand darin hauste. Auch Überreste anderer Boote fanden sich, dazu Geröllhaufen, die an Fuchsbauten oder die kunstvollen Bauwerke von Bibern erinnerten.

Er hatte längst keine Lust mehr, weiter in dem Unrat zu forschen, war auch zu müde und durchgefroren, um seinen Erkundungsmarsch noch lange fortzusetzen, als ihm eine eigenartige Anordnung von Zweigen auffiel, eine Art Unterstand, möglicherweise von Wind und Wasser geschaffen, vielleicht aber auch nicht. Irgendwie wirkte es auf Niccolo wie ein künstlich errichteter Unterschlupf, auch wenn dies eher instinktiv und keine logische Überlegung war. Das Geflecht aus Zweigen und Treibholz unmittelbar neben dem Pfad sah einfach zu akkurat aus, als dass man es Mutter Natur hätte zuschreiben können.

Über weiteres Geröll tastete Niccolo sich abwärts zu der Senke vor, bis er direkt darüber stand.

„Ist hier jemand?“ Er wartete, um dann die Frage zu wiederholen, lauter diesmal.

Als niemand antwortete, bückte er sich und nahm das Zweiggeflecht näher in Augenschein. Dabei sah er, dass die dünneren Äste mit den dickeren verflochten waren, wie um das Ganze ähnlich einem Korbgeflecht zu stabilisieren.

„Ich suche jemanden!“ Der Satz war heraus, ehe Niccolo überhaupt vorhatte, ihn auszusprechen. „Einen Mann, der mir vermutlich das Leben gerettet hat!“

Wieder keine Antwort.

Diesmal ging er am Rand der Öffnung in die Hocke. Als seine Augen sich an die Lichtverhältnisse drinnen gewöhnt hatten, sah er, dass die Mulde in Wirklichkeit nichts anderes war als eine flache Röhre von etwa zwei Metern Länge und etwas über einem Meter Breite. Allerdings war sie offensichtlich von

Menschenhand von Steinen und Schutt freigeräumt und sorgsam mit mehreren Lagen Zeitungspapier und Plastiktüten ausgelegt worden.

„Allmächtiger!“ stieß er hervor, halb als Stoßgebet, halb als Kraftausdruck. Ein Mensch, der unter solch unvorstellbaren Umständen hauste, der hatte sich wahrscheinlich aufgegeben. Verglichen mit dieser Behausung war Billys Nische neben dem Portal zu St. Rose of Lima das reinste Luxushotel gewesen.

Auf den Fersen kauernd, starrte Niccolo auf das Dach aus Treibholz. Welcher Mensch wählte freiwillig ein derartiges Leben? Was hatte ihn dazu veranlasst? Warum hatte er sich nicht um Hilfe bemüht? Alkoholismus? Eine Geisteskrankheit? Kriminelle Vergangenheit?

Dieser Mensch, wer immer er auch sein mochte, hatte alle Anstrengungen unternommen, um sich der Gesellschaft zu entziehen. Eins war Niccolo klar: wer in diesem Bau hauste, der musste dazu getrieben worden sein und sah es wahrscheinlich äußerst ungern, wenn man hier herumschlich oder sich gar einmischte. Er wollte in Ruhe gelassen werden. In dieser Beziehung hatte Megan Donaghue wohl Recht – leider.

Er kritzelte seinen Namen, seine Adresse und seine Telefonnummer sowie die Bitte, der Bewohner möge sich mit ihm in Verbindung setzen, auf einen Fetzen Papier und warf den Zettel in die Behausung. Dabei hätte er es wahrscheinlich bewenden lassen, wäre die Notiz nicht in Spiralen zu Boden geflattert und zwischen einer Zeitung und einer Plastiktüte gelandet, wo sie nicht gut zu sehen war. Auf Hände und Knie gestützt, beugte Niccolo sich kopfüber in die Röhre, wobei er sorgsam die Zweige beiseite drückte, um bessere Sicht zu bekommen. Als er den Zettel aufhob und sich nach einer besseren Stelle umsah, fiel ihm ein zusammengeschnürtes Bündel Papiere auf, nur etwas mehr als eine Armlänge entfernt.

Er starrte es unschlüssig an, einerseits beschämt über seine Neugier, gleichzeitig aber besorgt über eine mögliche Unterlassung, und überlegte, was wohl die klügste Lösung wäre. Schließlich verdrängte die Erinnerung an Billys steif gefrorene Leiche seine Skrupel, und tiefer in den Bau hineingebückt, griff er nach dem Bündel.

Es war dünn, ein paar Seiten bloß, mit verdrecktem Bindfaden verschnürt. Er kauerte weiter auf den Fersen und löste die Schleife. Eine krakelige Kinderzeichnung starrte ihn an. Das Papier war alt und brüchig, ein linierter Bogen, wie er selbst ihn in als kleiner Junge in der Schule benutzt hatte. Drei mit einfachen Strichen gezeichnete Figuren tollten dort auf dem Blatt herum, vermutlich spielende Kinder, die allerdings schon seit langer Zeit ins Spiel vertieft sein mussten.

Sorgsam legte Niccolo die Zeichnung beiseite und wandte sich dem nächsten Blatt aus dem Stapel zu, einem Zeitungsausschnitt, eingerissen und stark verschmutzt. Zuerst hielt er ihn für einen bloßen Fetzen des Zeitungspapiers, das als Bodenunterlage diente. Doch bei genauerem Hinsehen entpuppte er sich als ein Artikel aus einer sehr alten Zeitungsausgabe, nicht etwa ausgerissen, sondern mit der Schere ausgeschnitten, auch wenn mittlerweile Passagen fehlten. Niccolo hielt ihn ans Licht. Augenscheinlich handelte der Inhalt von einem Ereignis aus der Geschichte Clevelands, wobei der Name James Simeon und die Straßenangabe Millionaire's Row zu entziffern waren. Niccolo sprach sich den Namen einige Male laut vor, um ihn sich besser einprägen zu können. Dann legte er den zerfledderten Ausschnitt zu der Kinderzeichnung zurück.

Das letzte Blatt des Bündels erwies sich als eine alte Fotografie mit zwei auf einem Sofa sitzenden Mädchen, beide im besten Sonntagsstaat. Eins hielt ein Kleinkind auf dem Schoß, einen niedlichen Fratz mit Pagenkopffrisur und schelmischem Grinsen.

Was aber Niccolos Aufmerksamkeit gefangen nahm, war nicht das Kleinkind, sondern waren die beiden größeren Mädchen, genauer gesagt jenes, das die Kleine auf den Knien hatte. Ein bezaubernder Rotschopf mit ungebärdiger Lockenmähne und eckigem Gesicht – einem Gesicht, das sich im Laufe der Jahre seit jener Aufnahme nur unerheblich verändert hatte. Das reizende Wesen, dem dieses Antlitz gehörte, lernte er gerade erst kennen.

Irgendwo auf dem Fluss hinter ihm brummte eine Schiffssirene. Whiskey Island, seine bewegte Geschichte, seine unentdeckten Geheimnisse, all das klang wider in diesem bassdumpfen Dröhnen, kaum einen Steinwurf entfernt. Wie viele Menschen mochten hier ihren Lebensweg begonnen und abgeschlossen haben? Wie viele jetzt lebende Erdenbürger hatten ihre Existenz ausschließlich denen zu verdanken, die sich hier niedergelassen und ihr Leben auf diesem gottverlassenen Fleckchen Erde gefristet hatten?

Etwa der Mann, der dieses Foto gemacht hatte?

Niccolo blickte mit feuchten Augen auf das Bild und fragte sich, warum er nicht gleich die wahre Identität des Obdachlosen erahnt hatte.

24. Mai 1880

Selbst in den finstersten Nächten, auch dann, wenn nicht einmal die flackernde Flamme einer simplen Kerze mir Licht spendet, wird mir der heutige Tag hell im Gedächtnis haften bleiben. Ich habe Tote beerdigt, habe Sterbende getröstet, ihnen die Sakramente gespendet und mit ihnen gebetet, mit Männern und Frauen, die sich verzweifelt an einen letzten Funken Leben klammerten. All das rührte meine Seele zutiefst.

Doch wie ungleich anrührender ist es, das Leben in seinen Anfängen feierlich begleiten zu dürfen! Einen schreienden Säugling auf dem Arm zu halten und ihn in der Taufe dem Schoß der heiligen Mutter Kirche anzuvertrauen! Eine Erstkommunion zu feiern oder, wie heute geschehen, die Träume zweier Menschen im Sakrament der Ehe zum vereinigten Traum, zum gemeinsamen Leben und zu untrennbar verbundenen Herzen zu fügen!

Und was habe ich da heute erlebt! Zwei Menschen, die meine irischen Landsleuten noch besser verkörpern als dieses Paar, müssen wohl noch geboren werden! Die Jungfrau von unsagbarem Liebreiz, ungeachtet der schlimmen Reise, die selbst für die robustesten unter den jungen Leute, die Irland uns schickt, zur Prüfung wird. Der Mann stark und doch mit Schwächen, wie selbst die Besten sie nicht verhehlen können. Er liebt die Frau, und auch die vor den beiden liegenden Sorgen vermögen das Leuchten seiner Augen nicht zu dämpfen.

Denn die Sorgen, sie werden nicht ausbleiben. Arm sind sie, diese zwei, ärmlicher noch als so manche unter den Schafen meiner bettelarmen Herde, ausgestattet allein mit einem gemeinsamen Traum für den Weg und die Jahre zu zweit. Freilich, nur diesen Traum vor Augen und der Jugend Kraft in den Adern, erkennen sie nicht des Schicksals Launen. Mit Arbeit und Sparsamkeit, so ihr Glaube, werden sie die Früchte ihrer Träume ernten, eine nach der anderen.

Heute brachte ich es nicht über mich, sie daran zu erinnern, dass des Menschen Träume oftmals anders verlaufen als Gottes Wege, dass der Mensch des Schicksals Fügung hinnehmen muss, dass alles Leiden seinen gerechten Lohn findet und dass diese Belohnung reichlich sein wird.

Ihnen all dies zu sagen, das brachte ich nicht übers Herz. Denn zumindest heute ist es auch mein Traum, dass die zwei den ihren werden wahr machen können – irgendwie.

Denn sie aufrichten zu müssen, diese Aufgabe kommt noch früh genug auf mich zu.

Aus dem Tagebuch von Father Patrick McSweeney, St. Brigid's Church, Cleveland, Ohio.

8. KAPITEL

Whiskey Island, Mai 1880

In der irischen Grafschaft Mayo kam das Erbe eines guten Mannes nicht vom Himmel – weder das Land, das seine Vorfahren schon seit Jahrhunderten bestellten, noch das baufällige Häuschen, in dem sich die Familie des Nachts bei heulenden Winterstürmen zusammengedrängt gegenseitig wärmte. Nein, was ein anständiger Mann im County Mayo erbte, das stammte direkt aus der Hölle: Das Recht, sein bisschen Ernte an den Landeigentümer abzuführen, das Recht, mit ansehen zu müssen, wie Kinder oder Eltern hinsiechten und starben, während die hoffnungsvoll grünen Sprösslinge der neuen Kartoffelsaat sich schwärzlich färbten und zu fauligem Gift zerfielen.

Was ein Mann von Vätern und Vorvätern mitbekam, das war der Hass auf die Besatzer und deren Willkür. Zuweilen aber erbte er auch, wie im Falle von Terence Tierney, die Sehnsucht danach, dem sturmumtosten Mayo auf immer den Rücken zu kehren und sich aufzumachen ins gelobte Land – nach Amerika.

An dem Tag, als Terence an Bord des Schiffes ging, das ihn nach Cleveland bringen sollte, hatte er nur wenig von dieser Stadt gewusst, dem Ziel seiner Reise. Vor ihm war Darrin, sein ältester Bruder, nach Ohio gezogen. Zweimal vor seinem Tod hatte Darrin, von einem Pfarrer unterstützt, nach Hause geschrieben und jedes Mal Geld mitgeschickt.

Nach Darrins Angaben war die Arbeit zwar hart, doch immerhin gab es Arbeit, und der Lohn, wenn auch gering, war allemal Lohn. Untergekommen war er, wie er schrieb, in Whiskey Island, einem Bezirk, in dem auch andere Iren aus County Mayo wohnten. Kirchen gab es dort und zudem einen derart riesigen See, dass Darrin zuweilen träumte, dessen Wellen würden ihn verschlingen wie das Meer, das er überquert hatte. Denn der Mann, der Darrin einmal gewesen war, der war draußen auf jenem Ozean geblieben.

Natürlich hatte Darrin das so nicht geschrieben. Immer schon ein Träumer, hatte Terence das zwischen den Zeilen gelesen, mit denen sein Bruder seinen Träumen Ausdruck verlieh und sie heim nach Irland schickte. Laut seines zweiten Briefes besaß Darrin sogar ein Haus, groß genug für den Rest der Familie. Zunächst hatte er ausschließlich dafür gespart; nunmehr legte er sein Geld beiseite, um die Angehörigen eines Tages in dieses Heim zu holen.

Weitere Briefe blieben aus. Monate später erst traf ein drittes Schreiben ein, sein Absender der besagte Geistliche, ein Father McSweeney, Pfarrer zu St. Brigid's. Er teilte der Familie mit, dass Darrin bei einem Arbeitsunfall in den Docks ums Leben gekommen war. Gleichzeitig übersandte er Darrins letzten Lohn.

Was, so lautete seine Frage, sollte nun, nach dem Tode des jungen Mannes, aus seinem Haus werden?

Zu diesem Zeitpunkt waren die beiden anderen Brüder von Terence bereits fort, einer in Liverpool spurlos verschollen, der andere an einer Krankheit gestorben, die leicht zu heilen gewesen wäre, hätte er nur nahrhafte Kost bekommen. Doch Nahrung, die gab es im hungernden Irland zur Zeit der Kartoffelfäule nicht.

Und so kratzten auch die Tierneys – wie Tausende andere zuvor – ihre letzten Reserven und Notgroschen zusammen und schickten ihren Ältesten nach Amerika, um dadurch die Familie vor der endgültigen Verelendung zu bewahren. Terence trat die Reise ins Ungewisse an, um den Platz des verstorbenen Bruders einzunehmen. Die Überfahrt auf dem Segler wurde mit Darrins letztem Lohn bezahlt: siebenunddreißig Dollar. Dazu kam an Reiseproviant alles, was sich auftreiben ließ, verpackt in einem Korb, den Terence hütete wie einen kostbaren Schatz.

In Whiskey Island angelangt, bezog Terence das Haus seines Bruders in der Tyler Street. Er hatte gut daran getan, keine übertriebenen Erwartungen zu hegen, denn es war nicht mehr als eine Hütte, eine aus groben Pfosten zusammengezimmerte Bruchbude, die Wände mit Teerpappe verkleidet, eng wie das Herz eines Engländers, gerade breit genug für zwei winzige Zimmer vorn und eine nach hinten sich anschließende Küche. Eine wackelige Stiege führte hinauf zu einer Mansarde, in die es durch das chronisch undichte Dach ständig hineinregnete. Vor dem Eingang strömte der faulig stinkende Cuyahoga River vorbei, und hinter der Hütte lag der Eriesee.

Doch es gehörte ihm, dieses Haus, das bald auch Lenas Zuhause werden würde.

An einem Maiabend stand Terence mit seinem besten Freund Rowan, der sich als treuer Mieter in der Mansarde einquartiert hatte, unten in der Wohnstube, einem Zimmerchen, das eigentlich den Namen nicht verdiente, da es über nur eine einzige Sitzgelegenheit verfügte. Bei dem Gedanken, wie seine Braut wohl darauf reagieren könnte, wurde er allmählich nervös.

„Du bist ein Glückspilz, Terry. Das ist dir doch hoffentlich klar, was?"

Gereizt zupfte Terence an dem gestärkten Kragen, der ihm unangenehm in den Hals kniff. „Klar, natürlich weiß ich das, Rowan! Lena ist für mich alles, was mir jemals im Leben etwas bedeuten wird – sie und die Gesundheit meiner Lieben daheim." Als er den Kopf neigte, zwickte ihn der Kragen erneut.

„Sie ist wahrhaftig eine Schönheit! Aber ich könnte mich nicht entsinnen, dass du jemals von ihr geschwärmt hättest! Hast du etwa befürchtet, dein Freund könne ein Auge auf deine frisch Angetraute werfen?"

Terence lachte. „Wohl kaum! Ich möchte dich bloß vor der Sünde des Neids bewahren."

Rowan quittierte das mit einem Schmunzeln. Dunkelhaarig und stämmig, war er durchaus kräftig genug gebaut, um wie Terence und seine Landsleute in den Docks Eisenerzladungen zu löschen. Er hatte jedoch so viel Köpfchen bewiesen, sich seinen Lebensunterhalt auf angenehmere Weise zu verdienen, nämlich als Polizist. Obwohl gerade nicht im Dienst, trug er seine Uniform, eine gebügelte, aus steifem Tuch bestehende Montur, die jede Bewegung einschränkte. Seine kraftstrotzende Robustheit und seine kräftigen, derben Fäuste strahlten Selbstvertrauen aus. Mit der verwegenen Art, in der er den Kopf schräg legte oder die dichten Augenbrauen hob, demonstrierte er aller Welt, dass er es zu etwas gebracht hatte und sich deswegen keineswegs schämte.

Auf den ersten Blick kam Terence da an Ausstrahlung nicht mit. Hoch gewachsen und dünn, glich er eher einem Schulmeister oder Mönch, ganz und gar nicht einem der „Terrier", die den ganzen Tag Eisenerz aus den Bäuchen der Frachter schaufelten und am nächsten Morgen noch die Kraft aufbrachten, aufs Neue in die Tiefen der Laderäume hinabzusteigen. Feingliedrig gebaut, wirkte er alles andere als kraftvoll, und in seinen hellblauen Augen lag nach wie vor ein gequälter Blick, als suchten ihn noch immer die Dämonen des Hungers und Siechtums heim.

Doch Äußerlichkeiten täuschen zuweilen, glücklicherweise auch in seinem Fall.

„Ich habe bei weitem noch nicht genug gespart für die Überfahrt meiner Eltern", sagte Terence. „Und jetzt, frisch verheiratet ..."

„Zwei brauchen nicht viel mehr als einer, sagt der Volksmund. Und deine Lena wird schon zusteuern, so gut sie kann."

Terence wusste, dass das stimmte. Trotzdem: seine Frau ohne seinen Schutz in die Welt da draußen hinauszulassen, damit sie etwas dazuverdiente, das widerstrebte ihm zutiefst. In einer gottverlassenen Umgebung wie Whiskey Island ging es nicht gerade zimperlich zu. „Hätte ihre Mutter sie nicht auf die Reise geschickt, wer weiß, wann ich Lena hätte herholen können ..."

„Erwartet Lenas Mutter denn wohl von dir, dass ihr auch sie zu euch holt?"

„Aber ja! Für mich ist das übrigens eine Selbstverständlichkeit. Außer mir hat sie doch keine Unterstützung! Lenas Mutter und meine Eltern sind auf mich angewiesen. Es ist an mir, Ihnen zu helfen!"

Traurig schüttelte Rowan den Kopf. „Und mich, mich braucht keiner. Meine Angehörigen sind entweder bereits hier oder verstorben. Es wäre mir eine Ehre, dir zu helfen, Terry. Wirklich!"

Terry bekam einen Kloß im Hals, hieb seinem Freund die Hand auf die Schulter und drückte sie kräftig. „Du verhältst dich wie ein wahrer Freund, Rowan, schon meinem Bruder gegenüber, und zu mir nun genauso. Deine Miete für die Mansarde ist mir schon Hilfe genug. Dabei könntest du wahrlich weiter oben am Hügel wohnen, bei denen, die es zu etwas gebracht haben! Nicht hier unten bei armen Schluckern wie uns, die auf keinen grünen Zweig kommen!"

„Ich bleibe bei meinem Freund Terence, wo immer er auch ist", verkündete Rowan feierlich. „Und das", fuhr er fort, wobei er die Hand seines Freundes abwehrte, „begießen wir mit einem Tropfen unseres Teufelszeugs. Ich weiß, du hältst nicht viel vom Alkohol, doch für heute Abend kannst du dir getrost Mut antrinken. Da sei dir ein Schlückchen gestattet." Dabei zwinkerte er Terence zu.

„Aber Lena ..."

„Katie wird sie herbringen und ihr helfen, sich häuslich einzurichten."

Katie war die Ehefrau von Seamus Sullivan, einem Freund von Terence und Rowan, der mit seiner Familie eine Straße weiter in einem ähnlich ärmlichen Häuschen wohnte. Genau wie Rowan hatten auch die Sullivans sich nach dessen Ankunft ein wenig um Terence gekümmert. Seamus hatte ihm schon am zweiten Tag Arbeit in den Docks verschafft. Katie, eine resolute Frau, die sich nicht die Butter vom Brot nehmen ließ, bewachte ihre zwei Kleinen wie eine Füchsin ihre Welpen und legte jeden Cent beiseite, der vom Lohn ihres Mannes übrig blieb, damit die Familie eines Tages in ein Haus weiter oberhalb ziehen konnte. Fast jeder auf Whiskey Island träumte von einem Leben weiter oben am Hügel, höher, nur höher und möglichst weit fort von dem stinkenden Fluss, fort von den Raffinerien von Standard Oil mit ihren albtraumhaft giftigen Gasen, von der Moskitoplage in den verseuchten Sümpfen, die vielen vorerst zur Heimat geworden waren.

Terence trank keinen Alkohol. Weder dem Branntwein an sich noch der Macht, die er ausübte, konnte er viel abgewinnen. Dennoch war ihm klar, dass es Lena gut tun würde, einige ungestörte Augenblicke in ihrer neuen Umgebung für sich zu haben, bevor er zurückkehrte.

Vierundzwanzig Stunden waren seit ihrer Ankunft vergangen, Stunden voll hektischer Betriebsamkeit. Alles war ihr fremd, und die Trauung in der Kirche zu St. Brigid's hatte sie arg mitgenommen. Wenn sie auch als irisches Mädel nicht viel erwarten durfte, so hatte sie doch gehofft, ihre Mutter bei der Trauung zur Seite zu haben. Selbst dieses bescheidene Glück war Lena versagt geblieben.

„Aber ein einziges Gläschen nur", mahnte Terence seinen Freund und zog seinen fadenscheinigen Mantel über. „In welche Schänke sollen wir gehen?"

Rowan versetzte ihm einen Klaps auf die Schulter. „Nun, Auswahl haben wir wohl genug! Auf, in die nächstgelegene!"

Obwohl nicht ganz eine Meile lang und bloß eine Drittelmeile breit, kam Whiskey Island auf vierzehn Tavernen. Männer mit wenig Hoffnung brauchten zumindest Illusionen.

Die hatte auch Terence, doch vom Branntwein handelten sie nicht. Seine Träume hatten Lena gegolten, und nun, da sie eingetroffen war, träumte er davon, eines Tages wieder mit den alten Eltern zusammen zu sein, sowie von den Kindern, die er gemeinsam mit Lena aufziehen wollte – Kinder, die Hunger oder Siechtum nie erleben sollten, denen Bildung und Schule, anders als ihm, nicht verwehrt bleiben würden.

„Wohlan denn! Auf dass dieser Tag mir Glück bringe!" sagte Terence lächelnd und blies die Lampe aus.

Rowan hielt ihm die Tür auf. „Verlass dich drauf!"

Die Wohnbedingungen in Terences Hütte trafen Lena nicht unvorbereitet. Tags zuvor hatte sie unter Katies wachsamen Augen Whiskey Island der Länge nach erwandert, sich dabei durch das Gedränge der engen Gassen gezwängt und ihre neue Umgebung erkundet. Obwohl Katie sie nicht auf die ärmliche Bleibe von Terence oder die Straße, in der sie stand, vorbereitet hatte, passte Lena ihre Erwartungen mit jedem Schritt der neuen Lage an. Sie war, das merkte sie bald, weiß Gott nicht im Paradies gelandet, doch das hatte sie von vornherein nicht erwartet. Es gab Essen, und es gab Arbeit. Die zerklüfteten Küstenregionen von Irlands Westen mochten zwar seelische Nahrung gewesen sein, doch zum leiblichen Wohl hatten sie kaum einen Krümel beigesteuert.

„Viel ist es nicht", bemerkte Katie gerade, „aber es reicht, bis Terry etwas Besseres findet. Du darfst ihn nie kritisieren, Lena. Ich kennen keinen, der sich mehr abrackert als er!"

Lena nahm Katie die Ermahnung nicht übel. Angesichts der Art und Weise, wie sie vom Augenblick der Ankunft an von ihr unter die Fittiche genommen worden war, hätte manch andere Frau vermutlich verärgert reagiert. Lena hingegen hatte die dunkelhaarige Katie Sullivan auf den ersten Blick ins Herz geschlossen. Taktvolle Höflichkeiten waren für Katie Zeitverschwendung; wahrscheinlich wären sie ihr bei anderen nicht einmal aufgefallen. Sie kümmerte sich um ein Haus, das größer war als Lenas, versorgte dabei zwei Kinder und wusch trotz allem noch anderer Leute Wäsche, um zu dem Lohn, den ihr Mann von den Docks heimbrachte, noch etwas hinzuzuverdienen. Für Nettigkeiten war Katie zu beschäftigt.

„Ein schönes Haus!" sagte Lena. „Immerhin hat es doch ein Dach, nicht wahr? Und Wände dazu! Und nach vorn heraus sogar eine Art Fenster! Mit Flusspanorama! Was könnte ich mehr verlangen?"

„Da bin ich froh! Es ist kein glückliches Heim gewesen; Darrin ist tot, und Terry war so in Sorge, er könne dich möglicherweise nicht zu sich holen!" Lena trat zurück, während Katie über den provisorischen Fußweg schritt und die Haustür weit aufmachte.

„Das hat er dir wohl gesagt, oder?" fragte Lena.

Katie wich etwas zurück, um Lena als Erste eintreten zu lassen. „Nein, das weiß ich von Seamus. Er hat erzählt, du und Terry, ihr wäret schon seit Kindertagen ein Paar."

„Einen anderen habe ich nie geliebt. Da schickt es sich wohl, dass man heiratet."

„Hier wird es euch gut gehen." Das war Katies Art, jemandem Glück zu wünschen. Versehen mit dem Segen ihrer neuen Freundin trat Lena über die Schwelle.

Die steile, schmale Stiege, welche die Bezeichnung „Treppe" kaum verdiente, führte, wie Lena schon wusste, hinauf zur beengten Dachmansarde, wo der Untermieter logierte – Terrys bester Freund Rowan. Den Blick nach links zur geschlossenen Tür vermied Lena wohlweislich. Dahinter stand vermutlich ein Bett, für dessen Anblick sie sich noch nicht recht gewappnet fühlte. Also wandte sie sich zunächst nach rechts und gelangte durch eine offene Tür in ein dunkles, muffig riechendes Zimmerchen. Es war schon zu spät am Abend, als dass noch viel Licht durch das einzige Fenster hätte fallen können. An einer Wand erkannte sie aber einen Kamin und daneben einen Stuhl mit gerader Lehne. Eine Öllampe stand auf einem kleinen Tisch in der Ecke; am äußeren Ende des etwas windschiefen Kaminsimses trotzte eine weitere Leuchte mühsam der Schwerkraft, kurz davor, vom Sims herunterzufallen.

„Hier vermisst man die Hand einer Frau", bemerkte Katie, während sie die Tischleuchte entzündete. „Brennt erst Feuer im Kamin, schmücken erst Bilder die Wände, wird es recht gemütlich werden."

„Jedenfalls werden wir unsere Abende wohl kaum auf dem einzigen Stuhl vor dem Kamin zubringen, das steht fest!" Ehe Lena sich versah, kicherte sie schon über ihre eigene Bemerkung.

Zu ihrer Überraschung musste aber auch Katie glucksen. „Sicher, es sei denn, ihr benutzt den Stuhl abwechselnd. Kannst du im Stehen stricken? Oder stopfen etwa?"

„Vielleicht hat er nicht so weit gedacht!"

„Oder er beabsichtigt, dir drüben in der anderen Kammer die Zeit zu vertreiben", bemerkte Katie, wobei sie eine dunkle Augenbraue hob.

Lena spürte, wie ihre Wangen siedend heiß anliefen. Sie war mit der durchsichtigen, sommersprossigen Haut ihrer Vorfahren und obendrein mit dem dazugehörigen roten Haar geplagt. Eigentlich machte ihr beides nichts aus, hätten bloß ihre Wangen nur nicht immer sofort ihre Gedanken verraten, weil sich feuerrot färbten.

„Der Herrgott hat uns das da geschenkt, um uns für alles andere zu entschädigen", fuhr Katie mit Blick auf die Tür der Schlafkammer fort. „Die hochwürdige Geistlichkeit mag zwar anderer Meinung sein, doch kann sie mitreden? Wüssten die

Pfaffen, wie schön es ist – wie könnten sie da Priester bleiben?“

Wieder musste Lena kichern, ein ungewohnt kindlicher Laut für eine junge Frau, deren Mädchenzeit lange zurücklag. Und doch fühlte sie sich an diesem Abend wieder wie ein Mädchen. Bald würde Terence zurückkommen und sie dann allein mit ihm sein, nur sie zwei, zum allerersten Mal. Plötzlich kam sie sich viel jünger vor, als ihre achtzehn Jahre es glauben machen wollten.

„Jetzt noch ein Blick in die Küche, und dann zu Bett mit dir! Dort wird Terence dich nämlich vermuten, da bin ich ganz sicher.“

Gehorsam folgte Lena ihrer neuen Freundin in die Küche. Auch hier eine Feuerstelle, versehen mit einem Ausleger zum Anbringen von Kochtöpfen. Einer baumelte bereits am Haken; ein weiterer stand auf Füßen vorn am Rande der Kochstelle. Zudem sah Lena einen Ecktisch, ein Regal für die wenigen vorhandenen Vorräte sowie darunter eine auf rohen Holzböcken ruhende Tischplatte. Einen Herd gab es nicht.

Katie rümpfte die Nase. „Nun, viel ist es nicht! Ich werde sehen, was ich noch beisteuern kann.“

Lena protestierte. „Du hast doch schon viel zu viel getan!“

„Die beiden Junggesellen haben nur selten gekocht, weil sie auf die Annehmlichkeit eines Herds verzichten mussten. Ich habe noch etwas überzähliges Geschirr, ein paar Löffel, ein, zwei Gabeln …“ Katie ließ keinen Zweifel daran, dass die Gegenstände am folgenden Morgen auf wundersame Weise in Lenas Küche auftauchen würden, ob es Lena nun recht war oder nicht.

„Du bist mir eine liebe Freundin!“ Lena griff nach Katies abgearbeiteter Hand und drückte sie fest. „Und ich werde dir immer helfen, auf jede erdenkliche Weise.“

Katies Züge wurden weich. „Dann wollen wir dich jetzt bereit machen für deinen Mann.“ Sie wandte sich um, und Lena folgte ihr durch das Wohnzimmerchen, quer über den Flur und durch die von Katie geöffnete Tür in die kleine Kammer, die Lena mit Terence teilen sollte. Dort fand Katie eine Lampe und entzündete sie. Das Schlafgemach war kleiner als das Wohnzimmer, mit Kleiderhaken an den Wänden sowie, erstaunlicherweise, einer hohen Kommode gleich bei der Tür. Daneben stand ein weiterer Tisch auf Böcken, darauf eine Lampe und ein komplettes Waschservice, bestehend aus Schüssel, Krug und Tasse. Den übrigen Platz nahm ein Bett ein, gerade breit genug für zwei, mit schweren, zweckmäßigen und offenbar aus allerlei Lappen und Fetzen von Männerkleidung gefertigten Decken zugedeckt.

Katie fasste die oberste und hob den Saum. „Viel macht es nicht her, gewiss, doch die Wolle wärmt wie Torffeuer. Diese Decke hier hab ich selbst zusammengenäht, aus Lumpen, die ich dem Lumpensammler abgekauft habe. Bei Terrys Ankunft war nämlich absolut nichts mehr im Haus. Das wenige, das Darrin angeschafft hatte, hatten sich da schon Bedürftige abgeholt.

Lenas Hand glitt unsicher an der Tischkante entlang. „Weißt du, wie er umgekommen ist? Mir hat es niemand gesagt."

Katie seufzte. „Ein Unglück beim Entladen. Darrin war gerade unten im Laderaum des Frachters, als er von einer Ladung Eisenerz verschüttet wurde. Erz aus den Schiffen schaufeln, das ist wahrhaft eine höllische Schufterei! Der Staub ist so dicht, dass die Arbeiter sich stundenlang die Lunge aus dem Leibe husten müssen. Außerdem gräbt der Erzstaub sich in die Haut und ins Haar, bis sie von Kopf bis Fuß so rot sind, dass man denkt, sie wären schon so geboren!" Sie lächelte gequält. „So rot wie dein Haar allerdings nicht!"

„Und andere Arbeit gibt es nicht?"

„Nein. Doch fürs Erste ist sie gut genug, besser allemal als das, was im tiefsten Winter zu finden ist, wenn die Frachter nicht durchkommen. Ein Mann muss hier hart schuften für sein Geld, aber er bringt damit Brot auf den Tisch." Katie richtete sich auf. „So, meine Liebe. Terry wird bald hier sein, und ich muss zurück zu Seamus und den Kindern. Bedenke immer: Raum ist in der kleinsten Hütte für ein glücklich liebend Paar!" Bei diesen Worten klopfte sie mit der flachen Hand auf die Bettdecke und verließ die Kammer mit demselben Schwung, mit dem sie eingetreten war.

Nachdem die Haustür sich hörbar hinter Katie geschlossen

hatte, ließ Lena sich auf das Bett sinken, die Hände im Schoß verschränkt. Schlagartig wirkte das Haus außergewöhnlich still, so als gäbe es nur sie allein auf der Welt. Sie konnte sich nicht erinnern, wann sie das letzte Mal allein gewesen war. In Irland nur selten, da sie zunächst den Vater und nach seinem Tod die Mutter versorgt hatte, die am Kummer beinahe zu Grunde gegangen wäre. Auf dem überfüllten Schiff während der Überfahrt nach Amerika war sie ebenfalls nie allein gewesen.

Da ihr frisch angetrauter Ehemann nun wohl bald daheim sein würde, erhob sie sich wieder. Plötzlich fiel ihr auf, dass sie immer noch voll angekleidet war. Falls sie sich nicht vor seiner Rückkehr ihrer Kleidung entledigt und gewaschen hatte, dann, so kam ihr zu Bewusstsein, musste sie dies womöglich vor seinen Augen tun!

Diese Erkenntnis trieb sie zur Eile. Innerhalb von Minuten hatte sie Rock und Unterröcke, Mieder und Leibchen abgelegt, nicht jedoch das Hemd, das gleichzeitig als Nachthemd diente. Zuletzt zog sie noch schnell Schuhe und Strümpfe aus, dann stürzte sie förmlich zur Waschschüssel. Zu ihrer Erleichterung war Wasser zum Waschen im Krug.

Neben dem Bett entdeckte sie ihren kleinen Koffer, den Terence dort abgestellt hatte. Sie nahm ihre zwar abgenutzte, aber lieb gewonnene Haarbürste heraus, entfernte die Nadeln aus ihrem Haar, bis es sich locker und offen auf den Rücken ergoss und zerrte nahezu brüsk die Bürste hindurch. Sollte sie es für die Nacht zu Zöpfen flechten? Die Antwort erübrigte sich, denn sie hörte, wie sich die Haustür öffnete.

Terence war gekommen!

Heim, nach Hause!

„Lena?“

„Hier bin ich!“ Schon rechnete sie damit, dass er geradewegs in die Kammer trat und vollzog, was ein Ehemann eben zu vollziehen hatte. Doch weit gefehlt: seine Schritte entfernten sich!

Sie war verwirrt und fragte sich bestürzt, ob sie etwas falsch gemacht hatte? Hätte sie etwa voll angekleidet in der Wohnstube ausharren sollen? Hielt er sie wohl für schamlos, weil sie im Bett auf ihn wartete?

Als Terence schon geraume Zeit auf sich warten ließ, siegte ihre Neugier über die Scham. „Terry? Was treibst du denn da?"

„Komm her und sieh nach!"

Sie schaute an ihrem Hemd hinab: geflickt, gestopft und fadenscheinig. Niemals hatte sie etwas ganz für sich allein besessen, stets abgelegte Kleidungsstücke von Tanten und Cousinen auftragen müssen. Selbst ihr Mieder hatte der Mutter gehört, die zuletzt ungleich korpulenter gewesen war als die Tochter.

Obwohl sie ihm so nur ungern unter die Augen getreten wäre, platzte sie doch fast vor Neugier. Außerdem: ignorieren durfte sie ihn doch auch nicht! Entschlossen ließ sie sich vom Bett gleiten, hob die Überdecke ab und schlang sie sich wie einen Umhang um die Schultern. Die Decke war noch schwerer als vermutet und wirkte wie eine Bremse, weil sie wie eine Schleppe über den Boden schleifte.

Sie öffnete die Kammertür und spähte hindurch. Als sie ihren Mann nirgends erblickte, schritt sie durch den Flur und blieb ihm Türrahmen zur Wohnstube stehen. „Terry?" fragte sie zögernd.

Terences goldblondes Haar schimmerte im Lampenlicht, als er im Durchgang zur Küche auftauchte. Er hielt einen Stuhl steif vor sich an den Körper gedrückt. Vor ihren Augen trat er hinüber zum Kamin und stellte das Möbelstück direkt davor ab. Erst jetzt erkannte sie, um welch schönes Stück es sich handelte.

„Oh, Terry!" rief sie, die Hände vor der Brust zusammengekrampft.

„Er gehört dir, Lena! Gefällt er dir?"

In das sonderbarste Cape gehüllt, das sie je gesehen hatte, vergaß sie, dass sie so gut wie nichts am Leibe trug, dass sie beide so arm waren, dass ihr bisschen Glück wahrscheinlich nicht einmal für einen allein reichte. So trat sie vor, die Decke im Schlepp wie den Hermelinmantel eines Königs. „Ist der schön!"

„Das ist ein so genannter Bostoner Schaukelstuhl. Ich wollte dir unbedingt einen als Hochzeitsgeschenk präsentieren. Jetzt kannst du an Winterabenden am Kamin sitzen, und wenn wir einmal Kinder haben, kannst du sie hier, wo es warm ist, schaukeln."

Sie fuhr mit der Hand über das blank polierte Holz. Der Stuhl hatte geschwungene Armstützen sowie eine Rückenlehne mit senkrechten Verstrebungen. Auf die Holzteile waren anmutige, verlaufende Muster aufgemalt. „Den hast du für mich gekauft?"

„Eine kinderlose Witwe hat ihn mir veräußert. Ich könne ihn besser gebrauchen als sie, meinte sie."

Lena traten Tränen in die Augen. „Ach, du Lieber!"

Und dann warf sie sich in seine Arme, eine Bewegung, so natürlich und selbstverständlich, als wenn die Sonne aufgeht oder die Lerchen sich über einer Sommerwiese tummeln. Er umschloss sie, als hätte er es schon immer so getan, als wären sie schon lange verheiratet. „Ich ... ich habe dir ja nur so wenig zu geben ..." Die Worte blieben ihm im Halse stecken.

„Du hast alles ... dich selbst!"

„Lena ..." Mit den Fingerspitzen hob er ihr Kinn an und legte die Lippen auf ihren Mund. Als ihre Arme sich um seinen Hals schlangen, rutschte ihr die Decke von den Schultern.

Sie spürte seinen Körper, hart und voller Verlangen und umso härter, je enger er sie an sich zog. Es war nicht ihr erster Kuss; sie hatten sich schon geküsst, hinter dem Rücken ihrer Mutter, auf dem Weg zum Cottage. Schon damals hatte es ihr gefallen. Jetzt aber liebte sie es geradezu.

Und sie liebte Terence.

„Setz dich zu mir, Lena!" In einer einzigen geschmeidigen Bewegung ließ er sich auf dem Schaukelstuhl nieder und zog Lena gleichzeitig auf seine Knie. Ehe sie protestieren konnte, küsste er sie erneut, seine Arme über ihrem Rücken gekreuzt, ihren Körper eng an sich gepresst. Kuss folgte auf Kuss; durch den dünnen Stoff spürte sie seine Hand auf ihrer Brust. Seine Lippen glitten hinab zu ihrem Hals. Sie merkte, wie das Hemd tiefer rutschte, dachte zuerst, sie müsse etwas sagen, fand aber keine Worte. Kein Laut war zu hören außer dem süßen, kosenden Saugen seiner Lippen auf ihrer Haut.

Sie schloss die Augen und sah nichts mehr – doch das war ohnehin gleich, denn allmählich drehte sich alles um sie herum. Haut auf Haut ruhte seine Hand inzwischen ganz auf ihrer Brust, und kein dünner Baumwollstoff störte mehr. Als ihre Lippen sich wieder fanden, drehte Terence sie so auf dem Schoß, dass er sich über sie beugen konnte, bis sie vor Seligkeit seufzte, als ihr das Hemdchen zur Taille sank. Mit einer Leichtigkeit, als wäre sie eine Daunenfeder, hob er sie an und stand auf. Die Arme um seinen Hals geschlungen, küsste sie ihn, wieder und wieder.

In der Schlafkammer angelangt, schloss er die Tür und bettete Lena auf das Lager. Von einem warmen, erregten Glücksgefühl durchströmt, schaute sie zu, wie er eilends seine Kleider abstreifte. Als er zu ihr kam, schloss sie ihn in die Arme und schmiegte ihren nackten Leib an den seinen.

„Wir werden es gut haben", flüsterte Terence, bevor sie endgültig sein wurde.

„Oh ja", wisperte sie zustimmend, schon Sekunden darauf absolut überzeugt von der Richtigkeit ihrer Worte. „Oh ... ja!"

17. Januar 1881

Wir erblicken das Licht dieser Welt im Schoße einer Familie; die einen als kostbares Geschenk, die anderen als Last, die es zu tragen gilt. Unsere Tage bringen wir damit zu, uns die Freiheit zu erkämpfen oder in die schützenden Arme jener zu flüchten, die uns als Kinder nährten. Zuweilen schwingen wir zwischen beiden hin und her – so gleichmäßig und graziös wie das Pendel der Uhr.

Die Familie erweist sich als schwerste Probe eines Mannes. Sie ist der Preis dafür, dass er Eingang findet in diese Welt, und zugleich die Schuld, die er hinterlässt, wenn er aus der Welt scheidet. Bei allem, was mir im Leben an Freud und Leid widerfuhr, glich nichts jenem Augenblick, an dem ich im vertrauten Bette erwachte und um mich herum die Laute meiner Lieben vernahm, die gleichzeitig mit mir den Tag begannen.

Aus dem Tagebuch von Father Patrick McSweeney, St. Brigid's Church, Cleveland, Ohio.

9. KAPITEL

Whiskey Island Saloon, Februar 2000

Nach der Wiedersehensfeier im Saloon hatte Casey tagelang das Gefühl, an allen Ecken und Enden Jon Kovats zu sehen, wie beispielsweise in der Schlange vor dem Bankautomaten des Tower City. Als sie jedoch hinging, um ihn zur Rede zu stellen, musste sie bemerken, dass sie einem total perplexen Unbekannten die Leviten las. Dann wieder bediente Jon die Kaffeemühle im Lebensmittelmarkt des Giant Eagle, doch als sie ihm auf die Schulter tippte, drehte sich ein Mann mit Boxernase und Halbglatze zu ihr um.

Sie hätte Jon natürlich einfach anrufen können. Seine Privatnummer stand zwar nicht im Telefonbuch, aber sie wusste ja, wo er arbeitete. Sie hätte auch bei der Staatsanwaltschaft vorbeigehen und ihn zum Lunch einladen können, wie sie es sonst immer so problemlos mit den Herren der Schöpfung tat. Doch dass Jon ohne ein Wort verschwunden war, das nahm sie ihm mächtig krumm. Immerhin waren sie mal befreundet gewesen – sehr eng sogar!

Während ihrer Jugendjahre hatte Jon für sie eine entscheidende Rolle gespielt. Über alles und jedes hatten sie diskutiert, kontrovers zumeist, und sich gegenseitig ihre Argumente und Schlussfolgerungen um die Ohren gehauen. Solche Auseinandersetzung hatten allerdings am Ende die Freundschaft nur noch vertieft.

„Hör mal, Casey“, kam Megans Stimme aus der Küche des Lokals, „es ist Freitag heute! Da geht es hier richtig rund! In zirka einer halbe Stunde ist die Bude voll, alles Riesenkerle, die ungemütlich werden, wenn sie nichts zu futtern kriegen! Willst du denen erklären, warum die Tische nicht gedeckt sind?“

Eben noch versonnen ins Leere starrend, wachte Casey mit einem Schlag aus ihrer Tagträumerei auf. Megan hatte Recht. Es gab viel zu tun. „Sorry!“ rief sie zurück.

Normalerweise wurde Megan in der Küche von zwei Hilfskräften unterstützt, von denen sich allerdings eine an diesem Tag krank gemeldet hatte. Casey machte sich konzentriert ans Abwischen der Tische, bis Peggy kam und ihr den Putzlappen aus den Fingern wand. „Zieh du nur wieder ab in die Küche! Das hier kann ich erledigen!“

Casey lächelte dankbar. An diesem Morgen sah Peggy ganz besonders hübsch aus in ihrem traditionellen weißen Saloon-Poloshirt, im Ausschnitt das grüne Halstuch. Im Grunde hatte Casey ihre Schwester inzwischen längst wieder weit weg im Hörsaal vermutet, doch offenbar hatte sie es damit nicht eilig.

„Alles klar mit dir?“ fragte Casey. „Ich weiß, du bist heimgekommen, um eine Weile mit Megan und mir beisammen zu sein und dich vielleicht auch ein wenig in die Angelegenheiten hier einzumischen. Wenn du aber gehofft hattest, du könntest einmal richtig faulenzen, bevor das Semester wieder losgeht, dann musst du doch eigentlich frustriert sein!“

„Ich brauche keine Ruhe, sondern eine Pause!“

Casey legte fragend den Kopf schräg, worauf ihre Schwester die Stimme hob, um den Kuschelrock zu übertönen, der aus dem Radio in der Küche herüberdröhnte. „Du weißt doch, wie es ist! Im College kann man wunderbar über Gott und die Welt nachdenken, nur nicht über das Leben.“

„Eine Kneipe dient auch nicht gerade als Denkfabrik.“

„Du würdest dich wundern! Zuweilen wird man sich über sein Ziel nur dann im Klaren, wenn man überlegt, wo man eigentlich herkommt!“

Das Lächeln, mit dem sie ihre Worte untermalte, ließ ihr Gesicht aufleuchten. Casey hätte beunruhigt sein können, doch ganz offensichtlich war es so: Falls ihrer jüngeren Schwester tatsächlich etwas auf der Seele lastete, dann, so schien es, bekam sie es durchaus selbst in den Griff. Möglich, dass sie etwas stiller erschien als früher, doch deprimiert nicht, jedenfalls nach Caseys Ansicht.

„Na, du kennst dies hier ja von Kindesbeinen an. Und wenn du es jetzt wieder brauchst, wird das schon seinen Grund haben. Sieh doch nur mich an!“ Damit ließ Casey ihre Schwester mit

Wischwasser und verschmierten Tischen allein und verschwand durch die Schwingtür hinter der Bar in die Küche.

Jon Kovats stand – die Hemdsärmel bis zu den Ellbogen aufgekrempelt – vor einem der abgeteilten Spülbecken an der hinteren Wand und spülte Geschirr.

„Ja, Herrschaftszeiten, was läuft denn hier ab?" Casey musste schon energisch werden, um gegen das Radiogeplärr anzukommen.

Jon wandte sich um – und zur Abwechslung war es diesmal in der Tat der leibhaftige Jon Kovats, nicht bloß ein Fremder, der ihm ähnlich sah. „Megan bringt gerade den Müll raus. Sie lässt dir bestellen, der geriebene Cheddar ist alle."

„Sag mal, was machst du denn hier? Seit wann bist du Tellerwäscher in einer Kneipe?" Sie sprach betont langsam, als habe sie ein unmündiges Kind vor sich.

„Eine der Küchenhilfen ist ausgefallen."

„Ich dachte, du hättest einen Job! Hat die Staatsanwaltschaft dich gefeuert?"

„Ist halt ein bisschen Schwarzarbeit nebenbei."

In dem Augenblick trat Megan ein und eilte direkt auf das Becken neben Jon zu, um sich die Hände zu waschen. „Casey, her mit dem Käse, aber dalli! Gestern ist er mir schon ausgegangen!"

„Darf ich dir Jon Kovats vorstellen?" sagte Casey eisig. „Jon, meine Schwester Megan."

„Menschenskind", stöhnte Megan. „Den brauchst du mir nicht vorzustellen!" Sie rumorte gebückt in einem Eckschrank herum und zog eine übergroße Bratpfanne hervor. „Den kenne ich doch noch aus der Schule!"

Wohlweislich sparte Casey sich weitere Erklärungen, schnappte sich den Cheddarkäse und säbelte verdrossen ein Stück davon ab, um es im elektrischen Fleischwolf zerkleinern und fein reiben zu lassen. Zwar hätte sie sich liebend gern umgedreht, um zu sehen, was Jon machte, war aber wild entschlossen, nicht ihrem inneren Drang nachzugeben. Sie war nicht im geringsten gewillt, sein Spielchen, was immer das sein mochte, mitzuspielen.

Die Küche roch heftig nach der im Topf blubbernden Zwiebelsuppe mit Whiskey und dem Dampf, der aus Spülbecken und Kessel waberte; ein Mix, der sich satt in der Luft verteilte und Caseys Haar eine besondere Duftnote verlieh. Nachdem die letzten Käsebrocken verarbeitet waren, stellte sie den Fleischwolf ab und trug den geriebenen Käse zur Kücheninsel, damit geröstete Kartoffeln, Salate sowie Megans Shepherd's Pie, das aktuelle Tagesgericht, verfeinert werden konnten. Beim Umdrehen entdeckte sie, was sie sich eigentlich gleich hätte denken können:

Das Spülbecken war leer und Jon Kovats verschwunden.

Mittags zwischen halb zwölf und halb zwei herrschte Hochbetrieb im Whiskey Island Saloon. Danach lichtete sich die mittägliche Gästeschar. Die Hilfskräfte fuhren nach Haus. Da am Nachmittag normalerweise nur wenig los war, überließ Megan das Lokal dann zumeist der Obhut des Barkeepers und fuhr zum Einkaufen oder zur Bank.

An diesem Tag übernahm Casey noch anfallende Restarbeiten und bediente gleichzeitig die wenigen Gäste, die auf ein nachmittägliches Glas hereinschauten. Die Aufgabe war ihr bereits in Fleisch und Blut übergegangen.

Ging es auf fünf zu, füllte der Schankraum sich allmählich wieder, denn so mancher gönnte sich nach Feierabend einen Drink auf dem Heimweg. Um halb fünf übernahm Barry die Bar; etwa zu selben Zeit kehrte Megan üblicherweise von ihren Besorgungen zurück und blieb bis neun, wenn die Küche endgültig schloss und nur noch die kleine Speisekarte galt, die auch der Barkeeper durchaus bewältigen konnte, selbst in Abwesenheit des Hilfskochs. In der Regel nutzte Megan die Abendstunden zur Vorbereitung von Suppen oder des Mittagstisches für den kommenden Tag oder zum Backen ihres irischen Sodabrots, ohne das ihr Angebot nicht vollständig gewesen wäre.

Nun schleppte sie eine Einkaufskiste voller Papierhandtücher und Servietten von ihrer Shoppingtour herein. Casey zog gerade ihren Mantel über.

„Na, gehst du aus?“ fragte Megan neugierig.

„Wird Zeit, dass ich Ashley aus der Tagesstätte abhole.“

Seit die Kleine in der Kindertagesstätte von St. Brigid's untergebracht war, hatte Megan fast gar nicht mehr an sie gedacht. Selbst wenn man sie um sich hatte, war sie so still und unauffällig, dass man sie kaum wahrnahm. „Und? Gefällt es ihr in der Gruppe?" wollte sie wissen.

Casey ging nicht darauf ein. „Hör mal, Megan, das vorhin mit Jon – was sollte das denn, verdammt noch mal?"

Megan musste sich ein Schmunzeln verkneifen. Den ganzen Nachmittag hatte Casey gegrummelt und geschmollt, allerdings keine Zeit für Fragen gehabt. Wenn Casey sauer wurde, fand Megan, wirkte sie immer besonders attraktiv, erst recht, wenn ihre Augen wie jetzt wütend blitzten.

„Der kam plötzlich durch die Hintertür in die Küche", erklärte Megan, während das Lokal sich mehr und mehr füllte. „Ich mochte ihn immer schon gut leiden, deshalb hab ich eine Pause eingelegt und ein wenig mit ihm geplaudert. Dabei muss ich wohl erwähnt haben, wie viel Arbeit ich am Halse habe, und ehe ich mich versah, stand er schon an der Spüle. Er spült übrigens verflixt gut!"

„Kaum aufgetaucht, ist er schon wieder weg. Kommt rein, haut ab!"

Die Bemerkung machte Megan stutzig. In punkto Männer wies ihre Schwester bislang eine eher durchwachsene Bilanz auf und hatte stets ein außerordentliches Gespür für ausgesprochene Luschen bewiesen. Mit einem dieser Blindgänger war sie sogar die Ehe eingegangen, allerdings noch glimpflich davongekommen, weil die Scheidung in beiderseitigem Einvernehmen erfolgte. Casey hatte ihr Auto sowie das restliche Guthaben auf dem Gemeinschaftskonto erhalten, ihr Ex das süße Püppchen im Büro.

„Ihr wart doch früher ein Herz und eine Seele, du und Jon!" sagte Megan und zog ihre Schwester beiseite, um einem Trio, das schnurstracks der Theke zustrebte, nicht im Wege zu stehen. „Unzertrennlich wart ihr!"

„Befreundet!" gab Casey mit sauertöpfischer Miene zurück. „Damit hatte es sich! Weiter war nichts."

„Niemals?"

„Ich denke, Ashley und ich werden ein Weilchen wegbleiben."

„Wohl eine Party zu dritt vor, was?"

„Was soll die Fragerei, Megan?"

„Was soll dein gereiztes Gehabe, Casey?"

„Normalerweise kenne ich mich aus mit den Kerlen. Und deshalb kann ich es nicht leiden, wenn ich einen nicht verstehe."

„Aha! Mit anderen Worten: Bei Jon kommst du ins Schleudern. Der ist genauso ausgekocht wie du und deshalb so unberechenbar."

„Sag mal, wozu eigentlich diese überhebliche Tour? Wann hattest du denn zuletzt einen Kerl in deinem Leben – berechenbar oder unberechenbar?"

Hätte es sich nicht um ein Gespräch unter Schwestern, sondern um eines mit irgendeiner Frau gehandelt – Megan wäre vermutlich tödlich beleidigt gewesen. Bei Schwestern hingegen war Dünnhäutigkeit unangebracht; sie sorgten dafür, dass man sich ein dickes Fell zulegte, und zwar ein Leben lang. „Weißt du, es gefällt mir nicht, dass du dir immer die Falschen anlachst. Die Pappnase beispielsweise, mit der du bei der Wiedersehensfete geflirtet hast, der war doch ein Windei hoch drei! Mit dem willst du doch wohl nicht ins Bett, was?"

„Ich zumindest habe noch die Wahl!"

„Das saß!"

Casey verstummte für einen Moment. „Ach, Scheibenhonig, Meg! Tut mir Leid! Schon kabbeln wir uns wieder! Wusste ich gleich, dass es wieder losgeht, sobald ich nach Hause komme! Das war ein Tiefschlag eben!"

„Auch nicht viel tiefer als meine Frage, ob du mit so einer Pfeife wie diesem Elvis-Verschnitt schläfst."

„Mit dem doch nicht! Da hattest du schon ganz Recht, der ist ein Knallkopf allererster Güte. Vielleicht bin ich doch gescheiter, als wir denken."

„Du bist ein Ausbund an Gescheitheit! Nur eben in ein bisschen zu ausgefahrenen Gleisen, was die Männer angeht. Du willst halt immer oben sein!"

„Und woher, bitte schön, willst du das wissen?“

Megan gab ihrer Schwester einen Klaps auf die Schulter. „Ich habe nicht dein Sexleben gemeint!“

„Dann reden wir mal von deinem! Soweit ich weiß, ist es lange her, seit es einen Mann in deinem Leben gab, Meg. Wie kommt das?“

Wie das kam, wusste Megan sehr wohl, und Casey, so Megans Verdacht, wusste es ebenfalls. Beide taten sich schwer damit, eine feste Bindung einzugehen. Um den Grund dafür zu begreifen, musste man nicht Psychologie studiert haben. „Ich komme vor lauter Arbeit ja gar nicht dazu, auf Männerfang zu gehen.“

„Mit anderen Worten: Eigentlich brauchte jetzt bloß der Richtige durch die Tür hereinzumarschieren, und schon wäre die Sache geritzt?“

Megan dachte an Niccolo Andreani, ehemals Father Nick. Seit dem morgendlichen Besuch in seinem Haus, bei dem er ihr ein wenig von seinem Leben erzählt hatte, war sie viel zu oft gedanklich mit ihm beschäftigt gewesen. Ein so attraktiver Mann wie er hatte schon lange nicht mehr ihre Wege gekreuzt. Nur war er vermutlich absolut tabu.

„Nichts da“, erwiderte sie auf die Frage und reckte das Kinn, „für eine Beziehung habe ich viel zu viel um die Ohren.“

„Na schön. Vielleicht gabeln Ashley und ich ja Jon irgendwo auf und finden raus, was mit dem los ist. Nimm dir doch für den Abend frei!“

„Heute gibt es Piroggen. Da wird die Bude voll.“

„Das schaffen Artie und Barry mit links. Und da samstagnachmittags wenig Betrieb ist, brauchst du heute Abend nichts mehr zu tun. Ich komme dann morgen früh etwas zeitiger runter und helfe dir beim Vorbereiten.“

Megan war hin und her gerissen. Sie war seit sechs Uhr früh auf den Beinen, auch wegen der ausgefallenen Küchenhilfe, und deshalb müder als gewöhnlich. Sie war sich nicht einmal sicher, ob sie überhaupt zu Mittag gegessen hatte.

„Pass auf“, sagte Casey. „Für morgen hast du doch die Gemüsesuppe mit Rindfleisch geplant, stimmt’s?“

„Das hatte ich vor, ja."

„Sobald Ashley eingeschlafen ist, setze ich schon mal die Brühe an, damit morgen früh nicht mehr allzu viel zu tun bleibt. Allerdings nur, wenn du mir versprichst, dass du jetzt Feierabend machst!"

Megan konnte spüren, wie die Anspannung von ihr abfiel und der Vorfreude wich. Sie hatte Fernsehsendungen auf Video aufgenommen, vier Stunden insgesamt, die sie sich schon seit Wochen hatte anschauen wollen. Sie konnte sich ein Glas Rotwein genehmigen, eine simple Reispfanne dazu essen und ein wohlig entspannendes Vollbad nehmen. Trotzdem riss sie sich zusammen und startete einen letzten Selbstkasteiungsversuch. „Du bist aber doch sicher auch kaputt!"

„Nicht annähernd so fertig wie du! Und ganz nebenbei: sollte ich Jon auftreiben, schleppe ich ihn potwendend wieder her. Dann kann er spülen, während ich koche."

„Na schön. Du hast was gut bei mir!"

„Das wäre doch zur Abwechslung mal was!" Casey wand sich an ihr vorbei und kniff sie dabei in die Schulter. Kurz danach hörte Megan, wie die Eingangstür ins Schloss fiel. Offenbar war Casey gegangen. Bei dem zunehmenden Geräuschpegel hatte Megan aber nicht mitbekommen, dass Niccolo ihrer Schwester im Windfang begegnet war. Und auch die bemerkte ihn erst, als er sie ansprach.

„Megan?"

Sie drehte sich zu ihm um. „Ach, hi! Zum Lunch sind Sie etwas zu spät dran und zum Dinner noch zu früh. Einen Drink kann ich Ihnen aber anbieten!"

„Eigentlich wollte ich Sie zum Dinner einladen."

„Hier?"

„Nein. Woanders, wo es ruhig ist und wir uns unterhalten können."

Sogleich meldete sich ihr inneres Frühwarnsystem. Irgendwie schwante ihr düster, worauf er bei dem Gespräch hinauswollte. „In der Regel arbeite ich bis neun."

„Laut Casey haben Sie heute Abend frei."

„Wie haben Sie denn das so schnell rausgekriegt?“

„Als sie mir vorhin die Tür aufhielt, sagte sie zu mir: ‚Holen Sie Megan hier raus, Nick, ehe sie noch total vergisst, dass es auch noch ein Leben außerhalb der Kneipe gibt!‘“

Sein Lächeln gefiel ihr ausnehmend gut – eine gelassene Heiterkeit, die seine markanten, dunklen Züge hell aufleuchten ließ, so wie die Morgendämmerung über den Horizont bricht. „Was halten Sie von folgendem Vorschlag: Wir fahren zu mir. Ich wollte mir ohnehin eine Reispfanne mit frischem Gemüse machen. Außerdem habe ich noch Shrimps im Gefrierfach, wenn ich mich nicht irre.“

„Möchten Sie denn nicht lieber auswärts essen? Wo Sie doch den ganzen Tag in der Küche stehen müssen?“

Aber da kochte sie nicht für ihn, zumal nicht in den eigenen vier Wänden! Sonderbar, doch auf einmal war sie gar nicht mehr so müde wie ursprünglich gedacht, selbst angesichts der weiteren Fragen, die auf sie zukamen. „Sie können mir ja zur Hand gehen“, schlug sie vor. „Kommandieren kann ich hervorragend!“

„Glaube ich Ihnen aufs Wort! Können wir kurz bei mir vorbeifahren und eine Flasche Wein holen?“

„Das würde ich Ihnen sogar raten, wenn Sie Wert auf einen ordentlichen Tropfen legen. Was anderes als kalifornischen Tafelweine habe ich nicht zu bieten.“

„Dann bringe ich am besten auch gleich Kaffee mit.“

Ihre Antwort bestand aus einem Lächeln. Sie hatte sich auf einen ungestörten Abend allein gefreut. Diese Wendung nun gefiel ihr allerdings sogar noch besser.

10. KAPITEL

Im Vergleich zu Megans eher resoluten, befehlsgewohnten Art wirkte ihre Wohnung auffallend originell, wenn nicht gar ein wenig exotisch. So in ihrem Wohnzimmer stehend, kam Niccolo sich vor wie seinerzeit im Beichtstuhl, wenn Unbekannte ihm ihre innersten Geheimnisse enthüllten.

„Macht es Ihnen viel aus, wenn ich rasch dusche und mich umziehe?" fragte Megan. „Meine Klamotten stinken wie ein ganzer Aschenbecher!"

„Lassen Sie sich ruhig Zeit. Soll ich derweil den Wein entkorken?"

„Für den bräuchte man doch eigentlich öffentlichen Applaus! Ein Allerwelts-Cabernet für vier Dollar ist das jedenfalls nicht!"

„Beifallsbekundungen bitte erst nach dem Probieren!"

Sie strahlte ihn kurz an, verschwand in ihr Schlafzimmer und schloss die Tür hinter sich.

Froh über die Gelegenheit, schaute Niccolo sich um. Megan Donaghue faszinierte ihn mehr, als er sich eingestehen wollte. Über die Jahre hatte er zahlreiche attraktive Frauen kennen gelernt und war trotz der Priesterschaft weiblichen Reizen gegenüber durchaus nicht blind oder unempfänglich. Obwohl er das Zölibat immer als ungerecht empfunden hatte, veranlasste ihn das allein seinerzeit nicht zur Aufgabe des Priesteramts. Auch wenn er nie ein Hehl daraus gemacht hatte, dass er der Ehelosigkeit keine Träne nachweinte.

Sei's drum: Mit aller Schärfe wurde ihm bewusst, dass er nun auf ganz besondere und für ihn peinliche Weise für die Weiblichkeit empfänglich wurde und dass Megan die Frau war, die in ihm die glimmende Glut seiner Sexualität anfachte.

Die gesamte Einrichtung der geräumigen Wohnung strahlte eine persönliche Note aus. Offenbar hatte Megan ein Faible für antike und handgefertigte Dinge. Der runde Teppich unter der Bauernkommode musste wohl schon vor längerer Zeit angefertigt worden sein, und zwar von jemandem, der sowohl viel Zeit als auch viele Wollflicken übrig gehabt hatte. Die cremefarbene

Berberdecke in einer Ecke der schlichten blauen Couch erinnerte ihn an die kunstvoll gestrickten Pullover irischer Fischer. Die Sofakissen, die locker übereinander in der anderen Ecke lagen, trugen Bezüge aus Resten von alten Patchwork-Decken.

Den Korkenzieher fand er nach dem dritten Versuch in einer der Küchenschubladen. Obwohl recht klein, war die Küche hell und freundlich. Ein Keramikschwein diente als Mehlbehälter, eine Keramikmaus enthielt Reis. Alte, mit sentimentalen Albumsprüchen bestickte Küchenhandtücher oder witzige Figuren mit Schürzen hingen an Gardinenstangen und Gerätegriffen. Niccolo fühlte sich an die Küche seiner Großmutter erinnert, proppevoll mit Familienschätzen und obendrein, meistens jedenfalls, mit Mitgliedern der Familien.

Gerade forschte er nach Weingläsern, als Megan eintrat. Sie trug einen weichen grünen Pullover, der ihr fast bis zu den Knien reichte, dazu eine eng anliegende, die Beine betonende Hose – ein Textil, für das es nach seiner Vermutung sicher auch einen Fachbegriff gab, den er jedoch wohl noch nie gehört hatte. Die feuchte Pracht aus ringelförmigen Löckchen auf ihrem Kopf wirkte beinahe wie eine Striegelbürste, und ihr einziges Zugeständnis an die Eitelkeit bestand aus einer Spur Lippenstift.

„Alles gefunden?“

Er fühlte sich schlagartig wie geblendet und verspürte ein so mächtiges, so verheerendes Verlangen, dass er den Eindruck hatte, es sei eine äußere, kosmische Kraft, ihm von Außerirdischen aufgezwungen.

Um Fassung ringend, wandte er sich rasch ab und versuchte zu vermeiden, dass sie ihm seine Empfindungen am Gesicht ablas. „Bislang finde ich bloß Marmeladentöpfchen und Saftgläser, aber keine für Wein. Haben sie irgendwo welche?“

„Ach, hätte ich Ihnen sagen sollen! Die hängen im Esszimmer – na ja, ein richtiges Esszimmer ist es nicht, eher ein Tisch in einer Wohnzimmernische. Aber ich bilde mir immer ein, es wäre das Esszimmer.“

„Würden Sie uns eben zwei holen?“

„Aber klar doch, gerne!“ Sie ging, und Niccolo rief sich mahnend in Erinnerung, dass sein Besuch einem einzigen Grund galt: dem Gespräch. Eigentlich war er nach Cleveland umgesiedelt, um darüber nachzudenken, wie es mit seinem Leben weitergehen sollte – nicht, um gleich mit einem neuen anzufangen.

Megan kam zurück und stellte zwei Weingläser vor ihn auf die Küchenarbeitsplatte. „Wenn wir die Flasche heute Abend leeren – darf ich sie dann behalten? Zum Angeben?"

„Wir brauchen sie nicht mal auszutrinken. Sie können sie auch so gern haben, mit oder ohne Inhalt." Als er dichter an sie herantrat, stieg ihm der süße Duft ihres Shampoos in die Nase, ein Hauch, der ihn an Lilien erinnerte, etwas altmodisch, doch passend zur Wohnung und auf jeden Fall zu der Frau, die darin wohnte.

Sie straffte sich. „Langsam müsste ich die Kochtöpfe schwingen. Da Sie ja so tollen Kaffee machen – kochen Sie auch gern?"

„Fast genauso gern, wie ich esse."

Obwohl sie bereits in einem Schrank herumkramte, drehte sie sich überrascht herum. „Echt?"

„Eine jener irdischen Freuden, die man uns gelassen hat." Kaum war ihm die Bemerkung herausgerutscht, da bereute er sie auch schon, machte sie ihm doch schlagartig jene neu erwachte andere Sinnesfreude bewusst.

„Wie lange ist es jetzt her, Niccolo?"

Für einen Augenblick verschlug es ihm den Atem.

„Seit sie das Priesteramt aufgegeben haben", fügte sie hinzu, als er nicht reagierte.

„Ich wusste nicht recht, wie die Frage gemeint war", gab er zu.

Sie schmunzelte. „Also – dann antworten Sie doch so, wie Sie sie verstanden haben."

„Im Grunde kann man als Priester nicht einfach zurücktreten. Man wird nur von allen klerikalen Rechten und Pflichten entbunden – weniger fachspezifisch ausgedrückt: den endgültigen Schritt habe ich vor etwa zehn Monaten getan."

Ihre Züge wurden weich. „Können Sie damit umgehen?"

„Mit meiner Vergangenheit und meiner Gegenwart bin ich durchaus im Reinen. Mit meiner Zukunft allerdings nicht."

„Keinerlei Zukunftspläne?"

„Ich lasse mich noch ein Jahr freistellen, vielleicht auch zwei. Deshalb bastle ich ja an dem Haus herum. Ich arbeite gern handwerklich, und es tut mir gut, wenn etwas unter meinen Händen entsteht. Es bringt ein bisschen Geld ein und verschafft mir gleichzeitig Zeit zum Nachdenken."

Sie musste sich hautnah an ihm vorbeiwinden, um an die Pfanne zu gelangen. „Mögen Sie Basmati-Reis?"

Zu seinem größten Unbehagen musste er sich eingestehen, dass er sie selbst wahrscheinlich sämtlichen anderen Dingen in der Küche vorgezogen hätte. „Hm-hm."

Als der Reis angesetzt war, durchforstete sie die Kühlschrankbehälter, förderte eine Packung Pilze, eine rote Paprika, grüne Zwiebeln sowie Möhren zu Tage, packte alles auf die Arbeitsplatte und richtete sich auf.

Er reichte ihr das Weinglas, und sie hob es, gespannt auf seinen Trinkspruch. „Auf neue Freundschaften!" sagte er.

„Meinen Sie denn, es geht freundschaftlich zu zwischen uns?"

Er redete sich ein, dass damit das anstehende Gespräch gemeint war, nicht eine Anspielung auf eine etwaige anders geartete Beziehung. „Das will ich doch hoffen!"

Sie kostete den Wein. „Himmlischer Nektar, alles, was recht ist!"

„Eigentlich nur ein besonders guter, zwei Jahre alter Soave."

„Meine Definition gefällt mir besser!" Sie stellte das Glas ab, ging in die Hocke, um eine Unterschranktür zu öffnen, und erhob sich mit einem apfelförmig gesägtes Holzbrett in der Hand. „Hat ein Cousin von mir bei den Pfadfindern bekommen – als Auszeichnung beim Werken mit Holz", erklärte sie, wobei sie das gute Stück hochhielt, damit Niccolo es gebührend bewundern konnte.

Auf ganz ungezwungene Weise bot sie ihm einen Einstieg in ihre Familiensaga, doch noch war er nicht so weit, diese Einladung anzunehmen. „Ein Kleinod der Familie also."

„Allerdings!" Sie deponierte den hölzernen Apfel auf der Arbeitsplatte, zog ein scharfes Messer aus einem Messerblock und schob es neben das Brett. „Da Sie gern kochen – liegt Ihnen Schneiden genauso?“ Dann ging sie zum Kühlschrank, öffnete das Gefrierfach und ließ, während sie nach etwas suchte, ihren Kopf fast gänzlich darin verschwinden. „Warum Cleveland?“ fragte sie dabei.

„Die Mehrzahl meiner Bekannten und Verwandten leben noch in Pittsburgh und Umgebung. Da wohne ich hier nicht so schrecklich weit vom Schuss, nur einen Katzensprung von zu Hause. Der eigentliche Grund ist aber, dass Father Brady während meiner Ausbildung zum Priester mein Mentor war. Als ich ihn besucht habe sah ich das Haus, an dem ich jetzt arbeite. Alles andere ergab sich von allein.“

„Sie bezeichnen es nie als Ihr Haus!“

Er wusch gerade die Paprika ab und unterbrach sich. Wieder wusste er nicht genau, was sie mit der Bemerkung meinte.

Sie knallte das Gefrierfach energisch zu und hielt einen Plastikbeutel mit eingefrorenen Shrimps hoch. „Sie sagten: Das Haus, an dem ich zurzeit arbeite – nicht mein Haus.“

„Wahrscheinlich betrachte ich es auch so.“

„Aber irgendetwas daran muss Sie doch angezogen haben! Irgendwas Gefühlsmäßiges, Persönliches. An schönen alten Häusern herrscht doch in Pittsburgh gewiss auch kein Mangel, oder?“

Unschlüssig darüber, wie persönlich er antworten sollte, wusch er zuerst das Gemüse zu Ende, bevor er reagierte. „Der Kirche ist es lieber, wenn jemand wie ich seine ehemalige Wirkungsstätte verlässt.“ Er lächelte zaghaft. „Es wird nicht gern gesehen, wenn man weiter dort wohnt, wo man seelsorgerisch tätig war. Außerdem nahmen meine Angehörigen meine Entscheidung nicht gerade begeistert auf. Ich wurde vom Auserkorenen zum Stachel im Fleisch. Ein Klischee ersetzt das andere, was?“

„Ziemlich unfair, finde ich. Schließlich ist es Ihr Leben!“

„Seit drei Generationen lebt meine Familie in Amerika, immer als große Einheit, bis auf den heutigen Tag. Da ist Abnabeln ausgeschlossen. Durch den Umzug an einen entfernteren Ort wurde meine Entscheidung für alle Betroffenen weniger schmerzlich.“

„Wird Ihnen die Familie das denn jemals verzeihen?"

Die Wahrheit tat weh. „Die Angehörigen meiner Generation vermutlich schon, doch nicht die meiner Eltern oder Großeltern. Die lieben mich nur noch, weil ich zur Familie gehöre, aber mehr darf ich nicht erwarten."

„Das bedaure ich sehr. Sie haben viel auf einmal verloren."

Er war gerührt. Sie klang ehrlich bekümmert, doch in ihrer Stimme schwang außerdem ein zorniger Unterton, als begreife sie nicht, wie seine Angehörigen ihn hatten im Stich lassen können.

Megan, die Helferin in der Not!

Er halbierte die Paprika, nahm sie aus und schnitt sie in Streifen. Megan musste sich auf dem Weg zur Mikrowelle erneut an ihm vorbeizwängen. Allmählich fand er es ganz angenehm, dass es in der Küche so eng zuging.

„Meine Selbstachtung habe ich mir erhalten", erzählte er weiter. „Mit dem lieben Gott verstehe ich mich immer noch gut. Die Kirche hat mir die Tür nicht zugeschlagen. Man hat mich ermahnt, ein christliches Leben zu führen, und das habe ich auch vor. Also, mir geht es nicht übel."

Während der nächsten Minuten arbeiteten beide schweigend weiter, bis alles zerkleinert und an Ort und Stelle war. Megan lugte ihm über die Schulter und stieß angesichts des sorgsam auf einem Tablett arrangierten Gemüsebergs einen leisen Pfiff aus. „Sollten Sie mal einen Job suchen – im Saloon werden Sie auf der Stelle engagiert. Das ist ja ein wahres Stillleben!"

Ihm fiel auf, welch großen Spaß ihm die Vorbereitungsarbeiten mit Megan gemacht hatten. Weder plapperte sie in einer Tour, noch wusste sie alles besser, was ihn noch mehr erstaunte. Ihre Zusammenarbeit war in einer sonderbar vertraulichen Atmosphäre verlaufen, nicht ganz so wie bei alten Bekannten und erst recht nicht wie bei einem Liebespaar. Nein, irgendwo dazwischen, aber umso schöner und wertvoller.

„Sie brauchen hier nicht Wurzeln zu schlagen und zuzusehen", bemerkte Megan, während sie einen Wok aus Edelstahl erhitzte. „Sie können es sich mit Ihrem Wein drüben gemütlich machen. Ich habe sie sowieso schon arg strapaziert."

„Ihnen zuzuschauen, Megan, ist beileibe keine Strapaze!"

Als sie daraufhin überrascht aufschaute, fragte er sich, wohin seine in langen Jahren als Priester erlangte Zurückhaltung entschwunden war. „Manche können es nicht leiden, wenn man ihnen beim Kochen auf die Finger guckt", fügte er erklärend hinzu, in der Hoffnung, er könne dadurch die letzte Bemerkung etwas relativieren. „Falls das bei Ihnen auch so ist, verziehe ich mich natürlich."

„Ach, Unsinn! Wenn ich Zuschauer nicht abkönnte, dann müssten wir das Lokal schließen. Da bin ich nie allein in der Küche!"

Das Weinglas in der Hand, machte Niccolo es sich an dem kleinen Einbautisch auf der anderen Seite der Küche bequem. Öl brutzelte, und der Duft von Knoblauch und Ingwer durchzog die Luft. „Was für Gerichte kochen Sie denn im Lokal? Ich habe die Speisekarte noch nie gesehen."

„Abends den üblichen Schnellimbiss, dazu Salate und Sandwiches, mittags meistens Eintöpfe. Wir sind berühmt für unsere Tagesgerichte, zubereitet nach den Rezepten meiner Ur-Urgroßmutter. Ein streng gehütetes Geheimnis, das nur einer einzigen auserwählten Person pro Generation weitervererbt wird. Aus meiner Generation bin ich die Glückliche."

Er wählte seine Worte sorgfältig. „Wer hat denn das Geheimnis an Sie weitergereicht? Ihr Vater?"

Sie blieb derart lange stumm, dass er schon glaubte, sie würde gar nicht antworten. Als sie es dann doch tat, klang ihre Stimme unbeteiligt, als habe sie es sich regelrecht antrainiert. „Das lief ganz unzeremoniell ab, falls Sie das meinen. Mit der Kocherei im Saloon fing ich schon als Teenager an. Als Ältester fiel mir die Verantwortung für die Rezepte zu."

Niccolo war sich nicht schlüssig, wie weit er das Thema vertiefen sollte. Er hatte hundert Fragen auf Lager, wusste aber, dass es auf die Wahl des richtigen Zeitpunkts ankam. Da Megan weiter schwieg, hielt er es für angebracht, bis zum Essen zu warten und es vorerst mit unverfänglicheren Fragen zu versuchen. „Was wird denn nach den Rezepten zubereitet?"

„Nun, unser Sodabrot beispielsweise beruht auf Rosaleens Rezept. Was ganz Besonderes!"

„Das muss ich unbedingt mal probieren."

„Unser Kartoffeleintopf kommt auch von ihr", zählte Megan weiter auf, während sie in dem Wok rührte und etwas Pfeffer zugab, „unsere Lauchsuppe mit Whiskey, unser Mulligan Stew, unsere Hammelpastete, dann Kohlsuppe mit Wursteinlage, Kabeljau-Cocktail, besonders zu Pfingsten beliebt. Ich backe auch irisches Hafermehlbrot und braunes Brot, wenn ich mal Lust dazu habe."

„Und wieso gibt es dann jetzt Reispfanne?"

„Weil ich ein waschechtes amerikanisches Mädchen bin."

„Dauernd irische Kost, das hat man irgendwann über, was?"

„Aber hallo!"

Er lachte. „Und? Sind Ihre Schwestern nicht sauer, dass Sie das Rezeptgeheimnis jetzt hüten?"

„Casey kein bisschen, Peggy schon eher, die kocht für ihr Leben gern." Megans Stimme wurde weicher. „Aber sie möchte ja Ärztin werden. Und sie wird bestimmt eine hervorragende Medizinerin."

„Sie steht Ihnen wohl sehr nahe."

„Ich vergöttere sie geradezu."

„Die Familie ist Ihre große Leidenschaft, was?"

„Finden Sie das komisch?"

„Ich? Bei meiner Herkunft? Keineswegs! Im Gegenteil – es käme mir sonderbar vor, wenn es bei Ihnen nicht so wäre!"

Als die Shrimps allmählich eine rosa Farbe annahmen, drehte sie die Herdplatte ab und gab noch eine leichte, zuvor angerührte Sauce aus Soja und Ingwer hinzu. „So, fertig. Und der Reis ist auch gar. Haben Sie ordentlich Appetit?"

„Ich wundere mich selbst, dass ich es so lange ausgehalten habe!"

Sie häufelte ihm seine Portion auf einen im Backofen vorgewärmten Teller, garnierte das Ganze noch mit getoasteten Sesamkörnern und reichte ihm das Gericht hin. „Bringen Sie das doch bitte zum Esstisch, und dann holen Sie noch den Wein dazu! Ich trage den Reis auf, und dann können wir."

Die letzten Vorbereitungen, die nötig waren, bis der kleine Eichentisch vollständig gedeckt war, erledigten Megan und Niccolo schweigend. Dann setzten sie sich einander gegenüber. Das Porzellan war eine wilde Mischung von Einzelstücken mit blauweißen Blumenmustern, viel reizvoller als ein Komplettservice. Das Tischtuch, alt und elfenbeinfarben, passte hervorragend dazu.

Niccolo hob sein Glas und prostete ihr zu. „Wenn ich vorher hätte raten müssen, wie Sie wohl eingerichtet sind, dann hätte ich nicht auf diesen Stil getippt."

„Nein? Was hätten Sie denn erwartet?"

Er überlegte kurz, während sie zur Gabel griff. „Eine moderne, praktisch eingerichtete Eigentumswohnung mit direkter Anbindung an die Autobahn, kleinem Swimmingpool und Fitnessraum."

„Ich renne schon im Saloon die ganze Zeit hin und her. Das ist genug Bewegung. Und wo wir schon dabei sind: Sie in dem Haus in der Hunter Street – das hätte ich mir vorher auch nicht vorstellen können."

„Wo hätten Sie mich denn eingeordnet?"

„Irgendwo in der East Side. In einem alten Kasten im Tudor-Stil mit Efeuranken an den Wänden und Wintergarten nach hinten raus, mit Blick auf den schattigen Garten. Schlanke Ehefrau, freiberuflich tätig, die abends immer noch Arbeit mit nach Hause bringt, dazu zwei artige Kinderchen, die brav vor dem Schlafengehen in ihren Bilderbüchern malen oder sich eine sorgfältig ausgesuchte und pädagogisch wertvolle Kindersendung im öffentlich-rechtlichen Fernsehen angucken, nie länger als dreißig Minuten."

„Das klingt aber nach Langweiler!"

„Konzentriert, intelligent, sehr auf Lebensplanung bedacht. Schätzt Barockmusik und die griechischen Philosophen."

„Tauschen Sie das gegen Gilbert and Sullivan und Monty Python."

„Was – Sie stehen auf Gilbert and Sullivan?"

„Und wie!"

Sie strahlte vor Entzücken. „Wissen Sie was? Ich auch! Und

ich mag Brahms, Charles Ives, englische Madrigalmusik, keltische Klänge aller Art, späte Disco-Musik und frühen Hip-Hop, besonders dann, wenn man die Texte verstehen kann."

Er fasste die Gelegenheit beim Schopfe und brachte die Sprache direkt auf Megan selbst. „Warum verstecken Sie diese Seite an sich so angestrengt?"

Entgegen seinen Befürchtungen nahm sie ihm die Frage nicht übel. Offenbar ahnte sie, worauf er hinauswollte, und ließ sich, wenn auch widerstrebend, darauf ein. „Um mich zu verstehen, Nick, müssten Sie mein Leben begreifen."

„Dazu bin ich gern bereit."

Sie nahm ein paar Bissen, trank dazu ihr Weinglas leer und ließ sich von Niccolo nachschenken. „Was glauben Sie denn bis jetzt zu wissen?" fragte sie schließlich.

Mit genau dieser Frage hatte er gerechnet. Möglich, dass er die sentimentale Seite an Megan, die in dieser Wohnung so deutlich zum Ausdruck kam, bisher übersehen hatte. Andererseits neigte sie ganz unverkennbar dazu, ohne viel Brimborium direkt zur Sache zu kommen.

„Dass es sich bei dem Obdachlosen, den ich an dem fraglichen Abend auf dem Parkplatz gesehen habe, nicht um ein bloßes Nachbarschaftsphantom handelt." Er legte eine Kunstpause ein. „Ich glaube vielmehr, dass er mit Ihnen verwandt ist."

Sie seufzte zwar nicht, brauchte aber eine ganze Weile zum Ausatmen, ähnlich einem mit Helium gefüllten Ballon, aus dem still die Luft entweicht. „Wie kommen Sie darauf?"

„In dem Waldstück unten auf Whiskey Island, unweit des neuen Yachthafens, da haust jemand. Ich hab was gefunden, ein …" Das Wort Erdloch wollte ihm nicht über die Lippen. „Eine Art Unterschlupf, den sich da jemand gebaut hat. Darin lag eine Fotografie, ein Bild von drei Mädchen, von denen eins Ihnen sehr ähnlich sah. Es guckt darauf bitterböse in die Kamera!"

„An so ein Bild kann ich mich nicht erinnern."

„Sind Sie es, Megan?"

„Woher soll ich das denn wissen? Sie haben das Foto gesehen, nicht ich!"

„Könnte es sich bei dem Mann um Ihren Vater handeln?"

Sie legte die Gabel beiseite, griff nach dem Weinglas und ließ die Flüssigkeit darin kreisen, bis sich ein Strudel bildete. „Könnte es sein, dass mein Vater in Peru lebt und dort im Namen von Freiheit und Gerechtigkeit Touristen kidnappt? Durchaus! Könnte es sein, dass er rücklings auf allen vieren den Kilimandscharo hinaufkrabbelt, um ins Guinness-Buch der Rekorde zu kommen? Oder dass er Kindern in der tiefsten Provinz von Arkansas die Kunst des chinesischen Drachenbaus beibringt? Weiß ich, wo mein Vater steckt oder was er treibt? Nein! Weiß ich, ob er überhaupt noch lebt? Nein! Kümmert mich das überhaupt? Genauso wenig, wie er sich um die drei Töchter gekümmert hat, die er im Stich ließ!"

Wütend klang sie nicht, zumindest nicht sehr, nicht einmal gekränkt, obwohl Niccolo den Verdacht hegte, dass dieser Teil von ihr zu tief verborgen war, als dass man ihn hätte wahrnehmen können. Sie hörte sich an wie die Megan, die er bis zu diesem Abend immer vor Augen gehabt hatte – unverblümt, unsentimental, unverkrampft.

„Sie denken, der Obdachlose ist Ihr Vater, nicht wahr? Warum sollte Ihnen sonst dermaßen daran gelegen sein, mich von ihm fern zu halten?"

„Er könnte es sein, ja, vermutlich. Am Abend des Überfalls hat Casey tatsächlich einen Mann gesehen, eventuell Rooney. Onkel Frank sind Berichte von einem offenbar auf Whiskey Island hausenden Unbekannten zu Ohren gekommen. Die Beschreibungen treffen auf Rooney zu. Also: Ja, dass er sich hier herumtreibt, das ist wohl wahrscheinlicher, als dass er Berge raufkraxelt oder Touristen entführt – schon allein aus dem Grunde, weil man dafür einen klaren Kopf braucht."

„Er ist demnach Alkoholiker?"

Sie zuckte die Achseln. „Ich weiß nicht genau, was er ist. Ich weiß nur, dass er beinahe unser aller Leben zerstört hat."

„Wollen Sie mir nicht die ganze Geschichte erzählen?"

Sie fixierte ihn über den Rand des Weinglases. „Wozu? So was gehört doch nicht mehr zu Ihren beruflichen Pflichten, oder?

Was kümmert es Sie? Nur weil einer auf den Stufen Ihrer Kirche umgekommen ist, können Sie doch nicht alle Obdachlosen Amerikas retten!"

Nicht ganz so tief unter der Oberfläche verborgen wie die Trauer, blitzte der Zorn jetzt doch bei ihr durch. Niccolo gab keine Antwort, sondern hielt einfach nur ihrem Blick stand, bis ihre Wangen sich röteten.

„Verzeihen Sie", bat sie schließlich. „War ein Tiefschlag."

„Schwieriges Thema."

„Warum möchten Sie das alles wissen, Nick? Es gibt Dinge, die sich nicht kitten lassen, und Menschen, die keine Hilfe wollen."

„Womöglich hat er mir das Leben gerettet. Ihren Schwestern und der kleinen Ashley vielleicht auch."

Das ließ sie nachdenklich werden, als sei dieser Punkt eine Seite an ihrem Vater, an die sie lieber nicht denken wollte.

„Rooney heißt er?" fragte Niccolo, wie um sie anzuspornen.

„Das ist der Spitzname für Rowan, in der Familie ein weit verbreiteter Name. Der ursprüngliche Rowan Donaghue war mit Rosaleen verheiratet – Sie wissen schon, die mit den Kochrezepten. Unseren Vater allerdings nannte jeder Rooney, selbst wir Kinder. Daddy haben wir nie gesagt, bloß Rooney."

„Wie war er denn als Vater, bevor er die Familie verließ? Lebte Ihre Mutter da noch?"

„Die starb kurz nach Peggys Geburt. Ich habe Peggy großgezogen ...." Megan holte hörbar Luft. „Bis Rooney abhaute. Bis ich es nicht mehr durfte, jedenfalls nicht mehr allein."

„Wie alt waren Sie da?"

„Bei Peggys Geburt vierzehn. Während ich in der Schule war, kam tagsüber immer eine Frau zur Betreuung und für die Hausarbeit. Ansonsten haben Casey und ich uns abwechselnd um Peggy gekümmert – größtenteils ich. Casey war ja erst zehn und noch viel zu jung, um Verantwortung zu übernehmen."

„Sie eigentlich auch!"

„Überhaupt nicht! Zu der Zeit trug ich schon Belastungen wie eine Erwachsene, war meiner Mutter schon jahrelang zur

Hand gegangen. Meine Mutter versuchte, alles zu bewältigen, schaffte es aber nicht. Rooney führte zwar offiziell die Kneipe, trank dabei aber selber mehr als die Gäste, weshalb Mama auch im Saloon nach dem Rechten sehen musste. Als ich klein war, hatten meine Eltern ein Haus gleich die Straße runter, und Rooney konnte ohne große Mühe zur Arbeit kommen und wieder gehen. Als aber allmählich alles den Bach runterging, verloren sie das Haus mitsamt dem Großteil ihrer Habe, und wir mussten in die Wohnung über der Kneipe ziehen. Zwei winzige Schlafzimmerchen – in einem Casey und ich, im anderen meine Eltern."

Alles war in einem derart hastigen Redeschwall aus ihr herausgebrochen, dass sie plötzlich innehielt, als merke sie auf einmal, wie eindringlich sie klang.

„Also kümmerten Sie sich um die Familie", sagte er, wie um sie zum Weitererzählen aufzufordern, „während Ihre Mutter das Lokal übernahm."

„Irgendwie war es komisch, doch die Kneipe wurde eine Art verlängertes Zuhause. Im Grunde bin ich darin groß geworden. Wollten wir uns mal ausbreiten, gingen wir zum Spielen nach unten, und niemand scheuchte uns weg. Meine Mutter führte ein strenges Regiment. Damals ging es dort gesittet zu – keine Säufer, kein Fluchen, keine Raufereien. Bei ihrem angegriffenen Herzen wurde sie zwar leicht müde, aber wenn sie einem Mann die Tür wies, dann trollte der sich auch, so klein mit Hut! Hätte er sich geweigert, wäre ihm jeder männliche Gast im Lokal an den Kragen gegangen. Zu der Zeit fungierte Rooney zwar noch als Koch, aber es war Mama, die den Laden zusammenhielt – und die Familie obendrein!"

„Und nach ihrem Tod brach alles zusammen?"

„Erstmal machten wir weiter, so gut es ging. Ich übernahm die Küche, war aber für den Ausschank noch zu jung. Also stand Rooney wieder hinter der Theke, zusammen mit einer Hilfskraft oder mit Verwandten, die sich um den Saloon und uns Kinder sorgten. Ungefähr drei Jahre schlugen wir uns auf diese Weise durch. Meine Schulnoten waren zwar eher mäßig, aber ich hielt mich über Wasser. Eines Morgens dann, als ich Peggy zur Toilette brachte, merkte ich, dass die Tür zu Rooneys Schlafzimmer offen stand. Er war weg. Einfach abgehauen." Sie zuckte die Schultern. „Seitdem habe ich ihn nicht mehr gesehen. Von Zeit zu Zeit behauptete immer mal jemand, er wäre irgendwo aufgetaucht – Rooney-Erscheinungen nannten wir das. Die wurden aber immer spärlicher und hörten schließlich ganz auf."

„Bis jetzt."

Sie nickte unmerklich.

„Ich begreife nicht ganz, Megan, wie Sie es geschafft habe, das Lokal in Familienbesitz zu halten. Wie alt waren Sie? Sechzehn?"

„Beinahe siebzehn. So unvorstellbar ist das doch nicht! Ich ging von der Schule ab, damit ich ganztags arbeiten konnte."

Niccolo tastete sich weiter vor. „Sie haben von einer großen, liebevollen, sogar hilfsbereiten Familie erzählt. Wieso hat die das alles zugelassen?"

„Von Zulassen kann keine Rede sein! Nach Rooneys Verschwinden wollte die Familie das Lokal verkaufen und uns Kinder auf die Verwandtschaft verteilen, bis wir auf eigenen Füßen stehen konnten. Ich habe allen damals gesagt, in dem Fall würden wir fortlaufen und Peggy mitnehmen. Das war mein voller Ernst, das wussten die auch! Whiskey Island Saloon ist nicht der Nabel der Welt, aber für uns war er das letzte Stückchen Zuhause, das wir besaßen. Hätte man uns das weggenommen, hätte es mir das Herz gebrochen."

Das Glas krampfhaft umklammernd, lehnte sie sich zurück, trank aber nicht. „Daraufhin haben sie es mit unterschiedlichen Kompromissen versucht, aber wir wollten bloß das eine: Zusammenbleiben und den Saloon behalten. Zum Schluss konnten wir eines allerdings nicht verhindern, nämlich dass die Grogans, Onkel Frank und Tante Deirdre, Peggy zu sich nahmen, zumindest die Woche über. An den Wochenenden kam sie oft zu uns."

„Ihre kleine Schwester abgeben zu müssen – das war sicher nicht leicht für Sie." Das war nicht als Frage gemeint. Dass es so war, verriet bereits ihre Stimme.

„Sie war mein Baby. Ich hatte sie aufgezogen, bei mir war sie quietschfidel. Die Schule habe ich verlassen, nur um mich um sie kümmern zu können. Letzten Endes reichte das aber nicht. Ich musste sie fortlassen, sonst hätte ich alles verloren. Und ich musste ja auch noch auf Casey Rücksicht nehmen."

„Lief es nicht gut mit Casey?"

„Die war immer schon rebellisch gewesen, aber nach Rooneys Weggang geriet sie außer Rand und Band. Da hatte ich alle Hände voll zu tun."

„Dass Ihr Vater Sie verlassen hatte, machte ihr wohl besonders zu schaffen..." Wieder tastete er sich an sein Thema heran.

„Von uns dreien fehlte er Casey am meisten."

Jetzt fiel ihm eine Bemerkung ein, die Casey am Abend des Überfalls hatte fallen lassen. „An jenem Abend, als wir uns kennen lernten, da erwähnte Casey, sie sei schon Jahre nicht mehr zu Hause gewesen."

„Das stimmt. Gleich nach Abschluss der Highschool ging sie fort. Nach einer Auseinandersetzung mit mir. Alle paar Monate schickte sie Peggy eine Postkarte, aber jahrelang wusste keiner, wo sie abgeblieben war. Die Karten stammten immer von verschiedenen Orten und ließen sich nicht zurückverfolgen. Dann plötzlich, eines Abends, kriegte ich einen Anruf von ihr. Da war sie inzwischen zwanzig und studierte an einem College in Pennsylvania. Danach rief sie mich mit ziemlicher Regelmäßigkeit an. Ein Jahr später fuhr ich los, sie besuchen, mit Peggy zusammen. Von dem Augenblick an verbrachte Peggy jeden Sommer einige Wochen bei ihr, und wir hielten alle drei telefonisch oder brieflich Kontakt. Nachdem Casey nach Chicago gezogen war, habe ich sie auch zuweilen besucht."

„Aber zurückgekehrt ist sie nicht."

„Nein." Megan verstummte, als müsse sie sich erst darüber klar werden, was sie noch hinzufügen sollte. „Bis jetzt."

„Und wie stehen Sie inzwischen zu der ganzen Entwicklung? Nicht gefühlsmäßig, sondern vom Verstand her."

Sie ließ erneut den Wein im Glas kreisen, so heftig, dass er beinahe überschwappte. „Der Erfolg spricht wohl für sich. Was soll ich da nörgeln? Peggy blühte förmlich auf. Sie und Tante Deirdre mit Onkel Frank lieben sich heiß und innig. Ich glaube auch nicht, dass sie das Gefühl hat, wir hätten sie im Stich gelassen. Und Casey ist wieder daheim. Irgendwie hat sich alles eingerenkt."

„Trotzdem hätten Sie es lieber gehabt, alles wäre anders verlaufen." Wieder war das nicht als Frage formuliert, sondern als Feststellung.

„Ja. Ich hätte es vorgezogen, Rooney wäre geblieben, bis wir wirklich alt genug waren, um das Lokal zu übernehmen. Auch wenn er uns den Vater nur vorgespielt hätte."

„Wissen Sie, warum er fortging?"

„Weil er nicht mit der Wirklichkeit zurechtkam."

Diese Eigenschaft hatte Megan zum Glück nicht von ihrem Vater geerbt. Schon mit sechzehn hatte sie sich behauptet, enormen Widrigkeiten zum Trotz, und zwar blendend. Ihre couragierten Worte ließen allerdings auch eine Trauer erahnen, die ebenfalls zu ihrem Erbe gehörte – Trauer und Zorn und inneres Chaos.

„Standen Sie ihm nahe, Megan? Vor all diesen Ereignissen? Vor seinem Kurzschluss?"

Sie zuckte mit den Schulter, doch ihre Augen spiegelten die Antwort deutlich wider. Ja, sie hatte ihrem so exzentrischen Vater nahe gestanden. Sie hatte ihn innig geliebt.

Niccolo lehnte sich zurück. „Und was machen wir jetzt?"

„Überhaupt nichts! Genau das versuche ich Ihnen schon die ganze Zeit begreiflich zu machen."

„Er ist ein Held! Und wenn er da untergekrochen ist, wo er meiner Vermutung nach haust, dann könnte er in kürzester Zeit ein toter Held sein. Noch ist Winter! Ein Kältereinbruch, und er könnte da draußen umkommen!"

„Bis jetzt hat er sich immer noch durchgeschlagen. Offenbar kann er auf bestimmte Reserven zurückgreifen. Außerdem hat er an allen Ecken und Enden Verwandte, die ihn unterstützen würden, wenn er darum bittet. Mag ja sein, dass ich nicht gut auf ihn zu sprechen bin, aber im Notfall würde ich auch eine streunende Katze nicht abweisen."

„Mit anderen Worten: Es liegt an Rooney selbst? Soll Rooney

doch gefälligst selbst entscheiden? Auch wenn er ganz offensichtlich nicht ganz klar im Kopf ist?“

„Passen Sie auf, ich erzähle Ihnen noch etwas“, sagte sie nach einigem Schweigen. „Als er noch bei uns wohnte, machte er sich des Öfteren abends davon. Ich wusste nie, wo er war oder wann er zurück sein würde. Deshalb schaltete ich eine Lampe an und stellte sie vorn ins Fenster der Kneipe oder nach der Sperrstunde ins Fenster der Wohnung, je nachdem, wo ich mich gerade aufhielt. Die brannte die ganze Nacht, bis er wohlbehalten zu Hause ankam.“

Nick verspürte einen Kloß im Hals. Megan andererseits verzog keine Miene. „Nach seinem endgültigen Weggang verriet ich mit keinem Wort, dass er fort war. Ich behauptete immer, er sei unterwegs, hierhin oder dorthin. Ob Sie es glauben oder nicht: dieses Versteckspiel hielt ich gut zwei Monate durch, und jeden Abend schaltete ich die Leuchte ein, die ihn sicher nach Hause geleiten sollte. Schließlich kam mir jemand auf die Schliche. Und während die Familie einen geschlagenen Monat lang über unser Schicksal diskutierte, stellte ich dieses blöde Licht ins Fenster und betete zum Himmel, Rooney möge zurückfinden. An dem Abend, an dem Tante Deirdre Peggy abholen kam, saß ich anschließend die ganze Nacht da, die Lampe neben mir, und wartete darauf, dass meine Gebete erhört würden.“

„Vielleicht konnte er einfach nicht heim, Lampe hin oder her.“

„Ich vermute eher, dass er nicht wollte. Rooney war ein Schwärmer, ein Geschichtenerzähler, ein Mystiker, bestenfalls ein launischer Sonderling. Nach meiner Ansicht muss er eines Tages beschlossen haben, die Brocken hinzuwerfen und den ganzen mühseligen Kram anderen zu überlassen. Er war es leid. Und so ist er auf und davon, ohne Rücksicht auf Verluste.“

„Er ist aber doch heimgekommen, Megan! Er war draußen auf dem Parkplatz!“ Niccolo wühlte in der Hosentasche und holte den Manschettenknopf hervor. „Das hier hat er vermutlich dagelassen!“

Er sah zu, wie sie den Manschettenknopf aus zusammengekniffenen Augen musterte. „Hab ich noch nie gesehen. Wie kommen Sie darauf, dass der von ihm sein könnte?“

Er gab ihr dieselbe Erklärung, die er bereits seinem Freund Iggy gegeben hatte. „Sei's drum, Megan. Er gehört jetzt Ihnen. Ich denke, er ist in der Tat das Eigentum Ihres Vaters. Zumindest wurde er auf dem Parkplatz vor Ihrem Lokal gefunden.“

„Ich will ihn nicht. Wenn er Rooney gehört, dann hat der ihn gefunden oder geklaut.“ Ihre Stimme klang hart. „Der geht mich nichts an.“

Niccolo ließ es dabei bewenden und steckte den Knopf wieder in die Tasche. „Vielleicht stand er gerade vorm Eingang zum Lokal und wollte sich ein Herz fassen, als ihm der Überfall dazwischenkam.“

Sie stand auf, um den Tisch abzuräumen. Offenbar war beiden der Appetit vergangen. „Falls er sich jemals zur Tür traut, schicke ich ihn nicht weg. Aber eins sage ich Ihnen gleich: nach ihm suchen, das werde ich nicht! Die Tür steht ihm zwar offen, doch ich stelle keine Lampe mehr auf. Soll Rooney entscheiden, wie er sich weiter verhalten möchte.“

Niccolo sah ein, dass er für den einen Abend genug gesagt hatte. Megan stand das Recht auf Verbitterung zu, nachdem sie die durch den Weggang ihres Vaters entstandene Lage gemeistert hatte. Jetzt musste sie auf ihre Weise mit seiner Rückkehr fertig werden. Und Rooney brauchte nur noch lange genug am Leben zu bleiben, bis er wirklich wieder daheim war. Genau dafür zu sorgen, das betrachtete Niccolo als seine alleinige Aufgabe.

In der Küche legte er Megan die Hand auf den Arm. „Erlauben Sie noch eine Bemerkung? Sie können insgesamt sehr stolz auf sich sein. Ich halte Sie für eine außergewöhnliche Frau. Außerdem bin ich froh, dass Sie ehrlich zu mir waren. So mancher hätte mir wahrscheinlich gesagt, das Ganze gehe mich nichts an.“

Seufzend lehnte sie sich gegen die Arbeitsplatte. „Tun Sie mir einen Gefallen: kein Wort davon zu Casey oder irgendwem sonst in der Verwandtschaft. Die haben alle genug gelitten. Und ich, ich habe Ihnen alles erzählt, was ich erzählen kann. Zwischen uns gibt es also nichts mehr zu besprechen.“

„Bis auf ein paar Kleinigkeiten."

Ihre Augen wurden schmal. „Als da wären?"

„Als da wären Gilbert and Sullivan oder italienische Weine. Oder Kochen und lärmende Großfamilien und alte Häuser."

Die Anspannung fiel sichtlich von ihr ab. „Fordern Sie Scherereien eigentlich immer geradezu heraus, Nick? Sind Sie deshalb kein Priester mehr?"

„Mitnichten. Nur – der Ärger verfolgt mich anscheinend." Und diese Frau konnte wahrlich problematisch werden, das wussten sie beide. Niccolo sah das deutlich. Beide waren sie nicht auf die Eventualitäten vorbereitet, die auf sie zu lauern schienen. Tief im Herzen war er Priester geblieben, teilweise zumindest. Und Megan war insgeheim nach wie vor ein junges Mädchen, tief enttäuscht von dem Mann, den sie am meisten geliebt hatte.

„Sollen wir einfach so tun, als ginge es zwischen uns einzig und allein um Rooney?" fragte er. „Wenn Sie es wünschen, soll es mir recht sein."

Sie lächelte, wenn auch sichtlich ungern. „Wenn mal etwas nach meinen Wünschen laufen würde, träfe mich glatt der Schlag."

„Das dürfen wir nicht zulassen."

„Ich kann Sie gut leiden, Nick. Ja, ich fühle mich sogar zu Ihnen hingezogen, wenn Sie es unbedingt wissen wollen. Aber was Beziehungskisten angeht, bin ich krottenschlecht – auch wenn ich mein ganzes Leben lang andere Leute aufgerichtet habe."

„Da haben wir wohl etwas gemeinsam. Nur ist meine Erfahrung so begrenzt, dass ich es nicht mit Sicherheit sagen kann."

Ihr Lächeln erstarb, doch dafür leuchteten ihre bernsteinfarbenen Augen auf. Als er näher trat, wich sie nicht aus. Im Gegenteil: Sie sah ihn fest an, als er ihr mit der Hand durch das Haar strich, das sich, inzwischen getrocknet, in Locken über ihren Ohren kräuselte. Er flocht die Finger hindurch, und als sein Daumen sacht ihre Stirn streifte, senkten sie ihre Lider. Ihre Haut war weich und faltenlos, und sein Daumen glitt darüber hinweg wie ein Segelboot über spiegelglatte See.

Endlich zog er die Hand fort und trat zurück. Sie öffnete die Augen.

„Danke für das Dinner, Megan."

Sie nickte. „Vielen Dank für den Wein."

Er wandte sich um, bevor es zu spät war. Dann ging er ins Wohnzimmer, um Mantel und Handschuhe zu holen.

11. KAPITEL

Hinter der Theke zu stehen und zu bedienen, war für Casey so selbstverständlich geworden wie Atmen oder Essen. Sie merkte sich Bestellungen auch ohne Stift oder großes Auswendiglernen, spülte Gläser im Dutzend und stellte sie zum Abtropfen auf, fertigte nebenbei am Telefon Außer-Haus-Bestellungen ab, plauderte mit Stammgästen und überlegte sich gleichzeitig, was sie wohl zu Jon Kovats sagen würde, sollte sie ihn endlich einmal zu fassen kriegen.

Noch war es nicht so weit, doch nachdem sie inzwischen durch einige Nachforschungen seine Adresse herausbekommen hatte, konnte es eigentlich nicht mehr lange dauern.

„He, aufgepasst!" Es war Montagmittag, kurz vor eins. Mit Schwung ließ Casey einen vollen Bierhumpen über die Theke rutschen, bis er am Ende des Tresens vor einem älteren Stammgast namens Charlie Ford zum Stehen kam. Charlie war so etwas wie ihr Maskottchen geworden, rotwangig, helläugig und ein Scherzkeks vor dem Herrn. Je mehr er sich an Casey gewöhnte, desto frivoler wurden die Witze, insgesamt aber harmlos und eher vom Kaliber „Sitzen drei Pfarrer im Rettungsboot" statt Unanständiges der Marke „Treffen sich drei Bordsteinschwalben".

Während Charlie einen tiefen Schluck von seinem Bier nahm, ging Casey in die Küche zurück, um ihm seinen üblichen Lunch zu holen – Rindfleisch mit Kohl diesmal, bei dem selbst ihr das Wasser im Munde zusammenlief. Das seit dem frühen Morgen garende Fleisch verbreitete einen aromatisch leckeren Duft, der einem so zu Kopf stieg, dass einem Hören und Sehen vergehen konnte. Als Beilage hatte Megan Brot aus Hafermehl gebacken, mit reichlich guter Butter und einer Prise Molasse.

„Die verwöhnt einen nach Strich und Faden! Als gehörte unsereins zur Familie!" Die Nase tief über dem Teller, schloss Charlie verzückt die Augen. „Ach, besser noch! So gut hat nicht mal meine eigene Mutter gekocht!"

Casey war gerührt, wenn auch ungewollt. Man mochte es drehen und wenden, wie man wollte: Whiskey Island Saloon war eben keine simple Kneipe, sondern der Treffpunkt des gesamten Viertels, zudem Sammelpunkt für all jene, die aus dem angestammten Wohngebiet fortgezogen und nach Bay Village oder Rocky River umgesiedelt waren. Fremde verirrten sich nur selten hierher. Wo in der unpersönlichen Welt von heute gab es das schließlich noch, dass man als Gast begrüßt, bedient, gehegt und gepflegt wurde? Zumal von Menschen, die nicht nur das Leib- und Magengetränk ihrer Stammgäste kannten, sondern auch deren komplette Lebensgeschichte?

Sie kehrte in die Küche zurück, um bei einer abgespannt wirkenden Megan, die gerade für die lärmende Siebenergruppe am Ecktisch Sandwiches schmierte, eine weitere Bestellung aufzugeben. Im selben Augenblick erschien Peggy. Offenbar wenig erpicht darauf, ans College zurückzugehen, war sie noch immer da und kurzerhand von Megan eingespannt worden. Gerade packte sie mehrere Portionen auf ein Tablett und ging wieder hinaus, gefolgt von Casey mit zwei restlichen Tellern, die nicht mehr aufs Tablett gepasst hatten.

„Der Kneipenbetrieb, würde ich sagen, liegt dir im Blut“, bemerkte Casey auf dem Rückweg zur Küche. „Nur weiß ich nicht recht, ob man das als Kompliment auffassen soll.“

Peggy lachte. „Irgendwie macht mir das hier echt Spaß. Könnte mir glatt gefallen, hier auf Dauer die Bierchen zu zapfen.“

Bei dieser Bemerkung wurde es Casey aufs Neue etwas mulmig – in letzter Zeit eine häufig vorkommende Regung, wenn es um Peggy ging. „Du, ich weiß, momentan gehe ich selbst nicht mit gutem Beispiel voran, aber du müsstest doch eigentlich was Besseres mit dir anzufangen wissen, oder?“

„Du etwa nicht? Schließlich hast du doch immer behauptet, du würdest hier keinen Fuß mehr reinsetzen!“

„Vielleicht nehme ich nur mal eine Auszeit.“

Peggy schaute von ihrem Tablett auf. „Ich eventuell auch.“

Caseys schlimmste Befürchtung brach sich Bahn. „Du willst das Studium schmeißen! Stimmt’s?“

„Ich hab mich noch nicht entschieden.“

Casey sagte kein Wort.

„Na schön, zugegeben, dieses Semester lasse ich sausen", räumte Peggy ein. „Das ist augenblicklich das Einzige, worüber ich mir im Klaren bin. Und keine Bange! Ich habe inzwischen so viele Scheine gemacht, dass ich mich trotzdem diesen Sommer zum Examen anmelden kann."

„Kannst du mir auch verraten, warum das Ganze?"

„Ich muss mal zu mir selber finden. Das ist alles. Megan habe ich noch nichts erzählt. Ich mache das auf meine Weise, ja? Die wird aus allen Wolken fallen. Ich sage es ihr, wenn sich die Gelegenheit ergibt."

Casey merkte, dass das Thema vorerst erledigt war. „Ich bin froh, dass du hier bist. Und Megan, das weißt du ja, kann dich gut gebrauchen – solange du bleibst. Ashley hat dich auch schon ins Herz geschlossen."

„Das stillste Dingelchen, das mir je untergekommen ist."

In der Tat: Die kleine Ashley mit ihren furchtsam geweiteten Augen war zu scheu, zu blass. Casey hatte in ihrer Zeit als Sozialarbeiterin in der Kinderfürsorge viele Kinder wie sie gesehen, Kinder mit dunklen Ringen unter den Augen, Kinder, die keinen Ton sagten, aus Angst, sie könnten durch Worte ihre traurige kleine Welt aus dem Gleichgewicht bringen.

Casey nahm wieder ihren Platz hinter der Theke ein. Erst als sie schmutzige Gläser in ein Becken mit heißem Spülwasser tauchte, merkte sie plötzlich, dass der Gast, der vor ihr am Tresen hockte, nicht mehr Charlie Ford war. Beinahe hätte sie vor Schreck ein Glas fallen lassen!

„Jon!"

„Du erschrickst immer so, wenn du mich siehst!"

„Du bist aber auch ein heimtückischer Schleicher!"

„Was riecht denn hier so lecker? Etwa Rindfleisch mit Weißkohl?"

Der Duft lag tatsächlich noch in der Luft. Casey wies auf die Wandtafel, auf der die Tagesgerichte mit Kreide aufgelistet waren. „Das kocht Megan bloß einmal im Monat. Ist wirklich dein Glückstag heute!"

„Gut, dass ich gekommen bin."

An Jon Kovats fiel Casey mittlerweile einiges an Veränderungen auf, beispielsweise sein Lächeln, das inzwischen gelassener und selbstbewusster wirkte. Besonders anziehend fand sie die Art, wie er lächelte und sie dabei gleichzeitig abschätzend musterte.

„Ich fand es früher immer spitze, wenn wir uns in die Haare gerieten." Die Ellbogen auf den Tresen gestützt, beugte er sich vor. „Wenn du deinen Grips anstrengst, dann tanzen deine Augen so! Warst du mal so richtig über irgendwas echauffiert und in einen Gedanken verbissen, warst du echt eine Wucht! Das wollte ich dir nur mal sagen und nebenbei eine Portion von dem Rindfleisch mit Kohl ordern."

„Da hast du aber Schwein gehabt." Sie hoffte, ihre Augen tanzten auch jetzt, nur so aus Jux. „Eine Portion ist noch übrig. Kannst du haben."

Er fixierte sie mit schräg gelegtem Kopf. „War aber eigentlich für dich selbst reserviert, was? Vor mir kannst du dich nicht verstecken, Casey! Bring sie her, wir teilen!"

„Bleibst du auch hier? Nicht, dass ich extra in die Küche latsche, das Essen aufwärme und du dann verschwunden bist, wenn ich wiederkomme!"

„Keine Bange. Warten ist meine Stärke!"

Während sie die geteilte Portion verzehrten, plauderten sie über alte Bekannte und Lieblingslokale. Da die Mittagsgäste das Feld nach und nach räumten, konnten Casey und Jon sich an einem Tisch in der Ecke niederlassen und sich in aller Ruhe noch ein Stück Apfelstrudel genehmigen.

„So, dann erzähl doch mal von deinem Beruf", forderte sie ihn auf. „Wann hast du dich denn auf die Seite der Gesetzeshüter geschlagen? Erst Polizist, jetzt bei der Staatsanwaltschaft!"

Er schob ihr den Rest seines Nachtisches zu. „Was soll ich da groß erzählen? Ich besitze eben einen ausgeprägten Sinn für Gut und Böse. Mir liegt daran, die Spitzbuben hinter Schloss und Riegel zu bringen, damit der brave Bürger in Frieden leben kann."

Bequem räkelte er sich auf dem Stuhl, den Arm locker über die Lehne gelegt.

„Und was hat dich dazu veranlasst, diese Richtung einzuschlagen?"

„Eines Nachmittags spaziere ich so in San Francisco die Straße entlang, und plötzlich fallen zwei Burschen über mich her – am helllichten Tag! Und ich Idiot wehre mich auch noch! Als sie mit mir fertig waren, hatte ich keine Uhr, keine Brieftasche und keinen Puls mehr."

Erschreckt hielt sie den Atem an. „Jon!"

Er winkte ab. „Ich kann mich kaum noch dran erinnern. So ein Schädeltrauma hat eben auch sein Gutes. Ein Zeuge brüllte um Hilfe. Zum Glück befand sich unter den Passanten ein Arzt, der bis zum Eintreffen des Rettungswagens erste Hilfe leistete. Dabei ist San Francisco nicht mal eine sonderlich kriminelle Stadt, und ich war auch in keinem gefährlichen Bezirk unterwegs. Pech, schlicht und ergreifend Pech."

„Und da kamst du auf den Trichter, du müsstest es solchen Typen heimzahlen und Polizist werden?"

„Mir ging eine ganze Menge durch den Kopf, zum Beispiel der Gedanke, dass so etwas ziemlich vielen passiert und dass unser Sozialsystem dringend reformiert werden muss."

Von lebenswichtigen Entscheidungen verstand Casey etwas. Sehr viel sogar. Deshalb konnte sie Jons Beweggründe für seinen Entschluss sehr wohl verstehen und umso mehr nachfühlen, was in ihm vorgegangen war.

Sie verspeiste den letzten Bissen Nachtisch. „Bestimmt machst du deinen Job hervorragend. Und fair, fair auf jeden Fall! Du warst schon immer so rational. Zuweilen hat mich das zur Weißglut getrieben."

„Ja, du Hitzkopf hast ja auch nie etwas ordentlich durchdacht und jeden mit Verachtung gestraft, der dir das auf den Kopf zusagte."

„Dich aber nie!"

„Nein, ich war für dich so eine Art Kummerkasten und musste mir alles anhören." Er legte den Unterarm flach auf den Tisch, die Finger gespreizt, als wollten sie sich mit den ihren verflechten. „Und jetzt bin ich wieder ganz Ohr."

„Es gibt nicht viel zu erzählen."

„Oh doch! Die klügste Frau, die ich kenne, ist geschieden und spielt Bedienung in einer Pinte. Wie kommt's?"

Unschlüssig schüttelte sie den Kopf. „Ich weiß überhaupt nicht, womit ich anfangen soll."

„Wie lange warst du verheiratet?"

„Ein Jahr. Die erste Woche lief es einigermaßen, von da an ging es bergab. Mein Mann ging offensichtlich von der stillschweigenden Übereinkunft aus, ich wäre so ein blödes Partygirl, das keine Einwände hat, wenn er sich mal eine Mieze nebenbei anlacht oder das Finanzamt austrickst, damit er ein größeres Stück vom Profitkuchen seiner Firma abstauben kann."

„Muss schmerzhaft gewesen sein."

„Schmerzhaft? Schmerzhaft war die Erfahrung, dass ich miserable Entscheidungen treffe!" gab sie zu. „Erst da habe ich kapiert, wie oft ich mich schon falsch entschieden hatte, zum Beispiel zu dem Schritt, von zu Hause fortzugehen. Die Trennung von meinem Mann, das war so, als hätte man mir einen faulen Zahn gezogen. Hätte ich die Anzeichen für die Fäule nur früher erkannt!"

„Und warum arbeitest du jetzt hier? Braucht deine Schwester dich so dringend?"

„Megan? Die käme blendend ohne mich aus. Kam sie sogar – einige Jahre."

„Warum das? Wieso bist du abgehauen?"

„Hat sie dir das neulich nicht beim Geschirrspülen erzählt?"

„Ich glaube nicht, dass sie darüber sprechen wollte."

„Du warst doch bei der Wiedersehensfeier dabei! Willst du behaupten, keiner von meinen Verwandten hätte was verlauten lassen?"

„Wissen die das denn?"

So genau wusste sie das selbst nicht. Der Anlass für das Zerwürfnis zwischen den beiden Schwestern war nie öffentlich erörtert worden. Ob Megan den Streit wohl für sich behalten hatte?

„Du brauchst es mir nicht zu sagen“, versicherte er. „Es geht mich im Grunde ja nichts an.“

Das klang – zumindest nach ihrem Eindruck – so, als hätte er es liebend gern anders gehabt. Ohnehin fand sie es verblüffend, wie eng ihr Verhältnis bereits war, fast so, als wären sie nie voneinander getrennt gewesen. Ganz stimmte das natürlich nicht. Der Jon von heute unterschied sich erheblich von dem Jüngling, den sie einmal gekannt hatte.

Plötzlich war ihr doch sehr daran gelegen, ihm alles zu erzählen, ihm das schmutzige kleine Geheimnis zu verraten, dem Megan und sie seit ihrer Heimkehr peinlichst aus dem Weg gegangen waren. Eins hatte sie begriffen: Nicht mehr so tun zu müssen, als wäre nie etwas zwischen ihnen vorgefallen, das würde sich als wahre Wohltat erweisen.

„Eigentlich ist es ganz einfach.“ Sie lehnte sich zurück. „Ich wollte, dass Megan den Saloon verkauft – und das nach all der Mühe, die es sie gekostet hatte, die Kneipe in Familienbesitz zu halten! Nach meinem Willen sollte der Laden verkauft und der Verkaufserlös unter uns Schwestern aufgeteilt werden. Und danach konnte jede machen, was sie für richtig hielt.“

„Aber sie sah die Sache anders, was?“

„Und ob! Dies Lokal hier, das ist ihr Leben! Hier drinnen fließt ihr Herzblut! Nimmt man ihr den Whiskey Island Saloon weg, hört ihr Herz auf zu schlagen – zumindest denkt sie das. Sie hat alle Hebel in Bewegung gesetzt, um die Kneipe für uns zu halten, hat die Schule abgebrochen, hat Tag und Nacht malocht. Und ich wollte die Bude nicht mal!“ Casey holte tief Luft. „Also bin ich weggezogen. War ja schließlich mein Leben, hab ich mir eingebildet, und das konnte ich gestalten, wie ich es wollte.“

„Und jetzt bist du wieder da.“

„Wurde allmählich Zeit“, erwiderte sie achselzuckend.

„Wieso?“

Sie überlegte gerade, wie sich der Sachverhalt am besten rasch – also einigermaßen gerafft – darstellen ließe, als ihr auffiel, dass Peggy ihr von der anderen Seite des Schankraums ein Zeichen machte, den Hörer des Münzfernsprechers in der Hand.

Casey stand auf, zögerte dann aber einen Moment. „Telefon. Offenbar für mich. Könnten wir unser Gespräch vertagen?“

Er erhob sich ebenfalls. „Nicht lange.“

„Was meinst du damit?“ Sie sah ihm in die Augen, aber er zuckte mit keiner Wimper.

„Unsere Freundschaft war ein einziges großes Aufschieben, Case. Dauernd musste ich warten, bis du mal Zeit für mich hattest. Das will ich nicht mehr.“

„Du warst mein bester Freund! Was hat das mit Hinhalten zu tun? Wir waren doch stundenlang zusammen! Ich habe dich nie ignoriert!“

„Du weißt ja inzwischen, wo ich wohne, und hast vermutlich auch meine Telefonnummer. Ich habe dich nämlich am Freitagabend vorbeifahren sehen. Beim nächsten Mal kannst du ruhig klingeln oder anrufen. Vielen Dank für das Tagesgericht und den Nachtisch. Meiner Meinung nach gibt es hier nach wie vor das beste Essen in ganz Cleveland.“ Ein kurzes, warmes Lächeln, und schon war er fort.

Sie starrte immer noch zur Tür, als Peggy zu ihr trat. „Aufgelegt. Keine Ahnung, wer dran war.“

Casey hatte beinahe vergessen, dass Peggy sie ans Telefon gewinkt hatte. „Tut mir Leid. Wollte jemand mich persönlich sprechen? Oder war es nur einer von Megans Lieferanten?“

Peggy zuckte die Achseln. „War ein Mann. Hat sich nach jemandem namens Al erkundigt und wollte wissen, zu wem diese Nummer gehört – ob der Anschluss geschäftlich oder privat ist. Dann hat er noch nach meinem vollen Namen gefragt und was ich mit der Nummer zu tun habe, so in der Art.“

In Sekundenschnelle war Casey voll konzentriert und ließ sich zig Möglichkeiten durch den Kopf gehen, die sie nach der größtmöglichen Wahrscheinlichkeit einstufte. Schlimmstenfalls hatte jemand ein Gespräch vom Vorabend zurückverfolgt, für das sie bewusst den Münzfernsprecher im Lokal gewählt hatte, nicht den Privatanschluss oben in der Wohnung oder ihr Handy. Sie war davon ausgegangen, dass ein Telefonat aus dem Schankraum ausreichend Sicherheit böte, merkte aber nun, dass es unter Umständen klüger gewesen wäre, einen Apparat irgendwo weiter weg zu benutzen.

„Wahrscheinlich verwählt", bemerkte sie schließlich. „Kommt sicher öfter mal vor. Oder jemand von den Gästen hat sich anrufen lassen."

„Na ja, es hat aber einige Zeit geklingelt, und die Gäste haben mich kaum beachtet, als ich den Hörer abnahm. Dass jemand einen Anruf erwartete, scheint mir deshalb unwahrscheinlich. Im Übrigen ist kaum noch einer da!"

Ein Blick durch das Lokal verriet, dass das stimmte. Casey war so ins Gespräch mit Jon vertieft gewesen, dass sie gar nicht bemerkt hatte, wie leer es geworden war. „Vielleicht hat jemand auf den Anruf gewartet, ist aber zu früh gegangen."

„Wieso hat der Anrufer dann seinen Namen nicht genannt? Ich habe ihm gesagt, das hier sei ein Münzfernsprecher in einer Kneipe, wir hätten vermutlich ein halbes Dutzend Gäste namens Al, und der Apparat würde so an die hundert Mal am Tag benutzt. Ich könnte ihm also nicht behilflich sein, falls er jemanden sucht. Er ließ sich aber nicht abwimmeln; deshalb habe ich ja versucht, dich herzuwinken."

Auch wenn es unwahrscheinlich schien, dass das Telefonat vom Abend zuvor überwacht worden war: Was Peggy da erzählte, passte haargenau. Falls jemand, so Caseys Überlegung, tatsächlich ihren Anruf zurückverfolgt hatte, ging er wohl davon aus, dass sie nur wegen des Telefonats das Lokal aufgesucht und danach wieder verlassen hatte. Da niemand ihre Identität kannte, war es so gut wie ausgeschlossen, sie mit diesem winzigen Anhaltspunkt aufzuspüren.

Die Nummer, die sie angerufen hatte, war nagelneu und durch die Mitarbeit zahlreicher Stellen auch so gut wie abhörsicher. Nun überlegte sie, ob es angebracht war, Grace zu informieren. Bloß aufgrund eines einzigen Anrufs? Ashley hatte sich gut in die Kindergartengruppe eingefügt und gerade an ihre neue Umgebung gewöhnt. Was diente dem Wohl des Kindes am besten?

„Gut, dass du dem nicht mehr erzählt hast!" lobte Casey.

„Sollte er wieder anrufen, reiche ihn gleich an mich weiter! Ich kriege schon raus, was der will!“

„Tut mir Leid, dass ich deine Unterhaltung mit Jon unterbrochen habe. Der erinnert mich übrigens an deinen Ex.“

„Wie bitte?“ Soeben noch ganz in Gedanken, war Casey bei diesem unangenehmen Vergleich schlagartig wieder hellwach. „Jon? Der hat kein bisschen von dem!“

Peggy schmunzelte. „Freut mich, dass du das geschnallt hast!“ Sie wandte sich um und ging. Casey konnte ihr nur noch perplex nachstarren.

12. KAPITEL

Jon wohnte in einer Nebenstraße in Lakewood, etwas außerhalb der Stadtgrenze von Cleveland. Das weder schick noch heruntergekommen wirkende Wohnviertel war zwar nicht das modernste, dafür aber gemütlich, mit handtuchschmalen Grundstücken und penibel gepflegten Vorgärten. Viele der Häuser hatten eine kleine Veranda vorn, doch die von Jon war vor Jahren mal zu einem geschlossenen Vorbau umgestaltet worden, so dass man den Eindruck gewinnen konnte, als rage das Haus vorn quasi auf die Straße hinaus. An der Westseite war es mit Aluminium in verblassendem Königsblau verkleidet. Fensterläden suchte man vergeblich; das Dach war stellenweise geflickt, und zwar ohne Rücksicht auf zueinander passende Schindeln. Insgesamt unterschied sich das Gebäude nur wenig von den Nachbarhäusern, abgesehen davon, dass der letzte Besitzer bei Umbauarbeiten offenbar zwei linke Hände und null Talent bewiesen hatte.

Am Fahrbahnrand auf der anderen Seite, Jons Haus direkt gegenüber, saß am späten Montagnachmittag Casey in ihrem Wagen, den Oberkörper über das Lenkrad gebeugt, und fragte sich, was sie dort zu suchen hatte. Kurz vor fünf hatte sie Ashley vom Kindergarten abgeholt und noch ein paar Worte mit der Gruppenleiterin gewechselt, danach hatte sie eigentlich mit der Kleinen zum Saloon zurückfahren und früh zu Abend essen wollen, war aber irgendwie hier in Jons Straße gelandet.

„Ich bin müde!“ ließ Ashley sich vom Rücksitz vernehmen.

Zu quengeln oder sich in ganzen Sätzen zu äußern, das sah der Kleinen so unähnlich, dass Casey die Stirn erstaunt in Falten legte und sich zu ihr umdrehte.

„Ich mag nicht mehr still sitzen!“

Ashleys Stimme verriet überdeutlich, wie anstrengend es für die Kleine gewesen sein musste, sich den ganzen Tag mit anderen Kindern auseinander zu setzen. Kein Zweifel: Ashley musste raus aus dem Auto, und außerdem – mit nichts ließ sich der wahre Charakter eines Mannes besser testen als mit einem nörgelnden Kind im Wohnzimmer. Da hieß es Farbe bekennen. „Wollen wir meinen Freund besuchen? Da kannst du dich zumindest ein bisschen bewegen."

Der Rasen in Jons Vorgarten, noch braun und fleckig vom Winter, bestand offensichtlich mehr aus Löwenzahn denn aus Blaugras, und die beiden kümmerlichen Gewächse links und rechts der Vorbaustufen stammten vermutlich aus dem Sommerschlussverkauf eines Gartencenters, zwei spindeldürre Topfwacholder zum Sonderpreis von einem. Casey wunderte das keineswegs. Männer, die auch nur das leiseste Interesse an einem gepflegten Heim an den Tag legten, waren ihr selten begegnet.

Nachdem sie im an die Außentür geklopft hatte, spähte sie durch die Scheibe in den Vorbau und erkannte das Modell eines alten, mit brüchigem Segeltuch verkleideten Segelflugzeugs. Auf einem Bambustisch daneben stand ein Vogelkäfig, allerdings ohne Vogel. Gegenüber hing ein zotteliger Läufer, avocadofarben und bräunlich-beige schattiert, über einem Blumenständer aus Rattan – ohne Pflanze darauf.

Casey war nicht ganz sicher gewesen, ob Jon überhaupt daheim war, doch nun öffnete sich innen die eigentliche Haustür, und Jon trat in den Vorraum, bereits umgezogen – in ausgewaschenen Jeans und grünem T-Shirt. „Hi, Case!" grüßte er, nachdem er die Außentür geöffnet hatte. „Was gibt's?"

„Störe ich? Dann verziehe ich mich wieder!"

„Du bist doch gerade erst gekommen! Ist das Ashley?"

Casey stellte die beiden einander vor. Beim Essen im Saloon hatte sie Jon zwar bereits erzählt, sie hüte momentan das Töchterchen einer Bekannten, aber trotzdem überraschte es sie, dass er sich den Namen gemerkt hatte. Ashley sagte kein Wort, als Jon vor ihr in die Hocke ging und sie herzlich begrüßte. Sie musterte ihn bloß argwöhnisch.

„Möchtet ihr reinkommen?" fragte er.

„Ach wo!" Mit einer ruckartigen Bewegung ließ Casey ihr Haar über die Kapuze ihres Parkas fliegen. „Lass uns lieber hier draußen quatschen, damit wir uns bei der Kälte den Tod holen!" Jon erhob sich und hielt die Außentür auf, damit Casey, die Kleine sanft vor sich herschiebend, die letzte Stufe hinaufgehen und in den Vorbau hineintreten konnte. „Hübsche Bude hast du da!"

Er grinste. „Ehemalige Pension, früh-ungarischer Immigrantenstil. Gehörte mal einer Großtante mit sagenhaft schlechtem Geschmack."

„Hat sie dir den Kasten vererbt?"

„Meinem Vater. Meine Eltern wollten ihn schon verkaufen, als ich beschloss, nach Cleveland zurückzukommen. Da haben wir eine Vereinbarung getroffen. Ich renoviere das Haus von oben bis unten und schmeiße den ganzen Plunder raus, und dafür darf ich mietfrei drin wohnen, bis ich mir was Passendes kaufe."

„Und ich dachte schon, das sei eine neue Art von schlampigem Chic."

„Du, ich hab die tollsten Sachen hier drin gefunden. Wollt ihr mal sehen?"

Große Lust verspürte sie nicht. Alte Häuser – das fiel eher in Megans Ressort.

„Komm, stell dich nicht an", drängte Jon, als sie nicht reagierte. „Macht Spaß! Und Ashley wird es bestimmt gefallen."

„Na gut, warum nicht." Eine Besichtigungstour, vermutete Casey, war allemal angenehmer, als sich am Kaffeetisch gegenseitig anzustarren und die Scherben der Vergangenheit zu kitten.

Er hielt die Haustür auf und ließ die beiden eintreten. „Riecht noch etwas muffig. Bei meinem Einzug war es zu spät für eine ordentliche Durchlüftung. Da wurde das Wetter schon zu schlecht. Ehe ich sämtliche Fenster aufgekriegt hatte, war es bereits Oktober. Meine Tante hatte sie jahrelang nicht geöffnet. Entweder waren sie lackverklebt oder einfach zugenagelt."

„Praktische Frau. Würde Megan gefallen."

„Megan sieht übrigens gut aus und macht auf mich einen zufriedenen Eindruck. Oder irre ich mich?"

Jon hatte Megan schon immer gut leiden können, für Caseys Geschmack bisweilen sogar ein wenig zu gut. Casey konnte sich noch lebhaft erinnern, wie sauer sie manchmal auf Jon gewesen war, weil er ihren Schwestern mehr Beachtung geschenkt hatte als ihr.

„Mir scheint, sie ist mit sich und der Welt zufrieden", erwiderte sie und strich dabei mit den Fingerspitzen an der Kante eines Beistelltischchens entlang – frisch poliert, wie sie wohl oder übel eingestehen musste. Ein so schlechter Hausmann war er anscheinend doch nicht. „Sie arbeitet nur zu viel, wie üblich. Zu mehr kommt sie kaum im Leben. Aber sie jammert nicht."

„Wundert mich, dass sie nie geheiratet hat. Dabei liegt ihr doch so viel an Familie und am Bemuttern!"

„Vielleicht hat sie von beidem die Nase voll. *Eine* Familie hat sie ja schon groß gezogen. Wer ist da schon scharf auf eine zweite?"

„Also, ich hab sie immer bewundert. Sie hat immer das Beste für euch geplant und durchgesetzt."

Casey dachte an die Tränen, die Megan vergossen hatte, als sie Peggy den Grogans überlassen musste, an ihre Verzweiflung beim Schulabbruch, an ihre Wut, als Casey sich angemaßt hatte, einsame Entscheidungen zu fällen, die alle angingen. Bestimmte Seiten an Megan hatte die Außenwelt nie gesehen.

„Na, dann hereinspaziert!" sagte Jon. „Und sag, was du von all dem hier hältst!"

Vom Vorbau aus gelangte man in eine enge Diele; rechterhand lag das Wohnzimmer, direkt vor Casey führte eine Treppe in einem leichten Linksbogen aufwärts, und hinter der Treppe ging es in die Küche. Casey trat ins Wohnzimmer, das zwar mit Möbeln voll gestopft, doch insgesamt recht wohnlich war. Offenbar bevorzugte Jon Leder, dezente Stoffe und dunkle Hölzer, alles ziemlich maskulin und geschmackvoll.

„Wir sausen mal schnell durchs Haus, und dann zeige ich dir die Vorzüge." Er beugte sich zu der Kleinen hinunter und sprach sie direkt an. „Möchtest du vielleicht huckepack reiten?"

Ashleys Augen weiteten sich erschreckt; sie wich zurück, bis sie gegen Caseys Beine stieß.

Jon nahm es mit Gleichmut und richtete sich auf. „Wenn du es dir anders überlegst, dann sagst du mir Bescheid, ja?"

Das restliche Untergeschoss war schnell besichtigt. „Ich lasse mir Zeit", sagte Jon nach der Tour. „Denn schmeißt man erst einmal etwas in den Müll, ist es endgültig flöten. Den wirklichen Krempel habe ich größtenteils schon weggeworfen, und was noch einigermaßen zu gebrauchen war, ist verkauft. Hier nun etwas, von dem ich mich wohl nicht trennen werde. Das wollte ich unbedingt Ashley zeigen.“ Mittlerweile im Obergeschoss angelangt, öffnete Jon die Tür zu einem kleinen Zimmer, aus dem ein Geruch nach Mottenkugeln und welken Rosen drang. „Vorsicht, im Durchgang ist der Teppichboden lose!“

Ashley an der Hand, betrat Casey hinter ihm das Zimmer. Er machte Licht.

Völlig verblüfft ging sie noch einen Schritt nach vorn und stand mitten in einer Puppenstube, eingerichtet mit Korbmöbeln aus der viktorianischen Epoche. Eine geflochtene, mit verblassten Schleifen verzierte Wiege enthielt ein antikes Puppentrio, zwei weitere Puppen saßen auf Samtkissen in einem eleganten Schaukelstuhl. In einer Ecke stand stumm und regungslos ein Kinderschaukelpferd, sein Reiter ein Miniatur-Cowboy mit ledernen Beinschonern und Stetson. Drei Porzellanpüppchen mit Erwachsenengesichtern, in Taft und Spitze gehüllt, kauerten artig auf einem Regal neben dem Schrank.

Und es gab noch mehr: Einen grinsenden kleinen Jungen mit Pagenkopf und Zahnlücke, in einer anderen Ecke einen Frechdachs, fast so groß wie Ashley. Erst als ihr die Finger taub wurden, bemerkte Casey, wie sie die Hände vor Faszination verkrampft hatte.

John blickte zu Ashley hinab und versuchte, ihr Mienenspiel zu deuten. Die Kleine machte große Augen.

„Toll, was?“ fragte er. „Als ich das zum ersten Mal sah, kam ich mir vor wie im Puppenmuseum. Weder mein Vater noch meine Mutter ahnten, was meine Tante da angesammelt hatte.“

„Was hast du denn mit dieser Kollektion vor?“ wollte Casey wissen. „Willst du die etwa alle behalten?“

Er stand neben dem Schrank, den Saum eines Puppenkleids zwischen den Fingern. „Darf man als Mann etwa nicht an Geschichte interessiert sein?“ fragte er und wandte sich um.

„Ich weiß, dass du immer schon historisch interessiert warst.

Aber die Männer, die ich kenne, sind alles andere als Puppenfans!"

„Ist nicht männlich genug, was?"

Und das genau war das Komische: Es kam Casey urplötzlich außerordentlich männlich vor. Das Zimmer sowie seine Porzellanbewohner hoben Jon umso mehr als Mann hervor. Ganz offensichtlich fühlte er sich in dieser Rolle so wohl, dass ihm die Meinung anderer nichts ausmachte.

„Mir gefällt der Gedanke", sagte er mit einer ausladenden Handbewegung, „dass meine eigenen Kinder mal diesen Teil ihrer Vergangenheit erben könnten. Ich würde ihnen gern erklären, wie es früher zuging, wie die Kinder mit Murmeln und Reifen spielten statt mit Computern, und dass man Puppen nicht mit einer Oberweite von 38 und einem kompletten Kleiderschrank voll eleganter Abendmode ausstattete. So, und wie wäre es jetzt mit einem Happen zu essen?" Sein Blick glitt zu dem kleinen Mädchen hinab, das den Mund vor Staunen immer noch nicht zubekam. „Habt ihr Hunger, ihr zwei?"

„Ashley hat im Kindergarten was gegessen, und ich brauche momentan nichts."

„Dann etwas zu trinken? Cola? Saft?"

„Gern."

Er hob die Puppe, deren Kleidersaum er untersucht hatte, vom Regal und hielt sie der Kleinen hin. „Möchtest du damit spielen, Ashley? Die ist bestimmt einsam, so allein auf dem Regal da oben."

Ashley zog zwar die Stirn kraus, brach aber ihr Schweigen. „Sie hat doch ihre Freunde!"

„Sie kann aber besser schlafen, wenn du mit ihr spielst."

„Puppen schlafen nie. Die sehen, was nachts passiert. Die wissen alles."

Casey schloss die Augen.

„Stimmt. Sie passen auf kleine Mädchen auf", hörte sie Jon sagen. „Damit die schön träumen."

Als Casey die Augen wieder öffnete, hielt Ashley die Puppe an sich gedrückt. Es würde lange dauern, bis die Kleine wieder schön träumen konnte. Daran änderte keine Puppe der Welt etwas.

Dann ging Jon wieder voraus, zurück ins Wohnzimmer, wo Casey einen Aktenstapel vom Sofa räumte und auf dem Couchtisch ablegte, bevor sie es sich auf der Ledercouch bequem machte, während Jon die Drinks einschenkte. Mit dem Rücken zu Casey, zog Ashley sich in einen Winkel zurück, setzte die Puppe vor sich hin und redete leise auf sie ein. Casey ließ sie gewähren. Im Gegensatz zu allem anderen schien die Kleine an der Puppe Gefallen zu finden.

Jon holte einen Beutel Salzgebäck, legte ihn neben Ashley und stellte noch eine Plastiktasse dazu. Offenbar spürte auch er, dass das Mädchen sich in eine eigene Welt geflüchtet hatte, in der man es besser nicht störte.

„Bei deiner Sauklaue hättest du glatt Arzt werden können!" bemerkte Casey mit Hinweis auf den Aktenstapel.

Er reichte ihr ein Glas, kondensfeucht und schwer durch die Eiswürfel. Sie stellte es auf dem Couchtisch ab. „Ach, das!" sagte er, wobei er sich neben ihr niederließ, den Arm über der Rücklehne. „Wir ermitteln gerade in einem Fall von Sachbeschädigung unten auf Whiskey Island, in der Nähe des Verschiebebahnhofs. Irgendwann erwischen wir den Burschen schon. Bis dahin stellt die geschädigte Firma Extraposten auf, inklusive Wachhunden. Kommt der Kerl wieder, wird er sein blaues Wunder erleben."

„Mein Onkel hat da ein Kieswerk. Grogan Gravel."

„Dann weiß er sicher Bescheid. Sag ihm trotzdem, er soll sich vorsehen."

Sie stellte fest, dass sie ihr Gespräch offenbar wieder aufnahmen. Anscheinend wartete er auf ihren Einsatz. „Heute Mittag im Saloon, da wolltest du wissen, warum ich ausgerechnet jetzt zurückkomme."

„Na ja, so ganz fair war die Frage nicht. Ein bisschen wusste ich nämlich schon. Beim Geschirrspülen hat Megan mir verraten, dass du als Sachbearbeiterin beim Jugendamt in Chicago gearbeitet und den Job geschmissen hast. Ich weiß, so ungewöhnlich ist das in dem Metier nicht."

„Und da zu deinem Metier das Ausfragen gehört, hast du dich doch gewiss in Chicago umgehört, was?"

Er stritt es nicht ab. „Du hast nicht gekündigt, sondern bist einfach weggeblieben. Nicht mal deinen Schreibtisch hast du aufgeräumt. Wozu die Eile?"

„War im Grunde ganz einfach: Weil ein mir anvertrautes Kind, dessen Wohlergehen mir oblag, umgebracht wurde, und zwar vom eigenen Vater, dem ich zuvor grünes Licht für Besuche gegeben hatte."

Sie registrierte dankbar, dass Jon neben ihr stumm blieb. Dass es nicht ihre Schuld gewesen sei, hatte sie schon so unzählige Male gehört, dass es zur bloßen Worthülse verkommen war.

„Ich wollte mich immer schon für Kinder einsetzen", fuhr sie aufblickend fort. „Vielleicht liegt es daran, dass ich selbst in meiner Kindheit so hilfsbedürftig war. Nachdem ich einige Zeit herumgegammelt war und mir die Welt angesehen hatte, fasste ich Fuß, nahm eine Arbeit auf, studierte nebenbei am College, wechselte dann auf die Uni in Chicago und blieb nach dem Examen dort hängen, nahe genug bei Peggy, so dass wir uns gegenseitig besuchen konnten. Auch zu Megan suchte ich wieder Kontakt. Sie kam einige Male zu Besuch. So war ich nicht allzu weit fort von zu Hause."

„Und die Arbeit beim Jugendamt, was war damit?"

„Da hatte ich manchmal eine Arbeitsbelastung von fünfzig, sechzig Stunden die Woche. Ich war zuständig für neunzig Familien und fungierte zudem in Sorgerechtsfällen als Gutachterin bei Gericht. Ich war fix und fertig, aber nicht vernünftig genug, das auch einzusehen. Meine Erschöpfung wirkte sich auf die Qualität meiner Arbeit aus, das sehe ich jetzt. Aber hart arbeiten musste ich schon mein Leben lang, davor scheue ich nie zurück."

Jons Finger schwebten über ihrer Schulter – ohne sie zu berühren, sondern wie zum Trost, als wollte er Casey andeuten, dass er zur Stelle war, falls sie ihn brauchte.

„Eines Tages musste ich ein Gutachten abgeben über eine Familie, in der die Eltern sich gerade scheiden ließen. Die Ehefrau warf dem Mann Gewalttätigkeit vor, auch gegenüber den Kindern, besonders dem jüngsten, einem kleinen Jungen. Deshalb wollte sie ihrem Mann das Besuchsrecht verweigern lassen. Es gab keine schlüssigen Beweise gegen ihn – keine ärztlichen Atteste, keine einschlägigen Meldungen aus Schule oder Nachbarschaft, keine Besuche beim medizinischen Notdienst. Die Kinder wurden von einem Kinderarzt untersucht. Keinerlei ausgeheilte Knochenbrüche oder so etwas, nur Kratzer, die sich leicht erklären ließen."

„Bis jetzt hört sich das nicht nach einem triftigen Grund für die Verweigerung des Besuchsrechts an."

„Zweimal habe ich den Jungen allein sprechen können. Beim ersten Mal kam ich schon kaum an ihn heran, beim zweiten Mal überhaupt nicht mehr. Der Junge redete einfach nicht mit Erwachsenen."

„Da konntest du nicht viel machen, Casey."

„Doch! Das ist ja gerade das Problem! Ich spürte doch, irgendwas war da faul! Ich glaubte der Mutter! Der Vater war einfach zu gerissen; der Kerl konnte seine Kinder anschauen, da wurde einem ganz anders. Mit einem einzigen Blick brachte der die zum Schweigen! Besonders der Kleine hatte offensichtlich Angst, geradezu Todesangst vor ihm. Aber das konnte ich ja schlecht in meinen Bericht schreiben. Konkrete Anhaltspunkte lagen nicht wirklich vor, nur ein ungutes Gefühl eben. Und was ein Gericht davon hält, kannst du dir ja unschwer ausmalen." Sie lachte kurz bitter auf.

„Du hast getan, was in deiner Macht stand, wie es scheint."

Sie holte tief Luft. „Der Junge starb an einer Gehirnblutung – am ersten mit dem Vater verbrachten Wochenende. Der Vater sitzt jetzt im Gefängnis, die Mutter wird mit der Sache nicht fertig, und ich bin raus aus der Sozialarbeit."

„Du konntest nichts dafür."

„Stimmt, zu etwa der gleichen Schlussfolgerung bin ich auch gelangt. Sicher, etwas mehr hätte ich schon tun können, vielleicht achtzig Stunden pro Woche arbeiten statt sechzig. Eventuell hätte der Kleine sich mir anvertraut, wenn ich mich zehnmal mit ihm unterhalten hätte und nicht nur zweimal, oder wenn ich nicht so überlastet gewesen wäre. Wer weiß? Das ganze System war eben gegen mich."

„Und deshalb hast du Schluss gemacht? Weil du vom System die Nase voll hattest?"

„Das trifft es ziemlich genau."

„Aber es gibt doch auch andere Stellen, etwa bei privaten Sozialdiensten, wo man den Fällen mehr Zeit widmet. Da könntest du doch anfangen."

Lächelnd zuckte sie die Schultern. „Vorerst lasse ich die Finger davon."

„Und vergeudest dein Talent."

Ihr Lächeln verlosch. Zorn brodelte auf und brach aus ihr heraus, so schnell, dass sie ihn nicht kontrollieren konnte. „Du hast doch keine Ahnung, ob ich etwas vergeude!"

„Ich weiß nur, dass du deine Träume nicht weiter verfolgst."

„Du glaubst mich noch von früher zu kennen, Jon! Menschenskinder, seitdem sind zehn Jahre vergangen! Da maßt du dir an, Entscheidungen zu kritisieren, die ich inzwischen getroffen habe?"

Er barg ihre Hand zwischen seinen Fingern. „Ich kritisiere dich gar nicht."

Sie versuchte, sich ihm zu entziehen, doch er fasste nur umso fester zu. „Und ob du das tust! Was weißt du denn, was ich durchlitten habe! Die Selbstvorwürfe und Gewissensbisse, so dass ich mich morgens nur mit größter Mühe aus dem Bett quälen konnte! Keinen blassen Schimmer hast du davon, weil du mich nämlich nicht kennst! Wir sind uns fremd!"

„Zankt ihr euch?"

Die Frage kam von Ashley.

„Nein, wir streiten uns nicht", versicherte Casey. „Wir unterhalten uns nur etwas laut."

„Wir werden uns nie fremd sein", sagte Jon unterdrückt, wobei er ihr Kinn umfasste und sanft festhielt, so dass sie den Blick nicht abwenden konnte. „Ich kenn dich so gut wie du dich selbst. Ich habe nichts von dir vergessen – auch nicht das Gefühl, als ich eines Morgens vor zehn Jahren erfuhr, dass du abgereist warst. Das war für mich, als hätte jemand die Sonne abgeschaltet."

Sie brachte keinen Ton hervor. Schlagartig fehlten ihr die Worte.

Er lächelte – das warme, selbstbewusste Lächeln, das ihr allmählich wieder vertraut wurde. „Da bin ich ebenfalls abgehauen. Ich wusste, irgendwann würdest du zurückkommen, und für den Fall wollte ich hier sein und bereitstehen. Damals rechnete ich nicht mit einer so langen Zeit. Ich musste allerdings auch viel lernen, und als ich dann endlich selbst heimkehren wollte, musste ich feststellen, dass du verheiratet warst."

Endlich fand sie ihre Sprache wieder. „Du willst doch nicht etwa andeuten, du hättest etwas anderes für mich empfunden außer Freundschaft …" Erneut musste sie nach Worten ringen.

„Ich habe lange darauf gewartet, dass du endlich erwachsen wirst – und dass ich selbst erwachsen werde, wohlgemerkt!"

„Aber nach zehn Jahren!"

„Wir sind eben Spätberufene, wir zwei."

Vermutlich, so Caseys Erklärung, passte das haargenau zu ihrer Unfähigkeit, die Männer zu verstehen. Jon war ihr bester Freund gewesen, außer ihren Schwestern der einzige Mensch, dem sie sich ehrlich anvertrauen konnte. Er hatte keine Gefahr dargestellt; Sex und das gesamte Brimborium um Sex herum war nie Teil ihrer Verbindung gewesen. Ohne Zwang zum Flirten oder Kokettieren hatte sie sich einfach ganz natürlich geben können.

Und von ihm hatte sie dasselbe angenommen.

„Die Möglichkeit hast du wohl nie in Betracht gezogen, was?" fragte er.

Sie schüttelte den Kopf.

„Megan weiß es", bemerkte er.

„Was – Megan hast du es gesagt, mir aber nicht?"

„Ich musste ihr überhaupt nichts sagen. Sie hat es nie nötig gehabt, der Wahrheit auszuweichen, so wie du das getan hast."

„Vielleicht bin ich gar nicht ausgewichen. Vielleicht hast du in meiner Gegenwart nur deine Gefühle zu gut verborgen."

„Willst du mir unterstellen, ich wäre nicht in dich verliebt gewesen? Und ob ich das war! Aber lassen wir das doch hinter uns! Ich schulde dir nichts – du schuldest mir nichts. Ich würde sogar meinen, wir sind quitt. Lass uns da anfangen, wo wir damals aufgehört haben, oder sogar ein bisschen früher! Lass uns wieder Freunde sein, ganz ohne Druck. Schauen wir mal, was passiert. Einverstanden?"

Angesichts dessen, was er zugegeben hatte, fand sie seine Geduld überraschend. Bereits kurz davor, ihm klipp und klar einen Korb zu geben, musste sie nunmehr feststellen, dass er ihr gar keine Beziehung aufdrängen wollte.

„Allerdings ist ein kleiner Vorgeschmack wohl erlaubt ..." Er zog sie an sich – rasch und leicht, so dass sie weder Zeit zum Widerstand fand noch überhaupt auf den Gedanken kam. Sie sah nur kurz sein Gesicht vor sich, und im nächsten Augenblick spürte sie seine Lippen warm und fest auf den ihren.

Für einen Moment verschlug es ihr den Atem – nicht etwa, weil Jon ihr keine Luft ließ, denn seine Lippen forderten nicht, sie lockten. Nein, ihr Atem setzte deshalb aus, weil ihr Körper ihr offenbar den Dienst versagte. Ihr Herz schien einfach auszusetzen, ihre Lungen vergaßen, sich mit Sauerstoff zu füllen.

Dann aber ergab sie sich entspannt seiner Umarmung. Die Finger um seinen Nacken geschmiegt, erwiderte sie seinen Kuss, und das Gefühl, von dem sie durchströmt wurde, war wie ein lauer Sommerregen.

Schließlich war er es, der sich als Erster löste, wieder mit diesem unwiderstehlichen Lächeln, das einen zum Wahnsinn treiben konnte. „Nicht schlecht für einen Vorgeschmack!"

„Mensch, verflixt noch mal! Du raubst mir noch den Verstand!"

Er stand auf. „Ich bringe dich zur Tür."

Von ihm hereingelockt, gelobt, kritisiert, ins Vertrauen gezogen und geküsst, gab es für sie vorerst nichts mehr zu sagen. In wenigen Minuten hatte sie mehr an Gefühl und Dialog erfahren als in ihrer gesamten Ehe.

„Ashley, wir gehen!"

Die Kleine rappelte sich hoch und streckte Jon die Puppe entgegen.

„Weißt du", sagte er, „wenn du versprichst, ganz doll auf sie aufzupassen, dann darfst du sie eine Weile mitnehmen. Vielleicht macht sie ja gern einmal Urlaub bei dir!“

Ashley wehrte kopfschüttelnd ab. „Nein, dann hat sie ja ihre Freunde nicht mehr. Da komme ich lieber mal wieder.“

„Das wäre schön“, erwiderte er und nahm die Puppe an sich. „Wenn du mit ihr spielen möchtest, dann kommst du her.“

Er begleitete die beiden in den Vorbau. „Also“, sagte er, „du weißt, wo ich wohne, und ich weiß, wo du wohnst.“

„Falls du Langeweile hast“, bot Casey an, „lass dich mal sehen. Freitagabends gibt es immer Piroggen. Wenn du früh genug eintriffst, erwischt du mich vielleicht.“

„Merke ich mir!“ meinte er lächelnd, bevor er die Tür schloss.

13. KAPITEL

Aus dem Arbeitszimmer von Father Brady fiel der Blick hinaus auf einen kleinen Garten mit Springbrunnen und einer steinernen Bank. Im Frühling leuchteten Osterglocken wie der goldene Sonnenschein in den Blumenbeeten. Im Sommer blühten die Rosen, im Herbst Astern und Sternwolkenastern. So beengt sein Arbeitszimmer auch sein mochte – zog er die Vorhänge beiseite, hatte Iggy das Gefühl, dass ihm die Welt gehörte.

Von seinem Platz am Fenster sah Niccolo hinaus auf den frisch gefallenen Schnee, der den Springbrunnen wie eine Hochzeitstorte garnierte. Drinnen atmete er die vertrauten Düfte von vergilbten Büchern, Politur mit Zitronenaroma und abgewetzten Lederbezügen ein. „Hast du vor, nach der Pensionierung in den Süden umzusiedeln, Iggy? Wo es wärmer ist?"

„Den Gedanken an Ruhestand verdränge ich bislang. Es gibt hier noch so viel zu erledigen."

„Nach meiner Einschätzung ist die Pfarrei in erstklassigem Zustand. Der Gottesdienstbesuch nimmt zu, und die Gemeinde ist finanziell gesund – bei den aktuellen gesellschaftlichen Veränderungen beileibe keine Selbstverständlichkeit für die Kirche."

Iggy schenkte Kaffee aus einer Silberkanne nach. Die beiden Männer trafen sich hier mehrmals die Woche zum Frühstück, immer zu Beginn der arbeitsreichsten Tage. Obwohl von Iggy nie darauf angesprochen, ahnte Niccolo doch, dass sein älterer Freund sehr wohl wusste, wie viel Niccolo an diesem klerikalen Kontakt lag, an den Debatten über den Glauben, über Klagen und Pfarrgemeindepolitik.

„Wir haben zwar unsere Probleme", erklärte Iggy, „doch es geht mir nicht um drohende Desaster, sondern vielmehr um das Bedürfnis, mein Haus und St. Brigid's ordentlich und wohl bestellt an meinen Nachfolger zu übergeben."

„Und was heißt das?"

„Nun, letzten Monat habe ich mir mal das Pfarrarchiv vorgenommen. Seit einiger Zeit sind ehrenamtliche Helfer bereits beim Sortieren und Katalogisieren, doch mittlerweile ist ein Punkt erreicht, an dem ich eigenhändig einige der Materialien in Augenschein nehmen sollte, um festzustellen, wie wertvoll oder lohnend sie sind. Einiges davon ist eher vertraulicher Natur, so dass ich es ungern ohne vorherige persönliche Überprüfung der Öffentlichkeit zugänglich machen würde."

Niccolo setzte sich zu seinem Freund an den Tisch und nahm die angebotene Tasse Kaffee entgegen. „Um was handelt es sich?"

„Ein ganz typisches Beispiel ist das Tagebuch eines Patrick McSweeney, eines der ersten Pfarrer von St. Brigid's."

„Ein solches Dokument gilt für die Kirche doch gewiss als Glücksfall!"

„Gut möglich. Es ist erst vor kurzem aufgetaucht, versteckt in einer Kiste unter den Protokollen zahlloser Bruderschaftssitzungen, alle so um die Jahrhundertwende herum. Meines Wissens war Sweeney selbst der Letzte, der es gelesen hat."

„Dann hast du also noch keinen Blick hineingeworfen?"

„Ach, Niccolo, manchmal machst du es mir so einfach! Als könntest du meine Gedanken lesen!"

Zu spät merkte Niccolo, dass er in eine von Iggys kunstvollen Fallen getappt war. „Aha – du willst, dass ich es lese? Warum ich?"

„Weil ich schlichtweg keine Zeit habe. Außerdem handelt es sich um das Tagebuch eines Amtsbruders, das man nicht einfach irgendjemandem in die Hand drückt. Möglicherweise steckt es bloß voller Hinweise auf seinen Tagesablauf oder, was schlimmer wäre, auf seine Buchführung. Vielleicht aber auch nicht. Vielleicht ist es tatsächlich persönlich und vertraulich. Falls ja, muss ich mir zwangsläufig überlegen, wie ich damit verfahren soll."

„Aber wohl hoffentlich nicht vernichten! Ein historisches Dokument!"

„Nicht doch! Höchstens verbuddle ich es wieder in aller Stille unter dem Papierkram der Bruderschaft." Iggy hob seine Tasse an die Lippen. „Du bist der ideale Mann für die Lektüre. Du interessierst dich für die Iren von Whiskey Island, für die Vorfahren von diesen Donaghues, die dich so faszinieren. Die gehörten wahrscheinlich zu McSweeneys Gemeinde. Deren Geschichte wird dich fesseln."

Niccolo hatte seinem Freund bereits über Rooney und den entdeckten Unterstand auf Whiskey Island informiert. Seiner Ansicht nach sollte Iggy es erfahren, denn immerhin war er der Seelsorger der Familie. Iggy seinerseits hatte mit Bedauern eingeräumt, dass ihm bezüglich der Initialen auf dem Manschettenknopf nichts weiter eingefallen war.

„Möglicherweise haben wir hier in der Kirche mehr über die Donaghues als sonst jemand", erzählte Iggy weiter. „Die Geschichte der Iren von Cleveland ist zuallererst eine Geschichte der Katholiken, und katholische Priester haben immer schon alles dokumentiert. Eins kann ich dir sagen: Das Leben hier war alles andere als angenehm. Krankheiten, Überbelastung, Hunger, Tod. Trotzdem war dies noch bei weitem besser als das, was sie hinter sich ließen, und selbst das Schlimmste ertrugen sie mit Frömmigkeit und Humor."

„Sowie mit ihren vierzehn Wirtshäusern, nicht zu vergessen."

„Hoffnungslose flüchten sich nur zu gern ins Vergessen." Iggy stand auf und begab sich zu einem verschlossenen Glasschrank, der zahlreiche seltene Bände enthielt. Nachdem er ihn aufgeschlossen hatte, öffnete er die Tür und fingerte, auf Zehenspitzen stehend, über das oberste Regal, bis er fand, was er suchte. Danach schloss er die Tür ab und setzte sich wieder an den Tisch, wobei er ein in braunes Leder gebundenes Tagebuch, schon abgegriffen und rissig, neben Niccolos Kaffeetasse legte.

„Würdest du mir den Gefallen tun und dir das mal anschauen?"

Niccolo war viel zu interessiert – und stand auch viel zu sehr in Iggys Schuld –, um ablehnen zu können.

Iggy räusperte sich. „Könntest du es auch ... äh ... abschreiben?"

Niccolo schaute auf, als höre er nicht richtig. „Ich nehme an, du scherzt?"

„Es ist über hundert Jahre alt. Die Tinte verblasst stark. Du gehörst womöglich zu den Letzten, die es überhaupt noch entziffern können. Die Zeit arbeitet gegen uns. Bis ich jemand anderen dafür finde, kann es zu spät sein!"

„Wir reden hier über eine Mammutaufgabe!"

„Dessen bin ich mir bewusst, und ich bitte dich auch nur ungern. Dennoch – du interessierst dich für das Thema und verfügst außerdem über die notwendige Sensibilität und Hartnäckigkeit. Außerdem besitzt du einen Computer, und das ist schon eine Arbeitserleichterung. Deine Arbeit würde der Kirche viel bedeuten – und dir möglicherweise auch! Du bekommst Zugang zum Leben eines Amtsbruders, Niccolo, eines Mannes, der sicherlich mit denselben Dingen zu kämpfen hatte wie du. Vielleicht verstehst du dich selbst besser, wenn du ihn begreifen lernst."

Es gab nahezu keinen Gefallen, den Niccolo seinem Freund abgeschlagen hätte. Sein Blick senkte sich auf das Buch – zwei bis drei Zentimeter dick, etwas größer als ein Paperback, doch kleiner als eine Kladde.

Eines Mannes innerste Geheimnisse.

Niccolo schlug das Tagebuch auf, blätterte die ersten Seiten durch und sah, dass Iggy Recht hatte: Die Schrift verblasste bereits. Außerdem zeugten die peniblen winzigen Buchstaben davon, wie teuer Tinte im 19. Jahrhundert gewesen war.

„Tu, was du kannst, und lass dir Zeit", bemerkte Iggy. „McSweeney würde dir gewiss dankbar sein."

Niccolo klappte die Aufzeichnungen zu und legte das Tagebuch wieder auf den Tisch zurück. Wäre es, so fragte er sich, McSweeney wohl tatsächlich recht gewesen? Wenn ein Mann sich etwas von der Seele schrieb, erwartete er dann wohl, dass seine Gedanken eines Tages gelesen würden? Hoffte er es sogar? Unter welchen Seelenqualen mochte McSweeney gelitten haben? Welche Freuden hatte er erfahren? Ob ihm daran lag, dass die Welt sie erfuhr?

Niccolo hob den Blick und sah Iggy an. „Liegst du eigentlich die ganze Nacht wach, um dir Aufgaben auszudenken, die mich weiterhin mit der Kirche verbinden?"

Iggy lächelte gütig. „Das brauche ich nicht. Du hast dich ja nie richtig losgesagt, oder?"

Bei Niccolos Rückkehr wartete seine „Crew“ bereits vor dem Haus. Genau wusste er nicht mehr, wann er die vier Jungen, die es sich auf der Treppe bequem gemacht hatten, eigentlich angeheuert hatte. Im Grunde war er sich sicher, dass er sie nicht herbestellt hatte. Trotzdem, nun hockten sie da und warteten darauf, eingelassen zu werden und mit ihrem neuen Werkzeug hantieren zu dürfen.

Anfangs waren es bloß Winston und Josh gewesen, die beiden, die seinerzeit auf dem Kofferraum seines Autos gehockt und diesen Platz nur widerwillig geräumt hatten. Ohne an die Haustür zu klopfen, waren die zwei ein paar Tage später nachmittags so lange in aller Ruhe vor Niccolos Haus auf und ab geschlendert, bis er sie hereinbat. Binnen einer Woche waren sie Stammgäste geworden, die gleich nach der Schule hereinschauten und den Samstag größtenteils bei Niccolo verbrachten.

Eines Tages hatten sie Joachim angeschleppt, einen hünenhafter Bengel, breitschultrig wie ein Hafenarbeiter und in der Taille schmal wie ein Model. Seine pechschwarze Stachelfrisur, die sich nach einer missglückten Begegnung seines Schopfes mit einem Rasiermesser nun allmählich bildete, konnte die extravagante Leoparden-Tätowierung, die sich vom Nacken bis zum Ohr erstreckte, nur unvollständig verdecken.

Auch Tarek, der Vierte im Bunde, hatte schwarzes Haar, allerdings konservativ geschnitten, und selbst wenn er sich eher unauffällig anzog, waren die Jeans immer nagelneu und penibel gebügelt.

Für Niccolo stellte das Quartett eine Art persönliche Regenbogen-Koalition dar, wandelnde Beispiele für die so verschiedenartigen Einwandererströme dieser Gegend. Als Nächstes, so seine Vermutung, musste eigentlich jemand asiatischer Herkunft auftauchen. Zunächst lediglich angerückt mit dem Ziel, sich vor seinen Fernseher zu flegeln und seine Vorräte an Junkfood aufzufuttern, waren sie nach und nach dazu übergegangen, Niccolo auf Schritt und Tritt zu folgen.

Nach den üblichen Anfangsschwierigkeiten mit den Jungs war Niccolo mit seiner Kreditkarte in den Baumarkt gefahren und mit Werkzeugkisten für alle aus dem Sonderangebot zurückgekommen – Hämmer und Schraubendreher, Zangen und Schraubenschlüsselsätze. Die Jungen mussten ihm hoch und heilig versprechen, ihm nicht dauernd in die Quere zu kommen, und um das zu gewährleisten, wies er ihnen Aufträge zu. Wie alle männlichen Heranwachsenden taten sie nichts lieber, als irgendetwas kurz und klein zu schlagen, wobei sie das Einreißen von Wänden mit besonderer Vorliebe in Angriff nahmen. In Rekordzeit sorgten sie so für ganze Lkw-Ladungen an abgeschlagenem Putz und angefaulten Kanthölzern.

Als Nächstes kamen verbogene Bodendielen an die Reihe, wobei die Bengel mit einem Stemmeisen wahre Wunder vollbrachten. Mussten sie allerdings einmal vorsichtiger zu Werke gehen, klappte erstaunlicherweise auch das. Wenn Niccolo ihnen etwa Profilhölzer erklärte und ihnen darstellte, wie ungleich schwieriger es war, Holzteile zu erhalten, statt sie zu zersplittern, dann hörten sie ihm tatsächlich zu.

An diesem Tag also wartete die Truppe trotz des Wintersturms, der in der Nacht getobt hatte, wie üblich auf der Treppe, Winston auf der schneeverkrusteten obersten Stufe, vor ihm Josh, eine Stufe tiefer, auf einem freigekratzten Platz. Joachim lehnte lässig an einem Pfeiler, während Tarek kerzengerade neben der Haustür stand. Die vier hatten einen Neuling in das Geschehen eingeführt, ein dunkelhäutiges Mädchen mit glänzend schwarzen Locken und Zügen, die auf Anhieb verrieten, dass es mit Winston verwandt sein musste. Als es Niccolo kommen sah, boxte das Mädchen Winston gegen den Arm.

Winston deutete lässig mit dem Daumen in ihre Richtung. „Meine Schwester Elisha."

„Tag, Elisha." Niccolo nickte ihr zu. Anders als ihr Bruder, der sich nie dem Wetter entsprechend anzog, trug Elisha eine dicke Skijacke sowie Fausthandschuhe. Außerdem hatte sie sich vernünftigerweise ihre Kapuze über die Ohren gezogen – erstaunlich, da sonst kein Teenager, der etwas auf sich hielt, eine Mütze aufsetzte.

Winston übernahm für sie das Wort. „Sie wollte mal gucken, was wir hier machen."

„Kannst gerne mit reinkommen", lud Niccolo sie ein.

Winston war noch nicht ganz fertig. „Wo waren Sie denn so lange? Ist kalt hier draußen."

Niccolo warf einen Blick auf seine Armbanduhr – auch so ein Gegenstand, den Teenager sich offenbar nicht zumuten mochten. „Ich bin aber nicht zu spät dran, sondern ihr zu früh!"

„Wir hatten nichts Besseres zu tun."

„Ich staune, dass ihr am Samstag nicht ausschlaft!"

Joachim reckte sich gähnend. „Mann, bei den vielen Kindern, die bei uns zu Hause rumkrabbeln? Da kann doch kein Mensch pennen!"

„Wir stehen schon früh auf zum Beten", fügte Tarek hinzu.

„Ausgezeichnete Angewohnheit!" Niccolo sah ihn lächelnd an, erfreut darüber, dass der Junge einmal aus sich herauskam.

„Meine Mama hat Nachtschicht", erklärte Winston. „Wenn sie morgens kommt, schmeißt sie Elisha aus dem Bett, damit sie selbst drin schlafen kann."

„Und ich wecke dann Winston", erzählte Elisha weiter mit der kehligen Stimme einer viel älteren und lebenserfahreneren Frau. „Wozu soll der pennen können, wenn ich es nicht darf?"

„Allerdings." Niccolo trat an ihnen vorbei zur Haustür, wo Tarek respektvoll Platz machte. „Dann koche ich euch erst mal heiße Schokolade, damit euch wärmer wird."

Auch wenn ein Dankeschön ausblieb, erscholl doch beifälliges Gemurmel ringsum. Schmunzelnd hielt Niccolo ihnen die Tür auf, wobei ihm nicht entging, dass Winston alle aufforderte, die Stiefel auszuziehen oder die Schuhsohlen abzuwischen, ehe der frisch geschliffene Holzfußboden in der Diele betreten werden durfte.

Dass heiße Schokolade allein nicht reichte, hatte Niccolo gleich erkannt. Zwar sah keiner der Jungen ausgesprochen unterernährt aus, aber hungrig waren sie eigentlich ständig.

„Wie wäre es mit französischem Toast?" fragte er in die Runde, wobei er hoffte, dass er überhaupt genug im Hause hatte.

Das zustimmende Murmeln der fünf wurde von lautem

Wummern an der Haustür unterbrochen. Ungefragt ging Joachim los, um zu öffnen.

Niccolo nahm gerade eine Packung Bacon aus dem Kühlschrank, als Megan in die Küche kam. Wer an die Tür geklopft haben mochte, darüber hatte Niccolo zwar sowieso nicht groß nachgedacht, doch Megan hatte er am allerwenigsten erwartet.

Anscheinend überraschte es sie keineswegs, die Küche von ungelenken Halbwüchsigen bevölkert zu sehen. Sie trug Jeans und einen rostfarbenen Pullover, dessen Farbton fast ihrem Haar glich. „Ach, schau einer an! Kriege ich auch was ab?"

Seit dem Reispfannen-Abend hatte er Megan nicht mehr getroffen, allerdings häufig an sie gedacht. Nun, hier in der Küche, von neugierigen Augenpaaren umgeben, wurde ihm eng ums Herz, und sein Puls ging schneller. „Nur wenn Sie mit anpacken."

„Eine ganze Armee abfüttern? Genau meine Kragenweite!"

Während er ihr die jungen Leuten vorstellte, beobachtete er genau deren Reaktion. Wie erwartet, verhielten sie sich überwiegend vorsichtig reserviert, wodurch Megan sich jedoch keineswegs aus dem Konzept bringen ließ. „Also, was soll ich tun?" fragte sie und schob die Ärmel ihres Pullovers über die Ellbogen hoch. „Schinkenspeck braten?"

„Prima. Wir machen gerade französischen Toast."

„Aha ... da bin ich ja genau zur rechten Zeit gekommen!"

Niccolo hätte zu gern den wirklichen Grund erfahren, warum sie gekommen war. Ihre Bekanntschaft drehte sich sonst immerzu nur um Geheimnisse und Enthüllungen. Falls dies nun ein normaler Besuch wäre, würde ein ganz neues Kapitel aufgeschlagen.

Ihre Zusammenarbeit funktionierte wie bei langjährigen Kollegen. Megan bereitete den Bacon exakt so zu, wie er ihn am liebsten aß, während sie andererseits seinen französischen Toast lobte und den Ahornsirup in der halb leeren Flasche mit zerlassener Butter und Honig verlängerte.

Für alle reichte der Küchentisch nicht aus, so dass sich nur die Teenager darum herum scharten, während Niccolo und Megan Seite an Seite vor der Spüle blieben und ihr Frühstück im Stehen aßen. Alles erinnerte ihn an den Abend in Megans Wohnung, als ihn sein Begehren geradezu verzehrt und er Angst gehabt hatte, sie auch nur zu küssen. Wie an jenem Abend roch er den süßen Duft ihres Haars und spürte den Druck ihrer Hüfte an seinem Oberschenkel. Nach zehn Jahren sexueller Enthaltsamkeit war er plötzlich nicht sicher, wer mehr Selbstbeherrschung aufbrachte: er als Erwachsener oder die Jungen, die sich um seinen Tisch drängten.

„Und was führt Sie heute zu mir?“ fragte er sie, weil die Kids gerade über Musikvideos diskutierten und es dadurch etwas lauter zu werden versprach.

„Also, wenn ich gewusst hätte, dass Sie eine Frühstücksandacht in der eigenen Küche veranstalten, dann wäre ich nicht gekommen!“

„Sind alles nette junge Leute.“

„Sieht man Ihnen an, dass Sie das denken“, sagte sie lächelnd.

„Jetzt haben Sie aber noch immer nicht verraten, weshalb Sie hier sind. Nicht, dass Sie unbedingt einen Grund haben müssen – ich freue mich über Ihren Besuch auch so. Sehr sogar!“

„Ich habe mir diesen Tag freigenommen, weil ich mit Ihnen reden wollte. Allerdings muss ich wohl nun der zahlenmäßigen Übermacht weichen.“

„Die Kids verfügen zwar über erstaunliches Durchhaltevermögen, verschwinden aber wahrscheinlich nach der nächsten Mahlzeit. Bleiben Sie doch so lange hier! Danach können wir immer noch reden. Wir wollen heute den Dachboden isolieren. Sie können ja mithelfen oder zuschauen.“

„Wo haben Sie diesen Bautrupp denn überhaupt aufgetrieben? Was sind das für junge Leute? Woher kommen sie?“

„Die standen plötzlich auf der Treppe und vermehren sich wie Kaninchen aus dem Zylinder. Elisha, das Mädchen, ist neu dabei. Wenn es noch mehr werden, bin ich bald auf die örtliche Suppenküche angewiesen.“

„Und was bringt Ihnen das, wenn Sie denen helfen?“

„Ich hab sie gern um mich. Das Haus braucht Lachen genauso dringend wie neue Kabel oder neuen Putz.“

Dazu fiel ihr nichts weiter ein.

Niccolo merkte, dass am Frühstückstisch offenbar Aufbruchstimmung herrschte. Alles war aufgegessen. „Also“, wandte er sich an Megan, „bleiben Sie nun oder nicht? Wir würden uns freuen. Ich gebe Ihnen ein altes Hemd von mir, damit Ihr hübscher Pullover nicht schmutzig wird.“

„Okay. Dann zeigen Sie mir mal, wo ich mich umziehen kann.“

Megan in einem seiner Hemden – das, so Niccolo insgeheim, war sicher eine Riesenversuchung, selbst mit einem Haufen Teenager ringsum.

14. KAPITEL

Elisha brauchte zwar zwei Stunden, bis sie sich an Megan gewöhnt hatte, doch dann wich sie ihr nicht mehr von der Seite. Winstons Skepsis dauerte genau bis zu dem Moment, als Megan ohne viel Federlesen eine durchhängende Gipskartonplatte abstützte und festhielt, so dass der Junge sie annageln konnte. Auch der Rest der Gruppe schien von ihr angetan, da Megan nicht nur handwerklich geschickt war, sondern sich nicht einmischte und die fünf werkeln ließ, wie sie es für richtig hielten, selbst wenn nicht alles fehlerfrei ablief.

Als die Mittagszeit heranrückte, war die Dämmwolle zwischen den Balken angebracht und die Dachschräge mit Gipskartonplatten verkleidet. Nach einem Imbiss aus Käsebroten und Gemüsesuppe trollten sich die jungen Leute nach und nach, allerdings nicht ohne vorher zu besprechen, wann sie zum Verfugen und Spachteln wieder anrücken sollten.

„Auf den Dachboden sind sie ganz versessen", bemerkte Niccolo, nachdem er hinter Josh, der immer als Letzter ging, die Haustür geschlossen hatte. „Wir hätten heute eigentliche jede Menge wichtigere Dinge zu tun gehabt, aber den Speicher sehen sie gewissermaßen als Clubraum an. Am Ende verkrümeln sie sich immer nach oben."

„Haben Sie ihn deshalb isoliert und ausgebaut?"

„Die Isolierung war unbedingt nötig, die Wandverkleidung hingegen ..." Er zuckte die Schultern. „Ich muss nur immer aufpassen, dass sie nicht mit gesundheitsgefährdenden Stoffen hantieren."

„Denen macht das richtig Spaß. Erstaunlich!"

„Keiner ist erstaunter als ich." Er streckte sich, wobei seine Hand ihre Schulter berührte. „Und apropos erstaunlich: Sie sind ja echt eine Kanone! Woher können Sie das alles? Mit einem Hammer gehen Sie um wie ein gelernter Zimmermann. Außerdem habe ich mitbekommen, wie sie Elisha in die Grundlagen der Elektrizität eingeweiht haben."

„Einer musste ja den Saloon in Schuss halten", erwiderte sie, ohne zur Seite zu weichen. „Ich kann von allem ein bisschen – Kabel flicken, Rohre auswechseln, mauern, Dachpfannen ersetzen."

Er lächelte ihr herzlich zu. „Ich bin beeindruckt."

Bei Lob wurde ihr immer unwohl. Sie wandte den Blick ab. „Haben Sie schon mal mit den Eltern von den fünfen gesprochen? Wissen die, wie oft und wie lange die Kids hier sind?"

„Müsste ich wohl mal tun. Allerdings kann ich mich des Eindrucks nicht erwehren, als ließen die ihren Nachwuchs einfach gewähren. Die Mutter von Elisha und Winston beispielsweise hat seit dem Tod ihres Mannes zwei Arbeitsstellen. Die ist wahrscheinlich heilfroh, wenn die beiden ein warmes Plätzchen haben, während sie zwischen zwei Schichten eine Mütze voll Schlaf nehmen kann. Joachim hat sechs Geschwister und spricht nur liebevoll über seine Familie ..."

„... nur ist da jeder zu sehr mit sich selbst beschäftigt, als dass man sich genügend um ihn kümmern könnte." Megan hatte Ähnliches oft genug am eigenen Leibe erfahren. Sie konnte deshalb den Satz selbst vollenden.

„Wahrscheinlich gehen die davon aus, dass er ganz gut klarkommt. Groß genug ist er, und clever auch. Tareks Eltern sind zwar streng, haben aber reichlich mit ihrem Geschäft zu tun. Wer mir wirklich Sorgen macht, ist Josh. Der spricht nie über sein Zuhause."

„Die bilden dann wohl Ihre persönliche kleine Jugendgruppe, was?"

Er verstummte, und Megan verwünschte sich ob ihrer vorlauten Zunge. Kritik oder Tadel lagen ihr fern, aber nun fürchtete sie, dass sich ihre Bemerkung exakt danach angehört hatte. „Niccolo, es war nicht meine Absicht ..."

„Ach, lassen Sie nur, schon gut." Er ging zur Küche zurück, Megan ihm nach. „Als Priester hatte ich nie ausreichend Zeit für den Einzelnen." Mit einer Handbewegung bat er sie, Platz zu nehmen, hielt die Kaffeekanne hoch und schenkte, als sie nickend bejahte, zwei Tassen ein, die er nebst Kaffeesahne zum Tisch brachte. „Wieder so etwas, das mir nicht gefiel. Je besser ich als

Gemeindeseelsorger war, desto größer wurde der Zuspruch, und desto weniger Zeit blieb mir, mich wirklich mit Einzelschicksalen zu befassen. Manchmal konnte ich nicht einmal die Namen behalten."

Ihr fiel auf, dass er in ihrer Tasse viel Platz für Sahne gelassen hatte, so als habe er ihr schon sein Leben lang den Kaffe eingeschenkt. „Und die Zeit haben Sie nun?"

„Ein großer Luxus."

„Die Kids genießen ihn jedenfalls." Sie probierte ihren Kaffee und stellte die Tasse nochmals ab, um Zucker hineinzugeben. „Und Sie auch. Ich habe Sie beobachtet. Es macht Ihnen Spaß."

Er beugte sich nach vorn über den Tisch und umschloss ihre Hand mit der seinen. „Spaß hatten Sie auch, Megan!"

„Aber geblieben bin ich nur, weil ich mit Ihnen reden wollte. Allein deswegen."

Niccolo lehnte sich gespannt zurück, als wüsste er, dass sie sich zunächst vorbereiten musste.

Sie nippte, bis die Tasse halb leer war. „Also, passen Sie auf. Meine Schwester Casey hat einen Bekannten namens Jon Kovats, der bei der Staatsanwaltschaft arbeitet. Nach seiner Auskunft liegt unten auf Whiskey Island ein Fall von schwerem Vandalismus vor. Die am ärgsten geschädigte Firma wird jetzt zusätzliches Sicherheitspersonal mit Wachhunden einsetzen."

Da er nichts darauf erwiderte, erzählte sie weiter und merkte dabei, dass er genau darauf gehofft hatte. „Casey hat sich nicht viel dabei gedacht; es war bloß im Laufe der Unterhaltung erwähnt worden. Dann aber berichtete ich ihr von Ihren Exkursionen nach Whiskey Island und von dem Foto, das Sie gefunden haben."

„Und was hat sie gesagt?"

Megan versuchte es mit einer knappen Zusammenfassung. „Sie ist zwar keineswegs ein Fan von Rooney, aber besorgt war sie schon!"

„Meinen Sie, Ihr Vater könnte die Probleme dort unten verursacht haben?"

„Na, entsprechend vorbelastet ist er allemal, oder? Wenn er noch lebt, sorgt er unter Garantie für Ärger. Typisch Rooney."

„Laut Ihrer Schilderung war er früher oft weg und kam dann immer unvermutet wieder, bis er schließlich endgültig verschwand. Neigte er aber auch zu Gewalttätigkeit? Ließ er seinen Zorn schon mal an Personen oder Sachen aus?"

„Gegen uns hat er nie die Hand erhoben, falls Sie das gemeint haben sollten – nicht einmal in einer Familie wie der unseren, in der ein ordentlicher Knuff oder ein Klaps auf den Hintern als bewährte Erziehungsmittel galten. Allerdings kann ich mich an zwei, drei Raufereien erinnern, bei denen Rooney fröhlich mitmischte – angeblich, um die Streithähne auseinander zu halten, aber mit Sicherheit auch deshalb, weil er es als Heidenspaß betrachtete."

„War er auch jemand, der Rachegelüste hegte?"

„Gelegentlich reden Sie wie ein Priester."

Er lächelte ihr zu – wieder dieses herzliche Lächeln, in dem noch mehr lag. „Es kommt aber auch vor, dass ich mich nicht als solcher fühle."

Sie spürte, wie sie verkrampfte, wenn sie sein Lächeln nicht erwidern konnte. „Bei allem, was recht ist, Nick – er war nie darauf aus, alte Rechnungen zu begleichen. Das muss ich ihm lassen. Meist flüchtete er sich in seine eigene kleine Welt, und ich bin nicht mal sicher, ob er überhaupt noch wusste, welche Rechnung eventuell noch offen war."

„Gar nicht so schlecht, wenn man es recht bedenkt."

„Aber ich denke nicht darüber nach – zumindest habe ich es lange nicht getan. Für mich war Rooney schon seit Jahren tot." Sie merkte, dass sie immer lauter geworden war, und holte tief Luft. „Und jetzt muss ich mich wieder mit ihm beschäftigen!"

Niccolo nickte ein einziges Mal kurz mit dem Kopf, ein Indiz für Verständnis, Geduld und die Hoffnung, sie möge nun nicht aufhören.

„Ach, zum Kuckuck!" Ihre Hände zitterten. „Seien Sie doch nicht so schrecklich nett! Damit machen Sie mir das Ganze nur noch schwerer!"

„Das Ganze? Was denn?"

„Sie sollen mich zu der Stelle führen, wo er ihrer Meinung nach haust."

Er verzog keine Miene. Weder gratulierte er ihr, noch lobte er ihre mutige Entscheidung. Er wartete.

„Er ist mein Vater", sagte sie schließlich. „Viel heißt das zwar nicht, aber etwas schon. Muss es wohl, denn er geht mir einfach nicht aus dem Sinn. Vielleicht kann man etwas für ihn tun, obwohl ich es bezweifle. Versucht haben es alle, aber ohne Erfolg – sowohl Beratungsstellen als auch Psychologen. Onkel Frank hat ihn früher sogar zu den Anonymen Alkoholikern geschleppt und sich dabei selbst als alkoholkrank ausgegeben. Doch wenn man Hilfe ablehnt, dann kann einem auch keiner helfen."

„Und Ihrer Ansicht nach wollte Rooney keine Hilfe?"

„Meiner Meinung nach kam er mit dem Leben in dieser harten Wirklichkeit nicht zurecht. Seine Entscheidung!"

„Aber die möchten Sie jetzt eventuell doch ein bisschen beeinflussen?"

„Ich möchte mich bloß überzeugen, ob er in Sicherheit ist, und ihn zur Vorsicht mahnen, mehr nicht. Das tue ich eher für die anderen als für mich. Casey ist schon ganz verstört, und Peggy wird es auch irgendwann rauskriegen, selbst wenn wir es geheim halten." Megan schüttelte den Kopf, plötzlich Tränen in den Augen. „Dieser Lump!" flüsterte sie.

Schweigend wartete er ab, während sie sich die Tränen verkniff und sich um Fassung bemühte.

„Megan, ich war mittlerweile fünf- oder sechsmal dort, wo ich das Foto gefunden habe. Nichts weist darauf hin, dass er inzwischen an die Stelle zurückgekehrt ist. Der Zettel, den ich ihm geschrieben habe, liegt dort nach wie vor, und alles andere ebenfalls."

„Die Fotografie auch?"

„Und ein Zeitungsausschnitt, ziemlich alt, der von einem Mann namens James Simeon handelt. Sagt Ihnen der etwas?"

„Nein."

„Noch habe ich keine Recherchen angestellt. Vielleicht hat er ja nichts zu bedeuten."

„Kann auch sein, dass Rooney nie dort war und jemand anderes das Foto dorthin…" Sie merkte, wie wenig wahrscheinlich das klang.

„Wäre Ihnen dann wohler?"

Eine berechtigte Frage, die ihr aber ganz und gar nicht gefiel. Sie saß nur stocksteif da, bis er ihre Hand nahm. „Denken Sie mal drüber nach!" riet er.

„Hätten Sie wohl Zeit nachzusehen?"

„Klar!"

„Wissen Sie, Nick, so sehr hat Ihr Leben sich gar nicht geändert! Früher haben Sie sich um Menschen bemüht, und heute tun Sie es noch genauso. Wenn es um Hilfe geht, lassen Sie alles stehen und liegen."

„Doch, Megan, einiges ist durchaus anders geworden."

Sie wusste, dass er damit Recht hatte.

Vom See her fegte ein zermürbender Wind, der in seiner Schärfe zumindest teilweise durch das weiche Funkeln der dünnen Schneeschicht gemildert wurde, die weiß aus Spalten und Senken leuchtete. Nachdem er den Wagen abgestellt hatte, fasste Niccolo Megan beim Arm und geleitete sie über den Pfad durch das Waldstück.

Er hätte sich einen besseren Tag und einen besseren Anlass für einen Spaziergang am See vorstellen können. Zwar hatte er Megan gern an seiner Seite, den ganzen Tag schon, und sah deshalb dem Ende mit Unbehagen entgegen. Gleichzeitig aber wäre er lieber anderswo mit ihr gewesen, bei einer Flasche Wein oder beim gemeinsamen Kochen etwa oder bei einer Unterhaltung über die schönen Dinge, die ihnen im Leben etwas bedeuteten.

„Wie mag er wohl hier draußen überlebt haben, Nick?" wollte sie wissen. „Trotz des Sonnenscheins herrschen bestimmt Minusgrade – bei dem eisigen Wind, der vom See herüberbläst!"

„Jedenfalls wissen wir, dass er es bislang geschafft hat. Irgendwie wird er seine Methoden haben."

„Wenn es sich wirklich um Rooney handelt, dann geht er auf die sechzig zu. Ein Jüngerer, der würde sich ja vielleicht anpassen, aber bei seiner Lebensweise ist Rooney gewiss nicht mehr der Robusteste. Wahrscheinlich kriegt er nichts Nahrhaftes zu essen, nicht ausreichend Schlaf…"

Sie brach so schlagartig ab, dass Niccolo, hätte er sie angeschaut, wahrscheinlich gesehen hätte, wie sich ihre Lippen verkniffen. „Immerhin", wandte er ein, „war er kräftig genug, um sich an die Autogangster heranzuschleichen und einen k.o. zu schlagen!"

„Er weiß sicher nicht mal mehr, wer ich bin! Als er mich das letzte Mal gesehen hat, da war ich ein junges Mädchen!"

„Ich glaube, er weiß, wer Sie sind." So tröstlich die Worte gemeint waren – dass Rooney überhaupt noch jemand erkennen würde, war keineswegs sicher.

„Außerdem ist er tatsächlich nach Hause gekommen. Er war ja da an jenem Abend – falls es Rooney war, wohlgemerkt! Was meinen Sie – hat er Peggy und Casey wohl erkannt? Haben die Gangster bei ihm etwa irgendwelche verschütteten Vatergefühle wachgerufen?"

Sie überlegte laut, und Niccolo ließ sie gewähren. Es hatte den Anschein, als gäben die Worte ihr Kraft.

„Gar nicht mal ausgeschlossen, dass er dachte, Ashley wäre eine von uns Schwestern", fuhr sie fort. „Ist ja alles lange her. Vielleicht hat er die Kleine für Peggy gehalten."

„Egal, für wen er sie hielt – er brachte den Mut auf und ging gegen einen Bewaffneten an."

„Vielleicht will er nicht mehr weiterleben."

„Vielleicht sollten wir uns mit vorschnellen Urteilen zurückhalten." Sie näherten sich der Stelle, wo Niccolo auf den Zweighaufen gestoßen war und die sargähnliche Röhre – ein so trauriger Vergleich, dass man gar nicht nachdenken durfte.

Niccolo blieb stehen und wies mit dem Finger darauf. Ihr Blick folgte der angegebenen Richtung und erfasste den kaum erkennbaren, von Zweigen bedeckten Hohlraum. „Möchten Sie lieber allein gehen?" fragte Niccolo halblaut.

Sie schüttelte den Kopf. „Kommen Sie mit?"

Hand in Hand, die Finger ineinander verflochten, gingen sie

auf den Zweighaufen zu. Beinahe tat es Niccolo nun Leid, dass er den Unterschlupf überhaupt gefunden, sich den Rest der Geschichte zusammengereimt und dass das alles sie beide hierher geführt hatte. Für jemanden wie ihn, aufgezogen von liebevollen Eltern, die ihm eine glückliche Kindheit und unbeschwerte Jugend ermöglicht hatten, stellten Leid und Unglück in der Familie eine unbekannte Erfahrung dar. Das Übel der ganzen Welt schultern zu müssen, und zwar zu einer Zeit, in der man kaum alt genug ist, es zu erkennen, das war ihm erspart geblieben.

Binnen Sekunden hatten sie den Weg zurückgelegt, auch wenn es länger erschien. Schließlich standen sie Seite an Seite am Rande des Reisighaufens. Megan blieb stumm. Wahrscheinlich, vermutete Niccolo, war sie schlicht außer Stande ein Wort herauszubringen.

„Mr. Donaghue“, sagte Niccolo, „sind Sie da?“

Niemand antwortete. Niccolo hatte auch keine Resonanz erwartet, brachte es aber nicht über sich, Megan anzuschauen. Noch einmal rief er den Namen. „Mr. Donaghue?“

„Rooney?“ Megan ließ Niccolos Hand los und trat näher an den Eingang heran. „Bist du da? Ich bin es, Megan! Bist du da drin?“

Niccolo sah ihr zu, wie sie sich auf die Knie niederließ und den Oberkörper durch das Geflecht schob, wobei sie denselben Zweig beiseite zwängte wie er beim ersten Mal, als er den Artikel und das Foto gefunden hatte.

Lautlos tauchte Megan tiefer, weitere Zweige zur Seite biegend, bis eine kleine Ausbuchtung sichtbar wurde, nach wie vor mit Zeitungen und Plastiktüten ausgepolstert. Nun kauerte Niccolo sich neben sie.

„Niemand da …“ flüsterte Megan keuchend, als sei sie dem Ersticken nahe.

Tiefer vorgebeugt, spähte Niccolo in die Öffnung und sah auf Anhieb, was Megan entgangen war. „Es war jemand da seit dem letzten Mal!“ sagte er, auf den Fersen hockend.

„Woher wissen Sie das?“

„Der Zettel ist weg. Die Unterlagen auch.“

„Welche Unterlagen?“

„Das Foto, der Zeitungsartikel …“ Er unterbrach sich, denn jetzt fiel ihm ein, dass ihm die anderen Papiere total entfallen waren. „Eine Kinderzeichnung. Drei Kinder, die über ein Blatt tollen.“

„Casey! Casey malte immer so gern! Macht sie immer noch, wenn niemand guckt. Als kleines Mädchen schenkte sie Rooney andauernd ihre Bilder. Manchmal dachte er sogar dran und klebte sie an den Kühlschrank!“

„Tut mir Leid.“

„Dann ist er also weg?“

„Das wissen wir nicht. Wir wissen bloß, dass er hier war.“ Niccolo musste ehrlich sein. „Oder sonst jemand, der seine Sachen mitgenommen hat.“

„Wer sollte denn damit was anfangen können?“

Das war eine gute Frage. Falls der Unterstand im Zuge einer amtlichen Kontrolle entdeckt worden war, konnte man getrost davon ausgehen, dass man ihn bis zum Frühjahr ignorierte, denn sonst wäre er längst zerstört worden. Auf keinen Fall hätte man die Unterlagen mitgenommen und alles andere intakt gelassen.

Niccolo erhob sich. „Möglich, dass er zurückkommt. Wir können ja eine neue Nachricht hinterlassen.“

„Und was soll ich schreiben? Komm nach Hause, Rooney? Wir brauchen dich? Wir lieben dich?“

Er hatte Verständnis für ihren Sarkasmus, blieb jedoch sachlich. „Ich würde ihn nicht so unter Druck setzen. Schreiben Sie, dass Sie immer noch die Lampe ins Fenster stellen. Das würde er verstehen, oder?“

„Das mache ich doch nicht mehr! Ich möchte ihn zwar in Sicherheit wissen, aber nicht mehr in meinem Leben!“ So bemüht ruhig ihre Stimme auch klang – Niccolo konnte sich vorstellen, was in ihr vorging.

„Wollen wir noch weitersuchen? Nach Anzeichen, die uns verraten, dass er hier irgendwo steckt?“

Kopfschüttelnd lehnte sie ab. Sie ließ ihre Handtasche aufschnappen und zog ihr Scheckbuch hervor. Auf einem Einzahlungsbeleg zeichnete sie einen Kreis um ihren Namen und ihre Adresse und kritzelte die Worte „Pass auf dich auf!“ darunter. Danach ging sie in die Hocke und warf den Zettel in die Öffnung.

Nachdem sie sich wieder erhoben hatte, umfasste er ihr Gesicht mit beiden Händen. „Schade, dass er nicht da ist“, sagte er dabei. „Aber ich bin froh, dass du mitgegangen bist.“

Ihre Miene war wie erstarrt, doch in ihren Augen lag ein verletzter Ausdruck. Sie nickte kurz, als wolle sie die Unterhaltung und auch den Körperkontakt beenden. Seine Finger wanderten weiter zu ihrem Haar, dann zog er sie an sich. Damals in ihrer Küche, erfüllt von Wein und Wärme und unbekannten Gefühlen, die da in ihm aufkamen, hatte er nicht gewagt, sie zu küssen. Nun allerdings blieb ihm offenbar keine andere Wahl. Seit er erwachsen war, hatte er keine Frau mehr geküsst, doch das Wie, das hatte er nicht vergessen.

Ihre Lippen waren weich und widerstrebend zugleich. Er wusste, sie fürchtete sich vor Gefühlen, und wusste auch, dass sie genau deswegen Angst haben musste. Ihr Körper fühlte sich zerbrechlich an und widerstrebend zugleich, ein allerletzter Gegner noch, jedoch schon auf verlorenem Posten. Sie gab einen Laut von sich, als wolle sie protestieren, aber er tröstete sie murmelnd und küsste sie abermals.

Und dann gab sie den Kampf auf; ihre Arme schlangen sich um sein Nacken, ihre Brüste pressten sich gegen seinen Brustkorb, und plötzlich begann sie zu schluchzen. Er küsste ihre Wangen, ihre Stirn, ihr Haar, bis er sie einfach nur in den Armen hielt und ihre Tränen versiegten.

15. KAPITEL

Eine Woche lang hatte Casey kaum ein Wort mit Megan gewechselt. Sie hatte Bestellungen von Gästen weitergegeben, Speisepläne und andere Angelegenheiten, die das Lokal betrafen besprochen – gut, das alles war problemlos verlaufen, doch sobald Megan versuchte, ihre Schwester in ein persönlicheres Gespräch zu verwickeln, würgte Casey das kategorisch ab, zu aufgewühlt für einen Austausch von Schwester zu Schwester und auch aus Angst vor der eigenen Courage. Schon einmal hatte ein böses Wort für einen tiefen Riss gesorgt. Nunmehr waren beide alt und klug genug zu wissen, dass sich dies durchaus wiederholen konnte, und das galt es zu vermeiden.

Wie immer am späten Freitagnachmittag stellte Casey sich gerade darauf ein, die Theke an Barry zu übergeben, der jeden Augenblick eintreffen musste, als Megan aus der Küche kam, die Hände an einem Trockentuch abwischend.

„Schlechte Nachrichten. Barry hat gerade angerufen. Er ist auf dem letzten Rest Eis auf seiner Treppe ausgerutscht und auf den Arm gestürzt. Er hat sich aus der Unfallaufnahme im Krankenhaus gemeldet. Der Arm sei vielleicht gezerrt oder gebrochen, meint er."

Casey hatte zwar Mitgefühl mit Barry, quittierte die Neuigkeit jedoch eher einsilbig. „Faultier!"

„Er weiß nicht, ob er später noch herkommt. Ich kann aber heute Abend die Theke übernehmen. Die Piroggen kriegt Artie auch ohne mich hin, und wenn es heute nicht ganz mit den Vorbereitungen für das morgige Mittagsgericht klappt, muss ich morgen halt früher als gewöhnlich anrauschen."

„Aber ja, Schwesterherz, nur zu! Wir anderen sind ja sowieso zu faul oder zu verkorkst, als dass wir auf dich verzichten könnten!"

„Du kannst dich ja doch in ganzen Sätzen ausdrücken! Allmählich machte ich mir schon Sorgen."

Casey drehte ihrer Schwester den Rücken zu und machte sich ans Abwischen der Regale an der Rückwand der Bar. Gründlich hob sie jede einzelne Flasche an oder wischte akribisch um sie herum – obwohl kein Stäubchen zu sehen war.

„Entschuldige!“ bat Megan hinter ihr. „Ich weiß, ich habe Mist gebaut. Ich hätte dir das mit Rooney gleich sagen sollen. Allerdings habe ich selbst eine Weile gebraucht, um mich an den Gedanken zu gewöhnen. Ich konnte es nicht fassen. Wahrscheinlich hab ich es nicht wahrhaben wollen.“

Casey drehte sich nicht um. „Leugnen hätten wir auch gemeinsam können. Im Übrigen ist er auch mein Vater, Meg. Mag sein, dass ich nach allem, was er uns angetan hat, sauer auf ihn bin. Trotzdem hattest du kein Recht, mir etwas über ihn zu verheimlichen.“

„Und wann wollen wir es Peggy sagen? Die Entscheidung überlasse ich dir. Äußerlich mag man ihr ja nichts ansehen, aber dass sie das Semester schwänzt, deute ich als todsicheres Zeichen dafür, dass irgendwas mit ihr im Busch ist. Muss man sie da jetzt zusätzlich noch mit Rooney belasten?“

Das gab Casey zu denken. Peggy hatte Megan erst dann von ihrer Semesterpause erzählt, als es sich nicht mehr umgehen ließ. Casey wusste wohl, dass ihre ältere Schwester sich Sorgen machte und sich wie immer den Kopf darüber zerbrach, was sie zur Entspannung der Lage beitragen konnte.

„Sie muss es erfahren, Megan“, sagte sie. „Egal, was passiert. Er ist schließlich auch ihr Vater. Wir können es ihr ja gemeinsam mitteilen, vielleicht bei einem Sonntagsessen, wir drei zusammen, so wie früher. Was meinst du – wie wird sie reagieren?“

Megan holte tief Luft. „Keine Ahnung. Sie war ja noch ganz klein, als Rooney abhaute. Das hat es ihr gleichzeitig erleichtert und erschwert. Und eine Garantie, dass sie ihn jemals wiedersieht, die gibt es immer noch nicht. Ich war mit Nick auf Whiskey Island, bei diesem Unterschlupf, von dem er mir erzählt hatte. Ich habe gesehen, wo Rooney möglicherweise gehaust hat. Furchtbar war das!“

„Wieder etwas, das du mir vorenthalten hast?“

„Man kam ja gar nicht an dich ran!“

„Ach! Hattest du nicht vielmehr Angst, ich könnte, wenn du

es mir gesagt hättest, meinen Vorschlag von damals wiederholen? Nämlich dass wir diese verdammte Kneipe verscheuern und von hier wegziehen sollten, ehe Rooney sich dran erinnert, dass sie mal ihm gehört hat?"

„Dass ich Angst haben könnte, jawohl, das war immer schon deine Antwort, nicht wahr? Lass uns verkaufen, verschwinden, irgendwo neu anfangen, nur weg von hier! Aber selbst wenn wir auf dem Mars wohnen würden – unser Vater wäre er trotzdem!"

Mit zusammengekniffenen Augen starrten sie sich an. Casey wandte als Erste den Blick ab. „Ich dachte damals, mit dem Verkauf würde sich alles andere von selbst ergeben, und wir könnten uns praktisch neu aufbauen. Ohne den Saloon, glaubte ich, gäbe es auch Rooney nicht mehr. Ich war halt noch ein halbes Kind, ohne Sinn für das, was dieser Laden hier verkörpert." Sie blickte ihrer Schwester wieder in die Augen. „Die Verbindung zur Vergangenheit und zur Zukunft. Und das Band zwischen uns dreien. Deshalb bin ich nach Hause gekommen. Von nun an möchte ich informiert sein, Megan. Versprich mir eins: Sobald du etwas über Rooney erfährst, lässt du es mich wissen!"

„Einverstanden. Im Moment scheint er allerdings erneut wie vom Erdboden verschluckt. Tut mir wirklich Leid. Ich glaube ..." Megan schüttelte den Kopf.

„Habt ihr denn auch überlegt, wie es weitergehen soll, du und Nick?"

Megans Miene blieb undurchschaubar. „Wie kommst du darauf?"

„Meiner Ansicht nach seid ihr recht häufig zusammen."

„Was soll das, Casey? Worauf willst du hinaus?"

„Auf Romanze und Heirat und Happyend."

„Der Mann war Priester!"

Hätte Megan ihr eröffnet, Niccolo sei früher einmal Auftragsmörder gewesen, wäre Casey wohl auch nicht verblüffter gewesen.

„Obwohl das sowieso keine besondere Rolle spielt", fügte Megan schnell hinzu.

„Warum hast du es denn dann erwähnt?"

Megan zuckte die Achseln.

„Weil du gemerkt hast, der ist nichts für eine Liebelei? Weil der bestimmte Dinge ernst nimmt?"

„Hat schon sein Gutes, wenn man Schwestern hat."

Casey dachte an Jon – noch so ein ernsthafter Mann mit Vergangenheit. Nur dass der Haken an dem nicht die Gottesfürchtigkeit war, sondern die Tatsache, dass ihm zu viel an ihr selbst, an Casey, lag. Zumindest hatte sie den Eindruck.

„Ich gehe jetzt Zwiebeln schneiden", bemerkte Megan. „Ich habe nämlich eine Riesenmenge Piroggen zusätzlich geordert. Bei diesem Wetterumschwung wird heute Abend die Bude proppevoll werden. Glaubst du, du schaffst die Theke?" Es war wärmer geworden, und überall wimmelten die aus dem Winterschlaf erwachten Leute herum.

„Keine Bange. Mal sehen, ob Peggy aushelfen kann. Ashley übernachtet heute bei einer Freundin. Kindergeburtstag. Da brauchen wir nicht auf sie aufzupassen."

„Was ist denn eigentlich mit ihrer Mutter? Will die sie nicht allmählich zurückhaben?"

Ungerührt parierte Casey die Frage. „Sie hat sich vor ein paar Tagen noch gemeldet. Alles okay. Sie hat eine Wohnung in Aussicht, übernachtet aber immer noch bei einer Bekannten. Ashley bleibt besser noch hier, bis alles im Lot ist."

„Wie gut kennst du die Frau denn eigentlich? Meinst du, die lässt die Kleine tatsächlich mal abholen?"

„Ich lege für sie die Hand ins Feuer. Die tut alles, wenn es nur das Beste ist für ihr Kind. Auch falls das vorübergehende Trennung bedeutet."

Megan schien zwar nicht überzeugt, zuckte aber die Schultern. „Falls ich was von Barry und seinem Arm höre, sage ich dir Bescheid."

„Schönen Gruß."

Megan verschwand wieder dorthin, wo sie hergekommen war. Mit Grauen dachte Casey an den langen, arbeitsreichen Abend, der vor ihr lag. Wäre doch bloß schon Morgen! Aber vielleicht verging ja die Zeit wie im Fluge, und sie brauchte nicht dauernd über sich selbst und ihre Zukunft nachzudenken, über die Fehler, die sie in ihrem total vermasselten Leben gemacht hatte. Vielleicht brauchte sie auch nicht an das kleine Mädchen zu denken, das vorübergehend ihrer Obhut anvertraut war, und nicht an dessen Mutter. Hatte sie nur genug zu tun, dann, so Caseys Hoffnung, konnte sie sich die Dämonen, von denen sie heimgesucht wurde, vom Leibe halten.

Wie aufs Stichwort kam in dem Moment Peggy die Treppe hinunter, dicht gefolgt von Ashley. Die Kleine sah entzückend aus in einem blauem Velours-Sweatshirt, das Casey in einem Secondhand-Shop aufgetrieben hatte, genau wie die anderen Sachen in Ashleys Kommodenschublade. Auf dem Rücken trug sie einen im selben Laden erstandenen kleinen Rucksack, zwar nicht mehr das aktuellste Modell, von Ashley aber umso heißer geliebt.

Casey wandte sich an die Kleine. „Hast du denn auch ein Geschenk für deine Freundin?"

Ashley nickte feierlich.

„Hast du Peggy schon erzählt, was du gekauft hast?"

Um ein Haar hätte die Kleine sich zu einer Antwort verleiten lassen, sagte aber kein Wort, sondern kramte das in glänzend gold-blaues Papier gewickelte Geschenk aus ihrem Rucksäckchen heraus und hielt es auf der flachen Hand.

Peggy wollte das Mädchen schon wegen der schönen Verpackung loben, doch Casey spielte nicht mit. „Und was ist da drin?"

„Ein Buch."

„Welches denn?"

„Das kleine Haus in der Prärie."

„Ist das dein Lieblingsbuch?"

Ashley nickte.

Die Auswahl überraschte Casey nicht sonderlich, auch wenn das Buch eher von älteren Kindern verschlungen wurde. Sie wusste, dass Ashleys Mutter ihrem Töchterchen oft daraus vorgelesen hatte. Das einfache Leben von Laura Ingalls Wilder und ihrer Familie musste ein kleines Mädchen, das ja völlig andere Erfahrungen gemacht hatte, in den Bann schlagen.

Casey ließ das Geschenk wieder in den Rucksack gleiten. „Im Augenblick sind wir ein bisschen knapp mit Personal. Wird noch ein wenig dauern, bis ich euch zum Kindergeburtstag chauffieren kann."

„Ich bringe sie schon", bot Peggy an. „Habe sowieso nichts vor."

„Prima. Ach – fast hätte ich es vergessen: Könntest du heute Abend aushelfen? Barry fällt aus, und ich bin nicht ganz so fix hinter der Theke. Megan fürchtet, wir werden überrannt. Da kämen uns zwei zusätzliche Hände wie gerufen."

„Kein Problem", sagte Peggy. „Ich komme, sobald Ashley sich eingewöhnt hat." Damit verschwanden die zwei durch den Ausgang.

Als Casey zehn Minuten danach von einem schnellen Abstecher zum Abstellraum zurückkam, stand Jon hinter der Theke, ihm gegenüber Charlie Ford, das Kneipenmaskottchen. Jon zapfte ihm gerade ein Guinness.

„Augenblick mal!" Casey fegte um die Theke herum wie ein Hirtenhund um die Herde. „Was fällt dir denn ein?"

„Sag erst mal Charlie guten Tag!"

Trotz ihrer gestrengen Miene musste sie sich doch ein Lächeln verkneifen. „Charlie! Hast du ihm das etwa eingeredet?"

„Bewahre! Ich wollte ihn noch abhalten! Weiß der überhaupt, was er da anrichtet? Der verplempert uns noch eine gute Pint Guinness!" Charlies dunkle Augen funkelten. Offenbar spielte sich da der Höhepunkt seines Tages vor ihm ab.

„Weg da, Kovats! Ich zeig dir erst mal, wie das geht!" Casey gab ihm einen Stoß mit der Hüfte – was ihr ausnehmend gefiel. „Los, dalli!" Ein weiterer Hüftstoß folgte. „So, und jetzt aufgepasst!"

Sie stellte das gerade begonnene Guinness beiseite. „Nicht das Glas kühlen! Wir sind hier nicht in so einem neumodischen Yuppie-Pub! In Irland wird nicht das Glas gekühlt, sondern nur das Guinness. Die Zeiten, wo es lauwarmes Bier gab, sind längst vorbei, selbst in der alten Heimat! So, und dann zapft man etwa zu drei Vierteln voll." Sie machte es vor, wobei sie das Glas leicht schräg unter den Zapfhahn hielt, so dass der Bierstrahl auf die Seitenwand auftraf. Mit geübtem Auge stoppte sie genau an der richtigen Stelle. „Und nun heißt es warten, denn es muss sich erst setzen, bevor die Blume draufkommt. Ungefähr ein, zwei Minuten."

„In einer Minute kann man ja alles Mögliche erledigen!"

„Genau, mit Charlie quatschen zum Beispiel." Sie wandte sich dem alten Mann zu. „Na, Charlie? Wie ist die Lage?"

„Och, man kann nicht klagen. Zeitung gelesen, Kreuzworträtsel ausgefüllt, meinen ollen Sammy Gassi geführt. Kommt langsam in die Jahre, der Gute, genau wie ich. Schläft mehr als ich, geht aber immer noch gern spazieren."

„Passt du auch auf die Zeit auf?" fragte Casey, an Jon gewandt.

Charlie kicherte in sich hinein. „Meinst du, aus dem hier wird ein ordentlicher Wirt? Was ist denn mit Barry los?"

Bis Casey ihm das erklärt hatte, war die Minute herum, und der Zapfunterricht ging weiter. „So, jetzt die Schaumkrone drauf, etwa zwei bis zweieinhalb Zentimeter. Und der Schaum muss sich ein ganz klein wenig über den Rand wölben, aber ohne dass das Bier überläuft!" Wieder zeigte sie ihm, wie man das macht. Niemand füllte ein Guinness so fachkundig ab wie sie; wahrscheinlich hätte sie jeden Zapfwettbewerb gewonnen. Die Feinheiten hatte sie von Rooney höchstpersönlich gelernt.

„So, wohl bekomm's!" Sie stellte Charlie das Guinness vor die Nase. „Und?" fügte sie hinzu, an Jon gewandt. „Kannst du es jetzt?"

„Mit verbundenen Augen", prahlte der. „Na ja, nicht ganz."

„Hochmut kommt vor dem Fall!" Casey lehnte sich rücklings gegen die Bar. „Schön, dich wiederzusehen."

„Prima. Wenn das so ist, dann lade ich dich zum Essen ein."

„Kommt ein bisschen auf die letzte Minute, wie?"

„Bedaure, ich hatte ursprünglich einen Termin, der aber vor einer Stunde abgesagt wurde."

„Dann musst du schon bis zu den Piroggen bleiben." Casey wusste selbst nicht, was in sie gefahren war. „Ich weiß nämlich nicht, ob Barry noch eintrudelt. Kommt drauf an, was die Ärzte sagen. Falls er aber noch erscheint, kann ich mich später vielleicht verdrücken. Und falls nicht, sehen wir uns zumindest zwischen den Bierrunden."

„Na gut, überredet!"

In diesem Moment kam Peggy zurück. Casey bat sie mit einer Handbewegung herüber.

„So, ich habe Ashley abgeliefert", meldete Peggy ihrer Schwester, nachdem sie Jon begrüßt hatte. „So ganz glücklich schien sie mir allerdings nicht."

Casey erklärte Jon kurz, dass Ashley zu einem Kindergeburtstag eingeladen war und dort übernachtete.

„Ich verstehe ja nicht viel von Kindern", bemerkte er. „Aber auf mich wirkt sie traurig und einsam, die Kleine."

„Das stillste Dingelchen, das ich je gesehen habe." Peggy stimmte ihm zu.

„Wieso ist sie eigentlich bei dir, Casey? Warum nicht bei ihrem Vater oder sonst jemandem von den Verwandten?"

„Weil sie niemanden hat."

Aus der Küche drang ein zorniger Schrei in den Gastraum, gefolgt von einem scheppernden Krachen – Vorgeschmack auf einen langen, arbeitsreichen Abend. Peggy schaute auf ihre Uhr. „Ich muss los, mich umziehen. Bin gleich wieder da."

„Wie gut kennst du die Mutter eigentlich?" wollte Jon von Casey wissen, als Peggy weg war. „Irgendwie werde ich das Gefühl nicht los, als stimme da was nicht!"

„Wenn du es unbedingt wissen musst: Ich kenne sie aus einem Frauenhaus, wo ich mal ehrenamtlich tätig war."

„Und Ashleys Mutter arbeitete dort auch?"

„Nein, sie suchte Schutz nach ein paar katastrophalen Lebensentscheidungen. Nach ein paar Wochen besserte sich die Lage für sie. Inzwischen hatte ich sie näher kennen gelernt und ihr angeboten, ihr Kind während der Wohnungssuche zu betreuen. Sie lebt in einem anderen Bundesstaat."

„Wieso wirkt die Kleine dann so verschüchtert, wenn alles in Butter ist?"

„Weil sie einiges durchgemacht hat. Sie erholt sich allmählich. Über Nacht geht das nicht."

Offenbar gab Jon sich mit dieser Erklärung zufrieden. „Soll ich ein paar Guinness zapfen? Übungshalber sozusagen?"

Nach und nach füllte sich das Lokal. Einige weitere Stammgäste hatten sich zu Charlie gesellt, und zwei Ecktische waren bereits besetzt. Gerade zwängte sich ein weiteres Grüppchen durch die Eingangstür. „Nein, such du dir lieber ein bequemes Plätzchen, solange das noch geht."

Er sah sie an. „Allein bin ich aber so einsam."

„Bist du ...", sie warf einen Blick zur Tür, die sich gerade wieder öffnete, „...nicht! Ich kenne da jemanden, zu dem du dich setzen kannst." Sie winkte dem soeben eingetretenen Niccolo zu. „Nick, kommen Sie bitte mal her?"

Nick kam herüber, und Casey stellte die beiden Männer einander vor, die sich die Hände schüttelten und gegenseitig musterten. „Sind Sie zum Essen gekommen, Nick? Unsere Piroggen sind die besten in der Stadt!"

„Eigentlich wollte ich mit Megan sprechen. Ist sie da?"

„Ich sehe mal nach." Casey ging in die Küche, und als sie zurückkam, unterhielten sich die beiden Männer bereits wie gute Freunde. „Sie ist mal eben weg, um noch was einzukaufen. Darf ich euch beiden in der Zwischenzeit etwas zu essen anbieten? Megan setzt sich sicher zu euch, sobald sie zurück ist. Anders kriegen wir sie überhaupt nicht mehr zum Essen! Also?" Sie richtete sich auf. „Sauerkraut, Kartoffeln oder Käse? Was darf es sein zu den Piroggen? Bei sechs Stück gibt es eine Grillwurst und einen Salat gratis dazu."

„Da kann man ja gar nicht ‚Nein' sagen", meinte Nick. „Ich nehme von allem etwas. Jon?"

„Einverstanden – wenn Casey mir erlaubt, für uns zwei ein Guinness zu zapfen."

Casey verzog das Gesicht. „Boys and their toys! Das Kind im Manne!"

„Bis gleich!" rief Jon Niccolo zu, der sofort den Tisch neben der Tür in Beschlag nahm.

„Das ist der, der die Autodiebe aufgehalten hat, oder?" fragte Jon.

„Es war nicht nur er."

Jon sah sie verständnislos an.

Für einen Augenblick ertappte Casey sich beim Verstoß gegen ein Gebot, das sie sich vor so vielen Jahren selbst auferlegt hatte: Sie ließ einen Gedanken zu – den Gedanken an ihren Vater, an den zweiten Helden jenes Abends. Den Gedanken an den Mann mit dem sanften Herzen und dem wilden Blick, der sie so vieles gelehrt hatte: Radeln, Jodeln, gefühlvolle Geschichten erzählen. – Rooney, von den Toten auferstanden, um nun als ruheloser Geist sein Unwesen zu treiben.

„Demnach war Nick nicht allein?" hakte Jon nach, als Casey stumm blieb.

Sie hob den Blick und sah ihn an, schaute ihm in die braunen Augen, die so unbewegt und anders waren als die ihres Vaters. „Nein. Nick hatte Unterstützung von einem Gespenst." Sie wandte sich ab, als sie spürte, wie ihr heiße Tränen in die Augen traten. „Geh und spiel mit deinem Guinness, Jon. Ich lasse mich blicken, sobald es geht."

16. KAPITEL

Ursprünglich hatte Niccolo nicht die Absicht gehabt, lange im Saloon zu bleiben. Nach zwei Bissen in seine Piroggen mit gebutterten Kartoffeln war er aber froh, dass er geblieben war. Casey hatte nicht übertrieben – es waren wirklich die besten in ganz Cleveland.

Außerdem empfand er die Gesellschaft als angenehm. Niccolo hatte mehrmals Männer wie Jon Kovats kennen gelernt – klasse Kerle, die genau wie ihre weiblichen Pendants so wichtig waren für die Gesellschaft, weil sie charakterstark, rechtschaffen und uneigennützig ihre Arbeit machten, zu der sich sonst niemand bereit fand. Er hatte sofort gemerkt, dass Jon Intelligenz und einen trockenen Humor besaß – Eigenschaften, die nicht bei jedem zusammenpassten. Auch, dass Jon oft und lang Megans Schwester nachschaute, war Niccolo nicht entgangen.

Im Augenblick allerdings schaute Jon ihn selbst an. „Und Sie nehmen also eine Auszeit, um ihr Leben mal zu überprüfen?"

Niccolo nickte. Gerade hatte er Jon in aller Kürze seine persönliche Geschichte erzählt und dankbar zur Kenntnis genommen, dass sein Gegenüber sie mit gelassener Abgeklärtheit aufgenommen hatte. Das war durchaus nicht immer so.

„Jemandem mit Ihrer Bildung und Erfahrung", fuhr Jon fort, „dürften doch eigentlich auch jede Menge anderer Möglichkeiten offen stehen."

„Ich hatte ein Stellenangebot als Leiter einer Wohltätigkeitsorganisation. Ein Verwaltungsjob liegt mir aber nicht."

„Sie suchen nach etwas Persönlicherem?"

Das Persönlichere, das Niccolo in letzter Zeit viel zu häufig gedanklich beschäftigte, betrat in diesem Augenblick das Lokal. Niccolo sah, wie Megan direkt auf die Theke zusteuerte, um dort einige Worte mit ihrer Schwester zu wechseln, die dann auf seinen Tisch wies und Megan in seine Richtung dirigierte. Er konnte auch beobachten, wie Megan merklich erstarrte, als wappne sie sich zum Gefecht.

Sein Herz begann spürbar zu klopfen. Seit dem Tag des gemeinsamen Ausflugs nach Whiskey Island hatte er nicht mehr mit ihr gesprochen. Während der Heimfahrt hatte sie stumm im Auto gesessen und seitdem auch nichts von sich hören lassen. Sie war, das wusste er, wütend auf ihn, weil er erkannt und offen ausgesprochen hatte, dass ihre wahre Natur unter Schichten von Schmerz und unvergossenen Tränen verborgen gewesen war, da sie die ganze Zeit um ihren Vater getrauert hatte – trotz allem, was der in ihrem Leben angerichtet hatte.

Nun näherte sie sich dem Tisch – ganz offensichtlich wenig begeistert. „Laut Casey futtert ihr uns hier die Haare vom Kopf!" Den Blick beim Sprechen allein auf Jon gerichtet, vermied sie bewusst jeden Blickkontakt mit Niccolo.

Jon erhob sich und stellte ihr einen Stuhl hin. „Setz dich doch zu uns!"

„Ich ..."

„Casey sagt, du hast den ganzen Tag noch nichts gegessen. Es nützt niemandem was, wenn du Raubbau mit deiner Gesundheit treibst."

Megan rang sich ein dünnes Lächeln ab, das ihre verkrampften Züge allerdings nicht lockerte. „Casey erzählt viel, wenn der Tag lang ist."

Erstmals mischte sich Niccolo ein. „Wir würden uns aber freuen."

Nun konnte sie ihm nicht länger ausweichen. Ihr Blick zuckte flüchtig zu seinem Gesicht. Sie saß in der Falle, wohl wissend, dass eine Ablehnung unhöflich gewirkt hätte. „Na gut, aber nur ganz kurz."

Sie nahm Platz, und Casey kam mit weiteren Guinness, sowohl für die Männer als auch mit einem für Megan. „Ich hab schon ein Essen für dich bestellt", stellte sie ihre Schwester vor vollendete Tatsachen. „Sag mir jetzt bloß nicht, du hättest keine Zeit!"

Jon hielt Casey an der Hand fest, als sie wieder gehen wollte. „Setz du dich auch zu uns!"

„Geht nicht. Der Laden brummt. Aber wenn ich einigermaßen nachkomme, kann Artie vielleicht für ein Weilchen die Theke übernehmen. Dann schaue ich später mal bei euch vorbei." Damit ging sie wieder auf ihren Posten.

Nach zwei kräftigen Schlucken Guinness lehnte Megan sich zurück, den Arm über die Stuhllehne gewinkelt. „Wusste ich gar nicht, dass ihr beiden euch kennt."

„Tun wir auch erst seit heute Abend."

„Hat Jon dir erzählt, dass er ein Geschichtsfan ist?" Die Frage war an Niccolo gerichtet.

„Bis dahin waren wir noch nicht gekommen." Er wandte sich an Jon. „Welche Epoche interessiert Sie denn?"

„Eigentlich alle."

„Jon, hast du damals auf der Highschool nicht ein lokalhistorisches Referat gehalten? So eine Art Facharbeit, mit Casey gemeinsam?"

„Dass du das noch weißt!" Jon stieß einen anerkennenden Pfiff aus. „Lange her. Cleveland zur Jahrhundertwende. Casey und ich sind die gesamte Euclid Avenue rauf und runter gelatscht, haben Fotos geknipst und uns Untertitel dazu ausgedacht. ‚Millionaires' Row' – die Allee der Millionäre, damals und heute."

„Millionaires' Row?" Niccolo wurde hellhörig.

„Nach Einschätzung mancher Zeitgenossen war die Euclid Avenue zu ihren Glanzzeiten die schönste Prachtstraße der Welt."

Die Euclid Avenue war Niccolo ein Begriff, eine der Hauptdurchgangsstraßen, eine zuasphaltierte Piste mit Parkplätzen, Schnellimbissketten und Unternehmen, beim besten Willen kein Vorzeigeobjekt für Cleveland.

Offenbar konnte Jon Gedanken lesen. „Ich weiß, man mag es kaum glauben, doch in der Zeit vor Einführung der Einkommenssteuer erfreute Cleveland sich eines ständigen Zustroms von wohlhabenden Industriellen, die sich in eben dieser Straße prachtvolle Villen bauten. John D. Rockefeller, Samuel Mather, einer der Begründer von U.S. Steel, Charles Brush, Erfinder der Bogenlampe und Gründer von General Electric. Eine Villa ausgefallener als die andere."

„Und wahrscheinlich nicht ein einziger Ire darunter", vermutete Megan. „Meine Vorfahren hatten zu viel mit dem Entladen von Eisenerzfrachtern im Dock zu tun.“

„Meine rackerten sich in den Walzwerken und Stahlfabriken ab“, bemerkte Jon. „Es gab eine Zeit, da lebten in Cleveland mehr Ungarn als in jeder anderen Stadt außerhalb Budapests. Dazu haufenweise Polen, Slowaken und weitere Osteuropäer. Billige Arbeitskräfte.“

Niccolo begriff, worauf Megan hinauswollte. Er bedauerte selbst, dass er noch immer keine Zeit für eine Überprüfung des aufgefundenen Zeitungsausschnitts gehabt hatte.

„Als Sie damals für das Referat recherchierten, Jon – haben Sie da vielleicht etwas über einen gewissen James Simeon gehört? Sagt Ihnen der Name etwas?“

„Die Story kennt doch jeder, der sich für Heimatgeschichte interessiert!“

„Von wegen jeder!“ protestierte Megan. „Ich kenne sie nämlich auch nicht!“

Zwischendurch brachte Peggy Megans Essen und ging sofort wieder.

Jon lehnte sich zurück. „Also Simeon? – Na denn! Seid ihr sicher, dass ihr genug Zeit für einen Vortrag habt?“

„In aller Kürze, bitte!“ Ohne weiteren Kommentar ließ Megan sich ihre Piroggen schmecken.

„James Simeon war einer der frühen Wirtschaftskapitäne Clevelands. Das gesamte aus Michigan stammende Erz, das Megans Vorfahren aus den Frachtern schaufelten, gelangte auf direktem Weg in die Stahlwerke, in vielen Fällen in die von Simeon. Der Mann war ein Genie – und rücksichtslos bis zum Gehtnichtmehr. Simeons Erze und Stahl gingen um die ganze Welt, doch dabei machte er sich auch so manchen zum Feind. Ganz besonders berüchtigt war er dafür, dass er die Konkurrenz mit Dumpingpreisen unterbot und die Arbeitssicherheit seiner Belegschaft vernachlässigte – selbst unter Berücksichtigung der damaligen Umstände. Deshalb weinte ihm keiner eine Träne nach, als er auf einmal weg war vom Fenster.“

„Weg?“ Niccolos Frage brach aus ihm heraus, und er sah,

dass Megan im selben Moment die gleiche Frage auf den Lippen gelegen hatte.

„Das ist ja der Clou an der Geschichte. Der Mann verschwand schlicht und einfach in einer Winternacht, spurlos, ungeachtet seines Reichtums und seiner Beziehungen."

„Na ja, man konnte wohl schlecht den ganzen Eriesee mit Schleppnetzen absuchen", bemerkte Niccolo.

„Sicher nicht, aber Sie haben Recht. Die meisten tippten auf den See. Simeon verschwand im Januar, ehe der Eriesee in dem Jahr gänzlich zufror. Man ging davon aus, dass irgendwer wohl die Nase voll hatte von Simeons Schach- und Winkelzügen oder von seinem Ego, dass er ihn deshalb zu einer winterlichen Schiffspartie einlud und ihn mit einem Felsbrocken an den Beinen über Bord gehen ließ. Als ich noch klein war, wärmte die Presse alle Nase lang die Geschichte seines Verschwindens wieder auf. Für Cleveland war es das Verbrechen des Jahrhunderts."

Niccolo konnte sich keinen Reim darauf machen, wieso Rooney einen dieser Artikel besaß. „Was passierte denn mit dem Unternehmen nach dem Tod des Gründers und Eigentümers?"

„Anscheinend verkaufte die Witwe alles und zog fort. Sein Unternehmen ging möglicherweise pleite oder in einem anderen auf. Die Villa der Simeons wurde wie so viele andere von den Monstern der modernen Euclid Avenue verschlungen. Der Preis des Fortschritts. Rockefeller und einige andere verfügten, dass die Villen nach ihrem Tod abgerissen werden sollten, damit niemand sonst darin wohnen konnte. Womöglich befürchteten sie, Megans oder meine Vorfahren könnten auf die anmaßende Idee kommen, selber darin zu wohnen."

„Meine übrigens auch", fügte Niccolo hinzu. „Die Italiener wurden auch nicht gerade mit Samthandschuhen angefasst."

Jon nickte ernst. „Sei's drum! Vom Ruhm der Millionaires' Row ist nicht viel geblieben. Nur ein paar der Gründerhäuser. Rockefeller kann in Frieden ruhen."

„Nur Simeon nicht", wandte Megan ein. „Sein Grab, wo immer das sein mag, verspricht ihm nicht gerade die ewige Ruhe."

Die Unterhaltung verflachte, während sie zu Ende aßen. Dann entschuldigte Jon sich, um mit Casey zu sprechen oder, was wahrscheinlicher war, Megan und Niccolo nicht weiter zu stören. Niccolo hatte den Eindruck, dass sie sich am liebsten jeden Moment wieder an die Arbeit begeben hätte.

„Du hast mir gefehlt." Er legte die Hand neben die ihre, ohne sie zu berühren.

„Ich war viel unterwegs."

„Ich dachte, du hättest dich etwas zurückgezogen, um über alles nachzudenken."

„Sehr rücksichtsvoll von dir."

„Hatte ich denn Recht?"

„Ich lasse mich ungern drängen, Nick. Was meinen Vater angeht, verfolgst du offensichtlich deinen eigenen Fahrplan. Meiner ist anders. Mir scheint, du erwartest von mir Gefühle, die ich nicht hege."

„Reden wir jetzt über deinen Vater oder über uns?"

Sie schaute ihm in die Augen. „Vielleicht über beides."

„Ich dränge dich weder in der einen noch in der anderen Hinsicht. *Du* bist zu *mir* gekommen, wohlgemerkt. *Du* hast *mich* gebeten, dich nach Whiskey Island zu begleiten."

In ihren Augen spiegelten sich widerstreitende Emotionen. Dass sie sich nicht eben vernünftig verhielt, war ihr bewusst. Dennoch stand sie einem Ansturm von Gefühlen machtlos gegenüber.

Er griff nach dem Glas mit dem letzten Schluck Guinness. „Vielleicht hätte ich dich noch länger in Ruhe lassen sollen."

„Gut möglich."

Zuerst versuchte er, nicht zu gekränkt zu wirken, doch so ganz sah er es nicht ein. Als gewöhnlicher Sterblicher durfte er jetzt Gefühle haben, die ihm früher verboten gewesen waren. Warum sollte er sich da bemüht anders geben, als er in Wirklichkeit empfand?

„Dann lasse ich dich weiter in Ruhe", sagte er schließlich. „Sollte ich allerdings Neues über Rooney erfahren – soll ich es dich wissen lassen? Oder Casey?"

„Du wirst nichts finden. Wenn er da gewesen ist, dann ist er jetzt weg. Das habe ich mit eigenen Augen gesehen."

„Das war nicht meine Frage."

„Natürlich möchte ich es erfahren!"

Die Unterhaltung war zu Ende, und ihre flüchtige Beziehung möglicherweise ebenfalls. Wenn jemand etwas von Beenden verstand, dann Niccolo. „Wo zahle ich? Vorn an der Theke?"

„Das Essen geht auf's Haus."

Beinahe hätte er abgelehnt, bis er begriff, dass dies Megans Art war, die Oberhand zu behalten. Zu einem Kräftemessen aber verspürte er wenig Lust. Deshalb bedankte er sich und rückte seinen Stuhl zurück. „Ihr macht echt die besten Piroggen in ganz Cleveland."

„Falls du tatsächlich noch etwas über Rooney herausbekommst …"

Er stand auf und unterbrach sie. „… rufe ich dich an. Und solltest du nicht da sein, kann ich eine Nachricht hinterlassen."

„Toll", bemerkte sie ironisch. *„Megan, ich habe deinen Vater aufgetrieben. Ruf mich an, falls du Einzelheiten erfahren möchtest.* Etwas in der Art, was?"

„Du bestimmst die Regeln, nicht ich. Falls du es anders möchtest, kannst du es mir ja sagen."

Sie blieb stumm. Offenbar wusste sie nicht, was sie sagen sollte. Er legte einen Fünf-Dollar-Schein als Trinkgeld auf den Tisch und ging hinaus.

Dabei hatte Niccolo noch so vieles von Megan gewollt! Ganz abgesehen von dem brennenden Verlangen, das der Druck ihres Körpers, ihre sinnliche Haut, ihre warmen Lippen in ihm auslösten, waren viele Dinge ungesagt geblieben.

So hatte er ihr beispielsweise berichten wollen, dass seine jugendliche Helfertruppe sich ständig erweiterte. Mittlerweile tauchte gelegentlich ein zweites Mädchen auf, eine Freundin von Elisha, und außerdem ein Schulabbrecher namens Roy, der es sich angewöhnt hatte, täglich am frühen Nachmittag anzurücken und Niccolo zur Hand zu gehen, wenn die anderen noch in der Schule waren.

Niccolo hätte Megan auch gern erzählt, dass Joachim und Elisha dauernd nach ihr fragten. Elisha besaß ganz offensichtlich das Zeug zur Innendesignerin, denn bei jedem Besuch brachte sie neue Muster oder Vorschläge aus Illustrierten mit, etwa für Farbwahl oder Fenstergestaltung. Und dann der „Clubraum"! Über den hätte er Megan ebenfalls gern informiert, denn heimlich, still und leise verwandelten die Kids den zugigen Dachboden in ihr eigenes Domizil, das sie mit ausrangierten Teppichen oder Möbelstücken vom Sperrmüll ausstaffierten.

Doch trotz der lärmenden Halbwüchsigen, trotz des lauten Gehämmers und des Splitterns von Holz, das unter ihren ungeübten Händen zerbarst, war das Haus für Niccolo immer noch zu still. Zum Leben erwachte es eigentlich erst dann, wenn Megan da war.

Er hatte Megan auch vom Tagebuch des Father McSweeney berichten wollen, doch die Gelegenheit dazu war wohl vorerst verpasst. Obwohl er mit der Bearbeitung noch nicht weit gekommen war, hatte er die außergewöhnliche Bedeutung dieses Dokuments längst erkannt. Die magische Feder eines vor langer Zeit Verstorbenen erweckte die Bilder und Gerüche von Irishtown Bend zum Leben, Whiskey Island mit eingeschlossen. Am Abend zuvor hatte Niccolo noch vor dem Schlafengehen über eine Beschreibung eben dieses Ortes gegrübelt, eine Schilderung, die von der heutigen Wirklichkeit so weit entfernt war, dass sie ihm nicht aus dem Sinn ging.

Männer, Frauen und auch Kinder waren auf diesem Fleckchen Erde gestorben, Menschen, die sich geliebt und gestritten, die ihre wenigen Habseligkeiten miteinander geteilt, um ihre in Irland verbliebenen Angehörigen getrauert, neue Träume geträumt und alte begraben hatten. Besonders fasziniert hatte ihn ein irisches Einwandererpaar, dessen Schicksal McSweeney in seinen Aufzeichnungen behutsam und Schritt für Schritt darstellte – die Geschichte von Terence und Lena Tierney aus der Grafschaft Mayo. McSweeney hatte die beiden getraut und sie offenbar besonders lieb gewonnen.

Jetzt also – auf Wegen wandelnd, die möglicherweise auch Terence und Lena über ein Jahrhundert zuvor beschritten hatten – war Niccolo auf der Suche nach Rooney, dessen Familie ebenfalls hier gelebt hatte.

Erst als er den Wagen abgestellt hatte, fiel Niccolo auf, dass er unbewusst wieder einmal nach Whiskey Island rausgefahren war. Der Grund dafür lag möglicherweise in der Unterhaltung mit Megan, beziehungsweise im Abbruch derselben. Vielleicht hatte ihn der nagende Schmerz der Frustration hierher getrieben, vielleicht auch Rooney – der Mann, den er nur flüchtig gesehen hatte, der aber, zumindest in Niccolos Fantasie, mit Billys heiserer Stimme sprach.

Zwar war Niccolo schon einmal abends, vor Einbruch der Dunkelheit, hier herausgefahren, doch noch niemals bei Nacht. Gespenstisch wirkte die Gegend ringsum; Geisterfingern gleich ragten Säulen von Dunst weiß aus dem See empor. Die dünne Sichel des Mondes schimmerte durch am Himmel ziehende Wolkenfetzen, und selbst die Möwen waren verstummt.

Vorsichtig, da seine Augen sich zunächst an die Finsternis gewöhnen mussten, folgte Niccolo einem erst kürzlich entdeckten Schleichweg durch das Waldgebiet. Auch wenn Whiskey Island mitten in einer Großstadt lag, drang der Widerschein des Lichtermeers kaum bis zu diesem Pfad, und ebenso gut hätte Niccolo sich in der tiefsten Provinz von Ohio befinden können, irgendwo auf dem Lande. Fast glaubte man das eintönige Knarren eines Siedler-Gespanns und das Klippklapp der Pferdehufe zu hören.

Die Mütze zum Schutz vor der Kälte tief über die Ohren gezogen, hielt er konzentriert und in aller Ruhe Ausschau, auf der Pirsch nach Anzeichen, ob außer ihm nicht noch jemand herumstreifte, der eigentlich hier nichts zu suchen hatte. Wohl wissend, dass er sich am Rande der Legalität bewegte, drang er weiter vor. Nicht menschliche Gesetze, sondern eine höhere Kategorie gaben für ihn den Ausschlag.

Da, plötzlich, wie aus dem Boden gewachsen, erschien eine Männergestalt vor ihm, keine zwanzig Meter entfernt, von einem Moment auf den anderen aus der Dunkelheit tretend. Wie angewurzelt blieb Niccolo stehen, stocksteif und regungslos. Der Mann hatte ihn gesehen und starrte ihn an, offenbar wenig geneigt, seinen Platz zu verlassen.

Angestrengt versuchte Niccolo, sich an die Gestalt zu erinnern, die er damals bei dem Überfall auf dem Parkplatz nur kurz zu Gesicht bekommen hatte. Die Körpergröße, dachte er, mag in etwa stimmen, doch sicher war er sich nicht. Genaue Details fielen ihm ohnehin nicht ein, so dass er sich fragte, ob ihm damals nicht seine Fantasie einen Streich gespielt hatte.

Als er den Mann ansprach, kam ihm seine eigene Stimme in der frostig-stillen Luft selbst zu laut vor. „Ich suche einen Rooney Donaghue."

„Heute Nacht Sterne draußen. Nur vier. Der Vater, der Sohn und der Heilige Geist. Den anderen, den kenne ich nicht genau. Könnte die Muttergottes sein."

Niccolo trat einen Schritt nach vorn. Der Mann unternahm keinerlei Fluchtversuch, und als Niccolo weiterging, blickte sein Gegenüber ihm nur entgegen, ohne jede Furcht oder gar Neugier.

Soweit Niccolo erkennen konnte, trug er zahlreiche Kleidungsstücke übereinander – eine Polsterung, bei der eine an sich eher schmächtige Gestalt wahrscheinlich aufgebläht und doppelt so dick wirkte. Zudem hatte er wohl zwei Mützen übergezogen – außen eine, die nur das Gesicht frei ließ, darunter offensichtlich noch eine zweite, denn über den Ohren wölbte sich ein wulstiger Rand. Sein Mantel, zerrissen und verdreckt, dafür aber aus schwerem Tuch, reichte ihm bis an die Knöchel.

Etwa drei Meter vor der Gestalt blieb Niccolo stehen. Der Mann war allem Anschein nach etwa sechzig, vielleicht auch älter. Bei einem Leben wie diesem wogen die Jahre doppelt. Das Gesicht war schmutzig, doch glatt rasiert.

„Ich heiße Niccolo Andreani."

Der Mann sah ihn gar nicht mehr an. „Die beobachten uns! Damit wir aufpassen!"

Mittlerweile lugten weit mehr als nur vier Sterne durch die winterlichen Wolkenfetzen. Doch sie funkelten nicht in den Augen dieses Mannes.

„Ich suche einen Mann“, sagte Niccolo bewusst gedämpft. „Er hat mir vielleicht das Leben gerettet. Auf dem Parkplatz vom Whiskey Island Saloon. Habe ich diesen Mann gefunden?“

„Man entkommt ihnen nicht. Sie passen auf, egal, wo man ist, ganz gleich, was man tut. Sie wissen alles …“

Niccolo versuchte, sich das Gesicht einzuprägen – wozu, das wusste er selbst nicht. Megan hatte ihren Vater Jahre nicht gesehen. Da konnte jeder x-beliebige 60-jährige Mann Rooney sein. Möglich, dass sie ihn erkannte, wenn sie ihm gegenüberstand, aber nicht anhand einer Personenbeschreibung.

„Was sehen sie denn, die Sterne?“ fragte Niccolo. „Und wen?“

„Dich!“ sagte der Mann, diesmal wieder an Niccolo gewandt. „Du kommst oft hierher.“

In Niccolo regte sich so etwas wie ein Erfolgserlebnis. „Sie haben mich gesehen, aber ich Sie nicht!“

„Du weißt nicht, wo du nachsehen musst.“

„Ich will Ihnen nichts tun. Ich will Sie auch nicht stören. Ich will bloß helfen.“

„Brauch ich nicht. Sterne passen auf. Muss jetzt auf Posten.“ Er zog den Mantel enger um sich und drehte sich um, als wolle er gehen.

„Rooney …“

Der Mann wandte sich um, offenbar nicht überrascht, dass Niccolo ihn beim Namen gerufen hatte – ein kleiner Fortschritt, immerhin.

Beinahe hätte Niccolo dem Mann von seiner Bekanntschaft mit Megan und Casey erzählt und ihm gesagt, sie machten sich Sorgen um ihn. Doch eine innere Stimme warnte ihn. Dieser Druck hätte das zerbrechliche Band, das sich zu formen begann, wahrscheinlich zerstört.

„Haben Sie Ihre Sachen geholt?“ fragte Niccolo weiter. „Ihr Foto und Ihre Zeichnung? Bei meinem letzten Besuch waren die fort!“

„Versteckt.“

„Vor mir müssen Sie die nicht verstecken. Ich tue Ihnen nichts. Ich will helfen. Bekommen Sie genug zu essen?“

„Von den Sternen. Von Gottvater.“

„Die Sterne? Die geben Ihnen was zu essen?“

Der Mann lachte. „Hab sie vor den Sternen versteckt .... Psst ...“ Plötzlich wurde er ernst. „Schützen kann ich sie nicht ...“

„Was müssen Sie schützen?“

„Ich muss jetzt auf Posten.“

„Wenn ich Ihnen Sachen herbringe, Nahrung und Kleidung – nehmen Sie das an? Brauchen Sie vielleicht sonst noch etwas?“

„Du musst kommen, wenn es bewölkt ist.“

„Sie sind Rooney, nicht wahr? Rooney Donaghue? Ich helfe Ihnen auch so, wenn Sie es nicht sind. Ich möchte es nur gern wissen.“

„Meinen Namen haben die Sterne mitgenommen.“

„Hießen Sie denn einmal Rooney?“

„Ich muss jetzt auf Posten.“

Niccolo war sich ziemlich sicher, dass er Rooney vor sich hatte, doch vorerst war dieser ihm wohl entglitten. Es machte keinen Sinn, weiter in ihn zu dringen. „Ich komme wieder und bringe Kleidung mit und etwas zu essen. Und Decken. In der nächsten Wolkennacht.“

„Wenn du horchst, kannst du sie hören.“

„Die Sterne?“

Rooney lachte leise. „Die Toten!“

Niccolo dachte an die vielen Menschen, die auf Whiskey Island begraben lagen, unter Schlackehügeln und neben Bahngeleisen, unter Tonnen von Tonscherben und dem Schlick des Cuyahoga. Während seiner Nachforschungen hatte er gelesen, dass die Iren ihre Verstorbenen gezwungenermaßen heimlich beerdigen mussten, weil sie sich eine offizielle Grabstätte nicht leisten konnten.

„Die Toten?“ fragte Niccolo. „Sind das Ihre Leute?“

„Die Toten gehören allen, die ihnen zuhören.“

„Und die Sterne? Gehören die auch allen?“

„Die Sterne gehören sich selbst.“ Zum letzten Mal wandte er

sich um, den Mantel eng um sich geschlungen, und hinkte auf eine Baumreihe zu. Plötzlich, vor Niccolos Augen, verschmolz er mit den Schatten.

Nur die Sterne wussten, wohin er verschwunden war.

13. Oktober 1881

Wenn schon Gott seinen Mensch gewordenen Sohn qualvoll am Kreuze sterben ließ, dann werden wir Sterblichen wohl lernen müssen, den Tod eines geliebten Kindes hinzunehmen. Und doch – wie ungeheuerlich ist der Schmerz, den dieser Verlust mit sich bringt! Welche Prüfung stellt er dar für den Glauben! Ich habe Mütter oder Väter auf ewig zerbrechen sehen, wenn das geliebte Kind seinen letzten Atemzug tat. Wie sehr wünschte ich mir, es hätte in meiner Macht gestanden, dem Sterben Einhalt zu gebieten, selbst gegen den heiligen Willen des Herrn! Sie begegnen des Daseins ärgsten Prüfungen mit Mut und Humor, meine Brüder und Schwestern von St. Brigid's. Kein Mut aber ist so groß, als dass er uns nicht doch verließe im Angesicht der letzten Momente eines Kindes.

Selbst während ich die Gebete sage und die Sakramente spende, muss ich ob meiner Zweifel um Vergebung bitten.

Aus dem Tagebuch von Father Patrick McSweeney, St. Brigid's Church, Cleveland, Ohio.

17. KAPITEL

Whiskey Island, Oktober 1881

Der vierjährige Tommy Sullivan war gestorben, doch Katie Sullivan, mit dem dritten Kind schwanger, hatte keine Träne vergossen.

„Nun ist er bei den Engelchen.“ Das waren ihre Worte gewesen im Augenblick des Todes ihres Söhnchens. Seitdem hatte sie kein Wort mehr gesprochen – weder während der Totenwache, die trauernde Eltern in großer Zahl angezogen hatte, noch bei der Beerdigung, als der winzige Sarg, von Seamus Sullivan eigenhändig aus Treibholz gezimmert, in die Grube hinabgelassen wurde.

Schweigend ging Katie ihrer Wege und schrubbte ihr Haus, bis ihr die schwieligen Finger bluteten. Lena wusste, ihre Freundin mühte sich ab, mit Macht das Fieber fortzuscheuern, das ihr den Sohn genommen hatte und auch dessen Schwesterchen Laurie bedrohte. Lena wusste aber auch, dass Katies Mühen fruchtlos bleiben würde. Krankheit und Tod stahlen sich in sämtliche Häuser, und seien sie noch so reinlich, überwanden selbst die wachsamsten Eltern und rafften auch die robustesten, muntersten Kinder dahin.

„Vater, vergebt mir, denn ich habe gesündigt. Meine letzte Beichte war vor sechs Tagen.“ Die Hände fromm gefaltet, doch das Herz in Aufruhr, hob Lena den Blick zu dem kleinen Holzgitter, das sie von Father Patrick McSweeneys Gesicht trennte. Dem vertrauten Ritus gehorchend, wartete sie auf den Augenblick des Sündenbekenntnisses, an diesem Tage umfangreicher als gewöhnlich und ernster obendrein, denn sie haderte mit Gott, dem Herrn.

„Was bedrückt dich, mein Kind? Was lastet dir auf der Seele?“

Lena stutzte. Der mürrische alte Pastor in der kleinen Dorfkirche, in der sie als Kind immer die Beichte abgelegt hatte, war ein recht grober Geselle gewesen und wäre nie auf den Gedanken gekommen, eine solche Frage zu stellen. War man bedrückt, gab es seiner Ansicht nach wohl allen Grund dafür.

„Ich bin wütend, Vater", flüsterte Lena und zupfte sich den übers Haupt gelegten Schal tiefer ins Gesicht, als wolle sie sich vor dem Zorn der himmlischen Heerscharen abschirmen. „Ich verstehe nicht, warum der kleine Tommy sterben musste und warum seine Eltern so leiden sollen. Womit haben sie das verdient? Was haben wir, wir alle, verbrochen, dass der Herr uns so zürnt? Wir arbeiten hart, wir stehen uns gegenseitig bei, wir geben den Armen, so viel wir nur können, obwohl wir selbst arm sind. Wir schleppen uns den Hügel hinauf zur Messe, doch lässt Gott sich auch zu uns herab nach Whiskey Island? Wo war er, als der kleine Tommy in Atemnot lag? Was tut Gott, wenn zwar die Preise für eine Überfahrt nach Irland steigen, Terrys Lohn jedoch nicht? Wo ist der Allmächtige, wenn unsere Lieben in Mayo darben?"

„Jeder von uns muss auf seine Weise trauern", erwiderte Father McSweeney flüsternd. „Deine Freundin Katie hat beschlossen, sich in Schweigen zu hüllen, bis sie sich wieder zu sprechen getraut. Du hingegen klagst Gott mit lauter Stimme an. Hoffst du vielleicht, er werde dich deswegen strafen und Katie verschonen? Glaubst du, du könntest seine Aufmerksamkeit von anderen ablenken? Als Vermittlerin beim Tod des kleinen Tommy zu walten, das steht dir nicht zu. Maße dir nicht an, zwischen Gott und Katie zu schlichten! Nur eins kannst du, Lena – zugegen sein und zuhören, wenn Katie wieder zu sprechen beschließt."

Vor lauter Schluchzen brachte Lena keinen Ton heraus. Sie konnte nur nicken, obwohl sie nicht erkannte, ob ihr Beichtvater sie auch sah.

„Und was dich selbst betrifft – hast du schon einmal darüber nachgedacht, selbst eine Arbeit aufzunehmen?"

Endlich fand sie ihre Stimme, wenn auch nur tränenerstickt. „Terry will es nicht haben!"

„Ich werde ein Wort mit Terence reden."

Zum ersten Mal seit dem Tod des kleinen Jungen regte sich so etwas wie ein Funken Hoffnung in ihr. „Das würdet Ihr tun, Father?"

„Terence ist ein braver Mann. Man findet keinen besseren auf Whiskey Island, doch ist er mit der Sünde des Stolzes geschlagen.

Ich werde ihn daran erinnern, wenn ich ihm das nächste Mal begegne. Sei gewiss!"

Ein braver Mann, ja, das war Terence in der Tat, und jetzt, anderthalb Jahre nach ihrer Vermählung, liebte Lena ihn mehr denn je. Nur war er durch und durch von dem Gedanken besessen, seine Frau vor der brutalen Wirklichkeit ihres Daseins abschirmen zu müssen. Wie sehr das Leid anderer Familien Lena auch bekümmerte, welche Vorwürfe sie sich ob ihrer eigenen Hilflosigkeit machte, dafür fehlte ihm jedes Verständnis.

Er begriff eben nicht, wie stark sie war.

Als sie eine halbe Stunde später aus der Kirche trat, wartete Terrys bester Freund und Untermieter Rowan Donaghue bereits auf sie, um sie nach Hause zu begleiten. In voller Polizeimontur reichte er ihr einen Strauß weißer Chrysanthemen, wobei Lena der festen Überzeugung war, das er ihn im Vorgarten eines der hochherrschaftlichen Häuser in der Euclid Avenue gepflückt hatte, in der Rowan befehlsgemäß nach dem Rechten sah.

„Leider nicht des Sommers letzte Rose", bemerkte er in Anspielung auf die bekannte Volksweise. „Trotzdem nicht weit davon entfernt. Mir schien, du könntest etwas Aufmunterung vertragen."

Sie nahm die Blumen, deren Blütenränder sich bereits bräunlich färbten. Der Winter stand vor der Tür, die Blütezeit ging zu Ende, und umso willkommener war die Überraschung. Tief barg Lena das Gesicht in die Chrysanthemen, um noch einen letzten Hauch von Sonnenschein und blauem Himmel zu erhaschen. „Hast du etwa das Gesetz übertreten, um die für mich zu pflücken?"

„Na, wie darf ich denn diese Frage verstehen? Der Gärtner des Hauses Ward ist ein Bekannter von mir."

„Welch schöne Blumen!"

„Schön müssen sie für dich schon sein!"

Sie hob den Kopf und bedankte sich mit einem Lächeln. Er war ihr schon ans Herz gewachsen, dieser Rowan mit seinem runden, robusten Gesicht. Als sie erstmals von Terrys Untermieter erfahren hatte, da hatte sie sich skeptisch gefragt, ob das wohl gut gehen würde, neben ihrem Gatten noch einen anderen Mann in ihrem kleinen Heim zu beherbergen. Doch Rowan unter ihrem Dach zu haben, das hatten sie nie bereuen müssen. Von Natur aus ein liebenswürdiger, herzensguter Bursche, versuchte er, sich in jeder erdenklichen Weise nützlich zu machen. Zudem saß ihm der Schalk im Nacken, so dass er Lena nahezu pausenlos zum Lachen brachte. Allein dafür lohnte es sich schon, ein Stückchen Privatsphäre zu opfern.

Schweigend schlenderten sie eine Weile dahin, vorbei an den Häusern am Hügel mit ihren auf Stützpfeilern ruhenden Fronten, unter denen die Männer gemütlich im Schatten der eigenen Wohnzimmer kauerten und sich die Zeit vertrieben. Kinder tollten in Gruppen herum, die Jungen knuffend und spielerisch balgend, die Mädchen züchtig gemessenen Schritts, doch mit schelmischem Blick. Ein mit einem Reifen spielender Junge hätte Lena und Rowan um ein Haar über den Haufen gerannt, so dass Rowan ihn am Schlafittchen packte, bis der Bengel sich stockend entschuldigte.

Je weiter die Straße sich in Windungen den Hang zum Fluss hinunterschlängelte, desto ärmlicher wurden die Häuser und Hütten, zusammengehalten oft nur von Teerpappe und von auf Baustellen „gefundenen" Latten oder am Strand geborgenem Treibholz. Dicker Qualm quoll aus den Schloten der Raffinerien und Gießereien; Schichten von Ruß legten sich auf das entlaubte Geäst der Bäume.

Fröstelnd wickelte Lena sich enger in ihren Wollschal. „Kein Wunder, dass mein Gärtchen nicht gedeiht! Wasser und Luft sind vergiftet!"

„Der Preis des Fortschritts."

„Da verzichte ich lieber."

Rowan wechselte das Thema. „Allmählich wird es kälter. Nicht mehr lange, dann schneit es."

„Und das monatelang!"

„Dann fahren Pferdeschlitten auf der Euclid Avenue, ein wunderbarer Anblick! Dieses Jahr werde ich Terry drängen, dich einmal dorthin mitzunehmen."

„Er muss viel zu schwer schuften und ist abends immer todmüde."

„Einerlei! Die Schlittenrennen zu sehen, das hast du dir verdient! Wenn er dich nicht mitnimmt, dann tue ich es!"

„Rowan, ich möchte arbeiten und Terry ein wenig entlasten. Father McSweeney hat mir angeboten, ein Wort mit Terry zu reden, damit er es mir erlaubt." Sie tat einen tiefen Atemzug. „Aber wenn Terry ‚Nein' sagt, dann werde ich das nicht hinnehmen!"

Rowan blieb stumm, so dass sie ihren Ausbruch bereits bereute. Er war schließlich Terrys bester Freund, und durch ihre Bemerkung hatte sie Rowan zwischen sich und ihren Mann manövriert.

„Wenn Terry ablehnt", erwiderte Rowan nach einiger Zeit, „dann lege ich ein gutes Wort für dich ein."

„Das kann ich unmöglich von dir verlangen."

„Das hast du aber eigentlich schon, nicht wahr? Nun, dann ein Vorschlag zur Güte, wenn es erlaubt ist."

„Und der wäre?"

Mittlerweile auf Whiskey Island angelangt, gingen sie durch die schmalen, armseligen Gassen in Richtung Fluss weiter. Grüßend hob Lena die Hand, als sie eine Nachbarin sah, und raffte die Röcke, als der Weg an einer der zahlreichen, rußigen Schänken vorbeiführte, die hier allgegenwärtig waren. Friedlich schnarchend lag ein Mann rücklings am Straßenrand, den Mützenschirm tief ins Gesicht gezogen, als wolle er seine Augen vor der Sonne schützen, obwohl diese gar nicht schien.

„Wenn du einen Herd hättest, Lena! Einen richtigen Herd, nicht bloß eine Feuerstelle – könntest du dann Essen zubereiten und das an den Docks verkaufen?"

Die meisten Nachbarn verfügten über Herde, ein Luxus, an den Lena nicht einmal zu denken wagte, solange ihre und Terrys Angehörigen noch nicht bei ihnen waren. „Essen?"

„Eintopf, Pasteten, Sodabrot – all die Köstlichkeiten, die du Abend für Abend für mich und Terry kochst! Nur mehr müssten es sein, zum Verkauf an die Dockarbeiter. Du bist die beste Köchin in Irishtown Bend! Deine Gerichte wären im Nu verkauft!"

„Einen Herd haben wir nicht, und das Geld dafür ebenso wenig!"

„Aber ich!" Er hob die Hand, als Lena protestieren wollte. „Ich würde es als Investition ansehen. Ich weiß, wo ich einen Herd bekäme. Und einen großen dazu, mit dem Platz, den du brauchst. Das vorgestreckte Geld zahlst du mir in kleinen Raten von deinem Gewinn zurück, dazu eine Kleinigkeit für meine Mühe. Was meinst du?"

Alles wirbelte ihr im Kopf herum, so dass sie kaum einen klaren Gedanken fassen konnte. Ursprünglich war sie davon ausgegangen, dass sie bestenfalls durch Wäschewaschen und Bügeln etwas hinzuverdienen konnte, oder durch Kinderhüten. An das, was sie am besten beherrschte, hatte sie nicht gedacht.

Eine gute Köchin, ja, das war sie tatsächlich – ein eitler Gedanke, wie sie fand, doch das berührte sie wenig. Für Terry und Rowan zu kochen, das bedeutete auch ein Ventil für Lenas Unzufriedenheit mit der Situation, dass die Eltern noch in Irland hungern mussten und Terry ihr nicht erlaubte, sie mit selbst verdientem Geld zu unterstützen.

Und dass sie Terry noch kein Kind geschenkt hatte.

All das – nunmehr verstärkt durch den Tod des kleinen Tommy – hatte in ihr das starke Verlangen geweckt, ihrem so trostlosen Leben etwas mehr Wärme und Farbe zu verleihen. Zu diesem Zwecke hatte sie sich einen bescheidenen Kräutergarten angelegt, durchstreifte sie am Ende des Tages den nahe gelegenen Markt nach billigen Knochen und welkem Gemüse und tauschte sie auf ihrer Feuerstelle gebackenes knuspriges Hafermehlbrot gegen einen Korb voll fleckiger Äpfel und überreifer Birnen.

„Einen Herd?"

„Klar, ich kenne die Köchin im Hause Simeon. Die hat mir berichtet, dort gäbe es in zwei Tagen einen neuen Gasherd. Sie könnte gewiss dafür sorgen, dass der alte an mich verkauft würde. Nach einer kurzen Gewöhnung hast du bestimmt im Nu den Bogen raus, wie man mit ihm umgeht."

„Was wird Terry dazu sagen? Was wird er denn davon halten?"

„Terry überlass getrost mir. Wir sind schließlich Freunde, du und ich. Das reicht."

Einen Monat später nahm der Herd fast die gesamte kleine Küche ein und verstellte auch den Kamin, doch das schien Lena wenig zu kümmern. Terence befürchtete zwar, dass es ihr im Sommer, wenn der gusseiserne Herdkörper das gesamte Haus mit ungewohnter Wärme erfüllte, einmal Leid tun könnte. Jetzt allerdings, da der erste Schnee fiel, war er offenbar über alle Maßen begeistert.

„Ach, Terry, fass nur einmal an, wie heiß er wird!" rief Lena und klatschte dabei in die Hände. „Nun kann ich Brot backen, Laibe über Laibe! Und Suppen den ganzen Tag warm halten, ach, wochenlang sogar!"

Terry verspürte ein unangenehmes Gefühl im Herzen, hin und her gerissen zwischen Lenas Freude und dem eigenen Stolz. Dass seine Ehefrau gezwungen sein sollte, das zu verdienen, wozu seiner Hände Arbeit nicht langte, das brachte sein Innerstes in Aufruhr. War er aber nicht andererseits ein Glückspilz, eine solche Frau zu besitzen? Und hatten sie nicht beide großes Glück, einen wie Rowan zum Freund zu haben, der all dies erst ermöglicht hatte?

Als Lena herumwirbelte, fiel ihr sein nachdenklicher Gesichtsausdruck auf. „Terry, ich möchte es doch so gern! Mit Freude würde ich es tun! Meine Tage sind so lang! Da ich doch kein Kind habe, um das ...." Ihre Stimme verebbte.

Denn das war der zweite Grund für ihren Kummer. Lena hatte bislang kein Kind von ihm empfangen können, trotz häufiger Versuche.

„Und wenn doch mal Nachwuchs kommt?" Er wollte einfach nicht hinnehmen, dass sie eventuell unfruchtbar sein könnte. Seiner Überzeugung nach war es nur eine Frage der Zeit, bevor sie auch Kinder ernähren mussten, das sagte er sich ein ums andere Mal – Kinder, die sie sich eigentlich nicht leisten und die derselben Krankheit anheim fallen konnten, die auch den kleinen Tommy hingerafft hatte.

„Wenn ein Kind kommt", sagte sie, das Kinn trotzig gereckt, „dann hüte ich es und koche gleichzeitig. Katie schafft schließlich auch die Wäsche anderer Leute und dazu ihre Kinder!"

Terence schloss seine Frau in die Arme. „Ich will doch nur dein Glück", flüsterte er. „Sonst nichts."

„Ich bin ja auch glücklich! Durch dies alles hier!" Sie küsste ihn mit einer Hingabe, die ihn immer wieder überraschte. Auch in dieser Hinsicht betrachtete er sich als Glückspilz, hatte er doch eine Frau geheiratet, der jede Berührung und alles gemeinsame Tun Freude bereitete.

Schließlich löste sie sich von ihm. „Und nun wirst du gebadet und rasiert!"

Sie goss einen Kessel heißes Wasser in ein Fass, das sie mühsam in ein freies Eckchen gequetschte hatten. Während sie einen zweiten Kessel nachfüllte, zog er seine Arbeitskleidung aus, verkrustet mit demselben rostroten Eisenerzstaub, der sich ihm auch in Haut und Bart gegraben hatte. Terence wusste, das Lena noch vor dem Gang zur Beichte gebadet hatte, und er wünschte, er hätte ihr dabei zusehen können.

„Wie du aussiehst!" Sie lachte hell auf, ein Laut, der so selten erklang wie das Zwitschern der Rotkehlchen im Winter. „Rot wie ein Apfel!"

„Warte ab, wie ich aussehe, wenn du mit mir fertig bist!" Terence ließ sich in sein Bad nieder, und als ihm das warme Wasser über die Hüften stieg, lief ihm ein wohliger Schauer über die Haut. Die Knie vor die Brust gewinkelt, hockte er in dem engen Zinkfass, die Schultern so trocken wie ein Dockarbeiter vor dem Zahltag.

Das änderte sich, als Lena ihm einen Eimer Wasser über den Rücken goss. „So, und jetzt vorbeugen, damit ich schrubben kann!"

Mit Hingabe überließ er sich ihren sanften, gründlichen Händen und anschließend der lebensgefährlich scharfen Klinge des Rasiermessers, mit der Lena ihm Kinn und Wangen abschabte. Oft neckte sie ihn mit dem Hinweis, sie müsse die Schneide ständig nachschärfen, weil der Staub sie so abstumpfe, dass schon bald eine neue fällig sei. Während sie ihm das Haar wusch und stutzte, seufzte er auf vor Lust, und nach vollendeter Prozedur rubbelte sie ihn mit einem Handtuch ab, das noch leicht feucht war von ihrem eigenen Bad.

Nachdem das Licht gelöscht war und sie beide im Bett lagen, schmiegte sie sich in seine Arme, leidenschaftlich und hingebungsvoll zugleich. Und als sie aufschrie, floss sein Samen in sie, wie fast jede Nacht seit ihrer Hochzeit.

Während sie danach neben ihm schlummerte, fragte er sich, was schlimmer sein mochte: ein Kind zu zeugen und es sterben zu sehen, wie den kleinen Tommy Sullivan, oder ganz auf eines verzichten zu müssen. Welch schrecklichen Streich spielte Gott da mit ihnen, wenn ihre Leiber ihnen allein die Lust aneinander gaben, sonst aber nichts?

18. KAPITEL

Oktober 1882

Aus der alten Heimat hatte Katie Sullivan einen reichen Schatz an Redensarten mitgebracht, die zu jeder Gelegenheit passten. „*Ein guter Nachbar ist besser als ein ferner Freund.* Du musst dich nicht bedanken, Lena!"

Die einjährige Annie auf der Hüfte rührte Katie in dem offenen Kessel auf Lenas Herd. In einer Ecke spielte still die dreijährige Laurie, das älteste der Sullivan-Kinder. Katies Arm reichte kaum bis zur hinteren Herdplatte, da sie bei ihrem vorgewölbten Bauch ziemlich weit vom Herd entfernt stehen musste. Schon bald sollte das nächste Kind zur Welt kommen.

Lena wischte sich mit der Schürze über die Stirn. „Es ist mehr Arbeit, als ich je gedacht hätte, aber erheblich weniger Gewinn!" Trotz der herbstlichen Kühle war die Küche überhitzt, der Herd fast glühend heiß seit dem frühen Morgen – zehn Sodabrotlaibe im Backfach, Brühe und Eintopf auf der Herdplatte.

„Weil du für Männer schaffst, die noch ärmer sind als du. Was können die sich schon leisten außer den paar Kröten, die sie dir zahlen? Und wie viele fütterst du sogar umsonst durch?"

„Es sind allesamt brave Kerle, und essen müssen sie nun einmal!"

„Da kann ich nicht widersprechen. Vielleicht versorgst du sogar meinen Seamus, wenn ich wegen des Säuglings nicht aus dem Haus kann."

„Es wäre mir ein Vergnügen! Nach allem, was du für mich getan hast!"

„Granny O'Farrell sagt, es wird ein Junge." Granny O'Farrell, die Hebamme von Whiskey Island, war für ihre genauen Vorhersagen berühmt.

„Wird dich der Kleine auch nicht zu sehr an deinen lieben Tommy erinnern?"

„Das braucht er gar nicht. Tommy besucht mich im Traum. Er kommt zu mir, weil er seine Mama immer noch vermisst, obschon er im Himmel ist. Eines Tages wirst du das verstehen, auch wenn du es jetzt nicht glaubst."

„Meinst du? Nun bin ich fast drei Jahre verheiratet, aber ein Kind hat sich noch immer nicht eingestellt. Dabei haben wir es oft genug versucht", fügte sie hinzu, bevor Katie sie deswegen rügen konnte.

„Hast du den Herrn Pfarrer gebeten, für dich zu beten?"

„Ja." Lena konnte sich gut vorstellen, dass auch Katie selbst sie ab und zu in ihre Gebete einschloss. „Vielleicht will der Allmächtige ja, dass wir zunächst unsere Eltern herholen. Genug gespart haben wir inzwischen."

„Dann wäre es ein Segen, dass du noch keine Familie hast. Vielleicht hat der liebe Gott es so gefügt."

Lenas innere Stimme wies aufbegehrend darauf hin, dass diese göttliche Fügung getrost etwas zeitiger hätte erfolgen können. „Nun", warf sie laut ein, als sie merkte, dass sie dem Selbstmitleid gefährlich nahe kam, „das Essen von heute bringt womöglich ein, zwei Penny extra ein. Ich hab mehr gekocht als gewöhnlich. Je kälter es draußen wird, desto größer der Hunger bei den Arbeitern."

„Die kluge Frau baut vor. Spare in der Zeit, so hast du in der Not!"

„Bitte, Katie, darf ich dir für deine Mühen heute Morgen etwas Brot und Suppe vorbeibringen? Dann brauchst du nicht selbst zu kochen. In deinem Zustand solltest du sowieso besser liegen!"

„Dann bring gleich einen Happen für Granny mit."

„Wie bitte?" Lena erstarrte.

„Tja, heute Abend könnte mein Seamus schon wieder mal Dad sein!"

„Jesus, Maria und Josef! Dann aber nichts wie heim mit dir! Soll ich die beiden Kleinen bei mir behalten?"

Katie lachte. „Auf die passt Granny schon auf! Zur Not rufen wir eine Nachbarin herbei. Im Übrigen habe ich die Kleinen lieber in der Nähe. Dann muss ich mich nicht um sie sorgen. So, nun mache ich mich auf den Weg."

„Und ich bringe das Essen zu den Docks, und auf dem Rückweg komme ich bei dir vorbei und übernehme die Kinder."

„Herzlich gern." Danach rief Katie ihr Töchterchen und ging mit ihr zur Haustür hinaus.

Lena hastete eilig in der Küche hin und her und erledigte noch rasch alle notwendigen Hausarbeiten. Für den Transport ihrer Waren zu den Docks hatten Rowan und Terence ihr extra einen Handwagen gebastelt, den sie nun vor die Hintertür stellte und belud, wobei sie besonders auf die Suppenkessel acht gab, die extrem schwer und heiß waren. Das Brot packte sie rund um die Kessel herum, einmal um die Laibe warm zu halten, aber auch als Polsterung für die Behälter. Dazu kam noch ein Korb mit Kuchen, am Abend zuvor aus den letzten Herbstäpfeln gebacken.

Zum Schluss sammelte sie ihren Vorrat an blechernen Tellern, Schüsseln und Bestecken zusammen. Sie hatte es sich zur Angewohnheit gemacht, nach der Essensausgabe zu warten bis die Arbeiter ihre Mahlzeit beendet hatten, um danach mit dem benutzten Besteck und Geschirr wieder heimwärts zu ziehen, wo sie alles reinigte, damit sie es am nächsten Tag wieder benutzen konnte. Sie hatte alles teuer erstehen müssen, trotz des Preisnachlasses, den Rowan bei der Schließung einer Schänke erzielt hatte.

Der Fußmarsch zu den Docks dauerte diesmal eine Viertelstunde, denn ein beißender, tückischer Wind wehte ihr ins Gesicht. Zudem ging sie bei Katie vorbei und versorgte sie mit Suppe und Brot und Kuchenstücken, um danach ihren Weg fortzusetzen.

Ganz gleich, wie oft sie auch zu den Docks kam: Der Anblick der riesigen hölzernen Erzkähne, die klobig am Kai aufragten, setzte sie immer aufs Neue in Erstaunen. Terence zufolge hatten die Werften, ebenso hungrig nach irischen Arbeitern wie die Docks selbst, mit dem Bau von Frachtkähnen aus Stahl begonnen. „Manche meinen, die Ungetüme gehen sofort unter“, hatte er ihr gesagt. „Aber wahrscheinlich hat sich der Erbauer des ersten Holzfloßes dasselbe anhören müssen.“

Von Terence wusste sie auch, dass jeder Erzfrachter an die dreihundert Tonnen Eisenerz fasste, eine Ladung, die in Michigan von einhundert Arbeitern in vier Tagen in den Laderäumen verstaut wurde. Für das Löschen des Erzes in Cleveland aber benötigte dieselbe Anzahl Männer eine volle Woche.

Ausgerüstet mit Schaufel und Schubkarre hatte der Bruder von Terence damals hier begonnen. Unten im Schiffsbauch beladen wurde eine volle Karre dann über eine Reihe von Planken zur Kaimauer hinaufgeschoben und in Eisenbahnloren entleert. Als bei einem dieser Transporte eine Planke unter ihm durchbrach, war Darrin von einer Erzladung lebendig begraben worden.

Da hatte Terence schon mehr Glück. Die Arbeiter in den Laderäumen schaufelten das Erz in Tonnen, die von Maultiergespannen zu Flaschenzügen transportiert wurden. Anders als noch sein Bruder musste Terence nicht unter Aufbietung aller Kräfte eine voll beladene Schubkarre zum Kai hinaufwuchten. Außer in der kurzen Mittagspause bekam er allerdings während seines Zwölfstundentages auch nie die Sonne zu Gesicht.

Die Laderäume lagen tief und krümmten sich mit den Schiffswänden abwärts schräg nach innen. Es war eisig zum Winteranfang, ehe der gesamte Frachterverkehr auf dem zugefrorenen See zum Erliegen kam, feucht und kalt im Frühjahr und Herbst, stickig und heiß im Sommer. Wer unter Platzangst litt, der hielt es dort nicht aus. Allmorgendlich hing binnen Sekunden eine Wolke aus aufgewirbeltem Erzstaub in der Luft. Staublunge und Hustenleiden waren die Folge. So manche Nacht hatte Lena schlaflos und besorgt im Bett gelegen, wach gehalten vom Husten ihres Mannes.

Eben zog sie ihren Handwagen quer über einen Schienenstrang, da ließ das schrille Pfeifen einer Dampfsirene sie zusammenzucken. Sie musste einem Maultiergespann und einer Gruppe „Terrier“ ausweichen, die sich gerade einen Platz für die kurze Rast suchten, möglichst weit weg von den verhassten Laderäumen. Die Männer grüßten Lena, indem sie ihre Mützen lupften und einen Haarsschopf enthüllten, der nicht ganz so rot war wie der Rest. Einer kaufte eilig einen Kanten Brot und ein Stück Kuchen, doch alle wussten, dass Lena ihre Suppen und Eintöpfe nicht hier an dieser Stelle feilbot, sondern an ihrem Stammplatz am Flussufer, wo sie sich täglich einrichtete. Die Arbeiter mussten sich dorthin begeben und ihr Mittagsmahl an Ort und Stelle verzehren, denn sonst hätte sie wohl einiges an Besteck und Geschirr nie wieder gesehen.

Sie hielt Ausschau nach Terry, doch bei der Entfernung und der aus den Schiffsbäuchen quellenden Menschenmasse sahen die Männer alle gleich aus – staubbedeckte Hemden, Hosenträger und Mützen. Nachdem Lena ihren Handwagen noch über einige Schlaglöcher und Bodenwellen gezerrt hatte, stellte sie ihn an einer niedrigen Uferböschung ab, etwas früher am Ziel als üblich. Die aus den Frachtern schwärmenden Arbeiter ließen sich Zeit, dehnten und streckten sich und lockerten die verspannten Muskeln, bis auf den letzten Mann heilfroh, an der frischen Luft zu sein, ungeachtet des scharfen Windes und der Winterwolken, welche die Sonne verdeckten.

Schließlich erkannte sie ihren Mann inmitten eines Arbeitertrupps, der direkt auf sie zukam. Terence, der längste und magerste unter den sechs, trug einen schweren, von Lena gestrickten Pullover und hatte sich einen Schal um den Hals gewunden. Trotzdem fror er, wie sie wusste. Er fror immer, eine Folge von Untergewicht und fehlendem Schlaf. Dennoch, er war ein zäher Bursche und klagte nie.

Neben ihm ging Seamus Sullivan, stämmig, dunkelhaarig und für einen armen Mann recht wohlgenährt. Auch wenn Katies Kochkunst an Lenas nicht heranreichte, versorgte sie doch ihre Familie gut und war stolz auf jedes Pfund, das ihre Lieben zunahmen. Bei Seamus ging das offenbar rasch.

Terence küsste und umarmte seine Frau zwar nicht, begrüßte sie aber mit herzlicher Miene. „Bringst du uns auch etwas Leckeres an einem kalten Tag wie diesem?“

„Aber ja!“ Sie hob die Deckel von den Kesseln. Der Duft von deftiger Suppe stieg in die Luft, Eintopf mit Kohlrabi, Kartoffeln und Möhren, wie ihn die Männer mochten. „Trefft eure Wahl, ehe die anderen da sind. Seamus, du zuerst. Und wer aufisst, kriegt ein Stück Kuchen als Belohnung!“

Nachdem Seamus sich seinen Schlag Irish Stew abgeholt hatte, wandte sie sich an Terry. „Und was möchte mein Herr und Gebieter?“

„Was gibt es denn zum Abendbrot?“ fragte Terence lächelnd.

„Was jetzt nicht aufgegessen wird.“

„Dann Stew auch für mich!“

Sie füllte ihm eine Schüssel voll und tat so viel Fleisch hinein, wie sie finden konnte. Dieses Glück würde den später Hinzukommenden nicht mehr beschieden sein.

„Bis zum Wochenende wird es schneien“, bemerkte Terence und nahm die Suppe. „Es liegt Schnee in der Luft.“

Das spürte auch Lena, und sie freute sich auf die ersten Flocken, selbst wenn sie ihren Weg mit dem Handwagen erschwerten. In den ersten Stunden nach einem richtigen Schneesturm deckte der Schnee alles zu und legte sich gleich einem weißen Tuch über Hütten, Gießereien und verrottenden Müll. Bis der Ruß der Fabriken die Landschaft wieder schwarz färbte, war die Welt wie neu und die Luft sauber.

„Dann fahren Pferdeschlitten in der Euclid Avenue“, fuhr Terence fort. „Und Schlittenrennen werden veranstaltet. Möchtest du nicht in diesem Winter mal zuschauen, Lena? Diesmal verschieben wir es nicht so wie letztes Jahr!“

Lena war begeistert. In den beiden Jahren zuvor hatte sie Terence nicht zu den Rennen gedrängt, trotz Rowans Anregung. Sie wusste ja, wie müde ihr Mann war, wenn er von der Arbeit heimkam, und wie viel er in seiner spärlich bemessenen Freizeit noch zu erledigen hatte.

Zudem war ihr bewusst, wie sehr es ihn verbitterte, dass die Herren, die bei Hungerlöhnen die Iren in die Bäuche der Erzfrachter zwangen, wie Könige in der Prachtstraße residierten.

Lena selbst war erst ein Mal dort gewesen, wenngleich Euclid Avenue zu Fuß oder mit der Trambahn leicht zu erreichen war. In Katies Begleitung war sie ein Stück über den breiten Boulevard spaziert und hatte die Villen bewundert, die haushohen Ulmen am Straßenrand, die stolze Allee selbst, gepflastert und vor Überschwemmungen geschützt.

„Aber nur, wenn du möchtest", erwiderte sie, doch vor Aufregung verschlug es ihr schier die Sprache, denn nichts wünschte sie sich sehnlicher. Ihr Leben bot so wenig Abwechslung, so wenig Lachen und Farbe und Spannung! Einmal nur, für einen Nachmittag bloß, wollte sie Irland vergessen, so schlimm es sein mochte, wollte vergessen, wie hart sie arbeiteten und wie wenig sie im Gegenzug dafür hatten. Gewiss, sie war glücklich mit Terence und konnte sich ein Leben ohne ihn nicht vorstellen, doch auf etwas mehr zu hoffen, dazu war sie noch jung genug.

„Ich möchte unbedingt! Sobald es richtig schneit, gehen wir hin!" Terence zwickte ihr in die Wange und hinterließ einen rostroten Schmierfleck. Lena strahlte ihren Mann an, so beglückt, dass sie ihn am liebsten auf der Stelle geküsst hätte, schicklich oder nicht. Doch er drehte sich bereits um und machte den Arbeitern Platz, die sich inzwischen vor dem Handwagen scharten, um ihre Mittagsmahlzeit zu erstehen. Sie bediente in einem fort, bis sowohl Suppe als auch Eintopf zur Neige gingen und nur noch ein Rest übrig blieb für das eigene Abendbrot daheim. Nachdem der letzte Mann Teller und Besteck zurückgegeben hatte, packte Lena alles ein, um den Heimweg anzutreten.

Gerade verstaute sie die letzten Suppenschüsseln, als sie hinter sich eine vertraute Stimme vernahm.

„Es scheint, als wäre es heute ein guter Tag für dich gewesen."

Sie drehte sich um und stand einem Mann gegenüber, mit dem sie ausgerechnet hier am wenigsten gerechnet hatte: Father McSweeney, noch recht jugendlich wirkend, etwa zehn Jahre älter als Terence, mit braunem Haar und Augen so blau, als habe er sich die Farbe vom sturmgepeitschten See geborgt. Breitschultrig und hoch gewachsen, hätte er sich, wäre er nicht Priester geworden, durchaus auch zum Entladen von Eisenerz geeignet.

Lena nahm eine kerzengerade Haltung ein, eine Angewohnheit von früher, wenn sie dem Pfarrer ihrer dörflichen Gemeinde begegnete. „In der Tat, Father. Alles verkauft und ein wenig Gewinn erzielt."

„Und obendrein so manches Gemeindemitglied von St. Brigid's satt bekommen. Darauf kannst du wahrlich stolz sein. Ich wollte gerade wieder den Hügel hinauf. Darf ich dich begleiten?"

„Es wäre mir eine Ehre."

„Und wie zieht eine so zarte Frau wie du diesen schweren Wagen?"

„Wir Frauen sind stärker, als Männer gemeinhin vermuten."

„Würde ich dir zu nahe treten, wenn ich den Wagen für dich heimwärts zöge?"

„Aber warum?"

„Weil ich es kann, und weil mir meine Arbeit wenig Gelegenheit zur Körperertüchtigung lässt. Willst du mir da diese Möglichkeit verwehren?"

„Ihr sprecht eine geschliffene Sprache, Father! Euch wäre eine große Karriere auf der Bühne beschieden!" Dennoch trat Lena beiseite, damit er den Wagen ziehen konnte.

Schweigend stapften sie los. Die meisten Männer hatten sich wieder zur Arbeit begeben. Die übrigen lupften zwar ihre Mützen, schlugen aber doch einen großen Bogen um das ungleiche Paar. Sobald die Docks und Eisenbahntrassen hinter ihnen lagen, brach Father McSweeney sein Schweigen. „Wie gefällt dir das Leben hier? Hast du kein Heimweh nach Irland?"

„Nur nach meiner Mutter."

„Wird sie zu euch kommen?"

„Sobald Terrys Eltern hier sind, werden wir auch für Mutters Überfahrt sparen. Doch die Reise wird immer teurer."

„Und Terrys Lohn hält nicht Schritt?"

„Es gibt sicher besser entlohnte Arbeit, aber je mehr er in den Docks rackert, desto weniger Kraft bringt er auf, um nach einer anderen Stelle zu suchen. Es kostet ihn arge Mühe, morgens aufzustehen und wieder hinunter in die Laderäume zu klettern.“ Die schlecht bezahlte Plackerei als „Terrier“ war bei den Iren die Regel, auch wenn einige mittlerweile als Straßenbahnfahrer oder gar bei Feuerwehr und Polizei Arbeit gefunden hatten. Sie galten als Raubeine, die Iren, als streitsüchtig und unzuverlässig, und ihre katholische Konfession war den meisten Bewohnern von Cleveland fremd und suspekt.

„Wir werden unseren Weg schon gehen“, stellte Lena fest.

„Davon bin ich überzeugt.“

Bemüht, das Thema zu wechseln, fiel ihr das ideale Stichwort ein. „Übrigens, Father, Katie Sullivan bekommt bald ihr Baby.“

„Was du nicht sagst!“ Er klang erfreut.

„Laut Granny O'Farrell wird es ein Junge.“

„Das wäre ein Segen! Ich habe dafür gebetet.“

„Und gewiss auch für mich!“

„Bedarfst du denn meiner Gebete, Lena?“

Wenn er ihren Namen aussprach, wurde ihr warm ums Herz. Normalerweise war sie gerade so fromm, wie es ihre rebellische Seele zuließ, doch hatte man einen Priester, den man bewundern konnte, fiel es leichter, seine Worte hinzunehmen, erst recht dann, wenn diesem Seelsorger die Schäfchen offenbar wirklich am Herzen lagen.

„Nicht mehr als andere auch“, erwiderte sie.

„Ich bin nicht sicher, ob dem so ist.“

Sie war verblüfft. „Und warum, Father?“

„Mir scheint, du neigst sehr dazu, das zu tun, was du für recht und billig hältst.“

„Und deswegen betet Ihr für meine Seele?“ Ihre Verblüffung nahm zu.

„Du haderst mit Gott. Zuweilen folgst du eher deinem eigenen Ratschluss als dem seinen.“

„Gäbe er seinen Ratschluss nur bekannt! Dann würde ich ihn mit Freuden annehmen!“

Father McSweeney lachte. „Aber das tut er, nämlich durch die Gebote der Kirche. Doch sage mir ehrlich: Könntest du wählen zwischen Gottes Stimme von der Kanzel und Gottes Stimme, wie sie aus deinem Herzen spricht – welcher würdest du folgen?"

Nach einigem Nachdenken antwortete sie: „Der lautesten wohl!"

„Und genau da liegt meine Sorge!"

„Bin ich so anders als die anderen?"

„Soll ich ehrlich sein? Du bist intelligenter als die meisten und willensstärker obendrein. Lösungen suchst du nicht im Himmel. Die Aussicht auf ein besseres Dasein nach dem Tod bietet dir wenig Trost."

Da hatte er zweifellos Recht, obwohl Lena das niemals eingestanden hätte. „Habt Ihr einen Lebensplan für mich, Father? Denkt Ihr, ich müsste etwas tun, was ich bisher noch unterlasse?"

„Einen Plan nicht, jedoch einen Rat. Sieh dich vor, Lena. Hüte dich vor unbedachten Entscheidungen."

Mittlerweile waren sie an der Tyler Street angelangt, wo Lena abbiegen musste. Father McSweeney reichte ihr das Zugseil für den Handkarren. „Ich habe keine Entscheidungen zu treffen", sagte sie. „Ich gebe mir Mühe, eine gute Gattin zu sein, eine gute Nachbarin, eine gute Katholikin. Ich habe nicht vor, meinen Mann zu verlassen oder der Trunksucht zu verfallen. Ich gebe mir Mühe, das Rechte zu tun."

„Doch das ist für dich nie so einfach, wie es sein sollte."

Vermutlich, so Lena, stimmte auch das, aber nach einer Änderung stand ihr nicht der Sinn. Sich das Denken verbieten zu wollen, das wäre etwa so absurd, als habe man Flügel und dürfe nicht fliegen.

Sie versuchte, das Gespräch nicht zu schwer zu nehmen. „Sollte ich mich falsch entscheiden, so werdet Ihr mich gewiss darauf hinweisen."

„Wirst du auch auf mich hören?"

„Ich höre immer auf Euch, Father." Ob sie allerdings auch gehorchen würde, war eine ganz andere Frage.

Offenbar spürte er, dass eine weitere Diskussion fruchtlos bleiben würde. „Bestell Katie und Seamus, ich werde sie morgen aufsuchen, um das Neugeborene zu sehen."

„Gern. Und habt Dank, dass Ihr meinen Karren gezogen habt."

Lächelnd sah er auf sie hinab, doch ihr war, als wollten seine blauen Augen ihr bis in die Seele dringen. „Ich wünsche dir einen schönen Tag, Lena. Gott befohlen!"

Sie schaute ihm nach, bemüht, seine Mahnung aus ihren Gedanken zu verbannen. Doch auch Stunden später noch, während sie Katies Hand hielt und ihre Nachbarin unter Schmerzen ihren Sohn zur Welt brachte, gingen Lena Father McSweeneys Worte noch immer nicht aus dem Sinn.

19. KAPITEL

November 1882

Lena hatte ein neues Kleid, das erste eigene überhaupt, kein abgelegtes von einer Tante, Kusine oder wohlhabenden Dame, die, des guten Stückes überdrüssig, es einfach abgelegt hatte. Den Stoff, dunkelgrüne Wolle, hatte Lena unweit der Kirche in einem Laden gekauft, dessen Dach von einem Herbststurm weggefegt worden war. Mit geschicktem Zuschnitt und kontrastierendem, elfenbeinfarbenem Kragen hatte sie die Wasserflecken kaschiert und sich auf diese Weise ein schlichtes Kleidungsstück geschneidert, das ihr, wenngleich erst nach ungeschickten Anfangsfehlern, perfekt passte. Dazu hatte Katie ihr einen Kamm aus Elfenbein geschenkt, geradezu optimal für Lenas schweres rotes Haar, und von Rowan hatte sie drei aus Walknochen geschnitzte Knöpfe bekommen, entdeckt in einem Geschäft abseits des Public Square. Obwohl es bis Weihnachten noch drei Wochen hin war, hatte Lena somit ihre Bescherung bereits hinter sich.

Das Kleid war gerade rechtzeitig fertig geworden – einerseits zum Kirchgang, andererseits aber vor allem für den Ausflug zum Pferdeschlittenrennen in der Euclid Avenue.

„Meinst du wirklich, es geht so?" Den Stoff von ihrer schlanken Figur abhaltend, wirbelte Lena ein letztes Mal vor ihrem Mann um die eigene Achse.

„Lena, dir wird noch schwindlig bei all der Dreherei! Du siehst reizend aus in dem wunderbaren Kleid. Es wird mir eine Freude sein, dich heute Nachmittag zu begleiten – ich, der größte Glückspilz auf der ganzen Avenue!"

Strahlender Sonnenschein begleitete sie zur Kirche. Die Erde lag unter einer Decke von schimmerndem Weiß, die Bäume und Dächer von Whiskey Island wie von Zauberhand weiß bestäubt. Endlich einmal war die Luft frisch und kein Windhauch zu spüren.

Unterwegs grüßten Freunde und Bekannte, allesamt auf dem Weg zur Messe, mehr und immer mehr, je weiter es hügelan ging –

ganze Familien mit Kindern wie Orgelpfeifen, alte Frauen, die Gesichter hinter dicken Schals verborgen, junge Damen mit breitkrempigen Hüten, stets Ausschau haltend nach passenden Kavalieren. Hunde tollten durch Schneewehen, dicht zusammengedrängt schlidderten schmuddelig aussehende Straßenkinder in demolierten Holzkisten den Hügel hinunter.

Aus grauem Stein erbaut, war die Kirche ein imposantes, wenn auch schwerfällig wirkendes Bauwerk, das die Kälte im gleichen Maße draußen hielt, wie es drinnen die Hoffnung glimmen ließ. Von unbändigem Hochgefühl erfüllt, spürte Lena hier drinnen an der Seite ihres Mannes die Wärme in ihre empfängliche Seele dringen, hier inmitten der Menschen von Irishtown Bend, dicht gedrängt im Kirchengestühl. Während des Hochamtes, während sie niederkniete, aufstand und sich bekreuzigte, wandelte sich Father McSweeney vor ihren Augen vom einfachen Priester zu Gottes Werkzeug. Wenn sein stattlicher Bass durch das Kirchenschiff hallte, wenn er den uralten lateinischen Ritus zelebrierte, dann war er nicht länger ein schlichter, braver Mann, berufen zum Dienste des Herrn, sondern ein Krieger, nach Lenas Überzeugung gekommen, den Teufel aus ihrer aller Seelen zu treiben.

Als sie nach dem Empfang der Heiligen Kommunion zu ihrem Platz zurückging kamen ihr all ihre Zweifel, all ihre rebellischen Anwandlungen kleinlich, kindisch und unredlich vor. Im goldenen Glanz von flackernden Kerzen und Sonnenschein, der gedämpft durch rußige Kirchenfenster drang, ließ sie ihren Gedanken freien Lauf und verlieh dem Unvorstellbaren stummen Ausdruck.

Sechs Wochen waren ihre Blutungen ausgeblieben, weit länger als je zuvor. Zunächst hatte sie es schlicht für einen Irrtum gehalten, für einen Rechenfehler, weil eine Woche der anderen glich und man sich kaum an außergewöhnlichen Ereignissen orientieren konnte. Doch als Tag um Tag verging, ohne dass die Regel einsetzte, da ließ sich die Möglichkeit einer Schwangerschaft nicht länger ausschließen.

Terence konnte unmöglich ahnen, was ihr gerade durch den

Kopf ging, doch in genau diesem Moment streifte sein Körper den ihren, warm und fest und nach wie vor die Quelle ihrer Lust. Aus den Augenwinkeln bemerkte sie seinen Blick und lächelte zaghaft, die Augen weiterhin geradeaus gerichtet. Wie mochte es sein, das Kind ihres Mannes in den Armen zu halten, es an ihrer mageren Brust zu stillen? Gewiss, es würde Verantwortung für ein neues Leben bedeuten. Doch welche Freude es bringen würde! Niemand konnte sich ein Kind sehnlicher wünschen als sie.

Als sie aus der Kirche traten, fiel Schnee, und Lenas von Sünde befreite Seele hob sich voller Vorfreude und Erwartung. „Ich habe noch eine Überraschung für dich", sagte Terence und hakte sie unter. „Heute wird nicht gekocht!"

Lena stutzte. „Terence! Hast du etwa ..."

Den Finger auf ihre Lippen gelegt, unterbrach er sie. „Wir haben genug gespart, Lena. Am Freitagnachmittag habe ich mich erkundigt. Es reicht für die Passage meiner Eltern. Nächste Woche werde ich die Billets für sie kaufen und per Post nach Irland senden. Sobald es im Frühjahr wärmer wird, können wir Mutter und Vater erwarten!"

So lange hatten sie diesen Augenblick herbeigesehnt, doch Lena hatte nicht einmal gemerkt, wie nahe sie ihm die ganze Zeit waren! Lebten Terences Eltern erst in Cleveland, dann mussten sie nur noch für ihre Mutter in Dublin Geld überweisen. Das Häuschen auf Whiskey Island würde zwar wenig Platz bieten, insbesondere nach Ankunft des Babys, doch das Sparen ging umso schneller.

„Bist du sicher, dass es reicht?" Sie hielt sich an seiner Schulter fest, um im Schneegestöber nicht auszurutschen. „Obwohl der Winter naht und die Frachter nicht mehr lange durchkommen?"

„Absolut. Und das wollen wir feiern!"

Mehr war ihm nicht zu entlocken, trotz all ihrer Versuche. Er zog sie einfach mit sich, bis sie zu einem kleinen Hotel gelangten, an dem sie schon des Öfteren auf dem Gang zum Markt vorbeigegangen war. Vor dem Eingang angekommen, bot er ihr galant den Arm, um sie hineinzugeleiten.

Es war beileibe kein vornehmes Haus, in erster Linie wohl Herberge für Handlungsreisende, die von Ort zu Ort zogen und ihre Waren feilboten. Durch die Türscheibe erkannte Lena eine Lobby mit ärmlichem Mobiliar und einer Tapete, die sich in gleichmäßigen Spiralen von den Wänden löste. Dennoch – für Lena kam alles einem Palast gleich! Sie zuckte zurück, als traue sie sich nicht hinein.

„Sorge dich nicht!“ Terence las ihre Gedanken. „Es gehört einem Landsmann. Wir werden im Speiseraum erwartet.“

Lena hatte zu viele Schilder in Schaufenstern gesehen, die unmissverständlich deutlich machten, dass ihresgleichen unerwünscht waren. „Ein Ire? Wahrhaftig? Wie gelangt ein Ire zu einer solchen Lokalität?“

„Im Schweiße seines Angesichts und durch ein Quäntchen Glück. Es wird auch uns beschieden sein, das schwöre ich dir! Ich habe es im Gespür, wir sind auf dem richtigen Weg!“ Er legte die Hand auf die Brust.

Lena verspürte den überwältigenden Drang, ihm von dem Glück zu berichten, das sie möglicherweise unter dem Herzen trug. Doch sie wusste: Irrte sie sich, dann war seine Enttäuschung umso unerträglicher für sie. Lieber wollte sie warten, bis ein Irrtum ausgeschlossen war.

Aufmunternd drückte Terence ihre Hand, zog Lena sacht in den Windfang hinein und küsste sie leicht auf die Lippen, bevor er die Tür öffnete.

Heimlich, still und leise und ohne dass Lena auch nur das Gringste bemerkte, hatte Terence gespart – für das Dinner im Hotel sowie für die Trambahnkarte zur Euclid Avenue und zurück. Lena übergab ihm täglich das gesamte von ihr verdiente Geld, das er monatlich zu seinem eigenen Lohn hinzuaddierte. Nach sorgfältiger Berechnung der voraussichtlichen Ausgaben für den kommenden Monat wanderte der Überschuss in das Versteck unter einer losen Bodendiele in der Schlafkammer. Nun aber, das wusste Terence, war dieser Freudentag für Lena längst überfällig, egal, was er auch kosten mochte.

„Terry, schau nur! Hast du schon einmal so etwas Grandioses gesehen?“

Terence wusste kaum, wohin er blicken sollte. Sie, die Ärmsten der Armen, begafften die Reichsten der Reichen. Bisher hatte er sich selten in diesen Stadtteil vorgewagt, erst recht nicht zu einem Spaziergang!

„So etwas Schönes ist mir noch nie vor Augen gekommen“, erwiderte er zustimmend. „Und so etwas Ungerechtes auch nicht!“ Der letzte Satz rutschte ihm heraus, ehe er sich versah.

Lena klammerte sich umso fester an seinen Arm. „Meinst du etwa, diese Menschen hätten nicht auch Sorgen wie wir? Am Ende des Tages sind sie gewiss ganz genauso müde! Denk doch nur! Diener beaufsichtigen, an Bällen und Banketten teilnehmen, Ferien auf dem Lande, die Docks und Fabriken überwachen, damit sie sich ihres Geldes sicher sein können! Ach!“ Traurig schüttelte sie den Kopf.

Er lachte. „Komm, lass uns das alles für heute vergessen und lieber den herrlichen Tag genießen!“

Denn ein schöner Tag war es in der Tat, das empfand Terence trotz seiner Vorbehalte. Auf den riesigen Ulmen am Straßenrand glitzerte eine dichte Schneedecke in der Sonne. Der Boulevard selbst war weiß – wie ein gefrorener Fluss, auf dem Schlitten und Kufengefährte aller Art hin- und hertanzten.

„Die Anwohner hier sind zu vornehm, um den Anblick einer Trambahn vor ihrem Anwesen ertragen könnten. Die Trambahnspur biegt deshalb vorher an der Haltestelle Erie Street, wo wir ausgestiegen sind, zur Prospect ab und trifft dann nach der Case Street wieder auf die Euclid Avenue. Dazwischen liegt mehr als eine Meile Avenue ohne Hindernis für die Rennen. Deshalb kann man hier ein Schlittengespann tüchtig laufen lassen. Bei Schneefall stoppt die Polizei den Verkehr auf den Seitenstraßen, damit die Schlitten nicht behindert werden.“

„Was für ein angenehmer Dienst für Rowan! Jeden Tag zuschauen zu können!“ Sie blieb stehen. Terence hielt ebenfalls an.

Bis hierher waren sie gemächlich einhergeschlendert, hatten ihr Augenmerk mal dem Schauspiel der Pferdeschlitten gewidmet, mal den imposanten Herrenhäusern, die, hinter parkähnlichen Gärten versteckt, weit abgesetzt von der Avenue standen. Nunmehr bemerkte Terence, dass Lena besonders vom Anblick der Schlitten wie verzaubert war.

Sie sahen wirklich großartig aus! Nie zuvor war ihm die Vielfalt unterschiedlicher Formen aufgefallen. Da gab es die „Cutter“, niedrig gebaut, grazil und leicht, Renngefährte hauptsächlich, von Einzelpferden gezogen und einem Kutscher besetzt. Dann gab es doppelt bespannte größere Schlitten, meist mit hohem Bock für den Kutscher vorn sowie zwei einander gegenüber angeordneten Sitzbänken dahinter. Alle schwebten sie über den Schnee dahin wie Schwäne über den See.

„Die Pferde, Terry! Schau doch nur!“ Lena wies auf ein Paar Braune, die sich wie Zwillinge ähnelten, beide mit gleichartig weißen Blessen auf der Stirn. Sanft glitt der Doppelsitzer dahin, bewegt von den beiden Braunen in graziösem Gang, die Hufe gehoben in vollendeter Harmonie.

„Von denen gezogen zu werden, wie das wohl sein mag?“ fragte Lena halblaut. „Als ob man flöge, nicht wahr?“

„Bei einem Rennen gewiss! Laut Rowan soll es heute aber wenige Wettkämpfe geben. Sonntags ist es am ruhigsten.“

„Das liegt daran, dass der Ire jeden Tag arbeitet, außer am Sonntag. Warum sollten diese Menschen da dem Iren an seinem arbeitsfreien Tag kostenlose Unterhaltung bieten?“

Terence lachte. „Es reicht ja schon, wenn wir die Villen und Schlitten betrachten dürfen! Eigentlich müssten sie sich noch etwas einfallen lassen, damit sie uns auch für ihre Straße Eintrittsgeld abknöpfen können!“

„Nicht so laut, sonst versucht es tatsächlich noch einer!“

Der ganze Nachmittag lag vor ihnen, jedes Haus, jeder Schlitten ein nicht enden wollendes, kostenloses Panorama. Freilich, sie schauten wie von außen zu, dessen war Terence sich bewusst. Dennoch: für diesen Nachmittag durften sie, wenn schon nichts anderes, immerhin Zuschauer sein, zumindest das. An einer Stelle brannte ein kleines Feuer am Straßenrand, an dem sie sich aufwärmten, und Terence kaufte bei einem Verkäufer eine heiße

Kartoffel frisch aus der Asche. Um sich die Finger zu wärmen, ließen Terence und Lena sie so lange zwischen sich hin und her wandern, bis sie genauso kalt war wie ihre Hände. Danach aß Terence sie fast auf – bis auf die letzten kleinen Krümel, die er seiner protestierenden Liebsten zwischen die Lippen schob, damit sie bei Kräften blieb.

Auch wenn es ab und zu schneite, hielt sich doch den gesamten Tag über der Sonnenschein. Die legendären Rennschlitten ließen sich in der Avenue nicht sehen, dafür aber zahlreiche Familiengefährte, besetzt mit lachenden, adrett gekleideten Damen und Herren, Seite an Seite im Wettstreit dahingleitend, wer wohl den schnellsten Schlitten besäße, schneller und immer schneller werdend. Selbst wenn sie schon längst der Sicht entschwunden waren, schwebte ihr fröhliches Lachen noch lange in der Luft.

„Verpassen wir unsere Trambahn auch nicht?“ fragte Lena nach einiger Zeit.

Terence zog sie an sich. „Wieso? Wird dir kalt? Macht es dir keinen Spaß mehr?“

„Doch! Aber ich weiß ja, wie müde du bist, Terry! Und wenn wir noch den ganzen Weg wieder zurückwandern müssen …“

„Keine Sorge, wir können weiter vorn in die Trambahn einsteigen!“

Sie lächelte ihn glücklich an. „Du brauchst doch deinen Ruhetag!“

„Da bin ich lieber hier mit dir.“ Tief in ihr Lächeln versunken, fiel ihm gar nicht auf, dass der Mann, nach dem er schon die ganze Zeit Ausschau hielt, direkt neben ihnen stand. Deshalb reagierte Terry auch genauso verblüfft wie Lena, als Rowan ihm plötzlich auf die Schulter tippte.

„Endlich, da seid ihr ja! Ich suche schon überall nach euch!“

„Rowan!“ Erfreut ergriff Lena seine Hand. „Wir hatten gehofft, dich hier zu finden.“

„Okay, aber ihr habt offenbar nicht sorgfältig genug gesucht!“ Rowan gab einer Person direkt hinter Lena und Terence einen Wink. Als die zwei sich umdrehten, sahen sie eine schlanke junge Frau in schlichtem grauen Umhang auf sich zukommen – ein erwartungsfrohes Lächeln auf dem Gesicht.

„Darf ich vorstellen?“ sagte Rowan. „Miss Nani Borz.“

Alle tauschten Begrüßungsfloskeln aus, Nani mit einem fremdländischen Akzent, einer Art Singsang, der gleich verriet, dass auch sie nicht in Amerika geboren war. Sie hatte schwarzes Haar, hellblaue Augen und eine Stupsnase, an ihrem Gesicht fiel sofort das kantige Kinn auf. Ihr Lächeln wirkte offen; anscheinend freute sie sich ehrlich über die neue Bekanntschaft. Terence fand sie auf Anhieb sympathisch.

„Nani hat eine Anstellung direkt hier an der Straße“, erklärte Rowan. „Sie wohnt hier im Stadtviertel. Ihre Familie stammt aus einem Dorf unweit Budapest.“

„Ich bin Zimmermädchen im Hause Simeon. Für die oberen Etagen.“ Nani nestelte an ihrem Cape herum, aber nicht verlegen, sondern eher vor überschüssiger Energie, als könne sie nicht gut still stehen.

„Und welches von diesen Häusern soll das sein?“ wollte Terence wissen. „Wahrscheinlich ist es derselbe Simeon, dessen Erz ich tagtäglich schaufle.“

Rowan bestätigte die Vermutung. „Genau der. James höchstpersönlich. Nah und fern für sein Eisen bekannt und später für seinen Stahl. Wir spazieren noch dort vorbei.“ Rowan bot Nani den Arm, und so schlenderten sie zu viert nebeneinander her.

„Gefällt dir deine Arbeit, Nani?“ fragte Lena freundlich. Terence merkte, dass sie Nani mochte.

„Mrs. Simeon ist eine gute Frau“, sagte Nani nach kurzem Schweigen leise. „Alles, was ich machen für sie ist … wie sagt man? Für mich ist Freude.“

„Die können von Glück sagen, dass sie Nani haben“, warf Rowan ein. „Sie rackert für zwei und beklagt sich nie.“

„Und das Haus? Ist es ein ebensolcher Palast wie die anderen hier in der Gegend?“ Lenas Hand beschrieb einen weiten Bogen. Sie befanden sich gerade zwischen zwei Anwesen. Weitläufig über einer kunstvoll angelegten Rasenfläche gebreitet, war das eine der Gebäude ein Meisterwerk aus Ziegeln und Steinen, Türmchen und Flügeln, Fenstern und Bögen. Das andere wirkte bescheidener, aber eben deswegen eleganter. Auf weißen Säulen ruhte ein enormer Balkon vor einer langen Fensterreihe, eine Haushälfte das exakte Spiegelbild der anderen, von den akkurat gestutzten immergrünen Büschen bis hin zu der Anordnung der Flügel.

„Mr. Simeon, für ihn nur das Beste ist gut genug." Nani streckte den Arm aus. „Da, sein Haus!"

Ein Stück voraus, durch das dichte Geäst der entlaubten Ulmen, erkannte Terence Schornsteine. Im Sommer, vermutete er, war das Haus von hier aus nahezu unsichtbar, versteckter noch als das Nachbargebäude, vom Boulevard weg in die Tiefe versetzt. Je näher die vier kamen, desto deutlicher wurden die Umrisse des eigentlichen Hauses, und desto heißer brannte Terence der Atem in der Brust. Gewiss, sämtliche Villen der Avenue erregten den Neid des Betrachters, doch dieser Palast hier war so gebaut, dass selbst das schon lange erkaltete Feuer von Missgunst und Groll wieder zu glimmen begann. Denn ein noch kostspieligeres, noch luxuriöseres Anwesen als dieses, das war noch nie errichtet worden, jedenfalls nicht außerhalb der alten europäischen Landgüter.

„Ein Leben nach Gutsherrenart", murmelte Terence gedämpft. „Reicher Junker von Geburt, von Natur aus Gentleman."

Er legte Lena den Arm um die Schulter. Sie sah zu ihm auf, die Wimpern mit Schneeflocken bedeckt, und bei ihrem warmen Lächeln war der stechende Schmerz des Neides im Handumdrehen verflogen.

„Ich ziehe einen ehrlichen, braven Mann vor", sagte sie und streichelte seine Wange. „Auch wenn seine ganze Habe in die Speisekammer des Hauses Simeon passt."

Als Terence am nächsten Morgen aufstand und sich ankleidete, hatte Lena bereits die Küche warm und das Frühstück für Terence und Rowan auf dem Tisch, Eier und Kartoffelpuffer. Während die beiden Männer frühstückten, begann sie mit der Zubereitung der Suppe und dem Backen ihrer zahlreichen Hafermehlbrote, die sie zum Mittag zu den Docks bringen wollte. Der Ausflug vom Vortag hatte sie nicht etwa ermüdet, sondern im Gegenteil erfrischt, und ihre Regel war nach wie vor ausgeblieben.

Das Frühstück verlief schweigend. Die Männer waren noch immer nicht ganz wach und wappneten sich innerlich für den Arbeitstag. Dann stand Terence auf, zog seinen Mantel an, setzte die Mütze auf und ging nach einem Abschiedskuss zur Tür hinaus, wenig später folgte Rowan in blitzblanker Polizeiuniform.

Auf Lena wartete eine ganze Liste von Erledigungen: Zunächst Wäsche waschen, wie immer am Montag. Auf dem Weg zu den Docks ein Besuch bei Katie und ihrem kleinen Neil. Während des Einkaufs auf dem Markt ein Abstecher zu St. Brigid's. Kauf eines erschwinglichen Stückes Fleisch für das Abendessen für Rowan und Terence. Suppe zu einer kranken Nachbarin bringen.

Während der Arbeit in der Küche ordnete sie ihre Gedanken, um sicherzugehen, dass eins rechtzeitig auf das andere folgte. Sie war so gut wie fertig, als Seamus Sullivan vor ihrer Haustür auftauchte – kurz bevor sie mit dem beladenen Handkarren zu Katie aufbrechen wollte.

Obwohl sie freudiger, aufgeräumter Stimmung war, gefror ihr beim Anblick von Seamus' gramerfülltem Gesicht augenblicklich das Blut in den Adern. Zunächst war sie außer Stande, auch nur einen Ton herauszubringen, dann stammelte sie: „Ist … etwas …mit Katie?“

Seamus schüttelte stumm den Kopf und räusperte sich. „Ein… Ein Unfall… im Laderaum… Ein Flaschenzug… ist… gerissen. Terence hatte gerade… die Tonne beladen und hoch ziehen lassen…“

Sie hörte zwar seine Stimme, begriff seine Worte aber nicht. „Terence?“

„Man hat ihn ins Hospital gebracht. Ich komme dich abholen und bringe dich zu ihm.“

Sie wollte ihm sagen, dass er sich irrte, dass es Terry unmöglich sein konnte. Nicht Terry, der nie waghalsig oder nachlässig war! Nicht ihr Mann, der so unermüdlich rackerte, der doch in dieser Woche die Billets für die Überfahrt kaufen wollte, für seine Eltern! Der erste kleine Schritt sollte es werden, heraus aus der Armut!

Als sie stumm blieb, gab Seamus von selbst die Antwort auf die Frage, die sie nicht zu stellen wagte. „Es hat keinen Zweck, Lena. Du musst stark sein. Man hat bereits Father McSweeney verständigt. Er erwartet uns."

20. KAPITEL

Dezember 1882

Nach besten Kräften um Unterstützung bemüht, erschien Katie allmorgendlich bei Tagesanbruch mit den Kindern, damit Lena auch weiterhin die Mittagsmahlzeiten für die Männer in den Docks zubereiten konnte. Lena wusste wohl, dass ihre Freundin wegen der Berge von zu waschender Wäsche abends erst sehr spät zu Bett ging, doch Katie ließ sich einfach nicht abhalten. Nun, nach Terences Verletzung, stellte Lenas Verdienst das einzige Familieneinkommen dar. Zunehmend überarbeitet ging Katie zuweilen recht unwirsch mit ihren Kleinen um und war, das sah Lena immer wieder mit schlechtem Gewissen, gleichsam über Nacht um zehn Jahre gealtert.

Terrys rechtes Bein war an vier Stellen zertrümmert worden, als eine beladene Erztonne rückwärts schnellte und ihn in einen Stapel von Tonnen quetschte. Zudem war ihm dabei die gerissene Lastkette seitlich über das Gesicht geschrammt und hätte ihm um ein Haar den linken Arm abgetrennt. Den hatten die Ärzte zwar retten können, doch hing er ihm leblos am Körper herab, nutzlos wie das geschiente und ruhig gestellte Bein. Obwohl die Wange bereits heilte, war Terence weiß Gott nicht nach Lächeln zumute.

„Und was hat der Doktor gestern Abend gesagt?“ erkundigte Katie sich bei Lena. Drei Wochen waren seit dem Unfall vergangen. Katie knetete gerade den Teig für mindestens ein Dutzend Brotlaibe. In seinem Körbchen in der Ecke brüllte der kleine Neil nach der Mutterbrust, doch Katie überhörte ihn geflissentlich. „Gibt es etwas Neues?“

„Nein“, erwiderte Lena gedämpft. „Wir sollen den Mut nicht verlieren, sagt er. Es grenze an ein Wunder, das Terence den Arm nicht verloren hat. Doch was nützt es ihm, dieses Wunder, wenn er ihn nicht gebrauchen kann? Oder nicht gehen, sobald man die Schienen am Bein entfernt?“

„Davon will ich nichts hören, Lena! Wir ruhen alle in der

Hand der heiligen Muttergottes. Und Zweifel, die darfst du dir nicht erlauben, hörst du?“

Nach Lenas Überzeugung waren Glaube und Religion gut und schön, die Gedanken jedoch nun einmal frei und damit die Zweifel auch, die zu den wenigen Dingen zählten, derer sie sich ohne Einschränkungen bedienen konnte. „Wenn sie doch über uns wacht – meinst du, sie könnte mir helfen, Arbeit zu finden? So geht es nicht weiter mit dir und mir, Katie! Wir sind beide am Ende unserer Kräfte, und dabei verdiene ich so wenig! Und jetzt fällt auch bald bis zum Frühjahr das Erzentladen weg!“

„Wie könntest du denn noch arbeiten und dich gleichzeitig um Terence kümmern?“

Darüber hatte Lena häufig nachgedacht. „Das ist das Problem! Ich verkaufe Essen an arme Arbeiter, die meine Waren kaum bezahlen können. Ich darf aber die Preise nicht erhöhen, denn dann können sie sich ein Mittagsmahl erst recht nicht mehr leisten.“ Sie verstummte, um dann nach einer Weile fortzufahren. „Es geht einfach nicht mehr, dass ich für die armen Schlucker arbeite. Ich muss irgendwo Anstellung in einem Haushalt finden!“

„Mit Kost und Logis etwa?“ Katie schien geschockt.

„Gott bewahre! Nein, als Köchin in einem Haus, wo ich nach Bedarf kommen und gehen kann. Rowan tut doch Dienst auf der Euclid Avenue! Er kennt so manchen in den Anwesen dort und kann mir bestimmt helfen.“

„Und was wird aus Terence? Wer sieht nach ihm?“

„Du“, entgegnete Lena. „Und ich entlohne dich auch dafür. Du kannst dreimal täglich herkommen und ihm helfen, bis er keine Hilfe mehr braucht. Dafür gebe ich dir auch von meinem Lohn etwas ab. Du hilfst doch sowieso schon mehr Stunden, zu so ungünstiger Zeit – und das alles für Gotteslohn!“

„Terence benötigt dich!“

Lena trocknete ihre Hände an einem Handtuch ab und drehte sich zu ihrer Freundin um. „Vor dem Unfall, Katie, hatten wir genug Erspartes für die Überfahrt von Terences Eltern und als Notgroschen für den Winter. Das ist nun bis auf den letzten Penny aufgebraucht. Der Löwenanteil für das Hospital und für die Ärzte draufgegangen. Den letzten Rest haben wir diese Woche nach Irland geschickt – dabei haben wir jeden Monat etwas in die Heimat gesendet! Mir graust vor dem Tag, an dem wir es nicht mehr können. Gewiss braucht Terence mich, doch meine Mutter und seine Eltern brauchen mich ebenfalls! Wir müssen von neuem sparen. Bevor Terence wieder arbeiten kann, bin ich die einzige Hoffnung. Siehst du das nicht ein?“

Katie schaute ganz jämmerlich drein. Wortlos knetete sie den Teig zu Ende und hob dann, nachdem sie sich die Hände gewaschen hatte, den hungrigen Neil aus dem Körbchen, um sich am Tisch auf einem Stuhl niederzulassen und ihn zu stillen. Dabei schmiegten sich ihre zwei kleinen Mädchen, die still im Wohnzimmer gespielt hatten, an ihre Knie.

Lena sah ihr zu, zerrissen von der Erinnerung an das Ungeborene, von dem sie fälschlicherweise gedacht hatte, sie trüge es unter dem Herzen. Drei Tage nach dem Unglück hatte ihre Blutung eingesetzt, und so sie tatsächlich ein Kind getragen haben sollte, dann war es nun dahin – bis auf die Erinnerung. Natürlich war es noch Glück im Unglück. Wie hätte sie mit einem Kind im Leibe oder an der Brust all die Strapazen bewältigen sollen?

„Hast du mit Terry darüber gesprochen?“ wollte Katie wissen.

„Nein. Was soll er dazu sagen? Bis er uns wieder das Brot verdient, bleibt mir keine andere Wahl, als die Herausforderung auf mich zu nehmen. Du würdest dasselbe tun, ganz gleich, was Seamus denken würde.“

Das konnte auch Katie nicht abstreiten. „Ich will aber keine Bezahlung dafür, dass ich nach ihm sehe. Ich tue es mit Freuden. Jedes Ding hat zwei Seiten. Er wird geläutert aus dem Leid hervorgehen, und du ebenfalls.“

Geläutert fühlte Lena sich mitnichten, sondern vielmehr erschöpft und mutlos. Ihr Liebster, ihr bester Kamerad, er lag zwar schlafend nebenan in ihrem gemeinsamen Bett, doch das Leid hatte auch ihn bislang nicht geläutert. Stets wirkte er zornig, sowohl in seinem brütenden Schweigen als auch in den seltenen Momenten, in denen er mit ihr sprach. Er war zornig, wenn sie die Bettwäsche wechselte, zornig, wenn sie ihn gegen die Kälte wärmer zudecken wollte, zornig, weil sie ihn fütterte, doch genauso, wenn sie es unterließ, und zornig, wenn sie ihn bei der Körperpflege unterstützte. Ein zufälliger Kettenriss, das unkontrollierte Ausbrechen einer gefüllten Erztonne, es hatte seine Welt aus den Fugen geraten lassen und seine Hoffnungen auf eine bessere Zukunft begraben.

„Du würdest es nicht einfach haben mit ihm", vermutete Lena schließlich. „Nimmst du es dennoch auf dich, so hätte ich Verständnis dafür, wenn du es dir irgendwann anders überlegen würdest."

„Geschehen ist geschehen. Man muss es nehmen, wie es kommt. Terence und ich werden das Beste daraus machen."

Für Terence verlief ein Tag wie der andere. Das Einerlei war zwar unten in den Laderäumen der Frachter nicht anders gewesen, doch nach des Tages Last, wenn er heimkam zu Lena, dünkte ihn alles gleichsam wie ein Abenteuer: etwas Überraschendes zum Abendbrot, eine Leckerei vom Markt, die Abende, wenn Lena im Schaukelstuhl beim Feuer saß und ihm von ihrem Tag erzählte, von ihren Erledigungen und von dem, was sie dabei erlebt hatte. Er hatte das Seine zur Unterhaltung beigetragen, auch wenn es an Klatsch und Tratsch nicht viel gab im Bauch eines Schiffes.

Und nun? Was hatte er nun noch zu berichten? Höchstens dies: „Lena, heute habe ich wieder versucht, den Arm zu bewegen, doch es hat keinen Zweck. Sie hätten ihn auch gleich amputieren können, so unnütz ist er! Mein Bein schmerzt unerträglich. Heute Morgen, als du mich angeschaut hast, da habe ich dein Gesicht gesehen. Du bedauerst mich und findest mich hässlich mit meiner vernarbten, hohlen Wange. Es heißt, ich könne von Glück sagen, dass mein Auge unverletzt blieb, doch viel schlimmer ist es, die Augen morgens zu öffnen und das Mitleid in deinen sehen zu müssen!"

So weit war es gekommen mit ihm!

An diesem Nachmittag war die Kammer bitterlich kalt. Er fror selbst unter den schweren Decken, die Katie ihm gebracht hatte. Einen vollen Monat lag er nun schon, und das Zimmerchen, in dem sie sonst so viel Freude gefunden hatten, war ihm schier zum Gefängnis geworden. Zwar konnte er sitzen, konnte sich mit Rowans Hilfe sogar ins Wohnzimmer schleppen und sich dort abends neben dem Kamin aufwärmen. Doch saß er dort selten. Wozu auch? Außerdem tat sein Bein bei jeder Bewegung so schrecklich weh, dass es kaum der Mühe wert war, sich dort niederzulassen.

Das Schlimmste aber, so kam es ihm bisweilen vor, war die Untätigkeit. Nach einem Leben voller Arbeit war das Schlafen nunmehr seine einzige Beschäftigung. Auch Lesen – obwohl es immer sein Herzenswunsch gewesen war – hatte er nie gelernt, denn die Schule war für den Sohn eines armen Pächters ein unerschwinglicher Luxus gewesen. Somit konnte er sich nicht mit Büchern die Zeit vertreiben, und auch für seinen gesunden Arm gab es nichts zu tun. Selbst das Schnitzen, bestenfalls ein nutzloser Zeitvertreib, blieb ihm versagt.

Und doch: so furchtbar seine Untätigkeit auch sein mochte – noch etwas Schlimmeres peinigte ihn. Seine Verletzungen machten es ihm unmöglich, sich seiner geliebten Frau zu nähern. Er konnte sie nicht in den Armen halten, keine Zärtlichkeiten mit ihr austauschen, und selbst wenn sie sich nach seiner Berührung sehnte, trotz des nutzlosen Armes und des zertrümmerten Beines und ungeachtet seines missgestalteten Gesichts, so blieb ihm auch dies versagt.

Er vernahm ein sachtes Klopfen an der Tür, und als hätten seine Gedanken sie hergezaubert, betrat Lena die Kammer, in der Hand das Tablett mit dem Mittagessen.

„Ich mache mich auf zu den Docks, Terry. Soll ich deinen Freunden einen Gruß bestellen?“ Sie trat näher ans Bett, neben das Rowan einen niedrigen Tisch geschoben hatte, auf dem Lena das Essen abstellen konnte. Jetzt, da Terence zuweilen aufrecht saß, sollte er den Löffel selber führen, auch wenn ihm das unsagbar schwer fiel. „Bitte, iss alles auf! Du musst bei Kräften bleiben.“

„Wozu?“ Seine Stimme wirkte wie eingerostet. Nach dem

Abheilen der Wange war der linke Mundwinkel durch die Narben aufwärts verzogen, so dass Terence nun ganz anders klang, verunsichert und verlegen.

„Damit es dir bald besser geht!" Ihr Ton wurde merklich kühler. „Denkst du, wir lassen dich einfach dahinsiechen? Du wirst gebraucht! Auch wenn du dich dagegen wehrst und mir kein rechter Ehemann sein willst, so musst du doch wieder gesund werden und zum Unterhalt deiner Familie beitragen!"

So hatte sie noch nie mit ihm gesprochen. Wutentbrannt fuhr er auf. „Gesund werden? Ich werde nicht gesund! Und was kann ein Krüppel mit nur einem Arm schon zum Unterhalt seiner Familie beitragen?"

Sie stellte das Essen auf den Tisch und straffte sich. „Benötigst du noch etwas, bevor ich gehe? Ich bleibe nämlich länger fort als sonst, weil ich zur Euclid Avenue gehe, um mich dort um eine Stelle im Haushalt zu bewerben."

„Was?"

„Du hast richtig gehört", gab sie heftig zurück und schaute ihn an. „In einer der Villen ist eine Stelle als Hilfsköchin frei, eine feste Position. Der Lohn beträgt beinahe das Doppelte von dem, was ich jetzt an den Docks verdiene. Damit kommen wir über den Winter, bis du wieder in Lohn und Brot bist. Ich habe bereits alles mit Katie arrangiert. Sie schaut mehrmals am Tag nach dir, während ich zur Arbeit bin. Sobald ich abends zurückkomme, mache ich dir dein Abendbrot. Soweit ich gehört habe, darf ich sogar manchmal Essen mit nach Hause nehmen."

„Nein!" Er stemmte sich auf, auch wenn es ihn schreckliche Mühe kostete. „Ich verbiete es dir!"

„Das kannst du nicht! Uns bleibt keine Wahl!" Trotzig reckte sie das Kinn. „Wir können nicht so weitermachen und zusätzlich noch Geld nach Irland schicken. Soll ich etwa nach Hause schreiben und mitteilen, sie hätten von uns nichts mehr zu erwarten?"

Ihm war, als müsse er ersticken. „Welche Villa?"

Ihr Zögern dauerte lang genug, um seine schlimmsten Befürchtungen zu bestätigen. „Nani!" brach es aus ihm heraus. „Nani Borz, die steckt dahinter, nicht wahr? Bestimmt hat Rowan sie gebeten, beim allmächtigen James Simeon ein gutes Wort für dich einzulegen!"

Lena nickte kurz. „Richtig, und ich werde ihr dafür immer dankbar sein. Ich soll mich als Erste vorstellen, bevor man weitere Bewerberinnen vorsprechen lässt."

„Dieser Simeon war es doch, der mich zum Krüppel gemacht hat! Siehst du das denn nicht? Es war sein Frachter, auf dem ich verunglückt bin! Mit seinem Erz! Simeons Almosen will ich nicht!"

„Aber ich!" Sie verschränkte die Arme über der Brust. „Er entlohnt die Dienerschaft gut. Für harte Arbeit will ich auch anständig bezahlt werden! Ich will unsere Familie erhalten und dich gleichzeitig betreuen."

„Ich will nicht von dir *betreut* werden!"

„Soll ich dich etwa verhungern lassen?" schrie sie mit Tränen in den Augen.

„Jawohl!"

„Kommt nicht in Frage!" Sie wandte sich um und war schon halb durch die Tür, als er ihr nachrief.

„Lass das, Lena! Such dir eine andere Stellung, wenn du unbedingt arbeiten musst, aber nicht im Haus von Simeon!"

„Falls es andere Arbeit gibt, so weiß ich davon nichts. Vom Reden wird man nicht satt, Terry! Ich muss nehmen, was sich bietet, sonst können wir gleich gemeinsam verhungern, und unsere Lieben in Irland obendrein."

Damit stürmte sie hinaus. Kurz darauf hörte er, wie sie das Haus verließ. Draußen begann es zu schneien, als wolle sich ein regelrechter Schneesturm ankündigen. Er stellte sich vor, unter welch höllischen Bedingungen sie nun ihren Handwagen über die verschneiten Straßen und Wege ziehen musste, um zu ihrem Platz an den Docks zu gelangen, der Karren voller Schnee, die dampfenden Kessel und Brote kalt. So musste sie draußen im Schneegestöber ausharren, während die Männer rasch aus den Frachtern hasteten, nur so lange, ihr Essen zu erstehen, es eilig hinunterzuschlingen und sich wieder an die Arbeit zu begeben. Danach würde sie wahrscheinlich ihren Karren irgendwo unterstellen und sich aufmachen zur Euclid Avenue.

Und er, er hatte von ihr verlangt, sie solle dieses elende Leben nicht für den vergleichsweise leichten Dienst im Haushalt des James Simeon hergeben!

Dennoch, tief im hintersten Winkel seines Herzens, wo er Lena und sogar das Leben selbst immer noch liebte, da wusste er eins: Sie hätte auf ihn hören sollen.

„Du bist ja halb erfroren, Kind! Und tröpfelst mir auf den Teppich!“

Lena bibberte, den Blick gesenkt, die Hände Wärme suchend in die Ärmel geschoben. „Verzeiht, ich bi-bitte sehr um Vergebung, aber ich ha-habe den ganzen M-Mittag im Schnee g-gestanden, es ging nicht anders!“

„Na, dann stell dich mal gerade hin und lass dich anschauen!“ Die Köchin, eine füllige Person, die offenbar jedes Gericht zunächst selber kostete, hüstelte. Eigentlich hieß sie Esther Bloomfield, wie Lena aber von Nani wusste, wurde sie von der gesamten Dienerschaft nur Bloomy gerufen.

Lena klapperte unaufhörlich mit den Zähnen und erinnerte sich an den Tag vor dem Unfall – an den einen vollkommenen, goldenen Tag, als sie mit Terence stundenlang draußen auf dem Boulevard gestanden und die Kälte gar nicht gespürt hatte. Heute hingegen zeigte die Sonne sich nicht, es war mörderisch kalt, und vom See her blies ein schneidender Wind. Wahrscheinlich konnte sie noch von Glück sagen, dass sie ihren Gang zu den Docks ohne erfrorene Zehen und Finger überstanden hatte.

Sie straffte sich und ließ, den Umhang geöffnet, die Arme seitlich am Körper herunterfallen, damit die Köchin sie sorgfältig inspizieren konnte.

„Du kannst also kochen, wie Nani versichert?“

„Jawohl.“ Lena hütete sich, schwatzhaft zu wirken.

„Und Erfahrung kannst du auch vorweisen?“

In knappen Worten berichtete Lena von ihrem ambulanten Imbissstand. „Und immer alles aufgegessen bis auf den kleinsten Krümel“, beendete sie ihren Kurzbericht stolz. „Ich bin bekannt für mein Brot, meine Suppen und meine Eintöpfe.“

Bloomy beäugte Lena durch ihre Nickelbrille. Trotz der breiten Hüften und des üppigen Busens bewegte sie – grauhaarig und dünngesichtig – sich so bedächtig als wären ihre Gelenke versteift. „Dann lass einmal hören, wie du ein Huhn zubereiten würdest, wenn du es müsstest.“

Die Gelegenheit zur Zubereitung eines Huhns hatte sich Lena nur selten geboten. Trotzdem nutzte sie nun ihre Chance und führte detailliert auf, wie sie vorgehen würde. Danach ging es weiter mit Gemüse, Brot, Nachspeisen. Wo immer möglich, antwortete Lena wahrheitsgemäß, und dort, wo es nötig war, gab sie mangelnde Kenntnis offen und ehrlich zu.

„Das soll reichen“, stellte Bloomy keineswegs unfreundlich fest. „Mrs. Simeons Einverständnis vorausgesetzt, bekommst du die Stelle. Du tätest aber gut daran, nicht zu vergessen, dass du für mich arbeitest! Ich gebe die Anweisungen, und du führst sie aus. Verstanden?“

„Ich bin ja auf Eure Anweisungen angewiesen! Ihr könnt Euch darauf verlassen, dass ich Euch nach bestem Wissen und Gewissen folgen werde, Mrs. Bloomfield.“

„Kannst ruhig Bloomy sagen, mein Kind.“ Sie winkte Lena näher zum Kamin; ein im Moment höchst willkommener Aufenthaltsort. „Wärm dich auf und lass dich etwas abtrocknen. Ich schaue nach, ob Mrs. Simeon zu sprechen ist. Es macht sich nicht gut, wenn ich dich tropfnass durchs Haus führen müsste.“

Dankbar legte Lena ihr Cape ab und weitete vor dem Feuer ihre Röcke. Währenddessen machte Bloomy sich auf die Suche ihrer Hausherrin. Lena wollte sich nicht zu genau in der Küche umsehen, aus Furcht, sie könne ihre Chancen selbst schmälern, falls sie die breiten Arbeitsplatten, die schimmernde Metallspüle und die geräumigen lackierten Schränke zu sehr bestaunte. So hielt sie den Blick weiter auf das Kaminfeuer gerichtet, dessen Flammen hell aufloderten – und das in einem Zimmer, in dem es ohnehin bereits mollig warm war von der Dampfheizung und dem Backofen, in dem der Kuchen für den Nachmittagskaffee buk.

Sie versuchte, dieses Stückchen Paradies nicht mit ihrem

Heim zu vergleichen. Im Haus Simeon duftete es nach Zitronen und Bienenwachs, nach frischen Blumen und gerade gebackenem Kuchen. Lenas Hütte hingegen roch nach dem Fluss, nach Fabrikabgasen, nach Krankheit und Armut. So sehr sie das Häuschen auch schrubben mochte, so sehr sie sich auch um Licht und Luft bemühte – es würde niemals so gemütlich warm sein und so wundervoll duften. Läge Terence dagegen hier in einem Zimmer im Obergeschoss, umringt von Ärzten und verhätschelt von Köchinnen und Dienstmädchen, dann wäre er sicher schon bald auf dem Wege der Besserung.

„Ei, wen haben wir denn hier?"

Tief in ihre Betrachtungen versunken, hatte sie die sich nähernden Schritte gar nicht gehört.

Als sie herumfuhr stand sie einem Mann gegenüber, grobknochig, mit gepflegtem, buschigem Schnauzbart und runden schwarzen Augen – ohne Zweifel der Herr des Hauses.

„Mr. Simeon, Sir", grüßte sie mit einem unbeholfenen Knicks.

„Und wer bist du?" Zwar lächelte er nicht, schien aber positiv überrascht, dass ihn jemand in seiner Küche mit einem Knicks begrüßte.

„Lena Tierney. Ich komme wegen der Stelle als Hilfsköchin."

„Ach? Und wo steckt Bloomy?"

„Sie wollte mit der gnädigen Frau sprechen, Sir. Die gnädige Frau möchte mich erst kennen lernen, bevor man mich einstellt, sagt Bloomy."

„Wen Bloomy anheuert, kümmert Julia nicht. Zumindest solange nicht von ihr verlangt wird, selbst Hand anzulegen. Sie verfügt über nur wenig … äh … Talente, meine Frau Gemahlin. Andere für sich arbeiten zu lassen, die Fähigkeit allerdings gehört dazu. Und du? Hast du schon einmal in einem Haus hier an der Avenue gedient?"

„Nein, Sir. Bislang habe ich Mahlzeiten gekocht und diese zu den Arbeitern an den Docks gebracht."

„Und wieso dieser Sinneswandel? Du willst sie wirklich im Stich lassen?"

„Nein, Sir. Ich möchte nur nicht erfrieren."

Er lachte, wobei er seine großen weißen Zähne zeigte. „Und bist du eine gute Köchin, Lena?"

„Jawohl."

„Und wie steht es mit dem Aufwarten?"

Sie entschied sich für eine offene Antwort. „Ich kann gut Anweisungen ausführen und lerne schnell. Ihr werdet meine Anstellung nicht zu bereuen haben."

„An Selbstvertrauen mangelt es dir offenbar nicht."

„Ihr werdet niemanden finden, der sich mehr Mühe gibt. Die Stelle bedeutet mir sehr viel, Sir. Ich werde alles tun, um sie zu behalten."

„Noch gar nicht angestellt und schon solcher Eifer!"

Eigentlich hatte sie sich keine Meinung über ihn bilden wollen. Meinungen waren etwas für die Reichen, die genug Zeit für Meinungsbildung fanden. Solange James Simeon ihr jeden Monat den Lohn bezahlte, was kümmerte es sie da, ob er ihr sympathisch war oder nicht?

Dennoch: Dass ihr jetzt unwillkürlich ein kalter Schauer über die Haut kroch, das hatte nichts mit dem Marsch durch den Blizzard zu tun. Das Gesicht feist, die Augen zu groß, sah er aus, als könne er anderen in die geheimsten Winkel der Seele spähen. Gewiss, seine Worte klangen nicht unfreundlich, nichts schien verdächtig. Und doch war sie sicher, wenn auch nur instinktiv, dass man diesem Mann am besten aus dem Wege ging.

„Wir freuen uns, dich bei uns begrüßen zu dürfen, Lena", sagte er lächelnd – durchaus kein unsympathisches Lächeln, auch wenn es nichts über sein Wesen verriet. „Ich bin gespannt, wie gut du dich bewährst."

„Vielen Dank, Sir. Ich hoffe, Mrs. Simeon ist einverstanden."

Er lachte laut auf, als hätte Lena sich einen Scherz erlaubt. „Ich werde sie über deine Einstellung unterrichten. Stell dich darauf ein, gleich morgen den Dienst anzutreten."

Den Blick gesenkt deutete sie einen erneuten Knicks an. James Simeon – mochte er sein wie er wollte – ging sie nichts an. Ihre Aufgabe war es lediglich, die Arbeit zu verrichten und abends zu ihrem Mann heimzukehren. Der Verdienst würde reichen, um bis zu seiner Genesung für Brot auf dem Tisch zu sorgen. Irgendwann würde er wieder der Mann sein, den sie einmal geheiratet hatte, und auch einen besseren und sicheren Arbeitsplatz finden. So konnten sie die Lieben aus Irland herholen und für ein besseres Leben weiter oben am Hügel planen.

Während sie darauf wartete, dass James Simeon wieder die Küche verließ, redete sie sich all dies ein. Recht glauben mochte sie es indes selbst nicht.

21. KAPITEL

Lena sagte die Arbeit im Hause Simeon zu, auch wenn sie den Hausherrn wohlweislich mied. Julia Simeon, die Hausherrin, erwies sich hingegen als eine blasse Person, nicht allein äußerlich, sondern auch in ihrem Wesen. So sie vor der Heirat noch etwas wie eine eigene Identität gehabt haben mochte, war sie nunmehr als Industriellengattin ganz in der starken Persönlichkeit ihres Mannes aufgegangen. Sowohl Nani als auch Bloomy verrieten Lena im Vertrauen, die gnädige Frau sei gänzlich auf sein Denken und Fühlen fixiert und füge sich klaglos jedem Wunsch. Sollte sie jemals so etwas wie Selbstbewusstsein besessen haben, so war es ihr längst abhanden gekommen.

Verglichen mit dem Zubereiten der Speisen für die Dockarbeiter erwies sich die Arbeit selbst als erstaunlich einfach. Lena hielt sich an die Anweisungen von Bloomy, die bereits fünf Jahre im Hause Simeon beschäftigt und ein Muster an Geduld war, auch wenn Lenas rasche Auffassungsgabe diese selten erforderte.

Am Ende von nur einer Woche bereitete Lena die Speisen bereits ohne Aufsicht zu, am Ende der zweiten stellte sie schon Speisepläne auf. Als die dritte Woche zu Ende ging, konnte Bloomy sich ungestört köstlichen Desserts und Spezialitäten zur Anregung des mangelnden Appetits von Mrs. Simeons widmen, während Lena dem Hausherrn das Abendbrot zurechtmachte – eine Aufgabe, bei der sie sich zunächst unwohl in ihrer Haut fühlte, weil sie seine Erwartungen nicht kannte. Je selbstständiger aber Bloomy sie arbeiten ließ, desto selbstsicherer wurde Lena.

Simeon selbst war offenbar zufrieden. Obwohl Lena spürte, dass ihm ihre Gegenwart bewusst war, überraschte es sie doch, dass er nicht in die Küche kam, um ihr persönliche Anweisungen zu erteilen. Nach kurzer Zeit stellte sie sogar fest, dass die von ihr zubereiteten Abendmahlzeiten oftmals unangetastet auf dem Tisch stehen blieben. Er erwartete zwar sein Essen, tat auch oft so, als wolle er speisen, saß dann aber häufig allein für sich im Speisezimmer und trank, ohne einen Bissen anzurühren. Betrunken, so Bloomy, wurde er dabei nie, denn ein wahrer Gentleman konnte einen Stiefel vertragen. Dennoch sprach er dem Alkohol zu, häufig und mit Behagen. Ob und was er aß, das blieb allen ein Rätsel.

Am Ende der dritten Woche freute Lena sich gerade auf den wohl verdienten Feierabend nach einem langen Tag – verbracht zudem mit Einkaufen auf dem Markt und einer gründlichen Reinigung der Vorratskammer –, als James Simeon sich schließlich in der Küche blicken ließ.

„Wie ich von Bloomy höre, hast du das Abendessen gekocht."

Überrascht fuhr sie herum. Simeon bewegte sich absolut lautlos, gleich einem über die Bodendielen huschenden Geist. „Ja, Sir", antwortete sie, um Fassung bemüht. „Hat es Euch gemundet?"

„Sage mir, womit hast du die Kartoffeln garniert?"

Ob die Frage als Tadel gemeint war oder nicht, war schwer zu sagen. Sie hatte die Kartoffeln selbst gekostet und sich gewünscht, sie hätte Terry einmal etwas so Schmackhaftes bieten können. „Mit zerlassener Butter, Sir, in Sahne gerührt, das Ganze sämig geschlagen und mit Petersilie und Schnittlauch bestreut …"

„Aha! Also war es kein Gras!"

„Gras, Sir?"

„Es sah so aus. Grasgrün!"

Jetzt merkte sie, sie hätte besser Bloomy zu Rate ziehen sollen. „Ich bitte um Verzeihung, Sir. Ich hätte fragen müssen, bevor ich etwas so Ungewöhnliches probiere. Ich hoffe, es hat Euch nicht den Appetit verdorben."

„Im Gegenteil! Es hat mir gut geschmeckt. Der Braten auch. Der war dann wohl auch nicht mit Gras garniert, wie?"

Er foppte sie, das merkte sie wohl. Möglicherweise hätte sie darüber sogar gelächelt, wäre es seine Absicht gewesen, sie aus der Verlegenheit zu retten. Stattdessen fühlte sie sich wie in der Falle, gleich einem Kätzchen, in die Ecke gedrängt von einem spielenden Hund, der sich im nächsten Moment in eine Bestie verwandeln und ihm das Genick durchbeißen konnte.

„Kein Gras, Sir. Ich verspreche Euch, Gras wird es nie sein."

„Gefällt dir dein Dienst, Lena?"

Zu ihrer Verblüffung hatte er sich ihren Namen gemerkt und benutzte ihn wie selbstverständlich. „Doch, Sir, er gefällt mir sehr. Ich hoffe, Ihr seid mit meiner Arbeit zufrieden."

„Du hast einen kranken Mann daheim, nicht wahr?"

Krank war Terence im Grunde nicht; von seinem Gemüt einmal abgesehen. Er war vielmehr verletzt, und so sehr sie sich auch bemühte: Dass diese Verletzungen von einem Unglück bei der Arbeit für den vor ihr stehenden Mann stammten, dass konnte sie nicht vergessen.

„Er hatte einen Unfall, Sir", erwiderte sie und war dabei bestrebt, ihre Gefühle zu verbergen.

„Ist er auf dem Wege der Besserung?"

„Noch nicht so recht, Sir. Die Verletzung ist sehr schwer."

Falls sie mit Anteilnahme oder gar einer Entschuldigung gerechnet hatte, sah sie sich enttäuscht. „Also ernährst du jetzt die kleine Familie? Hast du Kinder?"

„Nein, Sir."

Er zog eine Augenbraue hoch. „Eine so entzückende Frau wie du?"

„Nein, Sir."

„Vielleicht wart ihr zwei bestrebt, keine zu bekommen."

Allmählich wuchs ihre Empörung. „Es war uns noch keins beschieden, Sir, sonst nichts."

„Und jetzt wird euch womöglich erst recht keins beschieden sein."

Sie wusste zwar nicht, weshalb sie sich dazu hinreißen ließ, doch dass dieser unverschämte Kerl sich erdreistete, sie für unfruchtbar zu halten und ihrem Mann zu unterstellen, er liebe sie nicht genug, um ihr ein Kind zu zeugen, das wollte sie nicht auf sich sitzen lassen. „Wir werden gewiss einmal ein Kind haben, Sir. Ich habe mein Ungeborenes zu dem Zeitpunkt verloren, als mein Mann verunglückte. Es ist bloß eine Frage der Zeit, bis wir wieder guter Hoffnung sind."

Er blieb eine Weile stumm und musterte sie von Kopf bis

Fuß – Lena fand, etwa so, wie ein Mann vor dem Kauf ein Pferd begutachtet. „Meine Frau und ich sind auch kinderlos."

Darauf war sie nicht vorbereitet. „Sir..."

„Julia hält sich für zu zart zum Austragen eines Kindes. Leider hat sie mich erst nach der Hochzeit entsprechend unterrichtet."

„Sir, ich..."

Er unterbrach sie mit erhobener Hand. „Sie hofft, durch eine Europareise zu Kräften zu kommen, damit sie ihren Pflichten als mein Eheweib besser nachkommen kann. Meinst du, das könnte von Erfolg gekrönt sein?"

„Davon verstehe ich nichts..."

„Sie reist ab, sobald es wärmer wird." Er rückte näher heran, als wolle er Lena genauer betrachten. Sie musste bewusst an sich halten, um nicht zurückzuweichen. „Möglicherweise bleibt sie längere Zeit fort."

„Ihr werdet die gnädige Frau gewiss vermissen und ihre Rückkehr herbeisehnen."

„Meinst du? Oh ja, natürlich. Als Mann trauert man der abgereisten Gemahlin nach und lässt sie dies in törichten kleinen Schreiben wissen. Das gehört sich so."

Sie tat so, als habe sie den Sarkasmus überhört. „Richtig, Sir, und Mrs. Simeons wird Euch sicherlich ebenfalls vermissen."

„Das bezweifle ich, Lena. Sie bricht in Tränen aus, wenn ich mich ihrem Bett nähere, erachtet meine Aufmerksamkeit als ungehörig. Brichst du ebenfalls in Tränen aus?"

Seine Absicht war ihr nun sonnenklar, obwohl sie bislang noch gehofft hatte, es handle sich um ein Missverständnis. Am liebsten hätte sie ihm ins Gesicht gespuckt und die Flucht ergriffen. Allerdings wusste sie von der übrigen Dienerschaft, das offener Widerstand sie den Posten kosten würde.

„Sir", begann sie, verzweifelt bemüht, das Thema zu wechseln und wieder auf das Kochen zu sprechen zu kommen, „soll ich Euch in Zukunft zunächst fragen, bevor ich wieder Kräuter benutze? Ich halte mich gern an Eure Gepflogenheiten..."

„Vermutlich denkst du, es zieme sich nicht, diese Angelegenheiten mit dir zu besprechen. Warum aber soll ich dir Lohn zahlen, wenn ich dich nicht nach meinem Gutdünken einsetzen darf?"

Sie holte tief Luft und kämpfte gegen ihren aufkommenden Zorn an. „Ich dachte, ich sei als Köchin eingestellt, Sir. Nähme ich mir heraus, Euch Ratschläge zu erteilen, täte ich mir kaum einen Gefallen, und Ihr wäret erst recht böse auf mich, nicht wahr?"

„Und deshalb redest du lieber über Kartoffeln und Kräuter?"

„Es ist sicherer, Sir. Für uns beide." Sie rang sich ein höfliches Lächeln ab.

Er rückte noch näher an sie heran; bis er fast hautnah vor ihr stand. Er roch nach Alkohol – nicht Whiskey, an den sie gewöhnt war, sondern etwas Schärferes, Bitteres, von dem ihr schier übel wurde.

„Weißt du, Lena, ich finde, wir sollten darüber sprechen. Nicht um uns gegenseitig Ratschläge zu erteilen, sondern weil wir hier etwas gemeinsam haben. Ich mit einem Eheweib, das sich vor meinem Anblick ekelt, du mit einem lädierten Mann. Stößt dich sein Anblick etwa auch ab?"

Der Einzige, der sie abstieß, stand direkt vor ihr. Aus Furcht, sie könne sich vergessen, gab Lena keine Antwort.

Dafür ergriff Mr. Simeon wieder das Wort. „Das Leben geht weiter, nicht wahr, meine Liebe? Ein Mann verunglückt, und mit einem Schlag erhält sein Dasein eine ganz andere Richtung. Nun sollst du es für dich und deinen Mann richten, ohne Entschädigung für all deine Mühe. Nicht einmal, so dünkt mich, mit den kleinen Freuden am Ende des Tages."

Sie spürte, wie ihre Empörung sich Luft zu machen suchte – wodurch ihre gerade erworbene Stelle ihr wieder entglitten wäre. Beleidigte sie James Simeon blieb ihr jeglicher andere Dienst in der Euclid Avenue verwehrt.

„Ich sehe, du hältst deine Zunge im Zaum", bemerkte er schließlich. „Eine lobenswerte Eigenschaft. Ein Charakterzug, den ich von meiner Dienerschaft auch so gewohnt bin."

Sie wartete ab, den Blick unbewegt auf sein Gesicht gerichtet.

Er streckte seine Hand aus und berührte ihr Haar, das sie wie üblich aus der Stirn gekämmt und im Nacken zu einem Knoten gesteckt hatte. Direkt vor ihrem Ohr lockerte er eine Strähne und wickelte sie um die Fingerspitze.

„Du bist ein entzückendes Geschöpf, Lena. Doch vermutlich weißt du das, oder?"

„Wäre das alles, Sir?"

„Noch nicht ganz. Ich möchte, dass du dir etwas durch den Kopf gehen lässt." Er ließ sich Zeit und wickelte weiter ihr Haar um den Zeigefinger, bis sie ein schmerzhaftes Ziehen spürte. „Ich bin ein Mann, der sich dankbar erweist", sagte er schließlich. „Der nur das Beste für dich möchte. Ich suche mir meine Eroberungen nicht leichtfertig aus."

Sie wusste wohl: Nun sollte sie sich geschmeichelt fühlen, dass er sie für sein Bett begehrte, ja glücklich sogar, dass er ihr seine Dankbarkeit versprochen hatte. Was durfte man als Frau in ihrer Lage wohl von ihm erwarten? Mehr Lohn? Eitle Geschenke? Bestmögliche ärztliche Versorgung für ihren schwer verletzten Mann? Beinahe wäre sie in Tränen ausgebrochen.

„Hast du mir nichts zu sagen, Lena?"

„Darf ich jetzt gehen, Sir?"

Er seufzte, ließ aber nach kurzem Zögern ihr Haar los, so dass ihr eine Art Ringellocke vor dem Ohr tanzte. „Du darfst dich zurückziehen."

„Danke … Sir."

Sie wandte sich ab und eilte durch die Küche – mit zitternden Fingern die Schürze ablegend. Doch Mr. Simeon hielt sich nochmals an, indem er sie gegen die Wand drückte, einen Arm über ihre Schulter gestreckt.

„Wirst du über mein Angebot nachdenken?"

Bis zu ihrem letzten Atemzug würde sie es nicht vergessen und gleichzeitig um Vergebung bitten, weil sie ihn in diesem Moment hätte umbringen können. „Gute Nacht, Mr. Simeon."

Sie hatte mit Zorn gerechnet, doch er lachte nur. „Ein Mädchen mit Courage. Keine schlechte Eigenschaft! Ich wette, die würdest du an deine Kinder vererben. Gut für die Söhne, aber ein

Kreuz für die Töchter!" Er brach in Gelächter aus, schrill und animalisch, so dass es sie schauderte.

Noch eine Meile entfernt, bereits in der Trambahn, hallte ihr sein Gelächter nach wie vor in den Ohren.

Terence konnte mittlerweile mit einer unter die Achsel seines gesunden Arms gerammten Krücke herumhumpeln. Sein beschädigtes Bein musste er nachschleifen. Auf diese Weise gelangte er zur Wohnstube und zurück, ja sogar bis zur Küche. Allerdings machte das Ganze seiner Ansicht nach wenig Sinn. Was hatte er schon davon? Kam er dadurch ans Arbeiten? Gab es Lohn? Die Achtung seiner Frau?

Dass Katie inzwischen nicht mehr zur Pflege herkam, darüber war er heilfroh. Ihre Gesellschaft und ihr unerschöpflicher Fundus an Plattheiten hatten ihn ausgelaugt und gereizt. Nunmehr konnte er, falls ihn der Hunger plagte, selbst wie eine über nasses Gras hopsende Krähe in die Küche hüpfen und sich holen, was Lena ihm als Essen vorbereitet hatte. Die Mühe machte er sich selten. Von Appetit konnte keine Rede sein; außerdem war es schon eine Tortur, nur die Notdurft zu verrichten.

An diesem Abend saß er lethargisch am Kamin und wartete auf Lenas Rückkehr. Rowan, in letzter Zeit ohnehin selten daheim, war bereits gekommen und wieder gegangen, als könne er den Trübsinn, der sich über den sonst so fröhlichen Haushalt gelegt hatte, nicht länger ertragen.

Terence schaute gar nicht erst auf, als er auf dem Pfad zur Haustür Schritte vernahm und die Tür sich öffnete. Allerdings änderte sich das, als er zu seiner Verblüffung nicht Lena hörte, sondern eine Männerstimme.

„Mr. Tierney?"

Jetzt hob er den Blick. Begleitet von Father McSweeney stand Dr. Daniel Conner im Durchgang – jener Arzt, der ihn im Hospital behandelt hatte.

„Ich wusste nicht, dass Ihr kommen wolltet", begrüßte Terence die beiden mürrisch.

„Ich habe dem hochwürdigen Father einen Besuch abgestattet, und wir meinten, wir sollten zusammen einmal nach Euch schauen. Dürfen wir hereinkommen?"

Terence bejahte mit kurzem Nicken. Die beiden Besucher traten ein und schlossen die Tür hinter sich.

„Wie geht es voran, Terence?" erkundigte sich der Arzt. „Könnt Ihr den Arm schon besser bewegen?"

„Nein!"

„Habt Ihr es auch versucht? Lasst einmal sehen!"

Fassungslos starrte Terence ihn an.

„Versucht, ihn zu bewegen!" befahl Dr. Conner und rollte Terence den Ärmel auf.

Terence wusste ganz genau: Ob er es versuchte oder nicht, es lief auf dasselbe hinaus. Dennoch gab es sich Mühe, auch um seine Einstellung zu beweisen. Die Armmuskulatur war völlig geschrumpft; am liebsten hätte er alles schnell wieder zugedeckt.

„Gut", lobte Conner. „Noch einmal!"

„Gut?" Terence hätte um ein Haar laut losgelacht. „Das nennt Ihr gut?" Dennoch wiederholte er den nutzlosen Versuch. Selbst nach so langer Zeit erstaunte es ihn immer wieder, dass sein Arm nicht reagierte. Dabei wusste er noch genau, wie man ihn bewegte. Vermutlich hätte es sich ebenso angefühlt, wenn er den Arm verloren hätte.

„Ein Rest Muskelfunktion ist noch erkennbar", urteilte der Doktor schließlich. „Man sieht, wie die Muskeln zu reagieren versuchen. Ihr müsst den Arm einfach öfter bewegen, Mr. Tierney, so oft es eben geht. Und Hilfe für die Übungen braucht ihr ebenfalls." Er zeigte ihm, wie der Arm bewegt werden musste, aufwärts und rückwärts, nach innen und nach außen, so dass Terence fast vor Schmerzen aufgekeucht hätte. „Lasst das von Eurer Frau möglichst oft durchführen, solange Ihr es aushaltet. Vielleicht lässt sich mit etwas Glück die Muskulatur wieder regenerieren. – Und nun das Bein!"

„Ich lasse doch nicht zur Belustigung von Hochwürden hier die Hosen herunter!"

„Father McSweeney, würdet Ihr uns für einen Moment bitte allein lassen?"

McSweeney verschwand durch die Haustür und zog sie hinter sich ins Schloss.

„So, Mr. Tierney!"

Terence stemmte sich hoch und ließ die Hose zu den Knöcheln hinunterrutschen. Den Geruch seines ungewaschenen Körpers empfand er als außerordentlich beschämend.

„Nun das Bein ausstrecken, so weit es geht."

Zu erschöpft, um sich zu widersetzen, tat Terence, wie ihm geheißen.

„Und nun heben!"

Der Schweiß brach Terence aus allen Poren, als er den Fuß vom Boden hob, einen Zentimeter, dann zwei, dann einen dritten, bis er beinahe vor Erschöpfung zusammenbrach. „Das Bein werde ich nie wieder gebrauchen können, Doktor, oder?"

„Nicht so, wie Ihr es einmal gewohnt wart. Doch mit der Zeit wird der Schmerz immer mehr nachlassen, wenn Ihr das Bein streckt und beugt. Es wird dann auch mehr Gewicht tragen können und Euch im Gleichgewicht halten, wenn Ihr Euch bewegt. Natürlich werdet Ihr einen Gehstock brauchen. Für immer."

„Einen Stock?"

„Ich fürchte, das lässt sich nicht umgehen, auch wenn Ihr das Bein trotz der Schmerzen trainiert. Und das müsst Ihr! Spannt den Fuß an, beugt das Knie! Tretet mit dem Fuße auf, so oft es geht! Später vielleicht, wenn das Bein ausgeheilt ist, lassen wir einen Schuh anfertigen, der den Längenunterschied etwas ausgleicht. Das verletzte Bein wird kürzer sein als das gesunde. Aber das lässt sich behandeln."

Konsterniert starrte Terence ihn an. Ein Stock? Nur ein Gehstock? Das wirkte wie die Aussicht auf Freiheit nach langer Zuchthausstrafe.

„Ich habe so etwas oft erlebt", fuhr Dr. Conner fort. „Als Feldarzt im Bürgerkrieg habe ich häufig das Licht in den Augen so manchen jungen Mannes verlöschen sehen, habe Arme und Beine amputieren müssen … Deshalb habe ich das Eure gerettet. Noch eine Amputation brachte ich nicht über mich, es sei denn, es wäre unumgänglich gewesen. Ich habe schon mit ansehen müssen, wie Männer nur aus Scham und Verzweiflung über den Verlust ihrer Gliedmaßen starben."

„Was wollt Ihr damit sagen, Doktor?"

„Dass Ihr Euch selbst der ärgste Feind seid, Mr. Tierney. Laut Father McSweeney habt Ihr eine Frau, die Euch liebt, ein Dach über dem Kopf, mehr also, als so mancher Mann mit zwei gesunden Gliedmaßen sein Eigen nennten kann!"

„Dafür können die aber wenigstens für ihren Unterhalt sorgen. Meint Ihr, ein Dockarbeiter mit einem Arm, der dazu auch noch am Stock geht, der hätte Aussicht auf Arbeit?"

„Nach Father McSweeneys Ansicht seid Ihr ein kluger Kopf. Dann benutzt ihn auch – diesen klugen Kopf – statt Eurer Muskelkraft!"

„Und wie soll das geschehen? Ich besitze keinerlei Schulbildung!"

„Das lässt sich berichtigen. Father McSweeney wird alles Weitere mit Euch besprechen. Euer Leben ist nicht vorbei! Es hat sich bloß geändert, und Ihr müsst Euch dieser Veränderung anpassen."

Innerlich bebte Terence vor Zorn. Vor ihm stand ein Mann mit zwei gesunden Armen und Beinen, ohne eine Schramme im Gesicht, und schwafelte Phrasen daher, die selbst Katie Sullivans Floskeln in den Schatten gestellt hätten. Dennoch brachte Terence kein Wort hervor, weil er sich gleichzeitig auch schämte.

Tröstend legte der Arzt ihm die Hand auf die Schulter. Terence schüttelte sie ab, doch die Hand stahl sich wieder zurück. „Ich behaupte nicht, dass es leicht wird, mein Junge. Doch es ist eine Prüfung, in der du beweisen kannst, aus welchem Holz du geschnitzt bist. Viel Glück!"

Nachdem Dr. Conner gegangen war, wirkte die Stube besonders still. Allerdings nur für wenige Minuten, denn Father McSweeney trat ein. „Allmählich solltest du aufhören, dem nachzutrauern, was nicht zu ändern ist", mahnte er.

„Ihr habt leicht reden, Father!"

„Das weiß ich. Aber du verlierst noch mehr, wenn du dich nicht zusammennimmst. Deine Lena braucht jemanden, der ein

Kerl ist, keine zusätzliche Last. Denn nichts anderes bist du zur Zeit für sie!"

Es waren brutale Worte, doch selbst wenn ihm eine scharfe Entgegnung schon auf der Zunge lag, wusste Terence eins: Der Priester hatte Recht.

„Vor Gott", fuhr Father McSweeney fort, „ist sie an dich gebunden, bis der Tod euch scheidet. Verlässt sie dich jetzt, fällt ihre Seele der ewigen Verdammnis anheim. Willst du sie in diese Verdammnis treiben, Terence? Willst du sie zwingen zu einem Leben außerhalb ihres Eheversprechens? Oder willst du vielmehr versuchen, wieder etwas aus dir zu machen?"

„Was denn? Was genau soll ich aus mir machen?"

„Es wird Zeit, dass du lesen und schreiben lernst. Wer das kann, der hat mehr Aussicht auf eine Stelle, auf Arbeit für gescheite, gewitzte Leute. Meiner Überzeugung nach bist du ein solcher Mann."

„Und wie soll ich das Notwendige lernen? Schulen für Leute wie mich sehe ich nirgends. Und für einen Privatlehrer fehlt mir das Geld."

„Und eben da irrst du dich."

Terence schaute auf.

„Ich habe deinetwegen James Simeon aufgesucht."

„Simeon?"

„Ich habe ihm auf den Kopf zu gesagt, dass er für den Unfall verantwortlich ist, dass das Unglück nicht passiert wäre, hätte man sich auch nur an die primitivsten Sicherheitsvorkehrungen gehalten."

„Habt Ihr etwa geglaubt, Father, die Gesundheit eines Iren wäre ihm auch nur einen Gedanken wert?"

„Zumindest hat er mich angehört. Er weiß natürlich von deinem Leid, denn Lena arbeitet als Köchin in seiner Küche."

„Gegen meinen ausdrücklichen Willen."

„Was blieb ihr denn anderes übrig?" fragte der Priester streng. „Und dein Protest hat ihr eine schwierige Entscheidung nur noch weiter erschwert."

In Terence regte sich wieder so etwas wie Scham.

„Simeon hat sich bereit erklärt, das Honorar für einen Privatlehrer zu übernehmen, damit du dir die Fähigkeiten für einen anderen Beruf aneignen kannst. Und sobald du das Notwendige erlernt hast, wird er dich sogar selbst einstellen, falls du seinen Anforderungen entsprichst."

Terence zog die Stirn kraus. Was der Priester da gerade gesagt hatte, das konnte er gar nicht fassen.

„Er möchte Wiedergutmachung leisten, Terence! Allerdings weist er auf eines hin: Solltest du die Sache publik machen, wird er alles abstreiten und sämtliche Zahlungen einstellen. Was ich dir hier heute Abend erzähle, ist einzig für dich und Lena bestimmt. Er will dir tatsächlich helfen."

„Nein!"

Father McSweeney wartete stumm auf eine Erklärung.

„Ein Lump ist er! Eher nähme ich Geld von einer Schlange an!"

„Ach, so ist das?" McSweeneys irischer Akzent, sonst eher kaum zu bemerken, wurde unüberhörbar. „So also verhält sich das? Du würdest einem Mann die Gewissenserleichterung verweigern? Du verurteilst dein Weib zum Leben in harter Fron? Du überlässt dich dem Schicksal eines nichtigen, nutzlosen Daseins? Und das alles allein wegen deines törichten, tödlichen Stolzes? Wenn dem so ist, dann darf ich wohl bloß noch für dein Seelenheil beten, und zwar für den Rest meiner Tage. Allerdings habe ich meine Zweifel, dass der Herr auch nur eins meiner Gebete erhört!"

Terence war, als stecke ihm ein Kloß im Hals, dick wie ein Kohlkopf. „Ich nehme nichts von ihm an!"

„Doch, das wirst du sehr wohl! Du wirst gefälligst die angebotene Hilfe annehmen, wirst härter und fleißiger arbeiten denn je. Weigerst du dich, erzähle ich aller Welt, welch erbärmlicher Nichtsnutz aus dir geworden ist! Deiner Frau werde ich raten, dich zu verlassen, und sollte ihre Seele der ewigen Verdammnis anheim fallen!"

Terence war dem Ersticken nahe, so schwoll ihm der Kloß in der Kehle an.

„Dies ist deine letzte Chance, dich aufzuraffen“, mahnte Father McSweeney zum Schluss. „Du wirst sie nutzen und sämtliche Anweisungen von Dr. Conner befolgen, damit dein Körper möglichst rasch gesund wird. Du wirst täglich Körperpflege betreiben und das Essen, das deine Frau dir unter Mühen kocht, auch zu dir nehmen. Du wirst dich gegenüber all denen, die dir zu helfen versuchen, mit gebührender Achtung verhalten und deine Gebete verrichten wie ein guter Katholik. Du wirst fleißiger lernen als sämtliche Schüler zuvor, auf dass deine Angehörigen und die Bewohner von Irishtown Bend stolz auf dich sein können. Ist das klar?“

Normalerweise hätte Terence sich keinem dieser in drohendem Ton vorgetragenen Befehle gefügt. Trotzdem – in diesem Moment wusste er, er würde gehorchen. Klar wie nie zuvor sah Terence sich am Scheidewege.

Mit tränenerstickter Stimme wandte er sich an Father McSweeney. „Father, ich möchte beichten!“

An diesem Abend kam Lena erschöpft und zerschlagen heim, dazu noch später als sonst. Doch Terence, vermutete sie, kümmerte das ohnehin nicht. Möglich, dass er sie anknurrte, aber vielleicht verhielt er sich auch nur abweisend, kühl und stumm. Es spielte kaum eine Rolle; das eine war so schlimm wie das andere.

Auf dem Heimweg hatte sie an nichts anderes denken können als an James Simeons Verhör. Er hatte getrunken; das stand für sie einwandfrei fest, und in gewisser Hinsicht hatte sie sogar Verständnis. Unter Alkoholeinfluss gaben Männer schon einmal Dinge von sich, die am Morgen bereits vergessen waren. Vielleicht hatte Simeon sich über die geplante Europareise seiner Gattin geärgert. Eventuell hatte er Lena nur einmal beweisen wollen, wie unbedeutend und klein sie aus seiner Sicht war. Die dritte Möglichkeit aber war es, die sie erboste und zugleich tief ängstigte: die Tatsache nämlich, dass er wirklich von ihr erwarten könne, sie werde ihm zu Willen sein, wollte sie ihre Anstellung nicht riskieren.

Ohne ihre Arbeit in seinem Haushalt – wie sollte sie da genug verdienen, um Essen auf den Tisch zu bringen. Wie den Lieben in Irland weiterhin Geld überweisen? Wie die Arztrechnung oder die Überfahrt von Terences Eltern bezahlen?

Dennoch – zu bleiben war ausgeschlossen. Sie konnte es nicht riskieren, dass er sich eines Abends, wenn das Haus still und sie mit ihm allein war, einfach an ihr vergriff.

Beim Öffnen der Haustür stellte sie zu ihrer Verblüffung fest, dass sämtliche Lichter brannten; ein warmer Gruß nach der frostigen Fahrt in der Trambahn und dem noch kälteren Fußmarsch bis Whiskey Island. Und ihre Überraschung wuchs noch mehr, denn im Kamin loderte ein knisterndes Feuer.

Als sie die Wohnstube betrat, raffte Terence sich mühsam auf. Beinahe hätte sie ihn mit ihren angstvoll geweiteten Augen ermahnt, doch sitzen zu bleiben. Irgendetwas jedoch hinderte sie daran. Die Art, wie er die Schultern straffte und das Kinn gereckt hielt. Er hatte sich außerdem gebadet, gekämmt und umgezogen.

„Du kommst spät", begrüßte er sie. „Ich habe mir schon Sorgen gemacht."

„Es ist kalt. Der Marsch kam mir weiter vor als sonst."

„Du bist ja ganz durchgefroren. Komm, stell dich ans Feuer!"

Sie schob sich an ihm vorbei, sorgsam darauf bedacht, ihn nicht anzustoßen und aus dem Gleichgewicht zu bringen. „Ich mache dir gleich dein Abendbrot. Lass es mich nur erst ein wenig aufwärmen."

„Es ist noch Essen von gestern abend übrig. Das reicht."

Sein Angebot war ihr sehr recht. „Darfst du denn stehen? Tut dir dein Bein nicht weh?"

„Ach, es lässt sich ertragen."

„Was sagt denn der Doktor dazu?"

„Genau das war seine Anweisung – das Bein benutzen so oft wie möglich. Den Arm auch. Er hat mir gezeigt, was ich tun soll. Aber ich brauche Hilfe bei den Übungen."

Sie war bass erstaunt. Dr. Conner war gekommen? Und Terence hatte ihm zugehört und befolgte sogar seine Anweisungen? „Dann meint er also, du würdest wieder gesund?"

„Nicht so wie früher, aber besser – wenn ich mir Mühe gebe."

Sie verkrampfte die Hände vor der Brust. „Du wirst wieder gehen können?"

„Mit einem Stock."

„Mit sonst nichts?"

Und dann sah sie etwas, mit dem sie ganz und gar nicht mehr gerechnet hatte – er lächelte. „Ja. Von dem Arm darf ich zwar nicht zu viel erwarten, aber es könnte sein, dass er irgendwann doch wieder zu etwas nütze ist. Außerdem – es ist ja bloß der linke!"

Nach einem furchtbaren Abend hatte sie nur gehofft, sie möge von noch Schlimmerem verschont bleiben. Dass das Leuchten in die Augen ihres Mannes zurückkehren werde, damit hatte sie beileibe nicht gerechnet. Sie begriff es nicht, so sehr sie auch hin und her überlegte.

„Dann kann ich auch gleich alles Weitere erzählen", fuhr Terence fort. Er ließ sich umständlich auf den Stuhl sinken, holte tief Luft und erzählte ihr von dem Gespräch mit Father McSweeney.

„Mr. Simeon?" fragte sie ungläubig, sein Bild noch vor Augen, die um den Finger gewickelte Locke.

„Richtig. Und wahrscheinlich wegen dir, vermute ich."

Ihr stockte der Atem. Sie schaute auf und blickte ihm in die Augen.

„Er sieht dich ja jeden Tag", erklärte Terence, „und bekommt durch dich die Verantwortung für sein Tun vor Augen geführt. In Zukunft kann er sich sagen, er habe einiges wieder gutgemacht."

Satz auf Satz, Bild auf Bild jagten durch ihren Kopf – James Simeons bleiches Gesicht, seine eiskalten Augen; James Simeon, näher und näher kommend, bereit, ihr Dinge über seine Ehe zu verraten, die nicht für ihre Ohren bestimmt waren.

Und dieser James Simeon sollte die Augen ihres Mannes wieder zum Leuchten bringen?

„Es war falsch von mir", fuhr Terence fort, „von dir zu verlangen, die Arbeit in seinem Haus nicht anzunehmen. Verzeih mir, Lena. Ich muss mich für manches entschuldigen."

Ihr war zum Weinen zumute, und wäre sie nicht innerlich zu Eis erstarrt, dann wäre sie auch in Tränen ausgebrochen. Wie konnte sie ihm jetzt den in der Trambahn gefassten Entschluss mitteilen? Denn sie wusste, was Terence verborgen blieb: Simeon bot seine Hilfe nicht aus bislang ungekannten menschlichen Motiven an. Nein, das Angebot war erfolgt, um Lena in der Anstellung zu halten.

Sie merkte, sie musste etwas erwidern; ihr Mann wartete sehnlichst darauf, war er doch, wenn auch auf seine Weise, über den eigenen Schatten gesprungen. „Terry, ich …"

Er unterbrach sie mit gehobener Hand. „Ich weiß, ich habe dir das Leben zur Hölle gemacht. Doch nun wird alles anders. Ich werde fleißig lernen und studieren, so gut ich kann, damit du stolz auf mich sein darfst. Das verspreche ich dir, und wenn es das Letzte ist, was ich im Leben tue."

Eine Welle von Zuneigung flutete über sie hinweg, versüßt noch durch den so langen Verzicht darauf. Schluchzend ließ sie sich vor ihm auf die Knie sinken, den Kopf in seinen Schoß gebettet. Tröstende Laute murmelnd, fuhr er ihr mit der gesunden Hand zärtlich übers Haar.

Nie würde Terence erfahren, warum sie weinte. Denn schon bald, so wusste sie, würde sie nicht mehr stolz auf sich sein.

9. Februar 1883

Erst gestern suchte eine alte Frau mich auf, um mit mir über ihres Mannes Seele zu sprechen. Obwohl schon drei Jahre verstorben, sei dieser ihr, so ihre Behauptung, in ihren Träumen erschienen. Sie müsse, so hatte er ihr aufgetragen, allen Besitz der Kirche übereignen, denn die Pforten des Paradieses, sie blieben ihm sonst verschlossen.

Ich fragte sie, wie sie denn, so sie all ihre geringe Habe der Kirche gäbe, sich wohl ernähren und wo sie denn schlafen wolle. Die Kirche, so gab ich ihr zu verstehen, leide doch weit weniger als sie. „Father", gab sie zur Antwort, „nichts weiter brauche ich als Euren Segen sowie das Versprechen, dass ich nach meinem Tode wieder mit meinem Gatten vereint bin, und mit meinen sonstigen Lieben auch." Dafür wollte sie ihre gesamte Habe geben!

Mein Segen aber ist kostenlos, und so schickte ich sie heim mit all ihren Ersparnissen, mitgebracht als Anzahlung auf das Seelenheil ihres verstorbenen Gatten. Ob sie wohl ahnte, wie dankbar Gott auf ein solches Opfer schauen wird? Ihr Mann, so meine ich mich zu erinnern, war keineswegs ein gütiger Mensch, noch nicht einmal ein sonderlich guter. Im Tode indes hat sie ihm die Fehler vergessen, und nun sucht sie seine Seele durch eigenes Leid und eigene Armut zu erlösen.

Gewiss ruht das Auge des Herrn wohlgefällig auf solch vorbehaltlosem Verzeihen und solch unbeirrtem Vertrauen auf den göttlichen Funken in unseren Mitmenschen. Gebe Gott, dass wir allesamt diesem Beispiel folgen können!

Ach, wenn doch auch ich so leicht vergeben könnte!

Aus dem Tagebuch von Father Patrick McSweeney, St. Brigid's Church, Cleveland, Ohio.

22. KAPITEL

Februar 2000

Kathleen Donaghue, Caseys Mutter, hatte schon immer gesagt: Das Führen einer Kneipe gilt nicht als Entschuldigung für eine vernachlässigte Familie. Sonntags wurden die Donaghue-Schwestern fein herausgeputzt zur Messe geschickt, während sie mit Rowan – der Saloon war indessen geschlossen – ein opulentes Sonntagsmahl für die Töchter und manchmal auch für die weitere Verwandtschaft zubereitete.

In den Jahren nach dem Tod ihrer Mutter hatte Megan diese Tradition aufrechterhalten und sich, während ihr Vater immer unzuverlässiger wurde, die Bürde der Planung und Vorbereitung noch zusätzlich aufgeladen. Nach Rooneys endgültigem Fortgang bemühte sie sich zusammen mit Casey um die Weiterführung des Sonntagsrituals – allerdings mit mäßigem Erfolg. Das üppige Mittagsmahl schrumpfte zu einem simplen Gericht, zunächst zweimal, dann bloß noch ein Mal im Monat.

An diesem Sonntag sollte der Brauch aufs Neue zum Leben erweckt werden. Es schien sinnvoll, Peggy in einer gemütlich-familiären Atmosphäre mit dem Thema Rooney zu konfrontieren – Caseys Ansicht nach ein entscheidender Faktor.

„Ashley hilft mir, den Tisch zu decken", rief Casey in die Küche. Zusammen mit der Kleinen hatte sie auf einen der größeren Tische in der Mitte des Schankraums ein weißes Tischtuch gelegt und mit Kathleens kostbaren silbernen Kerzenhaltern dekoriert.

„In zehn Minuten gibt es Essen!" rief Megan zurück.

Casey ging mit Ashley zur Wohnung hoch, um Serviettenringe zu holen. „Wäre schön, wenn wir auch noch Rosen für den Tisch hätten. Aber im Winter bekommt man keine."

„Da, wo wir wohnen, da gibt es keinen Winter. Schnee mag ich nicht."

„Nein?" Casey nahm die Ringe aus einer vom Dachboden geholten Kiste. Die Kleine tat ihr Leid. Die Umstände, durch die sie hierher verschlagen worden war, machten Casey wütend und bitter. Obwohl ihr Leidensweg sie betroffen machte und sie sich um ihren Schutz bemühte, hatte das Kind selbst sie bis zu diesem Moment noch nie so tief angerührt. Sie empfand ein so überwältigendes Gefühl der Rührung, dass sie Ashley am liebsten auf den Arm genommen und an sich gedrückt hätte.

„Weißt du", sagte sie und räusperte sich dabei, „so übel ist Schnee gar nicht. Hast du schon mal einen Schneeadler gemacht?"

„Schneeadler?" Ashley blickte zu ihr auf.

„Pass auf, nach dem Essen ziehen wir zwei uns warm an und gehen in den Stadtpark. Da zeige ich dir, wie man das macht."

„Sehe ich auch bald meine Mommy wieder?"

In all den Wochen, in denen die Kleine in Caseys Obhut gewesen war, hatte sie diese Frage niemals gestellt. Casey hatte die Auflage, sie nicht zu belügen, da Lügen eine an sich bereits unerträgliche Situation nur noch komplizieren würden. Dennoch – irgendwie brachte sie es nicht übers Herz, dem Mädchen die volle Wahrheit zu sagen.

„Weißt du, mein Schatz, ich würde dir gerne antworten, dass das schon bald geschieht, aber wir wissen es einfach noch nicht. Nur eins weiß ich ganz genau: Sie denkt in diesem Moment an dich und hat dich sehr lieb."

Ashley dachte nach. „Und deshalb bin ich hier."

„Richtig. Weil sie dich lieb hat und du hier am besten aufgehoben bist."

„Und wenn man immer weinen muss?"

„Das darfst du ruhig. Dann fühlst du dich besser. Manchmal hilft weinen."

„Nein, es hilft gar nicht. Auch wenn man weint, tun andere einem trotzdem noch weh. Sie sagen nur, dass man nichts sagen darf."

Casey krampfte sich der Magen zusammen. „Es ist böse, wenn man kleinen Mädchen wehtut. Man darf auch nicht einfach sagen, sie sollen still sein, wenn sie traurig sind. Aber hier sagt dir das niemand."

Genauso schnell, wie sie sich geöffnet hatte, verschloss die

Kleine sich wieder. Die Serviettenringe in der kleinen Hand strebte sie auf die Tür zu und ging die Treppe hinunter.

„Bobby Rayburn, du Schwein!“ stieß Casey zwischen den zusammengebissenen Zähnen hervor. „Hoffentlich trifft dich der Schlag in deiner Villa in Palm Beach. Denn wenn der Schlag dich nicht umbringt, dann tut es jemand, der dieses Kind hier liebt!“

Casey schaute ihre zwei Schwestern und Ashley an, die erwartungsvoll am Esstisch saßen. Gerade hatten sie das Tischgebet gesprochen, eine eingerostete, selten benutzte Version, an die sich Peggy als Einzige erinnert hatte.

Megan hob den Kopf. „Bitte reicht eure Teller her!“

Der mit Knoblauch gewürzte Lammbraten war namenlos – weil man zu dritt beschlossenen hatte, Ashley nicht zu verraten, welches Tier da verzehrt wurde. Es war schlicht „der Braten“, und er schmeckte ausgezeichnet. Als Beilage hatte Megan Kartoffeln zunächst gedünstet, um sie danach in dem Bratensud zu garen, wobei sie alle paar Minuten gewendet wurden, damit sie gleichmäßig bräunten. Zum Schluss hatte sie noch die schönsten Gemüse gedünstet, die sich auf dem West Side Market auftreiben ließen, und diese leicht in einer Butter-Kräuter-Sauce angerichtet. Die Bratensauce war dunkel und sämig, und schon jetzt steckte auch Peggys Lieblingsnachtisch im Backofen – eine selbst gemachte Pastete aus sündhaft teuren Blaubeeren.

Alles nur, um Peggy in die Sache mit Rooney einzuweihen.

„Der Tisch ist so hübsch gedeckt“, sagte sie. „Und das Essen ist was ganz Besonderes. Also, was wollt ihr aus mir herauslocken?“

„Wie bitte?“ Megan ließ benah ihre Gabel fallen.

„Ihr habt schon richtig gehört. Dies Essen habt ihr mir immer vorgesetzt, wenn ihr rauskriegen wolltet, ob irgendwas im Busch war.“

„Und? Ist etwas im Busch?“ Casey füllte der offenbar wie gebannt zuhörenden Ashley eine Portion auf den Teller. Seit dem letzten Gespräch oben in der Wohnung hatte die Kleine keinen

Ton mehr von sich gegeben, verfolgte die Unterhaltung nun aber sehr genau.

„Nee. Mir geht es prima. Ich bin gerne zu Hause. Musste einfach mal wieder sein. Ende der Diskussion."

Den letzten Satz ignorierte Megan. „Ist es ein Kerl? Macht er Ärger?"

Peggys Antwort erfolgte etwas zu eilig. „Es gibt keine Typen in meinem Leben, die einem auch nur halb so auf den Geist gehen wie ihr!"

Das kam Casey ziemlich bekannt vor. Dementis dieser Art kannte sie in- und auswendig. Sie wusste zudem, dass Peggy seit der Heimkehr noch von keinem männlichen Wesen angerufen worden war; jedenfalls nicht in Caseys Gegenwart. „Hattest du nicht was mit einem Kommilitonen aus deinem Anatomie-Seminar angefangen?" wollte sie wissen. „Aus Cincinnati?"

„Da kommst du ein Jahr zu spät. Der ist letzten Sommer nach Indiana umgezogen."

„War sicher ein schwerer Schlag..."

„Für wen? Ich hatte da schon einen anderen."

„Kennen wir den?" fragte Megan.

„Nee. Und den werdet ihr auch nicht kennen lernen."

Casey merkte sich diesen Hinweis besonders. Megan aber fragte einfach weiter. „Und deine akademischen Leistungen? Wie steht es mit denen?"

„Ich stehe durchschnittlich auf einer Zwei. Und damit du es weißt: Mein Krankenhausjob läuft weiter problemlos parallel."

„Na schön." Casey war an der Reihe. „Dann wäre das ja geregelt. Außer vielleicht Themen wie Lebensplanung oder was du mal werden willst, wenn du groß bist. Kennst du ja."

„Passt auf, ich weiß, dass ihr euch Sorgen macht, aber dafür gibt es keinen Grund. Komme ich euch etwa vor wie eine Bummelstudentin?"

Die Frage ließ sich, wenn man ehrlich war, eindeutig mit Nein beantworten. Das musste Casey zugeben.

„Also?" Peggy griff nach dem Gemüse, wobei sie die Broccoli verschmähte und sich stattdessen reichlich Karotten und Schneeerbsen genehmigte. „Nächstes Thema."

„Wie sieht es mit dir aus, Megan?" fragte Casey. „Da wir eben über Männer gesprochen haben – erzähl doch mal, wieso du Niccolo Andreani abserviert hast!"

Dabei wusste sie genau, dass sie wohl kaum mit der Wahrheit rechnen konnten. Megan hatte ihn ‚abserviert', weil sie der Ansicht war, die Sache werde allmählich zu ernst. An und für sich verschwendete Megan nur wenig Gedanken an das eigene Tun und Lassen; schon gar nicht grübelte sie lange darüber nach. Diesmal aber sah es so aus, als habe sie ziemlich mit dem zu kämpfen, worauf sie sich eingelassen hatte.

„Ich möchte nicht über *ihn* reden", sagte Megan beherrscht, „sondern über etwas, das allerdings mit ihm zu tun hat."

Auch Casey war nun klar, dass es sich nicht länger hinausschieben ließ, Peggy über Rooney aufzuklären. Doch bevor sie oder Megan dazu kamen, war ein sachtes Pochen an der Eingangstür zu hören.

Megan hob ihr Glas mit Mineralwasser. „Wer es auch sein mag – sag ihm, er soll sich verziehen! Glauben die etwa, wir haben am Sonntag geöffnet?"

Casey ging zur Tür, um den Besucher abzuwimmeln. Draußen stand Jon.

„Oben ging keiner ans Telefon, und hier unten sah ich Licht brennen. Hab mir gedacht, dass ich dich hier erwische."

Der ganze Tag schien schlagartig heller zu werden. Genau so war es früher immer zwischen ihnen gewesen. Sie hatte spontan bei ihm zu Hause hereingeschaut, er bei ihr. Sah sie ihn einmal einen Tag nicht, war sie kaum zu genießen.

Sie erwischte sich dabei, wie sie ihm nahezu entrückt zulächelte. „Zur Abwechslung essen wir mal hier unten."

„Dann komme ich wohl ungelegen. Tut mir Leid. Kann ich dich später anrufen?"

„Du gehörst doch quasi zur Familie, Jon! Setz dich zu uns!"

„Ach, ich würde doch nur stören. Ich..."

Sie fasste seine behandschuhte Rechte und zog ihn hinein bis er neben ihr in dem winzigen Windfang stand. „Megan!“ rief sie. „Jon ist hier! Steht er im Weg, oder legen wir noch ein Gedeck auf?“

„Sag ihm, ich fülle ihm schon einen Teller!“

Er zog seinen Mantel aus, hängte ihn an einen Garderobenhaken und folgte Casey in den Schankraum, wo die Schwestern bereits einen Stuhl neben den von Casey gestellt hatten. Nach kurzer Begrüßung nahm Jon Platz – allerdings erst, nachdem Casey sich ebenfalls gesetzt hatte.

„Das sieht ja köstlich aus! Da könnte ich glatt jeden Sonntagmittag auflaufen!“

„Klar!“ Megan strahlte ihn an. „Aber rück ein wenig früher an, dann kannst du die Kartoffeln schälen!“

„Wisst ihr was? Sobald es wieder warm wird, lade ich euch zu einem richtigen typisch ungarischen Schaschlik im Freien ein!“

Das konnte Casey sich lebhaft vorstellen: Grillen an einem lauen Herbstabend in Jons Garten. Hähnchenbrust oder magere Hamburger statt fettigem Bauchspeck, dafür eine angeregte Unterhaltung mit vielen Bekannten … und Jon!

„Megan, du wolltest doch gerade etwas loswerden, oder?“ Peggy rückte den Stuhl nach hinten. „Wenn es nichts Wichtiges ist, hole ich schnell Kaffeebohnen von oben. Für Kaffee zu der Pastete!“

„Bleib sitzen! Wir haben Kaffee genug hier unten. Wir servieren hundert Tassen pro Tag!“

„Megan“, wandte Casey ein, „ich meine, Jon sollte ebenfalls erfahren, was los ist.“ Sie wandte sich ihm zu. „Familienangelegenheiten, Jon. Macht dir doch nichts aus, oder?“

Obwohl er sich sichtlich unwohl dabei fühlte, schüttelte er den Kopf, was Casey ihm hoch anrechnete.

Megan atmete hörbar aus. „Peggy, entsinnst du dich noch, wie Nick am Abend der Autoentführung behauptete, er habe einen Mann weglaufen sehen? Jemanden, der den zweiten Gangster ausgeschaltet haben könnte?“

Peggy runzelte die Stirn. „Ich dachte, das hätte er sich bloß eingebildet!“

„Nun, es war tatsächlich jemand da, einer, der unserer Einschätzung nach unten auf Whiskey Island haust.“ Megan legte eine Pause ein. „Peggy, ich weiß nicht, wie ich dir das schonend beibringen soll. Es könnte sich um Rooney handeln. Bestimmte Hinweise deuten darauf hin.“

Langsam wich die Farbe aus Peggys Wangen. Sie sagte keinen Ton. Um ihr zunächst Gelegenheit zu geben, das Gehörte zu verarbeiten, sprach Casey Jon an. „Du hast unseren Vater nie gekannt, nicht wahr?“

„Als ich dich kennen lernte, war er bereits fort.“

„Ich wollte es dir eigentlich selbst sagen. Genau wissen wir nicht, ob der Mann, den Nick gesehen hat, tatsächlich Rooney ist. Erst Recht haben wir keine Gewissheit, dass er die Probleme verursacht, von denen du mir kürzlich erzählt hast. Die Möglichkeit allerdings besteht. Und wenn ja, dann brauchen wir vielleicht irgendwann mal deine Unterstützung.“

„Was für Hinweise?“ wollte Peggy wissen. Ihre Stimme klang erstaunlich beherrscht.

Megan berichtete ihr von Niccolos Entdeckungen. Peggy nahm das Ganze schweigend zur Kenntnis.

„Möglicherweise gibt es auch andere Erklärungen“, bemerkte Megan. „Die plausibelste ist allerdings, dass es sich bei dem Mann um Rooney handelt. Er hielt sich vielleicht an jenem Abend in der Nähe des Saloons auf, weil er hier mal zu Hause war.“

„Ich kann mich nicht einmal mehr an ihn erinnern“, sagte Peggy. „Ich war jünger als Ashley, als er abhaute.“

„Aber ich erinnere mich an meinen Daddy“, murmelte Ashley.

Casey merkte, dass die Kleine, die scheinbar mit ihrem Essen beschäftigt gewesen war, ganz genau zugehört hatte. Ausgerechnet jetzt wagte sie sich aus ihrer Schale heraus.

„Hat dein Daddy dir was getan?“ wollte die Kleine von Peggy wissen.

Offenbar spürte Peggy die Bedeutung der Frage. „Nie, mein Schatz. Er ist zwar von uns weggelaufen, aber wehgetan hat er mir nie.“

„Ich bin auch weggelaufen“, sagte Ashley.

Alle Augenpaare richteten sich auf Caseys Gesicht. „Ich glaube“, versuchte sie zu erklären, „Ashley will damit sagen, dass sie und ihre Mutter in einer schwierigen Lage von zu Hause fortmussten. Inzwischen hat die Situation sich aber erheblich verändert. Ashley muss es wie Weglaufen vorkommen, besonders weil ihre Mama nicht bei ihr ist.“

Die Kleine war mit dieser Erklärung augenscheinlich zufrieden und widmete sich wieder ihrem Teller.

„Und was unternimmst du, um festzustellen, ob es sich in der Tat um unseren Vater handelt?“ Peggy wandte sich wieder an Megan.

„Ich habe das Versteck besichtigt, in dem er sich vermutlich verkriecht, und ihm eine Nachricht dagelassen. Nick lässt sich dort alle paar Tage sehen. Im Augenblick können wir wohl nicht viel mehr tun. Falls es Rooney ist, dann hat er schon sehr lange auf sich gestellt überlebt. Wir dürfen nichts überstürzen, damit wir ihn nicht verschrecken.“ Megan griff nach Peggys Hand. „Sollten wir einwandfrei feststellen, dass er es ist, müssen wir überlegen, wie wir vorgehen wollen. Unsere legalen Möglichkeiten kann ich nicht abschätzen. Mag sein, dass uns die Hände gebunden sind.“

„Kommt darauf an, ob ihr nachweisen könnt, dass er für sich selbst eine Gefahr darstellt“, erklärte Jon. „Falls ihr etwa die Unterbringung in einem Heim oder etwas Ähnliches ins Auge fassen solltet, das wäre gar nicht so einfach.“

„Soll das heißen, dass jemand, der bei diesen Wetterverhältnissen im Freien haust, nicht automatisch sich selbst gefährdet?“ erkundigte Megan sich.

„Falls er es tut“, er schaute zu Ashley hinüber, „um sich mit voller Absicht selbst zu schädigen, dann ist das eine Sache. Ganz anders aber verhält es sich, wenn er es für seine bessere Alternative hält; selbst bei getrübtem Urteilsvermögen. Dann haben wir vor Gericht keine Chance. Andernfalls würde jeder Obdachlose in Amerika in ein geschlossenes Heim eingewiesen.“

„Und mit Hausfriedensbruch? Könnten wir ihn deswegen

festnehmen und anschließend auf seinen Geisteszustand untersuchen lassen?"

„Wegen der vielen Kriminellen dürfen wir uns nicht darauf verlassen, dass Polizei oder Justiz wegen Hausfriedensbruch tätig werden. Es sei denn, wir könnten ihm die Sachbeschädigung auf Whiskey Island anhängen."

„Und du meinst nicht, er käme nach Hause, wenn wir uns direkt an ihn wenden?" Peggys Frage richtete sich an Megan. „Vielleicht schämt er sich ja und braucht nur so etwas wie einen Anstoß!"

Casey übernahm die Antwort für Megan. „Wenig wahrscheinlich", sagte sie sanft. „Wir wissen lediglich eins: Er ist nicht ganz richtig im Kopf. Das lässt sich nicht mit ein bisschen Zuneigung ändern. Er hat ein chronisches Problem, was es auch sein mag. Und je länger sich derartige Probleme hinziehen, desto schwerer sind sie zu behandeln."

„Was für Probleme meinst du? Heraus damit!"

Seufzend und Hilfe suchend schaute Casey zu Megan, doch diesmal überließ Megan es ihrer Schwester, eine Familienkrise zu bewältigen. „Schizophrenie. Bipolare Persönlichkeitsstörung. Organisches Hirnsyndrom. Akuter Alkoholismus. Ich habe keine genaue Diagnose. Egal. Es könnte eins von all denen sein, aber auch eine Kombination. Jedenfalls ist es ernst und mittlerweile wahrscheinlich dauerhaft. Wenn er es zuließe, könnten wir seine Lebensqualität gewiss verbessern. Jahrelange seelische Störungen lassen sich aber nicht einfach wegwischen."

„Aber er war doch nicht immer so, oder?" fragte Peggy.

„Er benahm sich immer schon anderes als andere Väter." Megan lehnte sich zurück. „Etwas wunderlich, als sprächen Feen und Fabelwesen zu ihm. Er konnte die wunderbarsten Geschichten erzählen, aber man kriegte nie so ganz raus, wann die Wirklichkeit endete und die Fantasie mit ihm durchging. Für Rooney war alles ein Märchen."

„Ich hätte ihn gern gekannt. Ich würde ihn auch liebend gern kennen lernen."

Alle verstummten. Casey hätte die Atmosphäre gerne aufgeheitert, aber ein Patentrezept bot sich nicht an. Schon einmal hatte Rooney ihrer aller Welt auf immer verändert. Durchaus möglich, dass sich dies in Kürze wiederholte.

„Ich hole die Pastete", sagte Megan und stand auf, wobei die Stuhlbeine laut über den Boden schabten.

Niemand lehnte die Nachspeise ab. Bei den Donaghues kam es nie vor, dass man aus Aufregung das Essen unterbrach. Erst recht dann nicht, wenn Megans Blueberry Pie gereicht wurde.

„Ich gehe doch nach oben und hole den Kaffee." Peggy stand auf und ging.

Casey sah ihr nach und seufzte. „Ich weiß nicht recht, ob es positiv oder negativ ist, dass Rooney ihr völlig fremd ist."

Jon ergriff ihre Hand. „Komm mit zu mir", bat er. „Wir holen uns ein Video aus der Videothek. Wenn es dir lieber ist, kannst du dich auch aussprechen."

Irgendwie klang das perfekt, ganz anders als ihre sonstige Art von Stressabbau. Früher war sie dazu auf Partys gegangen oder hatte selbst eine veranstaltet. Im Gegensatz dazu erschien ihr nun die Aussicht auf Jons Arm um ihre Schulter und die ruhige Abgeschiedenheit seines Hauses ausgesprochen verlockend.

Dann bemerkte sie, wie Ashley sie gespannt anstarrte.

„Geht nicht." Casey schüttelte den Kopf. „Ich habe Ashley einen Schneeadler versprochen. Und eine Schneeballschlacht."

„Für eine gute Schneeballschlacht braucht man drei. Und von mir aus können wir uns nachher einen Zeichentrickfilm angucken. Ashley darf sich einen aussuchen."

„Echt?" Casey versuchte sich zu erinnern, wann ihr einmal ein Mann ein solches Angebot gemacht hatte – und dazu noch mit Vergnügen.

„Falls unsere Prinzessin einverstanden ist", sagte Jon an Ashley gewandt. „Und, Prinzessin?"

Ihr Gesichtchen hellte sich auf. „Meine Mommy hat auch immer Prinzessin zu mir gesagt!"

„Passt ja auch genau zu dir, Prinzessin Ashley."

„Ist es dir recht, wenn Jon mitkommt?" fragte Casey. „Nach

den Schneeadlern fahren wir zu ihm. Wahrscheinlich ist es dann sowieso zu kalt, um noch draußen herumzualbern."

„Darf ich mit der Puppe im Matrosenanzug spielen?"

Jon lächelte. „Na, aber sicher! Casey hat mir erzählt, dass sie dir auch eine Puppe geschenkt hat. Die bringst du mit! Dann kannst du die beiden einander vorstellen."

Ein kaum merkliches Lächeln erschien auf dem Gesicht der Kleinen. Offenbar konnte Jon Kovats zaubern.

23. KAPITEL

Niccolo rang mit sich, wie er Megan die Begegnung mit ihrem Vater vom Freitagabend beibringen sollte. Er war sich zwar noch immer nicht sicher, ob der Mann, mit dem er auf Whiskey Island gesprochen hatte, auch wirklich Rooney war, doch alle Anzeichen deuteten darauf hin. Wie es auch sein mochte: Megan musste erfahren, was sich ereignet hatte. Nur – wie sollte er die Information am besten weitergeben? Diese Frage bereitete ihm Kopfzerbrechen.

Am späten Sonntagnachmittag – während einer Atempause in dem Tohuwabohu, das mal als sein Ein-Mann-Renovierungsprojekt gedacht gewesen war – fasste er den Entschluss, Megan anzurufen und ihr am Telefon seine Erkenntnisse mitzuteilen. Eigentlich waren sie kaum für eine telefonische Mitteilung geeignet, aber jemand wie sie hätte es wahrscheinlich gar nicht anders gewollt.

Als Niccolo zum Hörer griff, befanden sich seine jugendlichen Helfer gerade drei Zimmer entfernt beim Anstreichen – bei derart dröhnender Radiomusik, dass die Wände wackelten. Zunächst versuchte er es in Megans Wohnung, bekam allerdings bloß eine knappe Ansage auf dem Anrufbeantworter zu hören. Danach rief er im Saloon an, ließ das Telefon sechs Mal läuten und hätte beinahe schon wieder aufgelegt, als sie doch noch abhob.

Selbst mit dem schlichten Gruß übte ihre lyrische Altstimme eine eigenartige Wirkung auf ihn aus. Sie erinnerte ihn an Dinge, auf die er zuvor freiwillig verzichtet hatte und vor denen ihm allmählich angst und bange wurde. Ihr Klang ließ ihm ein an sich erfülltes Leben merkwürdig leer und bedeutungslos erscheinen. Alle von ihm unternommenen Anstrengungen, das Verhältnis zwischen ihr und ihm ins rechte Licht zu rücken, lösten sich zwischen zwei Silben in Luft auf.

Er meldete sich und wartete.

Wie immer kam sie direkt zur Sache. „Hast du noch etwas über Rooney herausgefunden?“

„Ich …“ Ein scharfes, ohrenzerreißendes Rauschen drang aus dem Hörer. Dann war die Leitung tot.

„Megan?“ Nach kurzem Warten legte er auf. Vermutlich war die Verbindung unterbrochen, was sich bestätigte, als er den Hörer noch einmal abnahm: kein Ton.

„Nick!“

Das Gesicht missmutig verzogen stand er auf und folgte dem Hilferuf in das Zimmer, in dem die Teenager gerade beim Streichen waren. Angesichts seiner Miene drehte einer der Bengel lieber das Radio leiser. „Ihr ruft nicht zufällig wegen des Telefons, oder?“ fragte Niccolo.

Vier Jungen waren bei der Arbeit – Joachim, Winston, Josh sowie ein Neuling, ein Schulabbrecher namens Pete, blond und mit blauen Augen.

„Also, wir haben da aus Versehen ein Kabel rausgerissen oder so“, erklärte ebendieser Pete nun. „Tut mir echt Leid, bin irgendwie mit dem Finger dahinter geraten und kriegte ihn nicht wieder raus.“

Nick sparte sich die Frage, wieso Pete überhaupt den Finger hinter die mit Klemmen an der Wand befestigte Telefonleitung gehakt hatte. „Kann ich reparieren. Aber lasst gefälligst die Finger von den Kabeln! Wäre das eine Elektroleitung gewesen, könnten wir dich jetzt von der Decke kratzen!“ Zwar waren nirgends im Haus bloß liegende Kabel, doch eine Warnung – so Niccolo insgeheim – konnte nicht schaden. „Und wie läuft es mit dem Anstreichen?“ fragte er etwas versöhnlicher.

Elisha hatte für diesen Raum ein dunkles Grün vorgeschlagen und um Niccolo von der Richtigkeit ihrer Farbwahl zu überzeugen, Bilder aus Zeitschriften ausgeschnitten. Der Farbton brachte die edle Ahornmaserung der Holzteile stärker zur Geltung und betonte gleichzeitig den Blick in den Garten. Ganz besonders eignete sich der Raum als Arbeits- oder Wohnzimmer. Für einen Augenblick wünschte Niccolo sich, er wäre selbst der zukünftige Benutzer.

„Muss noch mal überstrichen werden“, meldete Winston, der „Vorarbeiter“ des Anstreichertrupps – eine Position, die ihm einen Dollar pro Stunde mehr eintrug als der Mindestlohn, den die anderen erhielten.

Nach genauer Inspektion musste Niccolo ihm Recht geben. „Stimmt. Aber dann reicht es. Sieht gut aus." Er überließ die Jungen ihren Restarbeiten. Kaum hatte er wieder den Flur betreten, dröhnte das Radio erneut in voller Lautstärke los.

Was sollte er nun in Bezug auf Megan unternehmen? Er konnte die Jugendlichen schwerlich sich selbst überlassen und bei seiner Rückkehr auch noch erwarten, das Haus – und nicht zuletzt die Bengel selbst – unbeschädigt vorzufinden. Also beschloss er, aus der Nachbarschaft anzurufen. Die Besserverdiener von nebenan waren zwar fürs Wochenende verreist, doch die junge Dame von gegenüber, die mit den vielen Verehrern, die war nach einem Kurztrip wieder zu Hause – schließlich hatte sie sich erst kurz nach Mittag die Post abgeholt, die Niccolo für sie entgegengenommen hatte.

Die Winterjacke überziehend gab er dem Anstreichertrupp Bescheid. „Ich gehe nur mal kurz in die Nachbarschaft. Bin in fünf Minuten zurück. Und mit einem Ohr hör ich auf Sirenengeheul! Alles klar?"

Als Reaktion erntete er nur kollektives Augenrollen.

Ashley, Casey und Jon hatten sich auf einen Nachmittag im Schnee verabschiedet. Peggy hatte sich derweil im Obergeschoss aufs Ohr gelegt. Bei Niccolos Anruf saß Megan bereits über der dritten Tasse Kaffee, bemüht, sich endlich aufzuraffen und nach Hause zu fahren. Dass er bestimmt nicht einfach aufgelegt hatte, das nahm sie zwar stark an, trotzdem war sie frustriert. Sicherlich würde er bei der nächsten Gelegenheit wieder anrufen. Sie hätte aber gerne sofort gewusst, was er ihr wohl mitzuteilen hatte.

Eigentlich beschäftigte sie sich nur ungern gedanklich mit Niccolo. Immerhin hatte sie Casey immer unterstellt, sie suche sich permanent die unpassendsten Partner aus. Nun musste sie sich selbst genau das ankreiden lassen. Casey zog sich Männer an Land, mit denen man eine Zeit lang seinen Spaß haben konnte, während Megan sich solche angelte, die emotional derart distanziert wirkten, dass von vornherein keine feste Verbindung zu Stande kam. Über die Jahre hatte sie ab und zu darüber nachgedacht, ohne dass es ihr sonderlich wichtig erschien. Sie hatte es schließlich nicht anders gewollt.

Das hatte sich schlagartig geändert, als Niccolo in ihr Leben trat. Er war ihr nicht ganz geheuer, auch das wusste sie, selbst wenn sie es sich nicht gern eingestand. Generell ließ sie sich nicht leicht ins Bockshorn jagen, doch nun bekam sie Angst vor der eigenen Courage. Ihre Schwestern zu lieben und dazu – wenn auch etwas weniger intensiv – den Rest des Donaghue-Clans, das ließ sich nicht umgehen. Das war nun einmal so. Aber einen Mann, der eventuell ihre Liebe erwiderte? Das musste man mit Vorsicht genießen.

Sie wusste, es fehlte nicht mehr viel, und Niccolo ging ihr überhaupt nicht mehr aus dem Kopf. Als sie dic Kaffeetasse in die Küche brachte, fiel ihr auf, dass es nun wirklich Zeit wurde, nach Hause zu fahren. Also zog sie ihre Winterjacke an, startete ihren Wagen und befand sich bereits in Niccolos Straße, ehe sie merkte, dass sie sich nun doch endgültig entschieden hatte.

Sie stellte den Wagen vor seinem Haus ab. Noch vor dem Aussteigen sah sie jedoch, wie sich genau gegenüber die Haustür öffnete und Niccolo heraustrat, gefolgt von einer Frau mit pyramidenförmig frisiertem, steifem Blondhaar und einem schwarzen, eng anliegenden Bodysuit aus Spandex. Die Arme gegen die Kälte um die üppige Figur geschlungen ging sie Niccolo bis auf den Treppenabsatz nach.

Gegen das Geländer gelehnt war Niccolo offenbar in eine Unterhaltung mit ihr vertieft, immerhin so lange, dass die Dame schon von einem Fuß auf den anderen hüpfte, um sich warm zu halten. Schließlich trat Niccolo den Rückzug an und ging nach kurzem, grüßendem Winken die Stufen hinunter und über die Straße zu seinem Haus, wobei ihm Megans Auto auffiel. Er verlangsamte seinen Schritt. Der Anflug eines Lächelns erschien auf seinem Gesicht, um aber postwendend wieder zu verlöschen.

Die Nachbarin war bereits wieder in ihrem Haus verschwunden, als Megan sich aus dem Wagen bemühte und nicht lange um den heißen Brei herumredete. „Ich komme wegen des Rests unseres verunglückten Telefongesprächs. Erscheine ich ungelegen?"

„Die Verbindung wurde unterbrochen. Ich habe eben versucht, dich von meiner Nachbarin aus anzurufen."

Albern zwar, aber Megan verspürte tatsächlich so etwas wie Erleichterung. „Dann hast du mich vermutlich knapp verpasst. Ich war schon hierher unterwegs."

„Hat sich trotzdem gelohnt. Meine Nachbarin hat gerade versucht, mir ihr Haus anzudrehen."

Megan warf einen raschen Blick zu dem genannten Gebäude, das mit einem arg heruntergekommenen Treppenpodest, grauen Asbestschindeln und geborstenen, notdürftig mit Klebeband geflickten Fensterscheiben wenig einladend wirkte. Auf den ersten Blick sah man nichts weiter als meterlange, tröpfelnde Eiszapfen unter den Traufen sowie sieben Meter hohe immergrüne Pflanzen, die nie wieder grün werden würden.

„Italienischer Baustil." Er kam ihr mit seiner Erklärung zuvor. „Sieht man erst beim zweiten Hingucken. Innen mit Raumteilern aus billigen Paneelen, aber gute Bausubstanz. Andere Schindeln, neues Treppenpodest – wer weiß, was draus werden würde?"

„Und? Ziehst du einen Kauf in Betracht?"

„Doch, durchaus." Er hörte sich erstaunt an. „Die Bude ist der Schandfleck des ganzen Viertels. Wenn ich die wieder aufmöble, steigt mein eigenes Haus im Wert. Außerdem habe ich eine ganze Horde Halbwüchsiger, die schon ziemlich bald nichts Gescheites mehr zu tun hat."

Allmählich wurde ihr kalt, denn er hatte sie noch immer nicht hineingebeten. „Was wolltest du mir denn mitteilen, Nick?"

„Komm erst mal rein. In der Küche lässt sich besser reden."

Im Hausinneren schlug ihr dröhnendes Radiogetöse und der scharfe Geruch von frischer Wandfarbe entgegen. Die Diele war so gut wie fertig und benötigte bloß noch eine Schicht Farbe über dem Voranstrich sowie einen Teppich. Während sie Nick über den Flur folgte, fiel ihr auf, wie viel bereits geschafft war. Vor einer Tür blieb er stehen und guckte kurz in das Zimmer, wobei die Musik schlagartig lauter wurde. „Jungs, sagt mal eben Megan guten Tag!“

Ein vielstimmiges „Hallo!“ erscholl, als sie neben Nick den Kopf durch den Türspalt steckte. Er ging voraus in die Küche – in farbbespritzten Jeans und einem Exemplar aus seinem offenbar unerschöpflichen Vorrat schlicht-weißer T-Shirts mit offenem Flanellhemd darüber.

Er sah umwerfend aus. Sobald sie nicht zusammen waren, vergaß sie, wie attraktiv er wirkte. Sie vergaß zudem, wie schwer es ihr fiel, sich dieser Attraktivität zu entziehen, wie stark sie sich von ihm angezogen fühlte – etwas, das sie bislang als unwesentlich abgetan hatte.

Minuten später stand ein dampfender Capuccino vor ihr, der ihr fantastisch schmeckte. Niccolo ließ sich ihr gegenüber mit einem Espresso nieder.

„Und wie geht es dir so?“ fragte er.

Sie zuckte die Schultern, ihrer Ansicht nach Antwort genug. „Hast du was Neues über Rooney?“

„Ich war noch mal an der Stelle, wo wir zusammen hingegangen sind. Da war ein Mann, und wir haben uns unterhalten. Er könnte durchaus dein Vater sein.“

Noch während sie die Neuigkeiten verarbeitete, versuchte sie, sich über ihre Gefühle klar zu werden. „Kannst du ihn beschreiben?“

„Nicht so richtig. Auf mich wirkte er so um die sechzig. Er hatte sich regelrecht in mehrere Kleidungsstücke eingemummelt. Ungepflegt und verschmutzt, aber glatt rasiert. Das Einsiedlerleben löscht alles Individuelle an einem Menschen aus.“

Sie hörte sich seinen Bericht von dem Gespräch an. „Nach meiner Einschätzung lässt er sich nur blicken, wenn es bewölkt ist“, sagte er zum Schluss. „Er behauptet, dass die Sterne zuschauen und horchen, und erklärt, er beschütze etwas vor ihnen oder vielleicht auch *für* sie.“

„Aber auf den Namen Rooney hat er reagiert?“

„Er drehte sich jedenfalls um. Als ich ihn aber nach seinem

Namen fragte, sagte er, er habe keinen. Die Sterne hätten ihn mitgenommen."

„Total plemplem." Die Bemerkung klang beileibe nicht so beiläufig wie erhofft, und Megan hörte, dass jedes Wort fast schon so etwas wie ein Schluchzer war. „Hat er gehumpelt?" fragte sie und räusperte sich. „Beim Weggehen?"

„Ja, tatsächlich", erwiderte er stirnrunzelnd. „Ich glaube, er trug Galoschen oder so etwas Ähnliches. Deshalb dachte ich, er hinkt, weil die ihm nicht richtig passen."

„Vor der Heirat mit meiner Mutter hatte er einen Verkehrsunfall. Ein Bein heilte nie richtig aus und wurde mit zunehmendem Alter immer schlimmer, zwar nicht so, dass er gehunfähig wurde, aber doch deutlich gehbehindert."

„Wie er erzählte, hat er die Gegenstände, die ich gefunden habe, versteckt. Das Foto von dir und deinen Schwestern, die Kinderzeichnungen."

„Dann ist er es wohl tatsächlich", räumte sie ein.

„Ich denke, wir sollten in der nächsten wolkenverhangenen Nacht nochmals hingehen. Vielleicht treffen wir ihn ja! Ich werde ihm Lebensmittel dalassen, selbst wenn ich ihm nicht begegnen sollte." Er unterbrach sich. „Heute Nacht wird es wahrscheinlich schon bewölkt."

„Hast du etwa für ihn eingekauft?"

„Zwei Kisten habe ich voll gepackt. Ich weiß nicht recht, wie ich es ausdrücken soll, Megan. Aber meiner Meinung nach lebt dein Vater dort aus einem ganz bestimmten Grund. Es würde ihn tief treffen, wenn man ihn einfach von dort wegholen würde."

„Du willst doch nicht etwa behaupten, dass er klar bei Verstand ist und weiß, was für ihn das Beste ist?"

Er umfasste den kleinen Espresso mit beiden Händen, als könne er sich an der winzigen Tasse wärmen. „Megan, wir haben es hier nicht mit leichten Antworten auf eine leichte Frage zu tun. Es läuft auf eine Art Tauziehen hinaus: zwischen dem Recht deines Vaters auf freie Wahl seines Lebensstils einerseits und andererseits der Verantwortung der Gesellschaft, ihre Schwächsten zu schützen. Die beste Lösung wäre, ihn zur Aufgabe und Heimkehr zu bewegen. Aus freien Stücken!“

„Logik im Umgang mit einem, der glaubt, er würde auf Schritt und Tritt von den Sternen überwacht?“

„Solange wir es nicht versuchen, werden wir nie wissen, ob es klappt. Aber ihn unter Anwendung körperlicher Gewalt zur Behandlung ins Krankenhaus zu zerren, ist wahrscheinlich nicht mal rechtlich zulässig.“

Megan, die sich an die Unterhaltung mit Jon während des Dinners erinnerte, musste ihm stumm Recht geben.

„Ich weiß, wie dich das aufwühlt. Das ist auch nur zu verständlich“, sagte er und legte eine Kunstpause ein. „Leichter wäre es, wenn man einfach jemanden mit einschlägiger Erfahrung auf ihn ansetzte.“

„Meinst du, darum geht es mir? Dass ich mir nichts aus meinem Vater mache und meine Hände in Unschuld wasche, weil ich nichts für seine Lage kann?“ Die Tränen wichen einem neuerlichen Zornesausbruch.

„Allerdings. Ich denke, zumindest teilweise.“

Sie öffnete den Mund zu einer Entgegnung, brachte aber keinen Ton raus.

„Eine sehr normale, menschlich verständliche Reaktion, wie ich hinzufügen möchte“, bemerkte er sanft. „Weil es ja eine zusätzliche Last darstellt. Du hast schon mehr als genug getragen, meist etwas, das dir von Rooney aufgeladen wurde. Wenn also seine Rückkehr wenig Begeisterung bei dir auslöst – wer sollte dir das verübeln?“

„Ich.“ Sie schluckte, und ihr Zorn verflog. „Ich sollte ein besserer Mensch sein.“

„Das sollten wir alle.“

Dass er Mitgefühl zeigen wollte, machte das Ganze nur noch schlimmer. „Folgt jetzt die Absolution?“

„Nein. Jetzt folgt der Moment, von dem ab du meine Sorge um dich nicht mehr mit meiner früheren Tätigkeit als Priester vermischen solltest. Der Moment der Entscheidung: entweder lässt du dir von mir bei diesem Kampf um deinen Vater helfen, oder du sagst mir, ich soll gefälligst verschwinden. Mir muss beides recht sein."

Sie verstummte – beschämt und betroffen. Er hatte erfasst, dass sie beides wollte: seine Umarmung spüren und ihn gleichzeitig von sich stoßen. Daher stellte er sie vor die Wahl. „Willst du denn verschwinden?" fragte sie. „Falls ja, kann ich es dir nicht verdenken. Ich habe mich dir gegenüber furchtbar verhalten. Ich habe Angst."

„Das weiß ich. Mir geht es genauso. Jahrelang bin ich auf alles Mögliche vorbereitet worden – nur nicht auf dies."

Plötzlich stand nicht mehr Rooney im Mittelpunkt. Sie sprachen vielmehr über sich. Als Paar. Sie wollte gar nicht erst so tun, als habe sie das noch nicht bemerkt. „Ich tauge nicht für Beziehungen", murmelte sie, den Blick gesenkt. „Ich will nicht mal dazu taugen."

„Doch, das willst du wohl. Es gibt jede Menge Leute, die dich heiß und innig lieben."

„Ja, weil ich mich um sie kümmere. Da ist es kein Wunder, wenn sie mich mögen. Du aber brauchst keinen, der dich bemuttert."

„Einverstanden. Du hast genug geleistet. Allmählich wird dir die Last zu viel. Und wenn du dich um deinen Vater kümmern möchtest, dann lass dir von mir helfen."

„Du hast dich doch selbst schon um zu viele gekümmert."

„Bis jetzt haben wir das beide im Alleingang gemacht. Vielleicht wäre es an der Zeit, dass wir es gemeinsam versuchen."

Zuvor hatte sie ihn nicht angesehen, aber nun tat sie es. „Ich komme nicht mit einer Garantie." Sie streckte die Hand aus und ließ die Fingerspitzen über seinen Handrücken gleiten. „Ich weiß nicht genau, was ich will. Und selbst wenn ich es wüsste, wäre ich nicht sicher, wie ich es mir holen soll."

„Ich bitte dich lediglich, mich nicht deshalb auszuschließen, nur weil du Befürchtungen hegst. Das ist alles."

„Das ist alles?"

Er lächelte – ein Lächeln, bei dem ihr fast das Herz stehen blieb. „Siehst du allmählich Licht in deinem Durcheinander?"

Sie setzte gerade zu einer Erwiderung an, als das Telefon klingelte. Für einen Moment wusste sie nicht, wieso das Läuten so nah erschien, bis sie bemerkte, dass es aus ihrer Manteltasche kam. „Entschuldige!“ Sie zog ihr Handy hervor und klappte es auf.

Er lehnte sich zurück. „Wenn ich auch so ein Ding hätte, wäre es nicht zu unserem Disput gekommen.“

Sie lächelte – am Ende des Gesprächs aber war ihr Lächeln erloschen. „Casey war dran.“

„Schlechte Neuigkeiten?“ Er sah es ihr am Gesicht an.

„Sie war mit Jon im Stadtpark, da bekam er einen Anruf. Draußen auf Whiskey Island ist die Leiche eines Mannes gefunden worden, etwa achthundert Meter von der Baustelle entfernt, wo die Sachbeschädigungen vorgekommen sind. Aufgrund der Kleidung und der Habseligkeiten geht die Polizei von einem Obdachlosen aus. Casey befürchtet, dass es Rooney sein könnte.“

24. KAPITEL

Als Megan und Niccolo ankamen, befand Jon sich bereits am Fundort der Leiche. Casey hatte Ashley derweil zum Lokal zurückgebracht. Niccolo hatte darauf bestanden, dass er sie begleitete. Nach seinem kürzlichen Treffen mit dem mutmaßlichen Rooney konnte er den Toten jetzt eventuell identifizieren. Ob Megan dazu in der Lage sein würde, war mehr als zweifelhaft. Selbst wenn die Jahre ihrem Vater nicht sehr zugesetzt hätten, wäre er doch nicht mehr der Mann aus ihren Erinnerungen gewesen. Doch es war ohnehin unwahrscheinlich, dass die Zeit spurlos an ihm vorübergegangen war.

Niccolo stellte den Wagen an dem zugewiesen Platz ab und stieg aus, um anschließend Megan behilflich zu sein. Ehe er allerdings um das Auto herum war, strebte sie schon auf zwei Polizisten zu, die fröstelnd am Rande einer öden Mondlandschaft mit tiefen Reifenspuren und schneebedeckten Erzhalden standen. Einer der beiden kam Megan und Niccolo entgegen.

„Polizei. Bitte gehen Sie weiter!"

„Wir kommen auf Bitten von Jon Kovats", meldete Megan. „Bei der gefundenen Person könnte es sich um meinen Vater handeln."

Als wäre ihm das ganz und gar nicht recht, wurde die steile Falte in der skeptisch gerunzelten Stirn des Beamten noch tiefer. Allerdings sparte er sich wohlweislich eine missmutige Bemerkung, sondern wies seufzend in Richtung auf die nächstgelegene Halde. „Da lang. Kein schöner Anblick. Wollen Sie sich das wirklich antun?"

„Ja."

Er trat beiseite, worauf Niccolo Megan beim Arm fasste. „Er hat Recht", bemerkte er, als sie außer Rufweite waren. „Du könntest das auch später in der Gerichtsmedizin erledigen."

„Warum glaubt man eigentlich immer, der Tod wäre erträglicher, wenn die Leiche auf sauberen weißen Tüchern liegt?"

„Ich meinte damit eigentlich eher, dass du mehr Zeit hättest, dich darauf einzustellen."

„Und mir Sorgen zu machen."

Auch ihm war daran gelegen, die Sache möglichst rasch zu Ende zu bringen. „Dann lass mich zuerst einen Blick auf ihn werfen."

„Wir machen es gemeinsam."

Mehr, vermutete er, war im Augenblick nicht zu erreichen. Ob Megan tief im Innern wohl darauf hoffte, dass es Rooney war? Dass des Rätsels Lösung gefunden war und ihr Vater in Frieden ruhen konnte? Es wäre nur allzu menschlich gewesen, diese Hoffnung zu hegen.

Gleich hinter der Halde wandten sie sich nach links auf eine Anzahl Personen zu, die meisten in Polizeiuniformen. Als Jon sie kommen sah, löste er sich aus der Gruppe und fing sie ab.

„Bist du sicher, Megan, dass du dir das ansehen willst?" sagte er ohne lange Vorrede.

„Ja."

„Können Sie uns sagen, was passiert ist?" fragte Niccolo, ohne Megans Arm loszulassen. Dass Megan die Identifizierung ganz allein vornahm, das kam für ihn nicht infrage.

„Nach allem, was wir wissen, gibt es an der Sache nichts Verdächtiges. Genaueres wird zwar erst die Obduktion ergeben, aber wir haben keinen Grund zu der Annahme, dass der Tod durch Fremdeinwirkung herbeigeführt wurde. Könnte ein Herzinfarkt oder Schlaganfall gewesen sein. Vielleicht hat der arme Kerl aber auch einen über den Durst getrunken, ist eingeschlafen und erfroren. Wir haben leere Flaschen gefunden, eine gleich in Reichweite." Er machte eine Pause. „Tut mir Leid, Megan, dass wir dir das aufbürden müssen. Ursprünglich wollte Casey kommen und dir den Anblick ersparen, aber Ashley war ja da. Die konnte sie schließlich nicht mitbringen."

„Als Rooney uns verließ war ich älter als Casey. Vermutlich erinnere ich mich besser an ihn als sie."

Jon wandte sich an Niccolo. „Und Sie haben ihn damals bei dem Überfall gesehen?"

Niccolo berichtete ihm von seiner Begegnung mit dem

Mann auf Whiskey Island und von dem, was er gesagt hatte. „Wenn es derselbe Mann ist, dann erkenne ich ihn wieder."

„Seid ihr beide fertig?"

Niccolo schaute Megan an, die nur stumm nickte. Daraufhin ging Jon voraus, vorbei an den fröstelnden Polizisten und einen leicht abfallenden Hang hinunter. Auf dem kiesbedeckten Boden war eine Erhebung zu sehen, etwa so lang wie eine Person und abgedeckt von einer Zeltplane. Ringsum verstreut stand schweres Räum- und Schaufelgerät. Jon wartete, bis sie nur noch wenige Meter von dem kleinen Hügel entfernt waren. Dann trat er vor und zog die Plane zurück.

Niccolos Griff um Megans Oberarm verstärkte sich reflexartig, dann aber ließ er erleichtert locker. „Das ist nicht der Mann, mit dem ich gesprochen habe", sagte er schnell, um ihr eine Aussage zu ersparen.

„Ganz sicher?" wollte Jon wissen.

„Es ist weniger als achtundvierzig Stunden her. Der Mann, den ich getroffen habe, war glatt rasiert." Dieser hier – um einiges jünger als der vermeintliche Rooney – trug einen ungepflegten Zottelbart. Niccolo wandte den Blick ab.

Auch Megan hatte sich zur Seite gedreht. Ihr Gesicht war bleich, sie hatte trotz der Minustemperaturen Schweißperlen auf der Stirn. „Das ist nicht Rooney."

„Du hast ihn aber lange nicht gesehen", sagte Jon sachte.

„Trotzdem." Sie blieb bei ihrer Aussage. „Er ist es unter Garantie nicht. Dabei hatte ich fast sicher damit gerechnet, dass er es sein würde." Ihre Augen füllten sich mit Tränen. „Was ist das nur für eine furchtbare Welt, Nick!"

„Nicht immer." Er hob ihre Hand an seine Lippen und küsste sie. „Manchmal ist sie voller Wunder und Chancen. Komm, ich fahre dich heim."

„Mein Auto steht noch vor deinem Haus."

„Dann lass uns zu mir fahren."

Offenbar musste sie unnötig lange über den Vorschlag nachdenken. „Bekomme ich denn bei dir etwas zu trinken?"

„Natürlich!"

„Und zu essen?“

„Selbstverständlich!“

„Nimmst du mich auch in den Arm?“

Der Atem brannte ihm heiß in der Brust. „So lange du willst.“

„Dann auf nach Hause!“

Der Malertrupp war nach Jons Anruf heimgegangen. Obwohl Niccolo sämtliche Fenster geschlossen und das Thermostat hochgedreht hatte, bibberte Megan, als leide sie unter Schüttelfrost. Eingemummelt in einen von Niccolo ausgeborgten und ihr fast bis zu den Knien reichenden Wollpullover, hielt sie eine Tasse dampfenden Kaffees mit einem Schuss Amaretto – eine Mischung, die einen Gletscher zum Schmelzen gebracht hätte. Dennoch fror sie nach wie vor, und allmählich reagierten ihre Nervenzellen auf das, was sie gesehen hatte.

Niccolo bemerkte das und hüllte sie fürsorglich in eine Häkeldecke, die zwar etwas verblichen war, aber noch in allen Regenbogenfarben schillerte – ein Stück, an dem er sehr hing.

„Hat mir meine Großmutter zum Eintritt ins Priesterseminar gemacht“, erklärte er, als er sah, wie Megan sie genauer betrachtete. „Sie stehe für mein neues Leben, so ihr Kommentar damals. Meine Tage würden von Farbtupfern erfüllt sein, von allem ein bisschen. Anders als bei der Mehrzahl der Menschen, deren Leben aus einem Einerlei von Beziehungen und Orten besteht, jahrein, jahraus. Ihrer Ansicht nach würde mein Leben ein farbenfrohes Ganzes ergeben.“

„Wie die Decke.“ Sie kuschelte sich tiefer hinein. „Hat sie sich geirrt, deine Großmutter?“

„Nein, der Irrtum lag bei mir, weil ich glaubte, ich wolle dieses Leben tatsächlich.“

Sie umfasste ihre Tasse fester. „Irrtum oder Fehlinformation?“

„Auf das Seminar bin ich aus völlig irrigen Motiven gegangen. Meine Familie sollte stolz auf mich sein; ich wollte ein wenig heiliger werden als die anderen. Ich wollte Gott nicht dienen, sondern Gott werden!“

Das klang derart sachlich, dass es sie verblüffte. „Du hältst nicht viel von dir, oder?"

Er ließ sich neben ihr nieder. „Ich halte sogar sehr viel von mir! Jetzt. Davor allerdings lagen ein paar heikle Jahre, in denen ich diese Erkenntnis bewältigen musste."

„Und jetzt zieht es dich nicht mehr zum Priesteramt?"

„Mich zieht es zu einer echten Berufung. Die allerdings muss ich erst suchen, um dann mein Leben weiterzuleben. Ich weiß, ich brauche einige Zeit, um meine Zukunft neu zu definieren, aber das ist gar nicht so leicht. Von Natur aus bin ich nicht der Langmütigste, sondern eher ein Macher. Darin liegt ja der eigentliche Grund für meine Probleme."

Wieder fröstelte sie, doch diesmal nicht vor Kälte. „Und ich habe dich immer für eine Person mit einer Schafsgeduld gehalten."

„Nein, nur ein Schaf, das mühsam nach Geduld strebt." Er legte den Arm um sie, so dass sie sich gegen seine Schulter lehnen konnte. „So wird dir schneller warm."

Schloss sie die Augen, dann sah sie wieder den Mann auf dem hart gefrorenen Boden liegen. Plötzlich zuckten ihre Lider hoch. Ein Stöhnen entrang sich ihrer Brust.

Niccolo zog sie enger an sich. „Der Tote da draußen war nicht dein Vater."

„Er hätte es aber sein können. Beim nächsten Mal ist er es vielleicht."

„Wir werden tun, was in unserer Macht steht, um das zu verhindern."

„Viel können wir doch nicht tun! Hast du selbst gesagt!"

„Im Augenblick sowieso nicht. Deshalb kannst du dich entspannt zurücklehnen und dich von mir wärmen lassen. Und wenn du endlich nicht mehr so bibberst, mache ich uns etwas zu essen."

„Ich glaube, ich kriege keinen Bissen hinunter."

„Der Appetit kommt beim Essen."

„Und jetzt?"

„Die Situation spricht doch für sich."

„Ich verstehe nicht ganz."

„Ich weiß nicht, ob ich das hier besonders gut hinbekomme, aber ich mache es trotzdem."

Sie drehte sich so, dass sie rücklings an seiner Brust lehnte und ihn ansehen konnte. „Das hier?"

„Na, dich in den Arm zu nehmen. Ich hab das Gefühl, ich hätte vier Arme und zehn Ellbogen."

„Zu deiner Beruhigung: mit deinen beiden Armen und Ellbogen kommst du recht gut klar."

„Geht es dir besser?"

„Zumindest hat das Zittern aufgehört." Das stimmte nicht ganz. Tief im Innern zitterte sie nach wie vor, und das lag nicht an der Winterluft oder an dem, was sie vorhin gemeinsam gesehen hatten. Sie berührte seine bärtige Wange, eher unabsichtlich, auch wenn sie es sich schon den ganzen Tag gewünscht hatte. Seine Lider schlossen sich langsam. Sie betrachtete sein Gesicht, seinen Mund ganz besonders, spürte noch seinen Kuss von damals. Wie Leid er ihr danach getan hatte! Hatte er doch etwas in ihr angerührt, das andere Männer, auch solche, die ihr weitaus näher gekommen waren, nicht im Entferntesten vermocht hatten.

Sie war gefährlich nah daran, sich in Niccolo Andreani zu verlieben.

„Küss mich, Nick! Nein, halt!" Sie legte ihm den Finger auf die Lippen. „Anders herum: Ich möchte dich küssen."

Er wich ihr aus. „Lieber nicht! Unser letzter Versuch war ein ziemlicher Fehlschlag."

„Der Kuss an sich war ein Volltreffer. Nur die Frau, die war ein Hasenfuß."

„Und jetzt?"

„Erst küssen, dann werten."

Er schüttelte den Kopf. „Ich möchte nicht, dass du wieder die Flucht ergreifst. Du musst dich schon auf der Stelle entscheiden und sagen, dass uns das nicht wieder einen Monat zurückwirft. Du fehlst mir nämlich, wenn du nicht bei mir bist."

Sie hätte schwören können, dass ihr Herz einen gewaltigen

Sprung tat und nun noch schneller und lauter pochte. „Ich habe dich auch vermisst", murmelte sie. „Ich eigne mich einfach nicht für solche Sachen. Ich weiß nicht, ob ich mich auf Beziehungen einlassen kann. Auf Sex schon, okay, aber auf Beziehungen?"

„Dann sind wir ja beide Neulinge."

„Vielleicht können wir gemeinsam lernen."

„Nur ich, ich muss mehr lernen als du. Und beim Geduldstest falle ich mit Pauken und Trompeten durch."

„Dann lass es uns hinter uns bringen. Danach sehen wir weiter."

„Das trifft mich aber etwas unvorbereitet."

Zunächst dachte sie, er meine das gefühlsmäßig und dass alles ein wenig plötzlich und überstürzt vonstatten ging. Dann allerdings begriff sie: Er redete von Verhütung.

„Ich bin gesund und nehme die Pille. Du hast völlig enthaltsam gelebt. Also. Kein Risiko."

„Megan ..." Stöhnend senkte er die Lippen zu ihr hinab, heiß und süß, so dass sie sich für einen Augenblick fragte, wieso sie eigentlich Angst gehabt und die Erinnerung an seinen Kuss unterdrückt hatte. Wie ganz anders dieser Kuss gewesen war, wie natürlich, wie vollkommen – und obendrein wie verblüffend schön!

Sie flocht die Finger durch sein Haar und zog ihn tiefer zu sich. Seine Augen waren dunkel, doch leicht zu ergründen! Begehren las sie darin, aber auch Zögern. Er wog ab: das, was er fühlte, gegen all das, was er kannte und glaubte. Sie nahm ihm die Entscheidung ab und umspielte seine Lippen mit der Zunge.

Sie hatte vergessen, wie das war, einen Mann zu küssen, in aller Ruhe und ausdauernd – einfach zu locken, zu drängen und nachzugeben, ohne gleich kopflos aufs Ganze zu gehen. Sie hatte sie ganz vergessen, die süße Vorfreude, das verheißungsvolle Verlangen, die in der Ferne lockende Erfüllung.

Nie hatte sie gewusst, wie schön es war, einen Mann zu küssen, in den sie sich möglicherweise verliebt hatte.

Sein Bart umschmeichelte weich ihre Wange, ihr Kinn. Zart knabberte er an ihrem Mundwinkel, die Lippen fest und fordernd, ließ sie hinauf zu ihrer Nase wandern, um dann wild und berauscht zu tieferen, dunkleren Küssen zu wechseln.

Sie knetete seine Schultern und streichelte zärtliche seinen Hals mit den Fingerspitzen, jeden Zoll von ihm erkundend und für sich in Besitz nehmend, jeden Winkel, jede Hautfalte, jedes Stückchen glatter Haut, jede Wölbung seiner Muskeln, die weichen Bögen der Knochen.

Die Zeit schien auf Wolken davonzuschweben. Nach einer Spanne, es mochten Momente oder auch Stunden gewesen sein, verlagerte sie ihren Körper so, dass ihre Brüste sich an seinen Brustkorb schmiegten. Sie öffnete sein Flanellhemd, während seine Finger sich über ihren Rücken tasteten und sie näher heranzogen. Nach einem Weilchen streifte sie Niccolos ausgeliehenen Pullover ab und ließ ihn geräuschlos zu Boden gleiten, die Häkeldecke gleich mit.

Er verstand ihr Signal und ließ seine Finger, fest, rau, warm, die Finger eines Zimmermanns, unter den Saum ihres Rollkragenpullovers gleiten, wobei jeder Zentimeter ihrer Haut vor Begehren vibrierte.

Sie folgte dem Weg seiner Finger und griff nach hinten, wo sie mit geübter Drehung ihren BH öffnete. „Das erspare ich dir lieber!“ Der Klang ihrer Stimme überraschte sie selbst, die Hitze in den eigentlich scherzhaft gemeinten Worten, die Erregung, von der sie ergriffen wurde, als seine Fingerspitzen ihre Brust seitlich streiften.

„Das kann jetzt sehr schnell außer Kontrolle geraten!“ Es war weder Entschuldigung noch Scherz, sondern Warnung.

„Ach, das ist es doch schon!“

Sie legte den Kopf zurück, als seine Hand sich sanft über ihrer Brust schloss. Obwohl eine Frau mit Leidenschaft und wenig Hemmungen, hatte sie doch nie zuvor einen solchen Gefühlssturm erlebt, eine solch wilde Entschlossenheit, ihren Körper hinzugeben und einen Mann in sich zu spüren. Zunächst eingelullt von der Süße ihrer Küsse, vom Wissen, dass es für ihn das erste Mal war – zumindest seit langer Zeit –, hatte sie bislang noch einigermaßen ihre Fassung bewahrt. Mit dem letzten Rest von logischer Klarheit begriff sie jetzt, dass das, was nun mit ihr vorging, mit behutsamer Zurückhaltung nichts mehr zu tun hatte, sondern pure Hingabe war.

Als er ihr Hemd hochschob, half sie ihm, es ihr über den Kopf zu streifen, und machte sich gleich danach an das seine. Sein Brustkorb, leicht mit schwarzem Haar gesprenkelt, war muskulös. Die Brüste an ihn gepresst, ließ sie Haut mit Haut, Fleisch mit begehrendem Fleisch verschmelzen.

„Lass uns nach oben gehen …“ Seine Stimme glich einem heiseren Grollen.

„Bis dahin schaffen wir es nicht.“ Das stand für sie fest, auch wenn er es anders sah.

Sie stöhnte auf, als er sie auf sich zog und seine Lippen ihre Brust fanden. Sie schob sich vollständig über ihn, den Körper aufwärts gereckt, um es ihm leichter zu machen.

Seine Gürtelschnalle grub sich in ihre Hüfte, sie öffnete sie. Beider Reißverschlüsse glitten ratschend übereinander, bis sie den seinen nach unten zupfte, während seine unerfahrenen Handwerkerhände sich an ihren Hüften abmühten, um ihre Jeans abzustreifen, drückend, ziehend, zerrend, bis sie endlich an ihren Schenkeln herabglitten.

Wie trunken von ihrem Anblick schaute er sie an – die kurzen Beine, die rundlichen Hüften, die kleinen, runden Brüste. Zum ersten Mal im Leben tat es ihr ehrlich Leid, dass sie, als es bei den Donaghue-Schwestern ums Aussehen ging, wohl den Kürzeren gezogen hatte.

Ihre Blicke trafen sich. „Du bist so wunderschön!“ flüsterte er.

Sie sah, dass er es ernst meinte, dass diese eigentümliche Kombination aus unvollkommen geratenen Körperteilen, aus denen sie, Megan Donaghue, bestand, ihn an diesem Abend zu einem glücklichen Mann machten. All ihre Zweifel fielen von ihr ab, und sie fühlte sich wunderschön.

„Du bist nicht mit Worten zu beschreiben“, wisperte sie.

Und als sie sich rittlings über ihn schob, als sie sich langsam auf ihn hinabsinken ließ, da entdeckte sie alle Lust der Welt in seinem Laut der Erfüllung.

Niccolo wusste nicht, ob man Sexualität irgendwie ansparen konnte, etwa wie Gehaltszahlungen auf einem Konto. Wenn es so war, dann befand er sich mitten in einem nie da gewesenen Verschwendungsrausch.

Als sie sich das zweite Mal liebten, oben in seinem Bett, das bequemer und breiter war als die schmale Couch, da hatte auch Megan Erfüllung gefunden. Er war sich sicher, dass er vieles noch hätte besser machen können. Aber jetzt, da sie neben ihm lag, den Kopf an seine Schulter geschmiegt, die Augen geschlossen, da fand er, dass er sich mit Perfektion ruhig noch Zeit lassen konnte. Seinem Empfinden nach sah sie ziemlich selig aus.

Sein Körper glühte vor einem tief empfundenem Glück. Er war überwältigt von dem Geschenk, das er erhalten hatte. Und doch: sein Selbstzweifel ließ ihm keine Ruhe. Eigentlich hätte er dies nicht tun dürfen, erst recht nicht, solange er mit der Frau neben ihm nicht verheiratet war.

Beide Aspekte hatten ihm zuvor bereits Kopfzerbrechen bereitet, schon bevor er mit Megan geschlafen hatte. Amtierender Priester war er nicht mehr; insofern konnte keine Doktrin der Welt von ihm verlangen, wie ein Geistlicher zu leben. Der zweite Gesichtspunkt allerdings war schon nicht mehr so einfach: Als Priester hatte er junge Leute stets zu Zurückhaltung in Sachen Sex gemahnt und ihnen geraten, damit bis nach der Eheschließung zu warten. Er hatte ihre Beichte gehört, wenn sie gegen das sechste Gebot verstoßen hatten, und ihnen danach die Absolution erteilt – felsenfest davon überzeugt, das Richtige zu tun.

Es war jetzt nur noch dieser Teil von ihm, der ihm Gewissensbisse bereitete. Wie hätte er sich auch selbst wegen seiner Liebe zu Megan verurteilen können? Es handelte sich ja um keine bloße Liebelei! Es ging nicht nur um Lust! Es ging um einen Mann und eine Frau, die es sich sehr schwer machten, zueinander zu finden.

Gegen acht Uhr nahmen sie ein leichtes Abendessen zu sich.

Megan bereitete Rührei und Bruschette zu, Niccolo einen einfachen Obstsalat.

Sie aßen schweigend und lächelten einander zu, machten aber keine großen Worte. Niemals zuvor hatte er das Haus so sehr als Zuhause empfunden. Es war nicht länger ein bloßes Projekt. Jetzt war es der Ort, an dem sie einander gefunden hatten. Mittlerweile kannte Megan sich in der Küche aus und führte kleine Verbesserungen durch, indem sie etwa Trockentücher gegen Topflappen austauschte oder in den Vitrinen die Gläser mit der Öffnung nach unten aufstellte. Niccolo hatte den Tisch etwas verrückt, so dass sich für beide freie Sicht aus dem Fenster bot. Dazu hatte er blaue, gewebte Sets auf den Tisch gelegt – gekrönt von einem in der Tischmitte platzierten Trockenstrauß in einem Wasserglas.

Nachdem sie gegessen und das Geschirr gespült hatten, brachte Niccolo die Sprache wieder auf Rooney.

„Sollen wir noch die Kisten mit den Sachen für Rooney nach Whiskey Island bringen? Es sieht so aus, als würde diese Nacht wolkenverhangen."

„Willst du sie einfach dalassen, wenn er sich nicht blicken lässt?"

„Ich denke doch. Morgen früh schaue ich nach. Wenn sie dann noch unangetastet da stehen, bringe ich sie wieder mit und versuche es ein andermal." Er wartete einen Moment, und da sie nichts erwiderte, fuhr er fort. „Du musst nicht unbedingt fahren. Ich auch nicht, wenn man es genau nimmt. Andererseits möchte ich, dass wir keine Zeit verlieren und er die Sachen so schnell wie möglich bekommt."

„Ich frage mich gerade, ob es eine so gute Idee wäre, wenn ich dich begleiten würde. Könnte sein, dass ihn das nur abschreckt. Andererseits würde ich ihn auch gerne sehen, um Gewissheit zu haben. – Oder hast du noch einen Augenblick Zeit?"

„Sicher."

„Dann schreibe ich ihm ein paar Zeilen auf und berichte ihm von uns, was wir so machen, wie alt wir jetzt sind. Telefonnummern von allen dazu. Den Brief tun wir in eine der Kisten."

„Schreibzeug ist da in der Schublade." Er zeigte ihr, wo. „Ich schaue derweil mal nach, was die Jungs angerichtet haben."

Er ließ sich Zeit bei seinem Kontrollgang, um ihr ausreichend Gelegenheit zum Schreiben zu geben, zum Verfassen des schwierigsten Briefs ihres Lebens. Nach einer Weile kehrte er in die Küche zurück. Auf dem Tisch lag ein gefaltetes Blatt Papier. „Ich fahre dir nach", sagte Megan und stand auf. „Dann kann ich danach gleich weiter nach Hause."

Die Fahrt dauerte nur wenige Minuten. Nachdem Megan ihr Auto hinter seinem abgestellt hatte, ging sie zu Niccolo hinüber, der bereits auf sie wartete. „Offenbar gehen hier bald Bauarbeiten los", bemerkte er mit einer Handbewegung in Richtung auf eine offene Fläche gleich hinter den Bäumen. „Man hat hier wohl Großes vor. Dadurch wird es für Rooney so gut wie unmöglich, weiter da unten zu hausen, ohne erwischt zu werden."

„Der findet eine andere Bleibe. Es sei denn, wir können ihn zur Heimkehr überreden. Er ist schon verdammt lange allein ausgekommen, und ich vermute, nicht nur hier."

„Wie kommst du darauf?"

„Die Berichte, die Onkel Frank zu Ohren gekommen sind, stammen alle aus jüngster Zeit. Wäre Rooney schon länger hier, dann hätte Frank schon früher etwas gehört. Rooney war in der irischen Gemeinde bekannt wie ein bunter Hund; ab und an wurde er auch gesehen, bei diesen Rooney-Beobachtungen. Dann muss er wohl die Stadt verlassen haben."

Offenbar, dachte Niccolo, gewöhnte sie sich an die Vorstellung, dass es sich tatsächlich um ihren Vater handelte. „Gut möglich, aber was hat ihn zur Rückkehr veranlasst? Und warum ist er ausgerechnet hier untergekrochen?"

Sie verschränkte die Arme vor der Brust. „Weiß ich auch nicht. Liegt vielleicht an einer merkwürdigen Familienbindung. Wie gesagt, wir befinden uns hier an dem Ort, an dem sich die Familie Donaghue nach der Ankunft aus Irland niederließ. Vielleicht reist er in die Vergangenheit zurück."

Niccolo erwähnte das Tagebuch, an dem er gerade arbeitete,

und erklärte, was es damit auf sich hatte. „Das waren in der Tat harte Zeiten.“

„Bist du denn in dem Tagebuch schon auf den Namen Donaghue gestoßen?“

„Noch nicht. Es handelt sich um eine sehr persönliche Darstellung von Father McSweeneys Leben damals. Er beschreibt ziemlich detailliert ein junges Paar namens Tierney. Andere Gemeindemitglieder werden eher flüchtig erwähnt.“ Er merkte jetzt, dass sie darüber redeten, um nicht über den wahren Grund für diesen Gang sprechen zu müssen.

Auch sie spürte das anscheinend. „Ich trage eine Kiste, du nimmst die andere.“

Er hob den leichteren der beiden Kästen aus dem Kofferraum und gab ihn ihr, um sich dann den zweiten unter den Arm zu klemmen. „Ich habe auch eine Taschenlampe, aber die benutzen wir nur im Notfall. Falls sich hier Wachleute herumtreiben, will ich die nicht unbedingt anlocken.“

„Geh du voraus! Aber nicht so schnell!“

Sie folgten dem Pfad, den er am Abend zuvor eingeschlagen hatte. Rooneys Vorliebe für wolkige Nächte kam Niccolo nicht gerade entgegen; Mondlicht wäre von enormem Vorteil gewesen. Bei Erreichen des dichteren Waldstücks schaltete er die Taschenlampe doch ein und ging noch langsamer, bis er schließlich neben dem provisorischen Unterstand stehen blieb und die Kiste auf dem Boden absetzte. Kein Mensch war zu sehen. Dennoch hätte es Niccolo nicht gewundert, wenn Rooney praktisch aus dem Nichts aufgetaucht wäre „Sollen wir ein bisschen warten?“

„Wenn er nicht bald kommt, dann bezweifle ich, ob er sich überhaupt sehen lässt.“

Falls Rooney sich, wie Niccolo vermutete, in der Nähe aufhielt, hatte er sie sowieso bereits erkannt. „Erzähl mir doch etwas aus deinen Erinnerungen an deinen Vater“, bat er – in der Hoffnung, Rooney könne eventuell mithören und sich zum Erscheinen verlocken lasen.

„Was denn zum Beispiel?“

„Was habt ihr so zusammen gemacht? Gab es bestimmte Spiele? Oder Bücher?“

„Manchmal hat er mir vorgelesen, meistens aber Geschichten erzählt oder irische Sagen. Die von Finn MaCool dem Riesen beispielsweise, die besonders gern. Und vorm Zubettgehen hat er mir immer was vorgesungen.“

„Weißt du noch, was?“

Offenbar begriff sie, was er sich damit erhoffte. Sie räusperte sich und wandte den Blick ab. „Schlaf, mein Kind, und träume süß durch die ganze Nacht“, sang sie leise vor sich hin.

Niccolo lauschte dem Schlaflied. Megan hatte ein schöne Stimme, klar und unverfälscht, die ihn vergessen machte, dass es kalt war, dass der Wald ringsum finsterer wurde, je dichter die Wolken sich zusammenzogen. Während er ihr so zuhörte, hätte er sie am liebsten in den Arm genommen.

„Richtig schön“, sagte er, als sie aufhörte.

„Klingt zwar schrecklich klischeehaft“, erwiderte sie, „aber Rooney mochte die typischen irischen Volkslieder – *Danny Boy, I'll take you home again, Kathleen* und all das. Er hatte eine tolle Stimme. Sobald er ein Gläschen getrunken hatte, war er im Handumdrehen bereit, ein Lied zum Besten zu geben. Dann wurde es so still im Saloon, dass man, wenn er Luft holte, den Verkehr unten auf der Stadtautobahn hörte. Erwachsenen Männern liefen die Tränen die Wangen hinunter, wenn sie die Weisen der Heimat hörten. Dabei hatten die Kerle nie einen Fuß auf irischen Boden gesetzt.“

Die Nacht wurde rasch kälter und dunkler. „Lass uns lieber wieder gehen“, schlug Niccolo vor. „Ich sehe ganz bestimmt morgen früh nach, ob er sich die Kisten geholt hat. Er wird wohl nicht mehr kommen.“

„Rooney?“ rief sie. „Bist du da?“

Beide lauschten gespannt, doch die Nacht war mucksmäuschenstill.

„Ich bin es, Megan! Wir lassen dir was da! Vielleicht kannst du es gebrauchen!“

Fast hätte Niccolo erwartet, dass sie ihren Vater zur Heimkehr aufforderte. Doch nichts dergleichen geschah. Es war ihm nicht unlieb. Eins nach dem anderen.

„Okay, gehen wir!“ Sie wandte sich in die Richtung, aus der sie gekommen waren. Er ließ diesmal sie die Führung übernehmen. Ihre Augen hatten sich mittlerweile an das düstere Zwielicht gewöhnt.

Sie hatten beinahe den Waldrand erreicht, als er links von sich eine Gestalt wahrnahm, die auf keinen Fall ein Baum war. Niccolo blieb stehen. Megan aber war schon zu weit voraus, um das zu bemerken. Ihr nachzurufen traute er sich nicht. Falls es sich bei der Silhouette um Rooney handelte, würde ihn lautes Rufen nur verscheuchen.

Die Gestalt war tatsächlich ein Mann, der sich gerade so weit vorwagte, dass Niccolo mit Sicherheit sah: er war keine Einbildung.

„Sag ihnen, sie sollen mit dem Graben aufhören!“

Anfangs war Niccolo sich nicht sicher, ob er die Worte überhaupt gehört, geschweige denn richtig verstanden hatte. Doch dann hörte er sie erneut.

„Sag denen, sie sollen hier nicht graben! Sonst bestrafen sie die Sterne!“

Niccolo setzte zu einer Antwort an, doch der Mann war schon nicht mehr da, verschwunden im Schutz des Dickichts.

26. KAPITEL

Niccolo wurde durch das hartnäckige Läuten des Telefons geweckt. Das Haus kam ihm leer, ja regelrecht verödet vor, und das Klingeln dermaßen laut, dass er schon bereute, am Vorabend die Leitung so spät noch repariert zu haben.

Er tastete sich über den Flur zum Telefon und nahm den Hörer ab. Eine Männerstimme meldete sich. „Hab ich Sie geweckt, Nick?"

Niccolo schüttelte den Kopf, um die Benommenheit zu verscheuchen. „Wie spät ist es denn?"

„Halb zehn. Jon Kovats hier. Wohl spät ins Bett gekommen gestern Abend, was?"

Er hatte sich tatsächlich bis relativ spät in die Nacht hinein den Kopf zerbrochen: über Megan, über ihren Vater, über sich selbst – über das, was er aufgegeben und das, was er dafür erhalten hatte. Das war auch der Grund, warum er um Mitternacht noch die Telefonleitung repariert hatte. „Zu spät, wie es scheint. Was gibt es denn?"

„Ich dachte, es könnte Sie interessieren, was man heute früh auf dem Baugelände unten auf Whiskey Island entdeckt hat."

Alle Müdigkeit war schlagartig verflogen. „Was denn?"

„Unter uns – es ist schon ungewöhnlich genug, wenn man da unten nur *eine* Leiche findet …"

„Was denn – gibt es etwa noch eine?" Niccolo schwante Schlimmes.

„Caseys Vater ist es nicht, keine Bange. Ich wollte Sie nicht erschrecken. Aber der Fundort liegt genau in der Gegend, in der Sie diesen Mann gesehen haben. Bei dem Fund handelt es sich um eine völlig skelettierte Leiche, ziemlich alt wohl. Ich fahre gleich hin und dachte, Sie wollten vielleicht dazustoßen."

„Weil ich kürzlich erst dort war?" Für einen Augenblick fragte er sich, ob seine Erkundungszüge nach Whiskey Island ihn eventuell verdächtig machten – in Jons Augen zumindest.

„Nein, weil Sie offensichtlich ein Interesse an dem Bereich haben. Aber noch etwas Merkwürdiges wurde gefunden, etwas, das Sie vermutlich noch mehr interessieren könnte."

Eine halbe Stunde später traf Niccolo pünktlich am vereinbarten Treffpunkt ein. Diesmal sah Jon aus wie der Staatsanwalt in Person: gebügeltes weißes Oberhemd, gedeckte Krawatte, dunkler Anzug unter einem aufgeknöpften Wollmantel. Er sprach gerade mit zwei Polizeibeamten, als Niccolo in Jeans und dickem Parka auf ihn zukam.

„Wir warten noch auf den Gerichtsmediziner", sagte Jon. „Im Augenblick können wir nichts weiter machen. Aber kommen Sie mit und sehen Sie sich an, was man gefunden hat."

Niccolo hätte gern gewusst, ob Rooney Donaghue wohl aus der Deckung der Bäume zuschaute und der Dinge harrte, die nun kommen würden. Würde Rooney – unberechenbar, wie er war – sie etwa angreifen? Niccolo fragte sich, ob es nicht angebracht wäre, Jon über die Ereignisse der vergangenen Nacht zu informieren – vorsichtshalber. Andererseits: Sollte er Megans Vater einfach in etwas hineinziehen, ohne zu wissen, was er überhaupt zu sehen bekam?

Sag ihnen, sie sollen mit dem Graben aufhören! Sonst werden sie von den Sternen bestraft!

Am Baugelände angekommen, sahen sie zwei Planierraupen, die am Rande einer flachen Grube standen – flach zumindest im Vergleich zu der Tiefe, welche die Ausschachtung einmal haben würde. „Wieso wird denn bei diesem Wetter gebuddelt?" wollte Niccolo wissen. „Warum wartet man nicht bis zum Frühjahr?"

„Meistens tun sie das, aber in letzter Zeit waren die Temperaturen etwas milder, so dass die Bautrupps dachten, sie könnten schon mal ein wenig vorarbeiten. Im Winter haben sie nicht viel zu tun, da nutzen sie jede Gelegenheit zur Arbeit."

Niccolo vermutete, dass hier wahrscheinlich der Grund für Rooneys Warnung vom Abend zuvor lag. „Na, jedenfalls haben Sie meine Neugier geweckt."

„Dann los! Am besten hintereinander. Es ist gleich da vorn." Jon ging voraus, zunächst am Rande der Baugrube entlang, danach eine sanft abfallende Böschung hinab.

„Wenn die hier Planierraupen eingesetzt haben – wie kommt es, dass man überhaupt noch was sehen kann? Erstaunlich!"

„Einer der Raupenfahrer hatte gerade mit dem Planieren angefangen, als er unter dem Erdreich etwas Verdächtiges bemerkte. Deshalb hat er mit einer Schaufel nachgegraben. Unser Glück, dass er so vorsichtig zu Werke gegangen ist."

Beide bewegten sich nun vorsichtiger. Dann winkte Jon Niccolo zu sich. Niccolo blickte nach unten. Die sichtbaren Überreste zu seinen Füßen stammten zweifelsfrei von einem Skelett, auch wenn es noch überwiegend unter der Erde war. Ein Teil einer Schulter schaute hervor, daran ein Armknochen, noch mit Textilfasern, wahrscheinlich Fetzen eines Hemdes oder Mantels, dazu eine komplette Hand, alle Finger vollständig. Noch weitere Teile waren freigelegt – der obere Teil eines Hüftknochens, eine Schädelseite.

Jon streckte den Arm aus und wies mit dem Zeigefinger auf das Skelett. „Nach meiner Einschätzung ein Mann, jedenfalls der Größe nach zu urteilen. Könnte aber auch eine Frau sein."

Für Niccolo hatte der Anblick des Skeletts nichts Gruseliges. Es glich in keiner Weise dem Bild der blau gefrorenen Leiche des Obdachlosen. Noch am Vortag hatte Niccolo sich an Billy erinnert gefühlt, an nicht eingehaltene Vereinbarungen und an gesellschaftliches Versagen. Diese Person hier war hingegen vor langer Zeit gestorben und hatte ihre Geheimnisse mit ins Grab genommen, Geheimnisse, die vielleicht niemals gelüftet werden sollten.

„Haben Sie irgendeinen Anhaltspunkt, wie lange er wohl schon tot ist?" fragte Niccolo.

„Der Pathologe wird das wohl ziemlich exakt einordnen können. Wenn mich mein Gefühl nicht trügt, werden wir das Sterbedatum sogar auf den Tag genau festlegen können."

„Gefühl?" Niccolos Blick wanderte von dem Skelett im Boden zu Jon. „Haben Sie etwa schon eine Ahnung, um wen es sich hier handeln könnte?"

„Sie haben ja noch nicht alles gesehen." Jon zog einen durchsichtigen Plastikbeutel aus der Tasche und hielt ihn Niccolo hin.

„Was ist das?" fragte Niccolo. Er war bemüht, sich nach außen nichts anmerken zu lassen, auch wenn sein Herz schneller schlug. Er wusste, was sich in dem Beutel befand.

„ Meiner Ansicht nach ein Manschettenknopf. Hing noch mit ein paar Textilfasern am Handgelenksknochen. Zwar völlig verschmutzt, aber einmal gereinigt, wird man ganz deutlich die Initialen erkennen. Wahrscheinlich *S.S.*, wenn mich nicht alles täuscht."

„Wird denn jemand vermisst, auf den diese Initialen zutreffen?" Mit Macht musste Niccolo sich vom Anblick des Manschettenknopfes losreißen. Der Knopf entsprach genau dem Fund, der bei ihm zu Hause in der Kommodenschublade lag. „Bearbeiten Sie vielleicht gerade einen solchen Fall?"

„Schon mein ganzes Leben lang. Das Verschwinden von James Simeon."

Sag ihnen, sie sollen mit dem Graben aufhören! Sonst werden sie von den Sternen bestraft!

Niccolo verzichtete lieber auf weitere Fragen. Jon aber fuhr ungefragt fort. „Wenn das hier der ist, für den ich ihn halte, dann wissen wir endlich, was ihm damals zugestoßen ist. Der ist nicht zufällig hier gelandet. Jemand muss ihn hier begraben haben. Wahrscheinlich wurde er umgebracht und dann hier verscharrt."

„Ich verstehe nicht ganz … James Simeon hat doch die Initialen J.S.! Wo soll da die Verbindung sein?"

„Simeon Stahl. Zwei verschlungene große S. Das war sein Logo. Abkürzung für Simeon Eisen und Stahl. Das Zeichen pappte an allem, was Simeon gehörte, das weiß ich noch aus der Recherche für meine Facharbeit an der Schule. An seinen Kutschen, an seinem Schlitten, an dem Eisentor zu seinem Anwesen, an seinen Fabriken und Frachtern. Es sollte die Leute in erster Linie an das erinnern, was ihn wirklich bedeutend gemacht hatte: nicht bloß an seinen Namen, sondern an sein Lebenswerk. Nach seinem Verschwinden hat es Jahre gedauert, bis auch das letzte verschlungene Doppel-S weg war. Ein Zeitungsmensch verglich das damals mit einer Schlangenplage. Die Viecher mussten erst ausgerottet werden, ehe man in Cleveland wieder seines Lebens sicher war."

„Der Beliebteste war er offensichtlich nicht." Wahrscheinlich war das noch untertrieben.

„Dem haben jede Menge Leute den Tod gewünscht – seine Belegschaft, seine Konkurrenten, betrogene oder unter Druck gesetzte Zulieferer, eventuell sogar seine Frau. Kurz nachdem man ihn für tot erklärt hatte, verkaufte sie alles und verließ die Stadt. Mancher damals mutmaßte, sie habe ihn beseitigen lassen. Eigenhändig konnte sie die Tat nicht begangen haben, weil sie zum Zeitpunkt des Verschwindens auf Reisen war. In Europa, wenn ich mich recht erinnere."

„Wie wollen Sie nach all den Jahren nachweisen, dass es Simeon ist?"

„Da lässt sich der Pathologe bestimmt was einfallen. Außerdem geht das auch mittels der DNA-Analyse von Knochen oder Zähnen."

„Ja, aber womit wollen Sie das vergleichen?"

„Genau da liegt er Hase im Pfeffer. Wir werden schauen müssen, ob es noch irgendetwas von Simeon gibt."

Niccolo überlegte, ob er Jon erzählen sollte, dass er den zweiten Manschettenknopf zu Hause hatte. Wozu aber sollte das gut sein? Was, wenn Jon sich dadurch genötigt sähe, Rooney vorläufig festzunehmen und zu verhören? Weit hergeholt, gewiss, da der Mord ja vor mehr als einem Jahrhundert begangen worden war. Aber wenn er Rooney schon ins Gespräch brächte, würde das nicht bedeuten, dass Jon weiter ermitteln müsste? Die Möglichkeit schien Niccolo so realistisch, dass er lieber nicht voreilig handeln wollte.

„Warum haben Sie mich angerufen?" fragte er.

„Sie erkundigten sich doch neulich nach James Simeon. Außerdem weiß ich, dass Sie ab und zu hier unten nach Caseys Vater forschen. Deshalb hielt ich das hier für einen interessanten Zufall. Sehen Sie das nicht auch so?"

Niccolo wusste, dass Jon weitere Informationen von ihm erwartete. Was aber sollte er sagen? Dass Caseys Vater wahrscheinlich während eines seiner Streifzüge auf dem Gelände den zweiten Manschettenknopf gefunden und dann auf dem Parkplatz zurückgelassen hatte, wo er in Niccolos Besitz gelangt war? Dass Rooney, aus was für Gründen auch immer, einen Zeitungsartikel über James Simeon besaß? Und dass Rooney gestern erst die Einstellung der Ausschachtungsarbeiten gefordert hatte?

„Wirklich ein eigenartiger Zufall", sagte Niccolo nur. „Ich weiß nicht, wie ich das bewerten soll."

„Falls Ihnen was einfällt, sagen Sie mir Bescheid."

„Und Sie teilen mir mit, was sich bei den Untersuchungen ergibt?"

„Wenn es eben geht."

Niccolo war klar, dass sich ihre Vereinbarung im Grunde um etwas drehte, was sie beide verband: die Donaghue-Schwestern. Nur aus Rücksicht auf Casey bohrte Jon nicht weiter, während Niccolo sich wegen Megan zurückhielt.

Während der Heimfahrt ließ Niccolo sich sämtliche Alternativen durch den Kopf gehen. Es gab, wie er feststellte, nur eine Möglichkeit. Deshalb bog er ab und fuhr in Richtung Historisches Museum.

James Simeon war nicht gerade beliebt gewesen. Sämtliche einschlägigen Zeitungsartikel, die sich mit Simeon Eisen und Stahl befassten und von Niccolo im Museum ausgewertet wurden, waren bestenfalls in einem wenig schmeichelhaften und nahezu abweisenden Ton gehalten, zuweilen sogar mit gezielten Anspielungen gespickt.

Allerdings war Simeon ein mächtiger Mann gewesen, der einen Gutteil der Arbeiter von Cleveland in Lohn und Brot hatte. Auch wenn die Blätter, insbesondere der *Cleveland Leader*, kein gutes Haar an den bei Simeon beschäftigten irischen Einwanderern ließ, so begriffen sie doch, was Simeons Macht und ihre Auswirkung für die Wirtschaft der Stadt bedeuteten. Obwohl forsch genug, Simeon als jemanden mit „käsigem, mürrischem Gesicht" darzustellen, schreckten sie letztlich doch davor zurück, seinen Ruf offen zu schädigen.

Als Mitglied in angesehenen gesellschaftlichen Zirkeln war Simeon im Kirchenvorstand der presbyterianischen Gemeinde gewesen sowie Förderer der Künste und des elitären Union Club – ständig bemüht, wirtschaftliches Wachstum einzig auf sich und die Mitbewohner der exklusiven Millionärs-Allee zu lenken. Er und seine Gattin Julia – verschwommenen Mikrofilm-Fotografien zufolge eine blonde, blässliche Frau – ließen sich zwar auf jedem Wohltätigkeitsball und bei jedem gesellschaftlichen Ereignis sehen, waren indes allem Anschein nach selbst eher selten die Gastgeber.

Simeons Firmenzeichen, das doppelte verschlungene S, war so bekannt wie der Mann selbst. Auf den Mikrofilm-Fotografien war es beispielsweise auf einer Kutschentür zu sehen sowie auf den Toren seines Walzwerks. Der Manschettenknopf in Niccolos Schublade entsprach diesem Logo haargenau.

Noch spannender wurde die Recherche beim Studium der Wochen, die auf Simeons Verschwinden folgten. Nach einer Stunde stieß Niccolo auf einen ersten einschlägigen Artikel. Danach las er jede folgende Erwähnung mit erhöhter Aufmerksamkeit.

Laut Zeitungsangaben hatte Julia sich auf eine längere Europareise begeben. Ihr Mann arbeitete unterdessen noch mehr als sonst und kam lediglich am frühen Abend zu einem leichten Abendessen heim, um danach sogleich wieder sein Büro aufzusuchen. Einige ihm nahe stehenden Personen berichteten, er habe seine Frau furchtbar vermisst. Nicht ganz so Wohlmeinende hingegen behaupteten, dass die Ehe der Simeons nie mehr gewesen war als die Koexistenz zweier Menschen, die dasselbe Haus bewohnten.

Bei Julias Ankunft in Europa wurde eine Schwangerschaft festgestellt – ein unerwarteter Umstand, da die seit sieben Jahren währende Ehe bislang kinderlos geblieben war. Ihre Ärzte rieten ihr von der Heimreise ab. Julia galt als gesundheitlich anfällig; man wollte im Hinblick auf den Simeon-Stammhalter kein Risiko eingehen.

Simeon unterstützte den Ratschlag der Ärzte und bestand darauf, dass seine Frau sich bei Verwandten in einem Dorf in der Grafschaft Kent einquartierte. Dort, so sein Argument, hätte sie ihre Ruhe und könne sich bis zur Niederkunft auf die beste in London erhältliche medizinische Versorgung verlassen. Ihr

Mann wollte für die Dauer des letzten Schwangerschaftsmonats anreisen und seine Frau unterstützen. Sobald sie sich erholt hatte und das Kleine alt genug für die Überfahrt war, wollten sie zusammen heimreisen und das Leben in Cleveland wieder aufnehmen.

Dieses glückliche Szenario trat indes nie ein. Stattdessen verschwand Simeon spurlos – genau eine Woche vor der geplanten Europareise. Zutiefst verstört von dieser Nachricht, erlitt Julia eine Totgeburt. Das Kind wurde auf dem Friedhof einer kleinen Landgemeinde beerdigt und sollte in fremder Erde ruhen, da die Mutter nach Amerika zurückkehrte.

In der Zwischenzeit ging die Polizei von Cleveland im Zuge der Ermittlungen von Haus zu Haus und befragte alle, die irgendwie in Verbindung mit Simeon oder den Simeon-Werken gestanden hatten. Trotz der Ermittlungsarbeit, die überall als mutig und brillant beschrieben wurde, ergaben sich keinerlei Spuren.

Am Abend seines Verschwindens war Simeon von seinem Büro aus nach Hause gefahren, um das frühe Abendessen einzunehmen. Die Köchin, eine Mrs. Bloomfield, hatte ihm das Mahl bereitet und später ausgesagt, dass er mit Appetit zugelangt habe. Die zwei Diener, die später die Reste des Essens verzehrten, hatten danach über keinerlei gesundheitliche Beschwerden geklagt.

Nach dem Essen hatte Simeon seiner Köchin gesagt, er wolle noch ausgehen und werde vermutlich erst spät heimkehren. Das gesamte Personal dürfe, falls gewünscht, Feierabend machen, was die meisten sich nicht zweimal sagen ließen, eingeschlossen Mrs. Bloomfield. Lediglich eins der Dienstmädchen, eine gewisse Nani Borz, war zurückgeblieben, um das Haus zu hüten, gemeinsam mit dem Gärtner und dessen Sohn, die über der Remise wohnten. Das Dienstmädchen war laut eigener Aussage früh zu Bett gegangen und hatte tief geschlafen.

Als der Butler am folgenden Morgen in Simeons Schlafgemach trat, um den Hausherrn zu wecken, fand er das Bett unberührt vor. Simeon war nicht aufzufinden. Diskret zwar, aber dennoch besorgt, hatte der eigens in London angeworbene Butler Nachforschungen beim übrigen Personal angestellt. Niemand hatte bei der spätabendlichen Rückkehr auf das Anwesen etwas Ungewöhnliches gehört. Auch war niemandem mitgeteilt worden, dass der Hausherr womöglich über Nacht ausbleiben würde.

Noch sonderbarer war die Tatsache, dass die Kutsche nach wie vor in der Remise stand. Mr. Simeon neigte durchaus dazu, bei abendlichen Kutschfahrten selbst die Zügel in die Hand zu nehmen. Das Einspannen der Pferde sowie das Bereitstellen der Kutsche besorgte allerdings stets der Gärtnersohn, der in der fraglichen Nacht jedoch nicht angefordert worden war. Offenbar war Mr. Simeon zu Fuß gegangen oder in jemandes Gefährt mitgefahren.

Am Morgen schickte der Butler einen Botenjungen zum Büro von Mr. Simeon, um dort nach ihm zu sehen. Als der Junge allerdings ohne ein Lebenszeichen von Simeon zurückkam, setzte der Butler sich mit zahlreichen Kollegen von Simeon in Verbindung. Doch keiner hatte etwas von ihm gehört. Nun endlich wandte der Butler sich an die Behörden und erstattete bei der Polizei eine Vermisstenanzeige.

Dort wurde die Sache zunächst abgetan. Simeon galt als jemand, der sich seine Zeit selbst einteilte – ein Krösus, der sich einen spontanen Sonderurlaub erlauben und selbst genehmigen konnte, ohne irgendjemanden informieren zu müssen. Als er indes am nächsten Tag noch immer nicht aufgetaucht war, nahm man vonseiten der Polizei die Sache doch etwas ernster. Mittlerweile hatte Simeon nämlich einige wichtige Termine versäumt, und in Geschäftskreisen sowie in der Millionaire's Row ging das Gerücht um, im Hause Simeon gehe etwas nicht mit rechten Dingen zu.

Am dritten Tag dann rückte die Polizei trotz eines mittleren Schneesturms in voller Stärke aus und befragte jeden, der eventuell etwas über den Verbleib des Stahl-Tycoons aussagen konnte. Ergebnis: James Simeon war buchstäblich spurlos verschwunden.

Zu diesem Zeitpunkt erging das tragische Telegramm an die in Kent weilende Mrs. Simeon, das die Totgeburt ihres Kindes zur Folge hatte. Nachdem sie das Baby zu Beginn des Frühlings beigesetzt und sich ein wenig erholt hatte, kehrte sie nach Cleveland zurück. Das Verschwinden ihres Ehemannes war da – im wahrsten Sinne des Wortes – bereits Schnee von gestern.

Julia Simeon übernahm zunächst formal die Leitung der Firma. Nachdem ihr Gatte jedoch für tot erklärt worden war und sie sämtliche Führungsaufgaben an verlässliche Mitarbeiter delegiert hatte, verkaufte oder verschenkte sie all ihre Habe und tauchte selbst ab. Nur hin und wieder erschien sie noch in Begleitung unterschiedlicher Herren an den Treffpunkten der Schönen und Reichen. Bald aber verlor Cleveland jegliches Interesse an der farblosen jungen Madame.

Das Interesse an ihrem Mann verlor die Stadt allerdings nie. Das Verschwinden des James Simeon wurde zum Verbrechen des 19. Jahrhunderts hochstilisiert. Theorien kreisten im Überfluss, endlose Artikel wurden publiziert, und bei Zigarren und Brandy erging man sich in hitzigen Debatten. Letzten Endes galt eins als gesichert: James Simeon war einem Verbrechen aus Leidenschaft zum Opfer gefallen. Wäre es Raubmord gewesen, dann wäre irgendetwas von dem, was er in der Mordnacht bei sich hatte, wohl irgendwann aufgetaucht – eine Taschenuhr etwa, seine extravaganten Manschettenknöpfe, ein Brillantring. Wäre er Opfer eines zufälligen Gewaltaktes geworden, hätte man irgendwann sein Leiche in einer dunklen Gasse oder auf einer Industriebrache gefunden. Suizid schied aus, denn die Firma blühte, und Simeon selbst erwartete voller Vorfreude die Geburt seines Kindes.

Nein, irgendjemand musste ihn in einem Anfall von Raserei umgebracht haben.

Aber wer?

Es war Nachmittag, als Niccolo mit dem letzten Artikel fertig war und sich auf die Suche nach einem Restaurant machte. Schließlich hatte er weder gefrühstückt noch zu Mittag gegessen. Bei Kaffee und einem Sandwich versuchte er sich vorzustellen, auf welche Weise Rooney Donaghue in diese Geschichte verwickelt sein konnte. Hatte er gleich nach Beginn der Ausschachtungsarbeiten im Herbst das Skelett und den zweiten Manschettenknopf gefunden? Hatte er dem Skelett danach übernatürliche

Kräfte zugemessen und sich zu seinem Beschützer aufgeschwungen?

Sich in Rooneys Denkweise zu versetzen war an sich unmöglich. Dennoch vermochte Niccolo eine gewisse Logik zu erkennen: Rooney findet den Manschettenknopf, gräbt etwas weiter und stößt auf die Leiche. Im Zustand seiner geistigen Verwirrtheit verspürt er so etwas wie Loyalität zu der Person, von der sein Geschenk stammt. Also gelobt er, die verbliebenen menschlichen Überreste zu beschützen.

Wo aber lag hier die Verbindung zu dem Zeitungsartikel über James Simeon, den Niccolo in Rooneys Behausung gefunden hatte? Hatte Rooney sich an die Geschichte von Simeon erinnert? Hatte er das Zeichen auf dem Manschettenknopf mit dem Toten assoziiert? Als jemand, der sein ganzes Leben in Cleveland verbracht hatte, kannte er mit Sicherheit das Rätsel und war davon nicht weniger fasziniert als beispielsweise Jon. Laut Megan war Rooney ja selbst Geschichtenerzähler!

Niccolo starrte in den Rest seines zweiten Kaffees und fragte sich, was James Simeon wohl in sein einsames Grab auf dem öden Whiskey Island gebracht hatte. In jener Nacht war er ohne Kutsche aufgebrochen, offenbar mit der Absicht, länger auszugehen. Zwei Dinge standen fest: Erstens hatte sein Mörder ihm die Manschettenknöpfe nicht abgenommen, und zweitens hatte der Mörder gewusst, wo man eine Leiche so verschwinden lassen konnte, dass sie mindestens ein Jahrhundert lang nicht gefunden wurde. Der Tote war tief im Boden vergraben worden, was auf die Beteiligung von mindestens einem kräftigen Mann schließen ließ, möglicherweise auch mehreren. Außerdem war Simeon zu Winteranfang gestorben, zu einem Zeitpunkt also, da der Frost allmählich in den Erdboden drang und das Graben erschwerte.

Und der interessanteste Aspekt: Das Geheimnis von Simeons Tod war über einhundert Jahre lang sorgfältigst gehütet worden – ohne den kleinsten schriftlichen Hinweis, ohne irgendjemandes Beichte auf dem Sterbebett. Derjenige, der die Wahrheit kannte, er hatte sie mit sich ins Grab genommen.

Nur – wer?

Niccolo warf einen Blick auf seine Armbanduhr. Ob Megan wohl mit den Mittagsgästen fertig war? Er wollte nicht aufdringlich wirken und sie zu Entscheidungen drängen, für die sie noch nicht bereit war.

Plötzlich jedoch war der Wunsch, sie zu sehen, stärker als alles andere.

24. März 1883

Heute wurde die Luft schon milder. Erstmals tummelten sich Vögel, die sich über nicht enden wollende Monate hinweg verkrochen hatten, in dem Baum draußen vor meinem Fenster.

Vielleicht stammen sie von einem Ort, an dem der Winter von einem Tag auf den anderen scheidet und der Lenz sich mit einem Male ankündigt. Hier in Cleveland ist das nicht so. Ein Tag wie der heutige ist lediglich ein Versprechen, von dem die Vögel indes offenbar nichts ahnen.

Einer, ein Zaunkönig wohl oder ein junger Buchfink, fiel mir besonders auf, trug er doch bereits trockene Grashalme im Schnabel, gewiss mit der Absicht, ein Nest zu bauen und eine Familie zu gründen – in etwa vergleichbar mit den jungen Damen von St. Brigid's, deren Gedanken besonders zu dieser Zeit der Ehe und jungen Männern gelten.

Während ich dem Vogel beim Sammeln von Gras und kleinen Zweigen zuschaute, verband auch ich meine Hoffnungen mit seinem Tun. Mein Baum sollte die Quelle neuen Lebens werden, und wenn ich auch anders als mein gefiederter Freund noch späten Schnee befürchte, so bewundere ich doch seinen Wagemut und bete für sein Überleben.

Lange jedoch vor dem befürchteten Schneefall, als mein Vögelchen sich gerade mit einem zu groß geratenen Stöckchen abmühte, stieß eine Schwarzdrossel vom Himmel herab. Weder weiß ich, was sie dazu veranlasste, noch kann ich erklären, weshalb ich sie als bedrohlich empfand. Vielleicht wollte sie nur ihr Revier verteidigen, vielleicht aber auch ihre Kraft beweisen. Eben noch munter zwitschernd, war der Kleine im nächsten Moment verschwunden.

Noch immer fehlt mir der Mut, nachzuschauen, ob mein Vögelchen mit heiler Haut davongekommen ist oder aber als blutdurchtränktes Federknäuel unter meinem Fenster liegt.

Aus dem Tagebuch von Father Patrick McSweeney, St. Brigid's Church, Cleveland, Ohio.

27. KAPITEL

März 1883

Lena lernte beizeiten, wie man James Simeon einzuschätzen hatte – seine Launen, seine Gewohnheiten, seine Vorlieben – und sie richtete ihr Handeln danach aus. Wenn sie schon ihre Stellung nicht kündigen durfte, so konnte sie doch zumindest versuchen, ihm aus dem Wege zu gehen und keinesfalls mit ihm allein zu sein. War sie nur vorsichtig genug, dann, so ihr Vorsatz, würde ihr nichts geschehen.

Wochen vergingen, während derer Terence sich fleißig und mit aller Energie seinem Lernprogramm widmete. Selbst Lena, ohnehin seine eifrigste Stütze, war erstaunt, wie rasch er lesen lernte. Wenn sie abends neben ihm am Feuer saß, erschöpft von des langen Tages Last und dem Bestreben, James Simeon aus dem Wege zu gehen, las Terence ihr etwas aus einer Fibel vor, die sein Lehrer ihm gegeben hatte. Dann war sie so entzückt, dass auch Shakespeares Sonette sie nicht noch mehr hätten begeistern können.

Rowan kam nun öfter abends zu ihnen, um Terence beim Lernen zu helfen. Obwohl auch seine eigene Bildung begrenzt war, konnte er doch genug lesen, um im Verein mit Terence selbst die schwierigsten Wörter zu entziffern. Die ehemals so wunderbare Freundschaft der beiden belebte sich dadurch neu.

Lena redete sich ein, dass alles in Ordnung sei. Simeon hielt sich von ihr fern, als habe das Gespräch über Kräuter und Ehebruch nie stattgefunden. Eine weniger scharfsinnige Frau hätte sich wahrscheinlich in einem trügerischen Gefühl der Sicherheit gewiegt. Auch wenn er damals bei dem Zwiegespräch wohl unter dem Einfluss von erheblichem Alkoholgenuss gestanden hatte, wusste Lena nur zu gut, dass sich solche Abende, an denen er übermäßig trank, leicht wiederholen konnten. Dann gab es womöglich kein Entrinnen.

Das Glück ließ sie im Stich, als es bereits auf den April zuging und ein, zwei Tage voll unerwarteter Wärme und Sonne jedermanns Stimmung aufhellten. Gerade hatte sie mit der Zubereitung des Abendessens begonnen, als Bloomy in der Küche erschien, sich die Handschuhe anzog und den Hut aufsetzte.

„Tut mir Leid, meine Gute, aber ich muss dringend fort. Notfall! Doch keine Sorge! Mrs. Simeon ist bereits ausgegangen und speist bei Bekannten. Du brauchst also nichts für sie vorzubereiten. Tut ihr bestimmt gut, wenn sie mal rauskommt. Sie sieht ein wenig spitz im Gesicht aus, findest du nicht? Nun, auf mich wirken Rothaarige generell irgendwie ein wenig kränklich – außer dir, natürlich. Du bist immer die Robustheit in Person."

„Du bist weg und Mrs. Simeon ebenfalls?" Lena rang nach Worten. „Hat Mr. Simeon vielleicht auch etwas vor?"

„Nicht dass ich wüsste. Soweit ich weiß, gedenkt er sein Abendessen hier einzunehmen. Er freue sich schon, sagte er, auf eine Kostprobe deines Talents!"

Aufkommende Panik schnürte Lena die Kehle zu. „Wenn Mrs. Simeon doch außer Hauses weilt – vielleicht kann Nani dann herunterkommen und mir Gesellschaft leisten?"

„Nani? Die hat genug zu tun!"

„Ach, nicht um mir zu helfen, Bloomy! Sie soll nur hier am Kamin sitzen und sich eine Tasse Tee gönnen."

Bloomy zog ein skeptisches Gesicht. Gleichzeitig wirkte sie noch gehetzter, als müsse sie nun wirklich los. „Entschuldige, dass du jetzt hier übernehmen musst, aber meine Schwester ist erkrankt. Mr. Simeon besteht darauf, dass ich sofort hingehe."

Noch mehr Alarmglocken schrillten in Lenas Kopf. Großzügigkeit gehörte nicht zu Simeons herausragenden Eigenschaften. Wenn er Bloomy zum sofortigen Aufbruch drängte, dann hatte er gewiss seine Gründe dafür, und die, befürchtete Lena, lagen auf der Hand.

„Geh nur, Bloomy", sagte sie, so gefasst wie möglich. „Aber sollte dir Nani begegnen, schick sie bitte bei mir vorbei, ja?"

„Also, ich muss schon sagen!" Bloomy steckte die letzte Befestigungsnadel in den Hut und rauschte zur Tür hinaus.

Die Augen geschlossen, stand Lena regungslos da. Nun begriff sie, wie sich das Wild fühlen musste, wenn es von den Jägern in die Ecke gedrängt wurde. Doch sie musste ihre Panik bekämpfen und sorgfältig planen. Sie konnte ja, wenn ihr nichts anderes einfiel, immer noch die Schürze ablegen und gehen. Noch war Zeit für eine Ausrede oder eine Notlüge.

Aber die Stelle verlieren und alles, was mit ihr zusammenhing? Die einzige Einkommensquelle, die Ausbildung ihres Mannes, sein frisch erwachtes Selbstvertrauen, alle Hoffnung auf einen Neubeginn?

Nein, es musste einen anderen Ausweg geben!

Gerade gab sie Sahne in eine dicke Hühnersuppe, da betrat Nani die Küche. „Bloomy sagt, du wolltest mich sprechen?"

„Nani!" Lena war so froh, ihre Freundin zu sehen, dass sie ihr beinahe um den Hals gefallen wäre. „Ich dachte, du möchtest vielleicht eine Tasse Tee hier unten bei mir trinken."

„Aber ich oben habe zu tun!" erwiderte Nani, offensichtlich verblüfft über die ungewöhnliche Einladung. „Und für heute Abend Mr. Simeon mir hat freigegeben, gerade vorhin. Ich schon bald gehe nach Hause."

Würgende Übelkeit stieg in Lena auf. Simeon ließ nie die Dienerschaft vorzeitig gehen, es sei denn, man hatte sich derartigen Sonderurlaub extra verdient. „Nani, sag mir eins: Betrachtest du mich als deine Freundin? Dann hör bitte, was ich dir jetzt sage." So kurz und knapp wie möglich schilderte sie Nani die Auseinandersetzung mit dem Hausherrn, die Worte, die gefallen waren, sowie – und das fiel ihr am schwersten – Simeons unzweideutiges Angebot.

„Und deshalb flehe ich dich an, hier bei mir zu bleiben", schloss sie. „Wenn du hier in der Küche bist, wird er mich in Ruhe lassen. Augenzeugen will er nicht. Männer wie er tun diese Dinge im Geheimen."

Nani, deren Miene mit jedem Wort düsterer geworden war, schüttelte den Kopf. „Er ist kein sympathische Mensch, da ich gebe dir Recht. Aber bisher ich habe noch nie so etwas gehört über ihn. Mich er hat auch noch nie belästigt."

„Ich weiß doch auch nicht, wieso er es auf mich abgesehen

hat! Aber er hat es nun mal! Ich bilde mir das nicht ein! Du musst mir glauben!"

„Ich glaube dir, dass du meinst, er bedroht dich", wandte Nani ein, wobei sie jedes Wort sorgfältig wählte. „Aber wir doch wissen, dass er trinkt! Da Männer sagen Dinge und wissen hinterher nichts mehr. Er ist nicht so schlimm, wie du glaubst. Er wird dir nichts tun."

„Warum bleibst du dann nicht? Nur ein paar Stunden! Dafür tue ich dir später auch jeden Gefallen!"

„Bleiben? Das er wird mir nicht gestatten!"

Lena spürte, wie die Panik allmählich ganz von ihr Besitz ergriff. Der Plan war wohl nicht ganz durchdacht. Nani hatte Recht, das sah sie nun ein. Sobald Simeon feststellte, dass Nani in der Küche saß, würde er sie sofort heimschicken, und falls sie sich weigerte, riskierte sie ihre Stellung.

Lena rang nach Luft und ließ den Kopf hängen. Der Jäger pirschte sich an.

„Es wird nichts passieren!" beschwichtigte sie Nani, so aufgewühlt, dass sie fast selbst den Tränen nahe war. Ob sie insgeheim ahnte, dass Lena sich nicht irrte? „Ich gehe nach oben", fuhr sie fort. „Ich bin ganz leise, dann er mich nicht kann hören, und später komme dann herunter und gucke nach dir."

„Das würdest du für mich tun?" Diese neue Variante des Plans konnte funktionieren. Falls Nani den Zeitpunkt sorgfältig wählte, beispielsweise gegen Ende des Abendessens, durften sie womöglich beide zusammen das Haus verlassen. Dann blieb Simeon keine Zeit für einen Annäherungsversuch.

So dankbar, dass sie kein Wort hervorbrachte, umarmte Lena ihre Freundin, worauf Nani die Küche verließ und Lena letzte Hand an die Zubereitung des Abendbrots legte. Als sie schließlich die Glocke aus dem Speisezimmer hörte, atmete sie tief durch und trug Simeon die Suppe auf.

James Simeon saß am Kopfende der Tafel. Obwohl sanft beleuchtet von Gaslampen und Kerzen, machte das Esszimmer dennoch den Eindruck eines mittelalterlichen Festsaals, in dem Simeon gleich einem König thronte und sich von allen huldigen ließ.

„*Du* bringst diesmal die Suppe, Lena? Sonst niemand da, der mich heute bedient?“

Er wusste genau, warum die Köchin nicht auftrug. Dennoch gab Lena artig Antwort. „Nur ich, Sir.“

„Und was gibt es außer Suppe?“

„Schweinebraten, Sir. Pastinaken und Kartoffeln, Karotten aus dem fernen Kalifornien, dazu Apfelsauce, Bloomys Spezialität.“

„Zu köstlich, um allein zu speisen. Ich glaube, du wirst mir Gesellschaft leisten müssen.“

Sie hob den Blick. Die unerwartete Einladung beunruhigte Lena zutiefst. „Oh, das geht doch nicht, Sir! Ich bin bloß Eure Köchin! Und wenn die anderen mich an Eurem Tisch sehen, werden sie das kaum verstehen.“

„Hier ist aber kein anderer da. Alle haben für den Abend frei. Außer dir, Lena. Also wirst du dich jetzt an den Tisch setzen und mit mir essen. Verstanden?“

Gewiss hatte sie verstanden, und zwar alles – seinen Plan, sein Motiv, seine finstere, krankhafte Seele. Den Blick fest auf ihn gerichtet, bot sie ihm dennoch die Stirn. „Vielleicht verstehe ich besser, wenn Ihr mir den Grund nennt.“

Es schien, als wolle er ablehnen, doch dann lächelte er. „Ich möchte etwas über deinen Mann erfahren. Macht er Fortschritte? Kann ich zukünftig mit ihm rechnen? Das könntest du mir beim Essen erzählen.“

In der Falle, die Flinte schon angelegt! Lenas Hände zitterten so sehr, dass sie sie immer und immer wieder zusammenballen musste.

„Hol deine Suppe!“ befahl er.

Als sie in der Küche eine zweite Portion auffüllte, entglitt das glatte Porzellan ihren Fingern und zerschellte am Boden. Spritzer der heißen Flüssigkeit landeten auf ihrer Schürze, doch die brauchte sie nun sowieso nicht mehr. An diesem Abend musste sie die Rolle der Gemahlin dieses Mannes spielen, nicht die seiner Köchin. Das Gesicht in beide Hände gebettet, kämpfte sie gegen die Tränen an.

„Lena!“ Sein Rufen war bis in die Küche zu hören.

Mit einem Lappen wischte sie den Fußboden ab und warf das zerbrochene Porzellan in den Mülleimer. Danach füllte sie ihre Suppe auf und brachte den Teller ins Esszimmer.

„Ich fürchtete schon, du wärst heimgegangen“, bemerkte er lapidar. „Doch dann dachte ich: nein, das stimmt sicherlich nicht. Lena ist ja nicht dumm. Sie weiß, mit ihrer Stellung wäre es vorbei. Und wer hier in der Avenue sollte sie noch nehmen, nachdem ich meine Geschichten erzählt habe?“

„Ja, allerdings.“ Sie stellte die Suppe rechts von ihm auf den Esstisch, wobei sie sich so weit wie möglich von Simeon fern hielt.

„Die Suppe schmeckt ausgezeichnet. Du bist eine vielseitig talentierte Frau.“

„Einzig auf dem Gebiet des Kochens, Sir. Sonstige Begabungen besitze ich eher weniger.“

„Mich dünkt, du stellst dein Licht unter den Scheffel. Du bist nämlich eine sehr schöne Frau. Wärst du hier in der Avenue geboren, wer weiß, was für ein Leben du dann führen würdest. Vielleicht wärst du mit einem Präsidenten oder Senator verheiratet. Eventuell sogar mit mir.“

„Mein Terence und ich, wir führen eine glückliche Ehe. Mehr habe ich nie gewollt.“

Er ließ ein schmallippiges Lächeln sehen. „Welche Zuneigung zu einem Mann, der zurzeit gewiss kein vollwertiger Gatte sein kann.“

„Einen anderen brauche ich nicht … Sir!“

„Ich denke doch. Jemand mit seinen Verletzungen kann seinen ehelichen Pflichten nicht genügen – jammerschade für zwei so junge Leute. Habe ich Recht?“

Sie reagierte zwar nicht auf die Frage, spürte aber, wie ihr die Wangen siedend heiß anliefen. Als sie ihn anblickte, lächelte er auf eine Weise, als habe er bereits die Antwort, auf die er es angelegt hatte.

Er schob seinen Suppenteller beiseite, griff nach einem Glas mit einer bernsteinfarbenen Flüssigkeit und nahm einen Schluck, während Lena sich mit ihrer Suppe abmühte, den Magen derart verkrampft, dass sich die würgende Übelkeit noch verstärkte und sie keinen Bissen hinunterbekam.

„Genug davon", stellte er schließlich fest. „Offenbar mundet dir die Suppe nicht. Der nächste Gang, bitte."

Sie erhob sich und brachte das Suppengeschirr in die Küche, in Gedanken bei der Frage, wann Nani sich endlich blicken ließ. Hoffentlich, schickte sie ein Stoßgebet gen Himmel, nicht erst nach dem Essen! Wie aber standen die Chancen, dass Nani zur rechten Zeit auftauchte?

Als sie frisches Besteck vor Simeon auflegte und sich dabei vorbeugen musste, streifte sein Arm wie zufällig ihre Hüfte. Erschauernd wich sie ihm aus, doch zu langsam! Den Arm um ihre Taille gelegt, zog er sie enger an sich.

„Das Tafelsilber liegt schräg. Richte es gerade, Lena! Es muss gerade liegen."

Ein Blick nach unten verriet, dass das Messer nicht ganz vorschriftsmäßig angeordnet war. Die Hand daneben gelegt, hielt er Lena nunmehr wie in einer Falle umfangen. Mit zitternden Fingern korrigierte sie die Lage des Bestecks.

„Schon besser", lobte er und tätschelte ihr die Hüften, als er sie losließ. „Wir wollen doch nicht unsere Ansprüche senken, nicht wahr, nur weil du mit mir dinierst?"

Sie gab keine Antwort, sondern ging in die Küche zurück, um das Serviergeschirr zu holen und anschließend ordnungsgemäß aufzutragen. Als sie sich danach zum Gehen wandte, hielt er sie fest.

„Du hast ja gar nicht für dich gedeckt, Lena! Weißt du, du bist für sämtliche Gänge eingeladen!"

„Ich habe keinen Appetit, Sir, und ich fürchte, als Tischdame tauge ich nicht so viel wie als Köchin. Ich würde lieber das Dessert zubereiten ..."

„Du setzt dich zu mir! Sofort!"

Sie holte noch ein Gedeck, nahm Platz und wartete darauf, dass er ihr die Gerichte reichte.

„Hast du schon einmal an einem so elegant gedeckten Tisch

gesessen?“ fragte er, während er ihr nacheinander die Schüsseln und Teller bot.

Sie häufelte sich so wenig auf den Teller, wie es eben ging. „Nein.“

„Wünschst du dir zuweilen ein solches Luxusleben?“

„Nie, Sir.“

„Tatsächlich? Und warum nicht?“

Sie schaute auf, und vorübergehend wurde ihre wachsende Furcht von einer jähen Wut überlagert. „Weil es nicht glücklich macht. Außerdem macht es aus denjenigen, die so leben, keine besseren Menschen, oder? Es fällt ihnen nur leichter, andere zu kränken.“

„Nicht immer. Viele von uns tun unendlich viel Gutes. Wir bauen Kirchen und gründen Bildungseinrichtungen. Wir greifen sogar den Hilfsbedürftigen unter die Arme. Wie beispielsweise deinem armen Terence.“

Sie versuchte, an das Positive in ihm zu appellieren. „Wer meinem Terence hilft, begeht zweifellos eine gute Tat. Ich bin sicher, Sir, dass all das, was Ihr für meine Familie plant, derselben Güte entspringt.“

„Und doch – das, was ich brauche, hat mir all meine Menschenfreundlichkeit bisher noch nicht beschert. Meine Heirat mit Julia erfolgte nach sorgfältigster Überprüfung ihrer Abstammung, ihrer Reputation, ihres Auftretens sowie ihrer Ausbildung zur Gemahlin, Gastgeberin und Gebieterin über einen Haushalt wie den meinigen.“ Dann schüttelte er bekümmert den Kopf. „Die Ehe war einer meiner seltenen Fehler. Normalerweise lasse ich mich nicht so leicht irreführen.“

Außerstande, auch nur einen Bissen hinunterzuwürgen, stocherte Lena auf ihrem Teller herum. Als sie nichts sagte, fuhr er fort. „Aus diesem Fehler habe ich meine Lehren gezogen. Kannst du dir vorstellen, welche ich meine?“

Sie legte die Gabel nieder, sah ihn an und wartete.

„Ich habe gelernt, dass ein wenig Feuer bei einer Frau ebenso wichtig ist wie bei einem guten Pferd. Wenn eine Frau oder eine Stute keinen Kampfgeist mehr hat, ist sie zur Zucht ungeeignet.“

Lena stand auf und nahm ihr Geschirr vom Tisch. „Falls Ihr nun das Dessert möchtet, Mr. Simeon, dann hole ich es wohl besser gleich."

Mit einer Handbewegung beorderte er sie wieder auf ihren Platz. „Ein Mann mit Pferdeverstand erkennt seinen Fehler, sobald er die Stute dem Hengst zuführt. Wenn sie so störrisch ist und solche Angst davor hat, sich vom Hengst beschälen zu lassen, dass ein halbes Dutzend Pferdeknechte sie festhalten müssen, dann taugt das Fohlen nicht viel – falls es überhaupt zu einem kommt."

„Ich verstehe nichts von Pferden, Sir."

„Also schaut sich ein Pferdenarr, der nur das Beste im Stall haben will, nach einer anderen, besseren Stute um, nach einer mit robuster Natur und eigenem Charakter. Möglich, dass sie zunächst ebenfalls scheut, doch im Verlaufe des Aktes verwandelt diese Scheu sich in Erregung. Alle sind glücklich und zufrieden: der Hengst ebenso wie der Pferdenarr." Er schmunzelte. „Ende gut, alles gut. Selbst die erste Stute ist besser dran, denn nun hat sie auf der Weide ihre Ruhe."

Lena war hundeelend. Wo, so fragte sie sich verzweifelt, blieb Nani bloß? „Und die zweite Stute? Was wird aus ihr?"

„Sie erhält einen warmen Stall, Extra-Portionen Hafer, ab und zu einen Apfel oder ein Zuckerstück, die fetteste Weide. Sie hat es sehr, sehr gut, denn der Mann braucht sie, weißt du?"

Ihr Stimme klang bitter. „Da können wir wohl von Glück sagen, dass wir keine Pferde sind!"

„Meinst du? Ich mag das Einfache. Pferdezucht ist das Einfachste von der Welt."

Sie erhob sich. Wieder bedeutete er ihr, sich zu setzen, doch diesmal schüttelte sie den Kopf. „Ich muss gehen. Mein Mann wartet sicher schon auf mich. Ich habe gerade noch genug Zeit, um Euch die Süßspeise zu servieren."

Ohne ihn weiter eines Blickes zu würdigen, begab sie sich in die Küche. Mochte sie auch ihre Stellung verlieren – mit diesem Mann konnte sie keine Sekunde länger am Tisch sitzen, ohne dass ihr übel wurde.

Sie rechnete damit, dass er ihr nachkam, dass er nicht länger so tat, als sprächen sie über Pferde, und verlangte, dass sie sich fügte. Am ganzen Leibe zitternd, fühlte sie einen unbezähmbaren Drang davonzulaufen.

Welche Konsequenzen aber würde eine solche Flucht nach sich ziehen? Simeon selbst hatte sie ja bereits angekündigt. Ging diese Position verloren, war an eine neue Beschäftigung in einem anderen reichen Haus an der Millionärs-Allee nicht zu denken. Und Father McSweeney? Auch sein Einfluss reichte nicht so weit, dass er ihr helfen konnte. Er hatte zwar Simeon dazu bewegen können, Terence zu helfen – doch zu welchem Preis?

Zu welchem Preis?

Schon am Nachmittag hatte Bloomy einen Biskuitkuchen gebacken. Mit zitternden Fingern schnitt Lena einige Stücke ab und legte sie auf einen Teller. Eins war ihr klar: Entweder brachte sie ihm nun den Kuchen hinein, oder ihre Stellung war dahin. Aber was erwartete er wohl außerdem von ihr? Dass sie ihm Gesellschaft leistete? Dass sie ihm zu Willen war, sobald er die Nachspeise gegessen hatte? Wann sollte sie sagen „es reicht!“ und die Folgen tragen? Den Verlust des großzügigen Einkommens, Terences Unterricht, der ihm gerade solchen Spaß machte? Der Traum, die Lieben daheim nach Cleveland zu holen, er würde ebenfalls begraben sein.

Als sie das ungeduldige Bimmeln der Glocke vernahm, trug sie den Teller mit Kuchen ins Esszimmer, stellte ihn vor Simeon hin und trat einen Schritt zurück. „Ist das alles, Sir?“

„Lena! Vorhin ist etwas äußerst Merkwürdiges passiert!“

Sie verharrte stumm vor Angst.

„Soeben lief mir Nani über den Weg. Ich hatte ihr für den Abend freigegeben, doch augenscheinlich war sie gerade auf dem Weg zur Küche, um mit dir dort eine Tasse Tee zu trinken. Und ich glaubte, sie sei mittlerweile längst wohlbehalten daheim bei ihren Eltern angelangt!“

Nun wusste Lena, dass er Nani endgültig nach Hause geschickt hatte. Diesmal war dem Dienstmädchen keine andere Wahl geblieben, als zu gehen. Hätte sie ihm getrotzt, wäre sie auf der Stelle entlassen worden. Damit hatte sich Lenas letzte Hoffnung, ohnehin schon gering genug, endgültig zerschlagen.

„Darf ich für heute gehen, Sir?" fragte sie tonlos. „Oder habt Ihr noch einen Wunsch?"

„Wir zwei sind noch nicht fertig, scheint mir."

Sie nickte, drehte sich um und ging in die Küche. Zwar gab es nicht viel zu tun, doch sie machte sich dennoch ans Aufräumen, während sie jeden Moment sein Auftauchen erwartete. Er ließ sich Zeit – weniger um ihr Gelegenheit zum Verlassen des Hauses zu verschaffen, sondern um sie auf das warten zu lassen, was nun unvermeidlich kommen musste.

Als er schließlich im Türrahmen erschien, lächelte er übers ganze Gesicht. „Öffne dein Haar, Lena!"

Sie starrte ihn an.

„Löse es!"

„Ich möchte es nicht." Nur dieser letzte Funken Widerstand blieb ihr noch.

„Dann tu ich es für dich."

Sie wich nicht zurück, als er sich ihr näherte, auch wenn jeder Nerv in ihrem Körper aufschrie und sie zur Flucht drängte. „So also soll es sein, Sir? Hier in der Küche? Mit Eurer Köchin? Es gibt Frauen, die sich dafür bezahlen lassen. Jede von denen wäre dafür besser geeignet als ich."

Er zog ihr die Haarnadeln aus dem Haar. „Pah, Dirnen!"

„Und was werde ich sein, nachdem Ihr von mir ablasst? Wenn Ihr mich bespringt wie ein Hengst eine Stute, dann nur, weil ich euch zu Willen sein muss, denn sonst verliere ich alles."

„Nenne es getrost Hurerei, meine Liebe. Ich bezeichne es als Geschäft."

Er stand nun über ihr. Sein Alkoholdunst schlug ihr ins Gesicht wie der faulige Geruch des Flusses.

Ein letztes Mal appellierte sie an seine Ehre. „Was Ihr Euch heute an Lust verschafft, das raubt Ihr einem anderen Mann."

Er lachte laut auf. „Auch das ist für mich Geschäft. Schließlich handelt es sich um einen, der das, was ich ihm nehme, nicht länger braucht."

Leise aufschreiend, die Augen geschlossen, stand sie stocksteif da. Nichts würde sie ihm geben! Alles andere lag nun am Teufel selbst.

28. KAPITEL

Tage, ja Wochen verstrichen. Im Hause Simeon ging alles seinen gewohnten Gang. Abends schickte Simeon die Dienerschaft unter einem Vorwand fort, so dass Lena allein in der Villa blieb, von Grauen erfüllt vor dem, was als Nächstes geschehen mochte.

Zuweilen wartete er, bis er zu Abend gegessen hatte, wie bei jenem ersten Mal. Dann überfiel er sie kurzerhand in der Küche, hob ihre Röcke, zwängte sie grob gegen einen Tisch oder gar, wie einmal geschehen, gegen den noch warmen Herd und verging sich an ihr. Stocksteif, die Lippen fest zusammengepresst, ließ Lena seine Gier über sich ergehen. Ihre Abscheu schien ihm besondere Gelüste zu bereiten – ganz so, als betrachte er ihren Widerwillen als weiteren Beleg dafür, dass er Lena nicht mit ihrem Gatten teilte.

Manchmal auch musste sie ihm im Salon zu Willen sein, hin und wieder sogar, dem Risiko der Entdeckung zum Trotz, im Schlafgemach seiner Frau. Je tiefer er Lena demütigen konnte, desto höher schien sein Lustgewinn, so dass Lena sich bitter fragte, ob er seine Befriedigung wohl nur bei Frauen fand, die ihm insgeheim Verachtung und wortlosen Widerstand entgegenbrachten.

Überleben war ihr nur möglich, indem sie bewusst ihr Denken und Fühlen vor allem verschloss, was vorging. Nach dem ersten Vorfall gab er ihr den Gegenwert eines ganzen Wochenlohns. Bevor sie heimging zu ihrem Mann, warf sie das Geld in den Cuyahoga. Zu Hause log sie Terence vor, sie fühle sich nicht wohl, legte sich sogleich zu Bett und drehte sich zur Wand – eine Geste, die ohnehin keine Rolle spielte, denn seit der Nacht vor seinem Unfall hatten sie nicht mehr miteinander geschlafen.

Als Simeon ihr beim nächsten Mal wieder Geld zusteckte, behielt sie es. Natürlich hatte sie es sich bis auf den letzten Penny verdient, doch trotzdem brachte sie es nicht über sich, ihre kleine Reserve damit aufzustocken. Wie konnte sie durch Laster erworbenes Geld dazu benützen, die Überfahrt ihrer Lieben zu bezahlen? Also verbarg sie Simeons Geldzuwendungen in einem Krug in der Küche, wo Terence wahrscheinlich nie nachsehen würde. Dieses Sonderdepot wuchs im Laufe der Zeit mit Ekel erregender Regelmäßigkeit.

Warm und bezaubernd begann der Mai, und mit ihm reiften Julias Reisepläne. Die gesamte Dienerschaft hatte alle Hände voll zu tun – zum einen mit dem Packen, zum anderen mit Gesellschaften, die bis zur Abreise andauern sollten, unter anderen auch einer Gartenparty aus Anlass von Julias Europareise. Eine ganze Woche lang, bis zum festgesetzten Tag, arbeiteten Lena und Bloomy an den Vorbereitungen für das leibliche Wohl der Gäste. Lena hatte die Hoffnung gehegt, die ungewohnten Aktivitäten würden ihr Simeon vom Leibe halten, doch weit gefehlt: Die Herausforderung reizte ihn offenbar erst recht.

Am Vorabend von Julias Abschiedsgesellschaft lauerte er ihr draußen auf als sie durch die Küchentür das Haus verließ.

„Guten Abend, Lena! Du siehst müde aus. Haben wir dich zu sehr angestrengt, meine Liebe?"

Leichtsinnigerweise war sie auf sein Auftauchen nicht gefasst und schrie verzweifelt auf, die Hand jäh über die Lippen gelegt.

Er schmunzelte. „Mich dünkt, du freust dich nie, mich zu sehen. Dabei bin ich dir doch ein guter Arbeitgeber, oder? Ich bemühe mich mehr als großzügig um deinen Gatten. Und ich zahle dir sogar Prämien, wenn einmal Dienste außer der Reihe gefordert sind!"

Lena hatte mittlerweile gelernt, dass offener Widerstand ihn nur noch mehr anstachelte. Sie löste die Hand vom Mund und ließ den Arm schlaff am Körper herunterhängen. „Ich nahm an, die Arbeit sei für heute getan. Es ist schon ziemlich spät."

„Getan? Noch nicht ganz. Wollen wir etwas spazieren gehen? Dabei kannst du mir zeigen, was ihr zwei, Bloomy und du, euch für morgen ausgedacht habt."

Während Lena ihm durch ein Labyrinth aus akkurat getrimmten Nadelgehölzen und Buchsbaum folgte, kam ihr die weitläufige Parkanlage immer beklemmender vor. Teilweise war der ursprüngliche Waldbestand beibehalten worden, riesige Bäume, eher Bedrohung denn Schattenspender für ihre Umgebung.

Während es ringsum dunkler wurde, fühlte Lena sich wie in ein Märchen versetzt, unterwegs durch den verwunschenen Wald, hin zur Behausung der bösen Hexe.

Er wartete, bis sie zu ihm aufgeschlossen hatte. „Was mache ich nur ohne meine liebe Frau Gemahlin?"

„Genau das, was Ihr auch bisher getan habt, solange sie hier weilte."

Er musste laut auflachen. „Du hast eine rasche Auffassungsgabe, Lena. Das fiel mir gleich an dir auf. Stolz und schön und heißblütig! Ein Vollblut, trotz deines niedrigen Standes."

„Wollt Ihr mich gleich hier nehmen? Wo Eure eigene Gattin morgen Lebewohl sagen will?"

„Wenn ich dich in ihrem eigenen Bett nehmen kann – wieso sollte ich mich von sentimentalen Bindungen an Rasen und Bäume aufhalten lassen?"

Sie blieb stehen, zu erschöpft und verzweifelt, um sich ihm offen zu widersetzen. Zum ersten Mal brach aller Kampfgeist in ihr zusammen. „Dann lasst es uns hinter uns bringen. Ich raffe die Röcke, auf dass ihr mich bespringen könnt wie ein Tier, hier auf der Stelle, in Eurem eigenen Garten. Oder ich reiße mir die Kleider vom Leibe, dann könnt ihr mich zu Boden stoßen und Euch nach Herzenslust an mir austoben. Mir ist es einerlei, denn nach allem, was Ihr aus mir gemacht habt, ist meine Seele ohnehin verloren. Nur zu! Damit endlich Schluss ist für heute!"

Ihr Ausbruch überraschte ihn offenbar. „Gibst du etwa auf?"

„Ihr habt gewonnen. Mir ist alles gleichgültig, bloß noch ein Dienst wie jeder andere."

Er schlug ihr so heftig ins Gesicht, dass ihr Kopf zur Seite zuckte. Sie hob die Hand, um ihre brennende Wange zu bedecken, sagte aber kein einziges Wort.

„Zieh dich aus!"

Sie tat wie geheißen, so teilnahmslos, als begebe sie sich zu Bett und niemand sähe ihr zu. In aller Ruhe faltete sie ihre Kleider zusammen und schaute dabei durch ihn hindurch, ohne seinem Blick auszuweichen.

„Leg dich hin!“ befahl er, wobei er seinen Gürtel öffnete und die Hose zu den Knien rutschen ließ.

Ohne einen einzigen Laut streckte sie sich auf dem Grase aus, die Augen fest geschlossen, während er über sie herfiel. Doch diesmal spürte sie, dass er sich, weich und schlaff, vergeblich bemühte, in sie einzudringen, was ihr merkwürdig lächerlich vorkam. Ein kicherndes Gurgeln drang ihr aus der Kehle und erregte seine Wut.

„Du Luder!“ Wieder mit der flachen Hand zuschlagend, stieß er eine Serie schrecklicher Verwünschungen aus. Plötzlich schlossen seine Finger sich um ihren Hals; gnadenlos gruben die Daumen sich in ihre Kehle.

Sie schnappte nach Luft, riss sie die Augen auf, bäumte sich krampfhaft unter ihm auf und kratzte ihn mit den Fingernägeln, um sich zu befreien, doch er drückte nur umso fester zu. Triumph lag in seinem Blick, und schließlich, als die Nacht vor Lenas Augen allmählich verschwamm, spürte sie doch seine Männlichkeit in sich.

Als sie zu sich kam, war sie allein. Süße Abendluft füllte ihre Lungen, doch ihre geschwollene Kehle brannte. Während sie sich benommen aufrichtete, sah sie noch, wie Simeons Gestalt, inzwischen wieder komplett angezogen, hinter einer Hecke verschwand. Münzen – erheblich mehr als gewöhnlich – funkelten zu ihren Füßen im Gras.

Mit düsterer Miene befühlte sie ihre Kehle und erkannte, dass sie endlich entdeckt hatte, wo Simeon verwundbar war. Im selben Moment aber begriff sie auch: Sollte sie jemals versuchen, abermals seine Schwachstelle zu treffen, kam das womöglich ihrem eigenen Todesurteil gleich.

Seit Monaten hatte Terence nicht mehr mit seiner Frau geschlafen, dabei wünschte er es sich sehnlicher als die Luft zum Atmen oder das Gehen ohne Stock. Aus seiner abgrundtiefen Verzweiflung heraus hatte er die Möglichkeit gar nicht mehr in Betracht gezogen, denn jede Bewegung verursachte ihm Schmerzen, jede Berührung ließ seine Gliedmaßen wie Feuer brennen. Da er wusste, wie entstellt und hässlich er aussah, war Groll an die Stelle der Begierde getreten.

Je mehr seine Genesung jedoch fortschritt, je mehr die Schmerzen in seinem Arm aufgrund des beharrlichen Trainings nachließen und erste minimale Ansätze von Nerven- und Muskelreaktion spürbar wurden, desto deutlicher meldete sich sein Trieb zurück. Da die Schleusen somit geöffnet waren, konnte er kaum noch an etwas anderes denken, als Lena wieder in den Armen zu halten.

Freilich: der Mann, den sie einmal geheiratete hatte, der war er nicht mehr und der würde er auch nie mehr sein. Seine Wange war auf immer entstellt, sein Bein nach wie vor verdreht, sein Arm beinahe nutzlos. Dennoch – Lena fand ihn offenbar gar nicht hässlich. Half sie ihm beim Baden, befühlte sie zärtlich seine Verletzungen und lobte ihn unüberhörbar, da er ihrer Meinung nach deutlich besser zu Kräften kam und sein Bein, seit er es immer öfter benutzte, schon erheblich gerader schien.

Seiner Einschätzung nach suchte sie nur nach einem Vorwand, ihn berühren zu können. Nachts, wenn er vor Sehnsucht nach ihr nicht einschlafen konnte, schmiegte sie sich im Schlafe an ihn, keineswegs abgestoßen von seiner Gegenwart und Nähe. Als er ihr einmal beim Umdrehen vorsichtig den Arm über die Brust legte, seufzte sie wohlig und schlummerte danach noch tiefer.

Er hatte nie Hemmungen gehabt, sich ihr zu nähern, nicht einmal in der Hochzeitsnacht, und auch sie hatte sich ihm ohne Scheu und mit viel Hingabe zugewandt. Jetzt aber fürchtete er, dass dies womöglich nicht mehr so war und dass sein gerade neu erwachendes Selbstvertrauen zerstört werden könnte, sollte sie ihn abweisen.

Obschon er sie, wenn sie abends nach Hause kam, hin und wieder nach ihrer Arbeit im Haushalt der Simeons fragte, sprach sie doch selten darüber. Er wusste, in dieser Woche musste sie wegen der Vorbereitung von Mrs. Simeons Abschiedsfeier länger wegbleiben. Ihm selbst ging die Arbeit in der heimischen Küche mittlerweile immer besser von der Hand. Er bemühte sich, seinen eigenen Beitrag zu leisten und bei Lenas Heimkehr das Abendbrot immer schon auf dem Tisch zu haben.

Während er an diesem Abend auf sie wartete, fragte er sich, wie sie wohl reagieren würde, wenn er ihr vorschlug, sich mit ihm nach dem Essen zu Bett zu legen, statt sich von ihm vorlesen zu lassen. Rowan – bereits heimgekommen und wieder gegangen – kam sicherlich erst spät nach Hause. Durchaus möglich, dass sie müde war und deshalb nichts dagegen hatte, sich schon relativ früh zurückzuziehen.

Würde sie aber auch gegen seine damit verbundene Absicht keine Einwände haben?

Dieser Gedanke ging ihm durch den Kopf, als er Schritte auf dem Fußweg zur Haustür hörte. Lenas Erschöpfung war bereits an dem schlurfenden Geräusch zu erkennen, so dass er sich umso fester vornahm, noch intensiver zu lernen, damit er schon bald einen Posten in der Verwaltung von Simeons Eisen- und Stahlwerken übernehmen und Lena damit entlasten konnte.

Die Tür ging auf. Lena stand auf der Schwelle. Ihr Blick ging durch Terence hindurch, als wäre er gar nicht da. „Lena?“ fragte er verstört und machte einen Schritt auf sie zu.

Sie wich zurück. Als er ihre Augen sah, erkannte er, dass sie gerötet waren, als habe sie geweint.

„Lena, was ist geschehen?“

Sie schüttelte den Kopf, machte aber keine Anstalten, ins Zimmer zu treten.

Er starrte sie an bis er bemerkte, was sie sich zu verbergen bemühte, indem sie ihr Cape eng um sich zog. Umständlich humpelte er zu ihr hin und zog den Stoff beiseite. Um ihre Kehle zogen sich blaue Flecken.

„Heilige Muttergottes, Lena! Was ist passiert? So sag doch!“ Er hielt ihr Gesicht in den Lampenschein und sah Striemen auch auf ihren Wangen.

Ein gequälter Seufzer drang aus ihrer Brust. „Ein Mann hat mich angehalten. Er wollte Geld. Als er sah, dass ich keines besaß, würgte er mich und hätte mich um ein Haar erdrosselt.“

„Mein armer Liebling!“ Er zog sie mit seinem gesunden Arm

an sich, und es quälte ihn, dass er ihr nicht mit der anderen über das Haar streicheln konnte. „Hast du dich etwas erholt?"

„Ja ... Er hörte jemanden kommen und rannte fort, ehe ... ehe er Ärgeres anrichten konnte."

„Bestimmt? Nicht, dass du mir das Schlimmste verheimlichst."

„Nein, nein, es war, wie ich sage."

„Kanntest du den Kerl? War es etwa jemand, den wir kennen?"

„Ich habe ihn nie zuvor gesehen." Sie rang nach Luft und ließ sich schlaff an seine Brust sinken.

„Wir werden es Rowan berichten. Der wird dich sicher auffordern, Anzeige zu erstatten. Auf keinen Fall aber darfst du dich mehr nach Einbruch der Dunkelheit auf den Heimweg begeben. Du musst gehen bevor die Sterne herauskommen!"

„Das kann ich mir doch nicht aussuchen!"

„Dann muss ich dich abholen kommen!"

„Nein!" Sie zuckte zurück. „Das geht nicht! Das ist zu weit und zu beschwerlich für dich! Außerdem können wir uns die Fahrt mit der Trambahn nicht leisten. Heute habe ich nicht aufgepasst, weil ich so übermüdet war. Zukünftig halte ich mich an belebte Straßen und werde mich besser vorsehen."

Sein Eindruck war, dass sie ihn, falls er sie begleitete, ohnehin für unfähig hielt, einen Angreifer abzuwehren. Unverändert baumelte ein Arm nutzlos herab, und von Gehen konnte selbst mit Hilfe eines Stockes noch keine Rede sein. In einer etwaigen Auseinandersetzung war er hoffnungslos unterlegen.

„Du brauchst einen richtigen Ehemann", klagte er verbittert. „Einen Ernährer und Beschützer, keine Jammergestalt wie mich! Ich kann dich weder versorgen noch für deine Sicherheit garantieren. Ja, nicht einmal ein Kind kann ich dir geben. Wozu tauge ich eigentlich noch?"

„Der Sinn meines Lebens bist du, Terence", sagte sie und umfasste sein Gesicht mit beiden Händen. „Der Grund für all mein Tun und Handeln."

„Nicht einmal im Bett kann ich dir etwas nützen."

Ihre Augen weiteten sich. „Was meinst du damit, Terence – dass du es nicht kannst oder dass du nicht willst? Hat der Arzt etwa behauptet, dass auch dies bei dir nie wieder so sein wird wie zuvor?“

Er starrte sie an und war unfähig, auch nur einen Ton über die Lippen zu bringen.

„Oder fängt jetzt dein Selbstmitleid wieder an? Ich dachte, das hätten wir hinter uns. Aber nach wie vor weigerst du dich, mich auch nur zu berühren. Dabei wünsche ich es mir so.“ Ihre Stimme wurde lauter. „Ich sehne mich so nach dir!“

„Lena ...“ Er wollte sie in die Arme schließen, verlor dabei aber das Gleichgewicht, so dass sie ihn stützen musste als er mühsam die Balance wieder erlangte. Ihre Arme umschlangen ihn, umfassten seinen Rücken, und ehe er ihren plötzlichen Ausbruch vollends begriff, küsste sie ihn.

Schlagartig war es um ihn geschehen; was ihn bislang dazu gebracht hatte, sich seinen eigenen Impulsen zu widersetzen, war plötzlich wie fortgeblasen. Sie begehrte ihn, und er begehrte sie. Was machte es da schon aus, wenn eventuell nicht alles nach Wunsch verlief und seine Versuche fehlschlugen? Schließlich würden noch weitere Nächte folgen – ein Leben lang. Und irgendwann, irgendwie musste man doch anfangen. Entweder retteten sie jetzt, was von ihrer Ehe noch zu retten war, oder der Teufel mochte sie beide holen.

Er bemühte sich, sie enger an sich zu ziehen, und spürte, wie sie zitterte. Jemand hatte ihr wehgetan, hatte möglicherweise noch Schlimmeres von ihr gewollt. Was, wenn der Angreifer nicht verscheucht und sie von ihm vergewaltigt worden wäre?

Er küsste ihre Wange, ihr Kinn, ihr tränenüberströmtes Gesicht. „Der Himmel möge mir vergeben! Wie egoistisch ich war!“

„Nein, es spielt keine Rolle. Bringe mich nur zu Bett, Terence! Damit machst du alles wieder gut.“

Er hätte nicht genau sagen können, wie sie einander in die Schlafkammer halfen, wer wen entkleidete und wer die Bettdecke zurückschlug. Er fühlte sich unbeholfen und ängstlich, doch all sein Denken galt einzig ihr. Er betrachtete ihren nackten Leib und wusste, dass nun alles gut werden würde zwischen ihnen. Sie half ihm, als er über sie kam, auf den gesunden Arm gestützt, sein lädiertes Bein an das ihre geschmiegt. Hatten sie sich früher oft ausgiebig berührt und geküsst, so blieb diesmal dafür keine Zeit, denn am liebsten hätte er sie mit Haut und Haaren verschlungen, und als habe auch sie keinen sehnlicheren Wunsch, umklammerte sie ihn hemmungslos mit den Beinen.

„Oh Terry!“ schluchzte sie in seine Schulter hinein, als es vorüber war.

„Habe ich dir wehgetan?“

„Nein, nein!“ erwiderte sie, fortwährend schluchzend.

Er ließ sich von ihr gleiten, wobei er sich bemühte, sie nicht aus den Armen zu lassen. Eng an ihn gekuschelt, weinte sie weiter, bis die letzte Träne versiegte. Terence, selig ermattet, streichelte unterdessen zärtlich ihr Haar und schlummerte schließlich eng an ihren Körper geschmiegt ein.

Sie hielt es nicht aus im gemeinsamen Bett, ihren selig schlafenden Mann neben sich. Wieder und wieder tauchte das Bild von James Simeon vor ihr auf. Sie hätte ihn umbringen können; stärker als je zuvor meldete sich dieser Drang. Hätte sich eine Möglichkeit eröffnet – sie hätte es getan! Sie wäre hingegangen zu seinem Haus, hätte ihn auf seinem Lager gestellt und ihn kaltblütig ermordet.

Wieder rannen ihr Tränen über das Gesicht, während Terence schlummerte und sein Samen aus ihrem Körper sickerte, vermischt mit dem von James Simeon, der scharf wie Säure an ihren zarten Schenkeln brannte.

Obwohl noch von Simeons Gift erfüllt, hatte sie sich Terence hingegeben, außerstande, sich ihm zu entsagen, denn sie selbst hatte ebenfalls Tröstung und Liebe gebraucht. Was aber ist das für eine Frau, die gerade von einem Mann kommt und sich schon dem nächsten ergibt? Welche Frau hält still, wenn ein Scheusal wie James Simeon ihr Gewalt antut? Welche Frau belügt den Mann, den sie liebt?

Warum, so fragte sie sich, hatte sie Simeon nicht kurzerhand getötet, bevor alles begann? Warum nicht ein Küchenmesser ergriffen und es ihm gleich an jenem ersten Abend ins Herz gerammt? Wer wäre schon auf den Gedanken gekommen, sie könne die Täterin sein? Nicht einer der Dienerschaft war doch im Hause gewesen. Und sie selbst, sie war klug. Sie hätte ihre Spuren verwischt, die Polizei geschickt belogen, süß wie mit Engelszungen gar, gleich einer Mutter, die gurrend zu ihrem neugeborenen Säugling spricht. Auf immer hätte sie sich seiner entledigt. Und außerdem: Wäre das eine größere Sünde gewesen als die, welche sie danach begangen hatte?

Sie wusste, sie hegte Gedanken einer Wahnsinnigen, doch allein die Lust, Simeon zu töten, und die Macht, die dieser Wunsch ihr verlieh, ließen allmählich ihre Tränen trocknen. Der Schleier der Wut, der sich über sie gelegt hatte, wurde mit einem Schlage zerrissen, als ihr das Monströse ihrer Überlegungen vollends zu Bewusstsein kam. Entsetzt fuhr sie hoch, bestürzt über die Richtung, die ihre Gedanken nahmen. Gewiss, ihre Seele war der Verdammnis geweiht, doch dies war zu viel! Ihr blieb keine andere Wahl, als Simeon weiter zu Willen zu sein. Mord aus eigenem Antrieb – welch furchtbare Alternative! Was war das für eine Frau, die so etwas ernsthaft ins Auge fasste?

Zwar war sie, seit Simeon sich ihr unsittlich näherte, zur Beichte gewesen, diese besondere Sünde indes hatte sie immer unerwähnt gelassen und den Herrgott lediglich stumm um Vergebung angefleht, wohl wissend, dass keine Aussicht darauf bestand.

Nunmehr erfasste sie, was zu tun war. Sie musste sofort Father McSweeney aufsuchen, an diesem Abend noch. Er musste sie anhören. Sie musste ihm anvertrauen, was sie getan hatte, aber auch – schlimmer noch –, was sie zu tun gedachte. Falls sie nicht beichten, sich nicht dieser Bürde entledigen konnte – wer wusste schon, was dann mit ihr geschehen würde.

Oder mit Simeon.

Noch war es früh genug. Sie hatten ja nicht einmal zu Abend gegessen, sie und Terence. Noch bestand die Möglichkeit, den Priester zu finden und die Beichte abzulegen, selbst wenn sie deswegen bis zum Pfarrhaus gehen musste. Sie stand auf, kleidete sich eilig an und verließ, während Terence weiterschlief, hastig das Haus.

Der Weg war lang, die Nachtluft kühl auf ihrer heißen Haut. Die Saloons und finstersten Gassen meidend, stieg sie so lautlos wie möglich den Hügel hinauf zur Kirche. Dort angelangt, schlüpfte sie ins Kircheninnere und wartete, bis ihre Augen sich an das Kerzenlicht gewöhnt hatten.

Das Gotteshaus war leer; kein Mensch war im Kirchengestühl oder vor dem Altar. Sie tauchte die Finger in das Becken und bekreuzigte sich, auch wenn sie sich dabei fühlte, als habe sie gerade das Weihwasser besudelt. Nach flüchtiger Kniebeuge huschte sie in eine Kirchenbank etwa auf halber Höhe des Mittelgangs, kniete nieder und beugte das Haupt, um den gekreuzigten Christus oder die Statute der Jungfrau Maria nicht anschauen zu müssen. Sie war unwürdig, sie anzusehen, ja, überhaupt hier zu sein – doch wohin sonst sollte sie sich wenden mit ihrem schrecklichen Geheimnis?

Wie lange sie so ausgeharrt hatte, auf den Knien, den Kopf gesenkt, das Herz dumpf in der Brust pochend – sie wusste es nicht. Als sie dann Schritte vernahm und aufschaute, stellte sie fest, dass Father McSweeney auf sie herabsah.

„Lena?"

Falls es darauf eine Reaktion gab, so fiel ihr nichts Passendes ein.

„Lena? Bist du krank?"

„Im Herzen, Father!"

Er wirkte nicht überrascht. „Bist du gekommen, um zu unserem Herrn zu sprechen oder zu mir?"

„Unser Herrgott wird mich nicht anhören, Father."

„Doch, er wird dich immer hören", entgegnete der Priester. „Du darfst es nicht bezweifeln."

„Reuelosen Sündern schenkt der Herr kein Gehör."

„Und zeigst du keine Reue?"

„Ich wollte mit dieser Sünde nichts zu schaffen haben, doch sie wurde mir aufgezwungen."

Seine ernste Miene wandelte sich und nahm besorgte Züge an. „Möchtest du sie beichten?"

Genau deswegen war sie eigentlich hergekommen. Nun allerdings, konfrontiert mit der konkreten Frage, wurde sie wankelmütig. Angenommen, sie beichtete tatsächlich, um danach weiter für Simeon zu arbeiten und ihm weiterhin zu Willen zu sein – wäre dann ihre Sünde gar nicht noch größer? Wie aber sollte sie anders verfahren?

„Der Beichtstuhl ist der rechte Ort, ganz gleich, was dir auf der Seele lastet." Father McSweeney glitt in die Kirchenbank und nahm schräg neben Lena auf der Sitzbank Platz.

„Ich kann nicht hinein."

„Und warum nicht?"

„Weil ich es wieder tun werde, obgleich ich weiß, dass es Sünde ist."

„Ein beklemmender Gedanke. Obwohl dir bewusst ist, dass du sündigst, beabsichtigst du doch, damit fortzufahren?"

Immer schon war ihr in seiner Gegenwart aufgefallen, wie groß er war. Nun, da er seitlich hinter ihr saß, war ihr, als sei sie zusammengeschrumpft – durch seine Körpergröße wie durch seine Ausstrahlung gleichermaßen.

„Sagt mir, Father – welche Sünde ist schlimmer: wissentlich Unrecht zu tun, um seine Lieben zu schützen, oder ebendiese Lieben aus Angst um die unsterbliche Seele verderben zu lassen?"

„Du sprichst in Rätseln."

„Ich spreche von meinem Leben."

„Warum sagst du mir nicht, um welche Sünde es sich handelt und warum du sie begangen hast? Das wäre doch ein Anfang."

Zu ihrer Überraschung bat er sie nicht in den Beichtstuhl, sondern stellte ihr diese Frage gleich an Ort und Stelle. Dankbar, ja sogar bewegt registrierte sie, dass er offenbar bestrebt war, das für sie Beste zu tun. Es war diese Menschlichkeit, dieses offensichtliche Mitgefühl von Seiten eines Mannes, der Emotionen sonst nicht zeigte, die ihr die Zunge lösten. Niedergeschlagen und tonlos gestand sie ihm daraufhin, was Simeon ihr angetan und warum sie es zugelassen hatte.

„Hätte ich mich geweigert“, schloss sie, „so hätte ich nie wieder eine Anstellung bekommen. So hat er mir gesagt. Terrys Unterricht, die Überfahrt unserer Eltern, ja selbst ihr Überleben, all das wäre hinfällig geworden …“

„Lena …“ Father McSweeney schüttelte den Kopf.

„Ich habe ihn in keiner Weise ermutigt, das müsst Ihr mir glauben. Ich habe versucht, ihn zu meiden und mich, wenn er im Hause war, stets in Gegenwart von anderen zu halten, habe mich züchtig gekleidet …“

„Genug!“

Sie verstummte.

„Und deswegen hat Simeon mich angehört, als ich ihn wegen Terence aufsuchte“, sagte Father McSweeney schließlich. „Ich hatte gehofft, er wolle sich bloß von seiner besseren Seite zeigen. Doch der Teufel erscheint uns unter mancherlei Maske.“

Sie hatte mit seinem heiligen Zorn gerechnet, mit einer flammenden Tirade, in der er ihr vorhalten würde, was sie getan hatte und wie tief sie als Frau gesunken war. Dass er selbst einen Teil der Schuld auf sich nahm, das hatte sie nicht erwartet.

„Ihr wusstet es doch nicht“, wandte sie ein. „Ihr konntet es gar nicht wissen. Ihr wart ja nicht zugegen, um sehen zu können, mit welchen Blicken er mich taxierte. Schon von Anfang an.“

„Du armes Kind.“

Eigentlich überzeugt, ihre Tränen seien erschöpft, stellte sie nun überrascht fest, dass sie noch immer nicht vollständig versiegt waren. Die Güte in seiner Stimme, selbst sein geistlicher Grimm, beides rührte ihr Herz in einer Weise an, wie es niemand sonst vermocht hätte.

„Du darfst nicht wieder hingehen“, befahl er, als ihr Schluchzen abebbte. „Du musst heute Abend beichten und Buße tun. Aber zurückkehren darfst du auf keinen Fall.“

„Und was wird aus Terry? Was wird aus unseren Angehörigen? Bei dem milder werdenden Wetter, Father, kann ich zwar wieder Essen zu den Docks bringen, doch das reicht nicht, um unsere Schulden zu begleichen. Terrys Unterricht muss fortgesetzt werden. Er begreift doch so schnell. Bald wird er eine andere Anstellung finden, aber jetzt noch nicht. Er muss noch einiges lernen. Und unsere Lieben, sie werden furchtbar leiden müssen."

„Ich selbst werde mit Simeon reden."

„Er wird mich als Lügnerin hinstellen und mich dann entlassen. Und jedem, der es hören will, wird er seine Version der Geschichte erzählen. Sowohl mein Name als auch der Eure werden in den Schmutz gezogen."

„Was schert es mich, was Simeon und seinesgleichen über mich reden."

„Es wird nichts fruchten."

„Du willst doch nicht allen Ernstes zurück und weiter dort arbeiten? Die Frau dieses Kerls begibt sich auf eine Auslandsreise. Dann hat er überreichlich Zeit und Gelegenheit, mit dir allein zu sein."

„Heute Abend dachte ich schon daran, ihn zu töten. Nicht ... nicht als ich mit ihm zusammen war, sondern später, daheim bei Terry. Ich überlegte, wie gut es mir täte, ja sogar, wie ich es bewerkstelligen könnte. Ich war fest entschlossen."

„Du darfst keinesfalls dorthin zurückkehren. Tust du es doch, geschieht ein Unglück. Höre auf deine innere Stimme!"

„Das Unglück ist bereits geschehen. Ich habe meine Seele schon verloren."

„Nein, noch nicht, aber du wirst sie verlieren, wenn du es zulässt, dass alles so weitergeht. Wenn du deine Hand zur Gewalt erhebst! Dann wirst du auf immer und ewig verdammt werden!"

„Werde ich denn mein Seelenheil bewahren, wenn ich meine Lieben den Hungertod sterben lasse? Wenn ich Terry die einzige Lebenshoffnung entreiße?"

„Irgendwie werde ich dir helfen."

„Und welche Hilfe könnte das sein? Seid Ihr denn mächtiger als Simeon? Sind Eure Freunde einflussreicher?" Sie schickte sich an aufzustehen.

Der Priester legte ihr die Hand auf den Arm. „Du wirst bei mir Dienst tun." Ehe sie widersprechen konnte, fuhr er fort: „Meine Haushälterin spürt ihr Alter und klagt über die Arbeit. Es ist an der Zeit, dass sie zu ihrer Tochter zieht. Viel bringt die

Stellung zwar nicht ein, doch mehr als der Essensverkauf an den Docks." Als sie die Stirn in Falten legte, schüttelte er abwehrend den Kopf. „Lass mich ausreden. Den Unterricht für Terence führe ich selbst zu Ende. Dann wird es zwar keine Arbeit für ihn in den Büros von James Simeon geben – doch welche reelle Aussicht darauf bestand denn schon? Das Ganze war eine von Simeons zahlreichen Ränken, um meine Aufmerksamkeit von ihm abzulenken. Ich besitze noch andere Verbindungen, und wenn Terence so weit ist, wird sich schon etwas für ihn finden."

„Ihr habt doch die Zeit nicht. Sein Lehrer arbeitet jeden Tag mit ihm."

„Dann werde auch ich das tun. Als Buße."

In seinen Augen brannte ein unheiliges Licht. Sie starrte ihn an. „Für was wollt Ihr denn Buße tun?"

„Ich hätte Simeon niemals Glauben schenken dürfen. Ich weiß, was für ein Mensch er ist, und ich hatte meine Zweifel. Doch ich habe sie unterdrückt, weil ich stolz war auf das, was ich für dich und deinen Mann erreicht hatte. Ich hielt mir etwas zugute. Und obwohl ich während der vergangenen Wochen sehr wohl sah, dass du unglücklich warst, habe ich nicht nach dem Grund gefragt. Lieber wollte ich glauben, es bleibe schon alles gut. Dafür werde ich büßen bis ans Ende meiner Tage."

Sie berührte seinen Handrücken sanft mit den Fingerspitzen. Er war ihr nicht länger Priester, sondern Freund. „Father, es ist doch keine Sünde, das Beste zu hoffen, oder?"

„Das nicht, doch die Augen vor dem Schlimmsten zu verschließen, das ist immer eine Sünde."

Allmählich ließ der Schmerz in ihrem Herzen nach. Sie war nicht in der Hoffnung gekommen, es gebe eine Lösung für die schrecklichen Wahrheiten in ihrem Leben. Und doch sah sie nun einen Lichtblick. Erst langsam begriff sie, dass diese Lösung gelingen konnte.

„Und was sage ich meinem Mann?" fragte sie, nachdem die Stille schon Minuten anhielt und ihre Hand noch immer auf der seinen ruhte.

Mit düsterem Gesicht sah er zu ihr auf. „Nicht das, was du mir gesagt hast."

„Ihr wollt, dass ich ihn belüge?"

„Ich will damit nur andeuten, dass die volle Wahrheit ihn vernichten könnte."

„Dann werde ich ihm sagen, Simeon habe mich ungalant behandelt. Das zumindest entspricht der Wahrheit. Und weiter behaupte ich, ich hätte mich an Euch gewandt und Euch gestanden, dass ich mich in Simeons Gegenwart nicht mehr sicher fühlte. Daraufhin hättet Ihr mir angeboten, in Eure Dienste zu treten."

„Mehr braucht Terence nicht zu wissen. Sag ihm auch, dass ich herzlich gern sein Lehrer sein möchte und es mir ein Vergnügen sein wird, seinen Geist zu schulen. Berichte ihm, wir würden außerdem mit Lateinunterricht beginnen."

Gequält lächelnd brach sie erneut in Tränen aus und nickte nur blind.

Er drehte die Handfläche aufwärts und verflocht seine Finger mit den ihren. „Nun treffen wir uns im Beichtstuhl. Doch zunächst möchte ich, dass du *meine* Beichte hörst."

Durch einen Tränenschleier schaute sie zu ihm auf.

„Ein Pfarrer muss einen jeden in seiner Gemeinde lieben. Ich gebe mir dabei mehr Mühe, als man nach außen hin merkt. Einige jedoch, darunter Terry und du, sind mir mehr ans Herz gewachsen als andere. Vergib mir, Lena, dass du jemals so hast leiden müssen, auch durch mein Verschulden!"

Sie drückte seine Hand. Er schaute hinab auf ihre verflochtenen Finger und schüttelte den Kopf.

Eine Stunde später, als sie schon so gut wie daheim war, löste ein Mann sich aus dem Schatten eines Eingangs und stellte sich ihr direkt in den Weg.

Ihre Hand zuckte hoch und legte sich über ihr Herz. „Rowan?"

„Lena! Was suchst du so spät noch hier draußen?"

Ihr Herz pochte in unregelmäßigen Schlägen. Für einen Augenblick hatte sie geglaubt, dass die Lüge, die sie Terence erzählt hatte, Wirklichkeit geworden war oder, schlimmer noch, dass Simeon selbst ihr aufgelauert hatte.

„Ich war zur Kirche." Sie raffte ihren Umhang enger um sich. Whiskey Island verschwamm in dichtem, vom See heranziehendem Nebel.

„Um diese Zeit? Warum?"

Sie überlegte, was sie ihm sagen sollte. Da er ohnehin bald erfahren musste, dass sie nicht mehr im Hause Simeon arbeitete, konnte sie ihm dies getrost erzählen. „Father McSweeney half mir bei der Entscheidung, wie ich nun weiter verfahren soll", schloss sie ihren Bericht. „Und ich nehme sein Angebot an, bei ihm als Haushälterin in den Dienst zu treten."

„Das verstehe ich nicht. Ich dachte, du arbeitest gern für Simeon. Der Lohn ist gut, die Arbeit nicht schwer. Für Bloomy und Nani bist du ein wahrer Sonnenschein, für die anderen Dienstboten ebenfalls. Und überlege doch nur, was Simeon alles für Terence tut."

Rowan war zwar ein herzensguter Kerl und der beste Freund, den man sich wünschen konnte, doch Lena wusste auch um seinen Jähzorn. Sagte sie ihm die Wahrheit, nahm er diese wahrscheinlich nicht einfach wortlos hin. Ein Blick in seine klaren braunen Augen verriet ihr, dass sie ihm bloß einen Teil erzählen durfte.

„Mr. Simeon verhält sich nicht immer anständig zu seiner Umgebung. Auch zu mir war er nicht immer korrekt."

Seine Augen verengten sich. „Was hat er mit dir gemacht, Lena-Mädchen? Eine Lappalie kann es nicht gewesen sein, sonst würdest du nicht den Dienst quittieren."

„Du brauchst dich nicht zu sorgen. Ich gehe ja nicht mehr hin."

Ehe sie sich von ihm abwenden konnte, streckte er den Arm aus, umfasste ihr Kinn und drehte ihr Gesicht zur flackernden Gaslaterne an der Ecke, der einzigen Lichtquelle weit und breit. „Du hast geweint! Noch nie habe ich dich weinen sehen. Und du hast Striemen auf den Wangen."

„Vergangen und vorbei, Rowan, und so soll es auch bleiben.

Und dass du ja Terry nicht damit beunruhigst! Passiert ist passiert und kann nicht rückgängig gemacht werden. Jetzt habe ich eine neue Zukunft. Zerbrich dir nicht den Kopf über etwas, was erledigt ist!“

Er ließ ihr Kinn nicht los. „Du weißt doch, dass du dich immer an mich wenden kannst, wenn Not am Mann ist, ja?“

„Ja, das weiß ich.“

Endlich ließ er die Hand fallen, fixierte Lena aber weiterhin aus engen Augenschlitzen. Sie sah sehr wohl, was er nicht aussprach: Dass ihre Antwort ihn nicht zufrieden stellte, dass er die Sache nicht auf sich beruhen ließ, sondern alle Hebel in Bewegung setzen würde, um dem Ganzen auf den Grund zu gehen.

Sie hatte geglaubt, sie sei mutterseelenallein. Nun stellte sie fest, dass sie mitnichten verlassen gewesen war.

„Komm, ich begleite dich heim.“ Er bot ihr den Arm, sie hakte sich unter, und so gingen sie stumm den Rest des Weges.

11. Juni 1883

Als Priester lebt man sein Leben abseits der Frauen. Wohl erinnere ich mich noch gut daran, wie meine Mutter und meine älteren Schwestern einst einherschwebten, immerfort die graziösen, geschickten Hände reckend, ständig ein Wort des Lobes oder des Tadels auf den Lippen, die Blicke geschwind von einer Ecke unseres Häuschens zur anderen wandernd. So taxierten sie immerzu unsere große Familie und beurteilten einen jeden von uns gemäß ihren hohen Ansprüchen.

Dies indes war schon alles, was ich von Frauen wusste. Freilich, ich sah sie tagtäglich und kannte sie durch mein seelsorgerisches Tun. Ich nahm ihnen die Beichte ab, spendete ihnen die Sakramente und begrub sie an der Seite von Männern, die oft genug ihren wirklichen Wert nicht zu würdigen gewusst hatten. Doch nie zuvor bot sich mir die Gelegenheit, auf so engem Raum eine junge Frau zu erleben und hautnah zu erfahren, was ein Lächeln und – mehr noch – eine Träne vermag. Nie zuvor bot sich mir als erwachsenem Manne die Möglichkeit, das kaum merkliche Geben und Nehmen des Familienlebens zu spüren, die süße Überraschung einer Bemerkung oder Geste, die haargenau meinem eigenen Fühlen entspricht.

Lena Tierney reinigt meine Kammern und kocht für mich. Dies freilich ist nur ein kleiner Teil dessen, was sie mir gibt. Hätte mein Leben eine andere Richtung genommen – ich würde mich ewig glücklich schätzen, ein Eheweib zu besitzen, das nur halb so liebenswürdig ist wie sie.

Aus dem Tagebuch von Father Patrick McSweeney, St. Brigid's Church, Cleveland, Ohio.

29. KAPITEL

Februar 2000

Niccolo traf gerade rechtzeitig am Saloon ein, um noch mitzubekommen, dass Caseys Wagen vom Parkplatz abgeschleppt wurde. Die Hände in die Hüften gestemmt, standen die drei Schwestern vor der Tür und sahen mit finsteren Mienen zu, wie der Abschleppwagen durch die Reihen der geparkten Fahrzeuge manövrierte und dann in die Lookout Avenue einbog. Vorher war Niccolo nie eine besondere Ähnlichkeit an dem Trio aufgefallen – jetzt allerdings schon, denn der Gesichtausdruck war bei allen dreien identisch und erinnerte ihn an Gewitterwolken, die sich über dem See zusammenbrauten.

„Wohl schlechte Nachrichten, wie?“ Er näherte sich bedächtig und hoffte, dass keine der Schwestern tatsächlich so erbost war, wie die Mienen vermuten ließen.

Megan hob grüßend die Hand. „Irgend so ein Witzbold hat Zucker in den Benzintank von Caseys Wagen gekippt und ihr auch noch die Reifen zerstochen.“

„Und?“ fragte Niccolo an Casey gewandt. „Haben Sie eine Ahnung, wer es gewesen sein könnte?“

Casey blickte noch ihrem Wagen hinterher. „Ich habe gerade mit Jon gesprochen. Einer der Autoentführer ist auf Kaution raus.“

„Und Sie meinen, der war es eventuell?“

„Entweder der oder ein Lkw-Fahrer, den Casey vorigen Monat kennen gelernt hat“, präzisierte Megan. „War mit dem Klammerbeutel gepudert, der Typ. Einer von unseren Gästen will gesehen haben, dass er sich gestern hier in der Nachbarschaft herumgetrieben hat.“

Peggy versuchte zu beschwichtigen. „Könnten doch Jugendliche gewesen sein, die ein bisschen Rabatz machen wollten. Das Auto stand letzte Nacht nach der Sperrstunde einsam und allein auf dem Parkplatz. War vielleicht nicht mal persönlich gemeint.“ Sie legte Casey den Arm um die Taille. „Komm lieber rein; ich mache dir einen Kräutertee.“

Casey zog zwar ein saures Gesicht, ließ sich aber von Peggy hineinbringen, so dass Niccolo und Megan allein auf dem Parkplatz verblieben.

„Unser Parkplatz wird doch wohl nicht über einer alten indianischen Begräbnisstätte liegen, wie?“ Mittlerweile hatte Megan sich voll und ganz Niccolo zugewandt. „Was meinst du?“

Niccolo fiel die improvisierte Begräbnisstätte ein, die er am Morgen besichtigt und die höchst wahrscheinlich die Leiche von James Simeon beherbergt hatte. „Scheint mir wohl eher Zufall, dass sich hier unerfreuliche Vorgänge häufen.“

„Wie geht es dir?“

Er wusste zwar nicht genau, wie die Frage gemeint war, nahm aber an, dass „prima“ als Antwort die Sache ziemlich genau traf.

Sie lächelte. „Es gibt eine unanständige Redensart über das Grinsen auf deinem Gesicht.“

„Kenne ich. Fahr mit zu mir, ich habe Neuigkeiten für dich.“

„Ich weiß nicht recht ... Eigentlich habe ich Casey versprochen, die Kleine vom Kindergarten abzuholen.“

„Dann holen wir Ashley gemeinsam ab. Du nimmst sie mit zum Essen zu mir. So hat Casey umso mehr Zeit, sich ein wenig abzuregen.“

„Hört sich gar nicht so übel an.“

Ihr Gesicht war nur wenige Zentimeter von seinem entfernt. Ob es ihr wohl viel ausmachen würde, wenn er sich vorbeugte und sie hier mitten auf dem Parkplatz küsste?

Hoch auf die Zehenspitzen gereckt, nahm sie ihm lächelnd die Entscheidung ab.

Sechs Jugendliche standen auf dem Podest vor der Haustür, als sie vorfuhren. Niccolo hatte extra für den Fall, dass die Kids auftauchen sollten, eine Notiz hinterlassen und erklärt, er werde möglicherweise nicht vor dem Nachmittag zurück sein. Offenbar hatten sie es darauf ankommen lassen.

„Dass wir Gäste bekommen, das hätte ich wirklich nicht gedacht.“ Zum ersten Mal tat es Niccolo Leid, die Jungen jemals ins Haus gelassen zu haben.

„Halb so wild. Ich habe sie ja eine ganze Weile nicht gesehen. Und Ashley wird froh sein über die Gesellschaft."

Da war Niccolo sich nicht so sicher. Offenbar tief in sich versunken schien das Mädchen sich an Orten aufzuhalten, die Vierjährigen eigentlich erspart bleiben sollten. Niccolo hatte die Kleine lange genug beobachtet; Grund zur Beunruhigung bestand durchaus. Es hatte zu seiner Ausbildung gehört, auf Anzeichen von Kindesmissbrauch zu achten. Diese Beobachtungsgabe hatte er nicht einfach mit dem Kollar abgelegt.

Er wandte sich um und warf einen Blick auf das Mädchen, das hoch in dem Kindersitz thronte, den Casey ihm mitgegeben hatte. „Ashley, die Jungen und Mädchen da vorn, die helfen mir bei der Arbeit an meinem Haus. Die machen zwar Krach, sind aber ganz nett."

Die Kleine nuckelte am Daumen und kauerte zusammengesunken in ihrem Sitz. Jetzt ruckte sie etwas hoch. Ihre Augen glänzten.

„Teenager mag sie", bemerkte Megan leise. „Wird schon werden."

Und so war es in der Tat. Niccolo stellte das Mädchen der Gruppe vor, die zwar höflich, aber locker genug reagierte, um nicht abschreckend zu wirken. Im Haus hielt die Kleine sich an Elisha, die eine Mitschülerin namens Jo Ellen zur Hausbesichtigung angeschleppt hatte und Ashley vom Fleck weg in die Tour integrierte, als sei es das Selbstverständlichste von der Welt.

„Das ist ja ein Ding!" sagte Niccolo zu Megan. „Ich hätte erwartet, dass sie Angst hat vor Fremden."

„Vor fremden Erwachsenen bestimmt", ergänzte Megan. „Eigentlich generell vor Erwachsenen. Mit Kindern ihres Alters verträgt sie sich eigentlich auch nicht sonderlich, auch wenn es allmählich besser klappt. In Gegenwart von Jugendlichen und jungen Erwachsenen ist sie aber ziemlich gelassen. Auf Peggy beispielsweise ist sie regelrecht versessen."

Niccolo traute der Sache nicht recht. Dennoch – es war ermutigend zu sehen, wie die Kleine allmählich aus sich herauskam. Kaum war der Nachmittag herum, da agierten Ashley und Jo Ellen bereits als Team. Sie legten die Böden der Küchenschränke mit Papier aus oder befestigten die Fußleisten mit kleinen Nägeln, wobei Jo die Oberhoheit über die Nägel Ashley eingeräumt hatte und sie auch, wenn niemand hinschaute, mal mit dem Hammer hantieren ließ. Das Strahlen auf ihrem Gesichtchen entschädigte für so manchen krummen Nagel, den Niccolo wohl wieder würde herausziehen müssen.

Zum frühen Abend hin, als der Eifer der jugendlichen Crew erlahmte, trollten sich die Kids einer nach dem anderen. Niccolo hatte es sich zur Regel gemacht, die Bande nie nach sechzehn Uhr zu füttern, denn fing er einmal damit an, dann richtete sie sich womöglich auf Dauer bei ihm ein.

Inzwischen war Ashley in die Küche spaziert, offenbar um ihr Einlegepapier zu begutachten. Danach kam sie wieder in die Diele zurück. „Heute war ein Mann beim Kindergarten", sagte sie. „Der sah aus wie mein Daddy."

Niccolos Blick senkte sich zu dem Mädchen, das genau zwischen ihm und Megan stehen geblieben war. „So?"

„In einem Auto."

Megan ging in die Hocke, so dass ihr Gesicht und das der Kleinen auf gleicher Höhe waren. „War es denn dein Daddy, mein Schatz?"

„Mein Daddy, der wohnt doch in Florida." Ihre Augen weiteten sich, als habe sie etwas Verbotenes gesagt.

„Dann war er es auch sicher nicht", sagte Megan. „Florida ist weit weg von Ohio."

„Aber du hättest gern, dass er dein Daddy wäre, nicht?" fragte Niccolo aufs Geratewohl.

Zögernd schüttelte die Kleine den Kopf.

„Ist der Mann denn weggefahren?" wollte Megan wissen. „Oder hat er dich angesprochen?"

„Weggefahren."

Lächelnd wischte Megan der Kleinen das widerspenstige Haar aus der Stirn. „Komm, Ashley, wenn ich mich nicht irre, geht jetzt die Sesamstraße im Fernsehen los. Niccolo macht derweil die Soße für die Spaghetti."

„Darf ich auch Nachrichten gucken?"

„Nachrichten?" fragte Megan ungläubig, die Hand nach wie vor ausgestreckt.

„Hm-hm", sagte die Kleine lächelnd. „Dann sehe ich vielleicht Mommy!"

30. KAPITEL

„Ich bin stinksauer und absolut nicht zu genießen! Geh lieber wieder!“

Jon trat über die Schwelle zu Caseys Wohnung und knöpfte seinen Mantel auf. „Wenn ich das tue, verpasst du die Fahrt auf dem fliegenden Teppich und musst hier bleiben.“

Casey war hundsmiserabel gelaunt, hatte das Gesicht zu einer Grimasse verzogen, die verdrießlicher nicht sein konnte und ließ ihren Unmut ungehemmt an Jon aus. „Wer sucht eigentlich deine Klamotten aus? Erzähl mir bloß nicht, das machst du selbst. Ich weiß doch noch, in welchem Aufzug du früher immer rumgelaufen bist. Zottelig war damals geschmeichelt.“

„Klar wähle ich die selbst. Man muss doch kein geistiger Überflieger sein, um einen dunklen Anzug von der Stange zu heben und damit zur Kasse zu marschieren.“ Seine Miene verzog sich zu einem entwaffnenden Grinsen. „Vielleicht hat sich ja der Mann geändert, nicht dessen Modeverständnis.“

Nach Schmeicheleien stand ihr wahrlich nicht der Sinn. Gerade hatte die Autowerkstatt angerufen; die Reparatur sollte doppelt so teuer ausfallen wie erwartet. „Hast du diesen frei gelassenen Autodieb mal überprüfen lassen?“

„Dem sind wir schon auf die Bude gerückt. Er war die ganze Nacht zuhause; seine Mutter bürgt für ihn.“

„Euch ist aber klar, dass man so eine Gauner-Mutti nicht gerade für die Wahl zur ehrlichsten Frau des Jahres vorschlagen sollte?“

„Der ermittelnde Beamte jedenfalls war zufrieden. Klar, ihm kann es ja auch nur recht sein. Schließlich muss nicht er, sondern ich so viel blechen, dass es für einen Trip nach Hawaii reichen würde.“

„Für eine Kurzreise zum Billigtarif, was?“

„Ja, aber für den Automechaniker. Hoffentlich packt er sein Sonnenschutzmittel ein“, fauchte sie.

„Ist wirklich Pech, ehrlich. Aber das meiste übernimmt doch deine Versicherung.“

„Woher soll ich das wissen? Ich feilsche ja gerade mit denen."

„Dann lass dich doch zwischendurch von mir entführen, damit du mal auf andere Gedanken kommst."

Als sie ihm am Telefon die Sache mit dem Wagen berichtete, hatte Jon bereits ein gemeinsames Dinner erwähnt – ein Vorschlag, den sie in der ganzen Aufregung um das Abschleppen und Veranschlagen der Reparaturkosten verdrängt hatte und der ihr nun zögerlich wieder zu Bewusstsein kam. „Ashley ist bei Megan, aber die beiden kommen bald nach Hause. Ich kann Megan nicht zumuten, den ganzen Abend Babysitter zu spielen."

„Kein Problem. Das übernehme ich." In einen langen Flanellbademantel gehüllt, trat Peggy aus ihrem Zimmer, die Haare in ein Handtuch gewickelt. Ganz offensichtlich hatte sie nicht vor, irgendwohin zu gehen. „Ich bleib heute Abend daheim. Ashley und ich machen es uns vor der Flimmerkiste gemütlich und gucken uns irgendwas an, das auch für kleine Mädchen geeignet ist. Andernfalls spielen wir was zusammen. Sie geht ja sowieso früh ins Bett."

Bei ihrer Rückkehr hatte Casey nicht erwartet, dass Peggy so viel Verantwortung für die Kleine übernehmen würde. Während der Jahre in der Fremde hatte Casey vergessen, wie sehr die Familie nach und nach den Alltagsrhythmus dominierte und einem Lasten gleichermaßen erleichterte wie aufbürdete, je nachdem – ganz so, als wäre es das Selbstverständlichste der Welt.

„Macht es dir wirklich nichts aus?" fragte sie beinahe in der Hoffnung, Peggy würde sich doch noch anders entscheiden. In ihrer gegenwärtigen Verfassung konnte ein Abend mit Jon durchaus ihr letzter sein.

In dieser Hinsicht allerdings durfte sie nicht auf ihre Schwester zählen. „Warum sollte es mir was ausmachen?" erwiderte Peggy. „Dann sind wir halt zu zweit statt zu dritt. Ohne dich ist es nicht so eng."

„Na prima. Dann fühlst du dich nicht so wie eine Ratte im Käfig."

„Menschenskind, hau bloß ab! Und komm erst wieder, wenn du bessere Laune mitbringst!"

Casey sah Jon an und zog ein Gesicht. „Ich hole schnell meinen Mantel."

Jons Wagen, eine amerikanische Allerweltslimousine, erinnerte Casey an einen zivilen Streifenwagen. „In der Oberstufe hast du immer behauptet, wenn du fünfundzwanzig bist, würdest du eine Corvette fahren."

„Wie kommst du darauf, dass ich keine habe?"

„Na, durch deine Lebensgeschichte."

„Lehn dich zurück und mach die Augen zu. Wir sind in ein paar Minuten bei mir zu Hause."

„Ich dachte, du führst mich zum Essen aus."

„Können wir ja auch. Oder ich grille bei mir wie geplant Steaks im Kamin. Danach machen wir ein loderndes Feuer, und dann kannst du mir alles erzählen, was du auf dem Herzen hast."

„Dafür brauchst du aber einen ganzen Müllwagen."

„Ich verfüge über eine Engelsgeduld."

„Wenn ich im Stress bin, Jon, dann unterhalte ich mich nicht, sondern ich feiere."

„Ist das der Grund, warum du so viel auf Partys warst?"

„Wie kommst du denn darauf?"

„Durch *deine* Lebensgeschichte."

Die Arme über der Brust verschränkt, dachte sie über vergangene Träume nach, während sie Richtung Lakewood fuhren. Möglich, dass sie als ganz junge Frau immer nach Amüsement gestrebt hatte, um die Albträume zu verscheuchen. In den ersten Jahren fern von zu Hause hatte sie mit aller Macht versucht, nicht über Rooney und ihre Schwestern nachzudenken. Überkam sie dann doch einmal der Drang, über die Vergangenheit zu grübeln, zog sie los und stürzte sich in möglichst viel Trubel. Wenn es darum ging, die einsamsten Stunden zu überwinden, war sie in punkto Herrenbekanntschaften beileibe nicht wählerisch gewesen. Das galt in gleichem Maße für das, was sie ihrem Körper zugemutet und angetan hatte.

„Ungefähr zwei Jahre nach meinem Weggang von zu Hause", erzählte sie mit geschlossenen Augen, „wachte ich eines Morgens neben einem Fremden auf. Ich hatte keine Ahnung, wer das war, wo ich mich befand und ob mein Kopf riesenhaft angewachsen war."

„Und? War er es?"

Zuweilen hatte sie da immer noch ihre Zweifel. „Danach habe ich mein Leben umgekrempelt. Ich kriegte es nämlich mit der Angst zu tun."

„Aber auf Amüsement warst du trotzdem noch aus."

„Nachdem ich an besagtem Morgen wieder nüchtern war, ging mir auf, dass ich mir womöglich was angetan hatte, das mich für den Rest meiner Tage verfolgen würde. Ich hatte Glück. Ich hatte mir nichts eingefangen und bin kerngesund. Danach allerdings fing ich an, für ein College-Studium zu sparen. Ich hatte kapiert, dass ich auf dem falschen Trip war, und jene Nacht brachte mich dazu auszusteigen. Von da an ging ich sorgfältiger mit meinem Vergnügen um, auch wenn ich dem Genuss durchaus nicht abgeneigt war, sobald sich die Gelegenheit ergab."

„Welche Casey bist du eigentlich wirklich? Diejenige, die ihren Gefühlen ausweicht, indem sie sich Hals über Kopf in alles stürzt, was gerade greifbar ist? Oder die, die Kinder aus Notlagen rettet und dem kleinen Jungen nachtrauert, dem sie nicht mehr helfen konnte?"

„Das eine schließt das andere nicht aus!" Aufgebracht fuhr sie hoch. „Und im Übrigen verberge ich meine Gefühle gar nicht. Was ist dabei, wenn man Spaß am Leben hat?"

„Hast du den denn?"

Dazu fiel ihr keine Antwort ein.

„Das passt dir wohl nicht, was?" fragte er kopfschüttelnd. „Dass du mir nichts vormachen kannst. So ist das eben, wenn man sich so gut kennt wie wir. Versuchen kannst du es ja, aber du weißt, wie schwierig es ist, mir klammheimlich einen Bären aufzubinden. Geht mir umgekehrt genauso."

„Ach, wirklich? Weswegen sollte einer so ohne Fehl und Tadel wie du denn flunkern müssen?"

„Weiß ich nicht. Das Leben fiele mir leichter, wenn ich so tun könnte, als wäre ich nicht in dich verliebt."

Dass er es tatsächlich endlich offen aussprach, machte sie fassungslos. „Du bist nicht in mich verliebt! Das redest du dir bloß schon so lange ein, dass du es mittlerweile selbst glaubst. Ich bin nur das Mädchen, das du zurückgelassen hast – der Weg, den du nicht gehen wolltest. Jeder hält sich so etwas in Reserve, etwas, das man nicht weiter verfolgt hat und auf das man zurückschauen kann. Ein wenig Nostalgie baut einen auf. Das heißt noch lange nicht, dass echte Gefühle im Spiel sind."

Er bog in die Garageneinfahrt ein und stellte den Motor ab. „Und um mehr geht es bei uns nicht?" fragte er, ohne verärgert zu klingen.

Es passte ihr nicht, dass er so rational reagierte. „Wir sollten mal Sex haben, nur damit wir uns das endlich aus dem Kopf schlagen. Dann merkst du, dass zwischen uns nichts Besonderes ist."

„Wie wenn man eine Aspirin nähme, um bei einem Kater den Kopf klar zu kriegen? So etwa?"

„In der Art, ja."

„Und das wäre alles?"

„Genau!"

„Hört sich doch gut an! Sofort oder nach dem Dinner?"

Entgeistert starrte sie ihn an. „Wie bitte?"

„Jetzt gleich oder nach dem Essen? Du willst ein wenig Amüsement, ich brauche einen klaren Kopf. Zwei Allheilmittel zum Preis von einem. Sofort oder später?" Ehe sie antworten konnte, war er schon ausgestiegen.

Um ihm zuvorzukommen, bevor er um das Auto herum war, sprang auch sie aus dem Wagen, knallte die Tür zu und baute sich vor ihm auf dem Bürgersteig auf. „Du bist dir wohl ziemlich sicher! Woher willst du wissen, dass ich mich wirklich amüsieren würde?"

„Das kann ich so gut wie garantieren."

„Klingt wie eine Herausforderung!"

Er ging auf das Haus zu. „Für mich nicht. Ich vertraue auf mich."

„Und was, verdammt noch mal, würdest du sagen, wenn ich dich beim Wort nähme?"

„Halleluja!“

Sie schaute zu, wie er die Tür zu dem Vorbau aufschloss. „Das nehme ich dir nicht ab.“

„Nein?“ Er hielt Casey die Tür auf und bat sie mit einer Handbewegung hinein.

„Nein! Ich glaube, du versuchst bloß, mir meine üble Laune auszutreiben!“

„Da bist du gewaltig auf dem Holzweg.“

„Ach nee! Und was machst du, wenn ich mir auf der Stelle die Kleider vom Leibe reiße und dich im Nahkampf über die Schwelle dränge?“

„Dann bitte ich dich um etwas Geduld, bis ich die innere Haustür auf habe. Die Nachbarn hier sind neugierig.“ Mittlerweile hatte er die Innenhaustür geöffnet und hielt sie ebenfalls auf.

In der Diele angekommen knöpfte sie den Mantel auf und ließ ihn zu Boden gleiten. „Nimmt den Mund ganz schön voll, der Herr!“

Auch er zog den Mantel aus und ließ ihn neben ihren auf dem Fußboden sinken. „Und die Dame ebenfalls,“ konterte er, ohne mit der Wimper zu zucken.

„Denkst du etwa, das hier bedeute mir mehr als die zahllosen Bekanntschaften, von denen ich dir erzählt habe? Dass es anders sei, nur weil wir gute Freunde sind?“

„Allerdings.“

„Bildet sich ganz schön was ein, der Herr!“

„Die Dame leider nicht. Genau da liegt ihr Problem.“

Sie trug einen silbergrauen, mit Goldfäden durchwirkten Pullover, den sie nun trotzig über den Kopf zog; derart hastig, dass sich ein Faden an ihrer Nasenspitze verfing und riss. Sie warf das Kleidungsstück auf den Mantelhaufen.

„Oh doch, ich bilde mir durchaus was ein. Ich schmiede Zukunftspläne, und in denen ist absolut kein Platz für noch mehr konfuse Beziehungskisten, die doch nur in der Sackgasse enden. Liebe garantiert dabei überhaupt nichts, Jon. Ich habe schon genauso viele funktionierende Beziehungen in die Brüche gehen sehen wie verkorkste.“

„Hast du nicht!“ Er legte das Anzugsjackett ab und stieß zwei Finger in den Knoten seiner Krawatte, um ihn zu lockern. Sekunden später flatterte auch der Schlips auf das Kleiderbündel, dicht gefolgt vom Oberhemd. „Du kennst überhaupt keine intakte Beziehung, die kaputt gegangen ist. Du hast nämlich gar nicht darauf geachtet. Seit dein Vater dich im Stich gelassen hat, gilt für dich bloß noch eine Blickrichtung, und Beziehungen, die fallen dir nur dann auf, wenn sie in die Binsen gehen. Genau das festigt nämlich dein Weltbild.“

Beim Anblick von Jons nackter Brust und seinen breiten Schultern stockte ihr der Atem. Wie ein schmächtiger Halbstarker sich in einen griechischen Gott verwandeln konnte, ging über ihren Verstand.

Ihr Herz klopfte schneller. Was ihr bis jetzt wie ein Spiel erschienen war, sah plötzlich ganz anders aus. Sie hakte ihren BH auf, streifte ihn aber nicht ab – noch nicht. „Und du bist ein hoffnungsloser, fader Mittelschicht-Spießer! Dabei steckte so viel in dir drin, Jon. Alles, aber auch alles hast du infrage gestellt. Nun folgst du nur noch dem Weg der Konventionen.“

„Mit wachsender Begeisterung!“ bekräftigte er.

Ohne den Blick von Jon abzuwenden, ließ sie ihren BH hinabgleiten und in elegantem Bogen zu Boden schweben. Jon hielt ihrem Blick stand.

„Diesmal ist es endgültig, Casey“, sagte er. „Für eine Weile wirst du dir vormachen, es sei nicht so. Geschenkt. Danach wirst du sauer werden, weil du merkst, dass ich dir was bedeute, und davor hast du Manschetten. Auch okay. Aber ganz und gar nicht okay wäre es, wenn du wieder die Flucht ergreifst. Das hat schon beim ersten Mal nicht geklappt, und das wird es auch diesmal nicht.“

„Ich habe vor dir noch nie die Flucht ergriffen!“

„So?“

„Wir waren Kids, Jon! Halbe Kinder noch!“

„Was ich für dich fühlte, das war zeitlos. Das hatte mit dem Alter nichts zu tun, und das wird auch so bleiben.“

Ihr schossen Tränen in die Augen. Ob sie den Schritt auf ihn hätte zugehen können, wusste sie nicht. Sie hätte ihn gern getan. Hier stand Jon, der treueste Freund, den sie je haben würde. Ganz gleich, was sie empfand oder auch nicht empfand – seine Worte hatten sie tief im Innersten angerührt.

Der erste Schritt blieb ihr indes erspart, denn es war *er*, der auf sie zukam. Was sie danach taten, taten sie gemeinsam.

Sie trug seinen Bademantel, der sich angenehm rau anfühlte, er einen alten Trainingsanzug aus seiner Stanford-Zeit, den Jackenreißverschluss offen, damit sie Jons Haut an ihrer Wange spüren konnte. Die Steaks waren bereits Erinnerung, und der herrliche Sex war ein warmes Glühen, das noch in den intimsten Bereichen ihres Körpers glimmte. Vor dem Kaminfeuer in Jons Arme gekuschelt, sah sie zu, wie die Flammen den gerade nachgelegten Scheit verzehrten.

„Ich müsste langsam los", murmelte sie, ohne allerdings Anstalten zu machen aufzustehen. „Ashley könnte wach werden und fragen, wo ich stecke."

„Peggy wird sie schon hören."

Casey spürte seine Hand auf ihrem Haar. Offenbar war er fasziniert davon. Wie viele Jahre mochte er sich wohl in seinen Männerfantasien vorgestellt haben, wie er es durchwühlte? Sie selbst hatte sich ihrerseits dabei ertappt, wie sie ihn gierig erforschte, als hätten sich ihre Fingerspitzen danach gesehnt, seine Haut immer und ewig zu streicheln, egal, ob sie es sich eingestand oder nicht.

„Du hast die Schlacht noch nicht gewonnen", flüsterte sie, bemüht, ihre Empfindungen zu leugnen. „Noch hat sich nichts geändert."

„Das behauptest *du*!"

„Na ja, ein wenig vielleicht doch. Ich kann mich jedenfalls nicht erinnern, dass wir mal so friedlich zusammen vor dem Kamin gehockt hätten."

„Du weißt so manches nicht mehr."

Sie kicherte, als wäre sie siebzehn.

Was er dann sagte, traf sie in ihrer wohligen Mattheit völlig unvorbereitet. „Ach, ehe du gehst: ich möchte, dass du mir die Wahrheit über Ashley sagst!“

Eine Ohrfeige hätte sie nicht schlagartiger ernüchtern können, doch Jon drehte sich etwas und zog sie nur umso fester an sich, als spüre er, wie sie förmlich erstarrte.

„Ich habe die Wahrheit gesagt“, gab sie nach Fassung ringend zurück.

„Nein, eben nicht. Versuch es mal!“

„Wen habe ich hier eigentlich vor mir? Den Lover, den Freund oder den Staatsanwalt?“

„Lass mal den Staatsanwalt beiseite und erzähl mir das, was ich wissen darf.“

„Also überhaupt nichts!“

„Menschenskind, Casey! Der Staatsanwalt hat dienstfrei. Kann dir der Lover irgendwie helfen?“

„Ich darf dir nicht mehr sagen. Ich stehe im Wort.“

„Dann lass mich mal erklären, was ich aus meiner Erfahrung und Sachkenntnis vermute. Du hörst einfach nur zu.“ Sie blieb stumm, was er als Zustimmung wertete. „Also: Ashley gehörte zu den Kindern, für die du als Sachbearbeiterin zuständig warst. Du hast sie der häuslichen Erziehung entzogen, weil das County nicht mehr überblicken konnte, was mit ihr passierte und weil sie nach deiner Überzeugung gefährdet war.“

„Mensch, Jon!“ seufzte sie. „Selbstverständlich nicht. Das wäre Entführung.“

„Na, Gott sei Dank!“ Er wartete ab. Als sie keine weiteren Informationen herausrückte, fuhr er fort. „Hast du sie dann mit Zustimmung der Eltern zu dir genommen, damit die sich einigen können? Entgegen den herrschenden Bestimmungen?“

„Nein.“

Sie hätte ihm gern die Wahrheit gesagt. Wäre er jemand anderes gewesen, hätte sie ihn wahrscheinlich bereits vor Wochen eingeweiht. Zuweilen nagte der Stress, der mit ihrem Handeln einherging, an ihren Nerven. Welche Wahl aber blieb ihr schon?

„Gehörst du zu einem Netzwerk, das Kinder vor ihren Erziehungsberechtigten verbirgt?“

Das verschlug ihr nicht nur die Sprache, sondern auch den Atem.

„Casey!" Er schüttelte sie sanft. „Bist du denn von allen guten Geistern verlassen?"

„Das kommt der Sache ziemlich nahe." Sie wusste zwar nicht genau, wann Jon derartige Informationen von Amts wegen würde melden müssen, doch dass sie seine Karriere gefährdete, das war ihr klar. „An dieser Stelle sollten wir die Unterhaltung beenden. Wenn ich weiterrede, wird es riskant für dich."

„Fall es überhaupt für jemanden gefährlich wird, dann für dich. Und zwar tagtäglich. Heraus damit: Was ist hier los? Und danach sehen wir, was wir tun können."

„Ich habe dich nicht um Hilfe gebeten. Ich bekomme Unterstützung von ..."

„Das will ich nicht wissen. Also sag es mir erst gar nicht."

„Ashleys Mutter sitzt in Haft, weil sie sich weigert, dem Gericht den Aufenthaltsort ihrer Tochter mitzuteilen."

„Heißt das Kind auch tatsächlich Ashley?"

„Bis auf weiteres."

Er seufzte – weniger weil er ausatmen musste, sondern aus Resignation. „Wie um Himmels willen bist du da hineingeraten?"

„Als ich als Zeugin aussagte in dem Mordprozess gegen den Vater des kleinen Jungen, von dem ich dir erzählt habe, brach ich im Zeugenstand zusammen. Offenbar hatte jemand meine Aussage gehört und den Eindruck gewonnen, ich engagiere mich wirklich für die Sache. Diese Person sprach mich einige Wochen danach an und bat mich, im Untergrund zu helfen. Ashley ist nicht das einzige Kind, das auf diese Weise versteckt wird. Die Organisation sucht ständig nach Sympathisanten, die Kinder aufnehmen."

„Und du hast dich da blind hineinziehen lassen?"

Sie drehte sich so, dass sie ihm ins Gesicht sehen konnte. „Ich bin ausgebildete Sozialarbeiterin. Ich habe die Sache von vorn bis hinten unter die Lupe genommen, und als ich fertig war, da war mir klar, dass diese Leute Recht hatten. Der Vater hat die Kleine tatsächlich missbraucht. Die Anhaltspunkte waren überdeutlich, die Beweise sonnenklar. Ashleys Vater allerdings ist ein millionenschwerer Mann, während der Mutter nach der Scheidung nichts weiter blieb als die Kleider am Leibe und kaum ein Dollar für die Reinigung. Als sie das Sorgerecht erstreiten wollte, war sie machtlos. Sag mir jetzt bloß nicht, dass so etwas nicht vorkommt. Der Kerl brachte einen ganzen Gerichtssaal voll Juristen mit, und die haben es hingebogen, dass sämtliche Beweise – einleuchtende, aussagekräftige Beweismittel – abgewiesen wurden."

Jon schaute zwar skeptisch drein, nickte aber.

Casey holte tief Luft und wartete einen Moment. „Die Mutter hat Ashley dann allein in den Untergrund geschickt. Anders hätte sie die Kleine nicht aus dieser furchtbaren Lage herausholen können. Klar, sie wurde festgenommen und wird möglicherweise in Haft bleiben müssen, bis Ashley volljährig wird. Doch zumindest ist ihre Tochter in Sicherheit."

„Du hast also Ashley schon von Anfang an bei dir?"

„Ich bin die dritte Unterbringung. Es wird noch mehr geben." Eine vertraute Melancholie überkam sie. „Ein so wunderbares kleines Ding! Die Kleine hat was Besseres verdient."

„Und wenn du auffliegst?"

„Du kannst dir nicht vorstellen, wie umsichtig wir uns verhalten."

„Und wenn du auffliegst?" Er wiederholte seine Frage.

„Dann halte ich den Kopf dafür hin, wenn es sein muss."

„Falls Ashleys Vater so vermögend ist, wie du behauptest, dann ist er ihr auch auf der Spur. Du hättest ja eine Chance, wenn es nur an der Justiz oder an der Polizei läge. Aber falls er tatsächlich seine Tochter zurückhaben will, hat er längst eine ganze Armee von Privatdetektiven angeheuert. Es ist lediglich eine Frage der Zeit, wann die bei dir auf der Matte stehen."

„Deshalb bin ich ja hierher zurückgekommen. In Chicago war sie schon zu lange, und eine Wohnung über einer Kneipe ist kein schlechtes Versteck. Ehe die uns hier aufspüren und im Saloon aufkreuzen, ist Ashley weg."

„Ist *sie* weg? Nicht sind wir weg?"

„Um ihre Sicherheit zu gewährleisten, müssen wir die Gastfamilien wechseln. Anders geht es nicht. Lange kann ich Ashley nicht mehr bei mir behalten, so sehr ich es mir auch wünsche. Eines Tages muss sie umziehen, und wohin, das weiß nicht mal ich."

„Und wenn der Vater dich bereits ausfindig gemacht hat? Was dann?"

„Was willst du damit sagen?"

„Irgendjemand macht dir doch Ärger. Guck dir an, was mit deinem Auto passiert ist."

„Warum sollte so ein millionenschwerer Typ wie Ashleys Vater zu solch billigen Tricks greifen und mir die Reifen zerstechen lassen? Wenn die Spuren zu mir führen, braucht er doch nur die Polizei einzuschalten. Die erledigt dann schon den Rest."

„So einfach geht das nicht. Die Polizei würde ihm ja nicht unbedingt auf Anhieb glauben. Du könntest das Unausweichliche mit allerlei Behauptungen verschleppen, so dass zunächst Ermittlungen angestellt werden müssten. Es könnte einige Zeit dauern, ehe der Vater sie aus dem Bundesstaat mitnehmen dürfte, insbesondere dann, wenn das Sorgerecht angefochten wird."

„Das würde trotzdem nicht erklären, warum er mir die Reifen zerstechen sollte. Es entspräche doch viel eher seinem Stil, sich Ashley einfach zu greifen und mit ihr nach … nach Hause zu fliegen, noch ehe ich überhaupt bemerkt hätte, dass er hier war!" Sie hob beide Hände. „Aber ich hab es in Betracht gezogen, meinen Kontakt angerufen und die Sache diskutiert. Meine Kontaktperson findet wie ich, dass das nicht sein Stil wäre. Momentan sind wir hier also offenbar weiterhin sicher."

„Was für ein Leben ist das denn für das Kind?"

„Immer noch besser, als bei einem Mann zu wohnen, der seine sexuellen Neigungen an kleinen Mädchen auslässt."

Er verzog das Gesicht. „Legal ist die Sache trotzdem nicht."

„Ich halte nicht viel von Selbstjustiz, aber dass Kinder leiden müssen, das lasse ich noch weniger zu, jedenfalls solange ich es verhindern kann. Das soll mir nie wieder passieren."

„Wird Ashleys Mutter in die nächste Instanz gehen?"

„Sie tut ihr Möglichstes. Aus der Zelle geht das nicht so ohne weiteres, aber es gibt Leute, die sie unterstützen. Wird das Urteil revidiert, kann Ashley endlich ein normales Leben führen. Falls nicht, wird sie versteckt, bis sie alt genug und nicht mehr gefährdet ist."

„Und bis dahin bleibt die Mutter inhaftiert."

„Gut möglich."

Jon blieb so lange stumm, dass Casey schon dachte, er habe beschlossen, den Mund zu halten. Als er dann doch etwas sagte, merkte sie, dass er die Zeit schlicht zum Planen genutzt hatte. „Wenn du mir den Namen und Wohnort des Vaters verrätst, kann ich Ermittlungen veranlassen."

„Du musst dich heraushalten. Allein dass du davon weißt, setzt deine Laufbahn aufs Spiel. Und übrigens, Jon: ich streite sowieso alles ab, wenn ich gefragt werde."

Seine Stimme wurde zwar nicht lauter, aber energischer. „Raus mit dem Namen! Und was ich muss oder nicht muss, das kannst du getrost mir überlassen."

Ihr blieb nichts anderes, als ihn um das Unvermeidliche zu bitten. „Versprichst du mir, dass du mich nicht verrätst? Dass du nicht die Behörden in seinem Bundesstaat informierst?"

„Was soll diese Frage? Die hättest du dir sparen können. Du müsstest eigentlich wissen, dass ich nichts tun würde, was dir schaden könnte. Warte einfach ab, was sich ergibt! Ich passe schon auf; nichts wird auf dich hinweisen."

„Ashley heißt eigentlich Alice Lee Rayburn, die Mutter Dana und der Vater Bobby. Der hat sein Geld in Immobilien gemacht und wohnt in Palm Beach, Florida. Da sitzt Dana auch in Haft."

„Ich hatte auf Kalifornien gesetzt. Da habe ich nämlich Beziehungen."

„Bei fünfzig Bundesstaaten hat man eben schlechte Karten." Sie kuschelte sich wieder an seine Schulter. „Begreifst du nun, warum ich das alles mache? Verstehst du das wirklich?"

„Ich begreife, dass ich es mit der echten Casey Donaghue zu tun habe. Aber du musst auf rechtmäßige Mittel zurückgreifen. Es gibt zig Wege, wie man Kindern beistehen kann. Das System hat einmal versagt, und du bist mit ihm untergegangen. Und jetzt willst du es ihm heimzahlen …"

„So einfach ist es nicht."

„Stimmt. Aber willst du abstreiten, dass das Ganze eine Art Wiedergutmachung deinerseits darstellt? Eine Art Buße, weil du dich immer noch mit Gewissensbissen quälst wegen des kleinen Jungen?"

„Ich trage nur zur Sicherheit eines kleinen Mädchens bei."

„Und wenn du das erledigt hast – wirst du dann Möglichkeiten in Betracht ziehen, wieder im Rahmen des normalen Sozialsystems zu arbeiten? In einer Institution, die ihre Mitarbeiter nicht überfordert? Wenn es nicht anders geht, auch in einer ganz anderen Position?"

So weit voraus hatte sie noch nicht gedacht, doch sie erkannte, dass er Recht hatte. Indem sie ihre eigene Zukunft aufs Spiel setzte, zahlte sie unbewusst die Zeche für ihre Unterlassungen. Um zu büßen und Wiedergutmachung zu leisten, hatte sie sich auf die riskanteste Hilfeleistung überhaupt eingelassen.

Sie überlegte, ob sie überhaupt erkennen würde, wann eine Wiedergutmachung erfolgt war? „Ich weiß noch nicht, wie es mit mir weitergeht. Vorerst muss ich Ashley erst einmal durchbringen. Von einem Tag auf den anderen."

„Und was ist mit uns? Entscheidest du da ebenfalls von Tag zu Tag?"

Beinahe hätte sie „na klar!" gesagt, doch die Antwort blieb ihr in der Kehle stecken. „Du bist ein echtes Schlitzohr!" schimpfte sie mit ihm.

„Und ob!" Er streichelte ihre Wange, die Finger warm und fest, genauso warm und fest wie seine Lippen. Bereitwillig und bedenkenlos ergab sie sich seinem Kuss.

31. KAPITEL

Ursprünglich war es Niccolos Plan gewesen, das Tagebuch von Father McSweeney bis zu Ende abzuschreiben. Nach etwa der Hälfte allerdings hatte er den in penibler Schönschrift verfassten Text nicht weiter in seinen PC getippt, sondern ihn bloß noch in aller Ruhe durchgelesen – ein Sinneswandel, der sich an einem Abend einstellte, als er zum ersten Mal auf den Namen Donaghue stieß: Rowan Donaghue. Nicht ausgeschlossen, dass es sich um Megans Ur-Urgroßvater handelte.

Und was war mit Lena Tierney, der Frau, die von Father McSweeney so häufig und liebevoll erwähnt wurde? War sie vielleicht jene legendäre Rosaleen, die Verfasserin der sagenumwobenen Kochrezepte des Whiskey Island Saloon?

Aus dem Tagebuch wusste Niccolo, dass Lena Tierney die Stelle einer Haushälterin im Pfarrhaus bekleidet hatte. Durch sein sorgfältiges Lesen und Abschreiben hatte er bereits herausbekommen, dass der Pfarrer die wichtigsten Angelegenheiten häufig auf äußerst schwierig zu interpretierende Weise ausdrückte. Vielleicht war es nicht erstaunlich, dass er weit eher Geschichten erzählte, statt Erinnerungen niederzuschreiben. Als Gottesmann nahm er seine Stellung zweifellos ernst; zuweilen drängte sich der Eindruck auf, als wolle er bewusst vermeiden, dass jemand, der das Tagebuch nach seinem Tode las, das volle Ausmaß seines inneren Kampfes erfuhr.

Für Niccolo, der sich ja selbst auf gleiche Weise mit zahlreichen ähnlichen Empfindungen und Problemen auseinander gesetzt hatte, lag dieser innere Zwiespalt allerdings auf der Hand. Gleich von der ersten Seite an hatte er gespürt, dass McSweeney ein sehr sensibler Mann war, der sich seinen ureigensten Impulsen auf vielerlei Ebenen widersetzen musste und deswegen seine Umwelt und seine Mitmenschen besonders aufmerksam wahrgenommen hatte. Von Iggy wusste Niccolo zudem, dass Patrick Sweeney seiner Gemeinde bis zu seinem Lebensende, mithin bis etwa Anfang des 20. Jahrhunderts, als Seelsorger gedient hatte. Leider war das Tagebuch nicht bis zu seinem Tode geführt worden, sondern brach unvermutet ab, und zwar direkt nach ausdrücklicher Erwähnung des Namens James Simeon.

Um drei Uhr in der Frühe, am Morgen nach seinem Spaghetti-Festmahl mit Megan und Ashley, starrte Niccolo nun die letzten Seiten an, fassungslos über sein Pech.

Bevor sie ihre Stelle in McSweeneys Pfarrhaus antrat, war Lena Haushaltsangestellte bei James Simeon gewesen. Irgendetwas musste in der Villa in der Euclid Avenue vorgefallen sein, etwas, das McSweeney offenbar derart bestürzend fand, dass er Lena aus dem Dienstbotenverhältnis bei Simeon auslöste und sie bei sich als Haushälterin einstellte.

Dass sie McSweeney besonders ans Herz gewachsen sein musste, ließ sich nicht übersehen. Niccolo hatte dies gleich zu Beginn seiner Lektüre gemerkt, noch ehe er den losen Zusammenhang mit der legendären Saloon-Rosaleen hergestellt hatte. Aufgrund ihrer Herzenswärme, ihrer inneren Einstellung und ihres Kampfgeistes pries der Pfarrer sie als leuchtendes Beispiel der tugendhaft-irischen Frau, und zwar mit Worten, die er für andere so nicht benutzte. Falls Lena Tierney auch Schwächen gezeigt haben sollte, so waren diese dem Priester verborgen geblieben.

Dann aber musste etwas mit ihr geschehen sein, etwas ganz Furchtbares, denn McSweeneys Tagebuch war fortan mit Selbstvorwürfen regelrecht gespickt.

Niccolo klappte das Buch mit demselben Bedauern zu, mit dem er wohl einen spannenden Roman geschlossen hätte, dessen letzte Seiten fehlten. Auf den Tagebuchblättern hatte sich eine Geschichte entfaltet, die auf einmal, aus was für Gründen auch immer, zu Ende war – ein ganz eigenartiger „Roman", von dem kein weiteres Exemplar existierte, auch nicht in den Regalen einer Bibliothek. Zudem gab es niemanden, der hätte erzählen können, wie die Story letztlich ausging. Solange McSweeney sein Tagebuch nicht in einem zweiten Band weitergeführt und Iggy eine solche Fortsetzung nicht irgendwo in den Pfarreiarchiven aufgestöbert hatte, bestand für Niccolo keinerlei Möglichkeit, der exakten Verbindung zwischen Rowan Donaghue, Lena Tierney und James Simeon auf den Grund zu gehen.

Er legte das Tagebuch auf den Tisch im Schlafzimmer, stand auf und streckte sich. Zu Bett zu gehen machte wohl keinen Sinn mehr. Nach Schlafen stand ihm ohnehin nicht der Sinn.

Der St Patrick's Day, der irische Nationalfeiertag am 17. März, galt als das absolute Hochfest im Whiskey Island Saloon. Dennoch brauchte Megan nie Extra-Aushilfen anzuheuern. Der Familientradition gehorchend, stand die Verwandtschaft an diesem Festtag Gewehr bei Fuß. Während die Stammbelegschaft die Küche regierte und dort Corned-Beef-Sandwichs wie am Fließband schmierte, übernahm der Donaghue-Clan das Servieren und füllte Bierkrüge mit eisgekühltem irischem Bräu. Eine Band aus der Nachbarschaft – einige der Musiker entfernte Vettern – richtete sich in einer Ecke ein und trug das Ihre zum allgemeinen Getöse bei, indem sie den ganzen Tag über bis in den späten Abend hinein flotte keltische Weisen zum Besten gab.

Die Feier erfreute sich einer derartigen Popularität, dass Gäste, die Wert auf das reichhaltige Mahl aus Rinderbraten mit Kohl legten, schon Wochen im Voraus reservieren mussten. Das Gericht war immer gleich ausverkauft. Jedes Jahr musste Megan wohl überlegt für genügend Nachschub sorgen, auch wenn die Küche dabei an ihre Grenzen stieß. Die Schränke und sonstigen Stauräume mochten noch so überquellen – gegen Abend wurden die Vorräte trotzdem knapp. Zum Glück stand den meisten allerdings zu später Stunde ohnehin nicht mehr der Sinn nach Essen. Solange das Guinness nicht zur Neige ging, war die Gästeschar zufrieden.

Knapp zwei Wochen vor dem großen Ereignis setzte Megan ihren Fleischlieferanten am Telefon unbarmherzig unter Druck und legte erst auf, nachdem er ihr versprochen hatte, genau entsprechend ihren Anweisungen zu liefern.

Peggy trat in die Küche des Saloons, schnupperte nur kurz den Duft des Tagesgerichts – ein Kohleintopf –, wurde blass um die Nase und machte auf der Stelle kehrt.

Besorgt ging Megan ihr nach bis vor die Toilettentür, die Peggy ihr vor der Nase zuschlug. Dennoch: was sich auf der anderen Seite abspielte, war unüberhörbar.

In diesem Moment trabte Casey schwungvoll die Treppe herunter und betrat den Saloon. Ein Blick auf Megans sorgenvolles Gesicht vor der Toilette genügte, und sie blieb wie angewurzelt stehen. „Was ist?"

„Peggy ist übel", erklärte Megan, wobei sie mit dem Kopf auf die Tür wies.

„Echt? Vorhin fiel mir schon auf, dass sie nichts zum Frühstück gegessen hat. Vielleicht hat sie sich was gefangen ..."

Die beiden starrten sich an, als ihnen dieselbe Möglichkeit dämmerte.

„Ach, nee ..." Megan schüttelte den Kopf. „Ausgeschlossen!"

„Meinst du?" Casey verzog das Gesicht, als das Geräusch der Toilettenspülung und anschließend das Rauschen des Wasserhahns über dem Handwaschbecken durch die Tür drang. „Weißt du das genau? Sie trinkt keinen Alkohol und keinen richtigen Kaffee, sie legt sich jeden Mittag aufs Ohr, und zugenommen hat sie auch ein bisschen."

„Sie trinkt sowieso kaum was, Case. Und sie mag eben meine Küche. Zu Hause futtert sie immer etwas mehr als sonst."

„Sag mal, Meg, schon mal was von Verdrängen gehört?"

„Mensch, sie hat Biologie studiert. Sie wird doch wohl wissen, wie man ..."

„Verhütet?" Peggy trat aus der Toilette und wischte sich dabei die Hände an einem Papierhandtuch ab. „Ich hab da drin echt jedes Wort mitgekriegt. Glaubt ihr zwei, man wird von einer Schwangerschaft schwerhörig? Natürlich wusste ich das. Doch falls ihr es noch nicht wissen solltet – Geburtenkontrolle ist nach wie vor eine Wissenschaft für sich, wo schon mal Fehler vorkommen. Trotz Safersex und der üblichen Vorkehrungen."

Dass ihre kleine Schwester überhaupt Sex hatte, war eine Vorstellung, die bei Megan nicht eben Begeisterung auslöste. „Ja, und?"

„Und irgendwann Anfang September werdet ihr zwei Tanten."

Casey übernahm die Antwort für Megan gleich mit. „Margaret May Donaghue! Und das sagst du uns erst jetzt?"

Peggy ließ sich auf einen Stuhl sinken. Da der Saloon noch geschlossen war, hatte sie bei den Sitzgelegenheiten die freie Auswahl. „Ich hab ja bislang noch überlegt, was ich tun soll. Das war meine Entscheidung, die niemanden was angeht!“

Casey setzte sich zu ihr. „Wenn das Baby im September kommt, dann bist du doch schon im dritten Monat. Ist man da nicht ein bisschen spät dran für die morgendliche Übelkeit?“

„Aber nicht, wenn Kohl im Spiel ist. Die meiste Zeit ging es mir prima; nur hin und wieder hab ich so meine Ausraster.“

„Und für Entscheidungen – ist es dafür nicht auch ein bisschen spät?“

„Nee. Ich musste gleich ein ganzes Bündel treffen. Ist gar nicht so kompliziert. Ich hab im Krankenhaus einen Mann kennen gelernt, mit dem ich eine kurze Affäre hatte. Wir hatten uns beide eigentlich ein bisschen mehr vorgestellt, doch nach ein paar Wochen stellten wir fest, dass wir einfach nicht genügend Gemeinsamkeiten aufwiesen, als dass die Sache geklappt hätte. Da haben wir uns freundschaftlich getrennt. Einige Wochen später schwante mir, dass ich schwanger sein könnte.“

Endlich fand Megan ihre Stimme wieder. „Hast du es ihm mitgeteilt?“

„Er weiß Bescheid. Er ist ein anständiger Kerl. Hat mir sogar die Ehe angeboten.“

„Und?“

„Das war schon eine von besagten Entscheidungen“, sagte Peggy kopfschüttelnd. „Ich kann doch nicht heiraten, nur damit das Kleine einen richtigen Vater daheim hat. Wir würden uns beide kreuzunglücklich machen, und am Ende müsste das Baby es ausbaden. Ein guter Vater kann er auch so sein. Er wird schon seine Rolle im Leben unseres Kindes übernehmen.“

„Ach, wie zivilisiert!“ Mit einem solchen Gesprächsthema hatte Megan nie und nimmer gerechnet. Dementsprechend unvorbereitet war sie nun. Schließlich ging es hier um ihre kleine Schwester, ihr Baby! Die Vorstellung, Peggy könne plötzlich selbst ein Baby haben, war ihr noch völlig fremd.

„Heirat kommt also nicht in Frage“, konstatierte Casey sachlich. „Abtreibung?“

„Also, Casey!“ Eh sie sich versah, war Megan aufgesprungen.

„Setzt dich, Megan! Mach mal halblang! Das muss man doch ins Auge fassen.“

„Ich jedenfalls nicht“, bemerkte Peggy lapidar.

Nie zuvor war in Megan derart die Katholikin durchgebrochen. Langsam ließ sie sich wieder nieder. „Tut mir Leid, da hab ich wohl überreagiert, ich weiß. Macht bestimmt der Schock.“

„Und Adoption? Was ist damit?“ hakte Casey nach.

„Darüber habe ich lange gegrübelt. Schließlich muss ich an mein Medizinstudium denken. Schaffe ich das mit einem Kind, wo das Studium an sich schon strapaziös genug ist? Sollte ich es auf später aufschieben? Oder sollte ich mir einen Beruf suchen, in dem ich häufiger daheim sein könnte? Kann ich vielleicht eine Tagesfamilie für das Baby finden, eine ganz herkömmliche, mit Vollzeitmutter und einem Vater, der auch dauernd zugegen ist?“

„Jetzt kapiere ich auch, wieso du in diesem Semester nach Hause gekommen bist“, sagte Casey. „Du musst tatsächlich eine Menge überlegen.“

Fühlbar beeindruckt von der methodischen und dennoch mitfühlenden Art, wie Casey die Lage beurteilte, beugte Megan sich vor. Hier zeigte sich die Sozialarbeiterin, und zwar eine verdammt gute. Dennoch passte Megan die ganze Richtung nicht: die Sache verlief ihr viel zu rational. Es ging doch um ihre Schwester! Um Peggy! „Wir hätten dir helfen können. Hättest du uns gesagt, was los ist, hätten wir dir beigestanden.“

Peggy griff nach Megans Hand. „Ihr habt mir schon geholfen. Das tut ihr immer. Da brauchte ich nichts zu sagen. Ich kannte ja meine Alternativen. Ich musste einfach erst einmal zu euch, musste bei euch Kraft tanken, etwas von eurer Tatkraft. Ich musste mir Klarheit verschaffen, ob ich so stark bin wie ihr.“

Megan fand keine Worte – ein seltenes Ereignis.

„Bist du denn zu einer Entscheidung gekommen?“ wollte Casey wissen, die Hand auf Peggys Arm gelegt.

„Ja. Ich denke, ich kann mir beides zutrauen, Kind und Studi um. Ich werde es schon schaffen. Leicht wird es nicht, und mit dem Baby beschneide ich mir auch einige Möglichkeiten. Aber in diesem Sommer klotze ich richtig ran, damit ich noch vor dem Geburtstermin mein Examen am College ablegen kann. Dann ein Jahr Arbeit hier im Saloon, damit ich mich an das Kind gewöhne, ein Jahr darauf bewerbe ich mich hier an der medizinischen Fakultät der Case Western Uniklinik. In dem Falle könnte ich in Cleveland bleiben. Ich weiß ja, ich kann immer auf euch zurückgreifen, und auf Tante Deirdre ebenfalls ..."

„... sowie auf fünfzig weitere Donaghues", fuhr Casey dazwischen.

„Wenn es dann so weit ist, suche ich mir eine Facharztrichtung mit annähernd normaler Arbeitszeit, damit ich so viel wie möglich zu Hause sein kann. Irgendwann werde ich heiraten und dem Kleinen einen guten Stiefvater verschaffen. Das Ganze entspricht zwar nicht dem herkömmlichen Muster, aber mein Baby bekommt zwei Familien, die es gern haben, und noch eine liebevolle Großfamilie dazu. Natürlich erst, wenn die alle über den Schock hinweggekommen sind, dass die mustergültige Peggy ein außereheliches Kind bekommt."

„Soll ja schon mal vorgekommen sein, so was", bemerkte Casey.

„Bei mir aber nicht."

Megan schwirrte der Kopf von Tausenden von Gedanken. Noch immer fasste sie es nicht ganz, dass sie hinsichtlich Peggys Verfassung offenbar mit Blindheit geschlagen gewesen war, während die meisten anderen wahrscheinlich automatisch darauf gekommen wären. Dabei hatte sie durchaus mitbekommen, dass Peggy eine Schönheit war und auf Männer sehr anziehend wirken musste. Hätte sie sich den Gedanken nicht von vornherein verboten, hätte sie eigentlich von selbst darauf kommen müssen, dass ihre kleine Schwester auch sexuell aktiv war.

Allerdings gab es da noch etwas, das ihre Naivität – falls man es so nennen wollte – motiviert hatte, etwas, das sie nun anschnitt.

„Peggy, wie willst du das schaffen? Sicher, du hast Energie, und ich weiß, irgendwie wirst du das schon meistern – aber woher in aller Welt willst du wissen, ob du wirklich Mutter werden solltest?"

Peggy legte den Kopf schräg. „Na, so ganz freiwillig ist das ja nicht. Eines Tages schon, klar. Im Grunde habe ich mich immer schon darauf gefreut. Aber erstens kommt es anders, und zweitens als man denkt."

„Und jetzt, wo es einmal passiert ist, jetzt hältst du dich für geeignet?"

„Willst du es ehrlich wissen? Ja, allerdings! Natürlich könnte man wünschen, es wäre unter anderen Umständen passiert, zu einem anderen Zeitpunkt meines Lebens, nachdem ich beruflich Fuß gefasst habe und glücklich verheiratet bin. Ich weiß aber, ich werde das Baby schrecklich gern haben und eine verflixt gute Mutter abgeben. Da habe ich keine Zweifel."

„Aber woher nimmst du diese Sicherheit?" Megan sprach damit einen Punkt an, der ihr am meisten Sorgen bereitete. „Du hast doch selbst nie eine Mutter gehabt. Mama starb, als du noch ganz klein warst. Du kannst dich wahrscheinlich nicht mal an sie erinnern. Außerdem wurdest du danach in der Familie herumgereicht wie ein Sack Kartoffeln. Wie soll man Mutter sein, wenn man selbst nie eine besessen hat? Woher weiß man da, was man tun oder empfinden soll?" Megan merkte, dass ihr, aus was für Gründen auch immer, die Tränen in die Augen gestiegen waren.

Peggy starrte sie an – und Casey ebenso. Dazu runzelte sie die Stirn.

„Entschuldige", flüsterte Megan.

„Meg", sagte Peggy, „ich hatte die beste Mutter auf der Welt – nämlich dich!"

Megan räusperte sich. „Ich wollte nicht nach Komplimenten oder Beruhigung haschen. Ich konnte dir das nicht geben, was …"

„Also, jetzt mach aber einen Punkt!" Casey wurde aufgebracht. „Hör ihr doch erst mal zu! Sie will dir was sagen."

Nach vorn gebeugt ergriff Peggy Megans Hand. „Es tut mir Leid, dass unsere Mutter starb, aber ich habe es nie anders gekannt. Wenn ich mir das Knie aufgeschrammt habe, dann warst du zur Stelle und hast gepustet, damit es nicht mehr so wehtat. Und warst du mal verhindert, dann sprang Tante Deirdre ein oder Casey. Hatte ich Hunger, hast du mir was zu essen gemacht. War ich müde, hast du mich ins Bett gepackt und mir was vorgelesen. Ich weiß auch noch, wie ich Schwierigkeiten mit dem Lesen hatte und du mir bei der Aussprache geholfen hast. Sicher, du meinst immer, es wäre alles nicht gut genug gewesen, aber das war es, Megan! Guck mich doch an! Ich bin glücklich, gesund, schwanger und komme hervorragend damit klar. Ich hatte doch dich! Ich hatte Casey. Ich hatte Tante Deirdre. Gütiger Himmel, die Mütter kamen mir zu den Ohren raus! Wenn nur jedes Mädchen so ein Glück hätte. Und als es für mich Zeit wurde, mich wegen des Kindes zu entscheiden, da bin ich nach Hause gefahren, um bei dir zu sein. Denn aus dir schöpfe ich meine Kraft – aus dir und Casey."

„Ach, jetzt langt es aber …" Nunmehr klang auch Caseys Stimme erstickt.

Peggy lachte leise. „Klar, perfekt seid ihr auch nicht – weit gefehlt! Aber starke Frauen allemal! Und Tante Deirdre ebenso, wenn auch auf ihre Weise. Meint ihr, es wäre leicht für sie gewesen, dass sie mich mit euch teilen musste? Wisst ihr eigentlich, dass es für sie ein Klacks gewesen wäre, die Sache vors Gericht zu bringen, damit sie sich nicht mehr die ganze Zeit mit euch beiden abgeben musste? Aber sie ist eine ganz Liebe, und sie wusste, wie wichtig wir füreinander waren. Sie wusste, dass ihr auf mich aufpasst und ich bei euch in guten Händen war. Sie war stark genug, mich mit euch zu teilen. Das wart ihr alle. Da habe ich wirklich Glück gehabt. Geht das vielleicht endlich in eure zwei Sturköpfe?"

Eine Frage musste Megan noch loswerden. Alte Kontroversen vergaß man nicht so schnell. „Weiß Tante Deirdre, dass du schwanger bist?"

„Ja, allerdings. Ich hab es ihr gesagt, weil sie von euch dreien die Einzige ist, die nicht gleich verzweifelt die Hände ringt und sich fragt, was sie denn wohl bei der Erziehung falsch gemacht hat. Sie ist durchaus in der Lage, mich anzuschauen und zu erkennen, dass ihr alle erstklassige Arbeit geleistet habt. Sie sieht eben in mir nicht die eigenen Versäumnisse oder die eigenen Unterlassungen. Völlig ausgeschlossen, dass sie meine Schwangerschaft als persönliches Versagen betrachtet."

Stille senkte sich über den Schankraum. Megan hörte ihre Helfer in der Küche hantieren. Jeden Augenblick mussten die ersten Mittagsgäste eintreffen. Doch der Augenblick gehörte nur ihnen, den drei Schwestern, ihnen und den Gewissensbissen, den geheimen Ängsten, die zwei von ihnen nie ganz hatten überwinden können.

„Ja, ist denn nun was aus mir geworden oder nicht?" fragte Peggy schließlich.

Megan musste schlucken. „Du bist klasse."

„Also, abgehakt die Sache!"

„Du weißt ja, wenn du Hilfe mit dem Baby brauchst, stehe ich zur Verfügung", versprach Megan.

Casey nickte. „Ich auch."

Megan sah sie schräg an. „Was denn – hier in Cleveland?"

„Ich habe nicht vor, nach Chicago zurückzukehren, falls du das meinst. Warum fragst du? Willst du mich etwa nicht?"

„Was soll denn die Frage?"

„Windeln wechseln kann ich wahrscheinlich genau so gut wie du."

„Auf dem Gebiet überlasse ich dir herzlich gern das Sagen."

Peggy fasste ihre Schwestern bei den Händen. „Ich werde eure Hilfe benötigen, wenn ich diese Situation bewältigen soll. Vielen Dank, ihr zwei! Aber dafür seid ihr schließlich da, oder? Das habt ihr mir selbst eingetrichtert."

So einfach und einleuchtend es klang – für Megan blieb es dennoch schwer zu begreifen. Peggys Schwangerschaft war Überraschung genug. Wie hatte sie bloß übersehen können, dass ihre Mühe und die der Großfamilie solch fantastische Früchte hervorgebracht hatte? Ihre Schwestern hatten überlebt, waren gereift und erblüht – und ihr war es nicht einmal aufgefallen.

„Megan?" fragte Peggy.

„Rooney erzählte uns früher immer von dem Gärtner, der einen wunderschönen Blumengarten anlegte. Er kannte ihn aber im Grunde gar nicht, weil er ihn sich nie ansah. Er starrte immer nur zu Boden und wartete geradezu darauf, dass das Unkraut wuchs, damit er es mit der Wurzel ausreißen konnte."

Casey verzog das Gesicht. „Zuweilen ergehst du dich in rätselhaften Gedankengängen, Meg!"

Sie aber dachte an den Mann, von dem die Geschichte stammte. Zum ersten Mal seit langem wünschte sie, er hätte seine Töchter jetzt sehen können.

32. KAPITEL

Seit dem Tod von James Simeon waren zwar über hundert Jahre vergangen, doch gab es ausreichend medizinische Beweise, um das auf Whiskey Island entdeckte Skelett vorläufig zu identifizieren. Das mysteriöse Verschwinden des Millionärs hatte seinerzeit ein solches Interesse an dessen Person in Gang gesetzt, dass zu dem Zeitpunkt, als seine Frau die gemeinsamen persönlichen Vermögenswerte veräußerte, viele davon bei privaten Sammlern oder in Museen gelandet waren. Somit standen Gegenstände und Unterlagen zur Verfügung, die normalerweise vernichtet worden wären.

Nach einigem Hin und Her wurden Simeons Krankenakte in den Archiven von Clevelands Stadtmuseum ausgegraben. Eine bei dem Skelett festgestellte ausgeheilte Fraktur des rechten Schienbeins entsprach einer gleichartigen in der Krankenakte aufgeführten Verletzung, ebenso ein entfernter Backenzahn sowie ein amputierter Zeh. Das Beschaffen von Proben zur DNA-Analyse hatte sich hingegen als komplizierter erwiesen – bis auf einen Zeitungsartikel hin eine Brosche mit einer Kinderlocke von James Simeon auftauchte.

„Es entsprach viktorianischer Tradition", erklärte Jon Niccolo am Morgen des St Patrick's Day, „aus dem Haar eines verstorbenen Familienmitglieds eine Trauerspange herzustellen und diese zum Andenken an den lieben Verstorbenen zu tragen. In Simeons Fall gab es natürlich weder Leiche noch Haar. Offenbar war seine Mutter die Einzige, die ehrlich um ihn trauerte. Deshalb ließ sie aus einer Locke, die sie noch vom ersten Haarschnitt aus den Kindertagen ihres Sohnes aufbewahrt hatte, diese Brosche anfertigen."

Niccolo war tief beeindruckt. „Wie in aller Welt haben Sie denn das herausbekommen?"

„Am liebsten würde ich Ihnen erzählen, es sei das Ergebnis von außerordentlich guter Ermittlungsarbeit. Aber ein Juwelier in Albany, der eine Meldung einer Nachrichtenagentur über das Skelett und das Simeon-Rätsel gelesen hatte, meldete sich telefonisch bei uns. In seiner Kollektion befand sich besagte Spange. Nach dem Tode von Simeons Mutter, die im nördlichen Bundesstaat New York gelebt hatte, war das Stück in den Kuriositätenhandel gelangt und vor etwa zehn Jahren in der Sammlung des Juweliers gelandet."

„Und der hat sie Ihnen zu Identifikationszwecken überlassen? Das überrascht mich!"

„Es gelang uns, einige Haare zu entnehmen, ohne das gesamte Stück zu beschädigen. Genug für DNA-Analyse und Vergleich."

„Die Wunder der Forensik."

„Fast hätten wir uns noch selbst übertreffen müssen. Vor dem Anruf des Juweliers zogen wir bereits in Erwägung, uns Simeons Briefmarkensammlung vorzunehmen, die sich – übrigens einzigartig wie alles in seinem Besitz – im Smithsonian Institute befindet. Wir hatten die Hoffnung, wir könnten eine DNA-Abgleichung von getrocknetem Speichel bekommen. Eine Garantie, dass Simeon den Falz selber leckte, hatten wir natürlich nicht. Bestenfalls wäre es fragwürdig gewesen."

„Und die Resultate der DNA-Analyse waren positiv?" Eine Frage war das nicht, denn Niccolo kannte die Ergebnisse bereits. Genau deswegen hatte Jon ihn an diesem Morgen angerufen.

„Ohne jeden Zweifel. James Simeon wurde auf Whiskey Island begraben. Der Tod trat höchst wahrscheinlich durch eine schwere Schädelverletzung ein."

„Fausthiebe? Eine Holzbohle? Ein Rohr?"

„Fausthiebe nicht. Laut Vermutung des Pathologen wurde er mit einem stumpfen, schweren Gegenstand niedergeschlagen, etwa einem flachen Stein oder einem Stück Bauholz, jedenfalls mit solcher Wucht, dass die Schädeldecke dabei zertrümmert wurde."

„Also ist das Rätsel nur zur Hälfte gelöst. Wir wissen nun, wo er begraben wurde und wie er umkam. Wer ihn umbrachte und warum, das wissen wir aber immer noch nicht."

Jon blickte hinunter zur Straße. Sie standen am Fenster eines Büros hoch über der Euclid Avenue, auf der jeden Augenblick die Parade zum St Patrick's Day beginnen sollte. Der Büroraum war gerammelt voll mit Zuschauern, die wohl keine Lust hatten, dem Festumzug in der dicht gedrängten Menschenmenge auf der Straße beizuwohnen. Jon hatte Niccolo eigens als Gast eingeladen. Das Büro gehörte Bekannten, die es alljährlich aus Anlass der Parade zur Verfügung stellten.

Von der Fahrbahn drang das gelegentliche Schmettern eines Blechblasinstruments herauf. Offenbar trat gerade eine Blaskapelle zum Abmarsch an. In einiger Entfernung quäkte ein Dudelsack, und weiter unten sah man ein Rudel irischer Wolfshunde, die – von einem Teenagergrüppchen bestaunt – wegen der ungewohnten Aufmerksamkeit die Nackenhaare sträubten.

„Casey hat den Festumzug noch nie gesehen. Wenn sie jetzt nicht im Saloon wäre, käme ihr das so vor, als wenn ein Kaufhaus in der Vorweihnachtszeit schlösse, damit die eigenen Angestellten einkaufen gehen können. Zu St Patrick ist das gesamte Personal rund um die Uhr auf den Beinen, wenn man die Vorbereitungen und die Aufräumarbeiten mitzählt."

„Ich habe Megan auch schon seit Tagen nicht zu Gesicht bekommen." Niccolo wusste aber nicht, ob das ausschließlich an dem Feiertag lag. Auch wenn sie sich zuletzt getroffen hatten, wirkte sie in sich gekehrt.

Draußen schrillten Trillerpfeifen, und die Festteilnehmer an der Spitze des Zuges drängelten umeinander herum, um Marschordnung einzunehmen. Die Parade setzte sich in Bewegung, langsam und ungeordnet zunächst, doch mit zunehmendem Verlauf immer schwungvoller und zackiger.

Hinter Jon und Niccolo holten sich lachende Partygäste, die nur gelegentlich aus dem Fenster schauten, lieber die Häppchen vom Büfett. „Die Sache hat mich hellhörig gemacht, Nick", bemerkte Jon, nachdem sie eine Weile schweigend zugeschaut hatten und ein Dudelsackcorps sowie mehrere Festwagen mit Lokalpolitikern längst verschwunden waren. „Nach dem Leichenfund haben wir die Umgebung routinemäßig abgesucht."

„Was haben Sie denn dort erwartet? Der Mörder wird ja wohl kaum ein komplettes Jahrhundert lang auf seine Festnahme gewartet haben."

„Na, bei einem Leichenfund macht es durchaus Sinn, nach weiteren Auffälligkeiten zu forschen."

Niccolo sah seinen neuen Freund an. „Und? Was gefunden?"

„Eine zerknüllte Nachricht am Boden. Von einer Megan Donaghue an einen Rowan Donaghue. Daneben einen leeren Pappkarton, der mal an einen gewissen Niccolo Andreani geliefert worden war."

Niccolo ärgerte sich, dass er den Adressaufkleber vorher nicht entfernt hatte. „Gut, dass er leer war. Das bedeutet hoffentlich, dass die Sachen angekommen sind."

„Könnten Sie mir mal verraten, was da überhaupt los ist?" fragte Jon.

„Wenn ich damit jemandem Unannehmlichkeiten bereite, lieber nicht."

„Keine Bange."

„Sie wissen, dass Rooney da unten haust."

Jon nickte.

„Wir haben ihm Proviant hingebracht. In der Nacht vor dem Leichenfund."

„Haben Sie ihn wieder gesehen?"

Niccolo zögerte. „Megan nicht, aber ich. Er tauchte wie von Geisterhand aus einer Baumgruppe auf, als ich vorüberkam."

„Hat er was gesagt?"

Niccolo beschloss, Jon einzuweihen. „Er sagte: ‚Sag denen, sie sollen nicht mehr graben!'"

„Denen? Wem? Der Baukolonne?"

„Das nehme ich an."

„Das klingt ja fast, als hätte er gewusst, dass die was finden."

„Nicht unbedingt. Vielleicht wollte er nur sein Revier verteidigen." Den Manschettenknopf sowie den Zeitungsartikel über James Simeon ließ Niccolo unerwähnt. Er vertraute Jon zwar, war aber trotzdem von Natur aus vorsichtig – ein Relikt aus Beichtstuhlzeiten.

„Haben Sie ihn noch mal gesehen?"

„Nein, obwohl ich seit dem Abend Dutzende Male dort gewesen bin. Seine Behausung macht einen verlassenen Eindruck."

„Und was halten Sie davon?"

„Meine bescheidenen Mittel reichen nicht, um das Verhalten eines Rooney Donaghue zu erklären."

„Casey hat schwer an allem zu knacken – dass er abhaute und sie alle im Stich ließ, dass er irgendwo da draußen haust und herumstreunt."

„Durchaus möglich, dass er ihr bei der vereitelten Autoentführung das Leben gerettet hat."

„Mein Glück, dass ihr beide da wart", bemerkte Jon. Niccolo entging nicht, dass sich Jons Miene noch nachträglich verfinsterte. Man sah deutlich, dem Mann war Casey alles andere als gleichgültig.

„Auch Megan hat es noch nicht verkraftet, dass ihr Vater die Familie verließ", fügte Niccolo hinzu.

„Megan braucht den richtigen Mann. Einen, der zu ihr hält."

„Da ist sie sich nicht so sicher."

Jon schmunzelte schräg. „Wir haben mehr gemeinsam, als ich ursprünglich vermutet hatte, Nick. Und selbst das war meiner Meinung nach schon eine Menge."

Obwohl es erst auf vier Uhr am Nachmittag zuging, war Megan bereits fix und fertig. „Die Nachfrage nach Sandwichs lässt etwas nach", teilte sie der versammelten Belegschaft mit, die brav Scheiben mit Corned Beef belegte und die zusammengeklappten Brote auf Tellern stapelte.

„Der Aufschnitt auch!" rief Casey laut gegen den Lärm an.

Megan drängte Peggy in eine Ecke. „Und du legst jetzt erst mal die Füße hoch. Setz dich da auf den Hocker! Bitte!"

„Jawoll, Mama!" Peggy zwinkerte breit grinsend.

„Wie mir dieser St Patrick's Day stinkt!" brummte Megan vor sich hin.

„Stimmt ja gar nicht!" Offenbar hatte Peggy ihr die Bemerkung von den Lippen abgelesen.

„Tut es wohl."

„Leg mal eine Pause ein!"

Und in der Tat: Megan merkte selbst, dass sie wahrscheinlich auf der Stelle zusammenklappen würde, wenn sie Peggys Rat nicht beherzigte – direkt vor die fliegenden Füße einer Gruppe von Stepp-Tänzern, die gerade in der Ecke vor der Band eine improvisierte Show hinlegten.

Nachdem sie die Schürze abgelegt und an einen Haken gehängt hatte, ging sie vor die Tür, um ihre Lebensgeister wieder zu wecken, damit sie wenigstens bis Mitternacht durchhielt, wenn die letzten Pints grünes Bier über den Tresen gingen. Während sie sich durch die ausgelassene Gästeschar zum Eingang drängte, musste sie allerlei Klapse auf den Rücken und Stöße mit dem Allerwertesten über sich ergehen lassen. Dabei hielt sie kurz an, um ihren Onkel Den zu umarmen und schnell Onkel Frank und Tante Deirdre in der Ecke zuzuwinken. Ihr Onkel legte gerade einen improvisierten Jig aufs Parkett, wobei Tante Deirdre sich alle Mühe gab, nicht allzu pikiert dreinzuschauen.

„Megan?"

Sie spürte, wie jemand sie beim Arm fasste, und erkannte Niccolo. Sie konnte ein plötzliches Gefühl der Erleichterung bei seinem Anblick nicht unterdrücken und klammerte sich an seine Hand wie an einen Rettungsring. „Nick! Wie lange bist du schon hier? Ich wollte gerade eine Pause einlegen und etwas verschnaufen."

„Wenn ich dir helfen soll, brauchst du es nur zu sagen. Dann mache ich mich an die Arbeit."

„Du könntest mich ja für eine Weile entführen."

„Und wohin?"

„Lass uns einen Spaziergang machen. Ich muss ja in ein paar Minuten wieder zurück sein, sonst bricht der ganze Laden zusammen."

„Warum lässt du es nicht drauf ankommen? Mal sehen, ob deine Schwestern ihn zusammenhalten können."

„Ich hole nur schnell meine Jacke."

Sie machte den Mund erst wieder auf, als sie den Rauch, den Radau und das bierselige Grölen hinter sich gelassen hatte. „Ach, ist das angenehm hier draußen. Danke!"

„Hast du denn letzte Nacht überhaupt schlafen können?"

„Kein bisschen! Ist Tradition und war immer so. Wahrscheinlich schon seit der Zeit, als Rosaleen die Kneipe eröffnete."

„Was weißt du eigentlich von dieser Rosaleen, Megan? Außer den Rezepten, meine ich."

„Nicht viel. Sie hatte rotes Haar und einen Stall voller Kinder." Die Hand an den Locken verzog sie das Gesicht. „Dem Vernehmen nach soll unsere Seite des Donaghue-Clans die Haarfarbe von ihr geerbt haben."

„Weißt du, ob sie vielleicht zum zweiten Mal verheiratet war?"

„Nein. Warum fragst du?"

„Das Tagebuch von Father McSweeney erwähnt eine Lena Tierney – in Verbindung mit einem Rowan Donaghue."

„Na, dieser Rowan Donaghue wird dann wohl unser Ahnherr sein. Aber Lena Tierney? Dass Rosaleen mal als Lena bezeichnet worden wäre, habe ich nie gehört, und dass sie einen zweiten Ehemann gehabt hätte, auch nicht."

„Es wäre ja möglich, dass beides nicht den Weg durch die Generationen überlebt hätte. Schließlich ist es über hundert Jahre her. Meine Angehörigen sprechen selbst immer noch über die Verwandten in der alten Heimat, als wohnten sie gleich nebenan, aber dabei geraten die Tatsachen schon mal durcheinander."

„Vermisst du deine Familie eigentlich nicht?"

„In ein paar Wochen fahre ich zu Besuch hin. Komm doch mit!"

Sie blieb stehen. „Soll das ein Witz sein?"

„Mitnichten!"

„Hast du mir nicht erzählt, sie hätte schwer daran zu knacken, dass du das Priesteramt aufgegeben hast?"

„Richtig."

„Meinst du nicht, das wird noch schlimmer, wenn du mit einer Dame am Arm aufkreuzt?"

„Möglich. Wenn es eine andere wäre als du."

„Ach, Nick ..."

„Wie sollten sie dich nicht mögen?"

Sie wusste nicht, was sie sagen sollte. Die Sache lief wieder auf eine Bindung hinaus, für die sie sich nicht geschaffen fühlte und die sie womöglich niemals eingehen würde. Niccolo musste die Befürchtung in ihren Augen gesehen haben, denn er lächelte und berührte ihre Wange. „Schnapsidee meinerseits. Vielleicht ein andermal."

„Ja, vielleicht ..." Doch sie bezweifelte es. „Allmählich müssen wir umkehren. Ich muss zurück."

Sie traten den Rückweg an, der stumm verlief, bis sie das Schweigen brach. „Wie läuft es mit Josh und den anderen Kids?"

Niccolo hielt an und nahm ihre Hände. Mittlerweile war die Kneipe schon wieder so nah, dass sie die durchdringend schrillen Töne einer Penny-Whistle deutlich hörten. „Josh hat Probleme mit seinem Vater, der trinkt und gewalttätig ist. Deswegen habe ich den Jungen nach einigem Hin und Her vorübergehend bei mir oben im Dachgeschoss untergebracht, bis die Lage sich klärt. Er und die ganze Gruppe haben dafür gesorgt, dass ich endlich weiß, was ich mit meinem Leben anfangen will. Eigentlich tue ich es ja die ganze Zeit schon. Nur erkannt habe ich es nicht."

„Renovierung von Altbauten?"

„Genau – aber mit Unterstützung! Das, was ich mit Josh und den anderen angefangen habe, das möchte ich ganz offiziell fortführen, ein Programm, in dem Jugendliche einige der Grundtechniken erlernen können, die sie im Leben brauchen. Nicht bloß fundamentale handwerkliche Fertigkeiten, sondern Lebenstechniken. Projektplanung und Durchführung, mit Erfolg und Misserfolg fertig werden, zuhören und Anweisungen befolgen, ein Ziel durch kleine, zumutbare Schritte erreichen." Er lächelte verlegen. „Darüber könnte ich ununterbrochen weiterfaseln!"

„Könntest du dir das denn leisten?"

„Auf eigene Kosten? Nur in ganz geringem Maß. Aber mir scheint, der Grundgedanke hat was. Den kann man ausweiten. Mehr Erwachsene, mehr Jugendliche, insbesondere Schulabbrecher oder solche, die auf der Kippe stehen, vielleicht sogar mit noch eingliederungsfähigen Obdachlosen. Father Brady hält es für eine prima Idee und hat mir angeboten, Klinken putzen zu gehen, um das Startkapital zusammenzubekommen – entweder durch die Kirchengemeinde oder auch darüber hinaus, in der Allgemeinheit. Mein Haus könnte als Hauptquartier dienen, von dem aus man operiert, zum Beispiel Personal anheuert – in kleinen Gruppen, wohlgemerkt, damit die jungen Leute auch die nötige Zuwendung erfahren."

„Dein Haus?"

Fragend legte er den Kopf schräg.

„Vorher hast du es nie als dein Haus bezeichnet – bloß als das Haus, in dem du wohnst und das du renovierst, um es anschließend zu verkaufen."

„Aber mittlerweile betrachte ich es als mein Heim. Ich verkaufe nicht." Er drückte ihre Hände, und auch wenn er nicht anbot, es könne auch ihr Heim werden, las sie das Angebot doch in seinen Augen.

Sie wusste nicht recht, wie ihr geschah. Er blieb also doch in Cleveland, hatte sich etwas Wichtiges vorgenommen. Selbst eine überzeugte Zynikerin wie sie musste einräumen, dass Niccolo ein besonderes Gespür für junge Leute besaß, dass sie auf seine Wärme reagierten sowie auf seine Fähigkeit, mit ihnen sachlich umzugehen, ohne überflüssige Ressentiments. Und sie selbst hatte ebenfalls einen Platz im Herzen für Jugendliche reserviert, die sich abmühten, ihren Lebensweg ohne die notwendige Hilfe zu gehen. Zu dieser Gruppe hatte sie ja selbst einmal gehört.

Auch für Niccolo gab es einen besonderen Platz in ihrem Herzen. Da aber fing das Problem an, wusste sie doch nur zu gut: ließ sie ihren Gefühlen freien Lauf, dann konnte sie durchaus die Dinge erreichen, von denen sie einst geträumt hatte – einen Mann, der sie liebte, der ihr Leben und ihre Lasten mit ihr teilte, auch wenn die Lage ernst wurde. Ein echtes Zuhause mit allem, was dazugehörte.

„Du bist ja so still!" Niccolo ließ ihre Hände los und richtete sich auf. „Hältst du es für keine gute Idee?"

„Doch, die Idee ist prima, Nick." Sie ging auf den Saloon zu. „Sie lag dir quasi vor der Nase, nicht wahr? Ich bin sicher, dass du sie erfolgreich verwirklichst. Du bist der richtige Mann dafür."

„Ich dachte, du würdest dich freuen, dass ich nicht fortziehe."

„Das tue ich doch auch."

Er blieb lange genug stumm, dass sie merkte, wie er mit seinen Gefühlen rang. „Ich hätte es dir wohl heute besser nicht gesagt. Schlechtes Timing. Du bist erschöpft. Tut mir Leid."

„Also, ich weiß nicht, welche Antwort du von mir erwartet hast – selbst wenn ich vorher zehn Stunden geschlafen hätte. Aber wie sie auch ausfallen würde: ich bin noch nicht so weit. Das alles geht mir zu schnell."

Seine Stimme nahm spürbar an Schärfe zu. „Megan, ich habe dir keinen Heiratsantrag gemacht, sondern bloß erwähnt, dass ich in Cleveland bleibe. Falls dir das zu schnell geht, halte ich mich künftig noch mehr zurück. Wie hättest du es denn gern? Nach einer Skala? Vom vollständigen Verschwinden bis zur goldenen Hochzeit? Nur zu!"

Er war ein Mann, der nicht schnell heftig wurde. Nun aber war der Zorn in seiner Stimme nicht zu überhören. Konnte sie es ihm verdenken, nachdem sie so unergründlich reagiert hatte? Sie wusste um ihr Verhalten, konnte es aber nicht ändern. Bei ihrem Tempo blieb für Nettigkeiten keine Zeit.

Erst kurz vor der Eingangstür zum Saloon hielt sie an. „Jetzt muss ich erst wieder an die Arbeit. Verzeih mir, dass ich mich deiner Ansicht nach nicht begeistert genug angehört habe. Ich bin aber wirklich froh, dass du bleibst, und ich freue mich auch, dass du nun weißt, wie du deine vielen Talente einsetzen kannst."

Er nickte gleichmütig. „Dann noch einen schönen St Patrick's Day. Hoffentlich wird er noch gut für dich."

„Kommst du denn nicht mit rein? Ich habe extra für dich eine Portion Rindfleisch mit Weißkohl reserviert. In einer halben Stunde wird serviert."

„Lieber nicht." Er wandte sich um und ging den Bürgersteig hinunter.

Sie sah ihm nach, wobei ihr auffiel, dass er wieder zu Fuß gekommen war, wie vorher schon, an einem kalten Januarabend, wenn jeder vernünftige Mensch lieber zu Hause blieb. Ganz bewusst hatte er sich in eine Autoentführung gemischt, bei der andere sich schleunigst aus dem Staub gemacht hätten. Durchaus möglich, dass er durch seinen Einsatz Leben gerettet hatte.

Niccolo Andreani – ehemaliger Priester und ein ganz besonderer Mensch.

Er bog um die Ecke und war in der Dunkelheit verschwunden.

Zum ersten Mal seit Menschengedenken kam ihr der Whiskey Island Saloon nicht wie eine Zuflucht vor, sondern wie ein Gefängnis.

Niccolo hatte geahnt, dass die Gefühle, die Megan für ihn hegte, alles andere als klar waren. Sie stellte zwei Persönlichkeiten dar: zum einen die Frau, die sich nach Liebe sehnte und selbst so viel Liebe zu geben hatte, zum anderen die, die nie wieder ein gebrochenes Herz und den Schmerz einer gescheiterten Beziehung erleben wollte.

Er hätte sich einreden können, dass sie zu alt sei, um sich noch von Kindheitserfahrungen das Leben diktieren zu lassen. Allerdings hütete er sich, daran zu glauben, dass dies der einzige Grund war. Jeder Mensch musste Frieden und Verständnis auf seine ureigenste Weise finden. Megan hatte schwere Lasten zu tragen gehabt. Mehr wollte sie sich einfach nicht zumuten – und Liebe zählte für sie zu den Bürden.

Je näher er seiner Häuserzeile kam, desto klarer wurde sein Kopf. Er hatte Erwartungen an eine Frau gestellt, die ihm deutlich zu verstehen gegeben hatte, dass er nichts erwarten durfte. Wieder hatte er Gott gespielt – eine schlechte Angewohnheit. Er hatte geglaubt, er wüsste über Megans Empfindungen besser Bescheid als sie selbst. Nun war es an der Zeit, ihr endlich das abzunehmen, was sie sagte, und nicht länger darauf zu hoffen, dass sie Vernunft annehmen würde. Zumindest nicht, wenn Vernunft nichts anderes hieß als Unterwerfung.

Vor dem Haus der Nachbarin gleich gegenüber blieb er kurz stehen. Eigentlich sollten diese Woche die Papiere unterzeichnet werden, mit denen das Haus in seinen Besitz überging. Am liebsten hätte er auf der Stelle Brecheisen und Vorschlaghammer geholt und wäre damit drinnen auf die Wände losgegangen oder hätte draußen auf der Veranda Brett für Brett wieder losgerissen.

Er hätte heulen können.

Er schloss die Eingangstür zu seinem Haus auf und trat ein. Von der Rückseite her drangen Stimmen an sein Ohr – offenbar aus der Küche. Als er den Geräuschen nachging stieß er auf Josh, der leichenblass an der Küchenspüle stand. Am Tisch hockte ein ungepflegt wirkender Fremder und tat sich an einer Schale Müsli gütlich – Rowan Donaghue, wie immer in Lagen von Lumpen gehüllt, wenn auch diesmal in nicht ganz so vielen, denn das Wetter war milder geworden.

Josh fiel offenbar ein ganzer Felsbrocken vom Herzen, als er Niccolo sah. Die Erleichterung stand ihm ins Gesicht geschrieben. „Nick“, sagte er mit gesenkter Stimme, „der Typ ist hier gerade erst aufgetaucht. Er hatte einen Zettel dabei, auf dem stand, dass er Sie jederzeit aufsuchen kann. War doch okay, dass ich ihn reingelassen habe, oder?“

„Du hast dich völlig richtig verhalten.“

„Brauchen Sie mich noch?“

„Nein. Hast du noch was vor?“

„Ich muss ein Buch aus der Bibliothek holen. Bin gleich zurück.“

Ob er die sofortige Rückkehr des Jungen für günstig halten sollte, wusste Niccolo nicht recht. Durchaus möglich, dass Rooney plötzlich die Flucht ergriff, wenn er merkte, er war einer gegen zwei. Nick fischte sein Portemonnaie aus der Hosentasche, entnahm ihm einen Fünfdollarschein und reichte ihn Josh. „Wahrscheinlich essen wir erst spät zu Abend. Kauf dir zwischendurch was gegen den kleinen Hunger. Und lass dir ruhig Zeit.“

Der ungewöhnliche Gast leerte indessen seine Müslischale und wandte sich anschließend einem großen Glas Orangensaft zu. Nick setzte sich zu ihm an den Tisch. „Was dagegen?“ fragte er dabei.

Rooney musterte ihn aus wässerigen Augen und widmete sich wieder seinem Getränk.

„Freut mich, dass Sie hergefunden haben“, fuhr Niccolo fort. „Ich hatte darauf gehofft.“

„Ein Mann ist immer unterwegs.“

Niccolo nickte. „Auch dorthin, wo man etwas zu essen kriegt?“

„Essen gibt es jede Menge, wenn ein Mann weiß, wo er suchen muss.“

„Am Whiskey Island Saloon vielleicht? Suchen Sie manchmal auch dort?“

Rooney nippte ungerührt an seinem Saft und starrte geradeaus an die Wand.

„Ihre Töchter machen sich Sorgen um Sie“, sagte Niccolo schließlich.

Rooney schaute ihn nachdenklich an, was Niccolo Gelegenheit zu einer genaueren Betrachtung verschaffte. Dunkle Bartstoppeln sprossen auf Rooneys Kinn; das magere Gesicht war faltig und verschmutzt, aber dennoch hatte der Mann wenigstens den Versuch unternommen, etwas ordentlicher zu erscheinen. Das lange graue Haar war nach hinten gekämmt und mit einem einfachen Gummiband zusammengehalten, das Hemd akkurat zugeknöpft, der schmuddelige Kragen sorgsam nach unten geknickt. Wenn er beim Sprechen den Mund öffnete, sah man, dass die Zähne einigermaßen gepflegt waren. Jedoch nach dem strengen Geruch zu urteilen, der seinen diversen Kleidungsstücken entströmte, hatten sowohl er als auch seine Garderobe schon eine ganze Weile kein Waschwasser gesehen.

„Da beobachte ich schon beinahe so lange, wie du auf der Welt bist!“

Was meinte er mit „da“? Die Kneipe? Die Baustelle auf Whiskey Island? Niccolo wusste sich keinen Rat. Er versuchte es mit Vermutungen. „Er hat mal Ihnen gehört, nicht wahr? Der Saloon. Der war Ihrer.“

„Kleine Mädchen hatte ich. Sind jetzt weg, allesamt.“

„Wenn Sie Megan, Casey und Peggy meinen – die sind alle noch da, nur eben inzwischen erwachsene Frauen. Sie wollen Sie wiedersehen.“

„Sterne haben sie mitgenommen." Er seufzte. „Ich habe nicht aufgepasst."

Niccolo war verwirrt. Wie hätte es auch anders sein können? Zweifellos besaß Rooneys innere Welt eine ganz eigentümliche Logik, die einem Außenstehenden verborgen blieb. In sie führte kein Weg hinein, es sei denn, man probierte verschiedene Möglichkeiten aus.

„Inwiefern nicht aufgepasst?" Niccolo hakte nach. „Sie mochten Sie doch gern und lieben Sie nach wie vor. Was will man als Vater noch mehr?"

„Sterne passen auf wie ein Luchs. Einmal hab ich nicht hingeguckt, und das haben sie sofort mitgekriegt." Er beugte sich vor. „Hast du auch schon mal weggeguckt?"

Was man am besten sagen sollte, um Rooney zum Weiterreden zu veranlassen, wusste Niccolo nicht. „Macht wohl jeder mal."

„Hab nicht aufgepasst! Vorsicht, dass du nicht dasselbe machst!"

Guter Rat von einem Verrückten, und doch wurde es Niccolo warm ums Herz: Trotz all seiner eigenen Probleme waren Rooney andere offenbar nicht gleichgültig. „Auf was sollte ich denn achten?"

„Auf Sterne. Stimmen. Geräusche aus der Vergangenheit. Hörst du sie?"

Das fragte Niccolo sich in der Tat selbst. Schließlich vernahm jeder zuweilen die Stimmen von Menschen, die im Leben wichtig gewesen waren. Keine konkreten Laute, aber Erinnerungen, im Gedächtnis haften gebliebene Bruchstücke von Unterhaltungen, Ratschläge, die man in den Wind geschlagen hatte. Wie anders mochten die Stimmen sein, von denen Rooney sprach?

Er versuchte, seine Gedanken in Worte zu fassen. „Ich erinnere mich an Dinge, die man mir mal gesagt hat. Das geht jedem so. In gewisser Hinsicht ist das wie eine Stimme."

„Du hörst zu. Ich hab es nicht getan."

„Ich glaube nicht, dass man hinhören muss, wenn die Stimmen einem etwas auftragen, was man lieber nicht tun möchte."

„Da hat man keine Wahl.“

„Überhaupt keine?“

Rooney trank das Glas leer und stellte es auf den Tisch. „Ist sowieso vorbei. Erledigt. Die Sterne wissen es.“

„Sind sie böse?“

Rooney schob seinen Stuhl zurück. „Wird die Zeit erweisen.“

„Megan möchte Sie dringend treffen, Rooney! Können Sie eine Weile hier bleiben? Darf ich sie anrufen, damit sie kommt und sich mit Ihnen unterhält? Danach brauchen Sie nicht mehr zu bleiben. Aber sie muss unbedingt erfahren, dass es Ihnen gut geht.“

„Megan war wie ihre Mutter, sogar noch stärker. Casey war wie ich. Tat nie, was man ihr sagte.“ Der Anflug eines Lächelns erschien auf seinem Gesicht.

Der nagende Zweifel, ob es sich bei diesem Mann tatsächlich um Rooney Donaghue handelte, bestand nun nicht mehr. „Casey könnte auch kommen“, bot Niccolo an.

Rooney gab keine Antwort, sondern legte einfach den Kopf auf den Unterarm, als wolle er schlafen.

Das Küchentelefon, ein von den früheren Hauseigentümern hinterlassenes Uralt-Gerät, war nicht angeschlossen. Wollte er Megan anrufen, dann ging das allein vom Wohnbereich aus.

Um Rooney nicht aus seiner Träumerei aufzuwecken, stand er leise auf und verließ den Raum, allerdings mit einem unguten Gefühl. Im Wohnzimmer angekommen, zog er die Tür hinter sich zu, damit sein Besucher das Gespräch nicht mithören konnte.

Wie erwartet war im Saloon die Feier anlässlich des St Patrick Day noch in vollem Gange, und die Person, die den Hörer abnahm, hatte ihre liebe Mühe, Niccolo bei dem Radau überhaupt zu verstehen.

„Ich muss Megan sprechen. Würden Sie sie bitte ans Telefon holen? Sagen Sie ihr, Niccolo sei am Apparat!“ Er wiederholte sein Sprüchlein mehrmals und hoffte, dass der Gesprächsteilnehmer am anderen Ende mindestens eine seiner Aufforderungen verstanden hatte.

Durch den Hörer vernahm er serienweise laute, krachende Geräusche als habe jemand das Telefon fallen gelassen oder als donnere der Hörer immer wieder baumelnd gegen die Wand. Die Band, hörte er, spielte immer noch, genau wie vor einer Stunde. Inzwischen wurde wahrscheinlich das Hauptgericht des Tages serviert. Die von Megan extra für ihn reservierte Portion bekam dann wohl ein anderer.

„Hallo?“

Er fuhr hoch, den Hörer fest ans Ohr gepresst. „Megan, bist du das?“

„Megan lässt bestellen, sie kann nicht ans Telefon kommen.“

„Menschenskinder, sagen Sie ihr, ich muss unbedingt mit ihr sprechen! Es ist wichtig! Sagen Sie ihr, Niccolo ruft an!“

„Augenblick!“

Er überlegte, ob er schnell zwischendurch nach Rooney sehen sollte, ging aber davon aus, dass womöglich genau in der Zeit Megan an den Apparat kommen könnte. Hätte er ein schnurloses Gerät gehabt, dann wäre beides möglich gewesen. Er ärgerte sich über sich selbst, dass er das einzige schnurlose Telefon im Obergeschoss gelassen hatte.

„Hallo?“

„Megan?“

„Megan lässt sagen, Sie sollen es später noch mal versuchen. Nach zehn!“

Niccolo verstand die Welt nicht mehr. Dachte Megan etwa, er wolle sich telefonisch bei ihr entschuldigen oder ihr mitteilen, dass er sie nicht länger behelligen wolle? Glaubte sie etwa allen Ernstes, dass er sie ausgerechnet am umsatzkräftigsten Tag des Jahres, zur Hauptgeschäftszeit quasi, stören würde, nur um über ihre Beziehung zu quatschen? „Sagen Sie ihr …“

Die Leitung war tot. Der unbekannte Gesprächspartner am anderen Ende hatte offensichtlich keine Lust mehr, als Botenjunge zu fungieren.

Einen Moment blieb Niccolo regungslos sitzen, drauf und dran, nochmals anzurufen. Das Haus war still. Dann unterbrach etwas diese Stille – ein leises Klicken.

Eine Tür fiel ins Schloß.

Niccolo fuhr hoch, riss die Wohnzimmertür auf und eilte über den Flur zur Küche.

Sie war leer, und Rooney Donaghue wieder verschwunden.

33. KAPITEL

Eine geschlagene Stunde lang suchte Niccolo mit dem Wagen die Umgebung nach Rooney ab, doch vergebens. Sich praktisch in nichts aufzulösen, das gehörte zu Rooneys Spezialitäten – eine der Techniken, die ihm wahrscheinlich das Überleben ermöglicht hatten. Ein Obdachloser ersparte sich schlimme Scherereien, wenn er möglichst ungesehen blieb. Viele andere, die auf der Straße lebten, machten sich allein dadurch, dass sie leicht aufzufinden waren, zur Zielscheibe von Gewalt.

Als er wieder vor seinem Haus hielt, lagen die Straßen im Dunkeln. Von einem Abstecher zum Saloon hatte er abgesehen. Er wusste, dass Megan erschöpft war. Außerdem war er selbst hundemüde.

Kurz vor Mitternacht allerdings, nach einem späten Abendessen mit Josh, wurde er bereits wankelmütig und überdachte seine Entscheidung. Sicher, es war niemandem gedient, wenn Megan noch an diesem Abend vom Besuch ihres Vaters erfuhr. Das hatte im Grunde Zeit bis zum nächsten Tag, wenn er seine Gefühle besser im Griff hatte und sie sicher ausgeruhter war. Die Chancen, dass Bemerkungen vermieden wurden, die man später bereute, waren sicher besser.

Trotzdem: Megan war nicht die Einzige, die sich über ihre Gefühle nicht im Klaren war. Nick zog seinen Mantel über und griff nach den Autoschlüsseln.

Bei seiner Ankunft am Saloon war der Parkplatz nahezu leer. Caseys Wagen war noch in der Werkstatt, und der von Megan war verschwunden. Allerdings brachte sie oft nachts die Tageseinnahmen noch zur Bank. Wahrscheinlich hatte sie den Umsatz gerade heute nicht dem Einfach-Safe ihrer Kneipe anvertrauen wollen. Nick konnte nur hoffen, dass sie einen ihrer kräftigen Cousins als Verstärkung mitgenommen hatte.

Er stellte seinen Wagen gleich vorn auf den Parkplatz und drückte die Klinke der Eingangstür, die aber bereits abgeschlossen war. Wegen der abgedunkelten Beleuchtung im Kneipeninneren konnte er nicht sehen, ob noch jemand zu erreichen war. Deshalb beschloss er, sein Glück am Kücheneingang zu versuchen. Auch wenn der Hintereingang ebenfalls schon verriegelt war, würde ihm dort irgendjemand öffnen.

Die Tür war allerdings offen. Vom Schankraum her war es überraschend still. Eigentlich war Nick davon ausgegangen, dass es an einem Abend wie diesem Gäste und Bedienungspersonal mit der Sperrstunde nicht so genau nähmen. Offenbar hatte der Tag aber jeden derart ermüdet, dass man beizeiten Feierabend gemacht hatte. Vielleicht hatte Megan auch mit dem ihr eigenen Nachdruck die hartgesottensten Nachteulen gnadenlos vor die Tür gesetzt. Nicks Uhr zeigte erst zehn nach zwölf.

Obwohl noch nicht wirklich blitzblank, war die Küche angesichts der Tagesereignisse schon mehr als aufgeräumt. Niccolo stand gerade mitten im Raum, als er Stimmen hörte, die von der Bar zu kommen schienen. Etwas ließ ihn innehalten und aufhorchen, möglicherweise die Erregung in der Sprache der Frau, vielleicht aber auch das Gefühl, dass ihre Worte offenbar auf taube Ohren stießen.

„Weder weiß ich, wer Sie sind, noch habe ich einen Schimmer, für wen Sie mich halten. Aber bei mir sind Sie an der falschen Adresse. Ich habe Ihre Tochter nicht!"

Ein Mann antwortete, jedoch so leise, dass Niccolo angestrengt die Ohren spitzen musste, um die Worte zu verstehen. „Mich führen Sie nicht hinters Licht, Schätzchen", sagte die Stimme mit einem geschmeidigen Akzent, in dem der Magnolienduft zahlloser Mondnächte schwang. „Ich weiß, dass Alice Lee bei Ihnen ist. Ich habe sie ja selber gesehen. Sie haben meine Kleine, und die werde ich jetzt nach Hause holen, wo sie hingehört."

„Ich beaufsichtige nur ein kleines Mädchen, bis die Mutter sich an ihrem neuen Wohnort eingerichtet hat. Vielleicht sieht das Kind aus wie ..."

„Ich kenne meine Tochter, Miss Donaghue. Sie haben meine Alice Lee. Sie dürfen ein Kind nicht so ohne weiteres dem Vater vorenthalten. Ich liebe mein Töchterchen, und die Kleine liebt mich auch."

Niccolo ging weiter, blieb aber angesichts der Szene, die er sich ihm durch die kleine Durchreiche bot, wie angewurzelt stehen. Der Mann, wer immer er auch sein mochte, hielt eine Waffe auf Casey gerichtet, die hinter der Theke stand. Außer den beiden befand sich kein Mensch im Schankraum. Niccolo hütete sich wohlweislich, dieses Kräfteverhältnis durcheinander zu bringen. Anders als bei der Autoentführung ahnte er instinktiv, dass sein etwaiges Erscheinen die Lage nur verschlimmern würde.

Casey lehnte sich trotzig über den Tresen. „Wissen Sie, was ich über Sie gehört habe, Bobby Rayburn? Klar lieben Sie Ihre Tochter, und zwar so sehr, dass Sie die Pfoten nicht von ihr lassen können. Abartig nenne ich so was. Eher fallen Ostern und Weihnachten auf einen Tag, als dass ich die Kleine herausrücke."

Niccolo hielt den Atem an. Die Situation war sonnenklar und sogar noch gefährlicher, als er befürchtet hatte, denn Casey dachte offenbar nicht im Traum daran, dem Mann nachzugeben, geschweige denn ihm die Kleine zu überlassen. Mittlerweile kannte Niccolo Casey gut genug. Eins konnte er mit Gewissheit sagen: auch wenn sie nach außen hin gelegentlich wie ein Party-Girl auftrat, war sie im Kern doch knallhart.

„Was ich mit meiner Kleinen tue oder lasse, geht keinen was an, du blöde Kuh! Denk bloß nicht, du hättest da mitzureden. Zwischen Alice Lee und mir besteht eine ganz besondere Bindung. Das kapiert ihr doch gar nicht, du oder das Miststück, das ich mal geheiratet habe! Die Mutter von Alice, die glaubt wohl, sie könne ihre Gedanken lesen. Dabei hat sie keinen blassen Schimmer von dem, was die Kleine empfindet. Das weiß nur ich."

„Ich glaube, ich persönlich habe da eine verdammt genaue Vorstellung", konterte Casey. „Das Kind hat Todesangst vor dir. Alice weiß genau, dass du was Unrechtes mit ihr getrieben hast. Das wird auch durch alles Geld der Welt nicht besser."

„Ich liebe sie! Ich habe der Kleinen nie etwas zuleide getan. Ich habe ihr immer nur meine Liebe bewiesen."

„Zum Kotzen finde ich das."

Am liebsten wäre Niccolo jetzt eingeschritten, um Casey zur

Vorsicht, besser noch zum Schweigen zu mahnen. Doch ihm waren die Hände gebunden. Entsetzt musste er zusehen, wie sie sich noch weiter zu dem Bewaffneten vorbeugte, unüberhörbar aufgebracht und viel zu erbost, um sich zu fürchten.

„Willst du mich abknallen, Bobby Rayburn? Nur zu! Tu dir keinen Zwang an! Meine Schwestern brauchen nur den Knall zu hören, schon stehen die Bullen auf der Matte, und dann erfährt alle Welt, was für ein Schwein du wirklich bist. Dann wird deine Exfrau aus dem Knast entlassen und kriegt das Sorgerecht für Alice Lee, vielleicht sogar eine Auszeichnung, weil sie das Kind vor dir gerettet hat. Und du wanderst hinter Gitter – eigentlich noch zu schade für einen Perversen wie dich, wenn du mich fragst. Aber nach allem, was man so hört, sollen ja die Knackis auf ihre ganz besondere Weise mit deinesgleichen verfahren. Kinderschänder kommen im Knast nicht weit."

Rayburn schob sich näher an den Tresen heran, stämmig, mit dichtem Kraushaar und einem offenen, jungenhaften, jetzt allerdings wutverzerrten Gesicht. „Ich habe sie nicht belästigt! Sie hat das gern gehabt, wie ich sie angefasst habe. Sie wollte, dass ich …"

„Hör auf, du Dreckschwein! Ich verzichte auf die Details. Mein Gott, du bist ja so krank, dass es einen ekelt."

„Her mit dem Schlüssel! Sonst knalle ich dich auf der Stelle ab!" Er fuchtelte Casey mit der Waffe vor dem Gesicht herum. „Traust du mir wohl nicht zu, was?"

„Ich glaube, du willst deine Tochter, und wenn du mich umlegst, kriegst du sie nicht. Ich sag dir mal, was du jetzt tust, Bobby: Mach, dass du Land gewinnst! Und dann sollen die Gerichte des Staates Ohio entscheiden, was aus deinem Mädchen wird. Erzähl denen das, was du mir eben gesagt hast. Die erledigen dann den Rest."

„Hätte ich die Polizei dabeihaben wollen, dann hätte ich dich längst angezeigt."

„Du willst die Polizei nicht, denn die könnte ja mal bei diesem Fall genauer hinsehen, ehe sie dir das Kind überlässt. Und einer strikteren Überprüfung hält der Fall nicht stand."

„Ich hole sie jetzt und haue mit ihr ab. Ich habe dich beobachtet und auf den richtigen Moment gewartet."

„Du warst das, der mir die Reifen zerstochen hat, stimmt's?"

„Damit du das Kind nirgendwohin bringen kannst."

„Wenn du Bammel vor der Polizei hast, muss das doch einen Grund haben. Was ist? Bricht dein Lügengebäude zusammen? In Cleveland hast du wohl nichts zu melden, wie? Aber vielleicht habe ich ja genügend Beziehungen, um dir gehörig Knüppel zwischen die Beine zu werfen, falls du die Kleine zurück nach Florida bringen willst."

„Also eins muss man dir lassen, Schätzchen: Dafür, dass ich dir eine Kanone unter die Nase halte, reißt du ganz schön das Maul auf."

„Von mir aus können wir die ganze Nacht palavern. Aber die Tür oben, die mache ich trotzdem nicht auf." Offenbar rang Casey mit sich und gab sich alle erdenkliche Mühe, ihr Temperament zu bändigen. „Pass auf", sagte sie, die Stimme gesenkt, „wir haben hier eine Pattsituation. Du holst deine Anwälte, und ich hole meine. Sollen die das doch ausdiskutieren."

„Hältst du mich für bescheuert?" Es kam wie aus der Pistole geschossen, als hielte er die Frage für rein rhetorisch. „Und du gibst derweil Fersengeld und zerrst meine Kleine auch noch obendrein mit."

„Nein, das Weglaufen muss endlich ein Ende haben. Ich bleibe an Ort und Stelle, und wir lassen die Gerichte entscheiden."

„Die haben schon entschieden und mir die Kleine zugesprochen." Auf den Tresen gestützt, ging er mit der Waffe in Anschlag und zielte auf Caseys Brust.

„Wenn du mich erschießt und irgendwie mit Alice Lee davonkommst – meinst du nicht, die Cops können sich denken, was hier abgelaufen ist? Willst du etwa wegen Mordes eingelocht werden?"

Nach Niccolos Dafürhalten war es kein gutes Zeichen, dass Rayburn sich diese Frage offenbar durch den Kopf gehen ließ, denn er beugte sich noch weiter vor, als wolle er ein an sich schon perfektes Ziel noch verbessern. Niccolo wusste, nun blieb keine Wahl – er musste handeln.

Wie im typischen Fernsehkrimi-Klischee stieß er die Schwingtüren auf und trat in den Schankraum. „Waffe runter, Rayburn!"

Rayburn fuhr herum, die Hüfte gegen die Theke gepresst, die Waffe am ausgestreckten Arm – die genaue Fortsetzung des Krimi-Schemas. Ohne langes Zaudern langte Casey über den Tresen und griff nach dem Revolver, wodurch Rayburn, der sich wieder in Caseys Richtung umdrehen musste, aus dem Konzept geriet. Beide rangelten um die Waffe, während Niccolo vorpreschte, um Casey beizustehen.

Plötzlich fiel ein Schuss.

Einen Moment lang war Niccolo überzeugt, dass Casey getroffen worden war, denn sie wurde rückwärts gegen die Regale geschleudert. Dann aber rutschte Rayburn vor seinen Augen langsam zu Boden.

„Den hat es erwischt ..." Niccolo stürzte zu dem auf dem Fußboden zusammengesackten Mann und kniete sich neben ihn. Aus einer Brustwunde spritzte stoßweise Blut. „Verständigen Sie den Notarzt!"

„Casey, ich ..." Megan kam durch die Schwingtüren zwischen Küche und Bar geeilt. „Was ist passiert? Ach, du lieber Himmel!"

„Ruf den Notdienst, Megan!" schrie Niccolo, der sah, dass Casey noch immer Rayburns Waffe in der Hand hielt, als sei sie dort festgefroren. „Legen Sie den Revolver hin, Casey! Einfach auf die Theke, ganz vorsichtig."

„Ich hab ihn erschossen." Casey wirkte total verstört, als könne sie die Möglichkeit an sich überhaupt nicht begreifen.

„Waffe hinlegen! Sofort!" Niccolo streifte sein Sweatshirt ab und drückte es zusammengefaltet auf Rayburns Brustwunde. Er hörte Megan mit jemandem sprechen, vermutlich mit dem zuständigen Einsatzleiter für die Rettungswagen, und sah mit einem Blick zur Theke, dass Casey endlich die Schusswaffe auf dem Tresen gelegt hatte.

„Umgenietet hab ich das Schwein.“ Sie zögerte. „Ist er tot?“

Niccolo war nicht sicher, welche Antwort sie sich erhoffte. „Nein. Jedenfalls noch nicht.“

„Das ist Ashleys Vater.“

„Ich habe alles mitgehört.“

„Auch dass …“

„ … er sie missbraucht hat? Ja. Was ich mitgekriegt habe, reicht für eine Aussage.“

„Dass wir uns immer unter solchen Umständen treffen müssen, Nick … Das muss aufhören.“ Sie tat zunächst bemüht humorvoll, brach dann aber in ersticktes Schluchzen aus. „Jetzt komme ich ins Gefängnis …“

„Es war seine Waffe. Er hat Sie damit bedroht. Also eindeutig Notwehr.“

„Aber auch Kidnapping …“

Niccolo schaute auf. Rayburn war zwar nach wie vor ohne Bewusstsein, atmete aber, und die Blutung schien nicht so stark wie befürchtet. „Kidnapping?“

„Man wird behaupten, ich hätte Ashley entführt!“

In diesem Augenblick kam Megan zurück. „Rettungswagen ist unterwegs. Verstehst du was von erster Hilfe, Nick? Der Typ von der Einsatzzentrale ist am Telefon, falls du Anweisungen brauchst. Ich habe zwar mal einen Kurs absolviert, aber das ist lange her!“

„Er atmet, und sein Puls geht relativ stabil. Im Augenblick können wir sowieso nur die Blutung stillen. Aber sorg dafür, dass die Rettungszentrale am Apparat bleibt – für alle Fälle!“

„Megan …“

Megan, die sich neben Niccolo gehockt hatte, wandte sich zu ihrer Schwester. „Was ist? Bist du verletzt?“

„Sobald das Telefon frei ist – tust du mir einen Gefallen?“

„Jeden“, erwiderte Megan.

„Rufst du bitte Jon an?“

Casey befand sich allein in einem Raum, von dem sie vermutete, dass es das Vernehmungszimmer sei. Die Wände waren grau, vor ihr stand ein zerbeulter Tisch aus Stahlblech. Wie er die vielen Beulen bekommen hatte, darüber wollte sie lieber nicht nachdenken.

„Happy St Patrick's Day", murmelte sie vor sich hin.

Die Tür ging auf, und Jon Kovats trat ein. Noch nie war sie über das Erscheinen eines Menschen so froh gewesen – in ihrem ganzen Leben noch nicht. Zum zweiten Mal in dieser Nacht brach sie in Tränen aus.

„Case ..." Jon zog einen Stuhl heran, setzte sich neben sie und nahm ihre Hand. „Das ist vielleicht eine Nacht, was?"

„Sag mir nur eins: Ist er tot?"

„Welche Antwort wäre dir denn am liebsten?"

„Ein Nein." Mit tränenüberströmtem Gesicht sah sie ihn an. „Glaube ich wenigstens."

„Er ist nicht tot. Er kommt durch, es sei denn, jemand anderes hilft ein wenig nach. Einige von den Polizisten, die Niccolos Aussage im Saloon aufgenommen haben, würden den Kerl ganz gern mal zwischen die Finger bekommen. Ich glaube aber, im Krankenhaus ist er einigermaßen sicher."

„Diese verdammten Waffen! Ich möchte auf keinen Fall so einen Revolver haben wollen, selbst wenn mein Leben davon abhinge ..."

„Das hat es übrigens heute Nacht tatsächlich."

„Nein, das stimmt nicht. Megan bewahrt immer einen Revolver in der Schublade unter der Kasse auf. Doch selbst wenn ich an den herangekommen wäre, hätte ich ihn nicht genommen. Als ich dann aber gesehen habe, wie der Kerl auf Niccolo zielte ..."

„... da hast du abgedrückt."

„Ach was! Ich wollte ihm bloß die Waffe entreißen, und dabei ist sie mir in der Hand losgegangen."

„Komisch. Das sagen die Leute in solchen Situationen häufig."

„Diesmal stimmt es aber! Ich wusste nicht mal, dass ich abgedrückt hatte, bis ich merkte, dass ich den Revolver in der Hand hielt. Es ging alles so schnell."

„Hättest du denn auf ihn geschossen, wenn du die Gelegenheit und nur Sekunden zum Überlegen gehabt hättest? Wenn dir klar gewesen wäre, dass du ihn nur so daran hindern konntest, Ashley mitzunehmen?“

Sie massierte sich mit den Fingerspitzen die Wangen und wischte die Tränen fort. „Was wird das jetzt – eine Quiz-Show?“

„Beantworte einfach meine Frage.“

Sie überlegte. „Nein. Ich hasse den Dreckskerl zwar, aber er ist ein Mensch, kein Tier. Er ist krank.“

„Gute Antwort. Merk sie dir für den Fall, dass deine Aussage zu Protokoll genommen wird. Es war ein Unfall, ein Versehen.“

„Ich lüge nicht, Jon!“

„Das Übrige wird nicht so einfach sein.“

„Ich weiß. Ich habe mit einer Anklage wegen Entführung zu rechnen, nicht wahr?“

„Das auf keinen Fall. Vielleicht hängt man dir eine kleinere Sache an, aber ich werde mein Möglichstes tun, um meine Dienststelle eines Besseren zu belehren. Wenn wir dich unter Anklage stellen, kommt das in der Öffentlichkeit katastrophal an. Die Tatsache, dass Rayburn dich mit einer Schusswaffe bedrohte, dass Niccolo Ohrenzeuge war, wie der Kerl zugab, was er seiner Tochter angetan hat ... Hinzu kommt, dass ein Privatdetektiv in Florida die ehemalige Babysitterin ausfindig gemacht hat. Sie ist bereit, gegen Rayburn auszusagen....“

„Was? Wie hast du das herausbekommen?“

„Ich bin dem Detektiv erst heute Nachmittag auf die Spur gekommen. Er war von einer örtlichen Gruppe der ‚Vereinigung betroffener Mütter‘ engagiert worden und saß dem Kindermädchen bereits seit einem Monat auf den Fersen.“

„Das muss dieselbe Frauengruppe sein, die mir die Kleine anvertraut hat.“

Er zuckte die Achseln, wie um auszudrücken, dass dies bereits mehr war, als er eigentlich hatte wissen wollen. „Die Babysitterin verschwand zusammen mit ihren Eltern etwa zu der Zeit, als das Sorgerechtsverfahren für Alice Lee anhängig war. Offenbar waren die Eltern unerwartet zu Geld gekommen und einfach eines späten Abends aus der Stadt weggezogen, die Tochter natürlich mit. Ist aber ein anständiges Mädchen und jetzt, da man es gefunden hat, ist es bereit auszusagen, was es weiß. Das ist eine ganze Menge, weil es sich häufig bei den Rayburns aufhielt. Es wird uns sicher nicht schwer fallen, den plötzlichen Reichtum der Eltern auf Rayburn zurückzuführen."

„Dann ist die Sache also vorbei? Man wird Dana aus der Haft entlassen und ihr Alice zurückgeben?"

„Danach sieht es wohl aus."

Casey konnte die Tränen nicht zurückhalten. „Dann mag mit mir passieren, was will – für die Sicherheit der Kleinen bin ich bereit, jeden Preis zu zahlen."

„Case, du musstest dich wirklich nicht aufopfern, um dir Wiedergutmachung zu erkaufen. Das weißt du doch, oder? Am Tod des kleinen Jungen trägst du keine Schuld."

„Ich hatte auch nie vor, mich aufzuopfern. Mir ging es darum, einem kleinen Mädchen beizustehen. Wenn man mich nun ins Gefängnis steckt, werde ich nicht gerade Hurra schreien, aber zumindest weiß ich, dass die Kleine in Sicherheit ist."

„Ich werde alle Hebel in Bewegung setzen, um das Gefängnis zu verhindern. Unter einer Bedingung."

Sie straffte die Schultern und faltete die Hände vor sich auf dem Tisch. „Und die wäre?"

„Dass du zu mir ziehst, wenn das alles hinter uns liegt. Ich halte es für ratsam, dich eine Weile nicht aus den Augen zu lassen. Und außerdem brauchst du mich, wie dir wohl selber klar ist, oder? Ich behaupte ja nicht, dass du in diesem Fall eine schlechte Entscheidung getroffen hast, aber ich bin schon der Meinung, du könntest einen Gesprächspartner gebrauchen, falls dich wieder der Drang überkommen sollte, einem Kind zu helfen – unter der Hand, sozusagen."

„Ich bin mit dem Ausgang mehr als zufrieden. Auch ohne deine Hilfe."

„Und wenn du dann zu mir ziehst, weil du dorthin gehörst? Weil das der richtige Platz für dich ist?"

„Weil ich dich liebe, meinst du?"

„Das wäre ein zusätzlicher Vorteil."

Ihre Züge wurden weich. „Ich liebe dich tatsächlich, du unverbesserlicher Law-and-Order-Freak!"

„Einen schöneren Vorwurf hat man noch nie einem Mann gemacht." Ihre Hände mit den seinen bedeckend, beugte er sich vor und küsste sie.

34. KAPITEL

„Ashley ist von dem Krach wach geworden“, sagte Peggy, die nach dem Schuss im Bademantel die Treppe hinuntergeeilt war und seitdem ständig zwischen Ober- und Untergeschoss hin und her pendelte, um nach der Kleinen zu sehen und Bericht zu erstatten.

„Ihr wirklicher Name ist eigentlich Alice Lee.“ Megan hatte zwar noch ihre Mühe mit der Bewältigung der nächtlichen Ereignisse, doch allmählich fügte sich alles so zusammen, dass sie sich ein klares Bild machen konnte. „Nicht zu fassen, dass Casey sie vor dem eigenen Vater verstecken musste.“

Niccolo musste ihr beipflichten. „Und aus gutem Grund. Ich hab genug gehört, um das zu bezeugen.“

Megan mochte kaum glauben, dass Niccolo nun schon zu wiederholten Malen zufällig genau im entscheidenden Moment aufgetaucht war. „Also weißt du, Nick, offenbar folgst du irgendwie einem Leitstern. Du kommst zufällig vorbei, als die Autoentführung abläuft. Du bist zufällig heute Nacht zur Stelle, als Casey dich dringend brauchte.“ Sie zog die Stirn kraus. „Was hattest du hier eigentlich zu suchen? Und wozu der Anruf am Abend?“

Niccolo blickte zu Peggy, die noch immer im Bademantel dasaß. „Ehe ich das erkläre – lass uns lieber besprechen, was als Nächstes passieren soll. Peggy, wollen Sie heute Nacht hier bei Ash ... bei Alice Lee bleiben? Ich weiß nicht, wann oder ob Casey zurückkommt.“

„Ungern! Morgen wäre okay, aber heute Nacht?“ Peggy massierte sich die Oberarme. „Können wir nicht bei dir übernachten, Meg?“

Ehe Megan etwas erwidern konnte, antwortete Niccolo bereits für sie. „Noch besser – kommt doch allesamt zu mir nach Hause! Platz genug habe ich, und Alice Lee mag das Haus. Sie wird sich bestimmt wohl fühlen. Außerdem muss ich mit euch beiden reden.“

Megan gefiel der Vorschlag besser, als sie zugeben mochte.

„Ich hole die Kleine. Und du ziehst dich an und nimmst ein paar Sachen mit, Peggy."

Während Peggy die Treppe hinaufeilte, hielt Niccolo Megan noch zurück. „Mittlerweile können wir ja froh sein, dass du bei meinem Anruf nicht an den Apparat gekommen bist. Aber nur so aus Interesse – warum eigentlich nicht?"

„Bei mir löste eine Katastrophe die andere ab. Ein defekter Wasserhahn, aus dem das Wasser eimerweise auf den Boden floss, Taxi bestellen für zwei Gäste, die ich unter Aufbietung aller Kräfte davon abhalten musste, mit dem eigenen Auto zu fahren, sechzehn fehlende Portionen Rindfleisch mit Weißkohl …" Sie unterbrach ihre Aufzählung. „Dachtest du etwa, ich hätte dich abblitzen lassen?"

Er grinste verschämt. „Na ja, ein bisschen schon."

„Wenn ich das mache, wirst du das deutlich merken. So dezent läuft das nämlich nicht ab." Sie legte die Arme um ihn – etwas, wonach sie sich schon gesehnt hatte, seit sie am Schauplatz des nächtlichen Geschehens aufgetaucht war. „Nick, ich bin unmöglich, ich weiß. Aber hab bitte etwas Geduld. Ich arbeite an mir." Sie schaute zu ihm auf. „Freut mich, dass du dir deiner Sache hin und wieder auch nicht ganz sicher bist."

„Nicht nur hin und wieder."

„Ich finde es toll, dass du nicht fortziehst, auch wenn sich das bei unserem Spaziergang nicht so angehört haben sollte. Aber ich war etwas verstört darüber, wie sehr ich davon begeistert war – falls du das kapierst. Ich möchte nicht, dass ich dich so sehr brauche, verflixt noch mal."

„Du kommst auch ohne mich zurecht, Megan, immer. Aber du brauchst uns – gemeinsam!"

Sie starrte ihn an. „Meinst du?"

„So sehe ich die Dinge. Du kannst sie ruhig anders sehen, wenn du möchtest."

„Muss ich mir überlegen."

Er schloss sie in die Arme, drückte sie kurz an sich und löste sich dann. „Jetzt beeil dich und hol die Kleine! Ich lasse schon mal den Wagen warmlaufen."

Ohne den nächtlichen Besuch ihres Vaters überhaupt mitbekommen zu haben, kuschelte Alice Lee sich bei Niccolo zu Hause in ein Bett und schlief auch gleich wieder ein. Als Megan, die das Kind schlafen gelegt und gewartet hatte, bis ihm die Augen zufielen, wieder nach unten kam, machte Niccolo gerade Tee für sich und Peggy.

„Möchtest du auch welchen?“ fragte er und drehte sich um, als er Megan kommen hörte.

„Lieber einen ordentlichen Schluck.“

„Oben auf dem Kühlschrank steht Rotwein. Weißer ist drinnen.“

Da sie wusste, wo die Weingläser waren, schenkte sie sich einen Merlot ein, ließ sich neben ihrer Schwester nieder und entledigte sich ihrer Schuhe.

„Schläft die Kleine?“ fragte Peggy.

„Sie wollte wissen, warum die Polizei in der Kneipe war. Ich habe ihr erzählt, sie wäre von jemandem alarmiert worden, der einen lauten Knall gehört hatte.“

„Und das hat sie dir abgenommen?“

„Ist doch die Wahrheit, oder? Sie hat es geglaubt, weil sie viel zu müde war, um ihr fixes Köpfchen zu bemühen. Würde mich aber nicht wundern, wenn sie morgen mit neuen Fragen ankäme. Aber nun zu dir, Niccolo. Du sagtest, du müsstest mit uns reden. Was gibt es?“

„Als ich vorhin im Saloon anrief, da wollte ich dir sagen, dass Rooney hier war.“

Peggy stellte ihre Tasse ab. „Hier? Hier im Haus?“

„Ich hatte ihm mehrmals meine Adresse hinterlassen, immer an Stellen, wo er sie meiner Ansicht nach nicht übersehen konnte. Gestern Abend hat er offenbar endlich hergefunden. Und es handelt sich ohne Zweifel um Rooney, denn er hat von euch gesprochen, Megan. Von dir und Casey.“

Allmählich machte sich bei Megan die Wirkung des Schlafmangels, des arbeitsreichsten Tages des Jahres sowie der Schießerei im Saloon bemerkbar. Die zusätzliche Information musste sie erst verdauen. „War? Bei deinem Anruf?“

„Hier am selben Tisch, über einer Schüssel Müsli. Deshalb hab ich ja am Telefon nicht locker gelassen."

„Was hat er gesagt? Wie sah er aus?"

„Und wo ist er hin?" fügte Peggy hinzu.

„Keine Ahnung, wo er hin ist", erwiderte Niccolo. „Ich ging kurz raus, um Megan anzurufen, und in der Zeit muss er wohl abgehauen sein. Dann bin ich eine Stunde lang in der Nachbarschaft herumgegondelt, habe ihn aber nicht gefunden."

Plötzlich war Megan der Appetit auf Wein vergangen. Sie schob das Glas beiseite. „Was suchte er denn ausgerechnet hier?"

„Weiß ich auch nicht genau. Er hat gegessen, sich etwas ausgeruht und sich dann wieder auf den Weg gemacht."

„Und gesagt hat er nichts?" Megan merkte, wie Niccolo über einer Antwort grübelte. „Komm, wir wissen doch, wie konfus er sich zuweilen anhört. Erzähl uns einfach, was er gesagt hat!"

Niccolos Miene verdunkelte sich. „Er redete von seinen kleinen Mädchen. Die Sterne hätten sie mitgenommen, meinte er. Ich hab ihm erklärt, seine drei Töchter seien jetzt erwachsen, aber ob er das begriffen hat, weiß ich nicht."

„Der arme Kerl", flüsterte Peggy erstickt.

Es erstaunte Megan nicht, dass ihre Schwester sich anhörte, als spräche sie über einen Fremden. Schließlich war Rooney ihr tatsächlich fremd. Erinnerungen an ihn hatte sie nur wenige. „Dann sind ihm die Sterne also wichtig, nach allem, was du erzählst, Nick! Klingt fast so, als hielte er sie für Personen, die Wache halten."

„Ganz genau! Er hat mal gesagt, die Sterne wären die Heilige Dreifaltigkeit. Diesmal hatte es aber mehr den Anschein, als hielte er sie für Figuren aus der Vergangenheit. Vorfahren vielleicht?"

Megan räusperte sich. „Eins kann ich dir garantieren: Mit der Dreieinigkeit hat noch nie ein Donaghue übereingestimmt, tot oder lebendig."

„Er hat behauptet, er habe einmal nicht hingesehen. Und dann hat er mich ermahnt, ich solle bloß die Augen offen halten."

„Das klingt fast, als ruhe die ganze Last der Welt allein auf seinen Schultern."

„Möglicherweise nicht mehr. Es sei vorbei, meinte er."

„Was soll vorbei sein?"

Niccolo zuckte die Schultern. „Wenn ich das wüsste! Das wäre unter Umständen des Rätsels Lösung."

„Und was hat er sonst noch erzählt?"

„Dass du wie deine Mutter wärest, nur stärker. Und Casey …" Er rang nach Worten. „Casey wäre wie er. Sie tue nie das, was man ihr sagt."

„Das kann nur Rooney sein. Er müsste es ja schließlich wissen, oder?" Megan musste schon wieder schlucken. In ihrer Kehle saß ein Kloß, so groß wie ein Basketball.

„Hat er auch was über mich gesagt?" wollte Peggy wissen.

Niccolo schüttelte den Kopf. „Leider nein."

„Kein Wunder. Er war ja so schnell verschwunden, dass er meinen Werdegang überhaupt nicht mitbekommen konnte."

Niccolo erhob sich, um Peggy Tee nachzuschenken. „Also, ich denke Folgendes: Wir haben es mit einem Mann zu tun, der nahezu zeit seines gesamten Lebens als Erwachsener mit einer psychischen Krankheit zu kämpfen hatte, härter und bemühter, als mancher glaubt, ein anständiger Kerl, der seine Töchter großziehen und ein normaler Mensch sein wollte, der möglicherweise zu sehr dem Alkohol zusprach, um beides zu unterdrücken – die Stimmen, die er hörte, und den Drang, den er verspürte. Leider erwiesen sich die Mächte, denen er ausgesetzt war, als zu stark. Er konnte ihnen nicht widerstehen. Doch selbst jetzt noch ist er sich seiner Verantwortung bewusst. Seit Jahren bemüht er sich, eine Person oder eine Sache zu beschützen, und selbst wenn uns der Grund dafür verborgen bleibt, halte ich es doch für bewundernswert, wie dieser Mann kämpft, obwohl alles gegen ihn spricht."

Megan mochte das nicht recht so sehen. Noch nicht. Zu lange hatte sie mit der Vorstellung von einem Mann gelebt, der schlicht zu viel trank und sich der Realität, als er ihrer überdrüssig wurde, einfach entzog. Mit der Bürde ihres Vater sich selbst überlassen, hatte der Zorn ihr die Kraft gegeben, den Saloon wie auch die Familie weiterzuführen. Diese Auffassung mochte sie jetzt nicht ad acta legen.

„Meiner Ansicht nach fand er es leichter, einfach wegzugehen – körperlich und geistig.“ Sie ergriff ihr Glas, stellte es aber sofort wieder hin, als ihr einfiel, in welchem Maße der Alkohol womöglich den Geisteszustand ihres Vaters beeinträchtigt haben mochte. „Menschenskinder! Werde ich etwa auch wie Rooney, wenn ich das hier austrinke?“

Niccolo nahm ihr die Entscheidung ab und trug das Glas zur Spüle. „Ich weiß nicht, welche Rolle der Alkohol dabei spielte – wenn überhaupt. Ich tippe eher darauf, dass er trank, um die Symptome des geistigen Zusammenbruchs zu kaschieren.“

„Ich finde, du lässt ihn zu glimpflich davonkommen.“

„Ich gehe schlafen.“ Peggy stand auf. „Ich kann die Augen nicht mehr offen halten, und ich möchte lieber im Zimmer sein, wenn die Kleine aufwacht. Das Gespräch können wir doch auch morgen noch beenden, oder? Was macht es zum jetzigen Zeitpunkt schon aus, aus welchem Grunde Rooney uns verlassen hat? Lasst uns lieber überlegen, was wir jetzt für ihn tun können.“

„Schlaf gut!“ Nachdem Peggy gegangen war, wandte Megan sich an Niccolo. „Was mag er wohl beschützen? Hast du eine Theorie?“

Er setzte sich zu ihr und nahm ihre Hände in die seinen. „Als ich sein Versteck damals entdeckte, fand ich einen alten Zeitungsartikel über James Simeon. Und am Abend der vereitelten Autoentführung fand ich James Simeons Manschettenknopf, den Rooney durchaus absichtlich auf eurem Parkplatz liegen gelassen haben könnte.“

„Der Manschettenknopf auf unserem Parkplatz – der gehörte James Simeon?“

„Beim Exhumieren seiner Leiche wurde das passende Gegenstück entdeckt.“

„Hast du Jon verraten, dass du den zweiten besitzt?“

„Noch nicht. Ich wollte vermeiden, dass man Rooney nachspürt und ihn verhört. Meine Befürchtung war, dass man ihn damit nur verschrecken würde.“

Sie fand es erstaunlich, dass Niccolo ihren Vater so in Schutz nahm. „Und die Leiche von James Simeon wurde in der Nähe von Rooneys Unterschlupf gefunden?“

„Nach meinem Dafürhalten liegt es auf der Hand, dass Rooney von Simeons Grab dort wusste. Er wollte, dass die Ausschachtungsarbeiten dort aufhörten. Das hat er mir selbst gesagt. Bis vor kurzem vermutete ich sogar, dass er den Manschettenknopf dort an der Grabstelle gefunden haben könnte.“

„Wie sollte der denn an die Oberfläche gelangt sein?“

„Im Zuge der anfänglichen Planierungsarbeiten. Rooney fand ihn anschließend, stellte flugs den Zusammenhang mit Simeon her – schließlich war er vermutlich mit Geschichten von dessen Verschwinden aufgewachsen – und bildete sich ein, es sei seine Pflicht, die Leiche zu schützen.“

„Und wieso hast du das nur bis vor kurzem geglaubt?“

„Erinnerst du dich, wie ich dir bei unserem Spaziergang heute Nachmittag von einer gewissen Lena Tierney erzählt habe? Der Name, der mir im Tagebuch von Father McSweeney aufgefallen war und bei dem ich mich fragte, ob es sich um eure Rosaleen handeln könnte?“

„Erzähl weiter! Ich versuche gerade zu kapieren, wie hier die Zusammenhänge verlaufen.“

„Lena wurde McSweeneys Haushälterin. Allerdings habe ich dir noch nicht berichtet, dass sie zuvor bei James Simeon arbeitete. Laut McSweeneys Eintragungen muss irgendetwas vorgefallen sein, dass sie zur Kündigung veranlasste. Deswegen wurde sie vom Pfarrer übernommen.“

„Schießt du da nicht ein wenig übers Ziel hinaus? Uns fehlt doch jeder Beweis, dass Lena Tierney irgendwas mit meiner Familie zu tun hat – es sei denn, du bist auf weitere Dinge gestoßen. Auf etwas, das danach kommt.“

„Das ist es ja gerade! Genau hier hört das Tagebuch auf. Mitten in der Geschichte.“

„Na, so ein Pech.“

„Denk nach, Megan! Hat Rooney mal irgendetwas von James Simeon erwähnt? Einen Familienskandal? Oder ein Geheimnis? Irgendetwas mit einer Rosaleen oder einem Rowan Donaghue?“

„Willst du meiner Familie unterstellen, sie hätte mit Simeons Verschwinden zu tun?“

Niccolo lehnte sich zurück. „Ich versuche bloß, ein Mosaik zusammenzusetzen, mehr nicht.“

Sie lächelte etwas gezwungen. „Nun ja, wenn es uns zupass kam, haben wir Donaghues es samt und sonders mit dem Gesetz nicht so genau genommen. Frag Casey!“

„Fällt dir denn rein gar nichts ein?“

Sie schaute auf. „Früher sagte er immer, als Älteste wäre ich die Hüterin der Geheimnisse. Damit waren Rosaleens Rezepte gemeint, die er mir mit der Zeit auch tatsächlich erzählte. Die waren natürlich allesamt nicht aufgeschrieben, so dass er sie mir nicht in schriftlicher Form übergab, sondern mir bei Gelegenheit das eine oder andere beibrachte, wenn ich ihm beim Kochen zur Hand ging – und wenn er überhaupt dazu in der Lage war.“

„Könnte es sein, dass er ganz was anderes gemeint hat?“

„Wer weiß schon, was er im Sinn hatte? Ich jedenfalls nahm immer an, er redete von den Rezepten.“ Sie zerbrach sich den Kopf über weitere viel versprechende Dinge, die Rooney einmal gesagt haben könnte, doch ihre Erinnerungen an ihren Vater waren verschüttet und ließen sich, anders als James Simeons sterbliche Überreste, nicht an die Erdoberfläche zurückholen.

Niccolos Finger formten ein spitzes Zeltdach. „Iggy meint, im Archiv könnte sich noch ein weiteres Tagebuch von McSweeney befinden. Falls ich danach suchen wolle, sagt er, werde er mir helfen.“

„Und? Hast du das vor?“

Er warf einen Blick zur Uhr. „Er ist sicher noch auf. Vielleicht sollte ich ihn anrufen.“

„Um diese Zeit? Schläft der Mann denn nicht?“

„Nicht viel.“

„Hat das nicht Zeit bis morgen?“

„Das vielleicht schon, aber ich nicht.“ In seinen Augen lag ein warmer Glanz. „Außerdem: wie soll ich denn Ruhe finden, wenn ich weiß, dass du nur ein paar Türen weiter im Gästezimmer schläfst?“

„So viel Ruhe wie ich auch“, musste sie eingestehen.

„Dann werde ich Iggy mal anrufen. Sollte er sich schon hingelegt haben, kann ich ihm auf den Anrufbeantworter sprechen. Ich wecke ihn schon nicht auf!“

Sie sah ihm nach, wie er das Zimmer verließ. Es wäre ihr lieb gewesen, sie hätte sich ebenfalls in dieser Nacht mit etwas beschäftigen können – und nicht nur mit ihren Gedanken.

35. KAPITEL

Wie Niccolo erwartet hatte, war Iggy noch wach und hatte Kaffee sowie einen Teller mit Sandwichs bereitgestellt, als sein später Gast bei ihm eintraf. Niccolo, dem gar nicht aufgefallen war, dass er Hunger hatte, langte tüchtig zu.

„Ich weiß“, sagte Iggy an seiner Kaffeetasse nippend, „dass wir noch Briefe aus McSweeneys letzten Jahren besitzen, denn die habe ich schon einmal durchgesehen. Sie sind theologischen Inhalts, Briefwechsel mit einem Amtsbruder, der uns die Schreiben nach McSweeneys Tod für unser Archiv überließ. Außerdem gibt es noch einige Sitzungsprotokolle und Aufzeichnungen über genehmigte Etats.“

„Aber keine Tagebücher?“

„Das Archiv wurde bis jetzt nicht besonders gut gepflegt. Wir sind immer noch beim Ordnen und Katalogisieren. Ganze Kisten standen jahrzehntelang versiegelt herum. Die nehmen wir uns jetzt erst allmählich vor. Kann sein, dass wir seine restlichen Tagebücher darin finden.“

Niccolo setzte seine Tasse ab. „Von mir aus kann es gleich losgehen.“ Er zögerte. „Iggy, weißt du vielleicht irgendwas, das uns weiterhelfen könnte?“

„Du meinst, ob mir jemand Geheimnisse zum Mord an James Simeon anvertraut hat?“

„Entweder das oder so etwas in der Richtung.“

„Ich kann dir nichts sagen.“

„Kannst du nicht oder willst du nicht?“

„Von beidem ein bisschen, fürchte ich. Ich war der Beichtvater von Rooney Donaghue, also habe ich seinen Niedergang praktisch aus erster Hand miterlebt. Damals sagte er einiges, das wenig Sinn machte. Ich weiß davon nicht mehr viel. Das wenige, an das ich mich noch erinnere, wurde mit den Jahren immer verschwommener. Und das bisschen, das mir noch gegenwärtig ist, darf ich nicht verraten.“

„Hast du mir Patrick McSweeneys Tagebuch in der Hoffnung anvertraut, ich könnte ein sehr altes Rätsel endlich lösen?

Kanntest du bereits einiges von dem, was ich aufdecken sollte?"

Iggy setzte sein verschmitztes Koboldlächeln auf. „Ich weiß mehr über dich, Niccolo, als über das, was sich vor mehr als hundert Jahren auf Whiskey Island zugetragen hat. Ich wusste, du würdest erst nach Erhalt einiger Antworten aufhören zu forschen. Und jetzt, da Rooney Donaghue von den Toten auferstanden ist, da sind Antworten meiner Ansicht nach vielleicht für jedermann nützlich."

„Ich kann nicht garantieren, dass ich überhaupt welche finde."

„Zum Glück hat dich das nie vom Suchen abgehalten."

Eigentlich hatte Megan sich sofort schlafen legen wollen. Es war nicht ihre Art, sich im Bett zu wälzen und sich den Kopf über Dinge zu zerbrechen, die sich sowieso nicht ändern ließen. Ihre nächtens gefällten Entscheidungen hatten bei Tageslicht nie lange überlebt. Deshalb traf sie nachts schon seit Jahren keine mehr.

Zeit ihres Lebens hatte sie sich dafür abgerackert, dass alle anderen nicht aus der Bahn gerieten. Sie war von der Highschool abgegangen, damit der Whiskey Island Saloon von der Familie weitergeführt werden konnte. Mit viel Mühe hatte sie für Caseys Ausbildung gesorgt und Peggy mütterlichen Halt und Liebe gegeben. Jetzt musste Casey mit einer Anklage rechnen, weil sie das Gesetz selbst in die Hand genommen hatte. Und Peggy stand vor einem Leben als allein erziehende Mutter.

Sie mochte es drehen und wenden, wie sie wollte – irgendwie war sie für beides mitverantwortlich. Von Anfang an hatte sie Casey als Vorbild gedient und stets nach ihrem Motto gehandelt: Tu, was du für richtig hältst, und scher dich nicht um die Meinung anderer! Allen Widrigkeiten zum Trotz – und dazu hatte durchaus Casey selbst gehört – hatte Megan den Saloon in Familienbesitz halten können. Casey wiederum hatte ihrerseits trotz aller Hindernisse Alice Lee vor dem Missbrauch durch ihren Vater geschützt.

Und Peggy? Für ihre Schwestern hatte Megan ihr eigenes Leben zurückgestellt. Sie hatte Peggy beigebracht, dass man die meisten seiner Ziele erreichte, wenn man nur fleißig genug und zu Opfern bereit war.

Zwei Extrapunkte für Vorbildlichkeit!

Dennoch: Obwohl ihre Rolle, die sie möglicherweise für die Zukunft ihrer Schwestern gespielt hatte, sie innerlich schmerzte, verspürte sie andererseits aber auch Grund zur Freude. Wer hätte bestreiten wollen, dass die beiden im Grunde moralischen Werten gefolgt waren? Gutes zu tun, sich für die Rechte von Kindern einzusetzen, die Familie an die erste Stelle zu setzen, hart für das Erreichen eines Ziels zu arbeiten!

Vor Megan erstreckte sich die Zukunft wie ein langer Korridor, von dem rechts und links zahllose Türen abgehen. Einige schlossen sich, andere hingegen taten sich auf. Machte sie die Augen zu, dann sah sie Nick in einem der Türrahmen stehen, weder winkend noch ihr den Weg versperrend.

In einem anderen stand unglücklicherweise eine schattenhafte, in zu viele schmutzige Lumpen gehüllte Gestalt: ihr Vater.

Da sie partout nicht einschlafen konnte, stand sie auf und schlich aus dem Zimmer, das sie mit Peggy und der Kleinen teilte. Sie nahm an, dass Niccolo vermutlich noch nicht von St. Brigid's zurück war. Trotzdem machte sie sich auf die Suche nach ihm. Falls er ein fehlendes Tagebuch aufgetrieben haben sollte, konnte sie ihm vielleicht helfen, Antworten auf seine Fragen zu finden. Dass er irgendwelche Familiengeheimnisse der Donaghues enthüllte, das hielt sie zwar für unwahrscheinlich, doch gegenwärtig bot sich kein anderer Einlass in die Welt ihres Vaters.

Wie vermutet, war Niccolo noch nicht zurück. Sie setzte Wasser für einen Tee auf und richtete sich darauf ein, auf Niccolos Heimkehr zu warten.

Ein Geräusch vom hinteren Treppenaufgang ließ sie zusammenzucken. Offenbar war sie doch nicht allein. Zuerst dachte sie, Niccolo hätte den Haustürschlüssel vergessen. Dann erkannte sie aber, dass die Person auf dem Podest vor der Hintertür kleiner war als Niccolo, so dass sie schon befürchtete, einen Einbrecher vor sich zu haben.

Jetzt erst dämmerte ihr, dass der Mann auf der obersten Stufe ihr Vater war. Einen Augenblick war sie wie gelähmt und konnte sie weder denken noch handeln.

Sie holte tief Luft, ging zur Hintertür und schloss sie auf. Ein Schwall kalter Nachtluft brandete ins Zimmer. Der Mann in der Finsternis rührte sich nicht. „Hallo, Rooney!" Sie hielt die Tür weit auf und ließ so die Kühle und auch den Besucher herein. „Willst du nicht eintreten?"

Augenscheinlich wunderte er sich nicht im Geringsten über ihre Gegenwart und schien völlig unbeeindruckt von dem Gefühlswirrwarr, von dem Megan nun hin und her gerissen wurde. Er drückte sich einfach an ihr vorbei und ließ sich ungerührt am Küchentisch nieder, als sei dort sein rechtmäßiger Stammplatz.

Ihr schwirrte der Kopf von einem Wust von Dingen, die sie ihm hätte vorhalten können. In gewisser Hinsicht hatte sie insgeheim ständig stumm mit ihm geredet, schon seit seinem Weggang an jenem Abend. Jetzt aber, da ihre Gedanken sich mühsam zu Sätzen formten und endlich ausgesprochen werden wollten, da bot sie ihm bloß eine Tasse Tee an.

„Du weißt ja, wie ich ihn gern trinke, Kathleen."

Sie erstarrte. „Ich bin nicht Kathleen, Rooney. Ich bin Megan, deine Tochter!"

Er lachte in sich hinein, als amüsiere er sich köstlich über seinen eigenen Scherz.

Sie wusste, dass sie ihrer Mutter ähnelte, stämmig und feminin wie Kathleen Donaghue damals. Außer dem roten Haar, dass sie vom Vater geerbt hatte, war alles an ihr wie bei Kathleen – die unscheinbare Nase, die braunen Augen, die Fähigkeit, ohne viel Federlesen zum Kern einer Sache zu kommen und das Heft des Handelns in die Hand zu nehmen.

An diesem Abend jedoch war Megan nichts von der klarsichtigen Lebensweisheit ihrer Mutter anzumerken.

„Ja, wie du ihn magst, das weiß ich tatsächlich noch." Sie wandte sich zu ihm um und bedauerte, im Dämmerlicht nicht mehr erkennen zu können. Vom Herd her war sein Gesicht nur verschwommen zu sehen. „Stark, mit reichlich Milch und Zucker. So süß, dass der Löffel drin stehen bleibt."

Wieder kicherte er zunächst, um dann anscheinend ins Stocken zu geraten. „Hab ihn eine ganze Weile so nicht mehr gekriegt."

„Kann ich mir denken."

„Musste damit aufhören."

Sie vermutete, dass er damit gesundheitliche Gründe ansprach. Sein ganzes Leben war ein einziges Gesundheitsrisiko gewesen. „Warum, Rooney? Du hast doch immer so gern Tee getrunken."

„Man hört auf, wenn es einem gesagt wird." Das klang so, als müsste sie es eigentlich wissen.

„Und wer hat es dir gesagt?"

Er gab keine Antwort.

Sie versuchte es auf andere Weise. „Aber jetzt darfst du eine Tasse trinken?"

„Vorbei. Hab versucht, alles zu beschützen." Er schüttelte den Kopf, allerdings nicht traurig. Überhaupt schien er wenig Empfindung zu zeigen, selbst beim Lachen, als seien seine Gefühle verblutet, Tropfen für Tropfen. Der Mann, der nun vor ihr saß, war ihr noch fremder geworden als vermutet.

Dass sie zitterte, merkte sie erst, als sie versuchte, die Teekanne zum Tisch zu bringen. Sie musste tief Luft holen, um den kurzen Gang unbeschadet zu überstehen. Noch setzte sie sich nicht zu ihrem Vater, sondern holte Milch aus dem Kühlschrank, Zucker aus dem Schrank und zwei Teebecher von der Ablage. Erst dann setzte sie sich Rooney gegenüber.

Der Mann, der sie von der anderen Tischseite aus anstarrte, war die Karikatur des Vaters, den sie einmal gekannt hatte. Falls es je eines Beweises bedurfte – nun saß er leibhaftig vor ihr. Der Mann ihr gegenüber war in der Tat Rooney Donaghue, so offenkundig, wie sie selbst Megan war, seine älteste Tochter. Gleichzeitig aber stellte er einen vollkommen anderen dar, körperlich zwar noch erkennbar, aber so tief greifend verändert, dass von dem früheren nur Spuren übrig blieben.

Die Augen waren noch dieselben, doch sein bewölkter Blick war anders. Die Züge ähnelten denen von früher, zeigten aber die unbarmherzigen Spuren von jahrelangen Entbehrungen. Das Gesicht selbst, faltig und schmutzverschmiert, war das eines Mannes, der mit jedem Lebensjahr um das Vierfache gealtert war. Gebeugt und ergraut war Rooney vorzeitig zum Greis geworden, ständig von Mächten gepeinigt, die außerhalb seiner Kontrolle lagen.

„Rooney!“ Den Arm ausgestreckt stellte sie eine erste Verbindung zu ihm her, auch wenn sie seine Hand noch nicht berührte. „Ich freue mich so, dich wiederzusehen!“

Offenbar sprach sie eine Empfindung aus, die den Nebel durchdrang, der ihn umgab. „Ich weiß, wo du wohnst.“

„Ja?“

„Beim Saloon.“

Sie widersprach ihm nicht. „Da hast du doch auch mal gewohnt – in der Wohnung über der Kneipe. Mit Mutter, Casey, Peggy und mir. Weißt du nicht mehr?“

Offensichtlich machte ihm die Frage nichts aus, ja, sie schien ihn nicht einmal sonderlich zu berühren. An Schwerhörigkeit konnte es nicht liegen, dafür sah Megan keine Anzeichen. Allerdings hatte er unübersehbare Schwierigkeiten, Gesprochenes und Gehörtes logisch zu begreifen.

„Ich muss unbedingt baden.“

„Ja. Kannst du hier machen. Möchtest du?“

„Erst Tee.“

Der Tee hatte noch nicht lange genug gezogen, doch Megan wusste nicht, ob ihr Vater überhaupt bleiben würde, wenn sie ihm nicht allmählich eine Tasse einschenkte. Sie machte ihm eine nach seinem Geschmack zurecht und stellte sie vor ihn hin. „Hast du auch Hunger? Ich könnte dir was zu essen zubereiten.“

„Rosaleens Rezepte.“ Das war keine Frage, sondern bloß eine Feststellung.

„Ja, die benutze ich nach wie vor. Für unsere Gäste im Saloon.“

„Großmutter Lena. Die Oma von meinem Vater.“

Megan stockte der Atem.

Er sah auf und bemerkte ihren Gesichtsausdruck. „Hatte rote Haare. Hat meine Mutter mir gesagt. Wie deine. Wie meine."

Sein Haar war mittlerweile zwar grau, aber Megan korrigierte ihn nicht. „Und die hieß Lena?"

„Rosaleen."

„Aber ihr habt sie nur Großmutter Lena genannt?"

„Sie war alt, aber trotzdem noch hübsch. Hab immer auf ihrem Schoß gesessen, wenn sie Geschichten erzählte."

„Kannst du dich noch an eine erinnern?"

„Haben doch die Sterne mitgenommen!" sagte er, das Gesicht erstaunt, als wundere er sich, dass er dies überhaupt erklären musste. „Sind ja alle weg! Sie doch auch! Mit den Sternen ..."

Stumm sah Megan zu, wie er an seinem Tee nippte. Die Krankheit mochte zwar seine Gesundheit ruiniert haben, nicht allerdings seine Manieren. Weder schluckte er hastig, noch schlürfte er beim Trinken. In vielerlei Hinsicht wirkte er ganz normal.

Nach längerem Schweigen stand Megan auf und suchte in Niccolos Kühlschrank und den Hängeschränken herum, bis sie eine Schachtel Kräcker und ein Stück weißen Cheddar aufgetrieben hatte. Sie schnitt den Käse in Scheiben und legte diese zu den trockenen Salzkeksen auf einen Teller, den sie Rooney vorsetzte, dazu noch einen Apfel aus der Obstschale.

„Falls du Hunger hast."

„Essen gibt es überall."

Sie erinnerte sich an Niccolos Bericht von dessen Gespräch mit Rooney und spürte, dass er ihr erneut das beruhigende Gefühl – diesmal ganz konkret – vermitteln wollte, dass er keinen Mangel litt. „Aber nicht alles schmeckt so lecker wie dieser Käse", wandte sie bemüht humorvoll ein.

„Käse mochtest du immer schon gern."

Für ihre Mutter hatte das nicht gegolten, daran erinnerte Megan sich sehr genau. Vielleicht wusste Rooney ja doch, wen er vor sich hatte.

„Du auch", gab sie zurück. „Weißt du noch, wie wir uns

nachts immer runter in die Kneipe geschlichen und uns eine Scheibe von dem Stück im Kühlschrank abgeschnitten haben?"

Er gab keine Antwort, nahm aber einen Kräcker, belegte ihn mit einer Käsescheibe und knabberte an den Rändern – vielleicht das Vernünftigste, was er tun konnte.

Ungeduldig wartete Megan auf Niccolos Rückkehr. Der Schock der Überraschung war überwunden, Verzweiflung an seine Stelle getreten. Nun, da Rooney einmal da war, wollte sie ihn nicht wieder fortlassen. Niccolo hätte sicher gewusst, wie das zu bewerkstelligen war. Versuchte hingegen sie selbst, Rooney zum Bleiben zu überreden, dann machte sie womöglich alles nur noch schlimmer.

Als spüre er ihre innere Unruhe, schob er den Teller und den noch halb vollen Teebecher von sich. Zum ersten Mal zeigte er so etwas wie eine Gefühlsregung, denn Tränen traten ihm in die Augen. „Ein Mann ist gestorben. Habe es gesehen."

Megan starrte ihn an. „Was für ein Mann?"

„Whiskey Island."

„Auf Whiskey Island, Rooney, oder beim Saloon?"

„War nichts zu machen. Die Sterne haben es gesehen, aber für die ist jetzt Schluss. Sind weitergezogen. Gucken nicht mehr."

Ob er den nächtlichen Vorfall meinte, als dieser Rayburn angeschossen worden war?

„War böse, der Mann! Die Sterne haben aufgepasst, all die Jahre. Darf keiner wissen. Hab weggeguckt, nicht hingesehen." Die Tränen liefen ihm über die Wangen. „Ich habe es versucht, habe es versucht!"

Sie hätte ihn so gern getröstet. Doch wie? „Meinst du die Schießerei heute Nacht im Saloon? Oder was anderes?"

„Großmutter Lena hat Geschichten erzählt. Großvater Rowan wusste, wie sie ausgingen. Ich durfte nicht wegsehen. Aber ich habe es doch getan! Jetzt wissen sie Bescheid ..."

„Egal, was es ist, Rooney, du kannst nichts dafür." Ihr war, als triebe sie auf hoher See, auf ihre Weise genau so verwirrt wie er auf die seine. „Redest du von der Leiche, die man auf Whiskey Island entdeckt hat? Meinst du die? Du kannst nichts dafür, dass man den Toten ausgegraben hat. Das hat mit dir nichts zu tun." Sie hielt inne, bemüht, einen gemeinsamen Anhaltspunkt zu finden. „Vielleicht dachten die Sterne ja, es wäre an der Zeit. Vielleicht wollten sie ja nicht mehr, dass du aufpassen sollst."

Er schaute auf. In den schmutzverkrusteten Falten seines Gesichts glitzerten Tränen. „Ich sollte doch das Geheimnis hüten. Und Megan nach mir."

Behutsam tastete sie sich weiter. „Du musst dich nicht grämen. Ich habe ja das Geheimnis von Rosaleens Rezepten gehütet. Keiner hat sie herausbekommen. Und ich gebe sie weiter, so wie du sie an mich weitergereicht hast."

„Jetzt weiß ich nicht, wie es weitergehen soll."

„Aber ich", sagte sie, obwohl sie es keineswegs wusste. „Es wird Zeit, dass du dich um dich selbst kümmerst. Dass du nach Hause kommst und dir helfen lässt – von denen, die dich gerne haben. Du musst dir über nichts und niemanden mehr Sorgen machen. Was vorbei ist", fügte sie hinzu, quasi als Versuch auf blauen Dunst, „ist eben vorbei."

Er starrte sie eine Weile lang an, so dass sie sich fragte, was oder wen er wohl sah. Als sie es kaum noch aushielt, machte er endlich den Mund auf. „Ich möchte baden."

„Aber ja!" Hastig sprang sie auf. „Ich könnte derweil deine Sachen waschen. Solange die trocknen, kannst du ja etwas von Nick überziehen ..."

Er sagte weder Ja noch Nein, sondern stand auf und ging auf die Küchentür zu. Megan eilte ihm nach und dirigierte ihn zum Badezimmer im unteren Flur, das zwar nicht mit Wanne, dafür aber mit einer Dusche ausgestattet war, obwohl ihn der Unterschied nicht zu interessieren schien. Während er hineinging, suchte sie ihm ein Handtuch sowie einen Waschlappen aus dem Eckschrank und ein frisches Stück Seife dazu.

„Ich lege dir ein paar Sachen von Nick neben die Tür", sagte sie noch, doch er schlug ihr einfach die Tür vor der Nase zu, so dass sie bloß noch das erst kürzlich aufpolierte Eichenholz anstarren konnte.

Nur eine Tür trennte sie von dem Mann, den sie einst über

alle Maßen geliebt hatte. Zum ersten Mal seit jenen furchtbaren Tagen nach seinem Weggang ließ sie ihrer Trauer freien Lauf. Ihre Augen füllten sich mit Tränen, die ihr die Wangen hinunterströmten. Mit den Fingern das Türblatt berührend, sanft den gewölbten Zierleisten folgend, weinte sie stumm um all das, was sie und ihre Schwestern verloren hatten.

Er war zurückgekehrt – von selbst. Und während seiner Abwesenheit hatte er überlebt, auch wenn es ihm nicht gut ergangen war. Jetzt zog es ihn langsam heimwärts. Wenn sie etwas Geduld hatte, wenn sie nur alle ein wenig warteten – würde er dann vielleicht auch von selbst nach Hause kommen und die nötige Hilfe annehmen?

Das Duschwasser rauschte, bis das heiße Wasser offenbar zur Neige ging. In Niccolos Schubladen fand sie ein paar passende Sachen und entschuldige sich stumm dafür, dass sie sie nahm, obgleich sie wusste, dass er sicher Verständnis gehabt hätte. Nachdem sie den kleinen Kleiderstapel im Flur vor bei der Tür abgesetzt hatte, ging sie in die Küche zurück, um dort zu warten.

Das Rauschen verstummte. Sie hörte, wie die Badezimmertür sich öffnete, stellte sich vor, wie Rooney sich die bereitgelegten Sachen griff. Zeit genug zum Ankleiden musste sie ihm schon lassen, wenn sie ihn danach zum Bleiben – zumindest bis zu Niccolos Rückkehr – überreden wollte. In Krisenzeiten wusste Niccolo anscheinend immer Rat.

Erstmals hatte sie tief im Innern das Gefühl, dass es stimmte, was er gesagt hatte: dass sie nicht ihn brauchte, sondern sie beide, zusammen. Nicht nur, weil sie am Wendepunkt ihres Lebens stand, sondern weil sie endlich begriffen hatte, was es bedeutete, Teil eines größeren Ganzen zu sein. Zwar war sie immer Mitglied einer Familie gewesen, gleichzeitig aber doch auch von ihr getrennt. Nach Rooneys Fortgang hatte sie sich nie auf andere verlassen, wenn es darum ging, das Richtige zu tun. Weder hatte sie jemals wieder ihr Herz voll und ganz verschenkt noch die Kontrolle aus der Hand gegeben.

Erneut hörte sie eine Tür klicken. Ihr Herz tat einen Sprung, dachte sie doch, Niccolo sei zurück, gerade rechtzeitig, um ihr bei ihrer Entscheidung zu helfen. Als sie jedoch keine Schritte im Flur hörte, fiel es ihr wie Schuppen von den Augen.

Vor der Badezimmertür lag unangerührt der Wäschestapel für ihren Vater. Die Tür stand offen. Rooney war verschwunden, diesmal jedoch nicht ganz spurlos. Neben dem Kleiderbündel sah Megan ein kleines, in Leder gebundenes Tagebuch, das oben auf dem Stapel ruhte. Sie nahm es und schlug den Einband auf. Ihr Blick fiel auf eine in winziger, krakeliger Handschrift verfasste Beschriftung.

Niccolos Suche nach dem Folgeband von Father McSweeneys Tagebuch im Archiv zu St. Brigid's war vergeblich, denn Megan hielt ihn ans Herz gedrückt.

29. Juni 1883

Als Priester bin ich gehalten, Gott über alles zu lieben und Opfer zu bringen, so wie auch der Herr sich für mich geopfert hat. Da Gott aber vollkommen ist und das Opfer seines Sohnes ein makelloses Opfer war – wie schwer fällt es da, ihn auf fehlerlose Weise zu lieben?

Noch um vieles schwieriger ist es indes, ein anderes menschliches Wesen zu lieben, ein Weib etwa, eine unvollkommene, am Endes eines langen Tages ermüdete Frau, deren Opfer ebenfalls nicht ohne Fehler sind.

Und doch: Wie groß ist eine solche Liebe! Jemanden zu lieben, all seinen Fehlern zum Trotz, ungeachtet aller menschlichen Makel. Hinter Erschöpfung und Unvollkommenheit zu schauen, in die vollkommene Seele hinein.

Zuweilen glaubt ein Priester, er habe die schwersten aller Pflichten auferlegt bekommen. Wie viel schwerer aber ist es – und doch wie lohnend zugleich –, einfach nur einen anderen Menschen zu lieben.

Wie begrenzt sind wir doch in unserer Entwicklung, wenn wir dies nicht können!

Aus dem Tagebuch von Father Patrick McSweeney, St. Brigid's Church, Cleveland, Ohio.

36. KAPITEL

Juni 1883

„Manche Dinge behält eine Frau für sich!“ Katie Sullivan nahm die Tasse Tee, die Lena ihr eingeschenkt hatte, und stellte sie neben sich auf den Tisch. „Einige wiederum vertraut sie am besten einer anderen Frau an.“

Lena, die sich selbst gerade Tee eingoss, schaute auf. Sie und Katie saßen in dem winzigen Gärtchen gleich neben dem Pfarrhaus. Soeben hatte Katie Father McSweeneys frisch gewaschene Wäsche abgeliefert und gönnte sich nun zusammen mit Lena, die ihre morgendliche Hausarbeit erledigt hatte, eine Pause. Katies Nachwuchs spielte ganz in der Nähe am Fuße des kleinen Springbrunnens direkt vor dem Pfarrbüro. Das Kinderlachen hallte von den grauen Steinwänden wider.

„Was sollte ich denn einer anderen anvertrauen?“ Lena setzte sich mit der Tasse in der Hand.

„Entweder ahnst du noch nichts, oder du willst es mir nicht verraten. Falls es Letzteres ist, geht es mich nichts an. Wie sagt der Volksmund? Je tiefer der Brunnen, desto süßer das Wasser. Soll ich es dir sagen oder lieber warten, bis du von selbst draufkommst?“

„Die Überraschungen in meinem Leben waren nie angenehmer Art.“

„Ich glaube, du bist in Umständen, meine Liebe. Irre ich mich?“

Lena starrte sie an. „Sselbstverständlich tust du das!“

„Wirklich? Dann entschuldige bitte, dass ich das Thema angeschnitten habe. Oder könnte es sein, das du selber dich irrst?“

Lena setzte fast das Herz aus. „Wie kommst du darauf?“

„Du isst nicht mehr mit solchem Appetit, und du hast so frische Farbe in den Wangen.“

„Ich hatte eine leichte Verdauungsstörung, das ist alles.“

„Aber das erklärt nicht, wieso du zugenommen hast.“

Lena atmete tief durch. „Katie, das kann nicht sein. Ich hatte letzten Monat meine Regelblutung – wenn auch keine sehr starke."

„Und diesen Monat?"

Lena wandte den Blick ab. „Noch nicht."

Als die Regel in der Woche zuvor absolut nicht einsetzen wollte, da hatte sie sich durchaus gefragt, ob sie und Terence vielleicht doch endlich ein Kind gezeugt hatten. Allerdings hatte sie den Gedanken vorerst verworfen. Es war noch viel zu früh für Gewissheit, viel zu früh, um den Anzeichen wirklich Bedeutung beizumessen.

Es sei denn, sie hatte Anfang Mai empfangen – wofür Gott ihr vergeben mochte. Denn wenn sie wirklich schwanger und das Kind im Mai gezeugt worden war, dann wusste sie nicht, wessen Kind sie unter dem Herzen trug.

„Ausgeschlossen!" Lena schüttelte den Kopf, um diese entsetzliche Möglichkeit zu verdrängen. „Nein, du musst dich irren."

Hektisch versuchte sie sich zu erinnern, wie oft genau Simeon sich seit Mitte April an ihr vergangen und wie viele Male ihr Terence seitdem zärtlich beigewohnt hatte. In jener furchtbaren Nacht, als sie von Simeon um ein Haar erdrosselt worden wäre, da hatten beide den Beischlaf mit ihr vollzogen. Konnte das Kind etwa in jener Nacht gezeugt worden sein?

Wessen Samen war ihr da eingepflanzt worden?

„Ich verstehe, dass das ein Schock für dich ist", sagte Katie. „Aber du wirst dich schon daran gewöhnen und bestimmt eine gute Mutter, ruhig und stark. Du wirst deine Kinder zu ordentlichen Menschen erziehen."

Konnte man ein Kind von James Simeon überhaupt etwas lehren? Konnte sie ein Kind lieben, wenn sie wusste, dass sein Vater sie mit Gewalt genommen hatte? Konnte sie zeitlebens so tun, als sei ihr Mann der Erzeuger?

Würde sie etwa jemals mit Sicherheit wissen, wessen Kind es war?

Sie fühlte, wie der Tee in ihrer Tasse kalt wurde, und wusste, sie musste etwas sagen. Andernfalls hätte sie Verdacht erregt.

„Du hast Recht. An die Vorstellung muss ich mich erst gewöhnen. Doch ein Kind von Terence will ich von Herzen lieben.“

Katie fiel sichtlich ein Stein vom Herzen. „Freut mich, dass du so denkst, meine Liebe. Ich fange noch heute Abend an zu stricken. Anfang des nächsten Jahres werden wir alles bereithaben.“

Eine Methode, mit der sie sich des Kindes hätte entledigen können, kannte sie nicht. Sie unterhielt sich darüber mit Granny, der alten Hebamme, der sie erzählte, sie habe eine Bekannte, die damit drohte, das Ungeborene in ihrem Leibe zu töten. Von Granny hatte Lena wissen wollen, wie sie das verhindern und was die Arme denn tun könne.

Wäre es einfach, so Granny, dann würde die Hälfte aller täglich geborenen Säuglinge nicht leben. Es gab keine Patentlösung, um ein Kind zu verhindern, das unbedingt zur Welt kommen wollte. Freilich, es gab Kräuter und bestimmte Medizin, doch die hatten vorwiegend nur Auswirkungen auf die Mütter. Es gab auch Hebammen und Ärzte, die sich vor Gott versündigten, aber manche der Frauen, die sich in ihrer Verzweiflung an diese wandten, wurden nie wieder gesehen. Granny hielt es für besser, wenn Lena ihrer Bekannten riet, sich für das Kind zu entscheiden. Damit war sie sicherer und auf lange Sicht auch glücklicher. Schließlich verwarf Lena den Gedanken an eine Abtreibung.

Als der Juni zu Ende ging, hatte sie ihrem Mann noch immer nicht mitgeteilt, dass sie in Umständen war. Jeden Morgen, noch ehe sie Father McSweeney das Frühstück bereitete, ging sie in die Kirche und betete darum, das Kind möge aussehen wie Terence, damit sie selbst das Baby, war es erst geboren, trotz allem lieben könne. Vor einer Entdeckung hatte sie keine Angst. Sowohl ihre als auch Terences Mutter waren dunkelhaarig wie Simeon; ein dunkelhaariges Kind würde fraglos akzeptiert werden. Eins fürchtete sie viel mehr: dass sie beim Anblick des Kleinen jedes Mal Simeon sehen würde, ob im Aussehen, in bestimmten Verhaltensweisen oder in seiner Sprache – selbst wenn Simeon nicht der Vater war.

Im Juli dann, als Whiskey Island unter einem schwülfeuchten Südwind schier zerfloss und Schwärme von Moskitos selbst die lederhäutigen Erzarbeiter marterten, begriff sie, dass es sich nicht länger aufschieben ließ: Sie musste Terence über das Kind informieren.

Der sorgfältig gewählte Moment ergab sich, als er im Bett lag, schon beinahe eingeschlafen. Auf die Seite gedreht, flüsterte sie ihm die Nachricht ins Ohr. Sie sah sein Lächeln selbst in der Dunkelheit, als er sie umfasste und an sich zog. „Ich weiß", antwortete er leise. „Wer kennt deinen Körper besser als ich? Was meinst du, wird es ein Sohn oder eine Tochter?"

Ihr war beides recht – war das Kind nur blond wie der Vater!

„Ein Mädchen, glaube ich, rothaarig wie die Mutter. Wirst du denn wohl noch ein Weilchen beim hochwürdigen Father arbeiten dürfen?"

„Das nehme ich an. Ich muss es ihm erst noch sagen." Ihr grauste bereits davor, Father McSweeney das Geheimnis anvertrauen zu müssen, wusste er doch um das furchtbare Dilemma, vor dem sie stand.

„Ich werde mich sicher schon bald um eine Stelle bewerben können. Irgendwie schaffen wir es, sorge dich nicht. Bin ich erst wieder in Lohn und Brot, kannst du selbst entscheiden, ob du weiter bei Father McSweeney in Dienst bleiben willst oder nicht."

Sie schloss die Augen, doch Stunden vergingen, ehe sie einschlief.

Wohl oder übel hatte Rowan sich bis zu Nanis Rückkehr aus England gedulden müssen, ehe er ihr einige Fragen bezüglich James Simeon stellen konnte. Nani hatte Simeons Frau als persönliches Dienstmädchen während der Seereise begleitet, war jedoch nach Julias Einquartierung bei entfernten Verwandten in der Grafschaft Kent nach Cleveland zurückgekehrt, um wieder ihren Dienst in der Familienvilla anzutreten.

Rowan wartete die erste Woche nach ihrer Rückkehr ab, bevor er an sie herantrat. Obwohl sie lediglich gute Bekannte waren, freute er sich doch, sie wiederzusehen. „Und du hattest eine schöne Reise?“ fragte er, als Nani sich kurz mit ihm im Garten der Villa traf.

„Die Rückreise, die war angenehmer. Denn Mrs. Simeon, sie war bei Hinfahrt immerzu krank.“

Mitfühlend schnalzte er mit der Zunge. Er wusste, Nani hatte Mitleid mit ihrer Dienstherrin und war bemüht, ihr zu helfen. Andererseits war ihm auch klar, wie strapaziös dies sein konnte.

„Was würdest du sagen – ist dies hier generell ein guter Arbeitsplatz? Wirst du anständig behandelt?“

Nani sagte lange Zeit gar nichts. Offenbar ahnte sie, warum er die Frage stellte. „Es geht“, erwiderte sie schließlich. „Ich werde gut bezahlt und nicht misshandelt.“

„Und andere? Werden die weniger gut behandelt?“

„Du meinst wohl Lena?“

Er gab keine Antwort, da er hoffte, dies würde sie ermutigen weiterzusprechen.

Seine Hoffnung trog nicht. „Falls andere werden schlecht behandelt, dann ich weiß davon nichts.“

„Sag mir: Als Lena nicht mehr zur Arbeit erschien, wie wurde darauf reagiert?“

„Ich weiß nicht. Ich bin auf dem Dampfer weggefahren.“

„Aber ein, zwei Tage davor warst du noch hier. Was wurde da gesprochen?“

Sie schwieg dermaßen lange, dass er bereits alle Hoffnung auf ihre Aussage aufgab. Mittlerweile waren sie schon ein beträchtliches Stück zum Haus zurückgegangen. „Lange bevor Lena aufhörte“, sagte Nani schließlich seufzend, „sie bat mich, ich soll bei ihr in der Küche bleiben. Sie hat behauptet, dass Mr. Simeon, er …“ Sie zuckte die Achseln. „Sie hatte Angst.“

„Vor Simeon?“

„Er hat Dinge zu ihr gesagt. An dem Abend, er schickte uns alle fort. Nur sie nicht. Und da sie hat sich gefürchtet.“

Rowan stieß einen unterdrückten Fluch aus. „Bist du denn geblieben?“

Tränen traten ihr in die Augen. „Ich habe versucht! Aber als Mr. Simeon mich sah, er hat mich wieder weggeschickt. Sonst ..."

„... hättest du deine Stellung verloren, ich weiß." Er hieb sich mit der Faust in die Handfläche. „Und das passierte schon lange, bevor sie dann wegblieb, sagst du?"

Nun brach es aus ihr heraus. „Vor dem Abend, Mr. Simeon hat niemals uns freigegeben. Nie! Aber danach ... immer, wenn Mrs. Simeon ging aus mit Bekannte ..."

„Hast du denn Lena mal gefragt, was da los war? Hast du versucht, ihr zu helfen?"

Sie weinte lautlos vor sich hin. „Was ich denn konnte tun?"

„Du hast es nicht wahrhaben wollen, nicht wahr?"

„Mr. Simeon, er hat mich nie gekränkt. Hat nie versucht."

„Dieser elende Schuft!" Damit waren Rowans Befürchtungen übertroffen. Er war davon ausgegangen, dass Simeon Lena in einem Wutanfall vielleicht geschlagen und sie daraufhin aus Angst gekündigt hatte, doch die Wirklichkeit erwies sich als ungleich schlimmer. Einen ganzen Monat lang, vielleicht sogar länger, hatte die Ärmste Simeon Abend für Abend ganz allein erdulden müssen.

Vor lauter Zorn sah Rowan alles wie durch einen Schleier. Er hatte mit Lena Tierney unter einem Dach gewohnt, hatte aus nächster Nähe mit ansehen dürfen, was für eine Frau sie war. Er wusste, dass sie sich freiwillig niemals einem anderen als ihrem Mann ergeben hätte. Was immer ihr von Simeon angetan worden war, musste gegen ihren Willen erfolgt sein.

Hätte er Simeon in diesem Moment zu fassen bekommen, er hätte ihn ohne Bedenken mit bloßen Händen umgebracht.

Nani schluchzte. „Mr. Simeon, er war böse, als Lena nicht kam zurück. Er hat Bloomy angebrüllt und gesagt, er bestraft Lena, und sie kriegt nie wieder Arbeit, nirgends! Und ihr Mann, er soll gehen zum Teufel! Genau so er hat gesagt. Ein reicher Mann kann eine Frau benutzen, wie er will", klagte sie bitter. „So war bei uns zu Hause im Dorf, und so ist es hier. Eine Frau nur kann hoffen, dass sie solche Kerl nicht in Auge fällt."

„Na, jedenfalls gibt es in dieser Stadt einen Reichen, der meinem Augenmerk nicht entgangen ist. Eines guten Tages wird er es zu spüren bekommen."

Father McSweeney konnte sich denken, was passiert war und warum Lena es ihm verheimlicht hatte. „Weiß Simeon davon?" wollte er wissen, als sie ihm ihre Schwangerschaft gestand.

„Nein! Ich werde es ihm nicht sagen, und Ihr auch nicht."

Er faltete die Zeitung zusammen, die er lediglich zu lesen vorgegeben hatte, während sie ihm das Frühstück servierte. Seine Gedanken wie auch sein Blick waren ganz woanders gewesen. Bald schon musste jeder erkennen, dass sie ein Kind erwartete. „Ist es von Simeon?"

„Es wird das Kind von Terence sein. Mehr braucht niemand zu wissen."

„Und Terence?"

„Er würde nie etwas anderes glauben, als dass es seins ist."

„Wir leben in einer verhältnismäßig kleinen Stadt. Bald wird Simeon es von jemandem erfahren."

„Was schert es ihn? Er hat doch bereits seinen Willen bekommen, oder? Auf das Kind einer armen irischen Einwanderin legt er bestimmt keinen Wert."

Father McSweeney machte ein bedrücktes Gesicht. „Wir haben es mit jemandem zu tun, der sein Zeichen auf alles kritzelt, was ihm in die Hände fällt. Wohin man nur schaut – überall das doppelte S. Und ständig neue Stellen, auf denen es auftaucht."

„Auf mein Baby kritzelt er jedenfalls nichts." Sie stemmte die Hände in die Hüften. „Und sollte er es versuchen, so sage ich ihm, es sei das Kind von mir und meinem Mann, und er habe nichts damit zu schaffen."

„Er kann aber doch rechnen, Lena!"

Der Gedanke, Simeon könne es in irgendeiner Weise interessieren, dass seine Köchin ein Kind von ihm bekam, war Lena bislang noch nicht gekommen. Sie ging davon aus, dass es ihm, wie allen Männern seines Standes, allerhöchstens ein amüsiertes Schmunzeln wert sein würde, und damit basta.

„Dann werde ich ihm die Wahrheit sagen. Dass ich nämlich in

der Nacht, in der er mich vergewaltigte, auch bei meinem Mann gelegen habe und schwanger wurde. Wird Simeon denn etwa ein Kind haben wollen, das gar nicht von ihm stammt, sondern durch und durch irisch ist?"

McSweeneys sorgenvolle Miene hellte sich keineswegs auf. „Du darfst auf keinen Fall seinen Argwohn erregen, Lena. Halte deinen Zustand so lange wie möglich geheim, auch auf die Gefahr hin, dass du nicht mehr hierher kommst. Der Mann ist unberechenbar. Ich weiß, du hast schon Sorgen genug, aber dies solltest du nicht auf die leichte Schulter nehmen. Geh Simeon nach Möglichkeit aus dem Weg."

„Danke, Father, aber Eure Mahnung ist entbehrlich. Ich hoffe, ich brauche das Gesicht dieses Kerls nie mehr zu sehen. Weder hier …" – sie hielt inne, um dann mit gesenkter Stimme fortzufahren – „… noch in der Wiege."

„Ich werde dich in meine Gebete einschließen, bis das Kind geboren ist."

Sie rang sich ein bebendes Lächeln ab. „Das tut Ihr doch schon, Father!"

Immer noch wich der nachdenkliche Ausdruck nicht von seiner Miene. „Dann eben jeden Tag ein Gebet extra. Dafür bin ich mir nicht zu schade."

Jeden Abend kam Terence seiner Frau bis zum Fuß des Hügels entgegen, zwar noch langsam und unsicher, doch immerhin schon in der Verfassung, dass er sich nicht mehr auf zwei Krücken stützen musste, sondern bloß noch auf eine sowie einen Gehstock. So schaffte er die Strecke quer über Whiskey Island bis zur hügelan führenden Straße. Auch wenn er sich die Steigung selbst noch nicht zumuten mochte, konnte er doch auf Lena warten und Ausschau halten, was er allabendlich bis zu ihrem Auftauchen tat, um dann gemächlich gemeinsam mit ihr den Heimweg anzutreten.

Zwar hätte Father McSweeney sie in seiner Kutsche heimfahren lassen können, doch man war übereingekommen, dass die Bewegung Terence nur gut tun würde. Der Pfarrer begleitete sie deshalb zumeist bis oben auf den Hügel, um sie sodann allein bis zum Treffpunkt mit ihrem Mann hinuntergehen zu lassen. Eigentlich hätte es keiner Eskorte bedurft, denn es war abends bereits lange hell, und ständig waren Leute unterwegs. Dennoch ließ Lena die Männer gewähren, wusste sie doch, wie viel beiden dieses Bemühen um sie bedeutete.

Eine Woche nachdem Lena ihrem Mann die freudige Botschaft mitgeteilt hatte, servierte sie abends noch dem Pfarrer sowie einer kleinen Gruppe von Geschäftsleuten aus der Diözese ein besonders opulentes Mahl. McSweeney war mit der Bitte um einen größeren Geldbetrag für die Erweiterung des Schulgebäudes an seine Gäste herangetreten. Da er zu diesem Zweck ein besonderes Festessen für wünschenswert hielt, hatte Lena sich selbst übertroffen.

Terence war informiert und wusste, sie würde sich etwas verspäten. Nun allerdings merkte sie mit einem Blick zur Wanduhr des Pfarrhauses, dass sie sich sputen musste, wollte sie ihn nicht zu lange warten lassen. Dunkle Wolken überzogen den Himmel. Donner grummelte in der Ferne. Ihr Begleiter bis zum Treffpunkt, ein junger Mann, war noch nicht erschienen, und Father McSweeney tief ins Gespräch über Klassenzimmer und Schulfibeln vertieft.

Mittlerweile war sie schon so häufig allein gekommen und gegangen, dass sie die Warterei kaum mehr aushielt. Brach erst das Gewitter los, dann wurde Terence bestimmt bis auf die Haut durchnässt, und auch sie selbst wäre dem Regen draußen schutzlos ausgesetzt. Also beschloss sie, sich allein auf den Weg zu machen, allerdings erst, nachdem sie die eigens für den Nachmittag engagierte junge Haushaltshilfe entsprechend instruiert hatte.

Blitze zuckten bereits quer über den Himmel, als sie losmarschierte und den Bürgersteig entlangeilte. Vernünftigerweise hatte die Mehrzahl der Anwohner sich in die Häuser verzogen. Während sie ihres Weges ging, fiel Lena die Veränderung auf, die mit ihrem Körper vorging. Offenbar nahm er tagtäglich an Umfang zu. Sie konnte die Augen nicht länger vor ihrem Zustand verschließen. Bald schon musste das Kind sich bewegen und so auf sich aufmerksam machen.

Als sie sich, tief in Gedanken versunken, der Straße näherte, die hinunter nach Whiskey Island führte, bemerkte sie, dass gleich hinter der Biegung eine Kutsche stand. Sie kannte das Gefährt und erst recht dessen Monogramm, das den Hass in ihrem Herzen immer wieder aufs Neue entfachte. Aus der Entfernung konnte sie nicht erkennen, ob jemand im Kutscheninneren wartete, doch sie hütete sich, näher heranzugehen.

Wild raste ihr das Herz, als sie wie gehetzt nach einem Versteck Ausschau hielt. Sie hoffte, dass Simeon abfahren würde, sobald das Gewitter losbrach. Falls er auf sie wartete – und wie hätte man das Erscheinen der Kutsche anders interpretieren sollen? –, dann nahm er vermutlich an, sie habe das Pfarrhaus noch gar nicht verlassen und warte erst das Ende des Regenschauers ab.

Jetzt wurde ihr klar, wie richtig es gewesen war, dass sowohl Terence als auch der Pfarrer auf einer Begleitung für ihren Heimweg bestanden hatten.

In den Abhang hineingebaut ruhten viele der Häuser nach vorn auf Pfeilern, wodurch sich schützende Unterstände bildeten. Zu einem davon strebte sie hin, während der Himmel sich weiter verfinsterte und der Wind bedrohlich auffrischte. Bis die Kutsche wieder abfuhr, wollte Lena sich unter einem der pfeilergestützten Häuser verkriechen und dann, sobald die Gefahr vorüber war, den Hügel hinunter zu Terence eilen.

Fast hatte sie das Haus erreicht, als ein Mann hinter dem Stamm einer riesigen Ulme hervortrat und ihren Arm umklammerte. Schon wollte sie um Hilfe rufen, doch er hielt ihr den Mund zu, zog sie grob an sich und betastete durch ihre Röcke hindurch ihre Hüften und ihren Bauch. „Schreist du, so wird es dir schlecht bekommen, Lena!“

Obwohl rücklings an seine Brust gepresst, erkannte sie die Stimme von James Simeon, widersetzte sich auch kurz, doch vergebens – er war stärker. Seine Finger bohrten sich in ihren Arm und quetschten ihr Fleisch.

„Wir gehen nun brav zu meiner Kutsche“, befahl er nach kurzem Kampf. „Versuchst du zu schreien oder zu flüchten, breche ich dir das Genick, ohne mit der Wimper zu zucken."

Er nahm ihr die Hand vom Mund und zerrte Lena in Richtung seiner Kutsche. Dort angekommen, stieß er sie unsanft hinein, folgte ihr dann und zog die Tür hinter sich zu. Im Inneren herrschte unerträgliche Schwüle. Stumm und furchtlos vor Zorn saß sie Simeon gegenüber.

„Kein Gruß, Lena? Schließlich waren wir lange getrennt, wir zwei."

„Ihr habt kein Recht, so mit mir umzugehen."

„Ach nein? Dabei bin ich doch mehrmals mit dir umgegangen – auf unterschiedliche Art. Du wurdest gut dafür bezahlt."

„Ihr habt Euch mir aufgezwungen."

Er schmunzelte. „So also betrachtest du das, Lena? So weist du die Schuld von dir? Ich nahm dich, so oft mir der Sinn danach stand. Du hast dich zwar ein wenig geziert, doch nie Nein gesagt, hast die Röcke gerafft und mich gewähren lassen – ein wenig Farbe in einem sonst faden Leben. Wahrscheinlich hattest du nicht damit gerechnet, einmal wieder einen Mann zwischen den Schenkeln zu spüren."

„Als ich Euch zu Willen sein musste, war kein Mann zwischen meinen Beinen. Es war überhaupt kein Mann da."

Er applaudierte ihr schweigend. „Ich habe dein Feuer vermisst, meine Liebe. Und dich ebenfalls. Gefällt dir deine neue Stelle? Der Pfaffe ist der Einzige in der ganzen Stadt, der sich getraut, dich zu beschäftigen. Sehr gerissen von dir, dich aus meinem Haus zu schleichen, durchtriebener gar, als ich es dir zugetraut hätte. Bietest du ihm dieselben Dienste, die du mir angedeihen ließest?"

„Was seid Ihr nur für ein Scheusal! In der Hölle sollt Ihr braten!"

„Also nicht! Schade! Er ahnt ja nicht, was ihm entgeht."

„Falls Ihr vorhabt, mich erneut mit Gewalt zu nehmen, kratze ich Euch die Augen aus. Ihr habt keine Macht mehr über mich."

Er schnalzte höhnisch mit der Zunge. „Ich wollte dir nur sagen, dass ich dir vergeben habe. Du kannst wieder in meiner Küche arbeiten – zum doppelten Lohn!"

Ihr war klar, dass noch etwas kommen musste. Er trieb seinen Spaß mit ihr. Allerdings war es riskant, sie nur deswegen in aller Öffentlichkeit in die Kutsche zu zerren. Bislang hatte er noch keinen Annäherungsversuch gewagt, seit er sie unter dem Baum so ruppig an sich gerissen hatte.

„Erzähl mir von deinem Gatten, mein Kind! Wie geht es unserem armen Invaliden? Besser?"

„Ja. In jeder Hinsicht."

Er grinste hämisch. „Und was glaubt er, wer dich geschwängert hat? Oder ahnt er etwa von nichts?"

Ihr stockte der Atem, während sein Grinsen noch breiter wurde. „Ich habe dich beobachten lassen, mein Herz. Du warst ja wunderbar vorsichtig. Erst heute bot sich mir die Gelegenheit, mit dir allein zu sein und dich zu fragen."

„Wie kommt Ihr darauf, ich könnte schwanger sein?"

„Eine oberflächliche Untersuchung vorhin unter dem Baum!"

Nun erinnerte sie sich, wie er ihren Leib und ihre Hüften betastet hatte.

„Auch deine Brüste sind größer geworden", fuhr er fort. „Wenn dein Mann das noch nicht gemerkt hat, ist er wahrlich ein Narr."

„Mein Mann wartet unten am Fuß des Hügels auf mich. Wenn ich nicht bald komme, wird er heraufklettern."

„Das bezweifle ich. Mein Kutscher wird eine solche Dummheit zu verhindern wissen. Dennoch – ein Jammer eigentlich! Was würde der Gute wohl sagen, sähe er uns hier zusammen, nachdem er sich den steilen Weg hinaufgequält hat?"

Ja, in der Tat, was würde Terence sagen? Vor dem geistigen Auge sah sie ihn, wie er mühsam bergan hinkte.

„Es ist sein Kind", stieß sie hervor, trotzig das Kinn gereckt. „Gezeugt, nachdem ich aus Euren Diensten schied!"

„Ich könnte ihm etwas anderes erzählen."

Sie spürte das hämmernde Pochen ihres Herzens im Brustkasten. „Dann sage ich ihm, dass Ihr lügt. Mir glaubt er mehr als Euch." Sie rutschte zur Tür und drückte sie auf. Zu ihrem Erstaunen ließ er sie gewähren. „Falls Ihr gedacht habt, Ihr könntet mich zur Rückkehr nötigen, damit ich wieder Eure Köchin und Eure Hure bin, dann habt Ihr Euch verrechnet. Was ich mit Euch trieb, dass tat ich aus Angst um die, die ich liebe. Das werdet Ihr nicht verstehen, denn was Liebe ist, das wisst Ihr nicht. Meinetwegen sagt meinem Mann, was Ihr wollt, aber ich komme keinesfalls in Euren Dienst zurück, jetzt und auch in Zukunft nicht."

„Welch beherzte kleine Ansprache! Du erstaunst mich doch immer wieder. Komm gut heim, ehe das Gewitter dich erwischt! Du musst ja in deinem Zustand besonders Acht geben, sonst humpelt womöglich noch ein verkrüppelter irischer Bastard auf den Straßen von Whiskey Island herum."

Beim Aussteigen rechnete sie damit, dass er sie zurückhalten würde, doch er ließ sie gehen.

„Grüß deinen Gatten von mir, ja?" rief er ihr nach. „Ich werde beizeiten ein Wörtchen mit ihm reden müssen. Das ist ein Versprechen. Sag ihm das!"

37. KAPITEL

Je näher das Unwetter rückte, desto mulmiger wurde es Terence zumute. Ein Regenschauer machte ihm nichts aus, ein Blitz dagegen schon. Er stellte sich vor, wie Lena auf dem Weg zu ihm durch die gewitterdunklen Gassen irrte und dann die steile Straße hinunter, die gewiss beim ersten Wolkenbruch tückisch glatt wurde. Hätte er doch vorher mit ihr beredet, was in einem solchen Falle zu tun sei! Dann hätte er sie ermahnt, im Pfarrhaus auszuharren, bis das Gewitter vorübergezogen war. Sie ihrerseits hätte ihn sicher daheim gewähnt und nicht riskieren müssen, bei dem Wetter draußen herumzulaufen. Ohne diese Gewissheit indes würde sie, unerschrocken wie sie war, keine Mühe scheuen, sich zu ihm durchzuschlagen.

Er rang stumm mit sich, ob er versuchen sollte, den Hügel hinaufzuklettern und sie vielleicht unterwegs in Empfang zu nehmen. Falls ihm der Anstieg gar ganz gelang, konnten sie gemeinsam zum Pfarrhaus zurückgehen, dort das Ende des Unwetters abwarten und sich dann mit der Kutsche des Pfarrers heimfahren lassen.

Ob er den Anstieg jedoch bewältigen konnte, war eine andere Frage. Sein Gang war nach wie vor unsicher, seine Kraft bei weitem noch nicht zurück. Eines Tages, ja, da benötigte er möglicherweise nur noch den Gehstock, doch noch stützte er sich sowohl auf einen Stock als auch auf eine Krücke – den Stock fürs Gleichgewicht, die Gehhilfe zur Fortbewegung. Somit war der Hügel eigentlich noch zu schwierig für ihn.

Dennoch beschloss er, den Versuch zu wagen. Die Straße lag menschenleer vor ihm. Obwohl er rasch ermüdete, erwies sich die Steigung als weniger kraftraubend als befürchtet. Der auffrischende Wind zerrte an ihm und warf ihn fast aus dem Gleichgewicht, doch Terence lernte schnell, sich in den Sturm zu lehnen und so die Balance zu halten. Ein Drittel des Weges hatte er schon fast geschafft, ehe er anhielt, um zu verschnaufen. Er hatte gehofft, derweilen auf Lena zu stoßen, doch weit und breit war niemand zu sehen.

Allmählich machte er sich Sorgen. Warum, das wusste er selbst nicht genau. Dass Lena sich allein aufmachte, hätte Father McSweeney nie und nimmer zugelassen. Schlimmstenfalls war sie etwas verspätet aufgebrochen. Also, dachte Terence, müsste er unweit der Kirche auf sie stoßen. Doch selbst diese logische Überlegung nahm ihm nicht die Unruhe. Er kannte seine Frau und wusste um ihre Umsicht. Braute sich ein Unwetter zusammen, wäre sie unter allen Umständen frühzeitig heimwärts geeilt.

Während sich der Himmel immer weiter verfinsterte, kämpfte Terence sich verbissen hügelan. Das einzige Licht waren die über den See jagenden Blitze. Auch auf dem zweiten Wegdrittel begegnete er keiner Menschenseele. Als er fast oben war, tauchte kurz vor ihm plötzlich ein Mann auf. Breitbeinig verharrte er mitten auf dem Gehweg, die Arme über der Brust verschränkt.

„Terence Tierney?"

Terence hielt an, auf Stock und Krücke gestützt. „Wer will das wissen?"

„Einerlei. Geh nach Hause, deine Frau ist aufgehalten worden."

„Aufgehalten?"

„Erfasst! Sie kommt später."

Terence spürte, wie die Empörung in ihm aufkochte, als er den Mann musterte – ein noch junger Bursche, massig wie ein Bulle, breitschultrig, mit muskulösem Oberkörper und einem Stiernacken, auf den gerade noch der Kopf passte.

„Von wegen nach Hause!" gab Terence zurück. „Wird sie aufgehalten, dann warte ich im Pfarrhaus auf sie." Damit hinkte er auf den Unbekannten zu, der ungerührt stehen blieb.

„Nichts da, Paddy! Dein Frauchen hat was Besseres zu tun, als mit dir heimwärts zu humpeln. Und nun verzieh dich gefälligst! Wenn Mr. Simeon mit ihr fertig ist, kommt sie nach."

Wie vom Donner gerührt blieb Terence stehen. „Simeon?"

„So ist es! Die zwei unterhalten sich über den Grund, warum sie so plötzlich aus seinen Diensten geschieden ist. Jemand wie er hat es nun mal nicht gern, wenn man seine guten Taten derart schnöde ablehnt."

Terence kannte bloß das, was Lena ihm über Simeon erzählt hatte: dass er ihr unrecht getan, sie vor den anderen Dienstboten gemaßregelt und ihr nahezu täglich mit der Entlassung gedroht hatte. Nunmehr fragte Terence sich, ob seine Frau ihm wohl etwas verheimlicht hatte. Was scherte es einen mächtigen Mann wie Simeon, ob ein Dienstbote kündigte oder blieb? Wo doch andere Bewerberinnen dutzendweise vor dem Tor standen, um die Stelle zu übernehmen?

Die Fragen aber mussten warten. Die Angst, die mit jedem schmerzhaften Schritt gewachsen war, flammte nun wild in ihm auf. In seiner Vorstellung sah er Lena allein mit James Simeon, einem Mann, den sie vielleicht zu nachsichtig als nicht gerade galant bezeichnet hatte.

Simeons Wachhund gehörte zu denen, die sich an der Furcht anderer weideten. Daher ging Terence ihn bewusst verächtlich an und bemühte sich, keinesfalls Schwäche zu zeigen. „Meine Frau pflegt keine Unterhaltung mit Simeon und seinesgleichen. Und von einem wie dir lasse ich mich nicht aufhalten!“

„Aber sie hält tatsächlich ein Pläuschchen mit ihm.“

„Davon will ich mich selbst überzeugen. Aus dem Weg!“ Ein Schwung seiner Krücke brachte ihn dem Mann noch näher.

Der allerdings rührte sich keinen Zentimeter. „Verschwinde, Paddy, sonst verpasse ich dir einen Tritt wie einer streunenden Katze.“

Terence stand nun so dicht vor dem Mann, dass er dessen pockennarbige Wangen erkennen konnte. „Mein Weib ist eine anständige Frau!“ stieß er hervor.

„Eine anständige Frau?“ höhnte der Fremde, wobei er hämisch Terences irischen Akzent imitierte. „Eine, die für Geld die Beine breit macht, Freundchen! Vermutlich ein ums andere Mal. Und dem Vernehmen nach war sie ganz nach Mr. Simeons Geschmack.“

Halb blind vor Wut schwang Terence seinen Stock derart blitzartig und wuchtig hoch, dass der Bursche aus dem Gleichgewicht geriet und rücklings zu Boden sackte. Terence ließ ihn gar nicht erst auf die Füße kommen, sondern schlug abermals zu.

Diesmal sauste die Stockspitze seitlich am Schädel des Mannes herunter.

Wäre der Hieb mit größerer Wucht erfolgt, hätte der Bursche gewiss die Besinnung verloren. Der eigene Schwung katapultierte Terence vornüber, so dass der Schlag den Kerl nur seitlich traf und abglitt. Der heulte vor Schmerz auf, packte den Stab und riss daran, so dass Terence auf den Burschen stürzte.

Er hatte einen gesunden Arm sowie das unbändige Verlangen, seine Frau für die erlittene Beleidigung zu rächen. Beides reichte nicht gegen die Kraft des unter ihm liegenden Fremden.

Kaum hatte Lena die Kutsche verlassen und sich hastig der Straße nach Whiskey Island zugewandt, als die Schleusen des Himmels sich auftaten und ein Wolkenbruch niederging. Den Schal über den Kopf gezogen, den Blick auf den Boden gerichtet, tastete sie sich hügelabwärts.

„Spute dich!“ rief eine Männerstimme.

Erschreckt schaute sie auf und bemerkte durch den strömenden Regen einen Mann, der die Mütze tief in die Stirn gezogen an ihr vorbeihumpelte. Obwohl sie kaum die Hand vor Augen sehen konnte, glaubte sie doch, Simeons Kutscher erkannt zu haben, einen jungen Burschen, der wegen seiner ungehobelten Art bei der gesamten Dienerschaft unbeliebt war und nun offenbar seinen Posten verlassen hatte.

Sie umfasste den Schal noch fester und beschleunigte ihre Schritte. Wasser rauschte bereits in Sturzbächen den ungepflasterten Weg hinunter, und der glitschige, saugende Lehmboden zerrte an ihren Schuhen.

Sie schickte ein Stoßgebet zum Himmel und hoffte, dass Terence in der Annahme, sie warte das Ende des Unwetters im Pfarrhaus ab, bereits nach Hause zurückgegangen war. Hoffentlich war er nicht dem Kutscher in die Arme gelaufen! Dann hatte sie vielleicht Gelegenheit, ihrem Mann das Herz auszuschütten, bevor Simeon ihm alles sagte. Sie konnte nur hoffen und beten, dass Terence sie so sehr liebte, dass er sie verstand und ihr vielleicht sogar eines Tages verzieh.

Die Sicht war so begrenzt, dass sie um ein Haar an der Gestalt, die linker Hand auf dem Boden lag, vorübergehastet wäre. Wahrscheinlich wäre sie ihr überhaupt nicht aufgefallen, hätte der Körper nicht das Wasser gestaut, das zur Wegmitte hin abfloss und Lena gleich einem Bach über die Füße strömte. Mit einem Aufschrei blieb sie stehen und sah den Liegenden an. Dann stürzte sie durch das aufspritzende Wasser zu ihm hin.

„Terence!“ Sie sank im Schlamm auf die Knie und berührte sein Gesicht. Er lag auf der Seite, zusammengerollt wie ein weggeworfener Putzlappen. Hektisch wischte sie ihm das Haar beiseite. Aus einer Schläfenwunde quoll Blut, das in einem breiten Strom die Wange hinunterrann.

„Heilige Muttergottes!“ Sie riss sich den Schal vom Kopf, faltete ihn und presste ihn verzweifelt auf die Verletzung, um die Blutung zu stillen, immer und immer wieder Terence beim Namen rufend.

Sie hielt ihn schon für tot, als er den Kopf kaum merklich hob und die Augen aufschlug.

„Terence! Halte durch! Ich muss Hilfe holen.“

„Simeon ...“

Da wusste sie, wer dies getan hatte – nicht Simeon selbst, der sich kaum je die Hände schmutzig machte, sondern der Kutscher, der Terence abgepasst hatte, während sie in Simeons Kutsche gefangen saß.

Terence fuhr sich mit der Zunge über die Lippen. Seine Stimme wurde schwächer. „Hat er ... dir wehgetan?“

„Nein! Nein! Er ist zwar ein Scheusal, aber das hat er nicht. Er kann mir nicht mehr wehtun.“

„Doch ... er hat dir was angetan.“

„Nicht jetzt, Terence“, schluchzte sie, in Tränen aufgelöst. „Wir sprechen später darüber. Ich muss Hilfe holen.“

„Bitte ... verzeih mir! Ich würde ... ihn umbringen, wenn ... ich ... es könnte ... für dich!“

Jetzt begriff sie, dass er wusste, was sich zugetragen hatte, und dass er sie dennoch liebte. Er hatte alles verstanden und ihr vergeben. „Oh ja, ich weiß, Liebster! Ich weiß, dass du das tun würdest. Doch das ist jetzt nicht wichtig. Hilfe ist wichtiger. Bitte, stirb nicht! Halte aus! Ich bin gleich zurück. Oben auf dem Hügel sind Häuser…"

„Das Kind …! Gib gut Acht auf … mein Kind …"

„Bestimmt, bestimmt! Aber du hilfst mir doch dabei. Wir passen gemeinsam auf. Nur musst du mich jetzt …"

„Rowan … soll ... dir beistehen …" Die Augen hatte er zwar noch geöffnet, doch er sah Lena schon nicht mehr. Die Lippen wurden schlaff. Der Kopf sackte zur Seite.

„Terence!" kreischte sie. Zunächst rüttelte sie an seiner Schulter, dann trommelte sie wie wild mit den Fäusten darauf ein. „Terence, verlass mich nicht!"

Selbst als der Regen schon nachließ, riss und zerrte sie noch an dem liegenden Körper, bis ein Anwohner vom Hügel herunterkam, um nachzusehen, warum eine Frau so schrie – auf der Straße nach Whiskey Island.

Sie hätte das Häuschen in der Tyler Street verkauft, wäre nur ein Käufer aufzutreiben gewesen. Männer mit genügend Geld in den Taschen suchten nach Objekten weiter oben am Hügel. Mittlerweile zog es die Iren in die adretteren Siedlungen der westlichen Stadtbezirke, weit weg vom Fluss. Rowan machte ihr ein Angebot, doch sie lehnte es ab. Immerhin hatte er lange genug bei ihnen auf Whiskey Island ausgeharrt, nur um ihr Einkommen durch seine Miete aufzubessern. Da mochte sie ihm nicht zumuten, sein Glück weiter für sie zu opfern.

Von Father McSweeney wurde sie beharrlich gedrängt, doch das Quartier für die Haushälterin im Pfarrhaus zu beziehen. In dem Falle aber wären ihr Kost und Logis vom Gehalt abgezogen worden. Daran konnte auch der brave Pfarrer nichts ändern, denn die Kirchenoberen ließen sich auf Ausnahmen nicht ein. Deshalb blieb Lena in ihrer Hütte, da es sie nichts kostete. Auch Rowan verzichtete darauf, bei ihr auszuziehen, allen kritischen Blicken zum Trotz und ungeachtet allen Geredes in der Nachbarschaft.

Terence hatte ein würdiges Begräbnis erhalten, an dem weit mehr Trauergäste teilnahmen, als man je erwartet hätte. Er war bei jedermann beliebt gewesen und am Ende seines Lebens gar bewundert worden, weil er nie resigniert und trotz aller Widrigkeiten versucht hatte, etwas aus sich zu machen.

Sein Tod war den Anwohnern von Whiskey Island merklich in die Glieder gefahren. Von den Anfängen an, seit dem Bau der ersten irischen Teerpappenhütten und seit der Eröffnung der ersten Schänke, war Whiskey Island eine chaotische, gesetzlose Gegend gewesen, so dass Nacht für Nacht die Polizei auf den Plan trat und die Zeitungen sich schon über den moralischen Niedergang empörten.

Aber Mord? Mord kam äußerst selten vor, und nun war Terence Tierney ermordet worden, ein Krüppel, mit einem Stein erschlagen und einfach während eines Gewitters liegen gelassen, bis er verblutete. Und wozu das alles? Reichtümer hatte Terence wahrlich nicht angehäuft, Gut und Geld besaß er nicht. Auch hatte er nie einem Mann die Arbeit gestohlen, nie jemandes Kind oder Hund getreten.

Und außerdem war seine Frau schwanger.

Während Bürgerwehren gebildet wurden, die nächtens durch die Gassen von Whiskey Island patrouillierten, stellte Rowan auf eigene Faust Nachforschungen an. Zuerst hörte er sich Lenas Version der Ereignisse jenes schicksalhaften Abends an und erfuhr von dem Gespräch mit Simeon und von Lenas Begegnung mit dessen Kutscher. Den jungen Burschen hatte er sich als Ersten vorknöpfen wollen, doch dessen Vater, Simeons Gärtner, schwor Stein auf Bein, sein Sohn sei nach einer Kutschfahrt mit seinem Herrn und Meister so trocken heimgekommen, als habe nie ein Gewitter stattgefunden. Laut Aussage des Vaters waren sie dem Unwetter zuvorgekommen; das sei erst nach ihrer Rückkehr über der Euclid Avenue hinweggetobt. Auch der junge Mann selbst erschien, um Rowan zu begrüßen, und spazierte frech und ohne jegliches Hinken durch die Stallung.

Lena wäre es am liebsten gewesen, sie hätte Simeon für den Tod von Terence verantwortlich machen können. Warum aber hätte er jemanden umbringen sollen, den er doch eigentlich mit der Untreue seiner Ehefrau hatte quälen wollen? Dass Terence tot war, das war schlimmer als Simeons mutmaßliche Enthüllungen. Doch wie eine Katze, die vor dem Töten mit der Beute spielt, hätte Simeon ihn zunächst genüsslich gepeinigt und erst dann ermorden lassen.

Eine Zeit lang rechnete sie damit, dass Simeon ihr aufs Neue auflauerte, um sein Angebot zu erneuern und sie daran zu erinnern, dass sie nun Witwe war und bald ein Kind zu unterhalten hatte. Doch als die Monate vergingen, ohne dass etwas passierte, glaubte sie allmählich, dass er aufgegeben hatte. Sie wurde mit jedem Tag korpulenter und schwerfälliger, während ihn die schönen Frauen regelrecht umschwärmten. Für ihn bedeutete der Tod von Terence, dass er am Ende obsiegt hatte und Lena nun abschreiben konnte.

Eines Tages kam Rowan mit einer Nachricht heim, die eine zu

dem Zeitpunkt noch zweifelhafte Theorie untermauerte. Lena saß gerade in ihrem Schaukelstuhl, dem Hochzeitsgeschenk ihres verstorbenen Mannes, und starrte in die erkaltete Glut der Feuerstelle, obwohl Rowan ihr am Morgen Anmachholz und Scheite zurechtgelegt hatte.

„Lena“, sagte er und ließ sich auf der Bank neben dem Kamin nieder. „Ich habe Neuigkeiten, die dich vielleicht interessieren.“

Seine Neuigkeiten waren ihr völlig gleichgültig, doch da Rowan ein so lieber Mensch war, den sie nicht kränken wollte, verbarg sie ihr Desinteresse. „Ach?“

„Es geht um Simeon.“

Sie hätte gern erfahren, wie weit Rowans Verdacht ging. Sie selbst hatte ihm das Wesentliche ihrer letzten Unterhaltung mit Simeon nicht verraten. Dennoch ahnte er, dass ihr das Gespräch von Simeon aufgezwungen worden war. Ob Rowan wohl auch wusste, was der Millionär ihr sonst noch angetan hatte?

„Hat man den Kerl endlich umgebracht?“ fragte sie.

„Sollte man das?“

Sie zuckte die Achseln. „Viele Freunde hat er nicht.“

„Aber bald einen Sohn oder eine Tochter.“

Sie erstarrte in der Schaukelbewegung und spürte, wie ihr die Farbe aus den Wangen wich.

Falls es Rowan aufgefallen sein sollte, ließ er sich nichts anmerken. „Seine Frau erwartet ein Kind“, fuhr er fort. „Eigentlich wurde sie diesen Monat zurückerwartet, bleibt aber nun doch bis zur Geburt in England. Vor der Abreise wusste sie noch von nichts. Erst im Laufe des Englandaufenthalts hat sie bemerkt, dass sie in Umständen ist.“

„Von wem weißt du das?“

„Von Bloomy. Dem Vernehmen nach stolziert Simeon im Haus herum wie ein Kater, der eine Woche lang in Milch und Hering geschwelgt hat. Er hat schon den Architekten bestellt, der einen Gebäudeflügel umgestalten soll, und er selber reist nach New York, um die Ausstattung auszusuchen, selbstverständlich nur vom Feinsten, damit das Kind auch ja von allem bloß das Beste bekommt.“

„Nur nicht den besten Vater."

„Vielleicht ändert er sich durch die Vaterfreuden. Alles schon vorgekommen."

„Er wird das Kind wie sein Eigentum behandeln, so wie jeden, der mit ihm zu tun hat. Der Mann weiß nicht, wie man jemandem Liebe entgegenbringt. Da ist bei ihm Hopfen und Malz verloren."

„Du hasst ihn, nicht wahr?"

Zu Hass, und sei es auf Simeon, konnte sie sich gar nicht mehr aufraffen. „Ich wäre froh, wenn er dadurch auf andere Gedanken käme. Er hat stets nur das eine im Sinn. Jetzt wird er vielleicht die Dinge, die ihn vorher interessierten, vergessen."

„Die Dinge oder die Menschen?"

Sie wusste, es wäre Rowan lieb gewesen, hätte sie sich ihm anvertraut, und zuweilen fragte sie sich tatsächlich, ob es nicht das Beste wäre. Schließlich hatten sowohl Father McSweeney als auch Terence ihr vergeben, was vorgefallen war. Bei Rowan hingegen war sie sich nicht so sicher. Er betrachtete die Welt aus der Perspektive des Polizisten, eine einfache Sicht, in der nur Schwarz und Weiß galten. Hätte er die Wahrheit erfahren, dann hätte er ihr das Geschehene womöglich übel genommen.

„Das ist ein und dasselbe", gab sie zur Antwort. „Für ihn steht immer das im Vordergrund, was ihn gerade interessiert. Nun wird es womöglich das Kind sein."

„Befürchtest du, dass er …" Er zögerte, als wolle er sich besonders behutsam ausdrücken. „Dass er wieder auf dich aufmerksam werden könnte?"

Sie sah auf, wollte aber weder bestätigen noch dementieren, dass dies je der Fall gewesen sein könnte. „James Simeon ist aus meinem Leben verschwunden – Gott sei Dank! Und jetzt, da er sich um seinen Erben kümmern muss, wird er wohl wissen, wie er den Rest seiner Tage verbringen soll."

Lenas eigene Tage folgten einem fest gefügten Muster. Bereits zeitig auf den Beinen, erledigte sie sämtliche anfallenden Hausarbeiten, ehe sie für sich und Rowan das Frühstück auf den Tisch brachte. Danach wappnete sie sich für den Arbeitstag im Pfarrhaus. Jeden Morgen ließ Father McSweeney sie mit der Kutsche abholen, und allabendlich brachte dasselbe Gefährt sie wieder nach Hause.

Selbst als ihre Leibesfülle immer mehr zunahm, bat er sie nicht, daheim zu bleiben, wusste er doch, wie dringend sie auf den Lohn angewiesen war. Außerdem ließ die Qualität ihrer Arbeit nichts zu wünschen übrig. Als man sich allmählich in Gemeindekreisen zuraunte, es schicke sich nicht, eine so kurz vor der Niederkunft stehende Frau noch arbeiten zu lassen, da schlug er den Lästerern vor, sie möchten doch Lenas Gehalt übernehmen, damit sie ihre Ruhe habe. Schlagartig hörte das Geschwätz auf.

Als es auf Weihnachten zuging, war sie hoch in Umständen, und obwohl der Winter der mildeste war seit Menschengedenken, wurde ihr der Weg über die vereisten Bürgersteige zunehmend riskant. Mittlerweile hielt Rowan sich immer häufiger zu Hause in der Hütte auf, meist unter fadenscheinigen Vorwänden – Kopfschmerzen, Erschöpfung oder fehlende Lust auf ein Bier mit Kollegen. Sie wusste jedoch sehr wohl, warum er nicht wegging: Er wollte sich um sie kümmern.

Eines Abends, knappe drei Wochen vor dem von Granny O'Farrell vorausgesagten Geburtstermin, trat Lena aus dem Pfarrhaus, um auf die Kutsche zu warten. Es war düster. Am Himmel war kein Stern zu sehen außer der silbernen Scheibe des Mondes. Lena schlug ihr Cape um sich, so eng es eben ging; bei ihrem Leibesumfang ein schwieriges Unterfangen.

Erschöpfter als sonst hatte sie gehofft, die Winterluft werde ihr die dringend benötigte Röte auf die Wangen zaubern, ehe sie Rowan unter die Augen trat. Der machte sich nämlich dauernd Sorgen um sie und ihr seit neuestem auch Vorhaltungen, weil sie immer noch ihren Dienst erfüllte. Er könne doch für sie sorgen und ihr den entgangenen Lohn ersetzen.

Gewiss, er war ein herzensguter Mensch und lieber Freund, doch dass ihm seine Freundschaft zur Last werden sollte, das sah Lena nicht ein. Sie gedachte vielmehr weiterzuarbeiten, solange es ging. Außerdem wollte sie, sobald sie sich von der Geburt erholt hatte, gleich wieder anfangen.

Während sie so wartete, schweifte ihr Blick über die stille, bleierne Landschaft. Die Häuser unweit der Kirche waren schneebedeckt, Eiszapfen hingen von den Traufen. Als sie aufschaute, um zu sehen, ob die Zeiger der Uhr in der Fassade des Bankgebäudes an der Ecke etwa festgefroren waren, bemerkte sie, wie sie von einem Mann angestarrt wurde. Er wäre ihr sicher schon früher aufgefallen, doch er stand unter dem Vordach neben einem Marmorpfeiler verdeckt. Offenbar hielt er sich aus einem einzigen Grund dort auf: um Lena zu beobachten.

Ihr stockte der Atem. War es Simeon? Sie bemühte sich um Beherrschung und starrte ihn an, bis sie feststellte, dass er kleiner und vermutlich auch jünger war. Sie versuchte, sich an das Gesicht von Simeons Kutscher zu erinnern, doch bei der Dunkelheit vermochte sie nicht zu erkennen, ob er es war oder nicht.

Schon kündigte Hufgetrappel die herannahende Kutsche an. Dennoch wandte Lena den Blick nicht von der Gestalt, bis diese plötzlich mit den Schatten verschmolz und sich im Dunkel auflöste.

„Ein Bankangestellter", flüsterte sie vor sich hin, wie um sich selbst zu beruhigen. „Oder ein Kassenprüfer, der noch spät am Abend über den Büchern brütet."

Die Erklärung schien vernünftig. Schließlich war es noch nicht so spät, wenn auch bereits winterlich finster. Vielleicht wurde oben in den Diensträumen der Bank noch gearbeitet. Vielleicht hatte der Mann nur kurz frische Luft schnappen wollen.

Doch als sie zur Bank hinüberschaute, sah sie, dass sämtliche Kontorfenster dunkel waren.

An einem Samstag, zwei Tage nach dieser Begebenheit, traf Lena, wie es der Zufall wollte, auf Bloomy. Beide kauften gerade auf einem Markt ein, den die Köchin sonst eher selten aufsuchte.

Bloomys Überraschung wich flugs offenkundiger Bestürzung, als ihr Blick Lenas gewölbten Leib erfasste. „Lena!" rief sie aus, die Hand fassungslos an die Wange gelegt. „Ich hatte ja keine Ahnung!"

Lena wunderte sich nicht. Mit der ihm eigenen Vorsicht hatte Rowan wahrscheinlich bislang den Mund gehalten, und sie bezweifelte, dass Bloomy oder sonst jemand aus Simeons Dienerschaft Bekannte auf Whiskey Island hatte. „Ja, als mein Mann starb, da war ich schon schwanger."

„Ganz offensichtlich muss es bald kommen!"

Allmählich hatte Lena das Gefühl, dass es noch eher geschehen konnte, als Granny vorhergesagt hatte. Einen ganzen Tag tat ihr nun bereits unbarmherzig der Rücken weh, und nachts war sie mit Leibschmerzen aufgewacht. Das Ungeborene selbst war ruhiger geworden, als wolle es Kraft sammeln für den Weg in die Welt.

„Ziemlich bald", sagte sie einsilbig, wenig interessiert an etwaigem Klatsch aus dem Hause Simeon. Nachdem sie sich noch nach Bloomys Gesundheit erkundigt und sich einen Vortrag über die erwachsenen Kinder der Köchin angehört hatte, verabschiedete sie sich.

Der Begegnung maß sie wenig Bedeutung bei – bis zum Abend desselben Tages, an dem Rowan ungewöhnlich spät nach Hause kam. Dass er nicht da war, um Lena aus Father McSweeneys Kutsche zu helfen, passierte derart selten, dass sie sich schon Sorgen machte, bis sie draußen seine Schritte hörte.

Doch er kam nicht allein, sondern in Begleitung von Nani. Sie musste wohl die letzten Stunden geweint haben, denn ihr Gesicht war ganz aufgequollen.

„Nani?" fragte Lena verblüfft und sah Rowan fragend an.

„Wir haben dir etwas zu sagen. Ich dachte, du solltest es von Nani persönlich hören."

Die Hände im Schoß gefaltet, ließ Lena sich in den Schaukelstuhl sinken. Im Verlaufe des Abends hatte sie sich zunehmend unwohl gefühlt, und deshalb wollte sie nicht länger als nötig stehen. „Du bist hier immer willkommen, Nani."

Rowan zog Terences Stuhl aus der Ecke heran und bat Nani, Platz zu nehmen, ehe er sich wie üblich auf seine Bank setzte.

„Ich konnte dir nicht helfen … damals“, sagte Nani ohne jede Vorwarnung. „Ich habe versucht …“

Lenas Blick zuckte zu Rowans Gesicht. Offenbar war er wenig erstaunt über Nanis Worte, so dass Lena sich nunmehr fragen musste, wie lange er schon Bescheid wusste und in welchem Ausmaß.

Er beugte sich vor. „Ich weiß, dass Simeon dir Gewalt angetan hat, Lena. Schon seit einiger Zeit weiß ich es.“

Sie schloss die Augen und spürte, wie ihr die Wangen brannten und wie sich ihr der Magen umdrehte.

„Das ist noch nicht alles“, fuhr Rowan fort. „Lass Nani ausreden!“

„Bloomy, sie hat mir erzählt von dem Baby.“

Lena öffnete die Augen und würgte die saure Flüssigkeit hinunter, die ihr in der Kehle emporgestiegen war. „Das Kind ist von Terence.“

Nanis Augen füllten sich mit Tränen. „Ich bin zusammen mit Mrs. Simeon mit dem Schiff weggefahren. Am Tage der Abschiedsparty, da warst du nicht da, und als ich wiederkam, auch nicht. Niemand wollte mir sagen, warum. Sie sagten nur, du bist pflichtvergessen wie alle Iren.“

Lena verspürte Mitleid mit ihrer ehemaligen Gefährtin. „Du hättest nichts machen können, Nani. Und lange habe ich ja selber geglaubt, ich könnte ebenfalls nichts tun.“

„Du hättest dich an mich wenden können!“ Wieder hieb Rowan sich mit der Faust in die Handfläche. „Ich hätte dem schon Einhalt geboten!“

Lena starrte ihn an. Sein Gesicht war rot und ganz vor Zorn verzerrt. Normalerweise nicht zu solchen Gewaltausbrüchen neigend, war er doch jemand, der jederzeit für die ihm Anvertrauten eintrat.

„Und was hättest du unternommen?“ fragte sie, um ihm die Lage begreiflich zu machen. „Ihn umgebracht? Hätte ich dich unter diesen Umständen um Hilfe bitten dürfen? Oder meinst du etwa, eine ordentliche Gardinenpredigt hätte gereicht und Simeon hätte sie schuldbewusst hingenommen? Ich konnte dich nicht hineinziehen! Ich mag dich zu sehr, um dein Leben aufs Spiel zu setzen, selbst dafür."

„Es gibt nichts, was ich nicht für dich tun würde", sagte er, so bewegt, dass ihm fast die Stimme versagte.

Erstmals bemerkte sie etwas, das ihr bislang entgangen war. Was Rowan für sie empfand, das war mehr als bloße Freundschaft, war tiefer als nur Zuneigung. Ihre tagtägliche Stütze seit dem Tod ihres Mannes hatte sich in sie verliebt.

„Wie ... wie hätte ich verlangen können", stammelte sie, „dass du dein Leben zerstörst?"

„Lieber hast du es geschehen lassen, dass Simeon deines vernichtet!"

„Nein! Ich habe die Sache selbst in die Hand genommen. Mit Father McSweeneys Hilfe fand ich einen Ausweg und bin jetzt in Sicherheit. Simeon will nichts mehr von mir. Schließlich wird er Vater."

Nanis Gesicht war tränennass. „Lena! Mrs. Simeon, sie kann keine Kinder bekommen. Sie ist nicht schwanger!"

„Doch! Rowan weiß es von Bloomy und hat es mir gesagt. Du weißt doch selbst, dass Simeon das Kinderzimmer einrichten lässt. Was redest du denn da?"

„Sie kann keine Kinder bekommen. Er hat sie auf Reisen geschickt, damit sie ..." Sie rang nach Worten. „... damit sie so tun kann, als ob. Ich weiß es. Sie hat mir verraten auf Schiff. Bei ihr etwas stimmt nicht da drin; sie wird nie haben ein Baby. Sie sollte Schwangerschaft vortäuschen. Selbst die Familie, sie durfte nichts wissen, nur der Arzt."

„Also, Lena", sagte Rowan, „es wird bald ein Kind im neuen Kinderzimmer sein – aber nicht eins von seiner Frau."

Obwohl eigentlich zu erschöpft, um die Bemerkung zu verstehen, begriff sie plötzlich die Bedeutung.

„Nein!" schrie sie auf und versuchte, ihm ihre Hände zu entziehen.

Doch er hielt sie nur umso fester. „Er braucht dringend einen Stammhalter. Daher dieser ausgeklügelte Plan, um den Anschein zu erwecken, als sei seine Frau von ihm schwanger.

Nur ist es eben nicht sein Weib, das ein Kind von ihm erwartet."

Was Rowan damit andeutete, kam ihr so entsetzlich vor, dass sie es immer noch nicht recht glauben mochte. „Ihr habt euch bestimmt geirrt!" beharrte sie, um einen letzten Ausweg bemüht. „Alle beide! Er hat mich mit keinem Wort um Erlaubnis gebeten, das Kind aufziehen zu dürfen."

„Einer wie er fragt nicht lange!" versicherte Rowan.

Sie starrte auf ihre Hände, die Rowan nach wie vor umfasst hielt. „Aber einer wie er kauft sich doch, was er möchte. Er glaubt, alles sei käuflich. Hätte er mein Kind gewollt, so hätte er mir gewiss Geld geboten." Sie dachte an die in der Küche versteckten Münzen.

Rowan schüttelte den Kopf. „Aber warum sollte er das tun, ehe das Kind überhaupt das Licht der Welt erblickt hat? So einer kauft doch nicht die Katze im Sack. Direkt nach der Geburt jedoch wird er auftauchen, weil er um deine missliche Lage weiß. Er wird dich darauf hinweisen, wie gut es das Kind bei ihm haben würde, wird dich daran erinnern, wie sehr du ihn verabscheust und welches Unglück es für dich ist, sein Kind großzuziehen. Dann wird er dir genug Geld für ein ganz neues Leben bieten, wenn du ihm nur ein Kind überlässt, das sowieso kein Wunschkind ist."

Doch sie wollte das Kind! Auch auf die Gefahr hin, dass nicht Terence der Vater war, sondern Simeon. Wie nie zuvor spürte sie dies in diesem Augenblick.

„Als mein Terence im Sterben lag, da trug er mir auf, für sein Kind zu sorgen. Obwohl er wusste ... ahnte, was Simeon mir angetan hatte, nannte er es doch sein Kind. Und seins wird es sein! Niemals das von Simeon! Nie!"

„Aber er hat dich extra ausgesucht dafür", wandte Nani ein. „Dein Haar, es ist rot. Mrs. Simeon, sie hat auch rotes Haar, ein bisschen. Doch es ist ähnlich wie deins."

„Ausgesucht?" Bei dem Gedanken wurde Lena speiübel, doch sie wusste, dass Nani vermutlich Recht hatte. Von Anfang an hatte Simeon ein Auge auf sie geworfen und immer wieder ihr

Temperament, ihre Tatkraft, ihren Geist bewundert – eine widerliche Liste von Eigenschaften, die er sich für seinen Nachwuchs vorstellte. Er hatte sie auserkoren wie eine Stute für einen preisgekrönten Hengst. Auch das hatte er seinerzeit angedeutet, nur war ihr die Tragweite nicht bewusst geworden.

„Du musst die Stadt verlassen“, riet Rowan. „Noch vor der Geburt. Wir müssen dich und das Kleine so lange verstecken, bis Simeon keine andere Wahl bleibt, als ohne Kind zu seiner Frau nach England zu reisen. Er will nämlich die letzten Tage vor der Niederkunft bei seiner Frau verbringen, um an ihrer Seite zu sein, wenn das Kind zur Welt kommt. Und wenn er ohne dein Kind abreist, muss er sich eben in England um eine Adoption bemühen.“

„Man hört, seine Abreise ist geplant für die Zeit, wenn du bekommst das Baby“, erklärte Nani. „Darüber ist schon Gerede bei Dienstboten. Warum er wartet so lange, fragen sie? Ist doch sonderbar. Was ist, wenn seine Frau Baby früher bekommt?“

Fieberhaft dachte Lena nach. „Das ist der letzte Beweis, nicht wahr? Doch wo soll ich hin? Ich habe kein Geld, nur das, was … nur meine Ersparnisse für die Überfahrt meiner Verwandten in Irland.“

„Ich habe noch etwas auf dem Konto“, bot Rowan an. „Vor Montag kann ich es allerdings nicht abheben. Dann ist es vielleicht zu spät.“

„Ich habe auch ein wenig …“ Nani stand auf. „Ich werde es bringen zu dir.“

Lena wehrte kopfschüttelnd ab. „Das kann ich nicht annehmen.“

„Doch, du musst. Ich möchte helfen. Bitte!“ Nani war zutiefst unglücklich, weil sie ihr im entscheidenden Moment nicht hatte beistehen können, und nun um Wiedergutmachung bemüht.

„Dann in Gottes Namen. Danke!“

Nani verabschiedete sich, um draußen zu warten.

„Das Geld wird trotzdem nicht reichen“, bemerkte Lena, die plötzlich wieder denselben scharfen Stich verspürte, durch den sie in der Nacht aufgewacht war. Sie saß regungslos da und verbiss sich stumm den Schmerz im Leib.

Den Hut an die Brust gedrückt, stand Rowan auf. „Ich wende mich an den Father. Er wird schon etwas für uns auftreiben. Und danach bringe ich dich zum Zug nach Chicago. Dort habe ich Bekannte, bei denen du unterkommst. Sie werden dir auch helfen, nach der Geburt eine Arbeit zu finden."

„Und du? Was soll aus dir werden?"

„Wenn du in Sicherheit und über deine Trauer hinweg bist, wenn das Kind größer geworden ist …"

„Was dann?"

„Dann komme ich nach."

Sie war unfähig, ihn anzusehen, und wusste nicht, was sie zu alldem sagen sollte, erst recht nicht zu seinem Vorschlag. „Simeon wird uns finden."

„Hat er erst einmal in England ein Kind adoptiert, erübrigt sich für ihn doch eine groß angelegte Suche. Seine Planung kann er sowieso nicht mehr über den Haufen werfen, und ein einmal adoptiertes Kind lässt sich nicht umtauschen. Er kann ja nicht wissen, ob dein Baby ein Junge oder ein Mädchen ist, ob es helle oder dunkle Haare hat. Er wird natürlich schäumen vor Wut, aber letzen Endes ist er Geschäftsmann, und zwar ein guter. Er weiß, wer den Schaden hat, braucht für den Spott nicht zu sorgen, und zum Gespött der Leute wird er sich nicht machen wollen. Nicht um das Kind geht es ihm, sondern um sein eigenes Ansehen."

So sicher war Lena sich da nicht. Sie traute Simeon durchaus zu, dass er ihr ewige Rache schwor. In Sicherheit durfte sie sich vermutlich nie wiegen. Chicago konnte da nur ein erster Fluchtpunkt von vielen sein.

Was aber blieb ihr anderes übrig?

„Ich packe!" sagte sie energisch und straffte die Schultern. „Wenn du zurückkommst, stehe ich bereit. Für dich mache ich ebenfalls etwas fertig."

„Braves Mädchen! Aber ich kann dich unter diesen Umständen nicht allein lassen. Ich hole Seamus Sullivan. Er wird bis zu meiner Rückkehr bei dir bleiben."

Gern hätte sie eine letzte Stunde in ihrem ärmlichen Häuschen allein verbracht, allein mit ihren Erinnerungen an Terence und das Leben zu zweit. Doch sie wusste, dass Rowan sich um ihre Sicherheit sorgte, und nicht ohne Grund. Ihr fiel der Mann ein, den sie vor der Bank gesehen hatte, als er sie beobachtete. „Sag Seamus, er möge mich noch einen kleinen Augenblick allein lassen. Dann braucht er nur zweimal zu klopfen, damit ich ihm aufmache. Und bitte Father McSweeney in meinem Namen um Verzeihung, dass ich mich auf diese Weise davonstehlen muss." Die Tränen traten ihr dabei in die Augen, so sehr tat es ihr Leid, dass sie dem Priester nicht einmal Lebewohl sagen konnte – dem Mann, der sich ihr gegenüber nobler verhalten hatte, als sie es jemals verdiente.

„Er wird es dir nicht verübeln!" Schon auf dem Weg zur Tür, setzte Rowan den Hut auf und wandte sich auf der Schwelle ein letztes Mal um. „Wohlan denn, Lena. Bald bin ich zurück und hole dich ab."

39. KAPITEL

Das Packen ging rasch, besaß sie doch wenig genug. Die Babyausstattung stopfte sie in eine Ecke des aus Irland mitgebrachten Koffers. Dazu kam das, was sie an Kleidung hatte, sowie ihr Waschzeug. Als Letztes verstaute sie noch ein Portrait von Terence, klein, in einfachem Metallrahmen.

Danach stieg sie mit Mühe die wackelige Stiege zu Rowans Mansarde empor. Noch immer tat ihr der Rücken weh, und die Leibschmerzen kamen und gingen in Wellen. Dass das Kind sich bereits anmeldete, das mochte sie nicht glauben. Dazu war es zu früh, und auch die Schmerzen waren nicht von der Art, wie man sie ihr geschildert hatte. Doch jedem Stich folgte ein Gefühl der Übelkeit, als habe sie sich den Magen verdorben.

In Rowans Kammer füllte sie eine kleine Ledertasche mit frischer Wäsche und legte noch sein Rasierzeug dazu. Schon wiederholt hatte sie sich beim Putzen gefragt, wie Rowan es in dem stickigen Zimmerchen aushielt und trotzdem so guter Laune war. Wahrscheinlich aus Freundschaft zu Terence, zuerst zumindest. Nun allerdings wusste sie, dass sie selbst auch ein Grund gewesen war. Nie hatte er auch nur mit einem Wort oder einer Geste angedeutet, dass er für sie mehr empfand als bloße Freundschaft – bis heute!

Bei ihrer Rückkehr nach unten war Seamus noch nicht eingetroffen. Das wunderte sie zwar, besorgte sie aber noch nicht. War Simeon bis jetzt nicht aufgetaucht, so würde er sicherlich warten, bis das Kind zur Welt gekommen war.

Das Geld aus dem Krug in der Küche hatte sie bereits an sich genommen. Auch wenn sie es eigentlich nicht hatte haben wollen, erschien es ihr jetzt nur recht und billig, es gegen Simeon selbst zu verwenden. Terences Eltern würde sie wohl jetzt nicht nach Amerika holen können, auch nicht ihre eigene Mutter. Eins aber konnte sie: das Enkelkind vor Schaden bewahren. Und tief im Herzen wusste sie, dass die Lieben in Irland das bestimmt zuallererst von ihr erwartet hätten.

Auch als sie schließlich ihren Koffer und Rowans Tasche bei

der Haustür abstellte, war von Seamus noch keine Spur zu sehen. Erschöpft, von stechenden Schmerzen und Übelkeit gepeinigt, ließ Lena sich auf einem Stuhl nieder, um zu verschnaufen. Vornübergebeugt hatte sie den Kopf beinahe zwischen den Knien. Genau in dem Moment, als der Schmerz abebbte, spürte sie, wie sich etwas zwischen ihren Beinen ergoss. Entsetzt auf ihren Schoß starrend, bemerkte sie, dass Rock und Unterrock völlig durchnässt waren.

„Heilige Muttergottes!“ Wie sehr sie sich geirrt hatte! Sie wusste genau: Auf diese Weise kündigte sich das Kind an. Nun gab es kein Halten mehr, das Kleine wollte ans Licht der Welt – vielleicht verfrüht, vielleicht aber genau pünktlich, zumindest dann, wenn sie noch eher empfangen hatte als angenommen.

Und falls das der Fall war, musste James Simeon der Vater des Kindes sein.

Nein! Es musste eine Frühgeburt sein – das Kind von Terence. Manche Frauen kamen dauernd vor dem vorbestimmten Termin nieder, und wenn es nicht gar zu früh passierte, waren die Kinder zwar klein, aber gesund. Das hatte Katie ihr erzählt, und auch, dass dies zuweilen bei zierlichen Frauen vorkam, so als stießen ihre Leiber das Kind hinaus, bevor es zu groß wurde für den Weg in die Welt.

Sie überlegte, ob sie hinübergehen sollte zu den Sullivans, doch als erneut ein stechender Schmerz sie durchzuckte, sah sie ein, dass es keinen Zweck hatte. Sie fühlte sich schon zu schwach auf den Beinen, und da die Schmerzen nun in immer kürzeren Abständen heranwogten, blieb ihr vermutlich auch gar keine Zeit mehr. Es konnte noch Stunden, aber auch bloß Minuten dauern bis zur Geburt des Babys. Sie wusste es einfach nicht.

Eins aber wusste sie: Sie musste heraus aus ihren durchnässten Sachen. Ihr zweites Hemd war zwar schon verpackt, doch es gelang ihr, es aus dem bei der Tür stehenden Koffer zu ziehen und sich damit in die Schlafkammer zu schleppen, wo sie sich entkleidete, von Schmerzattacken unterbrochen. Hilflos betete sie, dass Seamus nicht ausgerechnet auftauchte, während sie sich noch auszog. Die Hebamme wohnte am anderen Ende von Whiskey Island und war nicht mehr flink auf den alten Beinen. Bis sie ihre Instrumente zusammengesucht und zu Lenas Haus gefunden hatte, konnte das Kind längst geboren sein. Vielleicht aber brachte Seamus ja seine Frau mit. Katie wäre eine wirkliche Hilfe gewesen.

Nachdem sie sich entkleidet und das Hemd übergezogen hatte, legte Lena sich zur Ruhe, um ihren schmerzenden Rücken zu entlasten. Während sie an die Nacht dachte, in der sie und Terence sich das erste Mal seit seinem Unfall geliebt hatten, an die Nacht, in der das Kind höchstwahrscheinlich gezeugt worden war, schlief sie ein, nur um von der nächsten Wehe aufzuwachen und dann doch wieder einzunicken.

Als sie abermals erwachte war sie nicht sicher, wie viel Zeit vergangen war. Der Schmerz allerdings war mittlerweile unerträglich. Wo blieb nur Seamus? Ein braver Mann und guter Freund wie er ließ sie doch nicht im Stich. Vielleicht war er nicht daheim gewesen und musste von Katie erst benachrichtigt werden. Aber wäre die nicht gleich selbst gekommen, wusste sie doch gewiss, dass Lena sie wahrscheinlich brauchte?

Wieder grübelte sie, ob sie den Gang zu den Sullivans wagen sollte. Von erneuten Wehen erfasst, verwarf sie den Gedanken. So lag sie da zwischen Wachen und Träumen, krampfhaft bemüht, nicht zu schreien.

Rowan wartete noch, bis Nani die Trambahn in Richtung Euclid Avenue bestiegen hatte, eher er sich aufmachte zu Father McSweeney. Er fühlte sich ganz und gar nicht wohl in seiner Haut, wenn er daran dachte, dass Lena allein in ihrem Häuschen war; leichte Beute für Simeon. Allerdings tröstete er sich mit dem Gedanken, dass Seamus ohne viel Aufhebens seine Pfeife ausgeklopft und sich die Haare gekämmt hatte, als er erfuhr, dass Lena seine Hilfe brauchte. Bei Seamus war sie bestimmt in guten Händen.

Jedermann mochte Lena, und Rowan liebte sie. Bisweilen vermutete er, er habe sich bereits am Tag ihrer Hochzeit in sie verliebt. Jahrelang hatte er sich seine Gefühle für sie nicht eingestanden, nicht einmal insgeheim. Dabei war es ihm immer unmöglich gewesen, sich über ihre Gegenwart nicht zu freuen. Natürlich hatte er auch Terence gern gehabt. Sein bester Freund würde ihm sicher fehlen bis ans Ende seiner Tage. Nach dessen Tod durfte Rowan jetzt aber erstmals offen zugeben, dass er auch dessen Frau liebte und ihr in dieser schrecklichen Situation beistand, egal, was passieren mochte – seines toten Freundes wegen, doch genau so um seiner selbst willen.

Das Pfarrhaus war dunkel bis auf ein Licht in der Arbeitsstube von Father McSweeney, wo der Pfarrer wahrscheinlich an der Sonntagspredigt schrieb. Rowan ging durch den Vorhof, pochte an die Fensterscheibe und wies, als der Priester aufschaute, zur Pforte.

Ins Pfarrhaus eingelassen, hielt er sich nicht lange mit Einzelheiten auf, sondern erklärte dem Pfarrer in wenigen Worten die Situation und Simeons Ränkespiel. „Uns bleibt bloß ein Ausweg, Father: Lena muss die Stadt unverzüglich verlassen! Ich habe zwar genug Geld auf der Bank, bekomme es aber nicht vor Montag in die Hand. So lange will ich nicht warten. Sie muss mit dem ersten Zug nach Chicago. Könnt Ihr uns helfen?"

„An Bargeld fehlt es mir selbst. Wir können den Opferstock plündern, doch mit dem dürftigen Sümmchen kommen wir nicht weit. Allerdings kenne ich jemanden aus der Gemeinde, der mir Kredit gewährt. Er hat mir schon einmal mit einem Darlehen aus der Patsche geholfen."

„Könntet Ihr den Mann fragen, Father? Für Lena?"

„Welch eine Frage!" Über seine sonst sorgsam beherrschten Züge zuckte ein Anflug von Zorn. „Sie ist mir doch selbst lieb und teuer. Ich habe für sie mein Möglichstes getan, was wenig genug war. Wenn ich zu ihrer Sicherheit beitragen und Simeon gleichzeitig das Nachsehen geben kann, will ich mich gern mit meinen Oberen anlegen."

Rowans Lächeln erlosch rasch. „Ich warte hier. Könnt Ihr das Geld gleich beschaffen?"

„Ich bin schon unterwegs. Und danach überbringen wir es gemeinsam. Ich möchte noch Lebewohl sagen."

Vermutlich durfte er über dies Ansinnen nicht überrascht sein. Immerhin war Lena ja die Haushälterin des Pfarrers sowie ein geschätztes Mitglied seiner Gemeinde. Sicherlich fiel ihr der Abschied leichter, wenn sie mit Father McSweeneys Segen abreiste.

„Ich gehe zu Fuß", sagte der Priester. „Spannst du derweil die Kutsche an, damit wir später so rasch wie möglich nach Whiskey Island gelangen? So seid ihr auch schneller am Bahnhof."

„Es wird alles bereit sein."

Father McSweeney klopfte ihm kurz auf die Schulter und ging, seinen Mantel zu holen.

Die Schmerzen waren mittlerweile in eine nicht enden wollende Tortur übergegangen, ohne Anfang und ohne Ende. Lena war sicher, dass sie sterben musste, dass das Kind sich weigerte, auf die Welt zu kommen, als Strafe für die Monate, in denen sie ihre Schwangerschaft bedauert hatte.

Obwohl der Drang, das Kind hinauszupressen, nun übergroß wurde, kämpfte sie dagegen an, halb bewusstlos vor Schmerz. Für einen kurzen Moment ließ die Qual nach, so dass sie Atem holen konnte, doch dann setzte die Pein umso heftiger wieder ein. Ihr Körper versagte ihr offenbar den Dienst. Sie hatte keine Gewalt mehr über ihn, doch das Kind in ihm gab nun erst recht keine Ruhe mehr. Schon rechnete sie mit dem sicheren Tod vor Erschöpfung, als sie einen warmen Schwall zwischen den Schenkeln spürte und ein plötzliches Nachlassen des Drucks.

Zu schwach, um sich aufzustützen, blieb sie liegen, verblüfft, dass sie keine Schmerzen mehr spürte. Dann plötzlich fiel es ihr wie Schuppen von den Augen. Auf die Ellbogen gestützt, schaute sie an sich hinab. Der Kopf des Kindes war sichtbar. Mit letzter Kraft griff sie nach unten und vollendete die Geburt.

Wenn sie auch schon Neugeborene gesehen hatte, so doch nie ein eigenes. Vor lauter Zittern konnte sie das Kind kaum halten. Den winzigen Körper seitlich auf ein Bein gebettet, klopfte sie ihm auf den Rücken, voller Angst, es würde womöglich nicht atmen. Dann aber, nur Sekunden später, erfüllte ein kläglicher Schrei die Luft.

Es lebte! Nun erst bemerkte sie, dass sie auf weiter nichts geachtet hatte als nur auf dies Lebenszeichen. Als sie sich sicher war, dass es ruhig atmete, setzte sie sich auf und drehte ihr Kind um.

Sie hatte einen Sohn.

„Heilige Maria!“ Immer noch vor Erschöpfung bebend, ließ sie nur einen Gedanken gelten: Ihr Kind hatte überlebt! Nun musste sie die Schnur, die Mutter und Kind verband, durchtrennen, musste das Kleine warm gegen die Kälte einpacken, musste es saugen lassen.

All diese Aufgaben bereiteten ihr große Mühe, doch sie bewältigte eine nach der anderen: Mit Schnürsenkeln, mit Terences Rasiermesser, von dem sie sich nicht hatte trennen können, und mit einer weichen Decke, so groß, dass ihr Söhnchen fast gänzlich darunter verschwand. Nachdem sie die Nachgeburt eingewickelt hatte, um sich ihrer später zu entledigen, reinigte sie sich und ihren Kleinen, so gut es eben ging. Danach, in eine Bettdecke gewickelt und erschöpft an die Wand gelehnt, nahm sie den Säugling in die Arme. Erst jetzt traute sie sich, ihn genauer anzuschauen.

Er war winzig, doch vollkommen, viel kleiner, als wenn er länger im Mutterleib zugebracht hätte. Doch genau wie jeder der beiden Männer, die ihn gezeugt haben mochten, war ihr Söhnchen ein ungeduldiges Wesen.

Sie zog die Decke von dem kleinen Körper fort und blickte auf sein Köpfchen, bedeckt mit feinem roten Flaum – weder blond wie Terence noch dunkel wie Simeon, sondern die Haarfarbe der Mutter. Während sie wie verzaubert in das Gesichtchen starrte, hoffte sie darauf, es könne Aufschluss über den Vater geben. Nach einer ganzen Weile begriff sie, dass ihr Kind nur ihre Züge aufwies und niemandens sonst.

„Ich nenne dich Terence Rowan“, flüsterte sie, um sich sofort auch Father McSweeneys zu besinnen. „Terence *Patrick* Rowan. In jeder Hinsicht sind das die drei Männer, denen du gleichen wirst, kleiner Terry!“

Er verzog sein winziges Gesicht. Sie drückte ihn an ihre Schulter und streichelte sacht seinen Rücken.

Dann, und erst dann, hörte sie ein lautes Pochen an der Haustür. Endlich! Seamus war eingetroffen!

Gerade mühte sie sich von ihrem Lager, um ihn einzulassen, als das einfache Schloss nachgab und die Tür unter Krachen und Splittern aufflog. Hereinstolziert kam James Simeon. Er trat in den Türrahmen zur Schlafkammer und sah sie von dort aus an. „Wie kommt es, dass dir die Männer so treu ergeben sind, Lena? Du hast ja einen ganzen Stall voll Aufpasser aufgeboten. Nun ja, einer weniger jetzt!“ Er lächelte.

Lena war wie in einem Alptraum gefangen und wollte weder ihren Augen noch ihren Ohren trauen. „Was habt Ihr getan?“

„Die Frage stelle ich dir, mein Kind! Was hast du getan? Mir etwa schon einen Sohn geboren? Wo ich doch eigens gekommen bin, um dich abzuholen, damit du es schön gemütlich hast bei der Geburt.“

„Wo ist Seamus?“

„Du hast uns beiden einen großen Gefallen getan. Ursprünglich wollte ich deinen Schutzengel ein für alle Mal aus dem Weg räumen. Das erübrigt sich nun. Ich kann das Kind an mich nehmen und verschwinden. Verschwinden musst du selbstverständlich ebenfalls. Nenne mir ein Ziel, und es ist schon so gut wie erledigt.“

„Was habt Ihr mit Seamus gemacht?“

„Dem Guten wird morgen früh gewaltig der Schädel brummen, fürchte ich. Doch er kann von Glück sagen, dass er mein Gesicht nicht gesehen hat, sonst wäre er jetzt tot. Nunmehr ist er es nur halb und liegt im Schatten eines eurer zahlreichen Wirtshäuser. Er hat sich trefflich zur Wehr gesetzt und ist ein schwerer Brocken. Ich musste mich sehr abmühen, um ihn ungesehen beiseite zu schleppen.“

„Möget Ihr in der Hölle schmoren!“

„Also, was ist es? Doch hoffentlich ein Junge.“

Sie presste ihren Sohn enger an sich. „Das geht Euch nichts an! Das Kind wird niemals Euch gehören. Es ist meins!“

„Du kannst zwischen zwei Möglichkeiten wählen, Lena. Entweder du kommst freiwillig mit mir und stillst es bis zu meiner Abreise, um dann mit dem Geld, das ich dir gebe, ein neues Leben zu beginnen, weit fort von hier. Oder du lässt es zu, dass ich mir das Kind mit Gewalt nehme. Das wäre allerdings die letzte Entscheidung deines Lebens, denn ich dürfte wohl nicht davon ausgehen, dass du unser kleines Geheimnis für dich behältst. Oder?“

Ihre Gedanken rasten wie wild. Der Alptraum verblasste, und sie erkannte, dass sie kämpfen musste – nicht allein um ihren Sohn, sondern um ihr Leben. Wie immer auch ihre Entscheidung ausfiel, Simeon würde sie umbringen, so oder so, musste er doch damit rechnen, dass sie, sollte er das Baby rauben, nicht schweigen würde. Dass er offenbar glaubte, sie ließe sich von ihm täuschen, das allerdings setzte sie in Erstaunen.

Sie versuchte, ihn mit Logik zu überzeugen. „Es gibt einige, die Bescheid wissen. Falls ich ohne Nachricht verschwinde, ist ihnen klar, was Ihr getan habt. Euer Ruf wird in den Schmutz gezogen.“

„Was schert mich das? Ich bin ohnedies als rücksichtslos verschrien. Doch aus dieser Angelegenheit werde ich unberührt hervorgehen, denn du wirst ein Schreiben verfassen, in dem du aussagst, dass du auf eigenen Wunsch fortgegangen bist, um ein neues Leben zu beginnen. Des Schreibens bist du doch mächtig, oder?“ Er wartete ihre Antwort gar nicht erst ab. „Ich besitze Urkunden, die klipp und klar belegen, dass meine Frau dieses Kind in London zur Welt gebracht hat. Dieser Säugling und seine Amme werden getrennt von mir nach England reisen, damit niemand eine Verbindung herstellen kann. Wir kommen gesondert an und reisen separat weiter zu dem Haus in London, in dem meine Frau niederkommen soll. Die Amme hat Anweisung, das Kind während der letzten Etappe der Reise zu verbergen. Es ist an alles gedacht, wie du siehst.“

„Denkt Ihr etwa, man würde den Aussagen in meinem Brief Glauben schenken? Dass niemand Nachforschungen anstellt nach meinem Verschwinden?“

„Vor einigen Monaten geschah doch auf Whiskey Island ein grausiger Mord. Ach ja, das Opfer war ja dein Gatte, nicht wahr? Bei all dem Gerede wird man die beiden Vorfälle in Zusammenhang bringen. Der Mann erschlagen, die Frau verschwunden. Unaussprechlich traurig, eine komplette Familie ausgelöscht. Traurig für die Iren zumindest, die ihre Trauer so gern offen zur Schau tragen."

„Bestimmte Leute werden nicht ruhen, bis man Euch zur Verantwortung gezogen hat."

„Was geht es mich an, ob sie ruhen oder nicht." Er kam auf sie zu. „Das Kind – ist es ein Junge oder ein Mädchen?"

Sie musste ihn zum Weiterreden veranlassen. Egal, über was, bis Rowan zurück war. Sie rückte vom Rand zur Mitte des Bettes, wo er sie nicht so leicht erreichen konnte. „Wohin wolltet Ihr mich denn bringen? Wo gehen wir hin, wenn ich Euch folge?"

„Zu meinem Sommerhaus auf dem Lande."

„Und dort sollte ich das Kind gebären?"

„Ich wollte sogar eine Hebamme hinzuziehen. Ich hatte völlig vergessen, dass ihr Iren eure Bälger werft wie eine streunende Katze in einem Hinterhof." Griffbereit stand er nun neben dem Bett. „Ein Junge oder ein Mädchen?"

Um Zeit zu gewinnen, das wusste sie, musste sie es ihm sagen. „Ein Junge."

Er lächelte schmallippig. „Gut gemacht, Lena! Genau meinem Wunsche entsprechend."

Er streckte die Arme aus, doch sie wehrte kopfschüttelnd ab. „Ihr bekommt ihn nicht! Und wenn Ihr versucht, ihn mir zu entreißen, dann tut Ihr ihm vielleicht weh. Wollt Ihr das etwa?"

Er überlegte so lange, dass ihr schier angst und bange wurde. „Zeig sein Gesicht!" herrschte er sie schließlich an.

Mit bebenden Fingern schlug sie die Decke zurück. Der Kleine schlief bereits. „Er hat rotes Haar wie ich. Eure Frau ist nicht annähernd so rothaarig."

Er warf einen Blick auf das Baby, um dann wieder Lena anzuschauen. „Das nicht, aber du solltest einmal meine Schwiegermutter sehen."

Fast ließ sie allen Mut fahren. „Ihr wolltet nur dies von mir. Von Anfang an."

„Vom allerersten Augenblick!"

„Und ist Euch ein Kind denn genug? Oder werdet Ihr es immer und immer wieder tun?"

„Wenn, dann wird es gewiss nie wieder ein solcher Genuss und eine solche Herausforderung sein."

„Könnt Ihr es denn überhaupt? Habt Ihr Eure Bastarde wirklich schon überall in der Stadt verbreitet? Oder ist dieser Kleine hier Euer erster? Allmählich frage ich mich, ob Ihr schon einmal auf den Gedanken gekommen seid, dass es nicht nur an Eurem Weibe liegt. Vielleicht könnt Ihr gar kein Kind zeugen."

Es war ein Schuss ins Blaue, doch sein jäh ausbrechender Wutanfall war Beweis genug, dass er selbst seine Zweifel hegte. „Eine ganze Schar von Bälgern habe ich. Dieser hier ist nur einer mehr, allerdings zur rechten Zeit geboren."

Sie rückte noch weiter von ihm weg, fast bis an den anderen Rand des Bettes. „Ich habe das Gegenteil vernommen", log sie. „Dass nämlich Eure Frau behauptet, Ihr könntet sie gar nicht schwängern, Ihr könntet die Dinge nicht, die Männer gemeinhin tun. Und deshalb weine sie immer, wenn Ihr zu ihrem Bette kommt. Nach dem, was ich beim letzten Mal mit eigenen Augen gesehen habe, halte ich das durchaus für glaubhaft."

Mit einem Wutschrei stürzte er auf sie zu. Genau so hatte sie es beabsichtigt. Das Kind an die Brust gedrückt, sprang sie vom Lager und rannte zur Tür. Sie hoffte, dass Simeon kostbare Sekunden verlor, um sich aufzurichten und ihr nachzueilen. Schaffte sie es bis vor die Haustür, so konnte sie um Hilfe schreien. Die Häuser standen hier dicht beisammen, keines besonders schalldicht gebaut. Irgendjemand musste sie hören und ihr zu Hilfe eilen.

Noch ehe ihre Hand den Türknauf berührte, hatte Simeon sie eingeholt und hielt sie und den Säugling mit seinen langen Armen fest. „Du hast wohl vergessen, wie sich meine Hände um deinen Hals anfühlen, wie?"

Aus dem Schlummer gerissen, begann der Kleine zu weinen. Simeon lockerte den Griff, aber nur so weit, dass Lena durchatmen konnte. „Wie ich sehe, hast du bereits gepackt!" sagte er eisig, doch wieder beherrscht. „Wir brechen jetzt auf! Es dient deinem eigenen Vorteil, wenn wir fort sind, ehe dieser Polizist zurückkommt oder dein Wachposten in einer Schneewehe aufwacht. Denn ich bringe jeden um, der durch diese Tür tritt."

„Ich bin noch nicht angekleidet."

„Du hast eine Minute, um das zu ändern und den Brief zu verfassen. Gib mir das Kind!"

Sie zerbrach sich den Kopf, wie sie verhindern konnte, ihm ihren Sohn auszuliefern. Ihre Chancen waren vertan, das war ihr klar. „Wisst Ihr denn, wie man ein kleines Kind hält?"

„Her mit meinem Sohn!" Grob ihre Schultern fassend, wirbelte er Lena zu sich herum.

Sie schluchzte auf und hielt ihm das in Decken gehüllte Bündel hin. Er nahm es und bettete den Säugling gegen die Schulter. „Zieh dich an!"

Sie hatte nur die abgelegten durchnässten Sachen und gewann kostbare Sekunden, indem sie trockene aus dem Koffer nahm und sie überstreifte, während er ihr dabei zusah und das Kind hielt, als sei es ein wertloser Gegenstand.

Sie hakte sich ihre Schuhe gar nicht erst zu, sondern schlüpfte nur hinein und stand auf.

„In meiner Manteltasche findest du Papier und Bleistift. Nimm beides und begib dich ans Schreiben, so gut du kannst!"

Je länger sie dafür brauchte, desto mehr wuchsen ihre Chancen, dass Rowan zurückkehrte. Also setzte sie sich an den Sägebocktisch und kritzelte so umständlich und langsam wie möglich in Großbuchstaben den von ihm diktierten Text auf das Papier. Hin und her gerissen zwischen dem Drang, einerseits ihren Sohn an sich zu reißen und andererseits den Aufbruch zu verzögern, brachte sie ungeschickt das Schreiben zu Ende. Nun war ihr jegliche Entscheidung aus der Hand genommen.

„Gebt mir den Jungen zurück!" befahl sie.

Achselzuckend übergab er ihr den Säugling, den sie sofort an die Schulter drückte. Zu ihrer Überraschung hörte das Weinen auf. „Er hat Hunger“, sagte sie. „Er möchte gestillt werden.“

„Das kannst du in der Kutsche erledigen.“

„Dort ist es zu kalt.“

„Genug!“

„Dann lasst mich wenigstens meinen wärmsten Umhang holen, damit ich den Kleinen damit einhüllen kann.“

„Meinetwegen! Es ist ein ziemlicher Fußmarsch bis zur Kutsche.“

„Wisst Ihr nicht, dass Eure Karosse hier auffallen wird? Sobald man mein Verschwinden feststellt, wird man auf Euer Gefährt kommen.“

„Sie gehört mir gar nicht, du kleine Närrin! Hast du etwa geglaubt, ich käme in meiner eigenen in diese gottverlassene Gegend?“

Jetzt sah sie, was ihr zuvor entgangen war: Er war nicht so vornehm wie sonst gekleidet, sondern wie ein einfacher Arbeiter. Die Mütze tief in die Stirn gezogen, den Kragen des schlichten Wintermantels über die Ohren geschlagen, war er von den Männern auf der Straße nicht zu unterscheiden.

Ihre letzte Hoffnung war dahin. „Mein Cape hängt beim Kamin.“

„Dann solltest du es schleunigst holen!“

Den Kleinen nach wie vor an sich gepresst, drückte sie sich an Simeon vorbei und eilte in die Wohnstube zu dem Haken, wo der Umhang hing. Simeon hinter sich, hob sie den Mantel mit einem Arm herunter und warf ihn sich um die Schultern.

Als der Umhang ihr um den Körper wirbelte registrierte sie aus dem Augenwinkel ihre allerletzte Chance – für ihr Überleben und die Zukunft ihres Söhnchens.

„Ich kann ihn nicht mit einer Hand schließen“, sagte sie, ohne sich umzudrehen. „Helft Ihr mir bitte? Mehr habe ich nicht, um Euren Sohn zu wärmen.“

Simeon trat näher heran und fasste sie unsanft bei den Schultern. Blitzschnell fuhr sie herum, hob den Schürhaken, den sie im Schutz des Umhangs mit der freien Hand ergriffen hatte, und hieb ihn Simeon mit voller Wucht auf den Arm, dass es nur so krachte.

Er heulte auf vor Schmerz und stürzte sich auf sie, doch sie wich zurück. Obwohl sie nur einen Arm frei hatte, gelang ihr dennoch ein zweiter Schlag auf dieselbe Stelle, eher er den Schürhaken zu fassen bekam. Sie wusste aber, er würde ihn trotz seiner rasenden Wut nicht gegen sie erheben, aus Angst, das Kind zu verletzen.

So entwich sie ihm, doch er setzte ihr unter lauten Verwünschungen nach. In der Küche holte er sie ein. Sie aber konnte am Herd vorbei durch die Hintertür flüchten. Als er ihren Umhang fasste, bekam sie mit der freien Hand einen jener gusseisernen Kessel zu fassen, die sie damals für ihre Suppen benutzt hatte. In weitem Bogen holte sie aus und ließ das schwere Gefäß mit Wucht gegen Simeons Schläfe sausen.

Wie ein gefällter Baum ging er zu Boden und rührte sich nicht mehr.

Sie hatte James Simeon erschlagen.

19. Januar 1884

Der Teufel verbirgt sich in mancherlei Gestalt, doch jene elenden Seelen, deren Schicksal es ist, dem Satan zu dienen, finden ihn gleichwohl. Durch nichts lassen sie sich abschrecken – weder durch erteilten Segen, noch durch von Gott gewährte Gelegenheiten, Gutes zu tun. Jeden Morgen werden sie aufs Neue mit dem Vorsatz wach, Unschuld zu verderben, und gar zu oft gehen sie abends voller Befriedigung über ihr Tagwerk zu Bett.

Wer nach dem Bösen zu suchen gelernt hat, der findet es an den undenkbarsten Orten. Ein Gleiches lässt sich über das Gute sagen. Ein rechtschaffener Mensch wird in sich selbst auf beides stoßen, und mitunter fällt es ihm schwer, das eine vom anderen zu trennen.

Am gestrigen Abend traf ich beim Hause der Tierneys ein, um Lena zur Flucht aus der Stadt zu verhelfen. Zusammen mit Rowan trat ich über die Schwelle. Wir riefen Lena beim Namen, doch statt ihrer antwortete uns das Weinen eines Säuglings.

Wir fanden sie in der Küche, den neugeborenen Sohn fest an den Busen gepresst, zu ihren Füßen die Leiche von James Simeon. Er hatte ihr das Kind zu entreißen versucht. Es war nur recht und billig, dass sie sich ihm widersetzte, zuletzt mit einem Suppenkessel von ihrer eigenen Feuerstelle.

Wem wäre gedient, wollte man solch eine Tat zur Anzeige bringen?

Aus dem Tagebuch von Father Patrick McSweeney, St. Brigid's Church, Cleveland, Ohio.

40. KAPITEL

März 2000

Niccolo schloss die Hintertür seines Hauses auf und betrat die Küche. Die Suche nach der Fortsetzung von Father McSweeneys Tagebuch war im Sande verlaufen.

„Dies ist genau die Art Geheimnis, die ein Priester mit sich ins Grab nimmt", hatte Iggy nach dem Durchforsten der letzten Kiste bemerkt. „Erst recht dann, wenn er seine Kenntnisse der Beichte verdankt. Falls er etwas über den Mord an Simeon zu Papier gebracht hat, musste er dafür sorgen, dass das Tagebuch niemandem in die Hände fiel. Würde mich nicht wundern, wenn die Wahrheit mit ihm begraben worden ist."

Begraben wo? Mit McSweeney oder tief im Gemüt von Rowan Donaghue? Wie die Antwort auch ausfallen mochte – Niccolo hatte sich damit abgefunden, dass er die Wahrheit wohl nie erfahren würde. Bestenfalls bestand ein dürftiger Zusammenhang zwischen den Donaghues und James Simeon. Ohne konkretere Anhaltspunkte hatte Niccolo da nach einem letzten Strohhalm gegriffen.

Es war fast vier Uhr in der Früh. Er hatte erwartet, die Küche leer vorzufinden. Stattdessen traf er auf Megan, die am Küchentisch saß und ihren Kopf auf die verschränkten Unterarme gebettet hatte.

„Megan?"

Sie fuhr auf, wobei ihr die Locken zerzaust in Stirn und Wangen fielen. Ihre Augen waren rot umrandet. „Nick! Du bist zurück? Hast du meine Nachricht erhalten?"

„Nein. Hast du eine auf Iggys Anrufbeantworter hinterlassen? Wir waren in der Bibliothek im Gemeindezentrum."

„Das hatte ich befürchtet. Gefunden habt ihr wohl nichts, wie?"

Er schüttelte den Kopf.

Auf ihrem Schoß lag ein Büchlein, das sie nun hochhielt. Zuerst dachte er, es sei das Tagebuch, das er so penibel abgetippt hatte und das kurz nach der Erwähnung von James Simeon abbrach. Dann aber erkannte er, dass dieser Band kleiner war und das Leder noch brüchiger als bei dem, das er gelesen hatte. Megan reichte es ihm.

„Woher hast du das?“

„Von Rooney.“

„War er wieder hier?“ fragte Niccolo. Er ging neben Megan in die Hocke, schlug das Buch aber nicht auf, sondern hörte ihr zu.

„Gleich zweimal an einem Tag. Ich finde, das ist ein gutes Zeichen. Ich glaube, er wird jetzt häufiger wiederkommen, bis er eines Tages endgültig bleibt. Vielleicht können wir ihm dann so helfen, wie er es braucht. Er ist so traurig … und so krank!“

Ihre letzten Worte gingen in Schluchzen über. Niccolo legte den Arm um Megan und drückte sie unbeholfen an sich. „Ich weiß.“

„Er hatte nie vor, uns zu verlassen“, flüsterte sie weinend. „Das weiß ich jetzt. Er konnte nicht anders. Was mit ihm geschieht, das entzieht sich seiner Kontrolle.“

„Er vernimmt Stimmen, die wir nicht hören können. Für ihn sind sie genauso wirklich wie meine für dich.“

„Ob man ihm wohl helfen kann? Wenn er nur endlich bleiben würde?“

„Möglich ist alles! Die Behandlung von psychischen Erkrankungen hat in den letzten zehn Jahren erhebliche Fortschritte gemacht.“

„Er hat mir das Tagebuch hier gelassen, damit ich alles besser verstehe. Dass er mir so weit vertraut, das halte ich auch für ein gutes Zeichen.“

„Und was steht drin?“

„In Kurzfassung? Rosaleen hat James Simeon getötet. Father McSweeney fand sie direkt nach der Tat.“

Niccolo hockte auf den Fersen neben Megan und hob ihr Kinn, um ihr in die Augen zu schauen. „Kennst du das Motiv?“

„Simeon war offensichtlich ein Teufel in Menschengestalt. Er hat Rosaleen anscheinend vergewaltigt, als sie bei ihm arbeitete, und als sie schwanger wurde, versuchte er, ihr das Kind wegzunehmen. Sie verteidigte sich auf die einzige ihr mögliche Weise: Sie erschlug ihn mit einem Kochkessel in ihrem eigenen winzigen Haus." Megan versuchte, durch ihre Tränen hindurch zu lächeln, was ihr aber nicht ganz gelang. „Bleib lieber aus meiner Küche raus, wenn ich wütend bin!"

Es war Galgenhumor; er wusste, sie erwartete nicht, dass er lachte. „Und ihr Mann?"

„Rosaleen war tatsächlich zweimal verheiratet, zuerst mit einem gewissen Terence Tierney, für dessen Tod Father McSweeney diesen Simeon verantwortlich macht."

„Weißt du noch, dass ich auch im ersten Band auf das junge Paar gestoßen bin? Father McSweeney hielt große Stücke auf die beiden."

„Rowan Donaghue, mein Ur-Urgroßvater, war der beste Freund von Terence Tierney. Nach dessen Tod kam er Simeon auf die Schliche und versuchte, Rosaleen vor ihm in Sicherheit zu bringen, indem er ihr zur Flucht nach Chicago verhalf. Nachdem sie Simeon erschlagen hatte, war es wahrscheinlich dieser Rowan, der die Leiche in eine unzugängliche Gegend von Whiskey Island schleppte und dort verscharrte. Vielleicht half der Pfarrer ihm sogar, was weiß ich! Ich hab ja eben erst von dem Mord gelesen. Danach kommt noch ein wenig. Die restlichen Seiten sind leer geblieben. McSweeney formuliert eher suggestiv; man muss dauernd zwischen den Zeilen lesen."

„Weil er seine Schäfchen schützen wollte." Niccolo bemühte sich, die Teile der Geschichte zu einem Ganzen zusammenzufügen, und ließ seine Gedanken wirbeln. „Lena arbeitete als seine Haushälterin. Nach der Vergewaltigung durch Simeon muss sie sich dem Pfarrer anvertraut haben. Nur so lässt sich erklären, dass der die Geschichte kannte und selbst in sie verwickelt wurde. Und darum hat er alles in seinem Tagebuch niedergeschrieben."

„Aber wie ist es Rooney in die Hände gefallen, Nick? Wie kommt es in Rooneys Besitz?"

„Er war der Hüter der Geheimnisse! Das hat er dir in deiner Jugend doch gesagt."

Ihre Lippen bebten. „Dann meinte er all die Jahre gar nicht Rindfleisch mit Weißkohl, was?"

„Offensichtlich nicht."

„Heute Nacht hat er mir erzählt, ich sei die Nächste, die die Geheimnisse hüten müsse. Er ist völlig verzweifelt, weil er meint, dass er seine Aufgabe vernachlässigt hat. Er weinte sogar! Meiner Ansicht nach hält er die Sterne für seine Vorfahren und denkt, er würde von ihnen beobachtet und habe versagt, weil man die Leiche entdeckt hat."

Niccolo dachte angestrengt nach. „Nach dem Tod von Terence muss Rosaleen Rowan geheiratet haben ..."

„... und nach dem Tod von Simeon!"

„Danach bekamen sie Kinder, eröffneten den Saloon und bauten sich eine bedeutende Stellung in der Gemeinde auf. Wäre aber jemals die Wahrheit über Simeons Tod ans Licht gekommen, hätte man Rosaleen wegen Mordes vor Gericht stellen müssen."

„Meinst du, sie hätten das Tagebuch aus dem Pfarrhaus entfernt? Nach McSweeneys Tod?"

„Möglich. Warum aber haben sie es dann nicht einfach vernichtet?"

Megan stand auf. Auch Niccolo erhob sich, so dass sie sich enger in seine Arme schmiegen konnte. „Weil es die Geschichte einer starken Frau enthält, einer Frau, die in einen Akt der Verzweiflung flüchtete, um ihr Kind zu retten. Vielleicht wollten sie so zumindest einigen aus ihrer Nachkommenschaft mitteilen, was für eine Frau Lena wirklich war."

„Vielleicht auch wollten sie dich einfach nur wissen lassen, wer dein wahrer Ur-Urgroßvater war, Megan."

Sie löste sich etwas von ihm, um ihn besser ansehen zu können. „Mein wahrer?"

„Du und Rooney – stammt ihr nicht von Lenas erstem Sohn ab?"

„Stimmt! Das war Rooneys Großvater, und der hieß ... Terry!" Sie legte den Kopf schräg. „Ganz bestimmt die Kurzform von Terence. Mit Nachnamen hieß er Donaghue. Du hast Recht, er muss das Kind sein, das Simeon rauben wollte. Wahrscheinlich wurde er von Rowan nach der Hochzeit adoptiert."

„Stammst du denn nun von Terence Tierney ab …?" Niccolo zögerte. „Oder etwa von Simeon?"

„Was für eine furchtbare Frage!"

„Aber eine, die Rosaleen sich wahrscheinlich für den Rest ihres Lebens gestellt hat."

„Ich werde es wohl nie erfahren, oder? Aber hoffen, dass es nicht Simeon war, das kann ich, und dass das Blut armer irischer Einwanderer in mir strömt, nicht das eines verbrecherischen Millionärs!"

Er fuhr ihr sacht über das Haar. „Ich denke, es war so: Die Wahrheit wurde von Generation zu Generation weitervererbt, ohne dass je große Worte darüber verloren worden wären. An dem Tag aber, an dem Simeons Leiche entdeckt und identifiziert würde oder jemand den wahren Zusammenhang zwischen Simeon und Rosaleen offenbarte, an dem Tag sollte auch die wahre Geschichte über Rosaleens Tat und ihre Ursache ans Licht kommen. Dazu dient das Tagebuch gewissermaßen als Beweis. Deshalb wurde es nicht vernichtet."

Megan versuchte, seinen Gedankengang weiterzuspinnen. „Es muss Menschen gegeben haben, die diesen Zusammenhang herstellen konnten, etwa Dienstboten aus dem Hause Simeons oder Bewohner von Irishtown Bend. Möglich auch, dass Simeon in jener Nacht gesehen wurde oder dass jemand aus der Millionaires Row wusste, was er Rosaleen angetan hatte. Wäre die Leiche auf Whiskey Island gefunden worden, wäre Rosaleen gleich der Tötung verdächtigt worden. Selbst als alle Hauptpersonen älter wurden und schließlich starben, konnte es durchaus sein, dass diese Geschichte in alten Briefen oder Tagebüchern weiter zirkulierte oder in Spekulationen am Leben erhalten wurde, die durch die Generationen hindurch wach gehalten wurden und überlebten. Nicht sehr wahrscheinlich, zugegeben, aber durchaus mit einzukalkulieren."

„McSweeneys Tagebuch könnte also der Wahrheitsfindung dienen, wenn es notwendig wäre."

Megan schmiegte sich an ihn. „Die arme Rosaleen! Sie muss zeitlebens mit ihrer Verhaftung gerechnet haben."

„Aber wer wüsste schon, wie in dem Fall mit ihr verfahren worden wäre? So verhasst, wie Simeon war ..."

„Verhasst waren die Iren auch!" stellte sie fest, womit sie seinen Gedanken zu Ende führte.

„Du solltest das Tagebuch zu Ende lesen, damit du endlich die Details ad acta legen kannst."

„Morgen ist auch noch ein Tag. Möchtest du es mit mir gemeinsam lesen?"

„Wenn du willst ..."

Sie legte ihm die Hände auf die Schultern. „Ich möchte eine ganze Menge, Nick. Auch eine Menge ad acta legen. Ich bin zwar stark, aber nicht stark genug, um es ohne die Menschen zu schaffen, die ich liebe – meine Schwestern, meine Verwandten ..." Ihr versagte die Stimme. „Meinen Vater ... Und dann kommt da noch dieser Unbekannte, der in mein Leben getreten ist und mir keine Ruhe gelassen hat, bis ich das empfunden habe, was ich nun fühle. Ein Mann, der zwar selbst stark ist, dem aber die richtige Frau an seiner Seite noch fehlt."

„Und was soll mit dem sein?" Fast traute er sich nicht, die Frage zu stellen.

„Den liebe ich ebenfalls."

Er löste sich von ihr – sein Kopf ein einziges Chaos, sein Körper ein einziges bebendes Sehnen. „Es war eine lange Nacht", flüsterte er heiser. „Wenn du meinst, dass uns niemand verrät, darfst du den Rest davon in meinem Bett schlafen."

„Ich stehe früh auf und tue so, als hätte ich die Nacht bei Peggy und Alice Lee im Zimmer verbracht. Aber erst muss ich noch was erledigen. Komm mit!"

Er folgte ihr nach vorn ins Wohnzimmer. Der Raum war mittlerweile das gemütliche Herz eines wirklichen Heims, von den Kids in warmen Elfenbeintönen gestrichen und mit echtem Kamin ausgestattet. Dort nahm Megan die einzige Leuchte vom Tisch neben dem Kamin und stellte sie auf ein Bücherregal direkt unter dem Fenster.

„Die Steckdose ist links!" Er ahnte, was sie vorhatte, ließ sie aber allein gewähren. Was nun folgte, war Megans geheiligtes Ritual, das nur sie zelebrieren durfte.

Nachdem sie das Kabel eingestöpselt hatte, schaltete sie die Lampe ein, die nun im Fenster schien wie das Licht eines Leuchtturms.

„Für dich, Rooney!" sagte sie leise. „Damit du sicher heimfindest. Komm bitte nach Hause! Und wenn du kommst, dann bist du uns willkommen."

19. Januar 1884

Von allen Sünden, die der Mensch begehen kann, wiegt die am schwersten, die ihm die größte Genugtuung verschafft.

Nunmehr beende ich diese Geschichte, damit in Zukunft zu keinem Zeitpunkt zweifelhaft bleibt, was sich zugetragen hat.

Rowan schaffte Lena zuerst aus der Küche und dann aus dem Haus. Er trug sie und das Kind den ganzen Weg hin zum Hause der Sullivans. Wie ich hörte, erschien dort auch Seamus später, auf dem Kopf eine Beule, die Glieder nahezu erstarrt vor Kälte. Er wird genesen, doch ich sage jetzt schon voraus, dass er sich nie wieder wird überrumpeln lassen.

Ich blieb bei der Leiche und wartete auf Rowans Rückkehr. Mir scheint, wir waren uns einig, wie wir mit ihr verfahren wollten, obwohl ich Priester bin und er dem Gesetze dient. Die Nacht war außergewöhnlich finster. Vermutlich hatte Simeon selbst auf eine derartige Dunkelheit gewartet, wie geschaffen für den Frevel, den er sich vorgenommen hatte. Während ich in der Küche stand, überlegte ich sehr genau, wie wir die Leiche ungesehen beiseite schaffen konnten, um sie an einem Ort zu bestatten, wo man die Gebeine viele Jahre nicht entdecken würde.

Der See war rau in jener Nacht, mit hohen Wellen und eisigen Winden, die tosend über den Schaumkronen heulten. Ich wusste, wir konnten die Leiche nicht mit Gewichten beschwert in den tobenden Fluten versenken, ohne uns selbst in große Gefahr zu begeben. Der Winter war bis zu dem Zeitpunkt milde gewesen, der Boden wahrscheinlich noch weich genug zum Graben, wenn auch nur wenig tief. Ich wusste, es würde den Rest der Nacht dauern, bis wir mit Spitzhacken die gefrorene Schicht durchbrochen und die schreckliche Tat vollbracht hatten, und dass wir dafür mit schmerzenden Muskeln und Schwielen an den Händen würden bezahlen müssen.

Wie ich so stand und meinen Plan erwog, da rührte sich plötzlich der Mann zu meinen Füßen. Ich hatte beim ersten Eintreten bereits nach seinem Puls gefühlt und keinen ertastet. Doch in diesem Augenblick begriff ich meinen schrecklichen Irrtum.

Simon regte sich abermals und gab einen entsetzlichen Laut von sich, der tief aus seiner Kehle drang. Und wie ich noch schaute, schlug er die Augen auf – bösartige Augen, die Augen des leibhaftigen Satans, die mich anstarrten, so wie sie Lena angestiert hatten in den Stunden, in denen er sich an ihr verging.

Ich weiß nichts von der ehelichen Liebe außer dem, was ein Priester in der Beichte erfährt. Ich habe nie eine Frau geliebt – zumindest glaubte ich das bis zu diesem Moment. Doch als Simeon versuchte, sich aufzurichten, da überkam mich unbändiger Zorn. Ich sank neben ihm auf die Knie, aber nicht, um für seine Seele zu beten. Ich legte ihm die Hände um den Hals, und als er sich kraftlos zur Wehr setzte, da drückte ich zu, bis aller Widerstand erlosch.

So wurde ich von Rowan vorgefunden, die Hände um Simeons bleichen Hals verkrampft, das Herz voller Hass. Rowan half mir auf, und als er mir in die Augen blickte, da wusste er, was ich getan hatte und warum.

Ich schreibe dies alles hier nieder, auf dass nach meinem Tode die Wahrheit ans Licht komme.

Lena Tierney hat Simeon nicht erschlagen, und Rowan und ich durften nicht zulassen, dass sie es zeit ihres Lebens glaubte. Wie aber sollte ich ihr erklären, dass ich ihn an ihrer Statt getötet hatte? Dass der Gedanke an das, was er ihr angetan, und das Leid, das er ihr zugefügt, mich derart zur Raserei gebracht hatten, dass ich ihn aus Rache umbrachte? Hätte sie dann nicht erkennen müssen, dass ihr Priester und Beichtvater weit mehr für sie empfand, als sein geistlicher Stand es erlaubte?

Letzten Endes erzählte Rowan ihr, er habe es getan. Ich vermute, sie wird es bis an ihr Lebensende glauben. Und es hätte durchaus so sein können, wäre Simeon nicht in meiner, sondern in Rowans Gegenwart zu sich gekommen.

Doch begangen wurde der Mord an James Simeon von mir. Ich tötete ihn aus Liebe, und obwohl ich für den Rest meiner Tage dafür um Vergebung flehe, wird mir niemals verziehen werden. Denn echte Reue verspüre ich nicht und werde sie nie empfinden.

Später fanden wir das von Simeon gemietete Gespann, mit

dem er Lena fortzuschaffen gedachte. Wir gaben einem Passanten Geld, damit er das Gefährt seinem rechtmäßigen Besitzer zurückbrachte. Danach begruben Rowan und ich die Leiche im entferntesten Winkel von Whiskey Island, in einer Grube unweit eines verlassenen Schiffsliegeplatzes. Fast hatte es den Anschein, als hätten unsichtbare Hände bereits das Grab ausgehoben und den Boden am Rand zu einem Hügel aufgeworfen, so dass wir es nur noch zuschaufeln und glätten mussten. Als wir aufbrachen fiel Schnee, der die Spuren unseres nächtlichen Tuns verdeckte.

Bis an mein Lebensende werde ich keine Ruhe finden. Nicht wegen des Mordes, den ich beging, sondern wegen der Sakramente, die ich fürderhin zu spenden gezwungen bin. Rowan und Lena werden heiraten, ist erst Lenas Trauer über den Tod des Mannes abgeklungen, und danach werden sie ihre Mutter und die Eltern von Terence zu sich holen. Daran zweifle ich nicht im Geringsten. Ich werde Rowan und Lena vermählen, ich werde ihre Kinder taufen. Tief im Herzen werde ich wissen, dass es so am besten ist, denn sie werden gemeinsam glücklich sein.

Doch ich, ich werde ein Getriebener sein, ruhelos trotz alledem.

Irgendwann vor meinem Tode werde ich Rowan Donaghue diesen Bericht übergeben und ihn bitten, ihn entweder zu behalten oder aber verschwinden zu lassen, ganz wie es ihm beliebt. Er ist ein braver, anständiger Bursche, und ich weiß, er wird alles regeln, wie er es für richtig hält.

Damit ist die Geschichte erzählt. Urteilt nicht zu streng über mich, denn ich bin auch nur ein Mensch. Ich tat allein das, was jeder Mann, der eine Frau liebt, ebenfalls tun würde.

Aus dem Tagebuch von Father Patrick McSweeney, St. Brigid's Church, Cleveland, Ohio.

Deutsche Erstveröffentlichung

Christiane Heggan

Der Duft des Mörders

Jennas Ex-Mann wird tot aufgefunden. Ermordet. Der Täter hinterlässt keine Spuren. Nur ein eigentümlicher Geruch hängt in der Luft. Wonach? Jenna ermittelt auf eigene Faust, und gerät selbst in Lebensgefahr.

Band-Nr. 25140
7,95 € (D)
ISBN 3-89941-179-X

MIRA®

Sharon Sala

Eiskalte Versuche

Was weiß Isabella Abbott über die menschenunwürdigen Experimente, die seit Jahren ganz in ihrer Nähe durchgeführt werden? FBI-Agent Jack Dolan ermittelt und kommt dabei einem skrupellosen Täter auf die Spur ...

Band-Nr. 25142
7,95 € (D)
ISBN 3-89941-181-1